Die Mongoliade: Band I

N. Stephenson, G. Bear, M. Teppo, E. Bear,
N. Galland, J. Brassey und C. Moo

amazon crossing

Das Buch

13. Jahrhundert: Eine kleine Gruppe von Kriegern und Mystikern greift zu ihren Schwertern, um Europa vor einer blutrünstigen Mongoleninvasion zu retten. Unter der Führung des Ältesten eines Ordens von Mönchskriegern begeben sie sich auf eine gefährliche Reise und stoßen auf Rätsel um verborgenes Wissen und Auseinandersetzungen zwischen mächtigen Geheimbünden, die seit Jahrtausenden die Geschehnisse der Welt maßgeblich beeinflussen.

Auf Umwegen erreicht die Saga jedoch auch die moderne Welt: Ende des 19. Jahrhunderts kommt Sir Richard F. Burton, ein Experte für Fremdsprachen und historische Fechtkunst, in Kontakt mit einer geheimnisvollen Gruppe englischer Kampfsportkenner, die eine Sammlung lange verschollen gewesener Schriften übersetzen wollen. Burton stirbt, bevor er seine Arbeit beenden kann, und seine bis dahin vorliegenden Übersetzungen galten als verloren, bis sie unlängst von einigen Hobbyarchäologen in den Ruinen einer Villa im italienischen Triest entdeckt wurden. Aus dieser Sammlung alter Dokumente wurde die unglaubliche Geschichte der Mongoliade rekonstruiert.

Neal Stephenson, Greg Bear,
Mark Teppo, Erik Bear, Nicole Galland,
Joseph Brassey und Cooper Moo

Die Mongoliade
Band 1

ROMAN

Übersetzt von Jonas M. Jarr

amazoncrossing

Die Originalausgabe erschien 2012 unter dem Titel »The Mongoliad: Book One« bei 47North, Las Vegas.

Deutsche Erstveröffentlichung bei
AmazonCrossing, Luxembourg, Juni 2013

Umschlaggestaltung: bürosüd° München, www.buerosued.de
Lektorat: Alfons Winkelmann
Satz: infidia Textservice und Lektorat, Würzburg

Printed in Germany
by Amazon Distribution GmbH, Leipzig

ISBN 978-1-477-80877-1

www.amazon.com/crossing

Für Michael »Tinker« Pearce,
Angus Trim und Guy Windsor

◆ ◆ ◆

Sie drückten uns Schwerter
in die Hand und brachten uns
bei, wie man damit umgeht.

1241

Hochsommer

Kapitel 1

Junge Triebe inmitten alter Steine

Cnán verharrte am Saum der Lichtung, auf der das Kloster lag, und kauerte sich nieder. Sie wusste, wie man sich in den dichten Wäldern des Nordens lautlos fortbewegte, und hatte sich der abgeschiedenen Steinruine leiser genähert als die Brise im Geäst oder die Insekten, die unter dem trockenen Laub des vergangenen Jahres umherkrabbelten.

Durch die Frühnebelschwaden konnte sie die Klosterruine am nördlichen Rand ausmachen. Die teils eingestürzten, dachlosen Mauern der Nebengebäude erstreckten sich vom Hauptbau aus in einer durchbrochenen, geschwungenen Linie südwärts. Birken und ein paar junge Eichen waren dort aufgeschossen, wo die Mönche einst Gemüse angebaut haben mochten. Den Rest der Lichtung bedeckten Gras und Gestrüpp, durch das sich frisch gebahnte Pfade zogen. Unmittelbar hinter der Ummauerung eines zugewachsenen Friedhofs hatte man vier schlichte Hütten errichtet.

Sie hatte ein Lager gefunden, so viel stand fest. Aber wessen Lager?

Aus der Ferne war das Hämmern eines Spechts auf der Suche nach seinem Frühstück zu vernehmen, und da hinein mischte sich, lauter und näher, das Klirren von Stahl – jenes unnatürliche Geräusch, das Cnáns Aufmerksamkeit geweckt hatte. Aus der Nähe konnte sie nun Männer reden hören, viele Männer. Nur gesehen hatte sie die neuen Gäste des Klosters noch nicht.

Vor zwei Tagen hatte eine Schar Mongolen, einfaches Volk oder »Schwarzknochen«, wie sie genannt wurden, sie wie ein Reh an den Rand des dichten Waldes gehetzt. Dort hatten sie abrupt haltgemacht und in verfälschtem Türkisch fluchend einen Pfeilregen über den Bäumen niedergehen lassen. In der Steppe aufgewachsene Krieger hassten es, sich durch verfilztes Gehölz schlagen zu müssen, wo sie ihre kräftigen Ponys weder ungehindert galoppieren lassen noch rasch wenden konnten. Die tiefen Wälder boten noch immer Schutz, auch wenn die Durchquerung mühsam war.

Es war kurz nach der Sonnwende – drei Monate war es her, seit der zügellose Khan, den man Onghwe hieß, die Christenheere nur ein paar Meilen von hier, bei Legnica, bezwungen hatte, und vor etwas über einem Monat hatte er seine Einladung ausgesprochen.

Cnán huschte nach links, hinter den Stamm einer älteren Eiche. Dort fuhr sie mit leichter Hand über die Rinde, wie um den Baum um Beistand zu bitten, dann strich sie sich in einer alten Gebetsgeste der Binderinnen mit den Fingern über die Augen. Der Nebel lichtete sich bereits. Sie konnte warten. In diesem Landstrich wusste sich der Geübte und Erfahrene in Geduld zu üben.

Bruchstücke eines Gesprächs drangen zu ihr, das Hin und Her eines Streits, der weder so klang, als hätte er erst heute Morgen begonnen, noch so, als würde er in absehbarer Zeit beigelegt. Cnán erkannte den lateinischen Tonfall, den sie seit Längerem nicht mehr gehört und seit ihrer Kindheit nicht mehr gesprochen hatte.

»… musst deinen Blick lösen. Du weißt doch, wo die Klinge ist. Hör auf, sie anzustarren …«

»... darfst die Augen nicht schließen! Sonst kannst du dein Schwert gleich wegwerfen. Bist du dumm wie ein Lamm?«

»... wenn du seiner Klinge mit Blicken folgst, ist es schon zu spät. Dann kannst du seine Augen nicht mehr sehen, warum also ...«

Keinen Steinwurf entfernt stand ein junger Bursche, nicht älter als zwanzig Jahre und mit dermaßen blondem Haar, dass es fast weiß war, einem älteren Mann gegenüber, einem massigen, von Kämpfen gezeichneten Rotschopf. Beide führten ein gewaltiges Kriegsschwert, und beobachtet wurden ihre wiederholten Übungen von einem Mann, der wie ein Mönch gekleidet war.

Diese Männer waren wahrscheinlich Ritter der Schildbruderschaft – und die zu finden war Cnáns Auftrag. Wenn etwas dran war an ihrem Ruf, hätten sie binnen Tagen auf die sonderbare Einladung des Khans reagiert. Die Schildbrüder waren weit verstreut, ihr nächster Ableger war jedoch in Petraathen zu finden, einer alten Felsenburg in den Bergen südlich von Krakau, nur ein paar Tagesreisen von hier entfernt. Ihrer Natur entsprach es – im Gegensatz zu jener der Mongolen –, in den Wäldern zu lagern, und ihre Späher hatten dieses alte, seit Langem verlassene Kloster entdeckt. Für Cnán sah es aus wie ein heidnischer Tempel, der sie an das unterirdische Mithräum erinnerte, den verborgenen Tempel, in dem ihr Volk einst seine alten Riten abgehalten hatte. Aus dieser Ruine hatte man, ungeachtet ihres ursprünglichen Zwecks, ein improvisiertes Kapitelhaus gemacht, eine Zuflucht, wo diese Ritter abwarten und sich bereithalten konnten, derweil sie das Gebiet rings um das blutgetränkte Schlachtfeld von Legnica und die große, stinkende Zeltstadt, die Onghwe dort errichtet hatte, auskundschafteten.

Hinter der Friedhofsmauer tauchte ein Reiter auf einem stattlichen Rappen auf. Cnán zuckte zusammen, als sie in der ausgestreckten Hand des Mannes einen Bogen mongolischen Stils erblickte, gebändert und gegliedert wie das Bein eines Insekts. Doch war dieser Mann kein Mongole – sein Haar war braun, lang und voll, und unter seiner spitzen Nase hing ein üppiger Schnurrbart. Er wendete sein Pferd und galoppierte an der geschwungenen Linie der Nebengebäude entlang, dann drehte er abermals um und ritt im Gras hin und her. Seine scheinbar ziellosen Bewegungen ergaben keinen Sinn, bis Cnán begriff, dass er sich im Bogenschießen übte. Als sein Blick auf etwas fiel, das als Ziel dienen mochte, ließ er einen Pfeil von der Sehne und galoppierte mal vorbei, mal davon oder brachte sein Pferd mit einem Ruck zum Halten und schoss aus dem Stand.

Sie kannte diese Ritter nur ihrem Ruf nach, doch in ihm sah sie jemanden, der unter der Macht der Mongolen gelitten, aber auch von ihnen gelernt und ihre Waffen übernommen und sich den Umgang damit angeeignet hatte.

Weiter hinten auf der Lichtung, zu sehen durch zurückweichende Nebelvorhänge und über die eingestürzten Mauern des einstigen Refektoriums hinweg, hieb ein junger Mann mit einem Schwert auf einen aufgestellten Holzklotz ein und wiederholte diesen Angriff ein ums andere Mal. Nicht weit entfernt übten zwei andere mit zurechtgeschnitzten Holzstöcken, und wieder andere schritten um sie herum und wichen ihnen aus, wenn es nötig war. Links von Cnán saßen im grünlichen Schatten einer jungen Eiche zwei Männer an einem Tisch, der aus halb verrottetem Holz gezimmert war, und labten sich aus zerschrammten Messingbechern an einer Erfrischung. Beider dunkles Haar war gepflegt. Einer von ihnen trug einen dunklen Bart und hatte dazu passende schwarze Augen – *wohl ein Sarazene,* dachte sie – und seine syrische Herkunft zeigte sich auch im Schnitt seiner Kleidung.

Der andere, der ein runderes Gesicht hatte und quirliger

wirkte, blickte aus blassen Augen umher, fuchtelte nervös mit den Fingern und flüsterte abgehackt, als lege er Pläne dar, von denen er wusste, dass der Dunkeläugige sie nicht guthei-ßen würde.

Neun konnte sie also sehen. Ein starker Trupp, aber größ-tenteils aus Männern jüngeren Alters bestehend, die zudem nicht von der Art waren, wie man sie für gewöhnlich beisammen fand. Das mochte gut und zu erwarten gewesen oder auch ausgesprochen schlecht sein – denn im Schädelland, jener Region, die beim Durchmarsch der mongolischen Horden verheert worden war, vereinten Verzweiflung und üble Absichten bisweilen Versprengte unterschiedlichster Art.

Dennoch schien es sich um jene zu handeln, die zu finden man sie ausgeschickt hatte.

Der *Ordo Militum Vindicis Intactae* behauptete, nun christlich zu sein; sich nahe eines Klosters zu verstecken stünde ihm also gut zu Gesicht. Doch kursierten Geschichten darüber, dass die Ritter von Petraathen in früheren Zeiten einen Totenkult praktiziert und merkwürdige Vorstellungen darüber gehegt hatten, was im Jenseits Krieger erwartete, die blutüberströmt und kämpfend ums Leben kamen. Diese Brüder mochten also auch Trost darin finden, ihr Lager mit seligen toten Heldenkriegern zu teilen. Von der Stelle aus, wo sie hockte, zählte Cnán sieben große Granitkreuze auf dem überwucherten Klosterfriedhof, wo man vor vielleicht hundertfünfzig Jahren Kreuzritter bestattet haben musste.

Cnán stocherte sich mit einem Zweig zwischen den Zähnen herum, dann ließ sie sich auf die Knie nieder und übte sich im stillen Atmen und im Beruhigen ihres Herzschlags, voller Vertrauen auf ihre Gabe, sich so gut wie unsichtbar zu machen und unbemerkt zu beobachten.

Jedenfalls glaubte sie das, bis sie hinter ihrem Kopf ein Schnalzen hörte. Ein Schwirren, ein Zischen, dann riss etwas sie um, und sie schlug mit dem Kopf gegen einen Baum, sodass ihr der Schädel wie eine Glocke dröhnte.

Sie griff verzweifelt nach hinten und ertastete einen glatten, langen Schaft. Ein Breitkopfpfeil hatte sich durch die Kapuze ihres Umhangs gebohrt und sie an den Stamm einer alten Birke genagelt. Hastig versuchte sie, sich zu befreien. Zwei Jahre Flucht vor den Mongolen hatten sie gelehrt, dass schon bald ein zweiter, besser gezielter Pfeil heranfliegen würde und sie das Kleidungsstück am besten zurückließ und die Beine in die Hand nahm.

Aber eine Stimme – wie die Stimme ihrer Mutter, nur weit weg und traurig – sprach ihr ins Ohr: *»Der erste Pfeil, perfekt gezielt und genau im richtigen Moment von der Sehne gelassen.«*

Cnán verstand sofort. Sie ließ die Hand sinken. Der Bogenschütze hatte genau das erreicht, was er beabsichtigt hatte. Wahrscheinlich hatte er das Lager schon vor ihrem Eintreffen verlassen, um eine Runde zu drehen, um auf der Hut zu sein und seinerseits zu beobachten.

Davonlaufen war sinnlos. Sie hatte es weder mit Mongolen oder deren Schakalen zu tun noch mit schlecht ausgebildeten Räubern, sondern mit Männern, die in den Wäldern geboren und aufgewachsen waren. Eine falsche Bewegung und der zweite Pfeil könnte durch das grüne Geäst fegen und ihr das Rückgrat spalten.

Cnán beruhigte sich. Ihre Augen zuckten, als es abermals raschelte, leise und ganz nah. Mindestens zwei Männer waren ihr zwischen den Bäumen hindurch gefolgt – der Bogenschütze, immer noch unsichtbar und rechts von ihr, und ein Pirschjäger, der sich jetzt von hinten näherte. Beide kamen höchstwahrscheinlich aus dem Lager und waren als Wachposten im Wald aufgestellt worden.

Der Jäger hinter ihr bewegte sich jetzt offen und geräuschvoll, aber noch konnte sie sein Gesicht nicht sehen, so wenig wie er das ihre, das verborgen wurde von der festgenagelten Kapuze und der dichten Haube aus schlammverkrustetem schwarzem Haar, das ihr von der Mitte des Kopfes aus ins Gesicht fiel. Er umkreiste sie vorsichtig, und als er endlich ganz in Sicht kam, musterten sie einander für eine Weile.

Cnán war auf ihrer langen Reise durch das Land der Ruthenen etlichen wüst aussehenden Männern begegnet, aber dieser Kerl – dessen Kleidung zur Gänze aus eigener Jagd stammte und der einen verfilzten Bart so dicht wie der Pelz eines Bären hatte – sah aus, als sei er selbst halb ein Tier. Er trug nichts Gewebtes am Leib, nichts, was eine Frau gefertigt hatte. Grüne Augen, von der Sonne mit Fältchen gesäumt, versprühten ein Fünkchen knabenhafter Belustigung.

Sie brauchte nicht zu raten, was er in ihr sah, denn er tat es kund. Seine Sprache war ihr fremd, nur ein paar der Worte waren vertrauten Ursprungs. Sie verstand »Frau« und »mongolisch« und »Spion«. Das letzte Wort ähnelte stark ihrem wirklichen Namen auf Tocharisch.

Sie hätte es leugnen können mit Worten, die er vielleicht halbwegs verstanden hätte, aber es gab wirksamere Sprachen, die keiner Worte bedurften. Cnán streifte ihren Umhang ab, stemmte sich hoch, stieß ein verächtliches Schnauben aus und starrte ihn finster an.

Das war besser, als ihm ins Gesicht zu schlagen. Der Jäger wich einen halben Schritt zurück, dann fing er sich mit einem gespielten Wanken. Jetzt lachten seine grünen Augen. Er schaute nach rechts und bezog einen Dritten in die wortlose Unterhaltung ein, den Schützen, der mit dem Ende seines Bogens einen Ast beiseiteschob und näher trat.

Er war der größte Mann, den Cnán seit Jahren, vielleicht sogar je in ihrem Leben gesehen hatte. Sie wusste, dass die Männer der Christenwelt von größerer Statur waren als jene aus den Steppen, aber dieser hier war ein Riese, selbst unter seinesgleichen. Haar und Bart waren rotblond. Er war nicht schön, aber sein Gesicht drückte eine Stärke aus, die Respekt gebot. Er musterte sie einige Augenblicke lang, dann wandte er sich an den Jäger, der immer noch leise lachte. Sie wechselten ein paar holprige, scherzhafte Bemerkungen, in denen wieder die Worte »mongolisch« und »Spion« vorkamen. Ihre Sprachen hörten sich für Cnán zwar gleich an, mussten jedoch verschieden sein, denn die Verständigung gelang ihnen nicht besonders gut.

Nach einigen Missverständnissen wechselte der Bogenschütze schließlich in gebrochenes Latein. Doch der Jäger schüttelte nur den Kopf und hob die Hände.

Cnán befand, dass es an der Zeit war, selbst das Heft in die Hand zu nehmen.

»Ich bin Vaetha«, log sie – auf Lateinisch. Die Worte der Zweitsprache ihrer Mutter gingen ihr überraschend leicht von den Lippen. »Ich komme mit einer Nachricht für die Christenheit aus einem Land weit im Osten. Diese Nachricht möchte ich dem Meister eures Ordens überbringen. Führt mich bitte zu ihm.«

Der Jäger schüttelte abermals den Kopf und grinste, dann machte er auf dem Absatz kehrt und zockelte zurück zum Lager.

»Nicht bewegen«, sagte der Bogenschütze. Er zog ein Messer und trat vorsichtig um sie herum, die funkelnden Augen zusammengekniffen. Grob schnitt er die Kapuze vom Pfeil und zerriss dabei den Stoff. Die Eisenspitze war ihm offenbar wichtiger, denn er schnitzte die Rinde ringsherum ab und befreite ihn mit der Behutsamkeit eines Wundarztes aus dem Stamm.

»Ich bin Rædwulf«, sagte er und warf ihr den Umhang vor die Füße. »Wem gehörst du an und warum sprichst du Latein?«

»Sie kommt von den Binderinnen«, ließ sich da eine neue Stimme vernehmen. Dumpf und tief drang sie zwischen den Bäumen hervor.

Cnán wirbelte herum und sah sich einem älteren Mann gegenüber, der lautlos zu ihnen getreten war. Er trug die Kutte eines christlichen Mönchs. Sein Gesicht war faltig und rau, er war mindestens sechzig, doch das Alter hatte ihn nicht gebrechlich gemacht. Während er sie mit ernster Miene betrachtete, hielt er sich die Hände vor den Leib und trommelte mit den Fingern auf sein Brustbein. Das Klirren von Metall verriet, dass er unter seinem abgewetzten Gewand ein Kettenhemd trug.

Die ganze Sache hatte die Aufmerksamkeit der anderen auf der Lichtung geweckt, selbst die der Jüngeren, die eifrig mit Stöcken aufeinander einhackten. Sie unterbrachen den Übungskampf, nahmen sich Zeit, ehrbezeigend zu salutieren und sich die Hand zu schütteln, und schlenderten dann in Cnáns Richtung.

Der Reiter galoppierte an ihnen vorbei, zügelte sein Pferd am Waldrand und hielt es tänzelnd hinter dem älteren Mann. Er blickte auf Cnán herab, und sein gewaltiger Schnurrbart zuckte angewidert, als sei sie eine vollgesogene Zecke, die er sich gerade vom Oberschenkel gepflückt hatte.

»Mongolin!«, stieß er hervor.

Ohne sich umzudrehen, entgegnete der ältere Mann: »Nein, Istvan. Sie hat die Wangenknochen der Mongolen, das ist wohl wahr, aber sieh dir ihre Augen einmal genauer an.«

»Dann ist sie ein Bandit oder ein Leichendieb. Egal, tötet sie.« Der Reiter, Istvan, spuckte ihr vor die Füße, wendete seinen Hengst mit geschickter Hand und galoppierte davon.

Der ältere Mann kam näher und bückte sich nach dem zerrissenen Umhang. Ohne Angst und höflich, aber längst nicht demütig, reichte er ihn ihr.

»Ich bin Feronantus«, stellte er sich vor, »von den *Skjaldbræður.*« Er benutzte nicht den neueren christlichen Namen, sondern einen älteren in der Sprache der Nordmänner: *Schildbrüder.*

»Ich bin Vaetha«, sagte sie. »Wie du richtig erkannt hast, bin ich eine Botin.«

»›Die Sehende‹«, übersetzte Feronantus. »Das ist tocharisch. Eine Verdrehung des Wortes ›Spion‹. Natürlich lügst du, was deinen Namen betrifft – das erwarten wir nicht anders. Aber Vaetha genügt, bis du mir so weit vertraust, dass du mir verrätst, wer du wirklich bist.«

Sie versuchte, seinem festen Blick standzuhalten, brachte es jedoch nicht fertig.

»Komm«, sagte Feronantus. Er wandte sich von ihr ab und entfernte sich. Sie folgte ihm ins Lager. Der riesenhafte Bogenschütze namens Rædwulf ging ihnen nach. Er hielt seinen kostbaren Pfeil in der Hand und strich mit der anderen die Befiederung glatt, als habe er da ein lebendes Wesen, das einer besänftigenden Berührung seines Herrn bedurfte.

Der blonde Jüngling sah ihr in sprachlosem Staunen nach, als sie an ihm vorbeiging, dann drehte er sich zu den anderen um, die über seine Verwunderung lachten.

Der, der mit dem Schwert auf den Holzklotz eingeschlagen hatte, beugte sich vor und langte mit einer Hand nach dem Schritt des Blonden. »Die hätte dir die Eier abschneiden können«, schalt er ihn. »Aber das wäre ja kein großer Verlust gewesen!«

»Hast *du* sie gesehen?«, entgegnete der Junge scharf. Tapsig wie ein junger Hund trottete er hinter Feronantus her. »Ich heiße Haakon«, sprach er sie an. »Wie sagtest du noch, sei dein Name?« Offenbar hatte er noch nie eine dunkelhäutige Frau gesehen.

»Spar dir die Mühe«, sagte Feronantus. »Sie wird längst

wieder fort sein, bevor du ein wahres Wort aus ihr herausbekommst. Und denk an deine Schwüre.«

Die hilflose Verblüffung des Jungen stieß Cnán ab. Dieser Feronantus mochte ja einer vom alten Schlag sein, aber die anderen – der sarazenisch wirkende Kerl; die Männer, die immer noch ihre mit Bier gefüllten Becher umklammerten; die stockschwingenden, ungestümen Jünglinge; dieser Blonde, der sie so unverschämt angaffte – waren noch schlimmeres Gesindel, als sie es aus den Heldengeschichten ihrer Mutter kannte. Die Mönchskrieger von Petraathen durchlebten offensichtlich schwere Zeiten.

Vielleicht würde ihre Nachricht das alles ändern.

◆◆◆

Bevor sie das baufällige Kloster, das sie als Kapitelhaus nutzten, erreichten, wurde Feronantus' Aufmerksamkeit auf den in Häute gekleideten Jäger gelenkt. Der ging ohne ersichtlichen Grund in die Hocke, vollführte dann einen närrischen Überschlag und drückte, die Augen geschlossen, ein Ohr an einen ins Erdreich gesunkenen, moosbedeckten Grabstein.

Genau genommen drückte er nicht das Ohr dagegen, sondern den Schädelknochen dahinter. Er lauschte auf etwas.

»Was kommt da, Finn?«, fragte Feronantus – oder zumindest etwas in der Art, denn er benutzte die raue Sprache, die Finn bevorzugte.

Finn hielt vier Finger hoch. Dann ließ er die Hand zu Boden fallen und auf den Fingern dahinhüpfen wie ein galoppierendes Pferd.

Mehrere Steppenponys … Finn schlug die Augen auf und

schüttelte den Kopf. Er hielt die Hände aneinander und breitete sie dann aus. *Ein sehr großes,* mutmaßte er.

»Ein Schlachtross«, sagte Feronantus.

Alle Männer des Lagers, außer Feronantus und Finn, waren anscheinend verschwunden. Cnán schaute sich um und sah, wo sie sich versteckt hatten. Die Jungen, die eben noch Schwerter aus Holz geschwungen hatten, waren plötzlich mit Stahl bewaffnet. Istvan und Rædwulf hielten ihre Bogen zum Schuss bereit, und kaum war Finn mit einer Drehung wieder auf den Beinen, tat er es ihnen gleich.

Es dauerte beschämend lange, bis auch Cnán etwas hören konnte. Doch schließlich drangen das schwere Pochen von Hufen und das Klirren von Stahl durch das dichte Grün, das die Lichtung umgab, und aus dem Waldweg gegenüber kamen zwei Reiter zum Vorschein, die beide ein zusätzliches Pferd mit sich führten.

Na, das, dachte Cnán, *war ein Ritter, der den Geschichten ihrer Mutter entsprach.* Er war groß, hatte langes braunes Haar, das aus der hohen Stirn nach hinten gekämmt war, sowie haselnussfarbene Augen und das glatt rasierte Gesicht eines Engels. Seine Rüstung bestand aus einem Kettenhemd, wie sie es kannte; darüber jedoch trug er zum Schutz von Brust und Schultern gegliederte Platten aus poliertem Stahl. Auf seinem Rücken hing ein Schild von der Form der Tränen, die all die Edelfräulein auf seiner Burg vergossen haben mussten, als er von dannen geritten war, um gegen die Mongolen zu kämpfen. So dachte Cnán zumindest angesäuert. An seiner Hüfte befand sich ein Schwert, das zum Führen mit nur einer Hand geschaffen, aber gerade, zweischneidig, länger und von besserer Qualität war als die meisten derartigen Waffen.

Der andere Mann war kleiner, muskulös und sein Kopf war eher quadratisch als rund. Zunächst hielt sie ihn für einen Knappen, aber als die beiden ins Lager ritten, sah sie, dass er mindestens so alt war wie der Ritter. Seine Kleidung war zwar abgetragen, passte aber eher zu einem Leben bei Hofe als in dieses Waldlager. Eine Art Axt baumelte an seiner Hüfte und dazu war er mit Dolchen schier geschmückt. Auf dem Rücken trug er eine Armbrust, gespannt und geladen. Nichts an seiner Haltung und daran, wie er sich an der Seite des schönen Ritters verhielt, zeugten von Ehrerbietung, nur von Ebenbürtigkeit und Kameradschaft, gepaart mit einem ironischen Gewahrsein des Umstands, dass die Leute seinem gut aussehenden Freund den Vorzug gaben.

Der Ritter hatte nur Augen für Feronantus und schien einen formellen Gruß auf den Lippen zu haben, doch der Höfling mit dem Übermaß an Dolchen kam ihm zuvor und sprach als Erster. Er schwang in einer zeremoniellen Geste den Arm und verkündete dem Lager mit dröhnender Stimme: »Die Christenheit ist gerettet! Bruder Parzival hat es sich zur Aufgabe erkoren.«

Gelächter erklang ringsum, teils über den Scherz, teils aber auch, wie Cnán dachte, aus Erleichterung darüber, dass diese Männer auf derselben Seite standen.

Der Ritter namens Parzival hielt sein Pferd dicht vor Feronantus an und stieg mit geübter Eleganz ab. Hinsichtlich seines Pferds hatte Finn recht gehabt. Es handelte sich um ein selten schönes Tier mit einer weißen Blesse auf der Stirn und seidiger grauer Mähne, breitbrüstig, stattlicher noch als Istvans Hengst und mindestens doppelt so groß wie ein mongolisches Pony.

Sie hatte ihre Sippenschwestern von einem Kampf zwischen Deutschordensrittern und einer Gruppe versprengter Mongolen, die sich auf Feindgebiet verirrt hatten, reden hören. Zwischen Fluss und Wald gefangen, wo sie nicht wie gewohnt manövrieren konnten, hatten die Mongolen sich aneinandergedrängt, und die Schlachtrösser der Deutschritter hatten die kleineren Reittiere wie Kegel beiseite gefegt. Der Anblick dieses gewaltigen Rosses machte es leicht, sich das vorzustellen. Ein Pferd, das seines Reiters würdig war …

Parzival verneigte sich tief vor Feronantus. Cnán gefiel es gar nicht, wie angenehm es ihr war, sein Gesicht zu betrachten. Sie gab sich alle Mühe, es sich nicht anmerken zu lassen.

»Bruder Parzival, Bruder Roger, seid uns willkommen«, sagte Feronantus. »Es ist schön, euch zu sehen. Gott sei gedankt für eure sichere Ankunft.«

Parzivals Begleiter Roger befand sich nur einen Schritt hinter ihm. »Um die Wahrheit zu sagen, war Gott uns von überraschend geringer Hilfe«, setzte er an. Parzival warf ihm einen verärgerten Blick zu. Als sie nun nebeneinanderstanden, war der Größenunterschied zwischen den beiden nicht so deutlich, wie Cnán zunächst gedacht hatte; Parzival hatte lediglich wegen seines Pferdes größer gewirkt.

»Wir werden uns beim Essen anhören, was ihr uns zu berichten habt«, sagte Feronantus und hob eine Hand, um einem weiteren Diskurs zwischen den beiden Einhalt zu gebieten.

»Ja, wir wollen alles hören, was ihr zu erzählen habt – und wenn ihr mit dem Erzählen fertig seid, dann fangt wieder von vorne an!«, platzte der große Mann dazwischen, der Haakon unterrichtet hatte.

Parzival drehte sich nach dem Scherzbold um und wahre Freude breitete sich über sein Gesicht. »Taran! Ich hoffte, dass du hier sein würdest.«

»Ich hörte, dass du kommen würdest«, erwiderte Taran, »und wusste, dass du vor den Wettkämpfen erst einmal auf Vordermann gebracht werden müsstest.«

»Taran kennst du ja bereits«, sagte Feronantus, »und dieser prächtige dunkle Geselle ist Raphael, unser Feldscher. Wir haben euch noch viel zu erzählen und vorzustellen, Roger und Parzival, aber ich war gerade auf dem Weg zu einer Zusammenkunft, die, dessen bin ich mir sicher, zu wichtig ist, um sie aufzuschieben.«

Die Blicke richteten sich auf Cnán und dann wieder auf Feronantus.

»Das ist unsere schnellfüßige Führerin und Botin«, erklärte Feronantus. »Ihr Name ist nicht von Bedeutung – fürs Erste.«

Taran brummte etwas über Pflichten, und dann vertrieb argwöhnisches Interesse die Verwirrung aus ihren Mienen.

◆◆◆

»Wo ich herkomme? Von Orten, deren Namen ihr nie gehört habt. Es hätte also wenig Sinn, wenn ich sie aufzählen würde«, antwortete Cnán auf Feronantus' erste Frage.

Erheiterung rings um den Tisch, wenn auch etwas bemüht. Cnán befürchtete, dass der Mann namens Raphael, der also mit dem kurz geschorenen schwarzen Bart und dem syrischen Aussehen, ihren Schwindel durchschauen könnte. Ein Kreuzritter, vermutete sie, geboren und aufgewachsen in einer der wenigen Festungsstädte, die die Armeen des Westens in dem fliegen- und madenverseuchten Dreckloch, das sie aus dem Heiligen Land gemacht hatten, noch besetzt hielten. Aber ein solcher Mann mochte sich tief in Asien besser auskennen als beispielsweise Taran, der Ire war und wahrscheinlich glaubte, Dublin gehöre zum exotischen Orient.

Vielleicht war sie aber auch einfach nur gereizt. Hunger und wie ein Tier gejagt zu werden, das konnte einem aufs Gemüt schlagen. Unter dem leisen Lachen der drei Ritter biss sie gierig in eine Scheibe Brot.

»Unlängst allerdings«, fuhr sie kauend fort, »vor ein paar Tagen also, verließ ich Hammer. Östlich von hier gelegen.« Sie schluckte. »Im Wald.« Und noch einmal. »Wo die Mongolen nicht gerne hingehen. Dort lebt ein Mann, ein Ruthene von edler Abstammung. Er kommt aus der Stadt Volodymyr-Volynski – euch ist sie wahrscheinlich unter dem Namen Lodomeria bekannt. Er sagt, er kennt euch.«

Ein ernster, gequälter Ausdruck erschien auf Feronantus' Gesicht. »Illarion«, sagte er.

»Ein Mitglied eures Ordens?«

»Nein«, erwiderte Feronantus, »aber er hätte Mitglied werden können, gäbe es nicht gewisse … religiöse Kontroversen.«

»Ist er nicht von der richtigen Christenart?«, fragte Cnán, immer noch mit vollem Mund.

»Ja. Sprich bitte weiter. Illarion ist also noch am Leben?«

»Das scheint dich zu überraschen«, stellte Cnán fest. »Und das sagt mir, dass du gehört haben musst, was in Lodomeria geschehen ist.«

Feronantus' Schweigen ließ sich als Bejahung deuten. Taran indes wirkte aufgebracht. »Ich habe *nichts* davon gehört«, beschwerte sich der Ire.

»Kurz gesagt, dort geschah das Gleiche wie in allen Städten, die den Mongolen im Weg sind. Vielleicht schlimmer als anderswo.«

»Wie ist Illarion entkommen? Es ist nicht seine Art, davonzulaufen.«

»Ja, deine Beurteilung seines Charakters entspricht der Wahrheit«, bestätigte Cnán. »Er hielt aus und kämpfte. Und er wurde gefangen genommen, zusammen mit vielen anderen Angehörigen des Adels der Stadt sowie Geistlichen, Kaufleuten und so weiter. Mongolen vergießen nicht gern das Blut ihrer Gefangenen. Auf dem Schlachtfeld stört es sie nicht, weil es eine Notwendigkeit ist; ihre Gefangenen töten sie jedoch lieber unblutig. Geht es nur um einen oder ein paar wenige, lassen sie ihnen von einem kräftigen Ringer das Rückgrat brechen. Aber bei einer größeren Anzahl dauert das zu lange. Deshalb fesseln sie ihre Gefangenen und zwingen sie, sich auf einer freien Fläche hinzulegen, einem Teppich aus Leibern gleich. Unter dem Stöhnen und Flehen dieser bedauernswerten Menschen fügen die Mongolen über den Daliegenden Holzbohlen zu einem schwankenden Boden aneinander. Dann reiten sie mit ihren Ponys auf diesen Boden – was den Ponys gar nicht gefällt – und treiben sie hin und her … immer wieder … bis das Geschrei und Gestöhne verstummt. Die Mongolen johlen und schwatzen und prosten einander mit ihrer stinkenden Milch zu. Ihre Kinder sehen dabei zu und tanzen wie kleine Teufel in der Hölle. Ein *schönes* Fest ist das«, spie sie hervor, und ihre Blicke huschten in der staunenden Runde hin und her. Sie legte ihr Brot weg. »Am Ende des Festes sind die meisten Gefangenen totgetrampelt. Den Überlebenden sind so viele Knochen im Leib gebrochen, dass sie sich nicht mehr rühren können.« Sie fasste wieder nach dem Brot. Ihr Magen verkrampfte sich und sie schüttelte den Kopf. »Genug davon.«

»Ist das Illarion widerfahren?«

»Ja. Und auch seiner Frau und seiner Tochter. Am nächsten Morgen, während Onghwe Khan und seine Männer noch ihren Rausch ausschliefen, kamen ein paar Schwarzknochen …«

»Schwarzknochen?«, hakte Feronantus ein.

»Mongolen von niederem Rang. Tataren, Türken, ein paar Ruthenen. Sie kamen, um die Bohlen von den Gefangenen zu räumen und sich die Ohren zu holen.«

»Die Ohren?«, fragte Taran scharf dazwischen.

Raphael erklärte: »So zählen sie die toten Feinde.«

»Die meisten von uns haben aber *zwei* Ohren!«, wandte Taran ein.

»Sie nehmen immer nur das rechte«, erläuterte Raphael ruhig.

»Als sie Illarion das rechte Ohr abschnitten, kam er zu sich«, erzählte Cnán weiter. »Packte zu wie ein Dämon, der aus dem Schlamm aufspringt, entriss dem Ohrabschneider das Messer, drehte es herum und stieß es ihm in den Bauch. Ein paar andere Schwarzknochen stürmten auf ihren O-Beinen zu Illarion hin. Er nahm eine Bohle auf und benutzte sie wie einen Kampfstab. Schlug einem nach dem anderen den Schädel ein. Brachte sie alle um.«

Das munterte sie ein wenig auf und sie biss noch ein Stück von ihrem Brot ab. »Nahm ihre Pferde und ritt davon. Habt ihr Bier?«

Die Ritter sahen einander an und lächelten, als teilten sie ein Geheimnis. Raphael schenkte ihr ein Glas von dem schaumigen, sauren Gebräu ein, das sie selbst getrunken hatten. Es schmeckte wie Bier, war allerdings so stark wie Met und machte sie schwindlig.

»Da Illarion noch am Leben ist, kann ich die Geschichte nicht einfach abtun«, meinte Feronantus, nachdem er eine ganze Weile darüber nachgedacht hatte, »aber ich nehme an, dass sie nur zur Hälfte stimmt und zur Hälfte Unsinn ist.«

»Eine Bohle als Kampfstab«, sagte Taran. Er zupfte sich ausgiebig den Bart und verzog das Gesicht. »Schwierig, sie richtig in den Griff zu bekommen.«

»Illarion war immer gut im Umgang mit dem Stab«, erinnerte Feronantus ihn.

»Ich bezweifle, dass erst der Ohrabschneider ihn aufgeweckt hat«, warf Raphael ein. »Wahrscheinlich lag er schon auf der Lauer und stellte sich nur tot.«

»Sein Ohr hat er jedenfalls nicht mehr«, erklärte Cnán. »Sein *rechtes* Ohr.«

»Mit derlei Fragen brauchen wir uns im Moment nicht zu befassen«, sagte Feronantus, als Taran einen weiteren Einwand machen wollte. »Du sagst, er lebt noch und hält sich nicht weit von hier entfernt auf.«

»Mehr schlecht als recht und sozusagen«, sagte Cnán. »Zwei Tagesritte, unter normalen Umständen.«

»Ich liebe Illarion«, gestand Feronantus freiheraus, »und würde so gut wie alles für ihn tun. Aber wir sind nur eine Handvoll und aus einem anderen Grund hier.«

»Mit diesen deinen Worten hat er gerechnet«, erklärte Cnán, »und er sagte, ihr sollt trotzdem kommen und ihn holen und dass ihr es verstehen würdet, sobald er hier sei.«

Feronantus schien leicht pikiert. Er maß Cnán mit einem forschenden Blick. »Und du würdest uns zu ihm führen?«

»Natürlich. Wenn ihr mich erst dieses Brot aufessen lasst. Und mir mehr Bier gebt.«

»Nur zu, iss dich ruhig satt. Raphael, gehst du mit, um Illarions Wunden zu versorgen?«

»Natürlich.«

»Nimm Finn mit und für den Fall, dass es Schwierigkeiten gibt, auch Haakon.«

»Haakon brauchen wir womöglich hier«, warnte Taran.

Cnán fragte sich, wozu sie den Jungen brauchen sollten. Er machte einen schwachen und unbeholfenen Eindruck. Sie empfand fast Mitleid für ihn.

»Raphael wird ihn gesund und munter zurückbringen«, erwiderte Feronantus und richtete seinen Blick auf den Syrer.

Kapitel 2

Der Khan der Khane

Ögedei, der Khan der Khane, dritter Sohn von Dschingis, dem großen Eroberer, saß auf seinem Thron. Seine mächtige Gestalt war in edle Gewänder gehüllt, feine Stickereien aus goldenen Fäden stellten vor einem himmelblauen Hintergrund Wolken und Drachen dar. Um ihn herum waren die aufwendig bemalten Wände des großen Palasts von Karakorum. Die beschwingte Musik von Zithern erfüllte den Raum, und um den hohen Thron tanzten ranke, schlanke Mädchen in Gewändern, deren Ärmel aus reiner Seide rote Wirbel in die Luft zeichneten. Ögedei konzentrierte sich gleichermaßen auf das Gesuch des Bürokraten, der vor ihm kniete, wie darauf, mit seinem Becher zu spielen. Er drehte das Trinkgefäß geschickt in seiner kräftigen rechten Hand und fuhr die zarten Silberziselierungen mit den Fingerspitzen nach. Der Becher war leer. Und er wollte nicht, dass er leer blieb.

»O Khagan, Herr der Welt«, sagte der Provinzverwalter von Shanxi, die feiste Stirn fest auf den Boden gedrückt, »ich wende mich heute an Euch, um Euch demütig darum zu bitten, die Getreidesteuer für den Bezirk Xieliang von einem Zwölftel eines Scheffels auf ein Fünfzehntel zu senken …« Die perlenverzierten Quasten seiner Kappe baumelten beim

Sprechen hin und her, und Ögedei fand die pendelnde Bewegung hypnotisierend. Er hatte dem Wein schon tüchtig zugesprochen und sein Geist ließ sich leicht einfangen.

Schwach, dachte er, den Blick auf den quastenbesetzten Verwalter geheftet. *Verbringt sein Leben über Bücher und Papiere gebeugt. Der einfachste Bauer unter seinen Untertanen könnte ihn überwältigen und ihm den Atem aus der Kehle quetschen, und doch hat er die absolute Macht über sie.* Er musterte den Mann, seine alberne Kopfbedeckung, seine weichen, fetten Hände. *Ein Hieb,* schätzte er, *ich könnte ihm mit einem Schlag den Schädel spalten, dann würde er mich nicht mehr behelligen.* Ögedei seufzte und wandte den Blick ab. Mit einer Hand strich er sich müßig über den Schnurrbart, mit der anderen zeichnete er die Rillen und Grate auf dem Becher nach. *Aber dann nähme nur ein anderer seine Stelle ein und danach wieder ein anderer. Als schlüge man nach einem Fliegenschwarm.*

Der Provinzverwalter von Shanxi drehte den Hals, um zum Khagan aufzuschauen, und erwartete Antwort auf eine Frage, die Ögedei sich nur mit halbem Ohr angehört hatte. Er wurde blass, als er die verkniffene Linie sah, die Ögedeis Mund bildete. Er fing an zu stammeln und die Quasten hüpften auf und ab.

Ögedei schnitt ihm mit einem Grunzen und einem Wink seiner Hand das Wort ab. »So soll es sein«, sagte er.

Die Quasten berührten klappernd den Boden, als der Verwalter vor Dankbarkeit katzbuckelte. Er pries die große Weisheit des Khagan und kroch rückwärts davon, bis er sich so weit entfernt hatte, dass er dem Thronsaal entfliehen konnte, ohne Ögedeis Unmut zu erregen.

Dabei musste sich der Verwalter zwischen zwei Männern hindurchzwängen, die den Thronsaal gerade betraten. Einer von ihnen war Yelu Chucai, Ögedeis Berater, der andere ein junger Krieger, der eine staubbedeckte Lederrüstung trug.

Chucai schritt durch den Raum wie ein dahinschwebendes Gespenst in seinem Kuttengewand aus schwarzer Seide. Sein Bart, so dunkel wie seine Kleidung, reichte ihm bis zur Hüfte hinab, eine durchaus beträchtliche Länge angesichts seiner Körpergröße von über zwei Metern. Der junge Krieger wirkte klein neben Chucai, obschon sein Scheitel auf dessen Schulterhöhe lag. Die Augen des Kriegers waren geweitet, sein jungenhaft glattes Gesicht konnte sein Staunen angesichts der im Thronsaal zur Schau gestellten Schätze nicht verhehlen. Chucai kniete vor dem Khagan nieder, und der junge Mann beeilte sich verspätet, seinem Beispiel zu folgen.

»Khagan«, sagte Chucai, »dieser Bote kommt von Tschagatai Khan.«

Ögedei betrachtete den jungen Mann, der neben Chucai kniete. *Warum hat mein Bruder einen Gesandten geschickt?* Er versuchte, sich den letzten Bericht der Noyon, seiner Generäle an der Front, in Erinnerung zu rufen. Batu, Jochis unbeherrschter Sohn, befand sich noch immer im Westen und erweiterte die Grenzen des Reichs mit der Hilfe von Subutai, Dschingis' brillantem Strategen. Auch Kadan und Onghwe waren bei der großen Horde – Länder für ihren Vater zu erobern war ein wirksames Mittel gegen die Langeweile, die sie in Karakorum befallen hatte. Tschagatais Besitztümer, die Dschingis ihm überlassen hatte, erstreckten sich vom Altai bis zum Amudarja. Solange Batu – und mit ihm der Rest von Jochis Nachkommen – weiterhin Länder im Westen einnahmen, konnte es zwischen den beiden Zweigen der Familie eigentlich keine Konflikte geben. *Was könnte Tschagatai noch wollen?*

Diese nagende Frage brachte eine vom Wein begünstigte Idee hervor, die Möglichkeit nämlich, den Krieger fortzuschicken, ihn kurzerhand hinauszuwerfen, ohne ihn auch nur anzuhören.

»Warum hat dich mein Bruder geschickt?«, seufzte Ögedei und verwarf den Gedanken, der ihm da gekommen war.

Der Bote begann stockend: »Ich ... Tschagatai Khan hat mich geschickt, um ...« Er sah zu Ögedei auf, und der Khagan machte Verwirrung und noch etwas anderes im Gesicht des jungen Mannes aus. »Ich wurde geschickt, um Eure Sicherheit zu gewährleisten.«

»Sicherheit?«, echote Ögedei. Ein Wust halb garer Gedanken wirbelte ihm durch den Kopf, ein Durcheinander von Spuren, die Schleifen zogen und doch nur wieder in ihre Anfänge mündeten. *Wer?* Er hob den Kopf und sah sich im Raum um. Öllampen erhellten jeden Fingerbreit der Wände. Es gab keine Schatten, keine Verstecke für Attentäter. An jeder Tür im Palast stand eine Handvoll Männer, und es gab Hunderte, nein, Tausende mehr, die auf ein bloßes Wort hin für ihn gestorben wären. Wie sollte dieser eine Mann seine Sicherheit noch verstärken? »Ein Meuchelmörder?«, höhnte er. Der Wein machte seine Zunge schwer.

»Nein, großer Khagan«, sagte der Bote rasch, um dem Gespräch eine neue Richtung zu geben. »Wer wäre so töricht zu versuchen, Euch zu ermorden? Tschagatai Khan schickt mich, damit ...« Der Gesandte warf Chucai einen Blick zu, und als er im kapuzenüberschatteten Blick des Beraters keine Hilfe fand, fuhr er fort: »Euer Bruder sorgt sich um Euch wegen Eurer Trinkgewohnheiten. Er hat mich geschickt, damit ich ... auf Euch aufpasse ... und ... und um dafür zu sorgen, dass Ihr nicht mehr als einen einzigen Becher am Tag trinkt.«

Ögedei starrte den Boten lange an, so lange, dass selbst Chucai unruhig wurde. Der junge Mann wirkte fehl am Platz – ein Krieger, der sich in der Steppe wohler fühlte als in den Sälen von Karakorum, ein Mann, der nicht gern ein Dach über dem Kopf hatte –, aber irgendetwas war an der

Art und Weise, wie er sich da behauptete, wie seine Blicke im Raum umherschweiften.

Tief aus Ögedeis Bauch stieg ein grollender Laut auf, ein Lachen, das seine Schultern zum Beben und seine Kleidung zum Zittern brachte. »Meine Trinkgewohnheiten? Mein Bruder sorgt sich, wie viel ich trinke?« Er wischte sich mit einer Hand über den Mund, bemerkte seinen Becher auf der Armlehne des Throns, ergriff ihn und warf ihn nach dem jungen Boten. Der Krieger besaß genug Geistesgegenwart, um nicht zusammenzuzucken, als der Becher von seinem Lederwams abprallte, wobei Staub aufwirbelte. »Mein Bruder kümmert sich wie eine Glucke um mich.« Ögedei erhob sich, stand jetzt hoch über den beiden Männern, und der letzte Rest seines Lachens hallte als Dröhnen in seiner Stimme nach. »Ich bin Ögedei, Khagan des mongolischen Reichs. Ich tu, was mir gefällt. Das Augenmerk meines Bruders sollte den Reichen gelten, die er in meinem Namen erobern kann, wie es sein Neffe Batu tut. Wie es meine *Söhne* tun. Alles andere geht ihn nichts an.«

Der Wein machte ihm die Beine weich. Ögedei musste sich mit einer Hand auf der Armlehne seines Throns abstützen.

Die Miene des Gesandten verhärtete sich, als er den Khagan beobachtete. »Es soll sein, wie Ihr wünscht, Khagan.« Er entbot ihm eine flüchtige Verbeugung, dann kehrte er Ögedei kurzerhand den Rücken zu und verließ den Thronsaal.

Ögedei sackte schwer auf seinen Thron, Hitze wallte in ihm auf. *Wie konnte der Bursche es wagen, einfach so davonzugehen?* Die Lehnen des Throns umklammernd, stemmte er sich hoch und wollte lauthals nach seinen Wachen rufen.

Chucai hatte sich nicht von der Stelle gerührt, doch der energische Ausdruck auf seinem Gesicht reichte, um den Ruf, der sich in Ögedeis Kehle formte, zu ersticken. Zudem machte ihm der Wein zu schaffen, er trübte seinen Blick und erweckte den Anschein, als wogten hinter seinem Berater dunkle Schatten hin und her. Schatten, in denen sich …

»Ich werde mit ihm reden«, sagte Chucai. Bevor Ögedei widersprechen konnte, verneigte sich Chucai rasch und folgte dem Boten, und der Khagan blieb grübelnd auf seinem Thron zurück.

◆◆◆

Ögedei ließ sich in die seidenen Laken sinken und atmete die duftende Luft, die seine Gemächer erfüllte, tief in seine Lungen ein. Jasmin und Magnolie, dazu ein Hauch von Zeder. Nicht ganz der einzigartige Geruch der weiten Steppen, aber er erinnerte ihn dennoch daran. In diesem Raum, fernab der sich unentwegt verneigenden und knicksenden Speichellecker und der wachsamen Augen seiner Garde, konnte er die Reichsangelegenheiten für eine Weile vergessen. Sein Kopf pochte ein wenig, unter seiner Schädeldecke lastete ein Druck, eine nachklingende Erinnerung an den Wein. Bis zum Abendessen mit Statthalter Mahmud Yalavach war es noch ein paar Stunden hin, und er hoffte, dass die Kopfschmerzen bis dahin vergingen.

Um ihn her geriet das Bett in leichte Bewegung, als seine Frauen ihm das Gewand öffneten und die pelzgefütterten Schuhe auszogen. Hände strichen über seine muskulöse Brust, und er fing sie ein, ohne die Augen aufzumachen. Er hörte ein knappes Keuchen und wusste, wen er da festhielt. Jachin, die größte unter ihnen. Er hatte sie ihrer Augen wegen erwählt, das leuchtendste Grün, das er je gesehen hatte.

Eine seiner Frauen brachte ihren Mund so dicht an sein Ohr, dass er ihren Atem spürte. »So verkrampft«, flüsterte sie.

Er löste seinen Griff um das flatternde Händepaar und fasste nach der Frau neben ihm. Seine Hand streifte über ihren Kopf, berührte ihre dicken Zöpfe und die dünnen Bänder, die sie hineingeflochten hatte.

»Toregene«, murmelte Ögedei und wälzte sich zu ihr herum.

Sie schnalzte mit der Zunge und der Laut hallte in seinem Ohr wider. Instinktiv rückte er von ihr ab und ihre Hände glitten unter seinen Körper und drückten ihn noch weiter fort. Er drehte sich auf den Bauch und versuchte immer noch, nach hinten zu greifen und sie zu packen. Sie wich seinen ungeschickten Bewegungen aus und tippte ihm sacht auf die nackte Schulter. »Lieg still«, rügte sie ihn. »Mal sehen, ob wir diese Verspannungen in deinem Rücken wegmassieren können.«

Ögedei grunzte, gab nach und ließ seine Hände aufs Bett fallen. »Wenn es nach mir ginge«, sagte er, »würde ich den ganzen Abend lang so liegen bleiben, im Bett, inmitten meiner schönen Frauen. Wir würden uns lieben und dann Bratklößchen essen, uns anschließend in einem kalten Bad säubern und einen Mitternachtsritt unternehmen. Hinaus, über die Steppen.«

»Als ob du je mit mir mithalten könntest«, lachte Toregene.

Ögedei schlug die Augen auf und versuchte, über seine Schulter zu schauen. »Im Lieben oder im Reiten?«

»In beidem.«

Ögedei lächelte. »Kannst du mir nicht wenigstens meinen Stolz lassen, Weib?«

Toregene schnaubte. »Den bekämst du binnen eines einzigen Morgens bei Hof wieder, wenn all diese Offiziellen vor dir herumkriechen, dich hoher, großer und erhabener Herr der Welt nennen und um deine Aufmerksamkeit heischen.«

»Unsere Aufgabe ist es, dich an wichtigere Dinge zu erinnern«, sagte Jachin, als sie sich zu Toregene gesellte. Sie drückte ihren Ellbogen fest in Ögedeis Schulter und er stieß ein wohliges Ächzen aus. »Angespannt wie eine Bogensehne. Was bekümmert dich so?«

Der Staub auf seinen Schultern, dachte Ögedei. Der junge Bote, den sein Bruder Tschagatai geschickt hatte. Der Krieger war tagelang über die Steppen geritten, um nach Karakorum zu kommen. Er hatte im Freien geschlafen, nichts als das endlose Himmelszelt über dem Kopf. Unter ihm ein Pferd, und der Wind hatte ihn umweht. Er kannte nur das Gras, das er hinter sich ließ, und alles, was er sah, war der Horizont vor ihm.

»Wisst ihr, wie lange es her ist, seit ich das letzte Mal auf einem Pferd gesessen habe?«, fragte er. »Wie lange es her ist, seit ich sorglos und frei durchs Gras geritten bin?«

Keine der beiden Frauen antwortete ihm. *Und das werden sie auch nicht,* dachte er bitter. *Sie wissen es so gut wie ich.* »Manchmal träume ich nachts davon, dieser Höhle zu entfliehen«, gestand er. »Ich sitze in diesem Saal, vor mir eine endlose Parade von Bürokraten und Amtsträgern. Sie strömen herein wie ein Frühjahrsfluss und mit jedem Lidschlag werden es mehr. Eine Flut, die mich zu erdrücken droht.

Doch in diesem Traum, da entkomme ich all dem. Ich springe von einem Balkon und es wartet ein kräftiges Pony auf mich. Niemand kann mich aufhalten. Ich reite zum Tor hinaus und reite ewig weiter, bis ich im Sattel sterbe. Aber auch dann bleibt das Pony nicht stehen. Es läuft immer weiter und mein Leichnam verwest. Meine Knochen verteilen sich über das Reich, und das Pony hält erst dort an, wo sich der Himmel herabwölbt und den Boden berührt. Und alles, was von mir übrig ist, sind meine Hände, meine Finger, die sich in seine Mähne klammern.«

Toregene arbeitete sich an ihm hinab, und er spürte, wie sich seine Muskeln lockerten. Er war verspannt, aber es war nicht jene fast vergessene Art von Verspannung, die einen befällt, wenn man zu lange im Sattel sitzt. »Heute Abend«, seufzte er, »muss ich mit Offiziellen tafeln und mit goldenen Stäbchen überwürzte fremdländische Speisen essen. Ich muss vorgeben, mich für das Geschwafel vollgefressener Diplomaten zu interessieren. Das ist alles, was ich jetzt noch bin. Ein Mann, der auf Bänken und Stühlen hockt, der isst und redet. Das ist alles, was ich mache.«

»Irgendjemand muss Khagan sein«, sagte Toregene. »Du regierst das Reich noch besser als dein Vater.«

Ögedeis Miene verfinsterte sich. »Das Reich regiert sich selbst. Die Leute brauchen nur jemanden, vor dem sie sich auf die Knie werfen können.« Einen Herzschlag später fügte er noch hinzu: »Und mein Vater ist unvergleichlich.«

Er spürte, wie Jachin auf seiner anderen Seite ihr Gewicht verlagerte, und ihr Ellbogen senkte sich in das weichere Fleisch unterhalb seiner Schulter. »Bevor du Khagan wurdest, war das alles ödes Grasland«, erinnerte sie ihn. »Deinetwegen gibt es hier jetzt einen Palast. Den größten Palast, den die Welt je gesehen hat.«

»Es wäre besser Grasland geblieben. Was für die Chinesen ein Palast ist, das ist für die Mongolen ein Kerker.« Er straffte seine Schultern, scheuchte seine Frauen von sich herab und setzte sich auf. Ihre Hände waren geschickt, doch ihre Worte halfen ihm nicht, sich zu entspannen. Er sah erst Jachin und dann Toregene an und vergewisserte sich, dass sie ihm ihre Aufmerksamkeit schenkten. »Wäre es nicht einfacher, wenn wir zusammen davonritten? Wir könnten all das einem anderen überlassen und wie früher am Ufer eines Flusses in einem Ger leben. Wir könnten wieder von dem leben, was das Land uns gibt. Essen, was wir selbst jagen und schlachten.«

Seine Frauen sagten nichts, aber sie schmiegten sich dicht an ihn und fuhren ihm mit den Händen durchs Haar. Er legte seine Hände auf ihre Schultern und fühlte ihre warme Haut. »Ich glaube, wenn ich sterbe, wird das Reich mit mir sterben«, sinnierte er. »Ich habe keine würdigen Erben. Kadan fühlt sich zu sehr zu fremden Religionen hingezogen. Khashi interessiert sich mehr für schöne Frauen als fürs Kämpfen. Onghwe …« Er schüttelte den Kopf. »Onghwe ist der Schlimmste von allen.«

»Was ist mit Guyuk?«, fragte Toregene. »Er wäre doch ein würdiger Khagan.«

»Guyuk wird zu schnell Opfer seines eigenen Zorns. Vergiss nicht, was er in Rus getan hat.«

»Batu ist ein hochmütiger Narr«, entgegnete Toregene. »Guyuk war …«

»Kriege gewinnt man nicht durch Grausamkeit gegenüber den eigenen Männern«, fiel ihr Ögedei ins Wort. »Guyuk ist zu hitzig. Er versteht nicht zu herrschen. Und seine Vettern … sie wären wie Wölfe im tiefsten Winter – sie sähen in Guyuk das schwächste Mitglied des Rudels.«

»Das würden sie nicht wagen!« Toregenes Augen blitzten auf.

»Doch«, seufzte Ögedei. »Und vielleicht …« Er zuckte mit den Achseln und seine Hände legten sich schwerer auf die Schultern seiner Frauen.

»Was ist?«, fragte Jachin. »Es ist doch nicht der Traum von der Steppe, der dir zu schaffen macht, oder?«

Ögedei schüttelte den Kopf. »Heute kam ein Bote mit einer Nachricht von Tschagatai.«

»Was für eine Nachricht?«

»Er hat einen Grünschnabel geschickt, der meine Trinkerei im Auge behalten soll.«

Die Frauen schwiegen einen Moment lang, und als eine

von ihnen das Wort ergriff, war ihre Stimme so leise, dass man sie kaum hören konnte. »Möglicherweise wäre ein solcher Mann von Vorteil«, meinte Jachin.

Ögedei fuhr zu ihr herum und ihr Blick begegnete kurz dem seinen. Sie senkte das Kinn, aber es war zu spät. Ögedei hatte den harten Glanz in ihren Augen bemerkt.

»Ich bin Khagan«, brüllte er. Der Schmerz pulsierte in seinem Kopf, meldete sich mit wildem Hämmern zurück. »Ich tue, was mir gefällt. Wenn es mir gefällt. Wie es mir gefällt. Niemand – weder mein Bruder noch du und ganz gewiss kein staubiger, Boodog fressender berittener Bogenschütze – schreibt mir vor, was ich zu tun und zu lassen habe.«

Toregene lehnte sich an ihn. Ihr Gewicht drückte seinen Arm nach unten. *Hatte er ihn erhoben, um Jachin zu schlagen?* Er konnte sich nicht daran erinnern, es versucht zu haben. In seinem Kopf war bloß noch die pochende Erinnerung daran, wie lange er nichts mehr getrunken hatte, und dieses Gefühl bewies nur, dass Jachin recht hatte. Er löste sich von Toregene und schickte Jachin mit einem Wink seiner Hand fort. »Du kannst nicht erwarten, dass ein Mann nicht von Zeit zu Zeit trinkt. Mein Vater trank. Sein Vater trank. Trinken ist die einzige Freiheit, die ich noch habe.«

Toregene legte ihm die Hände auf die Schultern. Ihre Zöpfe strichen über seinen Rücken, als sie ihren Kopf an den seinen lehnte. »Dein Bruder will dich doch nicht kränken, Ögedei. Er macht sich nur Sorgen um dich.«

»Wirklich?« Ögedei starrte in das flackernde Licht der Laterne, die an der Wand hing. »Wenn er sich wirklich um mich sorgt, warum kommt er dann nicht selbst her?«

◆◆◆

Ögedei konnte vor Staub in der Luft den Himmel nicht sehen. Männer und Pferde – und auch der Wind – hatten den trockenen Boden der Khalakhaljid-Wüste aufgewühlt. Die Streitmacht der Keraiten war endlos groß – wann immer sich eine Lücke in den Staubwolken auftat, geschah dies nur, um noch mehr ihrer Reiter auf Dschingis Khans angeschlagene Armee loszulassen.

Ögedeis Mund füllte sich mit dem Geschmack von Erde und Blut. Er peitschte sein Pferd mit den Zügeln und trieb es über den Sand voran. Ringsum hörte er das wilde Getöse der Schlacht – schreiende Männer, das Klirren von Schwertern, das schrille Wiehern verendender Pferde. Er konnte nicht sagen, ob das Heer seines Vaters siegte oder verlor. Ögedeis Welt beschränkte sich auf eine rote Wolke, die von Geistern bevölkert war.

Er hieb seinem Pferd die Hacken in die Rippen, versuchte das Tier unter Kontrolle zu halten, aber es spürte seine Angst und weigerte sich, ihm zu gehorchen. Bei jedem stählernen Klirren zuckte das Pferd zusammen, es scheute, erst hierhin, dann dorthin.

Ögedei hatte siebzehn Winter erlebt. Er glaubte nicht, dass er noch einen erleben würde.

Vor ihm wirbelte der Staub, bauschte sich hoch vor den Umrissen eines heranstürmenden Pferdes mit Reiter. Irgendetwas stimmte nicht mit dessen Kopf, und als er aus der Wolke zum Vorschein kam, konnte Ögedei den Helm des Kriegers besser sehen. Er erkannte, dass der herankommende Reiter nicht zu Dschingis' Armee gehörte. Der Keraite, die lange Feder auf seinem Helm gebrochen und verbogen, ließ seinen Speer nach unten schnellen und stieß die Spitze in die Flanke von Ögedeis Pferd.

Ögedei spürte den Ruck des Treffers in seinen Beinen. Sein Pferd bäumte sich auf und taumelte nach rechts. Die

Zügel wurden Ögedeis Griff entrissen, und als er zu Boden stürzte, erhaschte er durch den Staub einen Blick auf den Himmel. *Blauer Himmel.*

Der Aufprall trieb ihm die Luft aus den Lungen und ließ ihm die Ohren klingen. Er wollte den Staub, der ihm in die Kehle geraten war, ausspucken, aber es kam nichts. Sein Schwert war nicht mehr da, und er versuchte sich zu erinnern, wann es ihm aus der Hand gefallen war – schon als sein Pferd ihn abgeworfen hatte oder erst als er auf dem Boden gelandet war? Der Staub hatte es verschluckt.

Der Boden erbebte. *Ein Pferd.* Immer noch hallte ihm der Aufprall in den Ohren wider und alles klang gedämpft. Aber er konnte spüren, wie das Pferd auf ihn zukam, und er wälzte sich zur Seite, als der Keraite vorbeidonnerte. Die Schwertspitze des Mannes erwischte den Rand von Ögedeis Helm und glitt klirrend über eine der Metallverzierungen im Leder hinweg. Dabei riss es ihm ruckartig den Kopf herum und sein Helm flog davon und wurde gierig vom Staub verschlungen.

Der Keraite zügelte sein Pferd und wendete es, und während es auf Ögedei zutrabte, glitt er in einer fließenden Bewegung vom Rücken des Tieres. Mit erhobenem Schwert griff er an.

Ögedei langte hastig nach dem Dolch in seinem Gürtel und stemmte sich vom Boden hoch. Der Wind pfiff zwischen ihnen hindurch, und der Hieb des Keraiten kam langsam, als leisteten all die Staubkörner in der Luft der Klinge Widerstand.

Ögedei duckte sich unter dem Schlag weg und stieß die Hand nach oben, nach dem Bauch des Keraiten. Der Dolch traf den Rand des Brustpanzers, glitt daran ab und bohrte sich dem Krieger dann ins Fleisch. Ögedei zog die Klinge an der Kante des festen Brustpanzers entlang. Blut spritzte ihm auf die Hand. Der Keraite heulte auf. Ögedei stieß ihn zu Boden.

Der Keraite hielt sein Schwert noch immer fest und Ögedei trat es ihm aus den Händen und trat dem Mann daraufhin heftig ins Gesicht. Der Keraite schrie weiter, und Ögedei trat weiter zu, bis seine Stiefel mit rotem Staub bedeckt waren.

Sein Pferd lebte noch. Es lag auf der Seite, schlug um sich und wand sich um den Speer des Keraiten. Ögedei hustete und spuckte Sand aus. Mit zitternden Beinen bückte er sich und hob das Schwert des Keraiten auf. Es war schwerer als sein eigenes, die Parierstange breiter und stärker, als er es gewohnt war. *Es taugt.* Fest schloss er die Hand um den Griff und wankte auf sein sterbendes Pferd zu.

Es war ein gutes Ross gewesen, trittsicher und folgsam. Einige Monate lang hatte es seinen Onkel Jochi getragen, bevor der es Ögedei überlassen hatte. Das Maul des Pferdes war blutverschmiert, seine Augen waren geweitet und glänzten wie im Fieber. Es war unglaublich, aber als Ögedei näher kam, versuchte das Tier aufzustehen, doch sein rechtes Vorderbein trug sein Gewicht nicht mehr.

»Lauf«, krächzte Ögedei. »Lauf in den ewig blauen Himmel.« Sein Hieb war ungelenk, die Klinge jedoch scharf genug. Die Hinterbeine des Pferdes traten noch zweimal aus, während es starb, und Ögedei rieb sich mit dem Handballen das Gesicht, um Sand und Salz, die ihm in den Augen brannten, fortzuwischen.

Ein Pfeil bohrte sich in die Flanke des toten Pferdes und Ögedei starrte stumm darauf. Es war ein kurzer Mongolenpfeil, nur die Befiederung war ihm fremd. *Ein Keraitenpfeil.* Er befand sich immer noch auf dem Schlachtfeld. Er konnte nicht hierbleiben, er musste einen Weg aus der Sandwolke hinaus finden. Er wusste nicht, ob er vor oder zurück musste, er wusste ja nicht einmal, *wohin* er überhaupt gehen sollte. Vielleicht würde er den Himmel nie wiedersehen. Er wurde ja förmlich begraben. Zum Schutz vor dem Staub zog er sich den Schal ums Gesicht. Immer noch schmeckte er körnigen Schmutz auf der Zunge.

Irgendetwas prallte gegen ihn und er fiel zurück, gegen den Kadaver seines Ponys. Wild blickte er umher, versuchte, einen Schatten oder eine Gestalt im Staub auszumachen. *Wer ist da?* Pferde jagten rechts an ihm vorbei. Ihre Hufe hämmerten über den Sand, ließen wirbelnde Staubwolken aufsteigen. Er hob eine Hand, um sein Gesicht zu beschirmen, und Schmerz schnitt ihm durch Hals und Schulter. Als er den Blick senkte, sah er die blutige Spitze eines Pfeils unterhalb seines Kinns hervorragen.

Sein Schal hatte sich um den Pfeil verheddert, und er konnte nicht über die Schulter nach hinten greifen, um ihn herauszuziehen. Seine Finger streiften den Schaft und Schmerz schoss durch seinen Nacken. Schreiend brach er in die Knie.

Er blutete unter seiner Rüstung. Sein Schal färbte sich rot, und was der Stoff nicht aufsaugte, rann über seine Brust nach unten. Auch seine Hände waren rot. Er sah, dass er im Blut seines Pferdes kniete, das den Boden tränkte. Er schauderte. Auf einmal war ihm kalt.

Der tote Keraite schien ihn auszulachen, obschon von seinem Gesicht nicht viel übrig war. Ögedei wollte sich auf seinem Pferd abstützen. *So warm,* dachte er, und die Tränen kehrten zurück. Diesmal versuchte er nicht, sie zu verbergen. Er ließ ihnen freien Lauf. »Es tut mir leid«, flüsterte er, obgleich niemand da war, der ihn gehört hätte.

Der Keraite lachte noch immer. Ögedei konnte seine Stimme hören – ein brüllender, wogender Laut in seinem Kopf, wie eine Sturzflut, die sich im Frühjahr in ein trockenes Flussbett ergoss. Es war nicht nur der Keraite – es waren die Toten auf dem Schlachtfeld. Sämtliche Geister lachten jetzt über ihn.

Dunkle Flecke trieben durch sein Blickfeld. Er grub seine

Finger in das Kurzhaar des Pferdes und versuchte, sich daran zu erinnern, wie es war, zu reiten.

So viel Blut, dachte er. Dann kippte er um.

✦✦✦

Er hatte Mühe zu atmen. Sein Mund war mit klebrigem Schlamm verstopft und borstige Haare kitzelten seine Nase. *Setz dich auf.* Sein Körper schien so weit weg zu sein. Ögedei versuchte, seine Arme zu bewegen, und spürte nichts. *Ich versuch es bald noch einmal,* dachte er. *Vielleicht wenn die Sonne rauskommt.* Bis dahin würde er still liegen bleiben und dem schwachen Rhythmus seines Herzens lauschen.

Ein gedämpftes Geräusch störte seine Träumerei, und er stellte fest, dass es aus seiner Kehle kam. Die Sonne war zum Vorschein gekommen und ihr Licht brannte ein Loch in seinen Hals. Der sengende Schmerz bohrte sich direkt in seine Kehle hinein und sein Schrei drang aus dem rissigen Loch hervor.

Über ihm war nichts als blauer Himmel. Kein Staub, keine Wolken, nur die endlose Weite des sonnenhellen Himmels. Aber hätte ihn der entsetzliche Schmerz in seinem Hals nicht schon in die nächste Welt schicken müssen? *Es dürfte eigentlich nicht wehtun,* dachte er. *Nicht mehr.*

Es tat jedoch weh, und der Schmerz wühlte sich immer tiefer in seinen Bauch hinein. Unentwegt versuchte er, ihn auszuspucken, aber es kam nichts aus seinem Mund. Alles schien blutig rot aus seinem Hals zu quellen.

Ein Schatten strich zwischen ihm und dem Himmel hinweg, eine staubbedeckte Wolke. Ihre Oberfläche ordnete sich, als er sich darauf konzentrierte – rot umränderte Augen, ein mit

Blut und Dreck gesprenkelter Schnurrbart, aufgesprungene, trockene Lippen. Die Lippen bewegten sich weit über ihm, aber er konnte noch immer nur das Geräusch seines eigenen Schreis hören, der durch das Loch in seinem Hals entwich. Das Gesicht senkte sich herab, und der Geruch der Haare des Mannes, nach Schweiß und Fett, drang Ögedei in die Nase. Unter dem Gestank der Schlacht nahm er den eigentlichen Geruch des Mannes wahr. Als sich das Gesicht wieder hob und einen Mundvoll schwarzen Blutes ausspuckte, kam Ögedei ein Name in den Sinn.

Borokhul. Einer der Waisenjungen, die seine Großmutter aufgenommen hatte. Der Große mit dem Gesicht wie aus rotem Stein. Familie und doch nicht verwandt. Nicht vom selben Blut und doch – Ögedei sah, wie Borokhul noch einen Mundvoll seines Blutes ausspuckte – ein Blutsbruder.

Der Himmel wurde dunkel, und Ögedei fand die Kraft, seine Hände zu bewegen. Er griff nach dem Stoff und dem Leder von Borokhuls Rüstung und hielt sich daran fest. Die Sterne zeigten sich, winzige Augen, die ihm zublinzelten wie Tiere, die sich im hohen Steppengras versteckten, und schließlich konnte er auch den Wind wieder hören. *Bleib bei mir, Ögedei,* sagte er. Oder vielleicht war es Borokhul, der ihm diese Worte ins Ohr flüsterte.

Es war gleichgültig. Man hatte ihn gefunden.

Kapitel 3

✠✠✠

Der Geist von Rus

Es war gut, dass sie keine Zeit hatte, es sich im Kapitelhaus gemütlich zu machen, andernfalls wäre es ihr unerträglich gewesen, wieder ins Reich des Großkhans hinauszuziehen.

Sie ritt jetzt, weil es unmöglich war, mit einer so großen Gruppe leise und heimlich voranzukommen. Finn, wenn er überhaupt einmal etwas sagte, bevorzugte eine der rauen Sprachen des Tieflands, die sie kaum verstand, und sein Latein war armselig. Dennoch schien er sich mit den Gegebenheiten der Natur besser auszukennen als sie, oder vielleicht war auch einfach nur sein Wahrnehmungsvermögen stärker ausgeprägt. Deshalb gingen sie und Finn voraus und erkundeten den Weg und gaben dann Haakon und Raphael Bescheid, wenn sie ungefährdet nachfolgen konnten; auf diese Weise kamen sie bis zum Einbruch der Dunkelheit und am nächsten Tag bis zur Mittagszeit gut voran. Danach wurde der Wald so dicht, dass die Pferde mehr Mühe machten, als sie wert waren. Sie ließen sie zurück in der Obhut eines hier ansässigen Holzfällers, den sie fanden, indem sie den Geräuschen seiner Axt folgten.

Der Holzfäller behauptete, nichts von den Mongolen zu wissen, und sie kümmerten ihn auch nicht.

Raphael meinte, es sei fraglich, ob die Pferde bei ihrer Rückkehr noch da wären, aber diese Lösung war immer noch besser, als sie einfach laufen zu lassen. Sie lagerten über Nacht in einer Klamm und wagten es, ein Feuer zu machen, weil der Rauch und der Widerschein der Flammen sich im allgegenwärtigen Nebel verloren.

Anderntags kamen sie am späten Vormittag in Sichtweite des Dorfes Hammer, das Cnán dann als eine Art Leitstern benutzte, um die armselige Hütte zu finden, in der Illarion die vergangenen vierzehn Tage überdauert hatte. Raphael und Haakon schlossen zu ihnen auf, und Finn bedeutete mit einem Lächeln und einer Geste, dass er ihren Spürsinn beeindruckend fand.

Die Hütte lag am Rand einer dem Erdboden gleichgemachten Siedlung. Häuser und Hütten waren niedergebrannt worden, das Vieh hatte man abgeschlachtet und an Ort und Stelle zerlegt, die Felder abgefackelt. Überall lagen Haufen aus Knochen und halb verwesten Leichen. Keiner der Toten hatte noch zwei Ohren.

»Hiesiger Adel«, meinte Finn und rieb sich die Nase. »Tot, so edel auch nicht.«

Haakon hatte eine solche Verwüstung offenbar noch nie gesehen. Sein Adamsapfel zuckte auf und ab und sein Gesicht färbte sich krankhaft grün. Sein Blick wanderte umher, als suchte er nach einer Stelle, an der er sich übergeben konnte. Cnán wunderte sich, dass die anderen sich überhaupt mit ihm abgaben – er war so arm an Lebenserfahrung.

»Gewöhn dich dran. Das ist die Art der Mongolen«, sagte sie.

»Der Menschen im Allgemeinen«, ergänzte Raphael. »In Jerusalem …«

»Die hier sind schlimmer«, fiel ihm Cnán ins Wort.

Eine plötzliche leichte Brise, die von Osten kam, trug einen besonders durchdringenden Gestank heran, so übel, dass selbst Raphael würgte und seinen Schal hochzog. Er bot den anderen Duftwasser für ihre Kleidung an; Cnán, die selber keines trug, nahm zur Kenntnis, dass auch die anderen keinen Gebrauch davon machten – nicht einmal Haakon, dessen Rotzlappen ein schmutzstarrendes Wunderwerk war.

»Die Stadt?«, fragte Finn leise und wandte sich nach Westen, als ob das etwas brächte.

Cnán nickte.

Sie zwängten sich an der schief hängenden Tür vorbei in die Hütte. In der Düsternis hustete ein Mann. Eine Messerklinge blinkte trüb auf.

»Wer ist da?«, ertönte eine raue, leise Stimme.

»Freunde, die deine Botin hergeführt hat«, antwortete Finn.

»Das andere Mädchen«, krächzte der Mann. Seine Haut war bleich und schweißnass. Er wollte aufstehen, doch der Versuch scheiterte kläglich – die Beine ließen ihn im Stich. Raphael trat neben ihn. Vorsichtig. Der Mann lag im Fieber und mochte mit der Waffe nach Phantomen stoßen.

»Es erfüllt uns mit Erleichterung, dass du noch unter den Lebenden weilst«, sagte Raphael. »Feronantus liebt dich und sendet dir Grüße.«

»Feronantus«, wiederholte der Mann, von einem neuerlichen Hustenanfall gepeinigt. »Herr und Ungeheuer, wo war er, sie banden ihr die Hände, sie banden ihr die Füße, sie schrie und starb … eine Handbreit von einem Gesicht entfernt. So weit, nicht weiter.« Er drehte seine Hand, dunkel von längst geronnenem Blut. Raphael ergriff sie und drückte sie nach unten. Dann fasste er sanft nach Illarions Kinn und drehte seinen Kopf.

»Lass mich das Ohr sehen«, murmelte er.

»Es ist weg«, erwiderte Illarion mit schwerer Zunge. Er

zuckte unter jeder Bewegung seiner Kiefer vor Schmerz zusammen, aber die Worte drängten aus ihm heraus. »Ich bin sicher, der Hund hat es mitgenommen. Lasst uns alle zur Hölle fahren und es suchen, dann legen wir es in Wein ein und nähen es wieder an. Illarion mit dem Purpurohr. Ich tausche mit diesem mongolischen Lakaien – mein Ohr gegen seine Eingeweide. Sie kleben mir jetzt noch am Beinkleid.«

Raphael entnahm seiner Tasche Salbe und Heilpflanzen. Er schaute auf, als ein Schatten den Raum verdunkelte.

Ein schlankes blondes Mädchen in zerrissenem Gewand, das von einer Schärpe gehalten wurde, stand in der Tür. Sie erschrak nicht und schrie auch nicht auf beim Anblick der großen Männer. Von ihrer Schärpe hing ein Stoffbeutel, der mit Blättern gefüllt war. Grüner Saft rann ihr von einem Mundwinkel übers Kinn. Sie hatte Blätter gekaut, als sie zur Tür hereingekommen war, gewiss um einen Wickel daraus zu bereiten.

»Tapferes Kind«, befand Raphael und erhob sich aus der Hocke. »Wo kommst du her und wer beschützt dich?«

Das Mädchen blieb stumm, der Blick entrückt. Mit einer sichtlichen Anstrengung konzentrierte sie sich auf Illarion und lächelte. Ihr Lächeln war simpel, ihr Gesicht ungerührt von jedwedem anderen Gefühl.

Cnán war im Begriff, die Situation zu erläutern – dass das Mädchen die Aufgabe hatte, Kräuter zu holen und Illarion zu pflegen, und dafür zu essen und Jade erhielt –, als ein weiterer, älterer Junge, so alt wie Haakon, aber dunkelhäutig wie sie selbst, in der Tür auftauchte und das Mädchen sanft beiseiteschob. Er blickte mit gezücktem Dolch in die Hütte, sah Cnán und zögerte.

Sie nutzte den Vorteil des Augenblicks. »Wir wollen euch nichts tun«, sagte sie auf Tocharisch.

Der Junge dachte kurz über ihre Worte nach, dann wies

er mit dem Kinn auf die anderen. »Nehmen *die* ihn mit?«, fragte er.

Sie nickte.

»Gut. Er ist verrückt und gibt die ganze Nacht keine Ruhe. Da draußen treiben sich immer noch Sammler und Leichenfledderer herum. Irgendwann werden die ihn finden. Sie werden uns alle finden, wenn wir hierbleiben.«

»Dann solltet ihr nicht hierbleiben«, meinte Cnán.

Der Junge hob die Schultern. »Gott schützt uns«, sagte er. »Wir haben bis jetzt überlebt.«

Das stumme Mädchen lächelte abermals. Cnáns Herz pochte dumpf. Sie hatte dieses Lächeln zu oft im Umfeld von Mongolenlagern gesehen, auf den Gesichtern der Stumpfsinnigen und Gebrochenen – den Gesichtern jener, die man am Leben ließ, um sie zur Befriedigung der Lust herzunehmen. Männer, Frauen und Kinder … ein Lächeln, das schlimmer war als jedes noch so irrsinnige Grinsen.

Hätte Cnán geglaubt, ihre Meinung frei äußern zu dürfen, hätte sie laut protestiert gegen dieses Unterfangen, das Himmel und Hölle in Bewegung setzte, um Illarion in Sicherheit zu bringen, während man dieses Mädchen an einem Ort zurückließ, wo sie den Mongolen jederzeit wieder in die Hände fallen konnte. Aber weil an der Situation nichts zu ändern war, sagte sie nichts weiter.

Raphael nahm einen sauberen Tuchstreifen aus seiner Tasche und wickelte ihn Illarion um den Kopf. »Das Fleisch stirbt ab«, sagte er. »Doch die Maden haben es dir abgefressen. Und das Mädchen hat dir einen guten Brei aus grüner Weidenrinde gekaut. Du hattest Glück.«

»Nein«, entgegnete Illarion. Er schloss die Augen und legte sich zwei Finger über Kreuz vor den Mund. »Helft mir. Entseelt mich. Ich will sterben.«

Der Junge fasste das Mädchen an der Schulter, und sie

drehten sich um und verschwanden. Cnán ging zur Tür, um ihnen nachzusehen. Der Junge rannte davon, ohne einen weiteren Blick auf die Verheerung zu werfen, das Mädchen indes verweilte noch, ließ sich auf ein Knie nieder, als verbeugte sie sich vor einem Herrn und schaute noch ein letztes Mal zu der Hütte zurück. Dann floh auch sie. Cnán, immer noch in der Tür stehend, versuchte, nicht daran zu denken, wo sie hingehen mochten. *Gott schützt uns,* hallten ihr die Worte des Jungen durch den Kopf.

Es war schwierig, Illarion über unwegsames Gelände zu schaffen. Die Rückreise würde an die drei Tage dauern, schätzte Cnán, und Raphael war ihrer Meinung. Doch als sie ihre Pferde wieder hatten – denn der Holzfäller erwies sich als ehrlich –, kamen sie schneller voran. Illarion schien es besser zu gehen. Er sprach nur wenig, aber was er sagte, ergab nun mehr Sinn.

Er war groß, nicht besonders kräftig von Statur, aber doch stark genug, wie Cnán meinte, um eine Holzbohle zu schwingen und sich damit zur Wehr zu setzen. Sein blondes Haar stand im Gegensatz zu seinem dunkleren Vollbart. Seine momentanen Schwierigkeiten schienen vom Verlust seines Ohres herzurühren, dessen Stumpf schwärte; darunter hatte sich die ganze Seite seines Kopfes entzündet, was ihm das Essen und Reden erschwerte. Raphael stellte fest, dass ihm der Schmerz ebensolche Probleme bereitete wie das Fieber, und verabreichte ihm bitter schmeckendes Gummiharz und noch mehr Weidenrinde. Das verschaffte dem Mann etwas Linderung und ermöglichte ihm, sich ein paar Stunden lang auf einem Pferd zu halten.

Sie hatten gehofft, in westlicher Richtung zügig voranzukommen und das Kapitelhaus im dichten Wald rasch zu erreichen. Aber Cnán erspähte jetzt immer wieder Flüchtlingsströme, die sich entlang dieser Route bewegten und von

Mongolenscharen gehetzt wurden, und auf ihr Drängen hin schwenkten sie für einige Meilen nach Süden ab, bevor sie sich wieder nach Westen wandten.

Damit gerieten sie jedoch dicht an das Lager der Mongolen. Raphael berichtete Cnán und Illarion, dass er, Feronantus und Finn vor einigen Tagen den Wald verlassen hatten, um die Gegend auszukundschaften, und von Westen her hatten sie genau diese Lehmmauern gesehen, die in beinahe römischem Stil einen großen, quadratischen Platz bildeten. »Ordu ließ sie während der Belagerung errichten«, erklärte Raphael. »Als Onghwe kam, muss Ordu ihm wohl die Erlaubnis verweigert haben, seine Männer hier einzuquartieren. Darum schlug Onghwe auf dem Schlachtfeld vorübergehend ein Lager auf, ein furchtbarer Ort. Die beiden haben nichts füreinander übrig. Als Ordu abzog, kehrte Onghwe zurück, um die Sammler und Steuereintreiber zu organisieren, keine ehrenvolle Aufgabe für einen echten Mongolenkrieger.«

Auf den Wehrgängen patrouillierten Posten mit spitz zulaufenden Helmen, die vorgeschobenen Verteidigungsstellungen waren mit Reitertruppen besetzt. Die Zelte der Soldaten ließen sich über die Mauern hinweg nicht erkennen, nur in der Mitte ragte ein gewaltiges Filzzeltdach in den Farben Orange, Grün und Braun weit in die Höhe.

Finn lenkte ihr Augenmerk auf eine Fläche jenseits der Befestigungen. Man hatte den Bereich gerodet und freigeräumt, und er meinte, dort sei eine Burg im Bau begriffen – rohe graue Balken bildeten einen Kreis und durch die noch nicht fertiggestellte Westseite zeigten sich Laufstege und Bretterstapel.

»Das war vor ein paar Tagen noch nicht hier«, stellte Raphael stirnrunzelnd fest.

»Mongolen bauen keine Burgen«, sagte Cnán.

Raphael stimmte ihr zu. »Mich erinnert das an die großen

Arenen, die die Römer für ihre Gladiatoren erbauten«, meinte er. »Vielleicht wollen sie dort die Wettbewerbe abhalten.«

Ein hoher, rechteckiger Turm am südlichen Ende stützte eine breite Zuschauertribüne, die die Arena überblickte und unten lotrecht zum strohbedeckten Boden abfiel, blank bis auf einen breiten sattroten Vorhang, der über das untere Drittel hing.

»Feronantus hat uns die Einladung vorgelesen«, sagte Haakon. »Darin war von einem roten Schleier die Rede, durch den die Sieger schreiten dürfen.« Cnán drehte den Hals und schaute sich nach dem jungen Mann um. Der Gedanke an einen sauberen Kampf zwischen ehrenhaften Streitern brachte ihn förmlich zum Strahlen. Trotz allem, was er auf dieser Reise gesehen hatte, klammerte er sich an die Vorstellung, dass ein Kampf ein Gipfel sei, den es zu erklimmen galt und auf dem entweder Ruhm oder ein schneller Tod wartete. Dieser Junge war offenbar zum Sterben geschaffen.

Sie empfand jedoch kein Mitleid. Er war ein Werkzeug, und ein Werkzeug erfüllte seinen Zweck. Verlor man es, suchte man sich ein neues. Brachte man ihm Gefühl entgegen, entwickelte sich daraus eine Bindung, und das war nicht ihre Art. Gefühle zehrten Kräfte auf.

Illarion hob den Kopf. »Wettbewerbe?«, fragte er leise und dumpf. Sein Ohr hatte aufgehört zu bluten, doch sein Kiefer war zu grotesker Form geschwollen und sein Fieber war offenkundig schlimmer geworden. »Ein Wettstreit des Mutes zwischen Kämpfern, um die westlichen Lande zu retten?«

»Ja!«, sagte Haakon.

»Das ist es, worüber ich mit Feronantus sprechen muss«, erklärte Illarion. Mehr ließ er sich allerdings nicht entlocken, nicht einmal von Raphael, der frischen Rindenbrei zum Vorschein brachte, den er dem Mann in die dicke Backe stopfte, um seine Schmerzen zu lindern.

Hinter dem Lager wandten sie sich den Bedenken Raphaels und Cnáns zum Trotz nach Nordwesten. Sie wussten beide, dass dieser Weg an den Ruinen von Legnica vorbeiführte, aber das Tageslicht schwand bereits und sie mussten den Wald vor Einbruch der Nacht erreichen.

Zunächst entdeckte der Rettungstrupp, dem Nebel und Regen die Sicht trübten, nur weitere niedergebrannte Bauernhäuser und aufgehäufte Knochen, abgenagt von Hunden, Krähen und Geiern – und vielleicht auch von hungrigen Dörflern. Raphael kam kurz auf die Gepflogenheiten belagerter Einwohnerschaften zu sprechen, doch Illarion funkelte ihn an und der Feldscher verstummte.

Die Überreste der Stadt säumten einen niedrigen Hügel, auf dem man eine provisorische Feste aus Balken und teils auch aus steinernen Mauern errichtet hatte, dazu rechteckige Holztürme, die weiße Dächer trugen. Die inneren Gebäude bestanden aus Steinwällen sowie höheren Wänden aus Lehmfachwerk. Die Bretterumzäunung war zum Einsturz gebracht und angezündet worden, die Steine niedergerissen. Die inneren Gebäude schwelten selbst im Nieselregen noch. Auch das Dorf rings um die »Burg« war einst durch mehrere Balkenwälle geschützt worden, die jetzt allerdings an so vielen Stellen eingerissen waren, dass sie nur noch wie zerschlagene Zähne aus dem Boden ragten. Ein paar wenige Bauten standen noch.

Tiefer Wald und Zuflucht lagen nur wenige Meilen von den Ruinen entfernt, aber Banden von Onghwes Mongolen und Sammlern trieben sich auf den weit abgelegenen Höfen und in der Umgebung herum und hatten die Stadt ein ums andere Mal geplündert.

Die Wolken rissen auseinander, der Regen ließ nach und hörte schließlich ganz auf. Die Retter mussten sich diesmal entlang der Straßen unter einen weiteren trägen Strom von kläglichen, abgerissenen Flüchtlingen mischen, die verstreut dahinstolperten und -staksten, entweder den Blick starr geradeaus gerichtet oder mit hängendem Kopf, jammernd die einen, stumm die anderen – verlorene Scharen menschlichen Abfalls. Haakon blieb dicht bei Finn und sah sich mit finsteren Blicken um – nichts, was er je erlebt hatte, hatte ihn auf eine solche Situation, einen solchen Ort vorbereitet. Überall lagen die Knochen und die verwesenden Leiber von Männern, Frauen, Kindern, Pferden und Vieh. Der Gestank war fast unerträglich. Hunde und Geier gab es mittlerweile nur noch wenige – man hatte sie gejagt, mit Stöcken erschlagen, gegessen. Die Ratten waren zahlreicher, einige regelrecht frech, fett und geschmeidig, und ihre Augen blitzten, wenn sie die Schultern senkten und den Kopf hoben und die vorüberkommenden Reiter anquiekten.

Die Sammler machten zum Zeitvertreib Jagd auf Überlebende, mieden allerdings jeden, der Widerstand leistete, denn eigentlich waren sie die schlimmsten Feiglinge, die nur Toten und Sterbenden gegenüber Mut bewiesen. Als er einen Sammler erspähte, der einer halb toten Frau das Oberkleid ausziehen wollte, ritt Finn durch Schlamm und verbranntes Stroh hin und erschlug den Halunken mit einem einzigen Hieb seines Schwerts. Dann wendete er sein Pferd, und mit einem schrillen Schrei und einem weiteren Streich erlöste er die Frau. Fluchend kehrte er zur Gruppe zurück, die Wangen tränenüberströmt.

Raphael wollte ihn für seine Torheit tadeln, presste jedoch stattdessen die Kiefer aufeinander und sah weg. »Es wird noch schlimmer kommen«, warnte er.

Cnán kannte diese Sammler und ihre Art gut genug, um sie selbst in einer wohlbehaltenen Stadt auszumachen. Nicht immer handelte es sich um hinterhältige Verbrecher oder rasende Trunkenbolde. Im Gegenteil, in ihrem kurzen Leben hatte sie schon gesehen, wie Trunkenbolde ruhmreich kämpften und Stadtväter zu Leichenfledderern wurden. Der Krieg ebnete das Feld nicht nur ein, er pflügte es um, brachte die Jauche zum Vorschein und grub die Stoppeln unter.

Der Hauptstrom des Elends wälzte sich westwärts. Die Menschen gaben Land auf, das auf Generationen hinaus keine Früchte tragen würde; sie mieden Wege und Straßen, auf denen mongolische Truppen regelmäßig patrouillierten.

Beritten und bewaffnet nahmen sich die Retter im Vergleich zu diesem Pöbel wie Könige und Prinzen aus und hatten mithin keinen Grund zur Heimlichkeit. Es mochte den einen oder anderen geben, der hungrig und verzweifelt genug gewesen war, um sie anzugreifen, aber Raphael hielt es für das Beste, kühn geradewegs hindurchzureiten und dann, sobald sie den Wald erreichten, direkt weiter zum Kapitelhaus zu ziehen.

Weil diese Art der Fortbewegung in krassem Gegensatz zu ihrer bevorzugten Art stand, von Raphael »Herumschleichen« geheißen, war Cnán unbehaglich zumute. Zu ihrer Überraschung war auch Finn nicht froh – ihm machten die ungeheure Verheerung und dieser endlose Anblick von Grausamkeiten schwer zu schaffen.

In der Nähe des westlichen Stadtrands stand noch ein Teil einer steinernen Umgrenzungsmauer, die man zum Schutz vor Invasoren aus Richtung der untergehenden Sonne errichtet hatte. Sie ritten in den Windschatten dieser Mauer und wurden langsamer, als ihre Pferde vor Haufen aus Knochen und verwesenden Schädeln scheuten, die mit Fetzen und Sehnen durchwoben waren. Die erbärmlichen Überreste fielen selbst in den Hinterlassenschaften dieses Massakers auf – sie waren zu klein … die Schädel mit einem einzigen Hieb zerschmettert … die Kleidung nicht die Unterwäsche von Kriegern oder Städtern, sondern leicht und dünn, wie Nachtzeug.

Haakon zog an den Zügeln seines Pferdes, ein Flackern in den Augen, bis sein Blick sich erst auf Finn und dann auf Raphael heftete – und schließlich auf Cnán, die ihr Gesicht verzog. »Sieh doch nicht hin«, sagte sie, »wenn du es nicht ertragen kannst.«

Mit hüpfendem Adamsapfel richtete Haakon den Blick zum grauen, diesigen Himmel empor. Illarion tat es ihm gleich und berührte seine dicke Wange und sein fehlendes Ohr, als lauschte er einer fernen Musik.

Dies waren die Knochen von Kindern jeglichen Alters, von Säuglingen bis hin zu Heranwachsenden, die sich entlang der ganzen Mauer erstreckten und an ihrem Fuß auftürmten. Scharen von Kindern. Die Zukunft einer ganzen Stadt, die zermalmt und zerbrochen im Dreck verfaulte.

Cnán wusste, was hier geschehen war. Sie hatte einschlägige Geschichten aus Fernost gehört. Nachdem die Feste auf der Hügelkuppe gefallen und die anderen Wälle überwunden waren, hatten die Einwohner die Säuglinge und Kinder von Legnica zu dieser letzten und stärksten Mauer geschafft. Zum Ende hin, als die Mongolen erst von hinten und dann von überall her einfielen und alle, die ihren Weg kreuzten, quälten und umbrachten, hatten die Soldaten und die überlebenden Eltern die Kinder geopfert, damit sie kein schlimmeres Schicksal erlitten. Man hatte ihnen die Schädel mit Hämmern oder Schwertgriffen eingeschlagen, wie Ferkeln die Hälse durchgeschnitten, zehn oder zwanzig auf einmal, und die Leichen dann von der Mauer gestürzt.

Möglicherweise hatten die Einwohner die schwache Hoffnung gehegt, das Mitleid der Mongolen oder ihrer Lakaien zu wecken, aber das war ein Ding der Unmöglichkeit, wie Cnán wusste. Eher hatte der Tiger Mitleid mit dem Rehkitz und eher beweinte der Wolf ein Lamm, bevor Mongolen vor dem Leichnam eines Kindes erschauderten.

Aus der Tiefe von Haakons Kehle drangen winzige Laute. Die Hölle selbst konnte nicht weit unterhalb dieses stinkenden Ossariums liegen, von wo aus sie dem unbegreiflichen Übel der Welt entgegenbrodelte. Keiner der Retter wollte inmitten dieser Toten verweilen. Die Rache ihrer jungen, ungeformten Geister mochte schlimmer sein als die eines jeden Mongolen.

So schnell sie konnten, ritten sie fort von der Mauer und den Knochen, um noch vor Beginn der Nacht den Schutz des dichten Waldes zu erreichen. Stinkender Schlamm spritzte unter den Hufen der Pferde auf und befleckte ihre Gesichter und Rüstungen.

Cnán wischte sich einen schleimigen Batzen von der Wange. Er war rot gefärbt von Blut.

Die Dämmerung und noch mehr Nebel stahlen sich heran, während sie den eingeebneten Landstrich überquerten. Die Flüchtlinge waren nach Süden gezogen und das alte Schlachtfeld schien verlassen bis auf ein paar verstreut umherliegende Knochen einstiger Verteidiger Legnicas. Ihr Weg war frei.

Cnán wollte schon erleichtert den Atem aus ihrer engen Brust entlassen, als unmittelbar vor ihr, im Zwielicht blass und deutlich, Finns Hand aufschoss wie ein Falke, der im Begriff war, im Sturzflug auf seine Beute niederzugehen. Sie hatte diese Geste zu respektieren gelernt – sie bedeutete, dass seine Ohren etwas aufgefangen hatten, das so leise war, dass er es zu verlieren drohte, wenn sie nicht alle augenblicklich ganz still waren.

Die Gruppe blieb stehen, um ihm Gelegenheit zum Lauschen zu geben.

Finns Hand sank herunter und machte die hüpfende Bewegung, die für *Pferde* stand. Dann drückte er den Daumen zweimal kurz gegen zwei erhobene Finger: *klein*. Er hörte Ponys. Viele Ponys.

Cnán stieg ab. Es wäre dumm gewesen, vor dem, was da kam, davonreiten zu wollen. Haakon zog sein Langschwert.

Finns Hände verrieten ihnen nun mit zuckenden und huschenden Bewegungen, dass die Ponys sich nicht an einer Stelle aufhielten, sondern überall waren. Endlich konnte auch Cnán ihren Hufschlag hören, dann die gedämpften Stimmen der Männer, die ihre Gruppe lautlos umzingelt hatten. Sie beugte die Knie, ging in die Hocke und dann auf alle viere nieder und hüllte sich dabei in ihren dunklen Umhang. Sie hatten die Aufmerksamkeit eines Spähtrupps erregt. Vielleicht hatte ein Wachposten sie gesehen, oder sie waren von einem Plünderer verpfiffen worden, der wenigstens noch auf einen kleinen Wertgegenstand hoffte, wenn die Mongolen mit ihnen fertig waren. Oder es hatte jemand Finns Angriff auf den Sammler gemeldet.

Egal. Cnán sah es schon kommen. Ihre Begleiter würden wie Igel enden, mit Pfeilen gespickt, aber sie würde sich zwischen den Toten verstecken und dann flink im Wald verschwinden, bevor die Wachen ihrer habhaft werden konnten.

Raphael ließ sein Pferd ein kleines Stück gehen und legte Haakon die Hand auf den Unterarm. Das gezückte Schwert des Jungen, das im Licht der Dämmerung wie ein Eiszapfen schimmerte, würde ihn zum ersten Ziel der Bogenschützen machen. Nickend senkte Haakon die Klinge.

Ein kleiner Mongolentrupp ritt in einer Reihe zwischen den Rettern und den Bäumen entlang. Cnán glaubte immer noch, sie könne sich im Durcheinander des Kampfes zwischen ihnen hindurchstehlen, aber ein besorgter Teil ihrer Seele hieß sie, bei ihren Kameraden zu bleiben.

»Der Zweite, der in der Rüstung, die wie Fischschuppen aussieht«, sagte sie mit leiser Stimme. »Der ist reich. Ihr Anführer.«

»Dann greifen wir ihn an«, schlug Haakon vor.

»Und sterben in einem Pfeilhagel, bevor wir auch nur die halbe Distanz überwunden haben«, entgegnete Raphael.

»Mir nach«, befahl Illarion unversehens und für alle überraschend. Er trieb sein Pferd voran. Beunruhigt von den Leichen und der Anspannung in ihren Stimmen schrak das Tier zusammen, doch dann, auf ein besänftigendes Wort seines hageren Reiters hin, verfiel es in einen langsamen Trab. »Folgt mir. In einer Reihe. Langsam. Wie bei einem Trauerzug. Vaetha, du führst dein Pferd. Und setzt alle eure Kapuzen auf.«

Sie gehorchten Illarions Anweisungen. Der Ruthene ritt steif, aber stetig in schwerem Schritt dahin, seine großen, leeren Augen blickten starr geradeaus.

Ein einzelner Mongole in Rüstung ritt an der Spitze der Gruppe, ein Grinsen im Gesicht und den gebänderten Bogen in einer Hand ausgestreckt, wie um Frieden und Freundschaft zu signalisieren. Zweifellos der Anführer. Cnán zählte die Gegner. Fünfzehn berittene Bogenschützen.

Keine hundert Schritte trennten die beiden Gruppen nun noch voneinander.

Um dem Ruthenen den Weg zu versperren, trieb der Anführer sein Pony zur Seite.

Illarion ritt geradeaus weiter. Sein Pferd schnaubte und warf den Kopf hin und her.

Cnán glaubte, Illarions Taktik zu durchschauen – er demonstrierte unerschütterliche Absicht; damit hoffte er, einen Zangenangriff der Mongolen, der ihre Gruppe zerstreuen würde, hinauszuzögern. Hätte der Ruthene kehrtgemacht oder wäre er zu schnell geritten, wären die Mongolen instinktiv herangestürmt und hätten Jagd auf sie gemacht wie ein Hund, der hinter einer Hirschkuh her war.

Der Anführer ließ seinen Bogen nach links, nach rechts

und dann nach oben zucken. Er selbst fiel zurück. Nun teilte sich der Mongolentrupp endlich nach rechts und links, dann zog er sich langsam um sie herum zusammen wie eine Schlinge oder die Zugschnur eines Beutels, näherte sich ihnen von beiden Seiten und von hinten, fünfzig Schritte, dreißig Schritte … nahe genug, dass ihre ersten Pfeile mit Sicherheit treffen würden, aber nicht so nahe, dass sie in die Reichweite von Haakons glänzendem Schwert gerieten.

Der Anführer wendete sein Pony geschickt, wie um sie zu provozieren, ihn zu jagen und zu fangen, ihn allein, der ihnen den Rücken zukehrte und keine Anstalten machte, sie anzugreifen. Und das alles tat er immerfort grinsend.

Cnán verstand nicht, was Illarion vorhatte, wenn er den Anführer erreichte. Wollte er ihn vielleicht angreifen und sterben, um den anderen Gelegenheit zu geben, im Wald unterzutauchen?

Jetzt trennten Illarion und den Anführer keine fünf Schritte mehr.

Mit einem Schwung seines Armes fegte Illarion den Umhang beiseite, in den er sich in den vergangenen zwei Tagen fast ständig gehüllt hatte, und schleuderte ihn davon. Das Kleidungsstück drehte sich in der Luft und flog mehrere Schritte weit, wie eine Fledermaus, dann senkte es sich zu Boden – und legte sich genau über das Skelett und den kegelförmigen Helm eines polnischen Ritters.

Eines Ritters, der es fast bis zum Wald geschafft hatte, bevor ihn drei Pfeile in den Rücken getroffen hatten.

Alle wandten die Köpfe, fasziniert von diesem Auftritt.

Knochen klapperten. Der runde Buckel des Schädels bewegte sich unter dem Umhang wie von neuem Leben erfüllt.

Illarion lenkte sein Pferd am Zügel links neben den mongolischen Anführer und drehte mit einem sorglosen Ruck den Kopf, um die geschwollene, ohrlose rechte Seite seines

Gesichts zu zeigen. Dabei begegnete sein Blick dem des anderen Mannes kein einziges Mal.

Nachdem Cnán die Reaktion des Mongolen nun verstand, beobachtete sie ihn weiter und nahm erst Neugier wahr, dann ein Zucken von Lippen und Stirn, Ausdruck von Erschrecken und Verwirrung. Das Gesicht des Anführers wurde bleich, sein Mund öffnete sich wie zum Schrei. Hastig trat er dem Pony mit den Hacken in die Flanken, wendete es und kläffte seinen Kameraden etwas zu. Sein Pony bockte und drehte sich, verstand jedoch nicht, wo es hinsollte.

Illarion ritt stetig weiter. Aus seinem Ohrstumpf tropfte schwarzes Blut. Seine leeren Augen kannten den Tod als vertrauten Freund. Nichts und niemand konnte ihn aufhalten ... oder würde dies auch nur wollen.

Der Anführer beugte sich über den Hals seines Ponys, zügelte es, riss den Kopf des Tieres nach links und trieb es noch härter an, womit er eine Lücke offen ließ, durch die Illarion hindurchritt, ohne innezuhalten und ohne den Eindruck zu erwecken, als wäre er sich der Gegenwart der Mongolen überhaupt bewusst. Der Ruthene brauchte nicht einmal so zu tun, als ritte er jenseits allen Menschseins, allen Lebens dahin.

Der Anführer gaffte ihm entsetzt hinterher. Sein Pony stolperte im Schlamm.

Links, rechts und hinter ihm machten die Mongolen kehrt und zogen sich murrend und rufend zurück.

Hinter Illarion lehnte sich Raphael zur Seite und legte die hohle Hand über sein Ohr – er ahmte den hageren Ruthenen nach, allerdings mit einem grimmigen, breiten Grinsen. Er drehte sich im Sattel und blickte den Mongolen spöttisch nach. Der ganze Trupp löste sich auf und zerstreute sich im Nebel.

Die Retter ritten im gleichen Tempo weiter. Auf Finns Zeichen saß Cnán wieder auf. Sie sah, dass Haakon die Schultern hochgezogen hatte und dass sie sich spannten und zuckten, genau wie die ihren.

Schon bald hatten sie die Bäume erreicht, und die Pferde trennten sich voneinander, um sie passieren zu können. Kalte, reine Nachtluft wehte von Westen heran, brachte mehr Regen und Nebel mit sich, und Wasser tropfte in rhythmisch platschenden Schauern von den Blättern und Ästen, wie um sie reinzuwaschen von allem, was sie gesehen hatten.

»Du sprichst Mongolisch, oder?«, fragte Haakon an Cnán gewandt, als sie hundert Schritt weit in den Wald vorgedrungen waren.

»Tatarisch, Türkisch, ein wenig Tungusisch«, antwortete sie.

»Was hat der Anführer gesagt?«

»Das solltest du eigentlich wissen«, meinte Cnán, »selbst wenn du kein Wort verstanden hast.«

Haakon runzelte die Stirn. »Du hältst mich für einen Dummkopf.«

Cnán verzog das Gesicht und senkte das Kinn.

Haakon warf sein feuchtes Haar nach hinten. »Sag's mir«, beharrte er. »Ich möchte es trotzdem hören.«

Cnán berührte ihr rechtes Ohr. *»Wir sind unreine Seelen der Gefallenen«*, sagte sie, *»auf dem Weg zurück in die Wälder des Westens, aus denen wir kamen.«*

»Geister«, sagte Finn.

»Geister«, bekräftigte sie.

◆◆◆

Einmal im Wald, suchten sie sich im ungleichmäßigen Schein des Mondes ihren Weg über laubübersäte Pfade und langten zwei Stunden später bei dem alten Kloster auf der Lichtung an. Unterdessen hatten sie die klamme Furcht, die sie auf ihrer Reise befallen hatte, abgeschüttelt und redeten jetzt stattdessen über andere Themen als den Tod und wie er zu vermeiden sei. Sie wurden herzlich empfangen von den *Skjaldbræður,* deren Zahl sich während ihrer Abwesenheit auf etwa zwanzig erhöht hatte. Illarion wurde natürlich umarmt und sogar mit Tränen begrüßt. Damit hatte Cnán gerechnet. Was sie jedoch überraschte, war die Gastfreundlichkeit, die ihr einige der Ritter nun entgegenbrachten. In höfischer Manier, die ihr albern erschien, fragte Feronantus sie, ob sie es in Betracht ziehen wolle, das Lager für eine Weile mit ihrer Anwesenheit zu beehren, und lenkte ihr Augenmerk auf ein Zelt, das man etwas abseits errichtet und für sie vorbereitet hatte. Das fand Cnán zunächst fast lustig, da im Lager kein Mangel an Gebäuden herrschte, auch wenn die meisten kein Dach mehr hatten.

Doch als sie den Eingang des Zeltes öffnete und sah, dass es sauber und ordentlich war und über einen Boden aus trockenem grünen Gras und eine Liege mit frischer Strohmatratze verfügte, verstand sie die Geste ein wenig besser. Die Klosterbauten waren alt und baufällig, von Ungeziefer befallen und stanken nach allem Möglichen.

Sie spähte zum hinteren Zugang hinaus, weil sie überall instinktiv nach einem Fluchtweg suchte, und entdeckte, dass sich einen Steinwurf entfernt Mondlicht auf einer Wasserfläche spiegelte; sie war also nicht weit entfernt von dem alten Fischteich des Klosters, der einzigen Möglichkeit hier, so etwas wie ein Bad zu nehmen.

Sie nahm Feronantus' Einladung an. Die Ritter zogen sich in ihr Kapitelhaus zurück, aus dem sie schon bald das dumpfe Knallen von Korken und das Gluckern ausgeschenkten Bieres hörte. Sie zog sich aus und ging direkten Weges zum Teich. Je näher sie ihm kam, desto schneller lief sie, denn es stürzte sich eine beeindruckende Menge von Insekten auf ihre bloße Haut. Als sie das Ufer erreichte, steckte sie inmitten eines summenden Schwarms von Stechmücken und Fliegen und musste ins Wasser springen, schon nur, um ihr Leben zu retten. Aber es war ein herrliches Gefühl, sich den Staub der Straße von der Haut und aus den Haaren zu spülen. Sie schwamm für eine Weile, streckte den Kopf immer nur lange genug aus dem Wasser, um Luft und Mücken einzuatmen, dann tauchte sie wieder unter, bevor ihr die Insekten ärger zusetzen konnten.

Der Weg zurück zum Zelt war ein regelrechter Wettlauf durch eine fast undurchdringliche Masse gieriger Insekten. Auch Fledermäuse umflatterten sie und entlockten ihr ein Stöhnen, wann immer sie ihr mit ihrem schrillen Pfeifen zu nahe kamen. Weil sie kaum sehen konnte, wo sie hinging, stolperte sie durch eine Gruppe von Rittern, die auf dem Weg zum Kapitelhaus waren. Nackt zu sein machte ihr nichts aus, aber ein paar der Ritter keuchten auf und wandten den Blick ab, weil sie glaubten, sie müsse beschämt sein. Der größte unter ihnen – Cnán erkannte ihn sogleich als Parzival – schätzte die Situation richtig ein, trat geistesgegenwärtig vor den Eingang ihres Zeltes und schlug die Plane zurück, und dann stand er da wie aus Marmor gehauen und blickte züchtig zur Seite. Cnán warf sich durch die Öffnung in der Zeltwand. Er ließ die Plane fallen.

Jetzt wagten es die Ritter, sich freimütig zu äußern, und beklagten sich im Spaß darüber, dass sie so viele Insekten ins Lager gelockt habe. »Ich bin wenigstens sauber!«, rief sie aus der Sicherheit ihres Zeltes, »das ist mehr, als ich von euch behaupten kann.« Das brachte sie zum Schweigen. Nicht etwa, vermutete sie, weil ihre Worte ins Schwarze getroffen hatten, sondern weil die Männer schlicht keine Ahnung hatten, was sie eigentlich meinte.

Sie wälzte sich ein paarmal im Gras herum, um sich das Wasser und das Getier von der Haut zu wischen. Es war nicht das schlechteste Bad gewesen, was sie je genommen hatte. Dann suchte sie aus ihrem Gepäck einen Leinenkittel und Kniehosen aus Rehleder heraus und zog beides an, Kleidungsstücke, die sie für den unwahrscheinlichen Fall aufgespart hatte, dass sie etwas anderes sein konnte als ein dahergelaufenes Gör.

Einerseits fragte sie sich, wie sie wohl auf Parzival wirken mochte. Im Großen und Ganzen hatte er ihr keinerlei Aufmerksamkeit geschenkt. Und doch hatte hinter seiner Geste, ihr das Zelt aufzuhalten, mehr gesteckt als bloße Hilfsbereitschaft. *War es … Edelmut gewesen? Brüderlichkeit?* Bei diesem Gedanken schüttelte sie forsch das kurze, nasse Haar.

Sie wollte, dass Parzival sie in besserem Zustand sah als nass, nackt und mit Mücken bedeckt. Aber eine andere innere Stimme – die sich komischerweise anhörte wie die ihrer Mutter – erinnerte sie daran, wie gefährlich ein solches Verlangen war. Gefühl führte zu Bindung, und Bindung führte zu …

Während sie sich anzog, verklang das fröhliche Geplauder im Kapitelhaus. Jemand beschwerte sich, dass er noch nicht so weit sei; die Stimme war zu trunken und gedämpft, um sie zu erkennen. Kurz darauf hörte sie einen Mann aufheulen und dann lang und laut schreien. Danach setzte die murmelnde Unterhaltung langsam wieder ein. Der Duft garenden Fleisches lockte sie trotzdem dorthin. Als sie sich der Tür näherte, kam Raphael heraus; die Schultern gestrafft, bewegte er die Finger. Die Fingerspitzen waren grün verfärbt. Er hatte frische Kräuter zerstoßen.

Seine Haltung kündete von Zufriedenheit, von einer erfüllten Aufgabe.

»War das Illarion, der da geschrien hat?«, fragte sie.

»Ja. Sein Ohr – oder der Rest davon – ist in Ordnung.«

»In Ordnung? Die eine Seite seines Gesichts ist zweimal so dick wie die andere.«

»Das hatte in Wahrheit nicht viel mit dem Ohr zu tun«, erklärte er. »Den Maden und diesem armen Mädchen und seinen Wickeln sei Dank. Ich habe ihm endlich einmal in den Mund geschaut. Der Mann hatte einen Abszess am Molar.«

Diese Begriffe waren ihr fremd.

»Zahnschmerzen«, sagte Raphael. Er hob einen Dolch, der in einer Scheide steckte, und zog aus einer Tasche ein metallenes, zangenartiges Werkzeug, das noch mit Blut befleckt war. »Ich habe ihm den Zahn gezogen. Der Mann hat einen Kieferknochen wie ein Esel. Es geht ihm schon besser.«

Sie bedachte ihn mit einem zweifelnden Blick. Er versuchte, sich ein Grinsen zu verkneifen, indes ohne Erfolg. »Ich habe nicht gesagt, dass er mir *dankbar* ist«, räumte er ein und hob in gespielter Kapitulation die Hände. Dann scheuchte er sie hinein. »Rein da mit dir. Es gibt reichlich warmes Essen.«

Cnán mochte den Syrer eigentlich, war jedoch in diesem Fall froh, dass er sich trollte. Die Zange weckte ein mulmiges Gefühl in ihr, ganz anders als ihre Reaktion auf Schwerter und Dolche.

Sie betrat das Kapitelhaus und verspürte etwas so Ungewohntes, dass sie ein paar Augenblicke brauchte, um es zu benennen: Sie fühlte sich *sicher.*

Sie wusste, woran es lag – sie gehörte dazu, sie spürte den Mut, der sie umgab, und sie durfte sich beschützt fühlen dank des Glücks, des Könnens und der Kühnheit dieser Ritter des *Ordo Militum Vindicis Intactae.*

Kapitel 4

✠✠✠

Das junge Pony

»Das ist eine Aufgabe für einen Narren.« Gansukh ging in dem langen Korridor vor dem Thronsaal auf und ab. Sonnenschein strömte durch das kunstvolle Lattenwerk der Fenster, und Gansukhs Schritte wirbelten Staub auf, der im Licht tanzte. »Ich habe bei der Belagerung von Kozelsk gekämpft. Ich wurde von General Subutai persönlich ausgewählt, um mit weiteren handverlesenen Männern in die Stadt einzudringen. Diese … diese Mission ist nicht …«

»Ist es etwa nicht wichtig, den Khagan zu schützen?«, unterbrach Chucai ihn trocken.

Gansukh blieb stehen und blickte den hochgewachsenen Minister durch die einfallenden Lichtbalken hindurch an. »Natürlich ist das wichtig«, antwortete er. »Mein Bogen und mein Schwert stehen ihm zur Verfügung. Ich gäbe mein Leben …«

»Für seinen Khagan zu sterben ist leicht«, sagte Chucai. Er blickte zu Boden und zuckte kaum merklich mit den Schultern. Es war nur eine winzige Geste, aber sie bereitete Gansukhs Ausbruch ein so rasches Ende, als hätte er den jüngeren Mann vor die Brust gestoßen. »Vielleicht hat Tschagatai Khan dich deshalb für diese Aufgabe ausgesucht. Hat Großgeneral Subutai dich auserwählt, um über die Mauer von Kozelsk zu steigen, weil er einen heißblütigen Narren brauchte, der nötigenfalls bereit war, für ihn zu sterben?«

Gansukh schüttelte den Kopf.

»Hältst du Tschagatai Khan also für weniger klug? Ist sein Blick nicht so klar und weitreichend wie der des Großgenerals?«

»Ich … ich weiß es nicht«, gestand Gansukh.

»Diese Khane sind stolze Männer«, erklärte Chucai. »Und auch stur. Ich brauchte viele Jahre, um Dschingis zu überzeugen, lieber Steuern zu erheben, anstatt zu töten. Das Ganze ist … eine Verhandlung, kein Kampf.« Ein knappes Lächeln huschte über Chucais Gesicht. »Krieger kämpfen, Gansukh – das ist ihr Lebenszweck. Aber irgendwann ist keiner mehr zum Kämpfen da, und dann müssen sie lernen, wie man denkt.«

»Eure Worte sind voller Weisheit, Meister Chucai«, sagte Gansukh und neigte das Haupt. »Ich werde darüber nachdenken.«

»Tu das«, sagte Chucai und ging schon den Korridor hinunter. »Bleib hier und ruh dich ein paar Tage aus, derweil du nachdenkst, und genieße die Annehmlichkeiten Karakorums.«

»Ich habe mein Ger …« Gansukh beäugte die Dachsparren, während er Chucai den Gang entlang folgte. Umgeben von Stein und Holz fühlte er sich wie in einer Gruft. Jeden Moment konnten die hohen Decken einstürzen und ihn unter sich begraben, und dann würde er den Himmel nie wiedersehen.

Chucai schüttelte den Kopf. »Du wirst im Palast bleiben«, sagte er. Er musterte den jungen Boten, und die Haut seiner Augenwinkel legte sich in Falten, als unterdrücke er ein Lachen. »Du kannst nicht darauf hoffen, den Khagan zu verstehen, wenn du nicht in seiner Nähe bleibst.« Er blieb neben einer Tür stehen, die Hand auf den hölzernen Rahmen gelegt.

»Wenn du ein Reh jagst, versetzt du dich da nicht in die Welt des Tieres? Folgst du nicht seiner Spur, siehst, was es sieht, riechst, was es riecht?« Als Gansukh nickte, schob Chucai die Tür auf.

Der Raum war klein, nicht viel größer als die breite Bettstatt darin, die mit Fellen und Tierhäuten ausgelegt war. Gelbe Schleier aus reiner Seide hingen von der Decke und säumten das Bett wie Bahnen aus erstarrtem Sonnenlicht. Dahinter standen Wandschirme, die mit roten Blumen bemalt waren. Auf dem Schirm ganz links setzte ein Reiher, den langen Hals gestreckt, zum Flug an.

»Gefällt es dir?«, fragte Chucai.

Gansukh hatte Mühe, geeignete Worte zu finden, und das Einzige, was ihm einfiel, kam ihm völlig unpassend vor. »Es ist ein herrliches Gemach, Meister Chucai.«

Chucai nickte. »Es ist dein.« Er hob eine Hand, um Gansukhs Widerspruch zuvorzukommen. »Später gibt es ein festliches Abendessen zu Ehren von Statthalter Mahmud Yalavach. Vielleicht möchtest du den Khagan ja einmal sehen, wenn er besser gelaunt ist. Hast du schon einmal an einem Abendessen bei Hofe teilgenommen?«

Gansukh schüttelte den Kopf. »Wir setzen uns allabendlich ums Feuer, um *Boodog* oder *Horhog* zu essen.«

»Du wirst sicher feststellen, dass die Tischmanieren etwas anders sind, wenn man nicht mit bloßen Händen fettigen Braten isst. Ich lasse dir ein paar Schriftrollen bringen, denen du entnehmen kannst, wie man sich in zivilisierter Gesellschaft benimmt.«

»Meister Chucai …« Gansukh legte seine linke Hand auf die zur Faust geballte rechte. Die Kombination dieser beiden Gesten stellte einen zweifachen Kerker dar, der eine um den anderen geschlossen. Die Decke und die Wände des Palasts hinderten ihn daran, den Himmel und den Horizont zu sehen. Und diese Mission war ein weiterer Käfig, trotz der Einsichten, die Ögedeis Berater ihm gewährte. Er war gefangen. Und dennoch: Wenn er auf seine Hände blickte und sich vorstellte, wie es wohl wäre, darin gefangen zu sein – wie eine Schmeißfliege oder eine Motte –, dann sah er, dass er, egal wie fest er drückte, den schmalen Spalt, wo sein Zeigefinger sich in die Handfläche grub, nie ganz schließen konnte, auch wenn er den Daumen bewegte. »Meister Chucai«, wiederholte er, »in den Steppen draußen bietet sich nur wenig Gelegenheit zum Lesen, und ich …«

Chucai schenkte ihm einen beruhigenden Blick väterlicher Art. »Ich kann jemanden schicken, der dir die Schriftrollen vorliest, wenn du möchtest. Vielleicht während du ein Bad nimmst?«

Gansukh öffnete seine Hände und schaute auf die Fläche der rechten. Würde die Motte vom Druck ihres Kerkers zerquetscht werden, bevor sie daraus fliehen konnte? »Meine Dankbarkeit ist grenzenlos, Meister Chucai.«

◆◆◆

Gansukh kam sich vor wie in einer Wolke. Die Wände des Raums verschwammen hinter dem Dampf aus dem Becken, er selbst trieb im heißen Wasser. Das Becken war größer als das *Ger* eines Anführers, und zunächst hatte er sich gescheut, so viel Wasser zu verschmutzen.

Diener in hellen Gewändern hatten seine Kleidung, die steif war von getrocknetem Schweiß und Staub, mitgenommen. Er hatte ein paar Minuten lang nackt am Beckenrand gesessen. Der Wasserdampf hatte seine Poren geweitet. Schließlich hatte er seine Füße hineingestreckt, und die Temperatur des Wassers hatte seine Haut zum Kribbeln gebracht. Dann hatte er sich den Luxus erlaubt, ganz darin einzutauchen, und es war ein herrliches Gefühl.

Plötzlich war er nicht mehr allein. Gansukh schreckte aus seiner Versunkenheit auf und ließ Wasser aufspritzen, während er die Füße auf den Boden des Beckens setzte. Sie kniete am Rand, an ihren Knien färbte das Wasser die hellblaue Seide ihres Kleides dunkel. Sie hatte ihre Wickelfrisur, wie sie die meisten Chinesinnen trugen, gelöst, und das lange Haar floss wie ein Rinnsal schwarzen Wassers über eine Hälfte ihres Gesichts. Er konnte nur eines ihrer Augen und den halben Mund erkennen, aber das genügte, um zu sehen, dass sie belustigt war.

»Wer bist du?«, wollte er wissen, in strengerem Ton als beabsichtigt. Er fühlte sich schutzlos im Wasser, und das nicht nur, weil er nackt war. Die Diener hatten alles mitgenommen, und er hatte nicht einmal daran gedacht, das kleine Messer zu behalten, das er für gewöhnlich immer bei sich trug. Er schlug mit der Hand aufs Wasser, als könne der Laut sie verscheuchen, aber die Frau zuckte nicht einmal zusammen. *Du Narr,* schalt er sich. Es hatte nur der Aussicht auf ein Bad bedurft, und schon hatte er alle Vorsicht fahren lassen.

»Mein Name ist Lian«, sagte sie. Ihrer glatten, blassen Haut und der Form ihres Gesichts nach zu urteilen, hatte sie vor Karakorum ein Leben in Müßiggang und Wohlstand geführt.

»Hat Meister Chucai dich geschickt, damit du dich um meine Bedürfnisse kümmerst?«, fragte Gansukh. Er pflügte mit den Händen durchs Wasser. »Wenn dem so ist, solltest du bei mir im Becken sein.« Es war nicht so, dass ihn nach der Gesellschaft einer Frau verlangte, vielmehr gefiel es ihm nicht, wie sie da so am Rand saß. Neben ihr lag etwas auf dem Boden, und Gansukh stellte sich auf die Zehenspitzen und versuchte auszumachen, was es war.

»Nein«, antwortete sie, und die Belustigung wich aus ihrem Gesicht. »Wie ich jedem Mongolen erkläre, bin ich eine Lehrerin, keine Hure.« Sie hob das neben ihr liegende Bündel auf, und Gansukh erkannte, dass es sich um eine dicke Schriftrolle handelte. Lian entrollte sie und begann zu lesen.

Nachdem sich seine Verwirrung gelegt hatte, hörte Gansukh ein paar Minuten lang zu, wie Lian ihm von den Gepflogenheiten zivilisierten Verhaltens vorlas. Ihre Betonung und Aussprache waren tadellos und ihre Stimme schmeichelte dem Ohr. Was sie jedoch las, war der langweiligste Vortrag, den Gansukh je gehört hatte – noch langweiliger als die ewig gleiche Aufzählung seiner Vorfahren bei den Feiern nach siegreichen Schlachten. »›Ein Sohn soll nicht in der südwestlichen Ecke eines Hauses wohnen noch in der Mitte einer Matte sitzen oder in der Mitte einer Tür stehen. Er soll sich stets so benehmen, als höre er seine Eltern, auch wenn er ihre Stimmen nicht vernimmt, und als sehe er sie, auch wenn sie nicht zugegen sind.‹«

Gansukh konnte nicht länger an sich halten. Er ließ Wasser aufspritzen und unterbrach sie. »Ich soll mich so benehmen, als würde ich von den Geistern meiner Ahnen verfolgt?«

Lian seufzte. Sie strich sich das Haar über die Schulter zurück und sah ihn an. »Du hast wenig Fantasie, nicht wahr?«, fragte sie. »Das dürfte mich eigentlich nicht überraschen. Schließlich bist du lediglich ein umherziehender Reiter.«

Gansukh knurrte, hieb mit der Hand ins Wasser und schleuderte einen Schwall zu ihr hinüber. Geschickt schützte sie die Schriftrolle vor dem Spritzwasser, aber sie selbst hatte weniger Glück. Gansukh bewunderte ihre Konturen, die der nasse Stoff abbildete, und vergaß augenblicklich, weswegen er eben noch wütend gewesen war.

»Das ist eine Metapher«, erklärte Lian. Sie löste sich aus ihrer knienden Haltung und tauchte einen Fuß in das Becken.

»Kennt man in den Steppen keine Metaphern?«, fragte sie und spritzte mit dem Fuß Wasser nach ihm.

Gansukh wich instinktiv aus, obwohl das Wasser auf seiner ohnehin schon nassen Haut nichts weiter war als harmloser Regen. »Wozu braucht ein Krieger eine Metapher?«, brummte er. »Kann mir eine Metapher das Leben retten? Kann sie meine Feinde töten?«

Lian wich tänzelnd vom Beckenrand zurück, um dem Wasser zu entgehen, das nun er wieder in ihre Richtung spritzte. »Denk an die Schwalben«, meinte sie. »Sie schießen durch die Lüfte auf ihre Beute zu, dann machen sie im Bogen kehrt und schlagen von Neuem zu. Und nun denk daran, wie eine Gruppe von Reitern sich ihrem Gegner nähert. Präsentieren sie sich etwa nicht als eine Einheit? Sie reiten auf ihr Ziel zu, schießen ihre Pfeile ab, schlagen einen Bogen und jagen davon. So ist es doch Mongolenart, oder? Wärst du ein General und würdest du deinen Männern befehlen, in Schwalbenformation anzugreifen, wüssten sie dann nicht, was du meinst? Also benutzt du doch eine Metapher, um deine Feinde zu töten.«

Gansukh schwieg und zollte Lians Beispiel nur mit einem leichten Kopfnicken Anerkennung.

Sie schien es nicht zu bemerken, oder vielleicht tat sie auch nur so, als verstünde sie seine Geste nicht. Sie richtete ihre Aufmerksamkeit wieder auf die Schriftrolle, die sie nun von Neuem auseinanderrollte. Dann suchte sie nach der Stelle, wo sie zu lesen aufgehört hatte. »Also, lass uns fortfahren«, sagte sie. »›Ein Mann soll keine Höhe erklimmen, noch soll er sich dem Rand eines Abgrunds nähern. Er soll niemanden …‹«

Gansukh tauchte unter und ließ sich tiefer sinken, bis er auf dem Beckenboden saß. Lians Anblick verschwamm hinter einem Schleier aus Wasser und Dampf, und ihre blasse Haut schien zu leuchten, als wäre sie ein Geist. Er machte die

Augen mehrmals auf und zu, aber sie verschwand nicht. Als seine Lungen schließlich brannten, stemmte er sich hoch und tauchte wieder auf.

Lian stand da wie eine Statue – eine Augenbraue hochgezogen, ein ausgestreckter Finger auf der Schriftrolle – und wartete, bis er wieder zu Atem gekommen war. Während er sich das Wasser aus den Augen wischte, fuhr sie fort: »›Er soll niemanden leichtfertig verunglimpfen oder höhnisch verlachen.‹«

Gansukh lachte eben so und ließ die Hand aufs Wasser klatschen. »Das ist doch nichts weiter als ein Buch mit Regeln, die mir vorschreiben, wie ich mein Leben zu führen habe!«, beschwerte er sich. »Ich weiß aber schon, wie man lebt! Sind die Chinesen so dumm, dass sie für alles Anweisungen brauchen?«

»Sind die Mongolen so dumm, dass sie den Wert moralischer Rechtschaffenheit nicht erkennen?«

Gansukh hob den Blick zur Decke. »Leg die Schriftrolle weg«, sagte er. »Das Ganze ist ebenso ermüdend wie sinnlos. Komm lieber zu mir ins Wasser.«

»Meister Chucai hat mich angewiesen, dir beizubringen, wie man sich in vornehmer Gesellschaft benimmt.« Sie ließ die Rolle sinken und bedachte ihn mit einem abschätzigen Blick – so, wie eine edle Dame einen dummen Diener ansehen mochte. »Zu solchem Benehmen gehört es auch, zu lernen, wie man Frauen respektiert.«

»Ich respektiere Kämpfer. Ich respektiere jeden – ob Mann oder Frau –, der sich seines Clans als würdig erweist. Ihr chinesischen Frauen sitzt den ganzen Tag lang im Garten, lest Bücher und esst … was weiß ich, was ihr esst. Blumen, nehme ich an. Mongolische Frauen reiten und jagen und kämpfen, bis ihre Haut rau und von der Sonne braun ist. Was nützt ›Kultur‹, wenn sie einen nur schwächt?«

»Wäre ich eine weniger kultivierte Frau, dann wäre es mir nicht so wohlergangen, als ich gefangen genommen wurde«, machte Lian ihm klar. »Wenigstens Meister Chucai erkannte meinen Wert, auch wenn die Mongolen die Dinge, die ich zu lehren habe, nie zu schätzen wissen.«

»Und wärst du eine stärkere Frau, wärst du vielleicht gar nicht gefangen genommen worden.«

Sie wandte den Blick ab und Gansukh verspürte ein seltsames Kribbeln im Bauch. Es war nicht dasselbe Gefühl, das er auf dem Schlachtfeld empfand, wenn er einen Gegner getötet hatte, aber es war ähnlich – ähnlich genug jedenfalls, um ihm sowohl Freude zu bereiten als auch ihn in Verwirrung zu stürzen. *Aber wir kämpfen doch gar nicht.* Als er nach unten schaute, sah er, dass auch sein Körper auf diese Gefühlsmischung reagierte, und er schlug hastig ins Wasser und wühlte es auf, damit sie es nicht sah.

Ihr Kleid klebte ihr immer noch am Leib. Lians Anblick verstörte ihn geradezu.

»Wie lange bist du schon in Karakorum?«, fragte sie.

»Noch nicht einmal einen Tag«, gestand er, froh, über etwas anderes zu reden.

»Du hast noch viel zu lernen«, sagte sie, und in ihrem Ton lag nichts von der Sprödheit, wie er sie in einer solchen Bemerkung erwartet hätte. »Es gibt mehr im Leben als nur den Kampf.« Sie schluckte schwer und wollte die Schriftrolle an sich drücken, hielt jedoch im letzten Moment inne, damit die Rolle nicht mit ihrer nassen Kleidung in Berührung kam. »Ja, ich gebe zu, dass es von Wert ist, wenn man zu kämpfen versteht, aber nicht jeder Kampf wird mit Speer und Pfeil ausgetragen. Bei Hofe kann es ebenso gefährlich sein wie auf dem Schlachtfeld, wenn man nicht weiß, wie man sich zu verhalten hat.« Sie zupfte an ihrer Kleidung und löste sie von ihrer Haut.

Gansukh dachte über ihre Worte nach und ignorierte den Stich schmerzhafter Enttäuschung darüber, dass sie ihre Kleidung richtete. Meister Chucai hatte gesagt, er habe sowohl Ögedei als auch dessen Vater Benehmen beibringen müssen. Respektierte er, Gansukh, sie etwa weniger, weil sie wussten, wie man sich bei Hofe benahm? Wäre er ihnen nicht ohne Zögern in jede Schlacht gefolgt? »Ja«, sagte er mit einem leisen Nicken. Er wich zurück, bis er den Beckenrand im Rücken spürte. »Ich bin nackt bei Hofe.« Er hob die Arme und legte sie auf den Rand. »Ich habe keine Rüstung. Ich habe keine Waffen. Ich bin so, wie du einst warst. Bring mir bei, wie man hier überlebt. Bring mir bei, was ich wissen muss, um stark zu sein.«

Lian musterte ihn mit schief gelegtem Kopf. An ihrer Unterlippe nagend ließ sie die Schriftrolle sinken und zu Boden fallen. Sie trat vor und blieb zu Gansukhs Überraschung nicht am Beckenrand stehen. Mit einem leisen Platschen verschwand sie im Wasser, und er sah, wie ihre schlanke Gestalt unter Wasser auf ihn zuglitt. Nicht weit von ihm entfernt tauchte sie auf, und er verhielt sich ganz still, während sie näher herantrieb. Sie verhielt erst, als sie ihm so nahe war, dass sie ihm eine Hand auf den Unterarm legen konnte. Er spürte ihre Beine, die sich, im nassen Stoff ihrer Kleidung verheddert, an seine schmiegten. Ihr Atem traf sein Gesicht, und er ertappte sich dabei, wie er auf ihren Mund starrte.

»Dir sind starke Frauen lieber, nicht wahr?«, flüsterte sie.

»Ja«, murmelte er. Das Wort fing sich in seiner Kehle.

»Aber mich hältst du nicht für stark.«

Das war keine Frage, aber Gansukh hatte das Gefühl, trotzdem darauf antworten zu müssen. Er schüttelte nur den Kopf, weil er nicht sicher war, ob er das Wort wirklich hervorbrächte.

»Dann bring es mir bei«, sagte Lian. »Bring mir bei, so zu

sein wie eure mongolischen Frauen. Im Gegenzug kann ich dir beibringen, wie man hier am Hof überlebt.« Sie rückte näher an ihn heran. »Ein Krieger lernt nicht durchs Lesen – ein Krieger lernt durchs Tun, er lernt, indem er seine Hände und sein Herz benutzt. Kannst du mir das zeigen?«

Gansukh blickte starr auf ihren zarten Hals. Unter ihrer blassen Haut war ihr Pulsschlag zu sehen. Sie war zerbrechlich, und er fragte sich, ob sie je in ihrem Leben einen ungestümen Gedanken gedacht hatte. Es bestand kaum die Aussicht darauf, dass diese zierliche chinesische Blume einer mongolischen Frau ebenbürtig werden könnte, aber es wäre gewiss unterhaltsam, ihr dabei zuzusehen, wie sie es versuchte. Aber sie und Meister Chucai hatten recht – er verstand nichts von den höfischen Gepflogenheiten, und wenn er auch nur die geringste Hoffnung darauf haben wollte, seine Mission erfolgreich zu erfüllen, brauchte er Lians Hilfe. Es war also besser, auf das Angebot dieser ebenso seltsamen wie verlockenden Chinesin einzugehen, anstatt wie ein geprügelter Hund zu Tschagatai zurückzulaufen.

Gansukh nickte. »Ich werde dich lehren, wie man kämpft.«

Sie nickte knapp und stieß sich von ihm ab. Er wollte sie packen, aber seine Hände griffen im warmen Wasser ins Leere. Sie schwamm zum Beckenrand und glitt mit einer fließenden Bewegung, die mehr Fisch als Frau war, aus dem Wasser. Er erhaschte einen kurzen Blick auf ihre Brüste, die ihr nasses Kleid deutlich nachmodellierte, dann drehte sie sich um und schlang ihre Beine dabei um sich wie eine Blüte, die sich zur Nacht schloss. Mit dem Rücken zu ihm hob sie den dicken Bademantel auf, der neben dem Becken auf dem Boden lag, und streifte ihn über ihre nasse Kleidung.

Dann nahm sie die Schriftrolle wieder an sich. »Wir fangen morgen mit unserem Unterricht an«, sagte sie mit einem letzten abschätzenden Blick über die Schulter.

Erst nachdem sie schon gegangen war, bemerkte Gansukh, dass sie den Bademantel genommen hatte, den die Diener eigentlich für ihn dagelassen hatten.

Kapitel 5

✠✠✠

Die Kinyen

Trotz Raphaels Fürsorge vergingen noch zwei Tage, bis Illarions Fieber abklang und der Ruthene sich kräftemäßig so weit erholt hatte, dass er sich aufsetzen und zusammenhängende Sätze sprechen konnte.

Cnán war ihm deswegen nicht gram, denn auch sie verbrachte den größten Teil dieser Zeit damit, entweder zu schlafen oder zu essen. Des Nachmittags saß sie auf der Lichtung in der Sonne, fernab der Friedhofsmauer, besserte ihre Reisekleidung aus und beobachtete die Schildbrüder bei ihren Übungen. Täglich kamen aus allen Ecken der Christenwelt neue dazu. Während ihr Körper erneut zu Kräften kam, hob sich auch Cnáns Stimmung wieder, und sie betrachtete die kämpferischen Fähigkeiten der Brüder mit größerer Zuversicht.

Immer wieder traten sie paarweise gegeneinander an, hielten mitten in der Auseinandersetzung inne und zergliederten jeden Zug in kleinere Bestandteile, die sie dann wiederum ein ums andere Mal probierten. Diese stockenden Übungen ergaben ihrer Meinung nach keinen rechten Sinn. Wie sollten sie diese Bruchstücke einer Bewegungsfolge je wieder zusammensetzen? Wie sollten sie auf diese Weise lernen, sich dem Chaos einer wahren Schlacht zu stellen, in der niemand innehielt, niemand eine zweite Chance bekam? Ihr erschien das alles wie ein albernes Spiel.

Wenn sie allerdings wirklich kämpften und minutenlang am Stück Hiebe führten und parierten und ihre Kräfte maßen, brachten sie zu Leistungen zustande, die Cnán erstaunten. Und je länger sie Zeugin der Entschlossenheit und Fähigkeiten der Brüder wurde, desto deutlicher erkannte sie die Schwächen ihrer eigenen Schule. Sie hatte gelernt, unter allerlei Deckmänteln zu reisen, nie zu enthüllen, wer sie wirklich war, Nachrichten zu überbringen, während sie sich vor Feind und Freund gleichermaßen verbarg, ohne sich tatsächlich zu verstecken; stets hatte man sie angehalten, nie geraden Weges durch das weite, endlose, verwüstete Land zu ziehen, nie lange an einem Ort zu verweilen – wie ein Vogel, der dazu verflucht war, nie zu nisten, nie die Weisheit zu begreifen, die sich im Stillsitzen finden ließ.

Diesen Männern, diesen Kriegern zuzuschauen, wie unter der steten Anleitung von Taran und den wachsamen Augen von Feronantus eine Einheit aus ihnen wurde, gab ihr das Gefühl einer neuen Art von Einsamkeit und einer Verlassenheit, die damit einherging.

Am frühen Nachmittag des zweiten Tages ließ Feronantus verkünden, dass morgen die jungen Brüder rings um das Lager Wache stehen würden, während an der großen Tafel im Kapitelhaus die Kinyen abgehalten wurde, die gemeinschaftliche Messe des Ordens. Cnán wusste, dass die Kinyen eine alte Tradition war, eine, die sie äußerst ernst nahmen. Im Lager begannen geschäftige Vorbereitungen: Ein Wildschwein wurde auf einen Spieß gesteckt und über ein Bett aus angehäuften Kohlen gehängt, damit es langsam garte; man barg Balken aus der Ruine und zimmerte behelfsmäßige Bänke daraus, damit alle Mönchskrieger – inzwischen waren es zwei volle Dutzend, auch wenn stets etwa zehn von ihnen draußen Wache hielten – einen Sitzplatz entlang den Wänden des Saales fanden.

Die Schildbrüder blieben in dieser Nacht lange auf, tranken, sangen und erzählten einander ausschweifende Geschichten über ihre Reisen und Abenteuer in verschiedenen Gegenden des Westens. Cnán blieb die meiste Zeit draußen oder in ihrem Zelt – sie hoffte, dass man sie lediglich übersah, argwöhnte jedoch, dass sie wohl eher unerwünscht war.

Während einer besonders langen Geschichte, die Raphael zum Besten gab und in der es darum ging, wie er Kreuzfahrer und Mohren gleichermaßen zusammengeflickt hatte, hörte sie, wie ein einzelner Mann das Kapitelhaus verließ. Die Unregelmäßigkeit seiner Schritte verriet Cnán, dass er leicht wankte. Der Wind kam von hinten, und sie roch etliche Hörner Met im Atem des Mannes, den er schauderhaft rülpsend ausstieß.

»Warum so allein?«, rief er. Es war Haakon.

»Warum so laut?«, konterte sie, so leise, dass es gerade noch zu hören war. So beschlagen die Ritter im Nahkampf auch sein mochten – wenn es um die Gefahr ging, Sammler auf ihre Anwesenheit aufmerksam zu machen, waren sie weit weniger geschickt und vorsichtig. Vielleicht hatten sie ja das Gefühl, sie lebten unter den Schutzzaubern ihres Christengottes oder auch ihrer Kriegergötter – je nachdem, wer Feronantus' Glauben nach über das Tageslicht gebot. Oder vielleicht meinten sie auch einfach, ihre Zahl würde nun ausreichen, um jedermann zu schlagen, wenn es sich nicht gerade um eine ganze Mongolenarmee handelte.

Sie hörte Haakon durch das Laub und über den aufgewühlten Boden des Kampfplatzes stolpern. Sein Mondschatten fiel auf die Wandung ihres Zeltes und schwankte bald hin, bald her.

»Dafür ist der Mensch einfach nicht geschaffen«, sagte er.

»Ob Mann oder Frau … den Tod vor Augen. Du glaubst, dass ich sterben werde, nicht?«

Tatsächlich schien Haakon derjenige zu sein, dem es die größte Mühe bereitete, Tarans präzise Bewegungen nachzuahmen. Er zögerte, als überlege er sich alles zweimal – und dann erst schlug er zu oder parierte, und als Folge dessen musste er heftige Hiebe einstecken. Und Taran kannte weder Mitleid mit ihm, noch gewährte er ihm Zeit, sich zu erholen.

»Du hast den besten Ausbilder, den ich je gesehen habe«, sagte Cnán, und mit diesem Zugeständnis überraschte sie sich selbst. »Du wirst dein Leben behalten, wenn du nur auf ihn hörst und von ihm lernst.«

»Du hast leicht reden. Du musst ja nicht kämpfen.« Haakon ließ sich neben ihrem Zelt schwer auf den Boden nieder und verschränkte die Beine. Es schien ihm zu genügen, sich durch die Zeltwand hindurch mit ihr zu unterhalten, wie ein Christ, der durch einen Schirm hindurch die Beichte ablegt. »Ich bin tapfer. Ich bin gut in der Schlacht. Standhaft. Das Langschwert ist meine Waffe. Ich kenne sie wie einen Freund. Und trotzdem, was ich auch tu … was ich auch tu …« Er brach ab und schlug nach ein paar Mücken. »Erzähl mir von dir.«

»Ich möchte lieber schlafen«, erwiderte sie, und das stimmte auch.

»Ich könnte dir Gesellschaft leisten. Dich wärmen.«

»Die Nächte sind warm genug«, sagte Cnán.

Sie betrachtete es als eine Art Sieg, dass sie nicht kurzerhand auflachte. Sie hatte nichts dagegen, ab und zu mit einem Mann zu schlafen, wenn ihr danach war; aber sie war nicht hierhergekommen, um sich den Hof machen zu lassen – und ganz gewiss nicht von einem, der doch eigentlich ein zölibatärer Mönch war!

Auf einmal empfand sie einen Anflug von sowohl Sympathie als auch Argwohn. Vielleicht war der Junge gar nicht so dumm, wie sie dachte. Haakon musste sie ertappt, musste etwas in ihrem Gesicht erkannt haben, das sie vor sich selbst und den anderen zu verstecken versucht hatte …

»Troll dich«, sagte sie.

Wenn sie überhaupt eines Mannes Zölibat brach, dann Parzivals, aber der hatte keinen Blick dieser Art für sie übrig.

Haakon stand auf, dann beugte er sich vor und wischte ein paar abgefallene Blätter und Zweige von ihrem Zelt – als ließe er ihrer Hülle, ihrem Versteck auf unbeholfene Weise Zuneigung zuteilwerden. »Na schön«, sagte er. »Nichts für ungut. Ist eine wunderbare Nacht. Ich fühl mich bereit … für … zu allem. Ich dachte nur …«

Er ließ den Rest unausgesprochen, torkelte zurück zum Kapitelhaus und ließ Cnán zurück, trauriger und einsamer denn je zuvor.

Was sollten ein Mann und eine Frau denn tun, wenn sie nicht ständig auf der Flucht waren, nicht herliefen vor der Spitze der unersättlichen mongolischen Armee? Haakon hatte mit seinen plumpen Worten mehr um sie geworben als je ein Mann zuvor – und sie hatte ihn brüsk abgewiesen, ohne Dank, ohne Mitgefühl.

Haakon war in dieser Nacht der Erste, aber nicht der Letzte, der sich ihrem Zelt näherte und versuchte, sie in einen lockeren Plausch zu verwickeln. Alle lebten sie im Zölibat, alle stellten sie sich linkisch an, alle waren sie betrunken – und keiner von ihnen war Parzival. Und natürlich auch nicht Raphael, der andere, kultiviertere Interessen pflegte. Der Syrer belästigte sie jedenfalls auch nicht.

Sie sank in dieser Nacht keinem der betrunkenen Mönche in die Arme und wurde am nächsten Morgen erst spät wach, zog Kittel und Rehlederhose über, und als der Ruf erging, machte sie sich auf den Weg zum Kapitelhaus, um an der Kinyen teilzunehmen.

Die Ritter hatten sich nach ein, zwei Stunden Schlaf so weit von ihrem Gelage erholt, dass sie ein weiteres Fass aufmachen und fortfahren konnten.

In der Düsternis des Refektoriums des alten Klosters, die nur durch einen staubigen Speer aus Tageslicht, der durch das kaputte Dach hereinfiel, und ein paar verstreut stehende Kerzen aufgehellt wurde, sah sie Feronantus an der Stirnseite eines großen Tisches sitzen, Illarion zu seiner Rechten. Der Lichtspeer fiel zwischen sie und hob beider Schultern, Hände und ihre bis zum Rand gefüllten Becher hervor. Die übrigen Ritter saßen in Halbdunkel und Kerzenschein da, unterhielten sich murmelnd und reichten Brot und Flaschen, in denen es schwappte, von Hand zu Hand. Sie tranken wie Fische. Die meisten Ritter, wurde Cnán bewusst, waren dem Alkohol sehr zugetan. Vielleicht trieb sie die Last des Zölibats dazu.

Der Tisch war ursprünglich einmal rechteckig gewesen, aber man hatte ihn vergrößert, indem man grob zurechtgesägte Bretter darauf gelegt hatte. Dadurch war er annähernd rund geworden. Die Form überraschte Cnán, und sie fragte sich, welche Bedeutung sie haben mochte.

Illarion war kaum wiederzuerkennen, so drastisch war die Schwellung seines Gesichts zurückgegangen. Er hatte sich den dunklen Bart abrasiert. Essen und Bier hatten seinem Gesicht wieder zu Farbe verholfen, und wenn er sprach, waren seine Gedanken klar und seine Stimme war fest. Sah man von seinem fehlenden Ohr und seiner fortwährend finsteren Miene ab, wäre man nie darauf gekommen, was er in den vergangenen Monaten alles durchgemacht hatte.

Cnán sah sich um in dem Raum voller Mitglieder des *Ordo Militum Vindicis Intactae* und verspürte erneut das verstörend fremdartige Gefühl von Sicherheit. Sie schüttelte es ab und schalt sich eine Närrin, denn sie war sich gewiss, dass diese

Ritter einer Horde von Mongolen nicht länger als ein paar Minuten standgehalten hätten. Und selbst das natürlich nur, wenn sie unheimliches Glück hatten.

Feronantus eröffnete die Kinyen und erteilte dem einohrigen ruthenischen Gast mit einer auffordernden Geste das Wort.

»Was ich euch nun erzähle, das habe ich bei meiner Ankunft schon Feronantus mitgeteilt«, begann Illarion, »aber auf seine Bitte hin wiederhole ich es vor euch noch einmal – ihr seid alle völlig vergebens hierhergekommen.«

Ein wenig bestürzt legte Feronantus ihm begütigend eine Hand auf die Schulter und warf ein: »Ich hatte gehofft, du würdest die Sache etwas umfassender darlegen.«

»Mit der Arena, die die Mongolen bei Legnica am Rand ihrer Zeltstadt bauen, werfen Dinge ihre Schatten voraus, die ich selbst schon erlebt habe, vor den Toren Lodomerias, meiner eigenen Stadt«, sagte Illarion. »Eine Stadt, die es nicht mehr gibt. Nur ich habe überlebt. Bedenkt das, wenn ihr euch vorbereitet auf den Wettstreit, zu dem Onghwe Khan euch und die anderen großen Krieger der Christenwelt gerufen hat.«

Nachdem er das Interesse der Anwesenden mit diesen Worten geweckt hatte, feuchtete Illarion sich die Kehle mit einem großen Schluck schäumenden Biers an, ehe er in weniger feierlichem Ton weitersprach. Einen Augenblick lang schien er befürchtet zu haben, dass man seinen Rat nicht respektieren würde. Aber etwas in Feronantus' Gesicht und in der fast greifbaren Aufmerksamkeit der versammelten Mönche richtete ihn auf.

»Die Truppen von Onghwe Khan belagerten uns mit Kanonen und Wandeltürmen, überwanden auf der Seite des Sonnenaufgangs unsere Mauern und nahmen dann das Ostviertel ein und verheerten es – eine Geschichte nicht anders als

Tausende andere, die von unserer Schwelle bis ans östliche Meer reichen. Der Rest der Stadt rechnete mit dem Tod und wir waren bereit. Aber dann, am Ende des siebten Monats, als unsere Leibeigenen am Verhungern waren, als Krankheit in unseren Straßen grassierte und die Toten schubkarrenweise abgeholt wurden, geschah etwas Unerwartetes – Onghwe selbst erwies uns eine großzügige Geste. Er bestellte mich zur südlichen Mauer, unserer stärksten. Er kannte meinen Namen und die meiner Generäle. Er hatte Spione in unserer Mitte, Pelzhändler, vermute ich. Muss ich noch sagen, welches Angebot er uns machte?

Er rief uns in Erinnerung, dass unsere Stadt seiner Gnade ausgeliefert war und dass er uns mit einem Wink seiner Hand ebenso vernichten könne wie andere vor uns. Er behauptete, dass er trotz der schrecklichen Gerüchte, die ihm vorauseilten, kein Ungeheuer sei, sondern ein stolzer Krieger von alter und ehrenhafter Abstammung. Und als solcher stellte er uns vor eine Wahl. Natürlich blieb uns stets die Wahl, entweder aufzugeben oder zu kämpfen. Aber er konnte mit eigenen Augen sehen, dass wir uns bereits für Letzteres entschieden hatten, und dafür zollte er uns Respekt. Doch anstatt uns zu bezwingen und allen mit dem Schwert den Garaus zu machen, forderte er uns auf, unsere größten Krieger zu schicken, damit sie sich im Kampf Mann gegen Mann mit seinen eigenen Streitern maßen, und zwar in einer Arena, die er vor den Toren unserer Stadt errichten würde. Wenn unsere Kämpfer siegten, würde seine Armee abziehen und uns in Frieden lassen; jedoch hatte diese Sache einen Haken, auf den ich noch zu sprechen kommen werde. Würden unsere Streiter bezwungen, müssten wir zwar zusehen, wie unsere Stadt geplündert würde, doch die Bewohner dürften am Leben bleiben.

Wir sahen keinen anderen Ausweg, und so nahmen wir sein

Angebot an. Ich ließ vor unserer Kathedrale einen Übungsplatz freiräumen. Ich und die anderen führenden Ritter unserer Stadt übten dort jeden Tag – so gut, wie es uns möglich war, brachten wir den jüngeren Waffenbrüdern, die sich freiwillig für die Kämpfe in Onghwes Arena gemeldet hatten, unsere Fähigkeiten bei.

Am Abend stiegen wir jeweils auf den Wachturm am Haupttor der Stadt und verfolgten den Aufbau der Arena, die so dicht vor unserer Stadt entstand, dass wir Steine hätten hineinwerfen können. Es wurde ein Tunnel gegraben, der von unserem Tor direkt zum Westeingang der Arena führte. Auf der anderen Seite wurde ein ebensolcher Zugang vorbereitet, der vom Lager des feindlichen Heers ausging, und man musste nicht besonders schlau sein, um darauf zu kommen, dass Onghwe Khans Kämpfer die Arena aus dieser Richtung betreten würden. Es gab jedoch noch einen dritten Eingang in die Arena – oder besser gesagt: einen Ausgang. Er lag an der Südseite unter einer erhöhten Plattform, die man als Sitzplatz für den Khan vorgesehen hatte. Wie uns jetzt klar wurde, stellten diese Wettkämpfe für ihn eine Art Sport dar, wie die Bärenhetze oder die Falknerei, und ihr einziger Zweck bestand darin, ihm Vergnügen zu bereiten. Der Ausgangstunnel unter der Loge des Khans war mit einem roten Schleier verhängt.

Boten kamen in die Stadt, um uns mit den Regeln und Traditionen des Wettkampfs vertraut zu machen. Sie erklärten uns, dass der Khan, wenn ein Duell entschieden war, von Zeit zu Zeit dem Sieger bedeuten würde, dass er die Arena nun verlassen könne, jedoch nicht durch den Tunnel, durch den er gekommen war, sondern durch den roten Schleier, hinter dem ihn sein Schicksal erwartete.

Die Sache nahm also Gestalt an, und unsere auserwählten Kämpfer übten bis zum Umfallen, denn sie wussten, dass das Schicksal aller Menschen in der Stadt von ihrem Erfolg in der

Arena abhing. Am Ende bestimmten wir drei von ihnen und schickten sie in den Tunnel, auf dass sie ihre Duelle führten vor einem Publikum aus johlenden Mongolen und dem weniger ehrenhaften Abschaum, der in ihrem Gefolge mitzieht.

Unser erster Kämpfer, den ich für den besten von allen hielt, wurde binnen weniger Augenblicke von einem Dämon mit Krummschwert niedergestreckt und enthauptet. Ich habe nie erfahren, wo dieser Dämon herkam. Von seiner Sorte hatte ich bis dahin weder etwas gehört noch gesehen.

Der zweite war ein Ringkämpfer, ein Mongole, glaube ich, der zu meiner Überraschung von unserem Mann besiegt wurde. Ich glaube, dass der Mongole ein wenig zu stolz war auf seine Fähigkeiten und unser Streiter ihn überrumpeln und zu Boden zwingen konnte, bevor der Kampfgeist in ihm ganz erwacht war. Er war allem Anschein nach ein Favorit des Gegners gewesen, denn als unser Kämpfer gewann, war die Menge gar nicht erfreut.

Dann kam ich an die Reihe. Denn ich war der dritte Kämpfer. Ich trat mit einem Speer gegen einen Kitanen an. Ich will nicht versuchen, die Geschichte spannend zu machen, denn wie ihr seht, bin ich ja hier. Er war gut, und seine Waffe war leicht und schnell, der Schaft aus einer Schilfrohrart gefertigt. Aber sein beharrlicher Einsatz der Spitze weckte in mir die Vermutung, dass er sich auf die Verwendung des Schafts nicht so gut verstehen mochte, und indem ich auf ihn eindrang, konnte ich seine Speerspitze beiseite schlagen und ihn mit dem stumpfen Ende meiner Waffe an der Schläfe treffen.«

Die Ritter nickten und taten murmelnd ihre Anerkennung kund. Cnán verdrehte die Augen.

»Er stürzte und stand nicht mehr auf. Ich wandte mich Onghwe zu. So nahe waren wir einander noch nie gewesen. Ich hätte meinen Speer nach ihm schleudern können und eine gute Chance gehabt, ihn in die Brust zu treffen. Das wäre mir zwar eine Befriedigung gewesen, aber es hätte meine Stadt zum Untergang verurteilt, und so tat ich es nicht. Noch nie hatte ich ein bösartigeres Gesicht gesehen. Er musterte mich ein paar Augenblicke lang, dann nickte er in Richtung des westlichen Tunnels, aus dem ich vor wenigen Minuten erst gekommen war.

Ich kehrte in meine Stadt zurück. Die Mongolen rissen die Arena ab, die klug konstruiert war, sodass sie sich in kurzer Zeit auf- und abbauen ließ, wie ein Zelt. Sie brachen ihr ganzes Lager ab und zogen sich zurück.

Drei Tage später kamen sie wieder und vernichteten uns.«

Illarion nahm einen langen Schluck Bier und ließ seine Worte wirken.

»Ich könnte ergreifende Geschichten über unsere Gegenwehr und unsere Niederlage erzählen«, sagte er dann, »und noch ergreifendere darüber, was danach geschah.« Er griff sich an die Brust und schloss die Hand um ein Medaillon, das er um den Hals trug und das, wie Cnán wusste, ein winziges Bildnis seiner Frau und seines Kindes enthielt, die neben ihm unter den Holzbohlen zu Tode getrampelt worden waren. »Aber ich möchte euch nicht von der Hauptsache der Geschichte ablenken.«

»Und die wäre?«, fragte Feronantus, auch wenn seine Miene deutlich machte, dass er es längst wusste.

»Dass ich genau das tat, worauf ihr euch just in diesem Moment vorbereitet … und die Stadt und die Menschen, die ich verteidigt habe, wurden nichtsdestotrotz verwüstet und abgeschlachtet«, sagte Illarion. »Die Einladung, die ihr angenommen habt, ist eine Farce. Der einzige Unterschied ist der Preis, um den es geht. Denn wenn ich nicht falsch unterrichtet bin, tretet ihr nicht nur für eine Stadt mitten in Ruthenien zum Kampf an, sondern für die ganze Christenwelt.«

Feronantus ergriff das Wort. »Das Angebot, das Onghwe Khan kundtat – und das nicht nur uns erreichte, sondern jeden König, Bischof und Popen eines jeden Landes, das der Horde noch nicht in die Hände gefallen ist, entspricht genau deiner Beschreibung. Doch anstatt die Schonung einer Stadt zu offerieren, bietet er nun an, die ganze Christenwelt zu verschonen, vorausgesetzt, die Christen schicken ihre Kämpfer in die Arena, die, wie ihr gesehen habt, in der Nähe von Legnica errichtet wird. Der großen Entfernungen wegen, die in diesem Fall zurückzulegen sind, gewährte er all diesen Königen, Bischöfen und Popen mehrere Monate für ihre Antwort.«

»Und muss ich euch sagen«, hakte Illarion ein, »dass er das nicht getan hat, um sich fair oder gnädig zu erweisen? Er hat es getan, weil dieses Spektakel, dieser Schwerterzirkus, nichts weiter ist als eine Hinhaltetaktik, die er und seine Brüder benutzen, um die Aufmerksamkeit ihrer Opfer abzulenken, derweil die mongolischen Truppen verlegt und Nachschublinien eingerichtet werden – zur Vorbereitung des nächsten Ansturms.«

»Habt ihr es wirklich geglaubt?«, fragte da eine Stimme.

Cnán und einige der anderen drehten sich nach ihrem Ursprung um: Roger, der Normanne, der zusammen mit Parzival aus Sizilien gekommen war.

»Als ihr euch auf dem Platz vor eurer Kathedrale vorbereitet habt, wart ihr euch da sicher, dass Onghwe Khan sein Wort halten würde?« Skepsis lag in seiner Stimme. Illarions Tonfall hatte ihn offenbar verärgert.

Illarion wollte erst aufbegehren, aber dann wandte er den Blick ab und gab klein bei. »Natürlich habe ich mir diese Frage jeden Tag gestellt«, sagte er. »Aber was blieb uns denn anderes übrig?«

»Genau«, erwiderte Roger. »Und bedenkt, dass in dieser

Zeit des Hinauszögerns nicht nur die Mongolen ihre Truppen verlegen und Nachschublinien einrichten.«

»Wenn dem nur so wäre!«, blaffte Taran. »Aber die Christenwelt kennt keine solche einheitliche Zielsetzung, wie sie den Mongolen eigen ist. Friedrich und der Papst führen Krieg um die italienische Halbinsel. Die kümmert es nicht, was sich weiter nördlich abspielt.«

»Es ist trotzdem besser, später angegriffen zu werden als jetzt gleich«, hielt Roger dagegen.

»Nicht wenn der Ausgang vorherbestimmt ist«, meinte Raphael. »Es scheint, als könne diese Khane nichts aufhalten, ehe im Westen das Meer an den Hufen ihrer Ponys leckt.«

An dieser Stelle zersplitterte das Gespräch in mindestens ein halbes Dutzend Bruchstücke, als Gruppen zu drei oder vier Männern in Diskussionen über dieses oder jenes Detail verfielen. Aber soweit Cnán es mitbekam, suchten sie dabei lediglich neue Wege, um sich über die vollkommene Hoffnungslosigkeit der Lage einig zu sein.

»Wie stellen sie es an?«, fragte Feronantus und brachte die Tafel damit zum Schweigen. Sein Blick schweifte umher, bis er Cnán fand und auf ihr haften blieb. »Wir wissen so wenig über sie. Nur du, Vaetha, hast die Länder des Ostens bereist, aus denen die Mongolen stammen. Erst gab es nur den einen, den großen – Dschingis. Jetzt gibt es mehrere. Im Mittelpunkt steht Ögedei. Dann gibt es noch Ögedeis Sohn Onghwe. Seinen Neffen Batu. Und wohl noch andere, wie ich annehme, deren Namen ich nicht kenne. Wie koordinieren sie ihr Vorgehen? Wie kann Ögedei Untergebene steuern, die Tausende Meilen weit weg sind?«

Cnán war beeindruckt davon, wie viel Feronantus bereits in Erfahrung gebracht hatte. Andere Binderinnen mochten ihm schon vor ihr Nachrichten überbracht haben, aber wahrscheinlicher war es, dass er Informationen mit Händlern oder Gefangenen ausgetauscht hatte, die zum römischen Kaiser Friedrich geschickt wurden, vielleicht mit Gesandten der Ismailiten, diese armen heidnischen Tröpfe. Die Ismailiten, kärgliche Überbleibsel der Assassinen, die Saladin, Kalifen und Seldschuken gleichermaßen das Leben schwer gemacht hatten, ließen sich ebenfalls von angeworbenen Binderinnen gen Westen führen.

»Die Antworten auf deine Fragen würden Tage füllen«, sagte sie. Vielleicht besaß sie ja doch Informationen, die sie gebrauchen konnten – Informationen, die den Zwecken der Binderinnen ebenso zuträglich sein mochten wie denen der *Skjaldbræður*.

»Haben diese Khane denn nichts anderes im Sinn«, fuhr Feronantus fort, »nichts anderes, als immer weiter zu erobern, bis, wie Raphael es ausgedrückt hat, das Meer die Hufe ihrer Ponys umspült?«

»Größtenteils haben sie freie Hand, wie euch wohl klar sein wird«, sagte Cnán, »aber sie befolgen die Befehle aus ihrer Mitte und sie konkurrieren miteinander.«

»Was für eine Konkurrenz, die diese Bezeichnung verdient, kann es zwischen einem Khan und einem anderen, der sich auf der anderen Seite der Welt befindet, denn geben? Ihre Herrschaftsbereiche scheinen deutlich abgegrenzt zu sein. Man sieht nie zwei Khane, die ein und dasselbe Gebiet gleichzeitig zu erobern versuchen.«

»Das versteht ihr falsch«, erklärte Cnán. »Wenn ich von Konkurrenz spreche, dann meine ich damit nicht, dass sie um dieselbe Beute streiten. Für einen Mann, der solchen Reichtum und solche Macht besitzt, gibt es nur noch einen Preis, der seiner Aufmerksamkeit wert ist – der nächste Khagan zu werden, der Khan der Khane.«

Stille senkte sich rings um den Tisch, während alle darüber nachdachten. »Das Wissen dieser Botin bringt uns nicht weiter«, beschwerte sich einer. »Was nützt es uns, wenn wir wissen, dass mehrere Khane davon träumen, nach Ögedeis Tod dessen Nachfolge anzutreten?«

»Ich möchte mehr darüber hören«, hielt Feronantus dagegen. »Wie wird dieser Khagan erwählt? Bestimmt er seinen Nachfolger selbst? Oder wird das durch ein Erbfolgegesetz geregelt? Und wenn es so ein festgelegtes Verfahren gibt, respektieren es die Betroffenen dann auch? Oder ignorieren sie es und streiten sich um die Nachfolge?«

»Der Khagan verkündet seinen Nachfolger und nach seinem Tod wird die Wahl durch den Kuriltai bestätigt.«

»Und was ist das? So etwas wie ein hoher Priester?«

Cnán schüttelte den Kopf. »Sie haben keine Priester, wie ihr sie kennt, schon gar keine *hohen*. Der Kuriltai ist ein hoher *Rat* der Khane. Sie kommen alle an einem Ort zusammen, um eine wichtige Angelegenheit zu entscheiden – in diesem Fall also die Frage, wer der nächste Khagan wird.«

»Folgt dieser Kuriltai einem bestimmten Zeitplan?«

»Nein. Er findet statt, wenn der Khagan es will.«

Feronantus wirkte enttäuscht. »Wir können also nicht vorhersagen, wann der nächste stattfinden könnte?«

»Nein.«

»Ich bitte um Verzeihung, aber ich habe eine Frage«, meldete sich eine neue Stimme zu Wort. Es war Jasper, der Holländer, den Cnán am Tag ihrer Ankunft mit Raphael trinken gesehen hatte. Obschon er kein Mitglied der Schildbrüder war, wurde er doch als eine Art Alchemist respektiert.

Feronantus nickte ihm auffordernd zu, und so fuhr Jasper fort: »Du sagst, der Kuriltai bestätigt den Nachfolger des … nun, dieses Khans der Khane.«

»Ja.«

»Aber du hast auch gesagt, dass er der Einzige sei, der einen Kuriltai einberufen kann.«

»Ja.«

»Siehst du den Widerspruch darin?«

Cnán musste lächeln. »Es gibt noch eine weitere Regel, die ich nicht erwähnt habe«, räumte sie ein, »und die besagt, dass der Tod des Khagans der Aufruf zu einem umgehenden Kuriltai ist.«

Jasper nickte, zufrieden mit dieser Antwort. Damit schien die Sache für jedermann beigelegt zu sein, nur für Feronantus noch nicht. Er ließ sie sich noch einmal durch den Kopf gehen und hob die Hand, um dem Nächsten, der etwas sagen wollte, Einhalt zu gebieten.

»Und ein Kuriltai bedeutet also, dass alle Khane sich unverzüglich an einem Ort einfinden müssen?«

»Das ist der Zweck eines Kuriltais.«

»Und kann er überall abgehalten werden oder …«

»Undenkbar«, sagte Cnán. »Sie bringen bestimmten magischen Orten ihrer Heimat eine abergläubische Verehrung entgegen. Nur dort kann ein Kuriltai abgehalten werden.«

»Damit sagst du also«, sprach Feronantus weiter – und jetzt blickte er sie so durchbohrend an, dass ihr ganz unbehaglich wurde –, »dass im Falle des Todes von Ögedei, des Khans der Khane, all die anderen Khane – Onghwe hier in Legnica, Batu drunten in Ungarn und all die anderen, wo sie auch sein mögen – augenblicklich alles liegen und stehen lassen müssten, um in die Mongolei zurückzukehren?«

»Das ist richtig«, bestätigte Cnán. Sie verstand nicht recht, was Feronantus an diesem speziellen Punkt des mongolischen Stammesgesetzes so faszinierend zu finden schien. »Vorausgesetzt, sie wollen selbst Khagan werden. Und das wollen sie alle.«

Auf einmal machte Feronantus einen ungeheuer erleichterten Eindruck. Ein durchdringendes Funkeln trat in seine Augen und er verschränkte die Hände vor den Knien.

Dann sah er sich im Raum um und ließ den Blick über seine klügsten Strategen wandern: Raphael, Finn, Rædwulf, Taran. »Nun, dann liegt unser Weg ja offen vor uns!«, erklärte er. »Wir werden nicht länger eins werden, sondern *zwei*. Wir werden unsere Gruppe und unsere Bemühungen zweiteilen und diesen Reitern des Teufels Respekt sowohl vor dem stumpfen Ende als auch vor der Klinge beibringen.«

Die Stille im Raum und die Mienen all derer, die ihn anstarrten, bewiesen Cnán, dass sie nicht die Einzige war, der sich sein Plan keineswegs offenbarte. Er warf die Hände hoch, aufgebracht über ihre Unfähigkeit, zu sehen, was für ihn so offensichtlich war.

»Ein paar von uns werden in diesem Zirkus kämpfen. Das dient den anderen als Deckung und Ablenkungsmanöver.«

Cnán fiel die Kinnlade herunter, aber sie richtete den Blick sogleich auf Haakon, der ahnungslos schien. Ihr wurde erneut übel, als sähe sie Raphaels blutige Zange wieder vor Augen – oder als röche sie den Verwesungsgestank rund um Legnica.

Feronantus hatte soeben, das wusste sie, das Todesurteil über den jungen Wikinger verhängt – Haakon würde als Erster sterben, zusammen mit seinen jüngeren und unerfahrensten Brüdern.

Der Orden war im Begriff, seine Kinder von den Mauern zu werfen.

Die Kinyen schwieg noch immer, wartete darauf, dass Feronantus die andere Hälfte seines Plans darlegte.

»Und der Rest«, sagte Feronantus, »wird nach Osten reiten, das Schädelland passieren, ins heilige Kernland der Mongolen vorstoßen und den Khagan aufspüren – und ihn töten.«

Kapitel 6

✠✠✠

Im Garten

»Auf dem Schlachtfeld, wer hat da die Macht?«

Lians Tonfall legte nahe, dass sie die Antwort auf diese Frage bereits kannte.

Gansukh fand diese Angewohnheit ihrerseits lästig, wusste jedoch, dass sie die Frage nur wiederholen würde, wenn er sie nicht beantwortete. Sie würde sie anders formulieren oder einstweilen darüber hinweggehen, dass er keine Antwort gegeben hatte, bevor sie dann unvermittelt auf sie zurückkam. Sie war wie eine Mücke – stets außer Reichweite summte sie unentwegt herum und stach immer wieder zu, indes ohne zweimal auf derselben Hautstelle zu landen.

»Der General«, erwiderte er und schlug im Geiste nach ihr. »Er ersinnt die Schlachtpläne und gibt den Befehl, sie auszuführen.«

Lian nickte. Die Vormittagssonne umkränzte sie, das Licht tönte ihr Haar rot. Dies war ihre dritte Zusammenkunft in den Ostgärten. Gansukh gefiel es hier draußen viel besser als in seiner Kammer, in der er sich wie in einer Gruft vorkam. Hier konnte er den Himmel sehen.

Nur wenn er die endlose blaue Weite nicht sehen konnte, merkte er, wie sehr sie ihm fehlte. Nicht wie ein Schwert oder ein Pferd oder auch einer der anderen Stammesangehörigen, die die Belagerung von Kozelsk überlebt hatten. Das waren alles Dinge im Leben eines Mongolen, die sich änderten: Schwerter zerbrachen oder gingen verloren, Pferde kamen in der Schlacht um oder wurden zu alt, um einen Krieger zu tragen, und auch Freunde und Kameraden starben eben. Das alles war Teil des Kreislaufs des Lebens unter dem endlosen blauen Himmel. Der Himmel selbst jedoch veränderte sich in diesem Kreislauf nie. Er war immer da.

Bis er es nicht war.

Er hasste es, in einem Bett zu schlafen. Immer tat ihm am Morgen alles weh. Kreuz und Schultern waren auf eine Weise verspannt, die er nicht kannte. Einmal hatte er eine ganze Woche im Sattel zugebracht, er hatte im Reiten geschlafen, gekämpft, gepisst und gegessen, und am Ende jener Woche war er nicht so steif gewesen wie nach einer einzigen Nacht in diesem Bett.

»Und hier in Karakorum …«, Lian hielt inne, bis sie sich seiner Aufmerksamkeit sicher war, »wer hat da die Macht?«

»Der Khagan natürlich«, brummte Gansukh.

Der Ostgarten war Gansukhs Zufluchtsort geworden, und nachdem ihn die ersten Lektionen noch mehr verwirrt und entmutigt hatten, hatte er darauf bestanden, dass sie im Freien stattfanden. Die Gartenanlagen waren nicht mit der freien Steppe zu vergleichen, aber es war immerhin Platz zum Herumlaufen, genug jedenfalls, dass er sich nicht ganz so eingesperrt vorkam.

Der Garten war riesig, er erstreckte sich von der Nordmauer und den Privatgemächern des Khagans entlang der Ostmauer bis zum Tor. Es gab mehrere Wege, Pfade aus Flusssteinen, die sich durch eine endlose Folge von Hainen und Lauben wanden. Gansukh hatte eines Nachmittags versucht, die verschiedenen Baumarten zu zählen, und nach einigen Dutzend aufgegeben. Wenn die Bäume alle aus verschiedenen

Gegenden des Reichs des Khagans stammten, dann musste es noch viel größer sein, als Gansukh sich vorstellen konnte. Und die Blumen! Bahnen aus Farben auf erhöhten Beeten, winzige Blüten, die sich wie aufgefädelt auf Ranken aneinanderreihten, die sich wiederum um die nackten Stämme der Bäume schlangen, lange Stängel, aus denen Blumen sprossen, die wie flammende Vögel aussahen, und lange Stiele, die sich von oben herabneigten und mit ihren bunt gefleckten Gesichtern auf ihn herabschauten.

In der Mitte des Gartens lag ein großer Teich. Fische so bunt wie die Blumen schwammen träge in dem klaren Wasser. Fett und faul fürchteten sie keinerlei Raubtier. Nicht im Garten des Khagans. Gesäumt wurde der Teich von einigen Bänken aus Stein, in den die Abbilder von Tieren und Blüten gemeißelt waren.

Gansukh setzte sich nur selten hin.

»Ja, natürlich hat der Khagan die Macht.« Lian schnippte mit den Fingern. Seine Antwort war naheliegend und für ihre Lektion nur von geringer Bedeutung. »Aber wer noch?«

Gansukh wurde rot. Gegen einen angreifenden Feind konnte er sich behaupten, ohne aus der Fassung zu geraten, aber bei dieser zierlichen Frau mit ihrer spitzen Zunge und ihren abschätzigen Gesten, die ihn wie ein faules Kind behandelte, verlor er im Nu die Beherrschung. Er hielt den Mund.

Manchmal war es besser, nichts zu sagen, anstatt die Stille mit den falschen Worten zu füllen. Zumindest das hatte er inzwischen, wenn auch widerwillig, gelernt.

Lian kam auf ihre ursprüngliche Frage zurück, mit einer Änderung jedoch. »Wer hat auf dem Schlachtfeld *außer* dem General die Macht?«

Gansukh atmete auf. Das war vertrauter Boden. »Die Hauptleute. Sie führen die Befehle des Generals aus. Sie sind es, die die Soldaten auf dem Schlachtfeld anweisen.«

Lian nickte. Sie schaute Gansukh auffordernd an, und er spürte, wie seine Wangen abermals rot wurden. Er hatte eine passende Antwort gegeben, aber irgendetwas übersehen, eine Feinheit dieses Spiels, dem er nicht folgen konnte. *Was hat das Schlachtfeld mit dem Gleichgewicht der Macht bei Hofe zu tun?*

Sie hatte ihre Wangen rötlich geschminkt und auch um die Augen etwas Farbe aufgetragen, ein Türkis, das zu dem Blättermuster auf den Säumen ihrer Jacke passte. Es zog sich am Kragen entlang, um die Aufschläge herum und vorne hinab …

»Folgen die Hauptleute den Befehlen des Generals blind?«, fragte sie. »Oder unterbreiten sie ihrem Anführer bisweilen Ratschläge?«

Gansukh richtete sein Augenmerk ruckartig wieder auf ihr Gesicht. »In der Schlacht«, sagte er, »befolgen wir Befehle, ohne Fragen zu stellen.« *Ja, vertrauter Boden.* Auf ihr Nicken hin fuhr er fort: »Vor der Schlacht berät sich der General allerdings häufig mit seinen Hauptleuten.«

Lian begann zu lächeln, und von dieser Aufmunterung ermutigt sprach er rasch weiter: »Vor der Belagerung von Kozelsk zum Beispiel fragte General Batu mich …«

»Bitte«, Lians Lächeln verging, »keine Kriegsgeschichten mehr.« Sie verschränkte die Arme und ihre Hände verschwanden in den weiten Ärmeln ihrer Jacke. Diese Geste verwandelte sie in eine gestrenge Matrone, eine Lehrerin, die ob der Unaufmerksamkeit ihres Schülers verärgert ist. »Meister Chucai hat mich nicht gebeten, dir eine rehäugige Gesellschafterin zu sein, die hingerissen deinen prahlerischen Kampfgeschichten lauscht.«

Mit einem tiefen, kehligen Knurren ließ Gansukh die Anspannung, die ihre Ursache in der Unterbrechung hatte, von sich abfallen. Er zwang seine Lungen, sich langsamer zu bewegen. Er war hier nicht auf dem Schlachtfeld. Er war bei

Hofe, und wäre er hier aufgewachsen, wäre ihm diese Lernerei leichter gefallen, aber das war nun einmal nicht so. Er war in einem kleinen Lager zur Welt gekommen, in dem ein paar Dutzend Familien an den westlichen Hängen des Gebirges den Winter zubrachten, und er hatte nichts weiter gelernt, als seine Hände zu gebrauchen und sein Überleben zu sichern. Er wusste, wie man jagte, kämpfte und tötete. Das wollte er ihr zeigen. Er wollte ihr zeigen, dass er kein hilfloses Kind war – er nötigte anderen Männern Respekt ab, und sie taten ohne Widerrede, was er von ihnen verlangte.

Warum hat sich Tschagatai ausgerechnet für mich entschieden?

Lian war unnachgiebig. »Wer hat am Hof außer dem Khagan noch Macht?«, fragte sie und rief ihm damit das Thema dieses qualvollen Gesprächs in Erinnerung.

Gansukh wandte den Blick ab und ließ ihn durch den Garten schweifen. Es gab keinen Ausweg. Er musste diese Lektionen lernen, er musste begreifen, wie man bei Hof überlebte. Sonst …

Ein leichter Wind erfasste die Bäume, die den Pfad auf der östlichen Seite des Teiches säumten. Sie waren sauber gestutzt – Gansukh hatte mehr als zehn Gärtner gezählt, die dafür sorgten, dass die Gärten makellos gepflegt waren –, und als die Brise durch ihr Geäst strich, bewegten sie sich wie ein Ganzes, wie eine Einheit. Beinahe wie Soldaten, die in Formation marschierten.

Und blitzartig erkannte Gansukh die Antwort. »Diejenigen, die dem Khagan nahestehen«, sagte er. Dabei ging es jedoch um mehr als nur räumliche Nähe. In der Schlacht kümmerte es einen Krieger nicht, was links und rechts von ihm geschah, weil er wusste, dass er Teil einer Formation war. Er wusste, dass er durch die anderen um ihn her geschützt war. »Es geht um Vertrauen.«

»Ja, gut. Und wer steht dem Khagan nahe?«

»Seine Generäle.«

»Und?«

»Seine militärischen Berater.«

»Abgesehen von seinem militärischen Stab, Gansukh – wer hat *noch* Einfluss auf den Khagan?« Ihre Freude über seine Antwort verebbte.

Gansukh dachte ernsthaft über ihre Frage nach. *Wen gibt es da noch?* Er schaute wieder zu den Bäumen hin. Eine lückenlose Reihe. Ineinander verflochtene Äste. Nur so stark wie jeder einzelne Baum. Das machte den Erfolg einer Armee aus. So überlebte sie auf dem Schlachtfeld. Jeder Mann kannte seinen Platz und hielt ihn. »Warum sagst du mir nicht einfach, auf welche Antwort du wartest?«, platzte es aus ihm heraus. »Ich verspreche dir, dass ich sie mir merken werde.«

Sie schwieg einen Moment lang. Gansukh warf ihr einen verstohlenen Blick zu und ihre Miene überraschte ihn. Sie war nicht wütend.

»Weil«, begann sie, nun in weniger scharfem Ton, »du dir die Antwort leichter merken kannst, wenn du selbst darauf kommst. Würde ich eine bessere Bogenschützin werden, wenn ich nur dabei zusehe, wie du Pfeile verschießt?«

Gansukh lächelte. »Wohl gesprochen.« Er lachte. Aber er bedrängte sie noch einmal, weil er instinktiv spürte, dass die Rüstung seiner Lehrerin eine Schwachstelle aufwies. »Gib mir wenigstens einen Hinweis.«

Lian nahm die Hände aus den Ärmeln und zupfte am Kragen ihrer Jacke. »Hat der General auf dem Schlachtfeld seine Frau bei sich?«, wollte sie wissen.

Gansukh schnaubte. »Natürlich nicht.«

Lian schwieg, und auf Gansukhs Gesicht dämmerte die Erkenntnis. »Aber der Khagan hat all seine Frauen hier … und sie verbringen mehr Zeit mit ihm als jeder General oder Berater!«

Lian hob die Hand an ihre Schläfe und zitterte am ganzen Leib, als würde sie gleich zusammenbrechen. »Bei den Geistern der Ahnen, ich dachte schon, wir müssten den ganzen Morgen hier zubringen!«

Jetzt lachte Gansukh befreiter auf. »Das würde mir nichts ausmachen«, sagte er, was allerdings nicht ganz stimmte. Aber mit diesem scherzhaft vorgespielten Ohnmachtsanfall hatte sie ihre steinerne Haltung ein wenig aufgegeben, und unter seinem direkten Blick errötete Lian sogar, was sie noch hübscher machte.

»Gansukh«, sagte sie, drehte sich um und schlenderte auf eine der Bänke zu, »du musst lernen, wer Einfluss auf den Khagan hat und – was ebenso wichtig ist – wie die Betreffenden diesen Einfluss erlangen.«

»Was meinst du damit?« Er folgte ihr, weil er wusste, dass sie genau das von ihm erwartete.

»Wie gewinnen die Hauptleute auf dem Schlachtfeld den Respekt ihres Generals?«

»Wir führen seine Befehle aus. Mit Erfolg. Wir gewinnen Schlachten und kehren mit den Köpfen unserer Feinde zurück.« Gansukh rammte einen unsichtbaren Pfahl zwischen ihnen in den Boden.

Lian schreckte zurück. »Reizend«, meinte sie. Die Röte war aus ihrem Gesicht gewichen. »Bei Hof braucht man keine … Trophäen vorzulegen, um jemandes Gunst zu erlangen. Da gibt es dezentere Wege und Mittel.«

Gansukh überlegte, wie es kam, dass er wieder ein paar Sekunden lang abgeschweift war, dann nickte er. »Ja, ich verstehe. Sex. Essen. Trinken. Feste.« Er zählte die verschiedenen Dinge an den Fingern ab. »Informationen. Ratschläge: Wie geht man mit den Chinesen um, wie verhält man sich gegenüber Angelegenheiten des Hofes …« Er blickte auf die gespreizten Finger seiner Hand, und als Lian ihn aufforderte fortzufahren, nahm er die Freude in ihrer Stimme gar nicht wahr. Er hatte schon sieben Dinge aufgezählt, mehr, als er Finger an der Hand hatte. Er schüttelte den Kopf. »Es sind zu viele«, befand er. »Es ist zu kompliziert. Es gibt zu viele Leute mit Einfluss.« Er ballte die Hand und nickte grimmig, den Blick auf seine Faust geheftet. *Davon verstehe ich etwas.*

Sie berührte seine Faust und er zuckte leicht zusammen. Er hatte sie weiter von sich entfernt vermutet und ihre plötzliche Nähe schreckte ihn auf. Sie umfasste seine Hand mit ihren beiden und drückte seine Finger mit sanftem Druck auseinander.

»Es gibt Schlachtfelder unterschiedlicher Art«, sagte sie leise. Eine lange Strähne ihres Haars fiel ihr ins Gesicht, und es verlangte Gansukh danach, sie beiseite zu streichen, aber seine Hand wollte sich nicht bewegen. »Auf manchen kannst du den Feind nicht so gut sehen wie er dich.« Sie hob den Kopf ein wenig und sah ihn durch die Strähne ihres Haars hindurch an. »Ist es nicht so?«

Gansukh nickte. Sie hatte ihn noch immer nicht wieder losgelassen, und ihre Finger stützten das Gewicht seiner Hand.

»Und wendest du in diesen verschiedenen Schlachten nicht verschiedene Strategien an?« Sie zuckte mit den Schultern und löste einen Finger von seiner Hand. »Ist in manchen dieser Schlachten rohe Gewalt der beste Weg zum Sieg?« Sie ließ ihn ganz los, und seine Hand fiel herab, auf einmal schwer geworden. Sie lächelte, als er sich spannte und mit der linken Hand das Gelenk der rechten umfasste.

»Jedermann sieht eine Faust kommen, Gansukh«, sagte sie leise, während sie ein paar Schritte zurückwich und auf der Bank Platz nahm. »Du musst lernen, deine Absichten besser zu verbergen. Nutze deine Umgebung zu deinem Vorteil. Was für ein Krieger ist der Mann, der für alle sichtbar mit dem Schwert in der Hand dahergeritten kommt?«

»Ein toter Krieger«, sagte Gansukh. Er ließ die Hände sinken. Die Muskeln seines Rückens, jene, die nach einer Nacht im Bett am steifsten waren, spannten sich. Schwer ließ er sich neben Lian auf der Bank nieder. »Ja«, er nickte, »das ist eine gute Sicht der Dinge, Lian.« Seine Schultern sanken herab.

»Eine letzte Lektion für diesen Morgen«, sagte Lian, und Gansukh stieß unbewusst ein tiefes Seufzen aus. »Hat der General Lieblinge unter den Hauptleuten?«

»Lieblinge?«, wiederholte Gansukh. Das war ein seltsamer Begriff im Zusammenhang mit der Befehlsgewalt auf dem Schlachtfeld, und er versuchte zu verstehen, warum sie gerade diesen gewählt hatte. »Einigen Hauptleuten vertraut er mehr als anderen ...«

»Und versuchen diese Lieblinge unter den Hauptleuten, die anderen in den Augen des Generals zu beschämen?«

Gansukh sah Lian an. Die Bank war nicht allzu breit und er konnte ihren Duft wahrnehmen. Sie roch mehr nach Moschus als die Blumen rings um sie her. Sie war ihm unbehaglich nahe.

»Wir erringen den Respekt unseres Generals, indem wir Schlachten gewinnen«, erklärte er, nachdem er tief Luft geholt hatte. »Wir befassen uns nicht damit, die anderen Hauptleute zu beschämen. Wir haben keine Zeit für solche Spielchen. Wenn wir uns darauf einließen, könnten wir uns nicht darauf konzentrieren, unsere Männer am Leben zu halten. Wenn andere Hauptleute in der Schlacht versagen, dann ist das allein ihre Schuld. Und das ist beschämend genug.«

Lian klatschte leise in die Hände. »Ja. Erkennst du jetzt den Unterschied?« Als Gansukh den Kopf schüttelte, fuhr sie fort und vergaß für den Moment ihre Weigerung, ihm die Antwort zu liefern. »Dein General erteilt dir Befehle und behandelt dich mit Respekt, weil er weiß, dass du ein fähiger Mann bist, dass du seine Befehle zu seiner Zufriedenheit ausführen wirst und es ihm damit ermöglichst, die Schlacht zu gewinnen. Andernfalls würde er dir diese Befehle nicht geben.«

Sie ließ ihre Hand auf seinen Unterarm fallen. »Aber hier bei Hof sind keine Befehle zu befolgen, keine Schlachten zu Ehren des Khagans zu gewinnen. Wie also weiß er, ob du ein würdiger Anführer bist?«

Gansukh saß ganz still da, als wäre ihre Hand ein Vogel, den er nicht verscheuchen wollte. Er nickte fast unmerklich. »Ich müsste es ihm sagen«, antwortete er.

»In gewisser Hinsicht geht es auf dem Schlachtfeld zivilisierter zu als bei Hofe«, sagte Lian, und es klang ein wenig wehmütig. »Der Wert eines Mannes bemisst sich exakt danach, wie viel Ruhm er seinem General einbringt.« Ihr Ton wurde härter. »Hier berechnet sich der Wert eines Mannes nach dem, was er sagt, und dem, was andere über ihn sagen.«

Lian nahm ihre Hand weg und legte sie in ihren Schoß. Sie lenkte seine Aufmerksamkeit auf die stille Oberfläche des Teichs. »Du hast dir vielleicht schon Feinde geschaffen, Gansukh«, sagte sie mit einem warnenden Unterton.

Gansukh räumte grummelnd ein, dass an ihren Worten etwas Wahres sein mochte.

Ein sonderbarer Ausdruck huschte über Lians Gesicht, ein verspannter Zug um Mund und Augen. Sie verbarg ihn gut, und hätte er ihr nicht ins Gesicht gesehen, wäre er ihm entgangen. »Ach ja?«, sagte sie. »Wen denn?«

Sie weiß es schon, dachte er. »Munokhoi«, antwortete er, und als sie nicht auf den Namen reagierte, wusste er, dass er recht hatte. Er wartete darauf, dass sie ihm den Kopf zuwandte, er wollte sehen, was ihre Augen ihm verraten würden. *Wie bei der Jagd auf ein Reh,* dachte er. *Geduld wird belohnt.* Er entsann sich, wie sie ihn an jenem Abend im Bad über die Schulter hinweg angesehen hatte. Sie hatte gewusst, dass er sie beobachtete, und noch ein letztes Mal Blickkontakt zu ihm aufgenommen, bevor sie gegangen war. *Sie wird herschauen. Ich kann warten.*

Und sie tat es, schneller, als er angenommen hatte, und sie blinzelte angesichts des Lächelns auf seinem Gesicht. Sie wandte den Blick rasch wieder ab, aber da hatte er schon ein Aufblitzen unverhohlenen Gefühls in ihren Augen entdeckt.

»Fühlt er sich durch dich bedroht?«, fragte Lian, den Blick starr auf den Teich gerichtet, als versuche sie, unter seine stille Oberfläche zu schauen.

Gansukh sah keine Veranlassung, die Frage zu beantworten, nicht, wenn sie die Antwort schon kannte. *Diesmal nicht.*

Lian straffte die Schultern und fasste sich. »Wie wirst du mit ihm umgehen?«, fragte sie. Ihr herausfordernder Ton meldete sich zurück, sie reizte ihn.

»Ich habe ihn gemieden«, sagte Gansukh. »Es gibt keinen Grund, den Mann zu provozieren.«

»Nein.« Lian stand auf und sah missbilligend auf ihn herab. »Das ist das Schlechteste, was du tun kannst.«

Gansukh reagierte, als hätte sie ihn geohrfeigt. »Das reicht«, fuhr er auf. »So sprichst du nicht mit mir.«

Jetzt war es an Lian zu reagieren und sie setzte sich schnell hin. Ihre Schulter streifte seinen Oberarm. Sie verschränkte die Arme wieder und verbarg ihre Hände in den Ärmeln, doch diesmal war die Bewegung demütig, nicht gebieterisch. »Es … es tut mir leid«, sagte sie. »Ich … ich wollte nicht respektlos sein.«

»Warum warst du es dann?« Die Frage klang barscher, als er beabsichtigt hatte. »Gansukh, Munokhoi findet beim Khagan stets ein offenes Ohr, und das nicht nur, weil er ein *Jaghun* der *Torguud* befehligt. Er ist ihm zum respektierten Begleiter geworden. Meidest du den Khagan, wenn Munokhoi bei ihm ist, lässt du ihm zu viele Gelegenheiten, dich zu kritisieren, während du nicht für dich selbst sprechen kannst.«

»Warum erzählst du mir das?«, wollte Gansukh wissen, und er lächelte über ihre Verwirrung. »Ich dachte, ich könnte mir die Lektionen nur einprägen, wenn ich selbst auf die Lösungen komme. Hast du etwa Angst um mich?«

Lian schnaubte und schüttelte den Kopf. Sie zupfte an einer losen Strähne ihres Haars und strich sie zurück. »Ich meine es ernst«, sagte sie. »Du solltest Munokhoi nicht auf die leichte Schulter nehmen.«

»Ich habe nie gesagt, dass ich das vorhätte.«

»Du sagtest, du hättest ihn gemieden.«

»Aber das bedeutet ja nicht, dass ich in ihm keinen Feind sehe.«

»Ach, tust du das ...?« Lian machte Anstalten zu gehen. Ihre Schulter streifte ihn unsanft, als sie sich erhob. »Du wirst dich schon bald vor den Toren wiederfinden, *Pferdereiter*, aber das scheint dir ja ohnehin lieber zu sein.«

»Warte.« Gansukh stand auf und legte ihr sanft eine Hand auf den Ellbogen, bevor sie davonstürmen konnte. »Warte, es ... es tut mir leid. Ich verstehe, was du mir sagen willst, wirklich, und ich weiß deine Sorge zu schätzen.«

Lian zögerte, obgleich ihre Körperhaltung immer noch verriet, dass sie gehen wollte.

»Und deinen Rat auch.« Er ließ ihren Arm los und setzte sich wieder.

Sie gab nach, gesellte sich aber nicht zu ihm auf die Bank. Ihr Blick ging über seine Schulter hinweg. »Deine ursprüngliche Strategie mag ja außerhalb der Mauern der Stadt erfolgreich sein«, sagte sie, »aber jetzt musst du dir eine bessere einfallen lassen. Eine, durch die du in der Nähe deiner Feinde bleiben kannst.« Sie richtete die Augen auf ihn. »Ja?«

Er nickte, drehte sich um und warf einen Blick zurück.

Am südlichen Ende des Gartens herrschte Aufruhr. Jeweils zwei Männer platzierten Barrieren auf den Wegen. Hinter ihnen sammelten sich andere – ihrer farbenprächtigen Kleidung nach zu schließen Angehörige des Hofes.

»Du musst herausfinden, wann Ögedei Khan und Munokhoi zusammen sind, und dafür sorgen, dass du ebenfalls zugegen bist.«

Gansukh erhob sich schwungvoll. »Nun denn, die Unterrichtsstunde ist vorbei.«

»Wie bitte? Warum?« Lian sah ihn fragend an, denn sie verstand seine unvermittelte Reaktion nicht.

»Meister Chucai lud mich für heute Nachmittag zu einer Rehjagd mit dem Khagan und Munokhoi ein. Ich hatte eigentlich abgelehnt und meine Lektion mit dir als Grund vorgeschoben, aber …«

Lian sah noch einmal zu der sich sammelnden Schar hinüber und fasste ihn dann am Arm. »Eine Jagd.« Sie nickte. »Ja, das wäre eine perfekte Gelegenheit, den Khagan zu beeindrucken.«

»Ich muss mich darauf vorbereiten. Ich brauche meinen Bogen«, sagte Gansukh.

Sie setzte sich in Richtung des Hauptgebäudes in Bewegung, in dem seine winzige Unterkunft lag. »Gut«, meinte sie und blickte über die Schulter zurück. »Später bin dann ich an der Reihe.«

»An der Reihe? Womit?«, fragte Gansukh und eilte ihr nach.

»Wir können uns vor Einbruch der Dunkelheit noch einmal hier treffen. Dann kannst du mir von der Jagd erzählen.« Sie ließ zu, dass sich ein Lächeln auf ihre Lippen stahl. »Und wenn deine Bemühungen Erfolg haben, dann …«

Gansukh fragte nicht nach, was sie meinte. Er ließ ihr den Vortritt, betrachtete sie von hinten, wie sie vor ihm herging, und konnte sich recht gut vorstellen, was sie da andeutete.

Kapitel 7

Die Reise beginnt

»Und der Rest wird nach Osten reiten, das Schädelland passieren, ins heilige Kernland der Mongolen vorstoßen und den Khagan aufspüren – und ihn töten.«

Feronantus' Worte, unmissverständlich auf Lateinisch formuliert, hatten auch an Deutlichkeit nichts zu wünschen übrig gelassen. Und dennoch bezweifelte Cnán in der langen Stille, die den Raum erfüllte, nachdem er sie ausgesprochen hatte, dass sie ihn richtig verstanden hatte. Denn die Worte beschrieben etwas, das offenkundig unmöglich war. Es war ein Satz, der nur einem Wahnsinnigen über die Lippen gekommen sein konnte. Trotzdem erkannte sie, als sie den Blick über die Gesichter der zur Kinyen versammelten *Skjaldbræður* wandern ließ, keine der Reaktionen, die sie für angemessen gehalten hätte. Ein gewisses Staunen war wohl auszumachen. Aber niemand musterte Feronantus, als hätte er den Verstand verloren.

Sie zogen es tatsächlich in Erwägung.

Sie befand sich in einem ganzen *Raum* voller Wahnsinniger.

Es war nicht ihre Art, still dazusitzen. Wie Feronantus und die anderen seit ihrer Ankunft im Kapitelhaus schon feststellen mussten, sprach sie offen aus, was sie dachte. Dennoch hatte irgendetwas an der Ungeheuerlichkeit dieser Narretei ihr zunächst einmal die Sprache verschlagen.

»Na gut«, meinte der Mann namens Taran – der große Gallowglass –, als hätte Feronantus nur vorgeschlagen, auf ein Bier ins Wirtshaus zu gehen. »Aber meinst du nicht, wir sollten einige Tage warten, bis noch ein paar unserer anderen Brüder eingetroffen sind? Bruder Andreas zum Beispiel. Sein Speer wäre auf einer Khanjagd eine willkommene Bereicherung. Außerdem kann er kochen und er schnarcht auch nicht so wie Bruder Eleázar.«

Eleázar war ein Spanier und erst gestern eingetroffen. Er wartete, bis sich das raunende Gelächter gelegt hatte, dann sagte er, ohne sich in seiner Würde verletzt zu zeigen: »Das würde dir gar nichts nützen, denn ich werde trotzdem bei dir sein und so viel schnarchen, wie ich will.«

»Ich werde bestimmen, wer sich der Jagdgesellschaft anschließt und wer nicht«, erklärte Feronantus bedächtig, und Eleázar verbeugte sich sogleich zum Zeichen dafür, dass er Feronantus als Führer anerkannte.

Endlich fand Cnán ihre Stimme wieder. »Eine Jagdgesellschaft nennt ihr das? Als würdet ihr losziehen, um einen Hasen fürs Abendessen zu erlegen?«

Alle drehten den Kopf in ihre Richtung. Viele schienen überrascht zu sein, dass sie an dem Gespräch etwas zu beanstanden fand.

»Ihr sprecht hier vom mächtigsten Mann in der Geschichte der Welt«, sagte sie. »Im Vergleich zu ihm war Julius Cäsar ein Bezirksstatthalter, der allenfalls bescheidene Erfolge zu verbuchen hatte.«

»Aber wenn wir ihm zwei Zoll Stahl in den Leib rammen, wird er trotzdem sterben«, versetzte Roger ebenso scharf wie schnell. Er spielte mit einem seiner Dolche.

»Aber euer Stahl ist *hier*«, erwiderte sie und schlug mit der

Hand fest auf den Tisch. »Und um ihn *dorthin* zu bekommen, müsst ihr zweitausend Meilen überwinden und zehntausend handverlesene Leibwächter töten.«

»Handverlesene Leibwächter enttäuschen in der Regel«, warf Raphael ein.

»Und zehntausend davon«, sagte Roger, »bedeuten zehntausend Gelegenheiten, Verwirrung zu stiften.«

»Ihr begreift es nicht!«, beharrte sie. »Ihr habt keine Vorstellung, wovon ihr redet!«

»Wir sind nicht in der Erwartung unseres Überlebens hierhergekommen«, erklärte Parzival. Sein Ton war weder spöttisch noch dreist, vielmehr klang er so, als legte er einem älteren Verwandten ein schlichtes Missverständnis dar. »In Ausübung einer ehrenvollen Aufgabe zu sterben ist dem Tod zum Vergnügen eines zuchtlosen Khans allemal vorzuziehen.«

»Es geht ja nicht *allein* darum, dass es Selbstmord ist«, sagte Cnán. »Es ist sinnloser und umgehender Selbstmord. Ihr kommt keine zehn Meilen weit.« Sofort ging ihr der Schwachpunkt ihrer Behauptung auf.

Genau wie Illarion. »Ihr seid sehr viel weiter gereist, um mich zu holen«, erinnerte er sie, »und wieder zurück. Ich kann euch tief nach Rus hineinführen.«

»Was einmal Rus *war*«, fauchte Cnán. »Jetzt ist es das Reich des Großkhans. Vier Fünftel davon liegen jenseits eures Horizonts. Und wie wollt ihr *da* hindurch euren Weg finden?«

»Das«, sagte Feronantus in mildem Ton, »ist deine Aufgabe, ›Vaetha‹. Oder wie du auch heißen magst.«

Damit brachte er Cnán so lange zum Schweigen, dass sie mit der Planung ihrer Expedition fortfahren konnten. Es wurden die Namen mehrerer Ritter erwähnt, die, so wie Andreas, noch nicht eingetroffen waren, die man aber gerne dabeihätte.

Feronantus setzte dieser Debatte mit einer knappen Handbewegung ein Ende. »Nein«, erklärte er, »wir brechen heute Abend auf. Die Beteiligten werden aus dieser Runde ausgesucht.«

Hände gingen in die Höhe, um höflich Einwände zu äußern, aber Feronantus zeigte sich unnachgiebig. »Wenn wir drei Tage auf Andreas warten, wird er in fünfen noch nicht da sein, und dann wird er einen nennen, der vier Tage hinter ihm ist und noch besser geeignet wäre als er selbst. So verlieren wir das *Vor*.«

Cnán hatte keine Ahnung, was das *Vor* war, aber das Argument schien allen anderen einzuleuchten. Wohl ein Begriff aus dem Kauderwelsch ihres *Oplomachs*, wie sie ihre Art zu kämpfen nannten.

In den paar Tagen, da sie Gast des *Ordo Militum Vindicis Intactae* war, hatte sie so viel wie möglich über diesen Feronantus in Erfahrung gebracht – nur eines, das Wichtigste, war ihr offenbar entgangen, nämlich dass er nicht recht bei Trost war.

Sie hatte herausgefunden, dass er innerhalb des Ordens einen hohen Rang bekleidete, was bedeutete, dass er, wenn er am Leben blieb und keine Fehler beging, eines Tages wahrscheinlich selbst Petraathen vorstehen würde. Gewissermaßen zur Vorbereitung auf diese Ehre hatte man ihm die Leitung von Týrshammar übertragen, jener Festung – oder auch Tempel und Kloster –, die der Orden seit gut neunhundert Jahren an der Nordsee unterhielt, ein Ableger des noch älteren Petraathen und traditionell ein Ort, an dem zukünftige Führer des Ordens herangezogen wurden.

Ob nun zufällig oder beabsichtigt, in jedem Fall hatten die Mongolen Petraathen von Norden und Süden her in die Zange genommen. Die südliche Backe dieser Zange, die Batu Khan unterstand, war nach Ungarn vorgestoßen und hatte dort an einem Ort namens Mohi den größten Teil der Christenarmee besiegt. Die nördliche Abteilung war unter Onghwe nachgekommen und hatte den Rest bezwungen. Unter denen, die sich studienmäßig mit den Khans befassten, galt Batu als der Wichtigere, und demnach ging man davon aus, dass der Vorstoß im Süden der eigentliche war und Onghwes Anstrengungen eher zur Ablenkung dienten. Deshalb war das Gros der Mitglieder des *Ordo Militum Vindicis Intactae*, die tatsächlich in Petraathen stationiert waren, von Süden her nach Ungarn gezogen, und die Überlebenden der Schlacht am Sajó befanden sich immer noch dort. Als Onghwe seine Einladung zum Schwerterzirkus verschickte, war die Zuständigkeit folgerichtig Feronantus zugefallen, der mit Taran und Rædwulf sowie ein paar weiteren Männern, die sich zu dem Zeitpunkt auf der Insel aufgehalten hatten, aus Týrshammar gekommen war.

»Ich werde nach Osten ziehen, ohne mit meiner Rückkehr zu rechnen«, sagte Feronantus. »Es liegt ein langer Weg vor uns. Wir werden mit leichtem Gepäck reisen. Das heißt, wir müssen uns unterwegs durch die Jagd ernähren. Ich hoffe, dass Finn uns begleiten wird, um unsere jägerischen Unzulänglichkeiten auszugleichen.«

Diese Worte wurden für Finn übersetzt, der daraufhin strahlend nickte und etwas sagte, das wiederum ins Lateinische übersetzt wurde: »Ja, vorausgesetzt, ihr gleicht meine Unzulänglichkeiten als Krieger aus.«

»Rædwulf ergänzt Finn bei der Jagd, und wir brauchen die Kraft seines Bogens, der mongolische Rüstungen auch aus der Ferne durchschlägt«, erklärte Feronantus weiter.

Cnán konnte nicht verhindern, dass sie noch im Nachhinein rot wurde, als sie daran dachte, wie die beiden sie im Wald aufgespürt hatten. Ja, gegen Finn und Rædwulf hatte kein Reh zwischen hier und der Mongolei eine Chance.

»Illarion Illarionowitsch hat uns bereits die Ehre erwiesen, sich freiwillig zu melden«, sagte Feronantus und nickte dem Ruthenen zu, der die Geste erwiderte. »Und auch wenn wir kaum hoffen dürfen, den Mongolenhorden davonreiten zu können, brauchen wir doch den besten Reiter, der uns zur Verfügung steht – den *Matamoros*, den Maurentöter Eleázar.«

Der Spanier freute sich sichtlich. Istvan, der ungarische Reiter, nicht.

»So gern ich glauben möchte, dass wir auf der Reise vor Krankheit und Verletzungen verschont bleiben könnten, werden wir doch die Dienste eines Feldschers brauchen, und so appelliere ich an Raphael, uns zu begleiten, der uns auch mit der Sprache der Sarazenen behilflich sein kann. Parzivals Worten habe ich bereits entnommen, wohin sein Herz ihn führt, und so rufe ich auch ihn zu dieser Reise auf. Freilich würde ich es nicht wagen, ihn von Roger zu trennen, und deshalb ist auch Roger mit von der Partie, sofern er unsere Gesellschaft erträgt.«

»Und ihr die meine«, sagte Roger.

»Obschon er, genau wie Finn, kein Mitglied unseres Ordens und nur ein Ehrengast in unserem Lager ist, könnte uns Jasper mit seinen alchemistischen Kenntnissen von Nutzen sein, und daher fordere ich auch ihn auf, mit uns zu kommen.«

»Ich dachte schon, du würdest mich gar nicht mehr fragen!«, sagte Jasper. In Wahrheit hatte Cnán allerdings den Eindruck, dass er nervöser wirkte als irgendeiner der anderen, was sie jedoch für den Mann einnahm, hieß es doch, dass er nicht ganz so wahnsinnig war wie all die anderen.

»Taran sollte eigentlich hierbleiben, um als *Oplo* für die jungen Männer zur Verfügung zu stehen, die anstelle derjenigen kämpfen müssen, die nach Osten ziehen. Aber mit gebrochenem Herzen wäre er nutzlos, und da es ihm das Herz bräche, würden wir ihn zurücklassen, soll auch er die Reise mitmachen. Bruder Rutger ist mehr als nur bereit, seine Stelle hier einzunehmen.«

Die Bandbreite und das Ausmaß der Gefühle, die während dieser kleinen Ansprache in Tarans Miene aufblitzten, hatten Cnán beinahe Angst gemacht, aber am Ende stand er doch nur mit rotem Gesicht und den Tränen nahe da und nickte heftig. »Ja«, nuschelte er, »Rutger wird hervorragende Arbeit leisten.«

»Damit hätten wir zehn«, sagte Feronantus. »Ich hoffe und bete, dass jene, die sich Vaetha nennt, die Zwölfte in unserem Bunde sein wird. Das heißt, wir brauchen noch einen Elften. Jeder Mann wäre bestens geeignet. Aber mir ist der Blick – oder vielleicht ist ›Zorn‹ das treffendere Wort – Istvans nicht entgangen, der sich, wie ich glaube, für einen besseren Reiter als Eleázar hält. Und vielleicht ist er das auch. Kein Zweifel besteht indes daran, dass er die Mongolen besser kennt als jeder andere Mann des Westens, und so biete ich ihm an, unsere Aufgabe und unser Los zu teilen.«

»Ist angenommen«, tat Istvan kund, bevor der Satz ganz zu Ende gesprochen war. Er hatte auf seinem Stuhl geschaukelt, als säße er auf einem Pferd, das er just in die Schlacht ritt.

Jetzt wandten sich aller Köpfe wieder in Cnáns Richtung.

Das Ganze ergab keinerlei Sinn. Sie würden ein halbes Jahr lang ihres Weges reiten und wie wilde Tiere leben, bevor sie auf einer eisigen mongolischen Steppe mit Pfeilen gespickt sterben würden.

Aber sie erkannte das Schicksal, wenn sie ihm begegnete – oder vielmehr wenn es seinen Griff um ihre Kehle schloss.

»Mein Name ist Cnán«, sagte sie, »und da es meine Bestimmung zu sein scheint, werde ich, sobald ihr mit euren hochtrabenden Worten und großen Gesten zu einem Ende kommt, von diesem Stuhl aufstehen und der untergehenden

Sonne den Rücken kehren – obschon ihre Wärme und Schönheit mir monatelang der einzige Trost waren –, um der heiligen Schwelle des Zeltes des Großkhans entgegenzustreben, solange Atem in meinen Lungen ist. Wenn ihr elf euch entscheidet, mir zu folgen, wird euch ein kürzerer und gefahrloserer Weg beschieden sein, und von Zeit zu Zeit mag ich sogar froh über eure Gesellschaft sein.« Sie konnte nicht verhindern, dass ihre Augen bei diesen letzten Worten nach Parzivals Blick suchten. Endlich zollte er ihr Aufmerksamkeit.

Eine Stunde später waren sie unterwegs.

◆◆◆

Feronantus blickte mit einem Ausdruck im Gesicht zur Lichtung zurück, den Cnán nicht deuten konnte. Sie hielt sich in der Nähe des Anführers dieser Bande von Verrückten und hoffte, seine Beweggründe zu enträtseln, bevor er ihnen allen den Tod bescherte.

Die Lichtung; das alte Kloster, das zum Kapitelhaus geworden war; die Balken aus teils verfaultem Holz, aus denen man Tische und Bänke gefertigt hatte; die Flagge des Ordens, die jetzt an einem Mast auf dem löchrigen Dach wehte; der Friedhof mit seiner Totenstille. Hier war sie Teil dieser Gruppe geworden, hier hatten sie Cnán als – fast – Ebenbürtige aufgenommen.

Ein paar von ihnen hatte sie durchs tote Land geführt, um nach Illarion zu suchen, darunter der weise Raphael mit seiner semitischen Gemütsruhe und der junge Haakon, der stets unbeholfen auf der Suche nach einer Art von Männlichkeit war, die ihm zu Gesicht stehen mochte. Sie hatte gesehen, wie sie die Gräuel von Legnica verdaut hatten, und war Zeuge geworden, wie sie sich der Mongolen mit einer genialen List erwehrten, die, wäre sie geplant gewesen, nur hätte fehlschlagen können.

Hier hatte sie den schönen Parzival beobachtet, und sie hatte sich nach mehr gesehnt, nach etwas anderem; sie hatte wie der tölpelhafte Haakon versucht, den Weg in Arme zu finden, die ihr verschlossen blieben. Eine *Freundschaft,* die sie nicht haben konnte.

Sie hatte Illarions Geschichte gelauscht. Sie hatte gesehen, wie die Ritter übten und wie Feronantus einen Plan erdachte, der nur scheitern konnte. Der ihrer aller Todesurteil war.

Trotzdem würde ihr dieser Ort fehlen. Und Feronantus? »Bedauerst du es, von hier fortzugehen?«, fragte sie.

Er schüttelte den Kopf und lächelte. »Du wüsstest gern, was ich denke.«

»Du schickst die Jungen in den Tod«, sagte Cnán. »Ein Ablenkungsmanöver für ein irrsinniges Unterfangen. Ich möchte nur sichergehen, dass du nicht wahnsinnig bist.«

»Dieser Wald ist eine Wildnis, der es ohne uns besser geht. Das Kapitelhaus wird still verfallen. Die Toten werden ruhiger schlafen, ihre Knochen nicht unter den Schritten von Kriegern erzittern. Das Wild wird zurückkehren und nicht mehr von unsereins gejagt werden. In der Luft wird kein Stahl mehr klirren, sie wird nicht mehr singen und widerhallen von den hohen Stimmen der jungen Welpen und dem Knurren der alten Hunde, die wild auf eine Balgerei und die Jagd sind. Der Wind wird wehen, die Bäume werden rauschen, und wir machen uns auf den Weg, um andere von ihrer Bürde zu befreien. Aber wir sind *deine* Bürde, Cnán.«

Vielem von dem, was er sagte, konnte sie nicht folgen, dennoch beeindruckte es sie. »Und warum?«, fragte sie.

»Du bist eine Binderin. Ihr verbindet Menschen, die auf der Suche sind, oder nicht?«

Sie verzog das Gesicht. »Deine Worte mögen ja auf die anderen wirken, aber ich bin nicht so leicht zu beeindrucken.«

»Wahnsinn, Verzweiflung, Vision«, sagte Feronantus. »All diese Dinge bestimmen unser Leben und unsere Zeit. Gibst du mir da nicht recht, junges Blatt?«

»Was meinst du mit ›junges Blatt‹?«

»Dein Leben war nicht leicht«, sagte Feronantus. »Du treibst umher wie ein Blatt. Ein Blatt, das ohne Baum wuchs.«

Die Lichtung hatten sie mittlerweile zurückgelassen, sie war hinter Bäumen verschwunden, und ihre Pferde trotteten geduldig über die langen, gewundenen Wege. Sie tätschelte den Hals ihres Tieres, ausnahmsweise einmal dankbar dafür, dass sie ritt, denn so befand sie sich fast auf Augenhöhe mit Feronantus. Sie schaute ihm ins Gesicht und versuchte herauszufinden, worauf er hinauswollte.

»Du hast deinen Vater nie kennengelernt«, sprach der Ritter weiter. Er blickte über ihre Schulter hinweg, ein Hinweis darauf, dass er um den Wahrheitsgehalt dieser Behauptung bereits wusste.

»Meine Mutter kannte ihn auch nicht«, platzte sie heraus.

»Das ist erstaunlich«, erwiderte er, nachdem er einen Moment hatte verstreichen lassen.

Ihr Pferd wieherte wegen etwas auf dem Weg. Abermals streichelte sie seinen Hals. Das raue Fell war sauber, frisch gestriegelt. Das Pferd hatte tagelang auf einer Wiese geweidet; sein Bauch war voll, und so war es zufrieden und sauber und störte sich nicht an ihr, seiner Last.

»Es werden jetzt viele zur Welt kommen, die ihren Vater nicht kennen«, sagte sie leise. »Das Mädchen vor Legnica … das sich um Illarion kümmerte und ihm Weidenrindenbrei brachte.«

»Haakon sagte, du wolltest sie mitnehmen oder bei ihr bleiben, um sie zu schützen. Dein Mitgefühl hat ihn beeindruckt.«

»Der Wunsch, ein Mädchen in Not zu retten, überrascht einen Ritter?«

Feronantus' Miene verdüsterte sich. »Wenn Wünsche Armeen wären …«, brummte er. »Wir sind nur wenige. Der fliegende Speer kann dem gestürzten Grünschnabel nicht als Krücke dienen.«

Cnáns einmal entfachter Zorn legte sich nicht. Das Thema war angeschnitten. Und sie würde diesen *Mann,* der es zur Sprache gebracht hatte, nicht so ohne Weiteres vom Haken lassen. »Wenn sie all die *Männer* überlebt, die sich an ihr vergehen, wird sie Kinder zur Welt bringen, die ihren Vater nicht kennen. Sie werden in heruntergekommenen Dörfern leben, wo solche Bankerte des Krieges geschnitten und verprügelt oder sogar abgestochen werden von jungen Strolchen, die sich auf die Rassenreinheit berufen, denn diese Kinder werden Schlitzaugen und flache Nasen haben und ihre Haut wird dunkler sein. Wenn sie noch genug Verstand übrig hat, um ein Kind zu lieben, wird sie doch nicht imstande sein, es zu beschützen, denn das Kind wird jedermann an den Feind erinnern, selbst seine Mutter.«

»Hm …« Der alte Ritter fand dieses Gespräch zweifellos unangenehm. »Dir hat es im Kapitelhaus gefallen«, meinte er nach einer Weile.

Ihr Pferd wieherte abermals, doch der Weg war frei und sie tätschelte ihm den Hals nun etwas kräftiger, was ihm zu behagen schien.

»Ich habe die Rast dort genossen«, erklärte sie. »Meine Mutter hat mich geliebt. Auch sie war ein ›Blatt‹. Wenn wir ein ruhiges Plätzchen fanden, bereitete sie mir dort ein Zuhause – in alten Gebäuden, alten Städten, an Orten, wo nur noch Geister und Vergangenheit herrschten. Sie fegte die Knochen vom Boden auf, flickte alte Wände und reparierte alte Möbel. Sie machte mir meinen Vater nicht zum Vorwurf. Stattdessen lehrte sie mich, dass Wildnis und Krieg uns stärken, dass die Mischung aus ihrem Blut und seiner Saat mein Lebtag lang in mir leben würde, das Böse im Kampf gegen ihre Liebe und … die Tradition der Binderinnen. Die Tradition, sagte sie, werde mich schützen vor allen Geistern, die mir auf meinen Wegen folgen mochten. Denn die Sünden der Väter, die Toten und die Ungeheuerlichkeiten, für die sie verantwortlich waren, bringen Geister hervor, die den Kindern folgen.« Sie spuckte aus. »Es gibt keine Gerechtigkeit. Euer Christengott schaut auf alles herab und sieht jeden Spatz, aber er schert sich nicht um seine Kinder. Er ist ein Gott der Vögel.«

Feronantus lachte leise über diese Lästerung. »Vögel sind eben angenehmere Gesellen.«

»Nur wenn man sie nicht kennt«, sagte Cnán. »Sie sträuben ihr Gefieder voreinander und zanken sich um Körner und Larven. Alle Vögel sind Bankerte, Bastarde. Nur *hübscher* sind sie.« Sie schaute nach oben ins Geäst der Bäume, wo seltsamerweise weder ein Vogel hockte noch Gezwitscher zu vernehmen war. »Und sie können schnell fliegen. Wir werden uns noch alle wünschen, Vögel zu sein, lange bevor wir diese Reise hinter uns haben.«

»Und jetzt verstehe ich also dich und du verstehst mich?«

Sie grinste. »So viele Worte habe ich seit Jahren nicht gesprochen. Du hast nichts von Bedeutung gesagt.«

»Dieses Mädchen ist nicht wie deine Mutter. Und auch nicht wie du.«

»Sie war von Geburt an weich und behütet. Sie war vielleicht die Tochter von Adeligen und wurde in eine Welt der Seide, Pelze und zarten Worte geboren. Für sie brannte stets ein Feuer gegen die Kälte, es gab immer Haferbrei, Gemüse, Brot und Wild gegen den Hunger. Ihr Vater mag sie geliebt haben. Aber ihr Vater ist tot. Ihre Mutter ist tot. Und doch wird sie nicht von Geistern heimgesucht.«

Feronantus blickte verblüfft drein. »Warum nicht?«

Cnán schüttelte den Kopf. Sie hatte ihm schon so viel erzählt, ohne es eigentlich beabsichtigt zu haben. Noch mehr über die geheimen Geschichten ihrer Sippenschwestern würde sie ihm nicht offenbaren.

»Nun, am Anfang sind wir alle schön und frisch, und dann reiten wir in die Kälte und Dürre«, sagte Feronantus. »Du hast mir deinen Namen verraten. Ich bin stolz darauf, ihn zu kennen, und ich bin stolz darauf, dich zu kennen. Ich hoffe, wir können dieses Gespräch noch fortsetzen.«

»Ich bin ein Blatt«, sagte sie. »Du bist ein Schwert.«

»Stimmt«, bestätigte Feronantus. »Und doch unterscheiden wir uns nicht allzu sehr voneinander.«

Sie fauchte die nächsten Worte hervor und bedauerte sie auf der Stelle. »Was? Bist du etwa auch ein im Krieg geborener Bastard?«

Feronantus' Stirn umwölkte sich, wenn auch nur kurz, und in dem Blick, mit dem er sie maß, blitzte Argwohn auf, bevor sein Lächeln zurückkehrte. Dieses väterliche Lächeln, das sie so wütend machte und doch faszinierte, aber eben auch die Hände zu Fäusten ballen ließ.

Dann wandte er den Blick ab und zügelte sein Pferd, sodass sie nicht mehr nebeneinander ritten.

So ging es Cnán früher oder später mit jedem, der nicht zu ihrer Sippe gehörte, und so war es auch ihrer Mutter ergangen, die mit spitzer Zunge stets die Wahrheit ausgesprochen hatte. Der Wert der Binderinnen lag in ihren Diensten und dem Wissen, das sie feilboten. Davon abgesehen stand niemand für sie ein.

»Dein Pferd wiehert, weil es deine Art mag«, sagte Feronantus. »Es fängt an, dir zu vertrauen. Pferde sind in dieser Hinsicht schlichte Naturen. Von all den Gräueln des Krieges bedauere ich ihre Enttäuschung und ihr Leid am meisten.«

»Mehr als das Leid der Menschen?«, fragte Cnán über ihre Schulter hinweg.

»Die Menschen – Ritter zumindest und andere, die auf Pferden reiten – haben wenigstens etwas Hoffnung auf Vorteile durch den Krieg. Pferde tragen Lasten und werden gefüttert, wenn sie Glück haben. Meistens allerdings müssen sie nur Qualen erdulden und sterben.«

»Wir führen sie nach Norden, fort von den Hauptwegen der Mongolen«, sagte Cnán, die einen Schauder verspürte. »Wirst du beten für die Männer, die du in den Zirkus schickst?«

»Das werde ich tun.«

»Zu einem Christengott?«

»Ja. Zu ihm.«

»Und auch zu anderen?«

Feronantus ließ sich noch weiter zurückfallen und bedeutete ihr, vorauszureiten. Dann wendete er sein Pferd, um sich mit Istvan zu besprechen; was sie sagten, konnte sie nicht hören. Cnán galoppierte eine Weile voraus – um sich zu vergewissern, dass dies die Route war, die sie schon genommen hatte, aber auch, um allein zu sein. Um nachzudenken.

Ihre grüblerische Stimmung hielt auch dann noch an, als die Sonne in einem feurigen Schauspiel unterging. Der Himmel füllte sich mit den buschigen Schweifen brennender Tiere. Langsam verloschen die Feuer, Dämmerung senkte sich herab, die Nacht brach an. Sterne behaupteten sich standhaft und unnahbar gegen geisterhafte Wolkenstreifen.

Das ganze Land verwandelte sich in Mulch. Die Folge der Verheerungen war ein neu erblühender Garten. Schon bald würde der Verwesungsgestank von Legnica vergehen. Die Winde würden wehen, der Schnee würde alles unter dicken Flocken begraben, das Land würde still werden … dann käme der Frühling. Was tot war, würde zu Staub zerfallen, Blumen würden sprießen. Von den Mongolen beauftragte Steuereintreiber, wahrscheinlich die Überlebenden alter Adelsfamilien – die schwarzen Schafe, denen in guten Zeiten das Glück nie hold war –, würden berittene Schergen anwerben und ihre Zahltische aufstellen, während die Bauern die neue Ernte einbrachten, Männer im Wald Holz zum Wiederaufbau schlugen und Kalköfen aus alten Ziegeln neu errichtet wurden.

Und Blätter wie Cnán wehten übers Land, bis auch sie die Anonymität des Mulchs fanden, aber stets in der Wildnis, nie auf einem Feld oder in einem Garten … nie, um Schösslingen oder Blüten beim Wachsen zu helfen.

◆◆◆

Sie hielten sich abseits der bekannten Routen, und nach einigen Tagen drangen sie in einen dichten Wald aus mächtigen Eichen vor, Eichen, die so alt waren, dass sie in Cnán ein Gefühl tiefer Ehrfurcht erweckten und die Ritter schweigsamer als üblich werden ließen. Cnán entsann sich, dass diese Bäume dem slawischen Kriegsgott geweiht gewesen waren, den nun der griechische Christus in die Flucht geschlagen oder zumindest milde gestimmt hatte. Das Astgewölbe hoch droben reduzierte das bisschen Sonnenlicht, das durch die dicken, ostwärts ziehenden Wolken fiel, zusätzlich auf ein paar silbrige Strahlen, und als der Sommerregen einsetzte, tropfte in einem fort Wasser von den Blättern und machte den Boden matschig und die Pferde launisch.

Cnán beobachtete die Reiter, sowohl unterwegs als auch beim Errichten des Lagers in Wäldern oder auf freiem Felde. Sie studierte ihr Verhalten gegenüber ihrem Anführer Feronantus und behielt jedes einzelne Mitglied der Gruppe genau im Auge, wie ihre Mutter es ihr beigebracht hatte.

»Wir beobachten alle Menschen, wie wir auch die Tiere beobachten. So lernen wir sie besser kennen, während sie nichts über uns erfahren«, hatte ihre Mutter gesagt. »Niemand hat unser Volk je gekannt, und niemand wird es je kennenlernen.«

Die elf Reisenden zollten ihr im Gegenzug nur wenig Aufmerksamkeit. Jetzt schienen sie Cnán als eine lästige kleine Schwester zu betrachten oder vielleicht auch als einen Hund, wenn sie sie überhaupt zur Kenntnis nahmen. Ihr war es nur recht, dass alle sie übersahen, selbst Parzival, der ohnehin nie viel Interesse an ihr gezeigt hatte.

Während sie zwischen den großen Eichen einherritten, fächerte sich die Gruppe auf Feronantus' Zeichen hin zu einem dreißig oder vierzig Schritt weiten doppelten V auf, sodass sie einen Feind, sollten sie auf einen stoßen, leicht in die Zange nehmen konnten, indem sie einfach einen Bogen in die eine oder die andere Richtung schlugen.

Cnán entfernte sich oft von der Gruppe, erkundete die Gegend, hielt Ausschau nach Kriegsparteien oder versprengten, wildgewordenen, blutrünstigen Überresten geschlagener Armeen – was immer es in diesen weiten, flachen Teil des Reichs des Großkhans verschlagen haben mochte. Außerdem suchte sie nach Zeichen und kryptischen Markierungen, die andere Reisende hinterlassen hatten – insbesondere Binderinnen. Mit Knoten versehene Schnüre und eine Reihe von Markierungen hatten Cnán überhaupt erst aus dem Osten hergeführt. Wenn sie keine Knoten knüpften, hinterließen Binderinnen Nachrichten, indem sie die Zweige von Schösslingen um stärkere Äste schlangen, Baumstämme an ihrem Fuß einkerbten oder unauffällige, geschickt zerrissene Fetzen erdfarbener Stoffe aufhängten. Gelegentlich, wenn das Skelett eines Tieres – oder auch eines Menschen – zur Verfügung stand, konnte man Nachrichten auch in der Form von speziell angeordneten Knochen hinterlassen. Größere Zeichen, die in den Boden gekratzt oder aus Steinen gelegt waren, konnte man oft nur von Baumkronen aus sehen, und wieder andere waren nur im Winter zu erkennen.

Reisende aus anderen Gesellschaften verleibten der Erde ihre eigenen Zeichen ein. Auf ihren Wegen in Ost und West, die sie als Kind mit ihrer Mutter und mit anderen Binderinnen oder auch allein genommen hatte, waren ihr lange Reihen kleiner Kreise aufgefallen, die mit Stöcken von Unrat und Gras frei gehalten wurden. Die Binderinnen wussten sie nicht zu lesen und die Kreise konnten allenfalls ein paar wenige Jahreszeiten überdauern, und doch waren sie immer da – als würden sie magisch erneuert.

Gemeinsam hinterließen die Reisenden aller Gesellschaften ihre Routen und Wegkarten, wo noch niemand Straßen angelegt hatte. Einige dieser Markierungen wurden seit Tausenden von Jahren aufrechterhalten, nicht nur von Gilden und Reisegesellschaften, sondern auch von Wildbeutern und Jägern, die sich lose mit ihnen verbunden fühlten, ohne ihnen je von Angesicht zu Angesicht zu begegnen.

Der Ritter, der die geheimen Sprachen der Steine und Kreise am ehesten verstand, war der ewig mürrische Istvan mit dem gewaltigen Schnurrbart. Cnán folgte ihm mehrmals, als auch er sich trotz Feronantus' Bedenken von der Gruppe entfernte und auf eigene Faust umherstreifte. Sie wahrte gehörigen Abstand und achtete darauf, dass er sie nicht sah, versteckte sich aber gelegentlich in der Nähe von Pfaden, die er ihrer Vermutung nach nehmen würde.

Istvan war übellaunig und machte in der Regel ein finsteres, angestrengtes Gesicht – oder einfach nur ein finsteres Gesicht. Wie viele, die den Ansturm der Mongolenhorden überlebt hatten, hatte er zu viel gesehen, was er nicht aus seinem Gedächtnis verbannen konnte.

Am zehnten Tag ihrer Reise bereitete ihr Istvan größere Sorge – aus zwei Gründen. Der Flüchtlingsritter aus Mohi war offenbar weniger daran interessiert, zügig gen Osten zu ziehen, sondern vielmehr an alten Lagern, alten Hütten, verwaisten Bauernhöfen und dem einen oder anderen Weiler, der sich tief in den Wäldern verborgen finden ließ. Mehrmals machte er in solchen schlichten Ansiedlungen halt und stellte – ohne zu verhehlen, was und wer er war – Fragen über die Mongolen. Er schien viele der hiesigen Dialekte zu verstehen; manchmal war es Teutonisch, meistens jedoch handelte es sich um Abarten des Slawisch-Ruthenischen und gelegentlich auch, in den tiefen Wäldern und Tälern, um eine Sprache, die seiner madjarischen Muttersprache sehr ähnelte.

Außerdem schien Istvan auch über die Wege, auf denen Waren, Sklaven und Geld in besetzte Gebiete gebracht wurden, mehr als nur flüchtig Bescheid zu wissen – und er wusste viel mehr über die Mongolen und ihre Verbündeten im Osten, als er im Lager vorgab, wo er für gewöhnlich sehr schweigsam war.

Cnán ging allmählich auf, dass Istvans Interesse an alten Bauernhöfen keineswegs nur mit militärischen Strategien zu tun hatte. Oft stieg er auf abgeschiedenen, mit Efeu und Kriechzeug zugewachsenen Wiesen vom Pferd, schuf eine Lücke im wuchernden Pflanzenwerk und grub die Finger ins Erdreich darunter.

Istvans andere Suche galt – Pilzen. Und das faszinierte Cnán. Manchmal sammelte er die kleinen Pilze, die aus der Erde dieser Wiesen sprossen, und ließ sie einzeln wie Goldmünzen in einen lose gewebten Leinenbeutel fallen. Cnán gelangte zu der Überzeugung, dass Istvan – im Gegensatz zu Raphael, der viele Heilkräuter sammelte und konservierte – den fast unsichtbaren Felszeichnungen und Baumanordnungen folgte, die die Alten hinterlassen hatten – Anhänger der Göttin, Orphiker, Seher, die aus Himmel und Erde lasen. Zeichen, über die Cnán, wie sie gestehen musste, sehr wenig wusste. Ein Verhalten, wie Istvan es da an den Tag legte, hatte sie in ihrem ganzen Leben noch nicht gesehen.

Die Binderinnen kannten sich allerdings ein wenig aus mit den Pilzen, die diese Ekstatiker benutzten. Manchmal sammelten einschlägig bewanderte Führer sie auf ihren Reisen und lieferten sie an Tempel und Priester in ganz Asien; sie selbst wusste indes nichts über die Weiterverwendung dieser Pilze dort, und sie fragte sich, wie Istvan sich diese Kenntnisse angeeignet hatte.

Die Fliegenpilze mied er, und daran tat er gut. Ihre Verwendung endete mitunter tödlich. Der kleinere Klebkopf, Egerlinge und andere Pilze waren weitaus interessanter und vielfältiger verwendbar – das hatte Cnán jedenfalls gehört.

Am fünfzehnten Tag sah sie Istvan von einer feuchten, grasbewachsenen Lichtung kommen. Er blieb stehen, machte seinen Beutel auf und warf sich einen frisch gepflückten Egerling in den Mund, woraufhin er das Gesicht verzog, als schmecke der Pilz sehr bitter. Er stieg wieder auf sein duldsames Pferd und blieb eine Weile im Sattel sitzen, ohne loszureiten; er schaute nur nach links und rechts, nach oben und unten, ehe er die Zügel straffer zog und dem Tier leicht in die Seiten trat. Er kehrte auf direktem Wege zur Gruppe zurück, war jedoch am Abend im Lager ungewöhnlich still, blieb wach und blickte ins nasse Laub hinauf, während die anderen schliefen.

Seine düstere Miene hellte sich ein wenig auf, der Schnurrbart hing ihm fast bis auf die Brust und er schien regelrecht im Reinen mit sich zu sein.

Egerlinge und Klebköpfe bargen tückische alte Dämonen. Dem Uneingeweihten war von ihrem Verzehr nur abzuraten, und erst recht galt das für Menschen in Istvans Verfassung.

Bisweilen freundeten sich die Dämonen in den Pilzen mit den inneren Teufeln an und besänftigten sie, aber das war, wie sie vermutete, für ihn nicht der eigentliche Grund, weshalb er sie sammelte.

In Fernost kauten manche Krieger auf Egerlingen, wenn sie in einem Zustand der hohen Konzentration, Gefühllosigkeit und Tötungswut in die Schlacht ziehen wollten. »Sich eine Bärenhaut überstreifen« nannte man das auch; Feronantus hätte sie Berserker genannt.

In der Vollmondnacht des dreißigsten Tages stieß Cnán unter einem sternenübersäten Himmel auf Spuren von Istvans Treiben.

Sie war neun Werst nach Norden geritten und hatte vor, noch in der Nacht zur Gruppe zurückzukehren. Wald und Unterholz waren so dicht, dass sie gezwungen war, bestehende Wege zu benutzen. Auf einem davon war ihr eine Tatarenbande in die Quere gekommen, die einen Mann in zobelbehangenem Mantel begleitete. Er trug einen glänzenden schwarzen Helm ohne Visier, sein Gesicht war sehr dunkel, beinahe blauschwarz. Er hatte eine lange Nase und ein spitzes Kinn und war auf ganz eigene Weise gutaussehend, und Cnán vermutete, dass er aus dem Südosten stammte, den Landen hinter den Bergen und jenseits von Tufan, warme, schwüle Orte, in die Alexander vor langer Zeit vorgestoßen war und die jetzt von den Mongolen gestürmt wurden.

Die Anwesenheit dieses mit Zobelpelzen besetzten Händlers beunruhigte sie. Cnán war bestrebt gewesen, die Ritter von den Hauptreiserouten fernzuhalten, um Konfrontationen zu meiden und schneller voranzukommen, damit sie ihre Kräfte für ihr eigentliches Ziel aufsparen konnten – auch wenn dieses Ziel blanker Irrsinn war. Aber nun mochte das unmöglich sein.

Sie verfolgte diesen geordneten, schweigsamen Trupp und

fand schon bald heraus, was diese Männer taten – sie suchten Fallensteller und Jäger auf und holten deren Pelze ab. Pelze waren die hiesige Landeswährung und die Mongolen handelten seit vielen Hundert Jahren damit. Entlang der Pelzhandelswege benutzten die Menschen oft zerschnittenes Zobel- und Nerzfell als Handgeld – wie Wechsel, nur symbolhafter und greifbarer. Die ungegerbten Pelze wurden wie Fische zum Trocknen auf Schnüre gezogen und auf die Packpferde geladen oder, wie im Falle dieses Händlers, am Mantel des Eigentümers festgenäht.

Am Ufer eines kleinen Sees, wo der alte Eichenwald Wiesen und jungen Birken gewichen war, näherten sich der Händler und seine Leibwächter einer dünnen Rauchsäule. Dort verhandelten sie neben einem kleinen offenen Lagerfeuer mit dem Ältesten einer kleinen Gruppe von Pelzjägern, einem runzligen, braunhäutigen Mann, der Georgisch und Slawisch, aber nicht Mongolisch sprach. Drei ebenfalls dunkelhäutige, kräftige Jungen, vielleicht seine Söhne, standen dicht bei ihm.

Nachdem er seine Wahl unter ihren besten Pelzen getroffen hatte, gab der Südländer im Zobelmantel Anweisung, einige seiner eigenen Güter von den Lasttieren abzuladen und an die Jäger auszuzahlen, getrocknetes Wildfleisch und mehrere Tonkrüge.

Daraufhin trank man einander einige Male zu, und schließlich verabschiedeten sich der Händler und seine Leibwächter. Die Pelzjäger waren bald darauf tüchtig betrunken, und bei Einbruch der Dämmerung legten sie sich am Seeufer schlafen und ließen das Feuer ausgehen.

Cnán wollte dem Händler folgen, solange das Tageslicht noch reichte, und sich dann einen Unterstand bauen und bis Sonnenaufgang schlafen. Aber ehe sie dieses Vorhaben in die Tat umsetzen konnte, hörte sie, noch im Schutz des Grases, einen einzelnen, schrecklichen Schrei. Dann Rufe, die sich zu Schreien steigerten und der Reihe nach abbrachen.

Der Pelzhändler und seine Begleiter hörten den Aufruhr ebenfalls. Aus ihrer Deckung heraus beobachtete Cnán, wie sie sich am Rand einer Wiese zusammendrängten und murmelnd berieten. Rasch kamen sie überein, dass es am besten sei weiterzuziehen. Zweifellos gingen sie davon aus, dass es sich nur um Räuber handeln konnte.

Aber Cnán mutmaßte, dass kein Räuber dahintersteckte. Sie kehrte zum Lager der Pelzjäger zurück und fand die ganze Gruppe entlang des Seeufers verstreut. Zwei der jüngeren Männer lagen mit gespreizten Gliedern etwa hundert Schritt von der Glut des Lagerfeuers entfernt am Boden, beide am Ende einer langen Blutspur. Sie waren von Pfeilen getroffen worden, die unterdessen jemand wieder eingesammelt hatte, vermutlich der Mörder, der sie abgeschossen hatte. Näher am Lager lag der dritte junge Mann; ein Pfeil hatte ihn von unten her in den Hals getroffen und sich bis hinauf in seinen Kopf gebohrt, wo er so feststeckte, dass der Schütze ihn, als er sich nicht ohne Weiteres herausziehen ließ, in seiner Wut abgebrochen hatte. Das blutige hintere Stück hatte er nicht weit entfernt zu Boden geworfen, und Cnán sah, dass die Befiederung aus Graugansfedern bestand, wie Istvan sie gerne verwendete.

Der Alte war schnell gestorben, ein einziger Schnitt durch die Kehle hatte ihm beinahe den Kopf abgetrennt, aber dann hatte der Mörder noch auf ihn eingehackt und -getreten. Gliedmaßen und Fleischfetzen vermengten sich mit den stinkenden Scherben der Tonkrüge. Das ganze Lager roch nach dem Blut des alten Mannes und sämigem georgischem Süßwein.

Eine wahre Gräueltat, dachte sie. Sie kannte die Hufspuren des Pferds, das zum Ufer geschlendert war, um zu trinken, während sein Herr sein entsetzliches Werk verrichtete. Es war Istvans Rotschimmelhengst.

Dieses Pferd und sein Reiter waren jetzt in nordwestlicher Richtung unterwegs – auf der Jagd nach den Pelzhändlern.

Kapitel 8

✠✠✠

So jagte schon mein Vater

Der Bock war vor Furcht wie wahnsinnig, seine Hufe rissen Erdklumpen und Grasbüschel aus dem Boden, als er zu fliehen trachtete. Die Hauptwege waren mit provisorischen Zäunen versperrt, und die meisten der schmalen Durchlässe zwischen den Bäumen und Büschen wurden von jeweils einem Soldaten mit Speer gesichert. Das sandbraune Fell des Tieres war rot gesprenkelt. Es hatte schon mehrmals versucht, durch das Strauchwerk zu brechen, war aber jedes Mal von einer Speerspitze zurückgetrieben worden. Keine der Wunden war tödlich. Das Privileg des Todesstoßes blieb anderen vorbehalten.

Schlitternd kam das Reh mitten auf dem Weg zum Stehen, seine Hufe rutschten über den Flussstein. Seine Ohren zuckten als Reaktion auf die ungewohnten Geräusche, die von den Jägern ausgingen. Leise waren sie nicht.

Ein Hagel von Armbrustbolzen zerriss die Luft rund um das Tier, eines der Geschosse bohrte sich tief in seinen Vorderlauf. Es schrie vor Schmerz auf und versuchte, mit einem Sprung zu entkommen, aber der Lauf gehorchte ihm nicht recht und das Reh strauchelte. Es scheute zurück vor dem Gelächter und den Rufen, die im Gefolge der Armbrustbolzen rasch näher kamen.

Gansukh folgte dem Haupttrupp der Jagdgesellschaft, den Bogen in der Hand. Er hatte einen Pfeil aufgelegt, war aber nicht in Eile, ihn abzuschießen. Man hatte den Garten in eine umzäunte Arena verwandelt, und die Adeligen jagten gefangene Tiere, die man auf der umschlossenen Fläche freigelassen hatte. Als er die Männer gesehen hatte, die die Barrieren aufstellten, war ihm klar geworden, wie die Jagd ablaufen würde, und von diesem Moment an war es seine einzige Sorge gewesen, mit von der Partie zu sein. Und nun, da es so weit war, musste er feststellen, dass ihm nicht danach zumute war. Das war keine Jagd. Das war ein Schlachtfest.

Es war ihm auf unangenehme Weise bewusst, dass diese Einstellung seinen gesamten bisherigen Aufenthalt am Hofe widerspiegelte – er stand am Rand von Ögedeis innerem Kreis und zugleich doch einen Schritt weit außerhalb. Lians Warnung hallte immerzu in seinem Kopf – man würde ihn nicht nur aufgrund seiner Taten beurteilen, sondern auch an dem messen, was andere darüber sagten. Er musste seine Missbilligung gut verbergen, bevor sie jemandem auffiel und der sie dem Khagan gegenüber erwähnte.

»Daneben!«, rief Ögedei seinem Begleiter zu, als sie auf das Beutewild zuliefen. Hinter ihnen mühte sich ein Gefolge rotgesichtiger, keuchender Höflinge, mit ihnen Schritt zu halten. Die Säume ihrer Gewänder hielten sie beim Laufen gerafft. Der Khagan lächelte breit. Er störte sich nicht an den Gras- und Schlammflecken auf seiner safrangoldenen Kleidung. Er genoss die Jagd offenkundig.

»Mit dem nächsten Schuss erwische ich ihn«, sagte Munokhoi, während er langsamer wurde, um seine Waffe fertig zu laden. Die mehrstufige Armbrust – ein kompliziertes Gerät aus Federn und Hebeln – schien ihm mehr Mühe zu bereiten, als sie es wert war, aber es ließ sich nicht bestreiten, dass sie, erst einmal geladen, ein tödliches Instrument war. Ächzend spannte Munokhoi den Schlitten, dann hob er die Waffe zum Schuss.

Munokhoi schor sein Haar so kurz, dass er fast eine Glatze hatte, und im Zusammenspiel mit seinem hageren Gesicht verlieh ihm dies trotz der jugendlichen Länge seines Bartwuchses ein skeletthaftes Aussehen. Aber seine Arme, dick und kräftig, waren alles andere als die stockdünnen Glieder eines Toten. Eine blasse Narbe kam hinter seinem linken Ohr hervor und verschwand im Ausschnitt seines Gewands. Es herrschte kein Mangel an Gerüchten darüber, wie Munokhoi diese Narbe bekommen hatte, aber Gansukh scherte sich nicht in dem Maße darum, dass er sich die Mühe gemacht hätte, in Erfahrung zu bringen, welches davon der Wahrheit entsprach. Jeder Krieger hatte Geschichten über seine Narben parat, und die meisten davon waren gelogen.

Gansukh beobachtete, wie Munokhoi sein Ziel ins Visier nahm. Ögedei schnaufte immer noch schwer, aber der Tagwächter stand da wie aus Stein gehauen und seine Brust bewegte sich kaum. Munokhois Halsmuskeln spannten sich, als er Druck auf den breiten Abzug der Armbrust ausübte, sich gegen den Rückstoß der Waffe stemmte und alle drei Bolzen abschoss.

Der Bock drehte sich, als die Bolzen ihn trafen, und zwei davon schlugen ihm in Hals und Schulter. Der dritte traf ihn ins Auge und bohrte sich tief in den Schädel des Tieres, sodass Blut und Körperflüssigkeit hervorspritzten. Seine Vorderläufe knickten ein, und es stürzte in ein Pfingstrosenbeet.

»Nur eine von vielen herrlichen Tötungsapparaturen, die die Chinesen erfunden haben.« Munokhoi grinste und hielt Ögedei die Armbrust hin. »Schlaue kleine Lumpenhunde«, lachte er, während er auf das gefallene Reh zuschritt.

Die Jagdgesellschaft scharte sich um Ögedei und bestaunte die Waffe in seinen Händen laut und vernehmlich. Gansukh trat nicht einmal näher. Er konnte von seinem Platz aus gut genug sehen.

Jenseits des Pulks kriecherischer Höflinge und Adeliger stand Munokhoi über dem toten Tier und riss sein Schwert hoch. Sonnenlicht fing sich auf der Klinge und verwandelte sie in einen silbernen Blitz, als sie niederfuhr und den Kopf des Bocks mit einem feuchten Knirschen vom Hals schlug. Munokhoi ging in die Knie und hob ihn am Geweih in die Höhe. Blut rann ihm über die Hände. »Dem Herrn über alles unter dem blauen Himmel«, sagte er und drehte den Kopf in Ögedeis Richtung, »präsentiere ich demutsvoll diese Trophäe.«

»Behalte sie«, sagte Ögedei. »Ich habe bei Weitem beeindruckendere Trophäen in meiner Sammlung.« Er lachte und winkte einem Diener, ihm noch einen Weinschlauch zu bringen. Er übergab ihm dafür die gewaltige Armbrust, dann nahm er einen großen durststillenden Schluck.

Ein weiteres Reh wurde bereits in den Garten gebracht, und kaum hatte ihm der Mann, der es führte, das Seil abgenommen, stürzte es davon. Es hetzte auf die Ostmauer zu und erkannte schließlich, dass es in dieser Richtung keine Fluchtmöglichkeit gab. Es drehte nach rechts ab, verschwand für einen Augenblick hinter einigen dicht stehenden Bäumen und kam dann auf dem Kamm einer kleinen Anhöhe nahe der südlichen Gartengrenze wieder in Sicht. Es hatte immer noch Angst, aber es war so weit entfernt, dass sich die Verlockung des kurzen Grases zu seinen Füßen als stärker erwies. Es schaute sich kurz um, dann senkte es vorsichtig den Kopf.

Ögedei rülpste und schien Gansukh nun zum ersten Mal wahrzunehmen. »Was hältst du von dem neuen Spielzeug meines Leibwächters?«, fragte er, die Stimme so laut, dass sich die Aufmerksamkeit der Jagdgesellschaft Gansukh zuwandte. »Eine beeindruckende Waffe, nicht wahr?«

Gansukh fielen Lians Warnungen hinsichtlich Leumund und Ansehen bei Hofe ein und er neigte den Kopf. *Nicht einmal der Khan der Khane war vor der Versuchung dieses liebsten Zeitvertreibs gefeit.* »Sie scheint sehr gut zu schießen, Khagan.«

Ögedei sah zu Munokhoi hin, der den abgetrennten Rehkopf zu Boden gelegt hatte. Die Arme des *Torguud* waren mit Blut verschmiert. »Ja«, sagte er, »*sie* schießt gut, das ist richtig, nicht wahr?«

Gansukh zuckte unter der Betonung, die Ögedei seinen Worten verliehen hatte, innerlich zusammen, und Munokhois Miene nach zu urteilen, hatte der denselben Unterton vernommen.

Bevor ihm eine Möglichkeit einfiel, das Gespräch in eine andere Richtung zu lenken, winkte Ögedei mit dem Weinschlauch dem Diener zu, der die Armbrust hielt. »Zeig mir, wie sie funktioniert!«, sagte er, und als der Diener erstarrte, schüttelte Ögedei den Kopf. »Nicht du«, fauchte er. »Gansukh.«

Der Diener wurde vor Erleichterung beinahe ohnmächtig, eilte zu Gansukh und warf ihm die komplizierte Armbrust fast zu. Er würde beide Hände brauchen, um das Ding zu halten, und auf einmal konnte er sich nicht mehr erinnern, in welcher Reihenfolge Munokhoi die Knäufe und Hebel zum Spannen der Waffe bedient hatte. Der Diener hielt ihm die Armbrust hin und flehte ihn mit den Augen an, sie doch zu nehmen, aber Gansukh machte hierzu keinerlei Anstalten. »Mit allem Respekt, Khagan«, sagte er, jedes Wort mit Bedacht und langsam wählend, »ich glaube, wir sollten einige dieser chinesischen Gerätschaften den Chinesen überlassen. Ich jage am besten so, wie mein Vater es mich lehrte – mit einem einfachen Bogen.«

Sein Bogen hatte schon dem Vater seines Vaters gehört. Es war eine schlichte Waffe aus Holz, Horn und Sehnen, die von generationenlangem Gebrauch abgegriffen und immer wieder repariert worden war. *Wie der Himmel,* dachte er, als er ein paar Schritte vortrat, damit er ein Stück vor dem Leibergetümmel rings um den Khagan stand. *Unveränderlich.* Die Waffe fühlte sich richtig an in seinen Händen. Es gab keinen komplizierten Mechanismus, der sie antrieb. Der Bogen war einfach nur eine Verlängerung seines eigenen Armes.

Munokhoi schnaubte. »Dieser alte Stock? Zur Jagd auf kranke Ochsen taugt der gewiss.«

Gansukh gestattete sich ein leichtes Grinsen, derweil er die Entfernung zu seiner Beute abschätzte. Der Bock graste noch immer auf dem Hügelkamm und behielt dabei die Jagdgesellschaft wachsam im Auge. *Ja,* dachte Gansukh, als er den Bogen anhob und zielte, *überlass ihm das Reden. Das kann er besser als du.* Ein schwieriger Schuss, aber kein unmöglicher. Gansukh atmete langsam ein, bis seine Brust gefüllt war, dann hielt er den Atem an, bis er sicher war, dass er vollkommen ruhig dastand. Seine Arme waren wie aus Stein. Die Pfeilspitze regte sich nicht. Er wartete …

»Zu weit«, sagte Munokhoi, zu laut, um nicht gehört zu werden. Ein Raunen ging durch die Jagdgesellschaft, Zustimmung wurde geäußert, wenn auch nicht so unverblümt und offen wie Munokhoi.

Der Rehbock reagierte auf die Geräusche. Er witterte Gefahr und hob den Kopf. Die Muskeln seiner Beine zitterten, aber es war zu spät. Gansukhs Pfeil, im Zuge des Raunens der Versammelten von der Sehne gelassen, traf das Tier in die Brust. Es schwankte einmal, Blut rann über sein weißes Fell, dann brach es zusammen.

Jetzt war kein Ton aus der Gruppe zu vernehmen, und Gansukh musste an sich halten, um sich nicht umzudrehen und zu den anderen hinzuschauen. »Und so«, sagte er leise, fast nur zu sich selbst, »jagte schon mein Vater.«

Ögedeis schallendes Gelächter durchbrach die Stille. »Ich sehe, dein Vater war ein ebenso guter Schütze wie der meine.«

Gansukh wandte sich ihm zu und neigte ob des Kompliments respektvoll den Kopf. Als er wieder aufsah, musterte Ögedei ihn immer noch mit diesem durchdringenden Blick, der ihm schon am Tag seiner Ankunft am Hof aufgefallen war. Es war, als sei eine Wolke aus dem Blickfeld des Khagans verschwunden und als sähe er nun etwas, das ihm lange verborgen geblieben war.

Aus dem Augenwinkel nahm Gansukh wahr, wie der Diener Munokhois chinesische Armbrust im Gras ablegte. Außer ihm schien das niemand zu bemerken oder zu kümmern.

◆◆◆

Der frühe Herbstsonnenaufgang ergoss sich für den jungen Ögedei zu langsam ins Tal. Er lag bäuchlings am Rand einer morastigen Lichtung auf dem gefrorenen Boden. Kälte drang ihm in die Knochen und das trübe Licht spielte seinen Augen Streiche. Die Jagdbedingungen waren alles andere als ideal und er lag schon viel zu lange da.

Bevor die Sonne hinter dem Kamm hervorgekommen war, hatte Ögedei zwei Umrisse im Gras nahe am Flussufer beobachtet, die er abwechselnd für Tiere oder seine älteren Brüder in ihren Felljacken gehalten hatte. Seine Muskeln verkrampften allmählich. Selbst wenn er endlich genau wüsste, was er da vor sich hatte, mochte es ihm schon nicht mehr möglich sein, seine Bogensehne zum Schuss zu spannen.

Er stemmte sich auf Hände und Knie hoch und schob sich langsam vor. Die spröden Grashalme kratzten über seine Schultern. Das Geräusch klang in seinen Ohren wie das

Schlagen von Ästen, und er war sicher, dass seine Beute ihn hören konnte.

Ögedei presste Bauch und Brust auf den Boden und atmete langsam aus. Er war fast in Schussweite. Wenn er in einer Bewegung seinen Pfeil auflegte, aufstand und schoss, hatte er eine gute Chance, ein Reh zu erlegen.

Aber wenn es sich bei den Umrissen dort um seine Brüder handelte, würde man sich heute Abend am Feuer endlos über ihn lustig machen – und schlimmer noch wäre es um ihn bestellt, wenn er einen von ihnen träfe.

Ögedei fluchte vor sich hin und richtete sich langsam auf die Knie auf. Er musste sich vergewissern. Plötzlich zerbrach die Stille des Tales unter lautem Gelächter, und Ögedei spürte, wie ihm alle Luft aus den Lungen wich. Er verhielt sich noch ein paar Sekunden lang still, lauschte nach dem Spott, der sich nun über ihn ergießen musste, doch als dies ausblieb, machte die Tatsache, dass seine Brüder ihn keineswegs auslachten, den Stich darüber, was hätte passieren können, kaum weniger schmerzhaft. Er wartete auf neuerliches Gelächter, dann stand er auf und schritt voran, als habe er die Lichtung gerade erst betreten. Um das laute Rascheln, das er im Gesträuch verursachte, scherte er sich jetzt nicht mehr. Jochi, sein ältester Bruder, hatte sich in die Richtung der Geräusche gedreht und winkte ihm zu, als er ihn entdeckte.

»Drittbruder! Komm her. Tschagatai erzählt von seinen großen Abenteuern der vergangenen Nacht«, lachte er.

Lächelnd trabte Ögedei auf seine älteren Brüder zu. Er empfand keine Scham über den Spitznamen, schließlich entsprach er der Wahrheit: Von Dschingis Khans vier Söhnen war nur Tolui jünger als er.

Man war sich einig darüber, dass Tschagatai der schönste von ihnen war, und sein Talent, eine Geschichte nicht schlechter als jeder Unterhalter bei Hof zum Besten zu geben, trug sicher dazu bei, dass er die Frauen im Lager zu bezaubern verstand. Jochi verließ sich mehr auf seine Position als ältester Sohn, und Tolui verstand es, die Krankheiten, unter denen er immerzu litt, so auszunutzen, dass ihm eine Schar fürsorglicher und in ihn vernarrter Frauen auf Schritt und Tritt folgte. Ögedei fand zwar sein eigenes Gesicht durchaus nicht hässlich, wenn er es im Wasser eines Eimers betrachtete, aber die meisten sagten, er ähnele doch sehr seinem Vater – sowohl seiner Erscheinung als auch seinem Verhalten nach.

»Die Natur hatte es gut mit ihr gemeint«, rief Tschagatai ihm zu. Er hielt sich die Hände bezeichnend vor die Brust, als beinhalte diese Geste alles, was Ögedei über die Geschichte wissen musste, die er Jochi erzählt hatte.

»Hattest du denn je eine Frau mit kleinen Brüsten?«, fragte Ögedei.

Tschagatai verzog das Gesicht in gespielter Wut, und Ögedei lachte und vergaß seine Enttäuschung über das entgangene Jagdglück.

»Das stimmt allerdings, Tschagatai. Jedes Mädchen, mit dem du schläfst, ist voll ausgereift«, stichelte Jochi. Es war nicht nur seine Größe, die deutlich machte, dass er der älteste der drei Brüder war. Um seine Augen zogen sich schon erste Fältchen und sein Blick war direkter und durchdringender. Er stand da, die Schultern straff nach hinten genommen, als sei er schon bereit, die Bürde der Führerschaft in Empfang zu nehmen. Er hob die Hände und fing an, die Luft vor ihm zu massieren. »Uuhh! Schön fest!«

Tschagatai knuffte ihn in die Schulter. »Das sind meine Melonen!«

Ihr Lachen war nur von kurzer Dauer. Eine neue Stimme donnerte über die Lichtung: »Ich bin beeindruckt!«

Aus den Bäumen hinter der Stelle, wo Ögedei gelegen hatte, traten eine imposante Gestalt und vier weitere Männer in die

Morgensonne. In ihrem Licht glänzte das Gold um Dschingis Khans Hals, und dasselbe Licht schien in den schwarzen Umhängen zu versickern.

»Wahrlich, wahrlich, was sind meine drei Söhne doch für große Jäger«, sagte Dschingis. »Ihr müsst eure Rehe schon erlegt und gehäutet haben, da ihr hier herumsteht und Geschichten erzählt. Kommt, zeigt mir, was ihr erbeutet habt!«

Ögedei schaute zuerst Tschagatai an und sah im Gesicht des Zweitbruders nichts als Panik, dann wandte er den Blick zum Fluss. Seine Wangen brannten vor Scham und die Verbitterung über die fehlgeschlagene Jagd drehte ihm den Magen um.

Dschingis und seine vier Männer hatten keine Mühe, rings um sie her Aufstellung zu nehmen, denn die Brüder standen wie angewurzelt da. *Wie verängstigte Rehe.* Der Gedanke schoss Ögedei durch den Kopf. Wäre Dschingis allein gewesen und hätte es mithin keine Zeugen gegeben, wie der Großkhan hinter die gescheiterte Jagd seiner Söhne gekommen war, wären sie vielleicht mit der bloßen Schelte ihres Vaters davongekommen. So aber wartete wahrscheinlich eine ordentliche Tracht Prügel auf sie.

»Vater …«, begann Jochi.

»Wir haben über siebzehnhundert Mäuler zu füttern.« Dschingis sprach ohne Groll und Wut, aber sie wussten es besser. »Die Bauern in dieser Gegend können uns nicht genug zu essen liefern – sie könnten es nicht einmal dann, wenn wir sie mitessen würden.«

Ögedei erzitterte, nicht nur wegen des Gedankens an Kannibalismus, sondern angesichts der Ruhe und Mühelosigkeit, mit der sein Vater diese Möglichkeit vorschlug.

»Ich weiß, dass ihr keine erfahrenen Jäger seid, aber ich habe euch ausgeschickt, damit ihr zu jagen *lernt*«, erwiderte Dschingis auf den Einwand, den Jochi nicht zu Ende führen durfte. »Wir brauchen Proviant. Jeder Angehörige des Stammes muss in der Lage sein …«

Ögedei brachte seinen Vater mit erhobener Hand zum Schweigen, und aus dem Augenwinkel sah er zwei der Leibwächter des Großkhans reagieren, als hätte er seinen Vater ins Gesicht geschlagen. Er schenkte ihnen keine weitere Beachtung, legte einen Finger an seine Lippen und drehte den Kopf gerade so weit, dass er das Gesicht seines Vaters sehen konnte.

»Rehe.« Sein Mund formte das Wort fast tonlos. Er zeigte mit dem Finger flussabwärts, wo am gegenüberliegenden Ufer zwei ansehnlich große Ricken und ein gewaltiger Bock standen.

Dschingis' Blick folgte dem Fingerzeig seines Sohnes. Mit einem Nicken bedeutete er dem Wächter, der dem Fluss am nächsten war, in die Knie zu gehen. Die bevorstehende Züchtigung der Söhne war vergessen, als die ganze Gruppe sich instinktiv auf die Beute konzentrierte. Die Leibwächter gingen langsam zu Boden. Ihre Schwerter waren auf dieser Jagd nicht von Nutzen und den Jägern nur im Weg. Jochi und Tschagatai machten sich auf die Pirsch am Flussufer entlang, wobei ihre Stiefel leise auf dem Stein dort knirschten. Dschingis nahm den Bogen von der Schulter und ging auf den Fluss zu, die Augen auf das Wild fixiert. Ögedei war an seiner Seite, den Bogen ebenfalls in Händen. Wie ein Mann traten sie ins seichte Wasser, dessen Eiseskälte durch ihre Stiefel drang.

Die Rehe hörten Jochi und Tschagatai, schauten auf und präsentierten sich Dschingis und Ögedei als perfekte Ziele. Beide waren sie zum Schuss bereit und ihre Bogensehnen sirrten fast im gleichen Augenblick.

Zwei Pfeile bohrten sich tief in den Hals des Bocks, das leise Klatschen der Treffer war über den Fluss hinweg kaum hörbar. Die Ricken, die dem Laut viel näher waren, zuckten jedoch zusammen, sprangen davon und verschwanden im Wald. Der Bock rang um seinen Stand, kippte schließlich nach vorne und stürzte hilflos strampelnd in den Fluss.

Ögedei jubelte laut und riss die Knie bei jedem Schritt weit in die Höhe, als er, so schnell er konnte, den Fluss hinunterlief, um zu verhindern, dass der erlegte Bock davongetrieben wurde.

»Guter Schuss«, rief Tschagatai. Die Leibwächter taten ihre Anerkennung mit Pfiffen kund, und Jochi klatschte sogar in die Hände, als Ögedei an ihm vorbei durchs Wasser platschte.

Der Rehbock trat nicht mehr um sich und der Fluss zerrte bereits an dem Tier, als Ögedei es erreichte. Er kam zum Stehen, vergewisserte sich, dass er nicht auf losen Steinen stand, und packte das Geweih des Bocks. »Helft mir«, rief er.

»Nein!«, peitschte Dschingis' Stimme über das Wasser.

Die Füße fest in den Boden gestemmt, schaute Ögedei über die Schulter zurück. Jochi und Tschagatai hatten den Fluss halb überquert, aber innegehalten, als die Stimme ihres Vaters erscholl.

»Ihr zwei«, sagte Dschingis nun, »geht zurück ins Lager zu den Frauen. Das ist nicht eure Beute.«

Tschagatai wirkte sogleich niedergeschlagen und seine Schultern sanken herab. Jochi zögerte.

»Geht!«, brüllte Dschingis, und Ögedeis Brüder reagierten umgehend auf den Tonfall ihres Vaters und machten kehrt. Triefend standen sie dann am Ufer, nicht willens, den Schauplatz ganz zu verlassen. Dschingis' Leibwächter traten zu ihnen, während der Khan ein großes Abhäutemesser mit Knochengriff aus seiner Schärpe zog und in den Fluss watete.

Ögedei merkte, wie er das Gleichgewicht zu verlieren drohte, und musste sich wieder dem toten Reh zuwenden. Der Bock war größer, als er gedacht hatte, und sein Geweih lag ihm nicht sonderlich sicher in den Händen. So konnte er das Tier nicht aus dem Fluss ziehen. Er brauchte einen besseren Stand, und während er versuchte, an die Hinterläufe des Tiers heranzukommen, erschien sein Vater neben ihm und schlang seinen linken Arm um die Schultern des toten Rehs.

»Bist du bereit?«, fragte Dschingis, das Gesicht ganz nah an Ögedeis.

Er konnte den Atem seines Vaters riechen – Fleisch, Knoblauch, den leicht säuerlichen Geruch von *Airag*. Einen Augenblick lang kam er sich wieder vor wie ein Säugling, den der Vater auf den Arm nahm und an sich drückte, dieser fremde Mann, den er noch nie zuvor gesehen hatte, der ihn jedoch mit leidenschaftlichem Blick maß. Ögedei hatte sich – ohne diese Begriffe zu kennen – sicher und beschützt gefühlt ...

»Hau ruck!«, rief Dschingis, und Ögedei taumelte rückwärts, während der Leib des Rehbocks auf das Ufer zuschlingerte. Ögedei stolperte über die eigenen Füße und stürzte schwer zu Boden, und das Geweih stach ihm schmerzhaft in die Oberschenkel. Der Kopf des Tieres lag in seinem Schoß, der Körper zum größten Teil auf dem Trockenen.

Dschingis trat aus dem Wasser und blickte mit seltsamer Miene auf Ögedei hinab.

»Was ist?«, fragte Ögedei. Dann deutete er den Gesichtsausdruck seines Vaters als Missfallen und verteidigte sich: »Wenn wir weitergeredet hätten, dann hätten die Rehe uns gehört ...«

Dschingis schüttelte den Kopf. »Das war die richtige Entscheidung«, sagte er. »Ich bin nicht wütend darüber, dass du mich unterbrochen hast.«

Ögedei versuchte herauszufinden, was sein Vater wohl dachte.

»Warum hast du dich für den Bock entschieden?«, fragte Dschingis.

Ögedei warf einen Blick zu seinen Brüdern und den Leibwächtern hinüber und fasste einen spontanen Entschluss. *Sag ihm die Wahrheit.* »Weil er die beste Wahl war, Vater. Es kam mir nie in den Sinn, auf eine der Ricken zu schießen. Das hätte ich tun sollen. Es tut mir leid …«

Dschingis tat die Entschuldigung mit einem Wink ab. Er ließ sich neben Ögedei nieder, stieß das Häutemesser zwischen ihnen in den Boden, dann schaute er über den Fluss zu den anderen hinüber. »Weißt du, was deine Brüder getan hätten?«

Ögedei wusste nicht genau, wie die richtige Antwort auf diese Frage gelautet hätte, spürte jedoch, dass Dschingis ihm die Antwort ohnehin verraten würde, und so schwieg er.

»Sie hätten gewusst, dass ich den Bock nehme, und sie hätten sich für eine der Ricken entschieden.«

Ögedeis Magen verkrampfte sich von Neuem, und auf einmal war er wieder der dumme Grünschnabel. Der fast auf einen seiner Brüder geschossen hätte, weil er ihn mit einem Reh verwechselt hatte. »Dann hätten wir mehr Fleisch gehabt«, sagte er, und die Worte brannten in seiner Kehle.

»Ja, das stimmt, Ögedei. Wir hätten mehr Fleisch gehabt.«

Ögedei starrte auf das Tier in seinem Schoß. Er wollte es von sich stoßen. Die Begeisterung über den tödlichen Treffer verflog, und alles, was übrig blieb, war die unerträgliche Scham ob seines Unvermögens, über das eigene Verlangen hinauszudenken.

»Du hast den Bock genommen, weil du ihn wolltest«, sagte Dschingis. »Du wolltest die Ehre, die er dir einträgt. Du hast nicht auf mich gewartet oder um meine Erlaubnis gebeten, und du hast nicht gezögert.«

Ögedei sah seinen Vater an, aber der Großkhan blickte immer noch über den Fluss hinweg, wenn auch auf nichts Bestimmtes.

»Du hast«, sagte sein Vater bedächtig, »genau das getan, was auch ich getan hätte.« Endlich schaute er Ögedei an.

Ögedei blickte zu seinem Vater auf, suchte in seinem Gesicht nach einer Erklärung für die Traurigkeit, die er in dessen Stimme vernahm. Er nahm alles um sich her wahr – die Härte des Geweihs in den Händen; das Wasser des Flusses, das neben ihnen dahinrann; seinen Atem, der sich in der kalten Morgenluft mit dem seines Vaters vermischte; die tiefen Spuren um die Augen seines Vaters, von der Sonne und der Last seines Amtes in die Haut gegraben; die plötzliche Leere in seinem Bauch, als seine Angst und seine Panik schwanden – und er wusste, dass die Worte seines Vaters mehr waren als nur ein Kompliment. Einen Moment lang gab es nur sie beide, wie sie da am Flussufer saßen, und der Rest der Welt existierte nicht.

Vater und Sohn. Einander so ähnlich.

Dschingis nickte, und der Augenblick verging. Er stemmte sich aus dem Gras hoch und löste die Lederschnüre, mit denen die Scheide des Abhäutemessers an seinem Gürtel befestigt war.

»Was tust du da?«, fragte Ögedei.

»Das ist nicht meine Beute«, antwortete Dschingis. Er blickte abermals auf Ögedei herab, dann machte er auf dem Absatz kehrt und watete wieder in den Fluss hinein.

Ögedei schaute auf das Messer im Boden. Er erkannte es als das seines Großvaters. Ein Gegenstand, der älter war als er, älter sogar als sein Vater. Er zog die Klinge aus dem feuchten Erdreich. Das Metall glänzte stumpf im hellen Licht der Morgensonne. Es war eine lange Klinge, aber gut ausbalanciert und leicht zu führen.

Er schob sich unter dem Kadaver des Rehs hervor und betrachtete das massige Tier. Etwa halb so schwer wie ein Pony, schätzte er. Auf einen Streich würde es sich nicht zum Lager schaffen lassen, auch dann nicht, wenn es zerlegt war. Es würde fast den ganzen Tag dauern, all das Fleisch zurück zum Lager zu schleppen.

Ögedei blickte über den Fluss. Dschingis hatte das andere Ufer erreicht, und einer der Leibwächter hatte dem Großkhan seinen Umhang gereicht. »He!«, rief Ögedei. »Einer von euch muss hierbleiben und mir helfen, das Fleisch zum Lager zu tragen.«

Es folgte ein langer Moment, in dem nur das Glucksen des Flusses zwischen ihnen zu hören war, dann warf Dschingis den Kopf in den Nacken und lachte. Er scheuchte Jochi und Tschagatai in Richtung des Lagers davon, und zwei der Leibwächter folgten ihnen. Dschingis sprach mit den anderen beiden, und derjenige, der dem Großkhan seinen Umhang zurückgegeben hatte, nickte. Der Großkhan schaute noch einmal zu Ögedei herüber, dann ging auch er, und einer der Wächter begleitete ihn.

Bis der zurückgebliebene Leibwächter das Wasser durchquert hatte, hatte Ögedei das Reh bereits ausgeweidet, zog ihm schon das Fell von den Keulen und legte das magere Fleisch darunter frei.

Kapitel 9

Im Rausch der Pilze

Am Morgen nahm Feronantus im Lager die Nachricht von Istvans nächtlichem Vergehen gleichermaßen mit Verärgerung und Enttäuschung auf. Er dankte Cnán, dann ging er zum Flussufer, wo Eleázar und Parzival müßig versuchten, mit einer aus entrindeten Zweigen geflochtenen Reuse Fische zu fangen. Sie sprachen ein paar Minuten lang miteinander, dann riefen sie den Rest der Gruppe zusammen. Cnán beobachtete den Anführer mit nicht mehr Interesse, als sie für Istvan erübrigt hatte. Sie wusste nicht, was sein Name bedeutete – der zwar lateinisch klang, es aber nicht war –, bis sie einmal hörte, wie Taran ihn als *Ferhonanths* ansprach. Da erst hatte sie ihn als einen alten barbarischen Namen erkannt, gotisch wahrscheinlich, den man zum Gebrauch in zivilisierter Gesellschaft ins Lateinische übertragen hatte.

Feronantus winkte der jungen Binderin, sie solle zu ihnen kommen. »Cnán war auf Erkundung«, begann er schließlich.

»Sie ist ja die meiste Zeit über verschwunden«, meinte Roger barsch.

Feronantus nahm Anstoß an seinem Ton. »Sie kehrt oft genug zurück, um uns auf Kurs zu halten, und sie sorgt dafür, dass niemand unseren Weg kreuzt, der uns davon abbringen könnte. Aber nun hat sie uns von einem Problem berichtet, das ich befürchtet habe, seit wir uns im Kapitelhaus zusammenfanden.«

Er schilderte, was Cnán am Seeufer gesehen hatte.

»Wir können einem Mann seine Trauer wohl kaum zum Vorwurf machen«, sagte Roger.

Parzival sah die Sache anders. »Wir sind auf einer Mission«, erklärte er. »Wir wirken als Brüder zusammen. Istvan hat sich uns nie wirklich angeschlossen, und nun … Das ist keine Trauer. Das ist schiere, irrsinnige Rache. Warum bringt er eine Pelzjägerfamilie um?«

»Er ist hinter den mongolischen Wächtern her«, sagte Feronantus. »Er spürt Steuereintreibern nach und schaut sich in Dörfern um, die sich mit den Mongolen arrangiert haben. Cnán ist auf die Folgen dessen gestoßen, was er in einer einzigen Nacht angerichtet hat. Ich bezweifle, dass dies das erste Mal war. Er hat es zuvor getan, und er hat vor, es wieder zu tun. Das wird Aufmerksamkeit erregen – wahrscheinlich ist das bereits geschehen. Es herrscht Entsetzen in der Gegend. Überall streifen Kriegsscharen umher, Mongolen und andere. Wo immer Waren und Geld zu holen sind, gibt es zweifellos berittene Wachen.«

»Wir halten uns von den Hauptrouten fern«, sagte Cnán, »aber Pelzhändler gehen überall hin, wo es Wälder, Felder und Wasser gibt.«

»Was du gesehen hast«, warf Illarion ein, »war nur die Abordnung einer größeren Gruppe. Du kannst davon ausgehen, dass es noch andere dieser Art gibt, die das Gebiet durchstreifen und jeden Wald und jedes Tal aufsuchen, wo Pelze zu haben sind. Um diese Jahreszeit haben sie bereits ein kleines Vermögen zusammengetragen. Das heißt …«

»Jemand hält eine schützende Hand über sie«, fiel ihm Taran ins Wort.

Roger starrte Cnán giftig an. Sie erwiderte den Blick finster.

Sein Gesicht verzog sich. Er wandte die Augen kurz ab, dann sah er sie wieder an und nickte entschuldigend. »Das sind keine guten Nachrichten«, erklärte er. »Istvan war einer unserer Tapfersten und Treuesten.«

»Mohi hat ihn gebrochen«, meinte Finn in holprigem Latein.

»Illarion sah, wie seine Familie getötet wurde, und zerbrach nicht daran«, erinnerte Feronantus sie alle. »Wir können es uns nicht leisten, jemanden zu verlieren. Ich werde drei Mann mit Cnán losschicken – Eleázar, Parzival und Raphael. Sie wird Istvan aufspüren, und ihr drei werdet ihn dazu bewegen, sich uns wieder anzuschließen.«

»Mit allem Respekt, aber das Mädchen ist keine Reiterin«, wandte Eleázar ein. »Sollten wir in Schwierigkeiten geraten …«

»Aus diesem Grund«, unterbrach Feronantus ihn, »wird sie ihr Möglichstes tun, um zu verhindern, dass ihr in Schwierigkeiten geratet. So will ich es.«

Und das war sein letztes Wort. Die Ritter sahen Cnán an, einige mit düsterem Blick.

Cnán hatte nicht erwartet, dass man ihr drei Ritter wie einen Klotz ans Bein binden würde. Sie beklagte sich mit hitziger Stimme, dass sie nicht den Trupp auf der Suche nach Istvan begleiten und gleichzeitig die Gegend nach sicheren Wegen auskundschaften könne. »Vielleicht kommt er ja von sich aus zurück«, fügte sie hinzu.

Diesen Einwand tat Feronantus mit einem Wink ab. »Du hast die Gegend doch schon in weitem Umkreis erkundet, oder nicht? Er ist ein großer Mann auf einem großen Pferd mit charakteristischem Huf und Gang. Du wirst ihn schneller ausfindig machen, als wir es könnten, und Parzival, Raphael und Eleázar werden ihn nötigenfalls fesseln und knebeln, bevor er noch mehr Aufsehen erregen kann. Wir werden einen Tag lang hier lagern und unsere Hosen flicken.«

Cnán unterdrückte ein Grinsen. Das war Feronantus' Redewendung für alle Zwecke, die sich keineswegs aufs Hosenflicken beschränkte, sondern auch Sockenstopfen, Fleischtrocknen, Kräutersammeln und all die anderen Arbeiten mit einschloss, die ihnen, wenn sie sie heute erledigten, morgen ein schnelleres Vorankommen erlaubten.

»Dann«, fuhr Feronantus fort, »werden wir auf unserem bisherigen Kurs weiter nach Osten reiten. Bis Kiew sind es höchstens vierzehn Tage. Wenn ihr ihn in drei Tagen nicht gefunden habt, setzt ihr euch wieder auf unsere Fährte. Für jemanden mit deinem Geschick wird sie beschämend offensichtlich sein. Wir brauchen dich, Cnán. Du musst uns einen sicheren Weg durch die Umgebung von Kiew zeigen. Dort herrschen wahrscheinlich nur Elend und Chaos.«

»Wir sollten diesen verfluchten Ort gar nicht aufsuchen«, merkte Roger an.

»Wir müssen«, entgegnete Parzival. »Das ist eine Frage der Ehre.«

Doch Feronantus, der dieses Streites unter Freunden müde war, hob beide Hände, um ihnen Schweigen zu gebieten.

◆◆◆

Die ganze Region verwandelte sich schnell in Sumpf, und zuletzt hatten sich die potenziellen Khanmörder an der südlichen Grenze eines weiten Feuchtgebiets – eines *Mariscus*, wie es Feronantus bevorzugt nannte – entlangbewegt, dessen Fläche größer war als die mancher europäischer Königreiche. Das wusste Cnán, weil sie erst kürzlich fast zwei Monate damit zugebracht hatte, sich dort von Ost nach West durchzuschlagen. Größtenteils war es eine gute Zeit gewesen, da essbare

Pflanzen in den Mooren so häufig wie Mongolen selten waren. Ohne helfende Menschenhand schufen sich die Pflanzen aufgrund ihrer Vorlieben für den Feuchtigkeitsgehalt des Bodens ihre eigene Ordnung zwischen Hoch- und Tieflagen.

In den Senken wuchs in den vom Regen gefüllten Wasserwegen kräftiges grünes Schilf; niedrige strauchartige Weiden bevölkerten ein Flickwerk aus sandigen Inseln; und andere wasserfeste Gewächse wucherten in solcher Fülle, dass nur die erbärmlichsten Flüchtlinge hier anzutreffen waren. Allein schon dadurch, dass man an einem solchen Ort hauste, gab man sich als Gesetzloser oder als Hexe zu erkennen. Die Täler und Klüfte, die in dieses Gebiet mündeten, waren mit Bäumen regelrecht verstopft und im Allgemeinen zu schmal und schäbig, um für jemanden von Interesse zu sein, sah man von Köhlern einmal ab.

Das höher gelegene Hügelland, mochte es auch weder wirklich hoch liegen noch trocken sein, taugte wenigstens zum Anbau und war mit Äckern durchzogen, wo noch Menschen lebten, und ansonsten offenes Grasland, bestens geeignet für die Transportmethoden der Mongolen.

Cnán gefiel keines dieser Marsch- und Uferlande als Route für die Expedition ihres Trupps. Aber sie fand schnell heraus, dass es in diesen Feuchtgebieten zwischen den undurchdringlichen Wäldern in den feuchten Schluchten und dem offenen Ackerland oft eine Pufferzone gab – manchmal viele Meilen, manchmal nur ein paar Schritte breit –, wo die Bäume gerade dicht genug wuchsen, um Deckung zu gewähren, aber nicht so dicht, dass sie das Vorankommen erschwerten.

Sie hatte diesen Rittern beigebracht, an den Säumen der weniger verwachsenen Wälder entlangzureiten und freies Land zügig zu überqueren, sobald sie eine günstige Gelegenheit signalisierte, sich jedoch möglichst selten so weit aus der Deckung der Bäume zu entfernen, dass ihr Schutz nicht binnen weniger Augenblicke im Galopp wieder zu erreichen wäre.

Die Landschaft entlang Istvans wahrscheinlichster Route wechselte zwischen Eichenhainen und Wiesen, hier und da durchsetzt mit einem Hügel und ein paar Sümpfen sowie kleinen, klaren Seen. Selten einmal ragten die Rundungen eines oder mehrerer Felsbrocken aus den Wäldern und Feldern heraus, als wären sie Riesen aus der Tasche gefallen. Cnán wusste, dass einige davon Räubern als Versteck dienten. Auf ihrem langen Weg nach Westen hatte sie sich gelegentlich aus dem Marschland herausgewagt, um Äpfel zu stehlen oder sich in den Rübenkellern von Bauern zu bedienen, und war dabei an den Zugängen zu solchen Felshaufen mehrfach auf die Hinterlassenschaften von Räubern gestoßen.

Jetzt waren die Verstecke leer. Das war kein gutes Zeichen. Räuber wussten, wann die Beutebeschaffung zu gefährlich wurde.

Raphael schwieg während des Ritts die meiste Zeit und hielt sich stets an ihrer Seite. Eleázar mit seinem stark akzentuierten Latein war redseliger und schnell mit Beschwerden bei der Hand; anfangs brachte er sie damit in Rage, aber im Laufe des Tages begriff sie, dass es einfach seine Art und die seines Volkes war, frei von der Leber weg zu sprechen.

Eleázar war der Letzte der Gruppe gewesen, der im Kapitelhaus in der Nähe von Legnica eingetroffen war, und so wusste sie über ihn am wenigsten. Während der ersten beiden Tage der Reise hatte sie ihre Belustigung über die absurde Größe seiner Waffe kaum verhehlen können – ein Zweihänder, der größer war als er selbst. Er brauchte ewig, um das Ding mit beiden Händen auch nur aus der langen Scheide zu ziehen, die er auf dem Rücken trug, und die anderen Ritter hatten viel Spaß auf seine Kosten und amüsierten sich darüber, wie sie im Fall eines Angriffs einen Verteidigungsring um Eleázar bilden würden, damit er genug Zeit hatte, sein Schwert zu ziehen und in Kampfhaltung zu gehen – hoffentlich, bevor sie alle tot waren.

Auch Parzival behielt seine Gedanken für sich, und es mochten düstere Gedanken sein, denn er lächelte kaum einmal.

Die erste Fährte, auf die sie stießen, war vielleicht zwei Tage alt. Cnán saß von ihrer Stute ab – die einzige Stute der Gruppe, die Ritter bevorzugten Hengste – und ging in dem sonnengefleckten Schlamm und Gras einer schmalen Wiese auf die Knie. Raphael und Parzival folgten ihrem Beispiel und knieten auf der anderen Seite der Fährte, zwei Schritte weiter zurück, nieder. In dieser späten Phase ihres Feldzugs ritten Mongolen oft nicht mehr nur auf ihren Steppenponys. Wie Feronantus festgestellt hatte, setzte der Krieg den Pferden schwer zu und Armeen mussten ihren Bestand ständig auffüllen. Wenn Mongolen auf großen, gefälligeren Pferden aus dem Westen ritten, ergaben sich aus dieser Kombination markante Spuren. Widerwillige Reittiere neigten dazu, zur Seite hin auszubrechen, wenn sie auf unvertraute Weise angetrieben oder in fremden Sprachen angeredet wurden.

Cnán wies Raphael auf das Wirrwarr der Hufabdrücke hin und der Sarazene nickte. Parzival beugte sich vor, um Harnspritzer in Augenschein zu nehmen, die noch keinen Tag alt waren. Er hielt sich Schlamm unter die Nase und verzog die Lippe. »Könnte von einem Bauern- oder einem Packpferd stammen. Einfache Schwarzknochen müssen sich mit den schlechtesten Pferden begnügen.«

Cnán wusste, dass kastrierte Tiere in der Schlacht gute Dienste leisten konnten, aber diese Ritter zogen nach alter Tradition Hengste vor und waren nur schwer davon abzubringen. Mongolen hingegen ritten auf Stuten in den Kampf – manchmal sogar auf rossigen Stuten, die Hengste gut abzulenken verstanden.

Zwei Reiter der Gruppe, die hier entlanggekommen war, hatten auf Schlachtrössern gesessen, die die volle Anerkennung der Ritter fanden, wahrscheinlich Hengste aus dem Bestand eines hiesigen Woiwoden. Deren Harn drang tief ins Erdreich ein und roch beißend. Die Spuren zeigten, dass die Pferde zwar ausgelassen, aber doch hinreichend zufrieden und ihre Reiter versiert waren.

Cnán hielt diese Fährte für einen wahrscheinlichen Hinweis darauf, dass sie von zwei Herzögen oder deren Lakaien stammten, die von Mongolen beschützt wurden, so wie der Pelzhändler seinen Geleitschutz gehabt hatte. Verräter an ihrem Volk. Opportunisten. Überlebenskünstler.

Kein Wunder, dass Istvan sich wie ein Berserker gebärdete.

Parzival entfernte sich zwanzig Schritte den Waldrand entlang. Ihre eigenen Pferde beobachteten sie mit aufgestellten Ohren, dann schüttelten sie die Köpfe und senkten sie, um Kraut und Gras zu rupfen. Völlig richtig schob Eleázar sie von einem mit weiß blühendem Kriechzeug bewachsenen Fleck fort. Kranke oder berauschte Pferde konnten sie nicht brauchen.

Während sie Parzival im Auge behielten, fasste Cnán für Raphael die Fakten zusammen. »Zwölf Reiter«, schlussfolgerte sie. »Mongolen oder Tataren. Von durchschnittlicher Disziplin, gelangweilt von ihren Pflichten. Aber sie werden von zwei Woiwoden begleitet – oder zumindest von hiesigen Amtsträgern, die auf edlen Pferden reiten. Möglicherweise Steuereintreiber oder Vermesser. Keine Gefangenen.«

»Gut«, sagte Raphael. Er lächelte angesichts ihres Könnens.

»Vermesser?«, fragte Eleázar scharf. Doch der Ausdruck auf seinem Gesicht war eher verblüfft als skeptisch.

»Die Invasoren vermessen ihre Ländereien und zählen ihren Reichtum«, erklärte Raphael. »Sie haben vor zu bleiben.«

Parzival kehrte zu ihnen zurück. »Istvan beobachtete sie aus dem Wald heraus«, sagte er. »Dann ritt er ihnen nach. Er ist zum Wolf geworden.«

Mehr Worte waren nicht nötig. Cnán begab sich ebenfalls zum Waldrand, um die Spuren von Istvans Rotschimmel zu untersuchen, und als sie zurückkam, saßen sie alle auf. Die Wälder hier waren mit Beerensträuchern und Nesseln zugewachsen, der Boden war morastig und schreckte nicht nur Reiter ab, sondern alles und jeden – bis auf die einheimischen Bären. Interessanterweise schien einer Istvan kurz verfolgt zu haben.

»Eine regelrechte Karawane«, meinte Raphael. »Wen sollen wir uns zuerst vornehmen?«

Eleázar und Parzival schlugen vor, Istvan zu folgen und nicht den Steuereintreibern.

»Wir werden auf beide noch früh genug treffen«, sagte Cnán.

Raphael und Parzival verstanden, was sie meinte. Die dichten Wälder würden Beute und Jäger schon bald zusammenführen. Glaubte Istvan wirklich, er könne eine solche Gruppe bezwingen?

Eleázar nahm diese Worte mürrisch hin.

Parzival nickte. »Wir sind hinter Istvan her. Es ist egal, wen er jagt – fürs Erste jedenfalls.«

»Er reitet schnell«, merkte Eleázar an.

»Und das werden wir auch tun, nachdem wir nun seine Spur gefunden haben.«

◆◆◆

Cnán hatte geglaubt, die grundsätzliche Beschaffenheit dieses Landstrichs zu kennen, und so überraschte es sie, dass sich der Wald weit um einen Flussbogen herum erstreckte. Das breite Flussbett bestand aus einer langen Bodensenke, die von Felshügeln durchbrochen war. Die Senke verlief grob von Ost nach West, und Cnáns kleiner Trupp war am südlichen Rand gelandet. Ein eigentliches Ufer gab es nicht, denn die Überschwemmungsebene war breit und mit einem verwirrenden Muster aus regengespeisten Bächen und Weidensümpfen durchzogen.

Der Wald wahrte weiten Abstand zu diesem unregelmäßigen Wasserlauf, aber etliche Bauern hatten den fruchtbaren Boden, den sie nicht erst von Bäumen befreien mussten, in jüngster Zeit genutzt und Grünhaferfelder angelegt. Sie hatten kurzerhand um die Felsformationen herum, die an Cromlechs erinnerten, und zwischen den tiefen, feuchten Rinnsalen, in denen dichtes Schilf wuchs, hindurch gepflügt.

Es war schon spät. Von Südwesten her kam eine warme Brise und ließ Wellen durch das Schilf laufen. Auf der anderen Seite des Flusses, etwa eine Werst entfernt, waren niedrige Behausungen auszumachen. Jedoch war keine Menschenseele zu sehen. Vielleicht hatten die Einheimischen hier nur Ackerbau betrieben und sich dann versteckt, sowohl vor Steuereintreibern als auch vor Kriegsscharen.

»Es muss doch eine Furt geben, die wir nehmen können«, meinte Raphael und ließ den Blick am Ufer auf und ab wandern.

»Lasst uns hier nicht zu lange verweilen«, warnte Parzival. »Keine Anhöhe, die uns einen Überblick bietet, dafür reichlich Gelegenheit für einen Überraschungsangriff.«

Vor ihnen wanden sich hohe Schilffelder und Weidenhaine im Flussbett dahin, durch die sich Reiter, die nach Osten oder Westen unterwegs waren, an sandigen Untiefen entlang ungesehen hindurchpirschen konnten. Krieger, selbst berittene, konnten jedoch an unzähligen im Strauchwerk verborgenen Stellen lauern und völlig unversehens herausspringen. Höher gelegene Ufer und auch niedrige Hügel machten aus der ohnedies schon wirren Landschaft ein noch unübersichtlicheres Labyrinth – das denkbar schlechteste Terrain, wenn man Spuren finden und ihnen folgen und Überraschungen vermeiden wollte.

Cnáns Blick schweifte über den Himmel, der sich über diesem Gewirr spannte, und machte eine große Schar von Krähen und anderen Vögeln aus – Stare, Amseln und sogar Rotkehlchen –, die im Osten kreisten. Keine Bussarde – noch nicht. Sie sog schnüffelnd die Luft ein, aber die Brise von Westen war nicht hilfreich. »Pferde und Vieh in dieser Richtung«, sagte sie. »Ein weiterer, größerer Bauernhof vielleicht. Die Vögel picken den Dung auf.«

Eleázar stieß einen leisen Pfiff aus. »Kannst du von hier aus auch feststellen, ob es sich um Kuh- oder Pferdemist handelt?«, scherzte er.

Cnán schürzte die Lippen.

Parzival ritt zwischen sie, wendete sein Pferd und blickte nach Süden zu den Bäumen, zwischen denen sie gerade hervorgekommen waren. »Ein wahrer Teufelswald«, meinte er. »Die Pelzhändler müssen den Fluss überquert haben, und Istvan ist ihnen gefolgt. Lasst uns die Furt suchen, die sie genommen haben.«

Sie machten Proviant und Ausrüstung zur Überquerung bereit.

»Istvan wird sich doch nicht mit uns anlegen, oder?«, fragte Eleázar.

»Diese verfluchten Pilze …«, begann Raphael, ohne den Gedanken zu Ende zu führen. Parzival schaute flussabwärts, dann wendete er sein Pferd und preschte auf die sonnenwarme Seite eines Felshaufens zu.

Die anderen folgten ihm.

»Auf dem Hügel da naht eine Kriegsschar«, erklärte er. »Dreißig oder vierzig Mann stark. Sie reiten in die Sonne. Noch sehen sie uns nicht, das hoffe ich jedenfalls. Jetzt sind wir die Beute.«

Sie ritten in den langen Schatten der Felsen weiter und blickten aus dem Schutz hoher Schilfwedel nach Osten. Parzival hatte recht. Die Kriegsschar bestand zum größten Teil aus Mongolen, die eine bunt gemischte Herde von Pferden ritten.

»Der Haupttrupp, wie Illarion es vorhersagte«, erinnerte Eleázar.

»Vielleicht. Sie nehmen denselben Weg wie wir. Möglicherweise folgen sie sogar unserer Fährte. Wir können nicht umkehren.«

»Damit folgen sie auch Istvan«, sagte Raphael, und es war schwer zu sagen, ob seine Worte als Frage oder als Feststellung gemeint waren.

Parzival schüttelte den Kopf. »Wir können diese Felsen zu unserem Vorteil nutzen – es sei denn, sie verstehen sich aufs Fährtenlesen ebenso gut wie Cnán. Aber wir müssen Feronantus warnen.« Er rang mit einer schwierigen Entscheidung: Wen sollte er losschicken und wen zum Schutz ihrer Kundschafterin und ihres Feldschers hierbehalten? Wen sollte er opfern? Die Brauen gerunzelt, tätschelte er den Hals seines Pferdes. »Das Letzte, das wir brauchen, ist eine offene Feldschlacht«, sagte er.

»Es bleibt uns keine große Wahl. Der Wald schließt uns von zwei Seiten her ein. In die Wälder können wir nicht fliehen, es sei denn, wir sitzen ab«, stellte Raphael fest.

»Wir können doch nicht den ganzen Weg nach Osten laufen!«, protestierte Eleázar.

»Hast du eine andere Idee?«

»Wir reiten ihnen davon!«, schlug Eleázar vor.

Zum ersten Mal seit Längerem stahl sich die Spur eines Lächelns auf Parzivals Lippen. »Du willst einer ganzen Kompanie Mongolen davonreiten?«

»Wir können es schaffen«, beharrte Eleázar, »wenn wir uns ein paar Ersatzpferde besorgen.«

»Ersatzpferde«, wiederholte Parzival.

Raphael hatte bislang geschwiegen. Er räusperte sich und sah Cnán vielsagend an.

Sie war bereit. Insgeheim verabschiedete sich im Stillen bereits von diesen leichtsinnigen Abenteurern. Was war denn schon ein Abenteuer? Für jeden normalen Menschen nichts weiter als ein Problem. Eine Katastrophe. Nur die Reichen und Törichten rissen sich förmlich darum. »Ohne euch bin ich schneller«, erklärte sie wie beipflichtend. Sie saß ab und reichte Eleázar die Zügel. »Ein Ersatzpferd«, erklärte sie.

»Aber, Herrin …«, entfuhr es Parzival.

Sie grinste über diese Bezeichnung. »Ich kämpfe mich zu Fuß durch die Wälder und bin bis morgen früh bei Feronantus. Ihr tut derweil, was ihr wollt. Wenn ihr euch versteckt, werden sie euch wahrscheinlich einfach passieren. Wenn sie Istvan nicht umbringen, könnt ihr es immer noch selbst tun.«

»Wir sollen ein Mitglied unseres Ordens umbringen? Hast du jetzt hier das Sagen?«, fuhr Eleázar auf.

Sie ging nicht auf ihn ein, so wenig wie Parzival. »Es wäre am besten, wenn sie nichts von Feronantus erführen«, befand Parzival. »Istvan zu töten reicht möglicherweise nicht. Vielleicht müssen wir uns ihnen hier zum Kampf stellen und sterben, um die anderen zu retten.«

Cnán schaute blinzelnd zu dem Ritter auf. Er schien es dem Tod tatsächlich frohen Herzens leicht machen zu wollen, ihn zu finden. Vielleicht war er genauso verrückt wie Istvan. »Wenn die Mongolen vorbeiziehen«, fuhr Cnán steif fort, »und es nicht zum Kampf kommt, können wir uns jenseits dieses Gewirrs und der Höfe wieder treffen. Ich bin ziemlich sicher, dass es von dort aus eine Route direkt nach Osten gibt.«

»Wartet!«, meldete sich Raphael zu Wort und richtete sich dabei im Sattel auf. Er zeigte nach Norden. »Da kommen noch mehr Reiter aus dem Nichts. Dieses verdammte Schilf. Sie reiten auf der anderen Seite der Senke um das Gehöft herum. Neun, zehn … und … noch eine Formation. Sie sprießen wie Spargelklee aus dem Boden. Eine Streife. Sie schwenken ab und kommen in diese Richtung.«

Es verstrich ein Moment, in dem sie alle diese neue Wendung verdauten.

»Nein«, sagte Raphael, »ich habe mich geirrt. Sie suchen ebenfalls nach einer Furt. Sie wollen wieder zu der großen Gruppe auf dem Hügel stoßen.«

Die anderen sahen stumm mit an, wie das Verhängnis von zwei, vielleicht drei Seiten auf sie zukam.

Parzival lehnte sich zu Cnán hinüber. »Geht«, sagte er. »Geht jetzt. Die Lage hier wird nicht besser.«

Kapitel 10

✠✠✠

Unterricht im Bogenschiessen

Lian wartete im Schutz der Weide auf Gansukh. Die winzigen Blätter verbargen sie nicht völlig, aber die herabhängenden Zweige vermittelten ihr wenigstens eine Ahnung von Sicherheit. Zudem wurden die Schatten länger ... Sie seufzte, derweil sie winzige abgefallene Blätter aus ihrem Haar schnippte, und bedauerte, dass sie sich entschieden hatte, es offen zu tragen. Sie hatte ihm gesagt, er solle sie vor Sonnenuntergang wieder treffen, und inzwischen war die Sonne schon bedrohlich nahe daran, hinter dem massigen Palast zu verschwinden.

Sie durfte eigentlich nicht hier sein. Nicht ohne Begleitung jedenfalls.

Der Garten stank noch immer nach Blut. Die Gärtner hatten an einem Blumenbeet gearbeitet, als sie hergekommen war, und sie war an ihnen vorübergeeilt und hatte kaum mehr als einen gebieterischen Blick für sie erübrigt, der ihnen – hoffentlich – zu verstehen gab, dass sie ihre Augen gefälligst anderswohin zu richten hatten. Außerdem hatte sie gar nicht zu genau sehen wollen, womit die Gärtner da beschäftigt waren.

Irgendetwas war in jenem Blumenbeet gestorben. Sie hatte von einer der chinesischen Dienerinnen gehört, dass der

Hauptgang des Banketts erst ein paar Stunden vorher erlegt worden sei. In diesem Garten. Das Tier war *genau hier* gestorben.

Ein flüchtiger Schauer durchlief sie. *Dann gibt es wohl kaum einen geeigneteren Ort, um das Kämpfen zu lernen,* ging es ihr durch den Sinn.

Lian hatte gegenüber der Dienerin auf Einzelheiten gedrängt, und die Frau hatte in zufriedenstellendem Umfang berichtet. Jedermann sprach über den jungen Krieger und seinen Bogen. Sie hatte es nicht gewagt, die Dienerin nach Munokhois Reaktion zu fragen – zwar hätte es ihr eine gewisse Befriedigung bereitet, diese Geschichte zu hören, aber Lian wusste auch so, was zu erwarten stand: Munokhoi würde fortan noch mehr auf der Hut sein vor diesem *Eindringling,* den der ältere Bruder des Großkhans geschickt hatte. Und das machte ihre eigene Aufgabe noch heikler. Gansukh hatte heute Morgen schon recht gehabt – sie hatte Angst um ihn.

Lian seufzte erleichtert, als sie ihn entdeckte, und ließ die Weidenzweige rascheln, um ihn auf sich aufmerksam zu machen.

Gansukh kam näher und teilte die Zweige behutsam. »Warum versteckst du dich da drinnen?« Er hob eine Augenbraue. »Wenn du versuchst, mir wie auf einem schönen Gemälde zu erscheinen, gib dir keine Mühe. So kultiviert bin ich nicht.« Er wirkte entspannter, schien zufrieden mit den Ereignissen des Tages.

»Mir steht es im Gegensatz zu dir nicht frei, nachts durch die Gärten zu spazieren«, versetzte sie.

»Ach so.« Er warf einen Blick über die Schulter, dann trat er näher und verbarg sich mit ihr hinter den Zweigen. »Dann sollte ich dir vielleicht anbieten, dich zu beschützen ...«

Sie legte ihm eine Hand auf die Brust und unterbrach ihn. »Das solltest du – indem du mich unterrichtest.« Sie lächelte über seinen Gesichtsausdruck. Offenbar war er davon ausgegangen, dass für heute Abend etwas anderes geplant war. »Schon vergessen? Wir haben eine Vereinbarung getroffen. Ich helfe dir, und du bringst mir bei, wie man kämpft.«

Gansukh blickte finster auf ihre Hand, die noch immer auf seiner Brust lag. »Ja«, sagte er. »Das haben wir wohl.«

Lian freute sich, dass er nicht versuchte, die Vereinbarung zu leugnen. Sie hatte das Thema seit jenem ersten Tag im Bad nicht mehr zur Sprache gebracht. Es war ein gefährlicher Vorschlag gewesen, ein Vorschlag, der sie das Leben hätte kosten können, wäre Gansukh unnachgiebiger gewesen. Aber Meister Chucai hatte gesagt, der junge Mann sei vielversprechend, scheine für sich selbst denken zu können und habe Vertrauen in die Entscheidungen, die er traf. Solange er ihr vertraute, konnte sie ihm vertrauen – und während sie dieses Vertrauen schon besaß, gab es doch einige Fähigkeiten, die sie noch erlernen konnte.

Sie würde nicht für immer hierbleiben.

»Aber du hattest doch nicht etwa vor, *so* zu deiner ersten Lektion anzutreten, oder?« Gansukh wies auf ihr grünes Seidengewand, das noch edler war als jenes, das sie am Morgen getragen hatte. »Binde wenigstens deine Haare zurück!«

Sie nahm ihr Haar auf – langsam, weil sie wusste, dass er ihr zusah – und schlang es zu einem Knoten zusammen.

»Was ist?«, fragte er. Ein gereizter Ton schlich sich in seine Stimme.

»Ich brauche etwas, um es festzustecken«, antwortete sie.

Entnervt packte er einen Weidenzweig und brach ein langes Stück davon ab. Mit einem Ruck strich er die Blätter ab und hielt ihr den dünnen Stock hin. »Geht das?«

Sie lächelte und nahm den dargebotenen Zweig entgegen. Ohne ein Wort schob sie ihn durch den Haarknoten und steckte ihn am Hinterkopf fest.

Gansukh betrachtete sie. »Du bist zu dünn«, meinte er, und als sie Luft holte, um zu widersprechen, fuhr er fort: »Solange du nicht etwas muskulöser bist, glaube ich nicht, dass du im Nahkampf jemanden schlagen wirst. Wenn es dazu kommt, hast du keine Chance. Wir müssen etwas anderes probieren.« Er trat aus dem Schutz des Baumes hinaus und ließ den Blick durch den Garten schweifen. »Ja«, sagte er, als er zwei Wachen ausmachte. »Warte hier.«

Bevor sie protestieren konnte, eilte er davon und rief nach den Wachen. Sie bemerkten ihn, dann trafen sie sich, und die beiden Männer neigten Gansukh die Köpfe zu, als er anfing, eine weitschweifige Geschichte zu erzählen. Ein wenig neugierig geworden, trat Lian vor, um zu sehen, worüber die drei Männer sprachen, und als Gansukh innehielt und die beiden Wachen in ihre Richtung blickten, wurde ihr bewusst, dass sie ungeschützt im Freien stand.

Die Wachen lachten, und einer von ihnen reichte Gansukh seinen Bogen und Köcher, bevor er ihm einen Klapps auf die Schulter gab. Gansukh salutierte zum Abschied mit der Waffe, dann trabte er zurück zu Lian. »Komm mit«, sagte er und ließ sie den Köcher tragen. »Gehen wir zur Mauer hinüber. Dort sind wir ungestörter.« Er schaute über die Schulter zurück und winkte den Wachen zu, die den Weg verließen und sich entfernten.

»Was hast du ihnen erzählt?«, wollte Lian wissen.

»Das sind *Khevtuul*«, sagte Gansukh.

»Ja, das weiß ich.« Die *Khevtuul* waren die Nachtwache, diejenigen, die auf den Khagan achtgaben, während er schlief. »Was hast du ihnen gesagt?«

»Munokhoi ist ein *Torguud*. Ein Tagwächter.« Er grinste sie an. »Du hast es doch selbst gesagt. Die Leute am Hof reden gern. Und es hat sich schon herumgesprochen.«

Sie starrte ihn nur an und staunte über das, was sie da

hörte. Er missverstand ihren Blick und hob die Schultern. »Ich habe ihnen gesagt, dass ich dir meinen Bogen zeigen wollte, ihn aber in meiner Kammer vergessen hätte und nun Gefahr laufe, gegenüber einer schönen Frau mein Gesicht zu verlieren. Ich bat sie, mir einen zu leihen.« Er hob die Waffe an. »Sie freuten sich, mir behilflich sein zu können.«

Er ging langsamer und sah sich auf der freien Fläche um, die sie erreicht hatten. »Außerdem«, ergänzte er, »werden sie uns in Ruhe lassen, weil sie glauben, dass wir …«

Lian nickte und tat ihr Möglichstes, um sich ein Lächeln zu verkneifen. »Dass wir in eine Lektion im Bogenschießen vertieft sind«, brachte sie den Satz mit hochgezogener Augenbraue für ihn zu Ende. *Ja,* dachte sie, *Meister Chucai hatte recht. Er* ist *vielversprechend.*

Gansukh wurde rot. Er nahm ihr den Köcher ab und gab ihr stattdessen den Bogen. »Probier ihn aus«, sagte er schroff, weil sie ihn in Verlegenheit gebracht hatte.

Sie hob die Waffe an und legte die linke Hand um den Griff. Mit der anderen zog sie die Sehne zurück und ließ sie dann los. Ein leises Sirren war zu hören.

»Nicht so.« Gansukh stellte sich hinter sie, fasste sie leicht an den Schultern, zog sie etwas nach hinten und korrigierte ihren Stand. »Den Arm ganz ausstrecken. Richte deine Knöchel auf das Ziel. Und jetzt spann die Sehne, mit dem ganzen Körper.« Er zog ihren Ellbogen langsam nach hinten, führte ihren Arm. »Und genauso machst du es mit dieser Hand – die Knöchel aufs Ziel richten.« Ihr Körper drehte sich ein wenig unter seiner Führung, bis sie auf einen Espenhain ausgerichtet war, dessen helle Stämme im Licht des Spätnachmittags schimmerten.

Er trat zurück, sie ließ die Sehne los und nahm eine Veränderung in der Bewegung wahr. »Ich spüre es«, sagte sie.

»Gut«, kommentierte Gansukh. »Versuche es noch ein

paarmal, aber ohne loszulassen. Arbeite nur daran, die Sehne in einer fließenden Bewegung zu spannen.«

Lian veränderte ihre Fußhaltung und lockerte die Schultern. Dann holte sie tief Luft und hob den Bogen so, wie Gansukh es ihr gezeigt hatte. Zeige- und Mittelfinger um die Sehne gehakt, nutzte sie Rücken und Schultern, um sie nach hinten zu ziehen, diesmal weiter als zuvor. Sie wünschte, sie könnte Gansukhs Gesicht sehen, konnte jedoch keinen Blick in seine Richtung erübrigen – wenn sie in ihrer Konzentration so weit nachließ, konnte sie nicht mehr auf ihren Griff achten. Zufrieden, dass es ihr gelang, den Bogen zu spannen, entspannte sie ihn wieder, dann wiederholte sie die Übung noch zweimal, bevor sie die Arme sinken ließ. Ihre Oberarmmuskeln brannten.

»Gut gemacht«, lobte Gansukh. »Das scheint dir im Blut zu liegen.«

Lian sagte nichts, während sie nach einem der Pfeile im Köcher langte, den Gansukh hielt.

Er ergriff ihre Hand, bevor sie den Pfeil herausziehen konnte. »Vorsichtig, die sind scharf und spitz.«

»Ich bin kein kleines Kind.« Ihr Tonfall war so zickig, dass sie genauso gut mit dem Fuß hätte aufstampfen können.

»Ich möchte ja nur nicht, dass du dir diese zarten Hände zerschneidest«, stichelte Gansukh. »Setz den Pfeil hier auf.« Er stellte den Köcher weg und trat zu ihr, um es ihr zu zeigen. »Das Ende schön festhalten, so, siehst du?« Er zog die Bogensehne in einer fließenden Bewegung nach hinten. Es war ein Beleg für ihren Größenunterschied, dass Gansukh fast ohne sie zu berühren um sie herumfassen und den Bogen spannen konnte. Fast.

Einen Moment später, in dem ihnen beiden ihre Nähe zueinander bewusst wurde, ließ er die gespannte Bogensehne fahren und trat beiseite. »Jetzt du«, forderte er sie auf.

Lian fasste den Bogen fest und versuchte, den Pfeil nach hinten zu ziehen, aber die straffe Sehne rührte sich kaum. Das gleichzeitige Festhalten des Pfeiles und Spannen der Sehne vereitelte ihr Bemühen. Gansukh hatte recht. Sie spannte nicht zum ersten Mal einen Bogen, aber der hier war viel starrer als andere, die sie benutzt hatte. Bei ihm hatte es so unangestrengt ausgesehen. Entschlossen nahm sie die Schultern zurück, schlang zwei Finger fest um Sehne und Pfeil – und brachte es fertig, den Bogen halb so weit zu spannen wie Gansukh.

»Gut«, sagte er. »Und nun schieß auf den Baum dort.« Er zeigte auf die Espe, auf die sie eben gezielt hatten.

Ächzend ließ sie den Pfeil los. Er flog weit rechts am Ziel vorbei und verschwand fast lautlos in einem dichten Busch. Ihre Fingerspitzen brannten von der rauen Sehne. Sie blickte darauf, rechnete damit, Blut zu sehen, und war überrascht, dass sie keines sah.

»Ich hätte dir sagen sollen, dass du beim Zielen besser den Atem anhältst«, sagte Gansukh.

»Du bist kein sehr guter Lehrer«, meinte sie. Es war ihr peinlich, dass sie den Baum so weit verfehlt hatte.

»Hast du nicht vor ein paar Tagen noch von Geduld gefaselt«, erwiderte er, »als du mir aus einer dieser Schriftrollen vorgelesen hast?«

Sie lächelte, während sie sich nach vorn beugte und einen weiteren Pfeil aus dem Köcher am Boden zog. »Ich habe nicht gesagt, dass ich aufgebe.« Sie legte den Pfeil auf, spannte die Sehne und versuchte, sich an alles zu erinnern, was sie tun musste. Gansukh wollte sie mit seinen Händen an ihren Armen führen, aber sie schüttelte ihn ab. »Ich würde es lieber ohne deine Hilfe probieren.«

Sie versuchte, nicht daran zu denken, dass er sie beobachtete. *Halt den Atem an!*, fiel es ihr in letzter Sekunde ein. Ihre rechte Hand öffnete sich, und der Pfeil schnellte vom Bogen, fuhr zischend quer durch den Garten und bohrte sich mitten in den Stamm der Espe.

»Na also«, meinte sie. »Ein perfekter Schuss.«

Gansukh zuckte die Schultern. »Nicht schlecht. Kannst du das noch mal?«

Sie funkelte ihn an, dann bückte sie sich, um einen weiteren Pfeil aufzunehmen. »Wie war die Jagd?« Sie versuchte, ungezwungen zu klingen.

»Gut.«

Sie sah ihn an. »Gut?«

Er überging ihren Tonfall. »Ja, gut.« Als sie vor ihn hintrat – Augenbraue hochgezogen, eine Hand in die Hüfte gestemmt –, machte sich ein verwirrter Ausdruck auf seinem Gesicht breit. Dann ging ihm ein Licht auf. »Oh, danke für deine Ermunterung. Du warst sehr hilfreich.« Er nickte in Richtung des Bogens und des Pfeils in ihren Händen. »Und jetzt leg diesen Pfeil auf und zeig mir, dass dieser Schuss gerade eben nicht einfach nur Glück war.«

»Glück?«, echote sie, ohne sich zu rühren. *Ist das alles, was du mir zu sagen hast?* Sie stellte die Frage nicht laut, vermittelte sie ihm nur durch den schief gelegten Kopf, und als er nicht darauf reagierte, kehrte sie ihm schwungvoll den Rücken zu. »Ich zeig dir Glück.«

Lian straffte die Schultern und zog die Bogensehne zurück, wie sie es zuvor getan hatte. Es fiel ihr immer noch sehr schwer, aber die Bewegung kam ihr nun schon ein bisschen leichter vor, ein bisschen natürlicher. Sie dachte diesmal sogar daran, den Atem anzuhalten. Die Bogensehne verursachte ein leises Sirren, und schon steckte der Pfeil im Baum, drei Handbreit unterhalb des ersten.

»Nicht Glück allein«, befand Gansukh. »Dann lass uns jetzt etwas Schwierigeres versuchen, ja?«

»War das in deinen Augen etwa kein guter Schuss?«, fragte sie.

Gansukh überlegte kurz. »Ich würde sagen, es war ein guter Schuss«, meinte er dann, »für jemanden, der unter nahezu perfekten Bedingungen aus nächster Nähe auf ein unbewegliches Ziel schießt.« Er ließ den Blick durch den stillen Garten wandern. »Aber auf der Jagd hatte ich noch nie Gelegenheit zu einem solchen Schuss … geschweige denn im Kampf.«

Er war wirklich unmöglich.

Sie seufzte. »Na schön, was soll ich denn dann für dich tun?«, wollte sie wissen.

»Meinst du hinsichtlich des Bogenschießens?« Er lächelte.

Lian bedachte ihn nur mit einem kalten Blick.

Sein Grinsen verging. Er räusperte sich. »Ich möchte, dass du den gleichen Schuss im Gehen versuchst.« Er hob den Köcher auf und hielt ihn ihr hin. Es waren nur noch drei Pfeile übrig.

»Im Gehen?«, fragte Lian.

Gansukh nickte.

Lian nahm einen Pfeil und legte ihn, ohne hinzuschauen, auf die Sehne. Dann setzte sie sich nach rechts in Bewegung, merkte aber schnell, dass sie das Ziel in ein paar Schritten aus den Augen verlieren würde, wenn sie hinter einer Reihe sauber gestutzter Hecken vorbeigehen musste. Sie änderte die Richtung und hob den Bogen, den vorderen Knöchel auf den Baum gerichtet. Selbst im langsamen Gehen weigerte sich der Knöchel, aufs Ziel gerichtet zu bleiben – er hüpfte nicht nur auf und ab, sondern auch hin und her. Sie versuchte vorauszusehen, wann sie das Ziel anvisiert haben würde, und ließ den Pfeil dann los. Er traf kaum eine Pferdelänge vor ihr den Boden und schlitterte über das Gras.

Gansukh reichte ihr einen weiteren Pfeil. »Schau diesmal nicht auf deinen Knöchel – schau aufs Ziel.«

Lian riss ihm den Pfeil beinahe aus der Hand und legte ihn rasch auf. Er wusste, wovon er sprach, und sie hätte auf ihn hören sollen, aber seine Ruhe machte sie wütend. Sie zog die Sehne nach hinten, und kaum war sie einen Schritt nach rechts gegangen, ließ sie den Pfeil auch schon los. Sie hatte blindlings geschossen, versuchte eigentlich nur, die Pfeile aufzubrauchen, damit diese Lektion endlich vorüber war. Der Pfeil überschlug sich im Flug und verschwand raschelnd zwischen den unteren Ästen des Baumes.

»Nicht schlecht!«, sagte Gansukh zu ihrer Überraschung.

»Du machst dich über mich lustig«, beklagte sie sich.

Er schüttelte den Kopf. »Du hast nicht mehr nachgedacht über das, was du tust. Das ist ein entscheidender Schritt auf dem Weg zum guten Schützen. Und er lässt sich am schwersten vermitteln.« Gansukh grinste wieder. Lian wusste nicht recht, ob ihr dieses fast ständige Grinsen seinerseits allmählich auf die Nerven ging oder ob sie es zunehmend liebenswerter fand. Vielleicht beides.

»Du hast mich belogen«, sagte sie, den Bogen in beiden Händen.

»Wann?«, fragte er.

»Als ich sagte, du seist kein guter Lehrer.«

Gansukh hob die Schultern. »Ich habe dir nicht widersprochen«, sagte er. »Aber du hast mir auch nicht verraten, dass du schon einmal einen Bogen in der Hand hattest.« Er zog den letzten Pfeil aus dem Köcher und bat mit der anderen Hand um den Bogen. Das Grinsen war verschwunden, seine Miene nicht mehr zu deuten.

Lian reichte ihm den Bogen. »Nimm nicht diesen Baum«, sagte sie und schluckte hart. Sie wusste nicht, was er beabsichtigte, und hielt es für das Beste, ihm ein neues Ziel zuzuweisen. War sie zu weit gegangen? Vertrauen musste auf Gegenseitigkeit beruhen. »Der ist zu einfach für dich.«

»Dann such du einen Baum aus«, forderte er sie auf und beschrieb mit der linken Hand einen Bogen, um ihr zu bedeuten, dass ihr der ganze Garten zur Auswahl stand.

Lian schaute sich um und entdeckte etwa zehn Pferdelängen entfernt ein Bäumchen. »Die junge Birke an der Mauer dort.« Sie zeigte hin.

Gansukh drehte sich brüsk um und entfernte sich zügigen Schrittes von ihr. Einige Augenblicke lang war sie fast überzeugt, einen furchtbaren Fehler begangen zu haben, und als er sich wieder umdrehte und auf sie zugerannt kam, war sie sich dessen völlig sicher. Die Distanz zwischen ihnen schrumpfte, und er machte keinerlei Anstalten, stehen zu bleiben – im Gegenteil, er wurde noch schneller.

»Gansukh!« Sie warf sich ins Gras. Er sprang über sie hinweg, den Bogen erhoben, den Pfeil nach hinten gezogen. Sie hörte die Sehne sirren. Während sie linkisch zu Boden gegangen und schmerzhaft auf der Hüfte gelandet war, zog er den Kopf ein und rollte sich drei Schritte von ihr entfernt geschickt im Gras ab.

»Alles in Ordnung?« Er kam auf sie zu, als sei nichts geschehen.

Weil sie so schnell wie möglich aufstehen wollte, nahm sie seine Hand, die er ihr darbot. Sein Griff war fest, und sie flog förmlich vom Boden hoch, als er sie in die Höhe zog. Ihre Leiber drückten sich aneinander, ihre Gesichter waren nur wenige Fingerbreit voneinander entfernt.

»Hast du dein Ziel getroffen?«, fragte sie in einem Versuch, ihn dazu zu bewegen, sich umzudrehen und nachzuschauen. Obschon sie gar nicht wollte, dass er sich vom Fleck rührte.

Und das tat er auch nicht. »Ich weiß es nicht. Hab ich?«

Lian verdrehte die Augen und versuchte vergebens, ein Lachen zu unterdrücken. Sein Grinsen kehrte zurück, breiter als zuvor. Sie stieß ihn unsanft von sich.

»Der Baum, Gansukh. Hast du die Birke getroffen?«

Gansukh gab sich überrascht. »Ich sollte auf einen Baum schießen?«

Sie schaute nach. Die Sonne war unterdessen hinter dem Palast verschwunden und die ganze Mauer lag in Schatten gehüllt da. Sie konnte den schlanken Schössling noch ausmachen, aber nicht erkennen, ob der Pfeil sein Ziel gefunden hatte. Sie ging auf den Baum zu und Gansukh schloss zu ihr auf.

»Du bist gut gefallen«, meinte er. »Aber du brauchst noch Übung.«

Lian schoss einen Blick auf ihn ab.

»Im Ernst!«, erwiderte er. »Die richtige Falltechnik ist wichtig im Nahkampf. Du wirst schon sehen.«

»Ich kann es kaum erwarten«, entgegnete Lian sarkastisch, aber ihr entging nicht, wie es sie am ganzen Leib bei der Vorstellung kribbelte, diesem Mann so nahe zu sein.

In Gedanken versunken blieb sie erst unmittelbar vor der Birke stehen, ehe ihr Blick den Pfeil fand, der sich in die untere Hälfte des Stammes gebohrt hatte. Wortlos machte Gansukh sich daran, ihn behutsam aus dem Holz zu lösen.

»Gansukh, du hättest …« Sie verstummte.

Gansukh beschäftigte sich weiter mit dem Pfeil, sah nun aber sie an.

Sie begegnete seinem Blick und setzte noch einmal an. »Warum hast du nicht mit der Armbrust geschossen, wie Ögedei Khan es verlangte?«

Seine Miene verdüsterte sich, und er konzentrierte sich noch einen Moment lang darauf, den Pfeil endgültig aus dem Holz zu befreien, bevor er antwortete. »Es gibt einen Unterschied zwischen jagen«, sagte er, als sich der Pfeil endlich aus dem Baum löste, »und abschlachten.«

»Du hast dein Reh mit einem Bogen getötet«, sagte sie.

»Ja«, erklärte er, »mit dem Bogen meines Vaters. Und Ögedei wusste die Bedeutung meiner Entscheidung zu schätzen.« Er ließ den Pfeil in den Köcher fallen. »Nach der Jagd gingen wir eine Weile miteinander im Garten spazieren. Er erzählte mir von einer Jagd mit seinem Vater, dem Großkhan, als sie zusammen auf einem Feldzug waren.«

Das überraschte sie. Die Dienerin hatte nicht erwähnt, dass die beiden Männer einige Zeit ungestört miteinander verbracht hatten. »Ausgezeichnet, Gansukh. Das übertrifft meine Erwartungen. Du erweist dich doch als guter Schüler.«

Sie kehrten zu dem Espenhain zurück.

»Das muss ich auch sein«, erklärte Gansukh im Gehen. »Den Khagan mag ich ja beeindruckt haben, aber ich fürchte, Munokhoi habe ich mir noch mehr zum Feind gemacht.«

»Jeder Versuch, dich bei Munokhoi lieb Kind zu machen, ist nicht nur vergebens, sondern auch gefährlich«, sagte Lian. »Es ist klüger, wenn du deine Bemühungen und Kräfte auf den Khagan konzentrierst.«

Gansukh nickte nachdenklich. »Ich glaube, du hast recht.« Sie erreichten den Baum, in dem Lians Pfeile steckten, und er drehte sie mit einem Ruck seines linken Handgelenks heraus. »Das reicht für heute Abend mit dem Bogenschießen«, sagte er, das Thema wechselnd. »Wie wäre es mit ein paar Grundbegriffen des Nahkampfs …«

Lian zog eine Braue hoch. »Ich glaube, diese ganze Bogenschießerei hat mich erschöpft.«

Gansukh lachte. Sie mochte sein Lachen, es hatte einen tiefen Klang und kam aus dem Bauch. Seine Augen verschwanden fast, wenn er lachte, ganz ähnlich wie die ihres Vaters.

»Dann eben beim nächsten Mal«, sagte er. Er schlang sich den Bogen über den Rücken und wies auf den Weg zu den Unterkünften der Dienerschaft. »Lass mich dich wenigstens zu deiner Kammer begleiten.«

Sie nahm sein Angebot an und freute sich nur im Stillen darüber, dass sie ihm nun noch ein bisschen länger nahe sein durfte.

◆◆◆

Die Sonne hatte sich verabschiedet und im Palast setzte der nächtliche Betrieb ein. Im Hauptpalast waren Stimmen zu hören, und Diener, die schmutziges Geschirr und Stapel sauberer Laken trugen, eilten um Gansukh herum, als er zu seiner Kammer schlenderte. Er trat beiseite und machte einer Gruppe von Konkubinen Platz. Sie passierten ihn mit mühelosen kleinen Schritten, die elegant frisierten Köpfe in höflicher Demut geneigt, und hinterließen einen Hauch Blumenduft. In der Düsternis draußen patrouillierten Gruppen dunkel gewandeter *Khevtuul* über das Gelände.

In der Nähe des Gartentors traf Gansukh auf eine vertraute, imposante Gestalt. »Guten Abend, Meister Chucai.«

Ögedeis oberster Berater erwiderte den Gruß mit einem leichten Nicken. »Dir geht es gut, nehme ich an?« Seine Kleidung und sein Bart waren dunkle Flecken in der Dämmerung und ließen den Mann wie einen Geist erscheinen, einen schwebenden Kopf, der Gansukh heimsuchte.

»Ja, mir geht es gut«, bestätigte er. »Ich wollte nur ein wenig frische Luft schnappen. Die erste Stunde der Nacht ist von besonders herrlicher Beschaffenheit.«

»Du bist noch fleißig am Lesen?« Chucai lächelte. »Oder sollte ich lieber fragen, ob Lian noch fleißig für dich liest?«

»Ja. Sie ist eine begabte junge Frau – für eine Chinesin jedenfalls«, antwortete Gansukh. »Die Schriftrollen sind langweilig, aber sie ist zumindest eine Augenweide.«

Chucai musterte ihn verschmitzt. »Ich habe von der heutigen Jagd gehört.«

Gansukh nickte und wartete darauf, dass er weitersprach.

»Karakorum unterscheidet sich von allen anderen Orten des Reiches. Karakorum verändert uns, findest du nicht?« Chucai schürzte die Lippen. »Nein, das ist nicht richtig. Karakorum *enthüllt* uns.«

Gansukh zuckte die Schultern, hauptsächlich, um das Schaudern zu verbergen, das ihm bei Meister Chucais Worten über den Rücken lief. Ein Krachen hinter ihm enthob ihn einer Antwort. Er drehte sich um, und einen Moment lang konnte er den Ursprung des Geräuschs nicht ausmachen, aber dann sah er den zerbrochenen Ziegel auf dem Boden. Sein Puls raste, er schaute sofort zum Dach des Palasts hinauf und nahm eine huschende Bewegung wahr.

»Eindringling!«, rief Chucai hinter ihm.

Ein Attentäter, dachte Gansukh. *Er ist hier, um den Khagan zu töten.*

»Wache!« Chucai schlug weiter Alarm.

Die Gestalt war bereits verschwunden, und Gansukh hielt mit gehetztem Blick Ausschau nach einem Anzeichen der *Khevtuul.*

Zu spät, dachte er. Er rannte auf die rückwärtige Seite des Palasts zu, in die Richtung, in die die Gestalt sich anscheinend bewegt hatte. *Bis zum Eintreffen der Wachen hat er sich abgesetzt.*

Es war an ihm, den Attentäter zu fassen.

Kapitel 11

✠✠✠

Der Bankhar

Das Schilf war so hoch, dass es Cnán verbarg, solange sie geduckt hindurchhuschte. Ihr Blick reichte in keiner Richtung weiter als eine Armeslänge, und darum hielt sie immer wieder inne, um sich am Stand der Sonne zu orientieren und zu vergewissern, dass sie nicht von ihrem Kurs abgekommen war – direkt entlang am langsamsten, seichtesten Zweig des eigentlichen Flusses und so dicht am Ufer, dass das Schilf eine bestimmte Höhe nicht unterschritt, aber nicht so dicht, dass sich der Boden unter ihren Füßen in schmatzenden Morast verwandelte.

Dieser Weg führte hindurch zwischen den Mongolen, die die Hütten auf der anderen Seite der Senke umringten, und der Hauptstreitmacht auf dieser Seite. Das einzige Risiko bestand darin, dass er sie näher an die Patrouille heranführte, die Raphael zwischen den beiden Mongolengruppen ausgemacht hatte. Aber sie durfte eben nicht den Kopf verlieren und musste sich tief ins Schilf ducken, sobald sie Hufschlag vernahm. Die Sonne im Gesicht, konnten die Mongolen sie unmöglich sehen. Ihre Bewegung mochte die Spitzen der Schilfrohre wippen lassen. Das Glück stand jedoch einmal mehr auf ihrer Seite, denn die Brise aus Südwesten ließ alle Schilfrohre wippen, und solange sie keine Dummheit beging, wie zum Beispiel sich in einer schnurgeraden Linie zu bewegen oder die Halme in den Schlamm zu trampeln, würde sie nur schwer zu entdecken sein.

Diese Männer waren ohnedies abgelenkt – das erkannte sie anhand ihrer Rufe, mit denen sie der Hauptgruppe eine dringende Nachricht zukommen lassen wollten. Aber über den Wind hinweg, der in Millionen von Schilfrohren flüsterte, konnten sie sich nicht verständlich machen.

Auf diese Weise kam Cnán natürlich nicht zügig voran, aber sie würde die Mongolen schon bald passiert haben und in einen Bereich gelangen, wo sie trockene Rinnen als Pfade nutzen oder von einem Felsen zum nächsten huschen konnte und die langen Schatten des späten Abends ihr zusätzlich Deckung gaben.

Je mehr sie der Geräuschkulisse entnehmen konnte, desto seltener brauchte sie einen Blick zu riskieren. Hufe, unter denen Wasser aufspritzte, verrieten ihr, dass die Patrouille eine Furt gefunden hatte. Erst plätscherte es nur ein wenig, als die Pferde – vier an der Zahl, vermutete sie – durch das knöcheltiefe Wasser trotteten. Dann wurde das Geräusch tiefer und dumpfer, als ihnen das Wasser bis an die Knie schwappte, gefolgt von fast völliger Stille. Jetzt durchquerten sie die tiefste Stelle des Wasserlaufs, wo ihre Bäuche in ihrer Vorstellung wie Bootsrümpfe den Strom durchschnitten und Wellen erzeugten. Dann waren erleichterte, zufriedene Worte der Reiter zu vernehmen, die bemerkten, dass der Boden wieder anstieg, gefolgt von sporadischem Platschen, als Knie durch die Wasseroberfläche brachen, und schließlich die gleichen Geräusche wie vorhin, nur in umgekehrter Reihenfolge, bis die Hufe wieder auf festem Boden stapften – auf dieser Seite des Flusses, vielleicht eine Pfeilschussweite vor ihr.

Cnán wollte es gerade wagen, sich wieder in Bewegung zu setzen, als ihre Ohren noch etwas anderes auffingen – ein weiteres Lebewesen, das aus dem Fluss kam und den Pferden folgte. Kein Mensch, denn es ging auf allen vieren, aber für ein Pferd war es zu klein.

Dann ein zitterndes Plumpsen und das Prasseln umherspritzenden Wassers.

Cnán duckte sich und erstarrte. Ein Hund. Er war zur gleichen Zeit wie die vier Reiter in die Furt getreten, dann aber zurückgefallen, weil seine Pfoten den Flussboden nicht berührten und er durchs Wasser paddeln und dabei auf der ganzen Strecke gegen die Strömung ankämpfen musste. Jetzt war er endlich ans Ufer getrottet und hatte sich geschüttelt. Er stieß die Andeutung eines Winselns aus, als er sah, wie weit er zurückgefallen war, dann sprang er voran und rannte, um die verlorene Zeit wettzumachen. Doch just bevor er die Schneise erreichte, die die Pferde ins Schilf getrampelt hatten, blieb er stehen.

Er blieb stehen und schnüffelte.

Ausgerechnet windabwärts von Cnán.

Hunde hatten ein schwaches Sehvermögen. Cnán erhob sich gerade so weit, dass sie ihn sehen konnte. Erst konnte sie ihn gar nicht erkennen, weil sie etwas in der Art eines Jagdhunds erwartet hatte, schmal und geschmeidig. Aber was sie da nach ihrer Witterung schnüffeln sah, erinnerte eher an einen Bären. Sie hatte solche Tiere schon gesehen. Sie war sogar schon von ihnen gejagt worden. Und sie hatte gesehen, wie andere, die sich weniger gut darauf verstanden, einem Verfolger zu entwischen oder auf Bäume zu klettern, von ihnen zerfetzt wurden. Das war ein Bankhar – einer jener massigen Mastiffs, die die Mongolen als Wachhunde vor ihren Zelten anleinten.

Sie mussten das Tier eingesetzt haben, um Istvan nachzuspüren.

Und es wusste, dass sie hier war. Seine Haltung machte das

deutlich – der Hund stand auf seinen stämmigen Beinen so still da, wie auch sie sich verhielt. Bis auf ein leichtes Beben seiner Flanken waren seine Nasenlöcher das Einzige, was sich an ihm bewegte. Er würde so lange in dieser Haltung verharren, bis er eine eindeutige Witterung wahrnahm oder eine Bewegung hörte. Dann würde sich jeder Muskel an ihm in Bewegung setzen. Wenn dieses Tier den anderen entsprach, die Cnán gesehen hatte, dann wog es doppelt so viel wie sie und konnte doppelt so schnell rennen.

Wieder ein schwaches Winseln. Der große Kopf hob und drehte sich. Das kräftige Maul öffnete sich zu einem langsamen Hecheln. Der Bankhar versuchte, aus der neuen Spur schlau zu werden. Während Cnán ihn beobachtete, überlegte sie, was er für Vermutungen über sie anstellen mochte. Die Witterung, die er aufgefangen hatte, war die eines Menschen, aber nicht jene, der er seit zwei Tagen folgte. Sie verriet gewiss ihr Geschlecht, aber konnte er ihr auch entnehmen, dass sie Angst hatte? Sie hatte keine Angst. Noch nicht. Aber bald.

Davonlaufen konnte sie nicht. Den Jagdinstinkt eines Bankhars auszulösen bedeutete den Tod – und zwar den schlimmsten Tod, den man sich vorstellen konnte. Besser also, sie blieb hier und stellte sich ihm.

Der Hund stieß ein leises, unwirsches Bellen aus, das in ein argwöhnisches Knurren überging, und zottelte in ihre Richtung los. Dabei senkte er den Kopf und bewegte seine dicke Schnauze hin und her.

Cnán wich auf der Spur zurück, die sie selbst zwischen den Schilfrohren hinterlassen hatte. Die Distanz zwischen sich und dem Hund zu vergrößern, konnte nicht schaden, solange sie es möglichst leise tat – und sie konnte sich sehr leise bewegen. Es gab hier keine Bäume, auf die sie klettern konnte. Auf freier Ebene konnte sie dem Bankhar nicht davonlaufen. Aber davonschwimmen konnte sie ihm wahrscheinlich. Dazu musste sie allerdings erst einmal Wasser erreichen, das tief genug zum Schwimmen war und zu tief, als dass der Hund mit den Pfoten Halt am Boden fand. Sie erinnerte sich an einen Tümpel, etwa einen Steinwurf weiter zurück, wo sie plötzlich knietief in stehendem Wasser versunken war. Ein Sprint zur Seite hin aus dem Schilf, über den angrenzenden Sandstreifen und direkt zum Wasser, das konnte gelingen. Aber es war ihr letzter Ausweg, denn damit würde sie ihre Position preisgeben, und zwar nicht nur dem Bankhar, der direkt auf sie losgehen würde, sondern auch den vier mongolischen Reitern, die sich inzwischen auf einem steinigen Uferstreifen ihren Weg suchten und noch immer nicht gemerkt hatten, dass ihr Hund einer neuen, unerwarteten Beute auf der Spur war.

Er – sie konnte jetzt sehen, dass es sich um ein nicht kastriertes männliches Tier handelte – bellte kurz auf, dann verfiel er in einen Trab, weil er jetzt zuversichtlich war, dass sie es wert war, gejagt zu werden. Nun zog sie sich schneller und weniger leise zurück und rang dabei mit dem, was die Schildbrüder als *Fobo* bezeichneten, der irrationalen Furcht, die, ließ man sie aus ihrem Loch aufsteigen, die Herrschaft über den Körper an sich riss und einen Dinge tun ließ, die mit Sicherheit zum eigenen Tod führten. In diesem Fall riet das *Fobo* ihr, auf dem Absatz kehrtzumachen und wegzulaufen.

Der Boden unter ihren Füßen wurde morastiger. Sie wagte einen raschen Blick, sah das dunkle Nebengewässer immer näher kommen, aber es war so seicht, dass der Bankhar hindurchwaten konnte, und es wurde vom Hauptfluss durch einen Sandstreifen getrennt, den sie erst noch überqueren musste, und zwar bevor ihr das Tier die Zähne ins Bein schlug.

Sie machte sich bereit, ihren Kittel abzustreifen. Sie konnte ihn im Laufen hinter sich herziehen. Der Hund würde danach schnappen, ihn ihr aus der Hand reißen und ein paar

Augenblicke damit vergeuden, ihn wie ein Eichhörnchen zu schütteln, während sie nackt ins Wasser sprang und davonschwamm …

Oder war dies schon das *Fobo*, das in ihr aufwallen wollte?

Ein Winseln des Bankhars schwoll rasch zu einem schrillen Bellen an. Er war jetzt sehr nahe.

Unter ihren Füßen spürte Cnán den schlüpfrigen Rand des Tümpels. Es war töricht, was sie da tat.

Sie machte halt, richtete sich auf und stellte sich dem Hund entgegen. Erschrocken kam er schlitternd zum Stehen. Dann bellte er laut und andauernd und alarmierte seine Herren. Cnán sah über seinen Kopf hinweg die vier Mongolen. Einer hatte den Kamm der Uferböschung erreicht und blickte in ihre Richtung. Die anderen drei unterbrachen ihren Aufstieg, drehten um und ritten am Ufer entlang näher, um nachzusehen, was da los war. Ihr Blick fiel zuerst auf den Bankhar, dann auf Cnán. Sie zeigten auf sie, verständigten sich rufend und richteten sich in den Steigbügeln auf, um besser sehen zu können – und sie griffen nach ihren Bögen.

Ohne den Bankhar aus dem Blick zu lassen, aber auch ohne ihm in die Augen zu starren, wich Cnán langsam zur Seite und trat bis zu den Knien in das stehende Wasser einer Schleife, die der Fluss gebildet hatte, nur wenige Armspannen breit. Der Bankhar setzte ihr nach, blieb wieder stehen, knurrte, bellte abermals. Ein Scheinangriff, der sie in Panik versetzen und zu einem Ausbruch veranlassen sollte.

Sie mochte Hunde nicht, aber sie verstand sie auf die gleiche Weise, wie sie die Menschen verstand – sie brauchten einen Anführer. Einen Herrn. Und wenn man dieser Herr nicht war, dann ernannte sich der Hund selbst dazu. Das hatte nichts mit Größe zu tun. Sie hatte schon gesehen, wie ein Rattenjäger über einen schwerfälligen Wolfshund dominierte, allein durch die schiere Macht seiner Persönlichkeit.

Sie heftete ihren Blick auf den Bankhar und versuchte, ihn kraft ihres Willens zu unterwerfen.

Ein grollendes Knurren drang aus seiner gewaltigen Brust.

Sie stieg aus dem Wasser zurück auf die Sandbank.

Einer der Mongolen ritt geradewegs auf sie zu. Sie spürte, wie das Entsetzen in ihr aufstieg, wie ihr Herz gegen ihr Brustbein hämmerte und der Pulsschlag in ihren Ohren dröhnte.

Der Mongole rief ein befehlendes Wort. Der Bankhar schaute zu ihm zurück, entsann sich, wer der Herr war, sprang ins Wasser und näherte sich dem Sandstreifen so weit, dass er Cnán mit einem einzigen Satz an die Kehle hätte gehen können. Nur ein unbestimmter Instinkt der Vorsicht, Bedenken, dass Cnán mehr sein könnte, als es den Anschein hatte, hinderte ihn daran, sie jetzt und hier zu töten.

Ihre Angst gewann die Oberhand. Sie wusste, dass sie sterben würde – wenn es nicht der Bankhar war, der sie in Stücke riss, dann würden der Mongole oder die beiden, die ihm folgten, sie mit Pfeilen durchbohren. Ihr Herz schlug mit solcher Wucht, dass sie es in den Sohlen ihrer Füße spüren konnte.

Ihrer Füße?

Der Hund blickte auf einmal an ihr vorbei, dann duckte er sich und fing an zu zittern. Ein Wort des Staunens entfloh den Lippen des Mongolen.

Cnán fuhr im Wasser und Morast herum und sah einen Koloss, der donnernd das Flussbett herauf und über den Kamm der kleinen Sandbank hinweggeritten kam. Dann setzte er fast über ihren Kopf. Hufe pflügten durch die Luft. Cnán stürzte zu Boden, mehr wegen eines Schwindelgefühls als aus sonst einem Grund, und verlor den Koloss einen Moment lang aus den Augen. Sie drehte sich wieder herum und sah, wie der Bankhar zurückgeschleudert wurde und sich überschlug. Rot spritzte es aus seiner Schulter in den Sand.

Durch Schilf und Schlamm stolpernd fing sie sich wieder, richtete sich auf und erkannte den Koloss – ein Mann auf einem Pferd. Die untergehende Sonne stand in seinem Rücken, der Glanz seiner Rüstung blendete sie. Seine linke Hand hielt die Zügel des Pferdes, seine rechte umfasste einen kurzen Stock, um dessen oberes Ende träge eine faustgroße, mit Dornen besetzte Eisenkugel kreiste. Von den Dornen tropfte zäh das Blut des Hundes.

Der Bankhar war schlitternd zum Halten gekommen und lag auf dem Rücken da. Einer der Hinterläufe zuckte. Die Hälfte seines Kopfes fehlte.

Die Entfernung zwischen ihm und dem ersten der Mongolen betrug einen Steinwurf. Parzival überwand sie in vollem Galopp mit wenigen dröhnenden Hufschlägen. Die Eisenkugel, die am Ende ihrer straff gespannten Kette gemächlich, aber unerbittlich ihre Bahn zog, wurde mit einem Mal schneller und schlug, scheinbar ohne langsamer zu werden – wenn auch von der Seite her, weil er auszuweichen versuchte –, im Gesicht des Mongolen ein und trat aus seinem Hinterkopf wieder heraus.

Parzivals Blick schweifte über das Schilf. »Ein Ersatzpferd!«, meinte er beiläufig.

Verdutzt wurde Cnán sich bewusst, dass er zu ihr sprach.

»Soll ich …«, haspelte sie.

»Nein. Überquer den Fluss«, sagte er, und ohne sich um die beiden anderen Mongolen drunten am Fluss zu kümmern, trieb er sein Schlachtross hart an und lenkte es direkt auf eine Kluft am Ufer zu. Das Pferd stockte, dann verstand es, jagte auf die Kerbe im Boden zu und wagte den Sprung. Seine Vorderhufe landeten auf dem gegenüberliegenden Rand. Seine gewaltigen Hinterläufe scharrten bange Sekunden lang in der Böschung und wühlten schaufelweise trockene Erde auf. Aber dann warf es sie in die Luft und stand schließlich auf der Abbruchkante. Mit einem Schrei, der entweder Triumph oder Ermunterung zum Ausdruck brachte, trieb Parzival sein Pferd scharf nach links und hielt allem Anschein nach direkt auf den einzelnen Mongolen zu, der vorhin dort hinaufgelangt war.

Dann verlor Cnán ihn aus den Augen.

Die beiden Mongolen, die auf der Sandbank zurückgeblieben waren, machten nun ihre Bogen bereit. Cnán bezweifelte, dass sie sie aus dieser Entfernung treffen würden, solange sie nur in Bewegung blieb und jede Deckung ausnutzte, aber einer mochte durchaus einen zufälligen Treffer landen, und deshalb war sie nicht geneigt, hier zu verweilen und abzuwarten, was geschehen würde. Sie setzte ihre vorhin geplante Flucht fort und überquerte den Sandstreifen hin zum Hauptflusslauf. Während sie über einen schleimigen, umgestürzten Baumstamm stieg, musste sie die Mongolen kurz aus den Augen lassen.

Als sie wieder zurückschaute, ließ sich der eine ungelenk auf die Knie nieder und griff nach oben, wie um seinen Helm zurechtzurücken. Dann erst bemerkte sie den dünnen Schaft, der abwärts geneigt in seinem Hals steckte, und sie schlussfolgerte, dass ihn ein Pfeil, der vom anderen Flussufer aus abgeschossen worden war, getroffen hatte.

Sie drehte sich um, sprang ins Wasser und schwamm ein paar Dutzend Züge. Die Strömung zog sie flussabwärts auf den versteckten Bogenschützen zu, aber das war wohl gut so, und deshalb kämpfte sie nicht dagegen an, sondern verwandte ihre ganze Kraft darauf, den Fluss zu durchqueren.

Schließlich spürte sie, wie der Boden unter ihren Füßen wieder anstieg, und sah sich um, ließ ihren Kopf dazu jedoch nur bis unter die Augen aus dem Wasser ragen. Wieder ertönte das gleiche Donnern, das bereits dem Ableben des Bankhars vorausgegangen war, und da tauchte auch schon Parzivals

Kopf – und der seines Schlachtrosses – geradezu majestätisch hinter der Sandbank auf. Er hatte den Morgenstern, den er so wirkungsvoll gegen den Hund und einen der Mongolen eingesetzt hatte, weggesteckt und hielt nun einen blutigen Speer in der einen und einen Schild in Tränenform in der anderen Hand. Zwei Pfeile ragten aus dem Schild und legten die Vermutung nahe, dass der zweite Mongole heftigere Gegenwehr geleistet hatte. Weil Speer und Schild ihn behinderten, ließ er das Pferd selbst einen Weg zum Flussufer finden. Scharf im Auge behielt Parzival den überlebenden Mongolen, der Deckung im Schilf gesucht hatte und nun seinen Bogen hob. Parzival war als Ziel deutlich zu erkennen. Mit einem leicht anmutenden Absenken seines Schilds fing der Ritter einen dritten Pfeil ab, der sein Ross andernfalls in die Schulter getroffen hätte.

Ein weiterer Pfeil flog genau über Cnáns Kopf hinweg und verschwand im hohen Bogen zwischen den Schilfrohren. Ein Bogenschütze auf ihrer Seite – sie nahm an, dass es Raphael war – hoffte auf einen Glückstreffer.

Das Schlachtross preschte ins Schilf hinein. Parzival lehnte sich so weit nach hinten, dass er beinahe auf der Kruppe des Pferdes lag. Nach einigen Augenblicken des Schwankens und Orientierens waren Pferd und Reiter wieder eins, und nun tat Parzival etwas, das in Cnán – so schwer es auch zu glauben war – Mitleid für den Mongolen weckte: Er wendete sein Pferd und ging, den Speer fest im flachen Winkel haltend, zum Angriff über.

Der Mongole begriff ganz genau, was ihm bevorstand. Er sprang auf und rannte im Zickzack am Ufer entlang. Wasser spritzte in silbriger Gischt unter seinen Füßen auf. Wie Millionen zu Tode verängstigter Opfer, die in den Weiten des Landes von den Horden des Khagans gestellt worden waren, stand er nun vor einer furchtbaren Wahl: Wollte er in den

Schlamm getrampelt werden und sich Rückgrat und Rippen wie Brotkruste zermahlen lassen? Oder war es ihm lieber, sich die Eingeweide mit einem acht Fuß langen Spieß durchbohren lassen?

Der Mongole wirbelte im letzten Augenblick herum, schrie seine Wut hinaus und entschied sich für den Speer. Parzival erfüllte ihm den Wunsch, hievte den Speer hoch, bis die Füße des Mannes in der Luft baumelten, dann ritt er weiter und schleifte den Leichnam durchs Schilf, bis er wie ein verknoteter Lumpen von der Waffe rutschte. Das Wasser, das unter den Hufen des Pferdes aufspritzte, verhüllte den grausigen Anblick.

Cnán wandte sich mit Übelkeit im Bauch ab, dann kletterte sie in einen Spalt am nördlichen Ufer, wo sie Raphael hinter knorrigem Gesträuch versteckt vermutete. Und dort fand sie ihn tatsächlich, auch wenn er ihr schon den Rücken zugewandt hatte und durch loses Erdreich zum Kamm hinaufkrabbelte. Fast dort angelangt, hielt er inne, duckte sich und hob eine Hand, um sie davor zu warnen, den Kopf hervorzustrecken. Dann schien er es sich anders zu überlegen. Er hatte vom Kamm aus etwas gesehen, das ihm verriet, dass sie in Sicherheit waren. Er sprang auf den flachen Grund hinauf, hielt sich jedoch weiterhin geduckt und reichte Cnán die Hand, um ihr beim Aufstieg behilflich zu sein. Einem der anderen gegenüber – Parzival wie immer ausgenommen – hätte sie unfreundlich auf diese Geste reagiert. Sie kam allein zurecht … aber irgendetwas an Raphaels Verhalten versicherte ihr stets, dass zwischen ihr und ihm alles gut und einfach war, und so ergriff sie seine Hand und kämpfte sich mit beiden Füßen an der Böschung empor, bis er sie nach oben ziehen konnte.

Hinter ihnen sammelte Parzival die Pferde der Mongolen ein und band sie aneinander, sodass sie geführt werden konnten.

»Ersatzpferde«, sagte Cnán.

»Gut«, meinte Raphael und wies mit einem Nicken über den Fluss, nicht entlang des Hauptlaufs, sondern zum Südufer, das Cnán bis jetzt, da sie zuvor im niedrigen Schilf festgesessen hatte, nicht hatte sehen können. Als Erstes fiel ihr der im Schilf hängende Leichnam des Mongolen auf, den Parzival bei seinem Vorstoß über die Uferkante niedergerannt und getötet hatte. Dann wurde ihr Blick jedoch von einer weiter entfernten Bewegung abgelenkt.

Die Hügelkuppe, auf der sich vor einer Weile der Hauptteil der mongolischen Streitmacht gesammelt hatte, war jetzt leer, allerdings schien etwas wie eine Lawine oder eine Mure den diesseitigen Hang hinunterzurutschen und wirbelte eine Staubwolke auf, die im Schein der untergehenden Sonne wie Feuer glühte.

Man hatte sie gesehen. Die Mongolen kamen.

»Ein schöner Anblick, auf seine eigene Weise«, bemerkte Raphael trocken, »aber wir sollten uns nicht länger daran ergötzen. Du zumindest wirst daraus vermutlich keine neuen oder nützlichen Eindrücke gewinnen.«

»Was zum Teufel hast du vor?«, schnauzte sie.

»Ich glaube, ich werde noch hierbleiben, falls Parzival Unterstützung braucht. Vielleicht kann ich ihm helfen, die Ersatzpferde zu bergen, oder die Mongolen aufhalten, wenn sie die Uferkante erreichen.«

»Und was soll ich machen?«

»Sieh nach Eleázar!«

»Und wo ist Eleázar?«

»Wahrscheinlich hat er den Bewohnern auf diesem Gehöft dort einen Besuch abgestattet«, sagte Raphael, kreiselte gewandt auf den Zehen herum und hielt sich so weit wie möglich geduckt, als er in die entgegengesetzte Richtung blickte. »Der Anzahl toter und schreiender Mongolen im Umkreis des Hofes nach zu urteilen, gehe ich davon aus, dass Istvan dort zu finden ist.«

In Cnáns Ohren klang das nicht wie ein Plan oder auch nur wie der Ansatz eines solchen, aber sie wusste, dass sie eine ausgeklügelte Vorgehensweise nicht erwarten durfte, und so war ihr alles recht, was sie fortbrachte von den gut vierzig Reitern, die über die Überflutungsgebiete auf sie zukamen.

Raphael hatte sein Pferd nicht weit entfernt an einem in den Boden gerammten Speer festgebunden. Hinter ihm stand, mit einer Leine an ihm festgemacht, den Kopf gesenkt und die Nase im Gras, das Pony, auf dem Cnán geritten war. Sie löste die straffe Leine von Raphaels Sattel und schwang sich mit einer Zuversicht, die sie selbst überraschte, auf seinen Rücken. Und sie hoffte ein bisschen, dass einer ihrer Gefährten Zeuge ihrer Geschicklichkeit geworden war.

Sie zog fest an den Zügeln und grub ihre Hacken tief in den Leib des Tieres, dann stieß sie denselben Ruf aus wie die Männer, wenn sie wollten, dass ihre Pferde wirklich aufmerkten und gehorchten, und tatsächlich riss das Pony den Kopf hoch und verfiel augenblicklich in Galopp.

Sie ritt nun mit voller Geschwindigkeit in den Kampf, der sich um den kleinen Hof herum entspann. Der wiederum lag ungefähr eine halbe Werst entfernt auf einer niedrigen Anhöhe, die ihn vor jahreszeitlichen Überschwemmungen bewahrte. Bisher hatte sie nicht viel von dem Gehöft erkennen können, aber jetzt, aus der Nähe, sah Cnán, dass es sich um ein Gewirr aus Hütten, Anbauten, Schuppen, Pferchen, Räucherkammern, Verschlägen und Ställen handelte. Damit noch nicht zufrieden, hatten die Bewohner eine planlose Ansammlung von Torfschobern, Heuhaufen, Gattern, Kästen und Bienenstöcken hinzugefügt.

Cnán hatte in den vergangenen Jahren Verstecke zu schätzen gelernt. Sie scheute alles Offene und fühlte sich zum

Verborgenen, zum Komplexen, zum Verästelten und Verzwickten hingezogen, zu Orten eben, die Kriegern und Jägern verwirrend und abstoßend erscheinen mussten. Wäre sie von Mongolen über das Überschwemmungsgebiet gehetzt worden – was bei genauer Betrachtung nun ja der Fall war –, hätte sie schnurstracks auf diesen Bauernhof zugehalten. Sie hätte ein Feuer in der Kochstelle entzündet und alles dafür getan, dass ihre Gegner davon ausgehen mussten, sie habe sich im Haupthaus niedergelassen, und dann hätte sie sich zum Rand des Hofes geschlichen, sich dort unter Dung oder Stroh vergraben und zu ihnen hinausgespäht.

Sie hätte abgewartet. Beobachtet und gelauscht.

Istvan war vermutlich ähnlich verfahren. Cnán konnte es nicht mit Bestimmtheit wissen – schließlich hatte sie den Hof noch nicht erreicht –, aber Raphael ging anscheinend davon aus, dass Istvan noch am Leben war, und auf andere Weise hätte er schlicht nicht überleben können.

Im Näherkommen entdeckte sie die Spuren eines Gemetzels: Tote Mongolen hingen über Lattenzäunen, ein Mann mit schwarzem Umhang, vielleicht ein russischer Adeliger, lag, alle viere von sich gestreckt und verdreckt, in einer Schweinesuhle. Andere Mongolen lagen gekrümmt wie Föten in einem zerwühlten, schimmeligen Heuhaufen, mittendrin eine tote Kuh, deren Flanke mit Pfeilen gespickt war. Jemand hatte dem Tier den Hals durchgeschnitten und hinter dem Kadaver Deckung gesucht.

Istvan hatte sich nicht einfach nur versteckt und beobachtet. Ein paar der Toten lagen dort, wo sie ihr Leben ausgehaucht hatten, andere jedoch waren in grotesken Haltungen angeordnet worden. Irgendwann – und zwar erst kürzlich, denn vor einer Weile hatten sie noch gesehen, wie dieser Hof von zehn lebenden Mongolen umzingelt wurde – war Istvan aus seinem Versteck gekrochen und hatte sich auf engem

Raum mit schnellen, gierigen Klingen ans Werk gemacht. Die Mongolen, erpicht darauf, den Verfolgten zu töten, hatten den Fehler begangen, abzusitzen und dieses dreckige, heruntergekommene Labyrinth zu betreten. Sie hatten nicht begriffen, dass der Mann, den sie jagten, kein verängstigter Flüchtling war. Nicht einfach nur ein weiterer Sammler, der sich verbarg und betete, dass er einen Weg finden mochte, seinen Hals noch aus der Schlinge zu ziehen.

Istvan hatte auf sie gelauert, vielleicht seine Pilze gekaut und auf den passenden Zeitpunkt gewartet, damit die Ekstase ihn genau im richtigen Moment überkam.

Es war ein langer Tag voller merkwürdiger und unvergesslicher Anblicke gewesen, und nun präsentierte sich ein weiterer: Ein Mongole kam rückwärtsgehend um eine Ecke des Hühnerschlags und hieb und stach dabei mit einer kurzen, gekrümmten Klinge um sich. Er achtete nicht darauf, was hinter seinen stolpernden Füßen lag, blickte nur entsetzt drein und ächzte wie ein geprügelter Esel – in der letzten Sekunde seines Lebens.

Hinter dem Hühnerschlag fuhr von oben wie ein silberner Blitz ein sechs Fuß langes Schwert hervor und traf den Mongolen dort, wo der Hals in die Schulter überging, schnitt durch seinen Rumpf und trat auf der gegenüberliegenden Seite, genau über dem Hüftknochen, wieder aus. Die beiden Hälften des Mannes fielen in entgegengesetzte Richtungen, und Eingeweide quollen hervor, als hätten sie zwanzig Jahre lang darauf gewartet, endlich befreit zu werden.

Das war nicht Istvans Werk. Dieses riesige Schwert gehörte …

Eleázar trat in Cnáns Blickfeld. Er versuchte nicht, den Schwung des Schwerts abzubremsen, sondern ließ ihm seinen Willen und riss nur die Hände in die Höhe, damit die Spitze sich nicht in den Boden grub. Er vollführte eine elegante

Drehung, die Klinge im Vorhalt, und vergewisserte sich, dass sich niemand von hinten an ihn heranschlich.

Es hätte Cnán einerseits nicht weitergeholfen, wenn sie sich in dieses Handgemenge verstricken ließ, und andererseits die Sache für Eleázar und – vorausgesetzt, er war hier irgendwo – Istvan noch komplizierter gemacht; deshalb zog sie sich zurück, sprach beruhigend auf ihr Pferd ein, wich von ihrem Weg ab und brachte das Tier dazu, in einen besonnenen Trab zu verfallen.

Da sie es nicht mit Pferden hatte, hatte sich ihr die Begeisterung der anderen für Ersatztiere nur langsam erschlossen. Natürlich ergab es einen gewissen Sinn. Aber es hatte des Anblicks der heranstürmenden Horde bedurft, damit sie es wirklich begriffen hatte. Mehrere mongolische Ponys streiften jetzt ziellos am Rand des Gehöfts umher und suchten mit hängenden Köpfen nach Futter. Dank Istvan, der offenbar ein paar ihrer Vorbesitzer aus der Deckung heraus getötet hatte – sie erkannte seine Pfeile anhand der Schäfte, die aus den Leichen der Mongolen ragten –, waren das nun Ersatzpferde, und sie konnte sich wohl nützlich machen, indem sie diese Tiere zusammentrieb. Sie schenkten ihr wenig Beachtung, aber es waren gesellige Tiere und nicht abgeneigt, sich einer Herde anzuschließen. Also verwendete sie einige Zeit darauf, die Ponys zusammenzutreiben und sie um den Hof herumzuführen, während sie tote Mongolen zählte und darauf wartete, dass die letzten paar von Istvan und Eleázar zur Strecke gebracht wurden. Die Ponys gewöhnten sich an sie, und sie redete schließlich auf Türkisch mit ihnen, eine Sprache, die ihnen vertraut zu sein schien.

Endlich tauchten die beiden Ritter aus dem Irrgarten auf und im gleichen Moment galoppierten Raphael und Parzival vom Flussufer heran. Istvan, rot von Blut, führte noch ein paar Ersatzpferde mit sich, und Parzival, nahezu makellos sauber, zog vier weitere hinter sich her, die ihm eher störrisch folgten. Jetzt hatten sie für jeden in ihrer Gruppe drei oder vier Pferde.

Cnán trat zu ihnen. Nun hätte sich ein interessantes Gespräch zwischen Istvan und den anderen entspinnen können, aber dafür war freilich keine Zeit. Mehr noch, die ersten und eifrigsten mongolischen Vorreiter erklommen bereits das Ufer, auch wenn dies eher zu hören als tatsächlich zu sehen war, nachdem die Sonne inzwischen weit hinter dem Horizont verschwunden war und nur noch graues Zwielicht den Ort des Geschehens erhellte.

»In die Wälder?«, schlug Parzival vor, die gebündelten Zügel in der Hand. »Wir können zwischen Brombeergestrüpp und Pfeilen wählen. Mir sind die Brombeeren lieber.«

»Folgt mir«, sagte Istvan.

So folgten sie ihm. Und die Mongolen folgten ihnen.

✦✦✦

Cnán fand einen halbwegs freien Pfad durch ein Gehölz aus älteren Bäumen. Kaum hatten sie den Schutz des Waldes erreicht, gerieten sie fluchend immer wieder ins Dickicht hinein und mussten sich mühsam daraus befreien, und es zeigte sich deutlich, dass die Ritter keine Ahnung hatten, was sie da taten. Cnán allerdings auch nicht.

Alle neigten sie dazu, Istvans Tun mit größtem Argwohn zu betrachten, und sie stritten untereinander, ob ihr lautstarkes Vordringen nur ein Täuschungsmanöver war.

Eleázar kam schließlich zu dem Schluss, dass sie wohl versuchten, die mongolischen Verfolger in eine tödliche Falle zu locken.

Parzival sagte nichts. Sein Plan war den anderen alles andere als klar – wenn er überhaupt einen Plan hatte –, und so brachte die Gruppe etliche gefährliche Minuten damit zu, herumzuirren, einander aus den Augen zu verlieren, sich wiederzufinden und nicht zu wissen, ob der Reiter, der sich durch das dichte Gebüsch näherte, ein orientierungsloser Angehöriger ihrer Gruppe oder ein mongolischer Kundschafter war.

»Hier kann doch keiner kämpfen«, brummte Istvan. Die Worte kamen ihm langsam und lallend über die Lippen. Sein Kopf passierte einen schräg einfallenden Strahl des Mondlichts, er schaute hoch und glotzte unter schweren Lidern hervor zum Himmel hinauf. Ein verschmierter Blutspritzer klebte in seinem Gesicht. Er war immer noch halb im Rausch seiner Pilze.

Cnán fragte Parzival, ob dies der Moment sei, von dem er gesprochen habe, in dem sie sich opfern würden, damit Feronantus und seine Mannen ungehindert ihres Weges ziehen konnten. In diesem Fall wollte sie sich absetzen. Schließlich drängte auch Raphael Parzival, ihnen seine Überlegungen doch endlich darzulegen und bitte nicht länger davon auszugehen, dass auch nur einer seiner Begleiter die leiseste Ahnung habe, was er im Sinn hatte.

Parzival wich einem Brombeergesträuch aus, dann hielt er an. Er war nur vage zu erkennen, aber Cnán las Entschlossenheit aus seiner Haltung. »Wir werden wieder zu Feronantus stoßen«, erklärte er, als sei das die ganze Zeit über klar gewesen.

»Wenn wir ihn finden können, was ich bezweifle«, gab Eleázar zu bedenken. »Wir werden die Mongolen geradewegs zu den anderen führen.«

»Ja«, antwortete Parzival, »und im gleichen Zuge werden wir dann genug sein, um sie vernichtend zu schlagen.«

»Es wäre zumindest ... nett, Feronantus vorzuwarnen, bevor wir eine Kompanie wütender Mongolen in sein Lager führen«, merkte Raphael an.

»Ich reite voraus«, kündigte Istvan an, wendete seinen Rotschimmel, drang krachend und knackend ins Gebüsch – und stockte, weil selbst ihm die Unmöglichkeit seines Vorhabens aufging.

»Nicht hier in diesen Wäldern«, kommentierte Eleázar trocken.

»Cnán soll uns vorausgehen, flink und leise wie immer«, sagte Parzival, »und wir werden ihr folgen – langsam und laut. Geh schon!«

Dies war der Moment, da Cnán sie alle mit Freuden ihrem verdienten Schicksal überlassen hätte, wäre da nicht eine Kleinigkeit gewesen – hätte Parzival ihr nicht direkt und fest in die Augen geblickt, als er ihr den Befehl gab. So führte sie ihre Pferde, wenn auch murrend, zwischen den Bäumen davon. Sie konnte nicht mehr sehen, wo sie hintrat, doch ihre Füße spürten, wo es bergab ging. Irgendwann würde sie den Fluss wieder überqueren müssen – im Dunkeln. Der beste Zeitpunkt dafür, befand sie, war jetzt. Die Mongolen hatten diese Seite gerade erst erreicht. Darauf hatten sie zuletzt ihre ganzen Kräfte konzentriert. Sie waren Risiken eingegangen und hatten sich alle Mühe gegeben. Es lag schlicht in der menschlichen Natur, dass es ihnen im Moment aufs Ärgste widerstreben würde, umzukehren und den Fluss abermals zu überqueren, zumal wenn ihre Sinne ihnen verrieten, dass ihre Gegner – oder wenigstens die langsamsten und lautesten – genau hier waren.

◆◆◆

Nachdem sie den Fluss überquert hatte, kam sie so schnell voran, dass sie in jeder anderen Nacht stolz darauf gewesen wäre, aber wann immer sie rastete, um etwas zu trinken oder ein erschöpftes Pony zurückzulassen, erklang nicht allzu weit hinter ihr das dumpfe Poltern von Hufen.

Die Mongolen trieben Parzival und seine Gefährten vor sich her oder sie wurden in deren Fahrwasser mitgezogen; wie auch immer, beide Gruppen bewegten sich in verzweifeltem Tempo vorwärts, und da Cnáns einzige Aufgabe darin bestand, vor ihnen anzukommen, musste sie sich ebenso beeilen.

In den Stunden vor Sonnenaufgang, als der Himmel heller wurde, konnte sie schneller reiten. Cnáns übrige Pferde waren frischer als die der Ritter, eine Folge dieses Fluchtgeplänkels, das seit Beginn der Nacht andauerte. Das Hufgetrappel blieb weiter zurück, schloss wieder auf, schwenkte ab nach Osten, dann wieder nach Westen. Fast glaubte sie, die anderen würden einen Bogen um sie schlagen und Feronantus alle miteinander als wild kämpfende Meute erreichen.

Aber sie galoppierte schließlich doch ins Lager der Schildbrüder, bevor die nahenden Widersacher so laut zu hören waren, dass es Feronantus und seine Leute aufgeschreckt hätte. Rædwulf hielt Wache, während die anderen schliefen. Er erkannte sie schon aus einiger Entfernung und begrüßte sie lächelnd und mit freundlicher Geste anstatt mit sirrenden Pfeilen.

»Ich hoffe, ihr seid fertig mit Sockenstopfen«, sagte sie.

»Alles erledigt«, erwiderte Taran, der entspannt dahockte. Rædwulf kam von der anderen Seite des Lagers herüber, den Bogen in der Hand. »Warum bist du allein?«

»Parzival lässt freundlich grüßen«, sagte Cnán. »Er führt eine kleine Mongolenarmee direkt zu euch und hofft, dass euch das nicht sonderlich ungelegen kommt.«

Taran stand auf.

Rædwulf fragte: »Wie weit sind sie noch weg?«

»Du kannst noch mal in Ruhe pissen gehen«, antwortete Cnán.

Kapitel 12

Schattenjagd

Von den *Tumen*, die den Khagan während seines Aufenthalts in Karakorum bewachten, gehörte ein Minghan, also tausend Mann, zur *Khevtuul*, der Nachtwache. Sie patrouillierten nach Anbruch der Dunkelheit durch den Palast und über das Gelände, und Gansukh wusste, dass es einen gravierenden Unterschied gab zwischen nächtlicher Patrouille und einer Jagd bei Tage. Während die *Khevtuul* auf Meister Chucais Alarm reagierte, richtete Gansukh seine Aufmerksamkeit auf die Gebäude, die den Palast umgaben. Die Nachtwache würde den Zentralbau umzingeln, Bogenschützen, die bereit waren, den dunklen Himmel mit Pfeilen zu füllen. Ein Teil von ihnen mochte sich auch daran machen, die Umgebung abzusuchen, wenn man den Attentäter auf dem Dach nicht fand, aber dann wäre es zu spät.

Der Ziegel hatte den Standort des Attentäters verraten. Seine Mission, worin sie auch bestanden haben mochte, würde für ihn nicht mehr an vorderster Stelle stehen. Jetzt bestimmte der Gedanke an Flucht sein Handeln. Wie ein aufgeschrecktes Reh, das alles andere vergisst.

Der Platz rings um den Palast füllte sich mit ledergekleideten Gestalten, die Bogen und Fackeln schwangen. Panische Höflinge und Konkubinen liefen, die Säume ihrer Kleidung angehoben, wie aufgescheuchte Gänse umher, wobei die Quasten an ihren Hüten und Haarklammern wild hüpften. Gansukh fluchte im Stillen auf die Männer mit den Fackeln – der flackernde Schein verdarb die Nachtsicht. Es war ohnehin schon kaum zu erkennen, wo das Palastdach aufhörte und der Himmel begann. Es gab jetzt zu viel Schatten. Zu viele Stellen, an denen ein Mensch sich verstecken konnte.

Die ersten Momente der Jagd waren entscheidend. War die Beute erst einmal aufgeschreckt, flüchtete sie – entweder in ein Versteck oder einfach nur, um mehr Distanz zwischen sich und den Jäger zu bringen. Einem Jäger blieben nur wenige Sekunden, um das Tier einzuschätzen – er musste entweder vorausahnen, wohin es fliehen würde, und sich ihm in den Weg stellen, oder er musste mehr Ausdauer beweisen, wenn das Tier zunächst schneller war. Und er musste wissen, wie man eine Fährte las.

Die Palastgarde bestand nicht aus Jägern. Diejenigen, die mit dem Khagan auf die Jagd gingen, bildeten lediglich einen großen Kreis und trieben das Wild auf die eigentlichen Jäger zu. Sie jagten auch nicht nur *ein* Tier – ihre Taktik bestand darin, sämtliche Tiere zusammenzutreiben. Für die Jagd des Khagans war das von Nutzen, nur ließ sich ein einzelnes Tier auf diese Weise nicht erwischen.

Ein paar Männer der Nachtwache zeigten jetzt mit Fingern nach oben, und Gansukhs Blick folgte ihnen. Zwei Wachen hatten den Weg des Attentäters übers Dach gefunden und nahmen die Verfolgung auf. Einer glitt auf den schrägen Ziegeln aus und fiel schreiend hin. In einer Kaskade aus Scherben stürzte er vom Dach und schlug schwer auf dem Steinboden des Hofes auf. Gansukh wusste, dass es töricht von ihnen war, dem Attentäter so zu folgen, aber sie waren leicht auszumachen und lieferten ihm einen nützlichen Hinweis auf die Richtung, die der Flüchtling eingeschlagen hatte.

Der zweite Mann bewegte sich vorsichtiger, und als er seinen Bogen hob, blieb er stehen. Doch ehe er schießen konnte, traf ihn etwas ins Gesicht und sein Pfeil ging fehl. Er rutschte aus, konnte sich aber an der Dachkante festhalten. Sein Bogen schlitterte hinter ihm her und blieb auf halbem Weg zum Rand liegen.

Irgendwo musste der Attentäter herunterkommen, und Gansukh versuchte, sich die Lage sämtlicher Gebäude rund um den Palast in Erinnerung zu rufen. Wenn er sich richtig besann, dann waren sie alle zu weit weg. Aber ein Sprung war der einzige Weg – der einzige *schnelle* Weg – vom Dach herunter. Der Attentäter hatte offensichtlich einen Fehler gemacht und war gesehen worden. Die Flucht aufs Dach war ein verzweifelter Zug gewesen, der vielleicht von Erfolg gekrönt gewesen wäre, hätte ihn nicht ein loser Ziegel verraten.

Gansukh langte an der südöstlichen Ecke des Palasts an und blieb stehen. Der Südhof war noch offener, und das Einzige, was jemand mit einem Sprung und viel Glück erreichen konnte, war die gewaltige Statue – der Silberbaum, der von vier schlangenköpfigen Wasserspeiern gekrönt wurde, aus denen jeweils verschiedene Flüssigkeiten sprudelten. Allerdings war der Baum kahl bis auf die Wasserspeier und bot keine Stellen, an denen man sich verstecken konnte, und der Hof ringsum füllte sich rasend schnell mit einer Meute aufgeregter *Khevtuul.*

Westlich von Gansukh riefen Männer in der Nacht etwas zu, und ein Pulk der Nachtwache eilte zur anderen Seite des Palasts hinüber, angelockt vom lauten Krachen weiterer herabstürzender Ziegel. Gansukh wollte ihnen schon folgen und blieb dann doch stehen. Hinter ihm lag der Garten. Seine Mauern waren sehr hoch; er konnte, wenn er sich auf die Zehen stellte, die Krone erreichen, aber die Bäume waren viel höher.

Etwas huschte über den Himmel, und eine hohe Esche an der Gartenmauer schwankte heftig, wie von einem Windstoß getroffen. Die Bäume links und rechts davon rührten sich indes kaum.

Verblüfft von der Gewandtheit und dem Wagemut des Attentäters – ein solcher Sprung wies eindeutig auf einen verzweifelten Mann hin – änderte Gansukh seine Richtung und rannte zum Garten. Ächzend stemmte er sich hoch und setzte über die Mauer. Er landete leichtfüßig und zwängte sich zwischen Hecken hindurch zu der schwankenden Esche.

Steine knirschten auf dem Weg jenseits der Baumgruppe, und Gansukh versuchte, sich die Route in Erinnerung zu rufen, die der Pfad durch das Labyrinth aus gestutzten Bäumen und Büschen nahm. Wenn er sich nicht irrte, wand sich der Weg wie willkürlich durch das lange Rechteck des Gartens – offenkundig also kein taktisch kluger Kurs. Aber er war zumeist auch abgelenkt gewesen, wenn er sich tagsüber im Garten aufgehalten hatte. Gansukh rannte unter einer Weide hindurch, deren Zweige ihm ins Gesicht und über die Schultern peitschten, dann fand er sich am einen Ende der lang gestreckten Lichtung inmitten des Gartens wieder.

Nicht weit entfernt von der Stelle, an der das Reh gestanden hatte, das er am Nachmittag erlegt hatte.

Vor sich – *nördlich,* wie er sich sagte, als er sich orientierte – machte er eine Bewegung aus. Eine Gestalt in dunkler Kleidung, in den Schatten des Gartens beinahe unsichtbar, verraten jedoch vom Schein des Mondes. Gansukh sprintete hinterher und versuchte, die Lücke zu schließen.

In der Nordmauer des Gartens gab es ein Tor und auch ein Wachhaus. Vielleicht rannte der Attentäter blindlings davon und wusste nicht, was vor ihm lag, aber darauf konnte Gansukh sich nicht verlassen. Der Mann war bis in den Palast vorgedrungen. Er kannte die Gebäude und die Routinen der *Khevtuul* offensichtlich gut genug, um sowohl seinen Anschlag als auch seine Flucht zu planen. Und wenn nicht …

Bei Kozelsk war ihr Plan fast umgehend fehlgeschlagen und er hatte eine Lösung improvisieren müssen. Er konnte sich immer noch an dieses Gefühl erinnern, an die Panik, die vollkommener Konzentration wich. Entscheidungen wurden auf einmal leichter. Das Überleben erlangte größte Wichtigkeit. Nichts sonst zählte noch.

Der Attentäter schlug einen Haken nach rechts, verschwand vom Pfad, und Gansukh wartete, bis er eine große Gruppe Zedern passiert hatte, bevor auch er nach rechts abschwenkte. *Er will zur Ostmauer.* Höher zwar als die Mauer zwischen dem Garten und dem Hauptbereich, war die Außenmauer des Palasts doch nicht dazu gedacht, Eindringlinge abzuhalten, sondern sollte hauptsächlich den Khagan und seinen Hof von Karakorum trennen. Sie war nicht breit genug, um Wachen darauf zu postieren, aber sie war höher, als ein Mensch springen konnte – auch vom Rücken eines Pferdes aus.

Hinter sich hörte Gansukh Stimmen rufen, und als er einen raschen Blick über die Schulter warf, sah er, dass einige der Bäume von orangefarbenem Licht umkränzt wurden. Fackeln. Auch die *Khevtuul* waren hinter die Absicht des Attentäters gekommen und stürmten nun in den Garten. Gansukh glaubte, das Wort »zwei« zu verstehen, und dann jagte auch schon ein Pfeil an ihm vorüber, der ihn fast am Kopf gestreift hätte.

In dem Durcheinander hielten sie ihn für einen weiteren Eindringling.

✦ ✦ ✦

Lian war gerade damit fertig gewesen, sich das Haar zu bürsten, als sie den leisen Alarmruf hörte. Binnen weniger Augenblicke war der Korridor vor ihrer Kammer erfüllt vom Geräusch hastiger Schritte. Sie zog rasch eine lange Jacke über ihr leichtes Seidengewand und ging hinaus, um zu erfahren, was es mit dem Aufruhr auf sich hatte. Kaum hatte sie die Enge ihrer Kammer verlassen, wurde sie mitgerissen von einer Flut anderer, ähnlich nachlässig gekleideter Menschen. Sie versuchte, aus den Gesprächsfetzen, die sie aus dem tumulthaften Strom in Richtung Ausgang aufschnappte, eine schlüssige Geschichte zusammenzusetzen. Ein Feuer in den Lagerhäusern; ein Angriff der Feinde des Khagans; ein Attentäter, den die Chinesen geschickt hatten, damit er den Khagan ermordete, wenn er zum Abendessen Platz nahm; ein ganzes Dutzend Attentäter, jeder einzelne geschult in der Kunst des schnellen, lautlosen Tötens ... Lian erkannte nur, dass es keinen Zusammenhang zwischen den verschiedenen Geschichten gab. Sie waren alle gleichermaßen wahr wie falsch. Panik war die einzige Gemeinsamkeit.

Draußen ging es nicht weniger chaotisch zu. Die Konkubinen und Hofdamen drängten sich wie gackernde Hühner zusammen, während die *Khevtuul* wie aufgescheuchte Bienen umherschwärmten. Ihr Augenmerk richtete sich auf den Palast, und Lian schwebte wie ein Geist durch das Chaos, bis sie am Rand des breiten Prachtwegs rings um das zentrale Gebäude anlangte. Weiter vorne, vor der Westseite des Palasts, wimmelten aufgeregte *Khevtuul* um zwei Gestalten am Boden, und im Näherkommen sah Lian, dass die Toten die gleiche Kleidung trugen wie die Männer der Nachtwache.

Sie stieß den Atem aus, den sie angehalten hatte, weil sie, wie ihr erst jetzt bewusst wurde, befürchtet hatte, einer der Toten könnte Gansukh sein. Sie schalt sich für ihre Reaktion und auch dafür, dass sie sich wie ein schlichtes Mädchen vom

Lande benahm, wenn es um den jungen Krieger ging. Dann machte sie kehrt und wollte zu ihrer Kammer zurückkehren, verhielt jedoch, als sie Meister Chucais Stimme hörte.

Er schritt auf sie zu, eine schwarze Wolke, die das Spiel des Fackelscheins hinter ihm verfinsterte. »Was tust du hier?«, wollte er wissen.

Sie raffte die Jacke vor der Brust zusammen und senkte den Blick. »Es herrschte eine große Aufregung unter den Damen des Hofes«, erwiderte sie. »Wie sie war ich um meine Sicherheit besorgt.«

Chucai knurrte tief in der Brust, ein Laut ähnlich wie ferner Donner. »Geh zurück in deine Kammer«, versetzte er. »Und nimm die …« Er wies mit wehendem Ärmel auf die Frauenschar. »Nimm sie mit. Hier draußen ist es nicht sicher. Drinnen seid ihr besser aufgehoben.«

Lian verbeugte sich. »Ja, Meister Chucai.« Sie schob sich an ihm vorbei und wollte davoneilen, um seiner Gegenwart zu entkommen.

Er erwischte sie im Vorbeigehen am Arm und hielt sie fest. Sein Blick war eisern, und sie sah weg, hätte sich am liebsten versteckt vor diesen Augen. »Ich bin sicher, der junge Gansukh ist nicht in Gefahr«, sagte er, und als sie errötete, weil er so mühelos in ihrem Herzen las, ließ er sie los.

Sie floh zurück in ihre Kammer, ohne eine der anderen Frauen aufzufordern, mit ihr zu kommen. Sie wollte sich nur verstecken vor der Möglichkeit, dass er recht haben könnte – dass Gansukh keine Gefahr drohte … und dass ihr das wichtig war.

◆◆◆

Es war keine Zeit, stehen zu bleiben und die Sache zu erklären. Gansukh wurde erst langsamer, als er die Außenmauer des Palasts erreichte. Er versuchte, seinen Atem zu beruhigen und nach einem Hinweis darauf zu lauschen, wohin der Attentäter verschwunden war. Die Bemühung schien vergebens, denn die Rufe und das Lärmen der *Khevtuul* im Garten machten es so gut wie unmöglich, irgendein leiseres Geräusch zu vernehmen, aber er wurde doch belohnt – mit einem Kratzlaut, gefolgt von einem Ächzen.

Auf den ersten Blick hatte er es übersehen, weil er nicht danach Ausschau gehalten hatte. Nicht weit entfernt wand sich wie eine schwarze Schlange ein Seil mit Knoten über die Mauer. Er lief hin und zog es straff. Am anderen Ende spürte er ein Gewicht, und als er nach oben schaute, konnte er die dunkle Gestalt des Attentäters erkennen, der sich der Mauerkrone näherte.

Er verfluchte sich, weil er sein Schwert und seinen Bogen nicht mitgebracht hatte. Aber er hatte auch nicht ahnen können, dass sein Treffen mit Lian *so* enden würde. Er hatte gedacht …

Gansukh schob diese Gedanken beiseite und machte sich daran, an dem Seil emporzuklettern. Wie der Attentäter es oben auch befestigt haben mochte, Gansukh hoffte, dass sich der Mann nicht die Zeit nehmen würde, es zu lösen. Der Sturz würde ihn nicht umbringen, aber dem Attentäter über dieses Seil zu folgen war seine einzige Chance, ihm auf den Fersen zu bleiben. Es hätte zu lange gedauert, durchs Nordtor zu laufen und um die Mauer herumzugehen – und noch einmal länger, wenn die Wachen ihn weiterhin für einen zweiten Eindringling hielten.

Der Meuchelmörder hielt nicht inne, und als Gansukh die Mauerkrone erreichte, war die dunkel gekleidete Gestalt verschwunden.

Pfeile prallten um ihn her von der Mauer ab. Er wartete nicht ab, bis die Schützen besser zielen würden, sondern sprang herab, landete und rollte sich ungelenk ab. Dabei prellte er sich die linke Schulter, ignorierte den Schmerz jedoch und rappelte sich auf.

Wohin? Er befand sich in einer Gasse hinter einem der langen Gebäude, die der Khagan zur Aufbewahrung seiner Besitztümer nutzte, und es gab auf dieser Seite keine Türen oder Fenster. *Nord oder Süd?* Südlich von hier lagen die Eingangstore des Palasts und der große Sammelpatz am Beginn der gepflasterten Straße, die sich durch den Hauptteil von Karakorum erstreckte. Wenn der Attentäter versuchte, im wimmelnden Durcheinander der Stadt unterzutauchen, dann konnte er nur diesen Weg nehmen.

Gansukh zögerte. Unterzutauchen, das schien ihm nicht die richtige Wahl zu sein. In diesem Fall baute der Verfolgte darauf, dass der Jäger das Interesse verlor. Aber das Interesse verlieren an einem Attentäter, der gerade den Khagan ermordet hatte? Diese Jagd würde nie aufhören, und der Mann konnte nur dann auf sein Überleben hoffen, wenn er so weit fortrannte, wie er konnte – und so schnell, wie er konnte. Durch eine Zeltstadt fliehen zu wollen, würde zu lange dauern.

Westlich und nördlich des Palasts gab es eine Anzahl von Toren, die aus der Stadt hinausführten. An den meisten davon drängten sich tagsüber Schaf- und Ziegenhirten, die ihre Tiere zum Verkauf anboten, aber bei Nacht sollten die Märkte leer sein.

Irgendwo hinter dem Lagerhaus schrie eine Frau auf, und Gansukh wurde die Entscheidung abgenommen. Er rannte nach links, und als er die Ecke des Gebäudes erreichte, fiel sein Blick auf eine zierliche, in blaue Seide gekleidete chinesische Kurtisane, die rücklings mitten auf der Straße lag und einer sich rasch entfernenden Gestalt Flüche hinterherschickte.

»Halt! Eindringling!« Das Nordwachhaus befand sich nicht weit hinter ihm. Gansukh sprang hinter die Lagerhausecke in Deckung, als die Wachen von der höher gelegenen Wachplattform aus mit Pfeilen auf ihn schossen.

Wahrscheinlich wäre es klüger gewesen, auf die *Khevtuul* zu warten, sich zu erkennen zu geben und gemeinsam mit ihnen Jagd auf den Attentäter zu machen, anstatt für dessen Komplizen gehalten zu werden. Gansukh heftete den Blick fest auf die kleiner werdende Gestalt des Attentäters, der die leere Straße zum Markttor hinunterrannte. *Klüger wäre es wohl* …

Gansukh presste Worte an den Blauen Wolf hervor, die halb ein Flehen, halb ein Fluch waren, und setzte seiner Beute nach.

Kapitel 13

✠✠✠

West trifft Ost

»Ich will dich nicht vom Wichtigsten ablenken …«, sagte Bruder Rutger, während er Haakon den Helm über den Kopf hielt.

»Du meinst vom Sterben durch die Hand des Nächsten, der da aus dem Tunnel tritt?«

»Genau. Aber wir brauchen Informationen über den Khan. Seine Loge liegt am Südende der Arena, und zwar so, dass ihm die Sonne nie in die Augen scheint. Es muss Holzwände hinter all dem Tuch geben, hinter all diesen herunterhängenden Stoffbahnen, die das Innere verhüllen. Wir wissen so wenig über den inneren Aufbau. Wie viele Leute sitzen mit dem Khan in der Loge? Hat sie Zugänge oder Türen, die wir aufbrechen müssten, falls der Speerwurf fehlgeht? Ein Geländer, über das wir springen müssten? Wachen, die aus dem Weg geräumt werden müssten? Welchen Fluchtweg würde der Khan nehmen, wenn unser erster und unser zweiter Versuch nicht gelängen?«

Haakon wollte vor Wut brüllen, aber der Schrei kam nur als ersticktes Lachen aus ihm heraus. »Ich bin im Begriff, gegen einen Dämon anzutreten«, beschwerte er sich, »und du willst, dass ich …«

»Das ist kein Dämon«, unterbrach ihn Bruder Rutger und

spuckte in die lose Ockererde, die die Stiefel überlebender Wettbewerbsteilnehmer in den Tunnel hineingetragen hatten. »Das ist nur ein Mann, der sich als Dämon verkleidet.« Er stülpte Haakon unsanft den Helm über und gab ihm einen Klaps auf den Arsch. Selbst durch den Waffenrock, den Kettenpanzer, den Gambeson und die Unterhose hindurch steckte noch ordentlich Kraft dahinter. »Und vergiss nicht den roten Schleier«, fügte er hinzu. »Wir wollen immer noch wissen, was dahinter liegt.«

Murrend rückte Haakon den Helm zurecht, bis er passte. Der geheimnisvolle Schleier. Er hing vom Rand der Loge des Khans herab und verbarg das Südtor vor Blicken aus der Arena. Siegreiche Kämpfer durften den Schleier passieren, aber sie mussten die Arena ohne Hilfe verlassen können. Bis jetzt hatte kein Kämpfer sein Duell so eindeutig gewonnen, dass er ohne Verletzung davongekommen war. Drei andere Brüder hatten vor Haakon bereits in der Arena gekämpft. Zwei hatten ihre Kämpfe zwar gewonnen, aber ihre Verletzungen waren so schwer gewesen, dass sie die Nacht nicht überlebt hatten.

Rutger legte Haakon eine Hand auf die Schulter. Sie sahen sich stumm an. Ein Abschiedsgruß wäre ein Fehler gewesen, da Rutger und die anderen ihn als vorzeitiges Eingeständnis einer Niederlage betrachtet hätten. Wie seine Brüder, die vor ihm zum Kampf angetreten waren, wusste Haakon, dass er eigentlich der Kriegslust voll sein sollte. Allenfalls hätte er Rutgers unausgesprochene Sorge verächtlich abtun und sagen sollen, dass er schneller von diesem Kampf zurück wäre, als er bräuchte, um zur Latrine zu laufen und zu scheißen.

Aber das hätte nicht der Wahrheit entsprochen, und derart falsch zu reden – zumal Rutger wüsste, dass er log – schien ihm unpassend für die Rolle, die er spielen sollte.

Ich bin vom Ritterorden der jungfräulichen Verteidiger.

Haakon ließ seine Hand kurz auf Rutgers klatschen, dann stapfte er, seinen Kettenpanzer richtend, in den Tunnel. Mit jedem Schritt wurde die rote Erde unter seinen Füßen tiefer und weicher.

Während er durch den schmalen Tunnel schritt, bewegte er Tarans letzte Worte an die jungen Mitglieder der Schildbrüder, die in der Arena kämpfen würden, in Gedanken. Als ihr *Oplo* hatte Taran nie viel von großen Reden gehalten. Seine Anweisungen waren stets von knapper Art gewesen, und die Richtlinie, die er seinem Schüler vorgab, brachte er gleichermaßen auf den Punkt: *Das hier ist kein Übungskampf, wie sie auf Týrshammar angeboten werden. Hier wird dich dein Gegner umbringen, wenn er die Gelegenheit dazu hat. Dein Schlachtfeld ist eingeschränkt, und die Reihen der Zuschauer werden dich ablenken und aus dem Konzept bringen. Auf all das darfst du nicht achten. Denke nur an die eine Regel: Nicht sterben. Konzentriere dich. Besinne dich darauf, wer du bist, Krieger, besinne dich auf dein Gleichgewicht, auf deine Kraft. Sophrosyne. Damit wirst du obsiegen.*

Haakon hatte die Bedeutung dieses griechischen Wortes, das zu Feronantus' liebsten gehörte, nie verstanden. Raphael hatte Feronantus einmal gescholten, weil das Wort in Alexandria *Jungfräulichkeit* bedeute. Ihr Anführer hatte keine Einwände erhoben. Und Haakon *war* ja jungfräulich …

Am Ende des Tunnels traten ihm zwei Männer in den Weg, beides Mongolen und in den Schuppen- und Lamellenpanzer der Steppenkrieger gekleidet. Haakon hielt inne, als einer von ihnen ein einzelnes kehliges Wort sagte und eine Hand ausstreckte: *Warte.*

Obgleich er nun wollte, dass der Kampf begann, und bereit dafür war, wurde Haakon langsamer. Es gab keinen Grund zur Eile. Dort draußen schien die Sonne. Sobald sie seinen Helm traf, würde ihm heiß werden. Die mit Lumpen ausgestopfte Kappe, die seinen frisch geschorenen Kopf schützte, würde sich vollsaugen, und dann würde ihm der Schweiß in die Augen laufen und seinen Blick durch die Helmschlitze trüben. Daraufhin würden seine Konzentration und seine Kräfte nachlassen.

Sophrosyne. Er konnte warten.

Ein dritter Mongole erschien und sagte etwas zu den beiden, die Haakon den Weg verstellten, ein Fluss von Worten, der rau und melodisch sanft zugleich klang, in Haakons Ohren aber doch nur Kauderwelsch war. Die beiden Wachen traten beiseite, und der Dritte nickte ihm zu, eine Geste, die unmissverständlich war: Haakon solle nun vortreten.

Als er aus den Schatten trat, empfing ihn blitzendes Sonnenlicht und blendete ihn. Blinzelnd und darauf wartend, dass seine Augen sich an die grelle Helligkeit gewöhnten, versuchte er, sich zu orientieren. Die Loge des Khans, so es sie denn überhaupt gab, musste sich irgendwo rechts von ihm befinden, über den dicken Bahnen aus rotem Stoff, die auf den sandigen Boden der Arena herabhingen.

Haakons Blick vom Westeingang aus wurde durch Reihen von Zuschauern eingeschränkt. Nicht Onghwes Mongolen – ein hochnäsiger Haufen, der nicht gern mit Geringeren verkehrte –, sondern eine Sippschaft aus Sarazenen, Slawen, Germanen und Franken. Allesamt hatten sie ihre Völker verraten, um sich bei den Herrschern der Welt einzuschmeicheln – oder, je nachdem, wie man es sehen wollte, notwendige Pakte geschlossen, um die Vernichtung ihrer Völker zu verhindern.

Trotz der eingeschränkten Sicht konnte er die bauchige Form eines Pavillons erkennen, der mit schweren Stoffen behängt war und nicht nur den Khan seinen Blicken entzog, sondern auch die blassen Hälse der Konkubinen des Khans vor Sonnenbräune schützte. Zufrieden, dass er nun wusste, wo der Khan sich aufhalten würde, schaute er nach links und ließ den Blick über den frisch gerechten Sand schweifen. Das Rund war weit, an die zwanzig *Faðmr* waren es von hier aus bis zum gegenüberliegenden Tor, für zwei Männer mehr als genug Platz zum Kämpfen.

Haakon erzitterte innerlich bei der Vorstellung, dass sich in dieser Arena mehr als nur zwei Kämpfer einfinden könnten. Aber sie würden doch nicht mehr als einen gegen ihn in den Kampf schicken, nicht einmal zum abartigen Vergnügen des liederlichen Khans … oder?

Konzentriere dich. Da war Taran wieder. *Kämpfe, wie du es gelernt hast. Alles andere zählt nicht.*

Haakon ließ den Blick noch einmal durch das Rund wandern. Er war der einzige Kämpfer in der Arena. Er schaute über die Schulter hinweg zu den Mongolen hinter ihm. Warum hatten sie ihm den Weg verstellt? Warum war er allein? Würden sie Tiere auf ihn loslassen? Warum …

Konzentration, mahnte er sich. *Deine Gedanken werden noch deine Hände im Stich lassen. Hör auf zu denken.*

Haakon korrigierte seinen Griff um sein mächtiges Kriegsschwert, ein Beidhänder, und beschloss, vorsichtig bis in die Mitte der Arena hinauszugehen. Den Blick hielt er auf die dunkle Öffnung des Ostzugangs gerichtet, aus der sein Gegner kommen würde; den Rest seines Körpers entspannte er.

Die Zuschauer wurden zu Schemen aus Farben und Bewegung. Ihr raues Lärmen verebbte für ihn zu einem rhythmischen Pulsieren, wie das Geräusch der Wellen am felsigen Fuß der Zitadelle von Týrshammar. Auch sein Herzschlag verlangsamte sich, versuchte sich dem Takt dieser Wellen anzupassen, und sein Atem folgte diesem Beispiel.

Zzzu! Zzzu! Zzzu!

Er lauschte aufmerksamer. Die Menge rief ein Wort im Chor. Die Rufe gingen ineinander über und fluteten die Arena wie ein summender Strom:

»Zug! Zug! Zug!«

Jetzt brüllten die Zuschauer, ein peitschender Sturm aus Lärm. Haakon wurde klar, dass sie einen Namen riefen und zu einem johlenden, tobenden Mob wurden. Sie gierten nach Blut, verlangten nach Tod und am allermeisten wollten sie *Zug!*

Haakon war zum Speien zumute.

In der Dunkelheit des Osteingangs bewegte sich etwas – ein Schatten aus Schwarz und Rot mit breiten, kantigen Schultern und einem großen weißen Mund. Langsam und mit dem Gehabe einer königlichen Konkubine, die ihren Auftritt bei Hofe zelebrierte, wohin sich aus irgendeinem Grund rüde Lümmel verirrt hatten, trat die absonderliche Gestalt ins Freie.

◆◆◆

Sie machten den vertrauten Lärm – dieses Summen, als wären hundert Bienen in seinem Schädel gefangen. Im Mund schmeckte er Metall und sein Kiefer schmerzte. Einmal hatte er sich bereits übergeben – ein galliger Schwall aus saurem *Arkhi*, der seine *Sune-Ate* bespritzt hatte –, und nun war sein Magen derart verkrampft, dass er sich nicht noch einmal erbrechen konnte.

Seine *Sune-Ate*, parallel gebundene Schienbeinpanzer, waren im Lauf der vergangenen Jahre vielmals bespritzt worden – meistens mit Blut. In jüngerer Zeit kam es regelmäßig vor, dass er sich vor dem Kampf erbrach. Es war eine Art Vorbereitungsritual geworden. Direkt bevor er die Maske aufsetzte, rebellierte sein Magen. Der schien das Einzige an ihm zu sein, in dem noch ein Gefühl übrig war, und so konnte eben nur noch sein Magen Empörung darüber zum Ausdruck bringen, was aus ihm geworden war. Der Rest seines Körpers war taub, zu sehr vom *Arkhi* gebeizt, als dass ihn irgendetwas kümmerte.

Er war tot. Ein Geist, den nur noch das Eisen seines Käfigs in dieser Welt hielt, die Blutschuld, die er auf sich geladen hatte. Sie beschworen ihn herauf, schrien und riefen den Namen, den er ihnen genannt hatte – den Namen, den er sich *verdient* hatte. Ihr Geschrei – dieses hartnäckige Summen von Honigbienen – weckte ihn aus seinem Stumpfsinn. Er würde diesem Sack aus Fleisch, der sein Leib war, Leben einhauchen, ihn in die Schale seiner Schande hüllen und dem Licht entgegenwanken lassen.

Erst dort würde man ihm den Schädelmacher reichen.

Der Lärm hörte auf, wenn er einen Kopf kassierte. Der Schädelmacher, so grell im Licht, drehte Runde um Runde, bis die Grelle verging. Wenn er es vollbracht hatte, schrien und brüllten sie zwar noch eine Weile, aber die Schmerzen in seinem Kopf ließen allmählich nach. Dann durfte er sich wieder in die Dunkelheit zurückziehen. Sie ließen ihn davonkriechen und Maske und Panzer abstreifen. Bis nichts mehr übrig war von dem Ungeheuer, das er für sie gespielt hatte. Bis es nur noch den Toten gab, der in das bodenlose Loch fiel, das der *Arkhi* ihm auftat. Der Geist, der in die Leere der Sinnlosigkeit zurückkehrte.

Er torkelte, prallte gegen die Tunnelwand. Der Schädelmacher kratzte über die Decke, jammerte, dass er in Holz anstatt in Knochen schneiden musste. Auch er war durstig.

Er versuchte zu schlucken, aber sein Mund war zu trocken. Seine Zunge fühlte sich an wie eine Felsplatte, und er mahlte mit den Zähnen darauf, um etwas zu spüren. Irgendetwas.

Setze einen Fuß vor den anderen, wies er die Beine des Fleischsacks an. *Halte den Schädelmacher im Zaum. Er muss warten.*

Seine Anweisungen, die er immer zusammen mit dem Schädelmacher erhielt, als wäre er ein Kind, das sich nichts merken konnte, waren einfach: *Töte ihn nicht zu schnell.* Das Publikum wollte ein Spektakel, ebenso wie der Schatten unter dem Pavillon. Seine Pflicht war es, sie zu unterhalten. Nicht einen Mann zu töten, sondern sie zum Johlen und Lachen zu bringen. Sie glauben zu machen, dass sie das Ungeheuer in der Hand hatten. Dass sie es agieren lassen konnten. Tanzen. Singen. Töten. Dass er ihr Spielzeug war.

Gleich, flüsterte er dem Schädelmacher zu, als er aus dem Tunnel trat.

◆◆◆

Haakons Gegner stolzierte langsam aus dem Torschatten heraus. Seine Rüstung war die protzigste und aufwendigste, die Haakon je gesehen hatte. Schichten von Panzerplatten überlagerten einander, ganz ähnlich der mongolischen Lamellenrüstung, ausgeführt jedoch von der Hand eines wahren Künstlers seines Faches. Mongolenrüstungen waren Flickwerk aus Lumpen und Abfall im Vergleich zu den perfekt geformten Teilen der Equipage des Dämons. Ein polierter schwarzer Helm saß tief in seiner Stirn, gekrönt von einem gespreizten Kamm, der Haakon an die Flügel erinnerte, die einige seiner Vorfahren auf ihren Helmen getragen hatten. Unter der abgeschrägten Kante des Helms drängte eine weiße Mähne hervor, und eine geschickt gearbeitete Maske – der Mund war zu einem hämischen Brüllen verzerrt, von der Oberlippe hingen lange Schnüre aus weißem Rosshaar, die Augen waren mit Spiralen aus aufgemaltem Feuer umrandet – verhüllte das Gesicht seines Gegners.

Es war das Gesicht eines Dämons.

Haakon hatte natürlich Geschichten über Onghwe Khans Meisterkämpfer gehört; jede Gruppe von Schildbrüdern, die sich in die Barackenstadt rund um die Arena wagte, um Vorräte zu beschaffen, brachte Gerüchte und örtliche Legenden mit. Sobald die mongolischen Bauleute mit der Errichtung der Arena begonnen hatten, waren aus der umliegenden Ebene provisorische Märkte wie Pilze aufgeschossen, wo Händler allerlei Krimskrams und Wahrsagerinnen ihre Dienste feilboten, Musikanten auftraten, sich Straßenräuber ein Stelldichein gaben, Quacksalber um Patienten und gerissene Verkäufer um Kunden buhlten, alle angelockt von der Aussicht auf blutige Kämpfe und Publikumsverkehr, alle voll von Lügen, Legenden und Schauergeschichten über die Ungeheuer, die dem liederlichen Khan angeblich zur Verfügung standen. Haakon kannte ähnliche Geschichten aus seiner eigenen Kindheit – Geschichten über die *Jötunn* und ihre Rolle in der *Ragnarök* zum Beispiel –, aber darüber hatte er nie groß nachgedacht. Nicht bis heute.

Das ist das Wesen der Angst, erinnerte ihn Feronantus' Stimme, der ihm neben Tarans klaren Lektionen eine weitere Sicht der Dinge bot. *Dein eigener Geist foppt dich mit Schrecken aus deiner Kindheit. Bilder, die dich sonst nie beunruhigen würden, werden auf einmal ins Riesenhafte vergrößert von Kräften, die du nicht beherrschst. Du bist nicht offen für ihren Fluss, jeder Muskel deines Körpers ist starr, es gibt keinen Weg hindurch. Jeder noch so winzige Funke verfängt sich, und um dich herum entsteht ein Feuer.*

Haakon keuchte.

Atme, du Idiot! Das ist nur ein Kerl in einer Rüstung. Tarans Anweisung war wie seine Schwertarbeit – einfach und direkt.

Atme. Konzentriere dich. Benutze deine Augen.

Der Lärm von den Rängen blieb eine unaufhörliche, überwältigende Flut. Die schwirrenden Stimmen schienen sich unter seinem Helm zu verhaken. Echos hämmerten auf seine Ohren ein. Jetzt hämmerte auch die sengende Sonne auf ihn herab; gnadenlos erhitzte sie Kettenschutz und Rüstung. Sein geflochtenes Stirnband war bereits durchtränkt, Salz fraß sich beißend auf seine Augenwinkel zu. Seine Achselhöhlen juckten, und das Gewicht auf seinen Schultern schien ihm unerträglich.

Atme. Lasse die Kraft in dich fließen und stoße sie wieder aus. Du bist kein Stein.

Der Dämon – *nein, er musste ein Mensch sein* – blieb nahe der Mitte der Arena stehen. In seiner rechten Hand befand sich eine Stange, halb so lang, wie der Dämon groß war, und an der Spitze mit einer einschneidigen Klinge besetzt.

Der Lärm ließ nach. Haakon glaubte, er sei taub geworden, übergegangen in jene Leere des Kampfes, die vor dem Tod kam, wenn das eigene Ich in einem weiten Meer aus Bewusstsein unterging. *Schicksalsblick* nannte Feronantus das, ein entsetzliches Gefühl von Sterblichkeit, gedämpft von felsenfester Sensibilität, ein wogendes Wahrnehmen von Schlachtfeld und Feind, umgeben von Dunkelheit.

Aber das war nicht der Fall. Er konnte immer noch sein angestrengtes Atmen hören, konnte immer noch spüren, wie sein Herz wild das Blut durch seinen Körper pumpte. Er steckte immer noch in seiner eigenen Haut – es war der Rest der Welt, der verstummt war.

Der Dämon hatte sich nicht bewegt, aber die Zuschauer hatten das gemeinschaftliche summende Lärmen abrupt eingestellt. Von weit her hörte Haakon einen Schrei wie von einem Säugling, und in irgendeinem Winkel seines Kopfes wunderte er sich darüber, wie es sein konnte, dass noch ein Säugling am Leben war, nach allem, was er vor den Mauern von Legnica gesehen hatte. Wahrscheinlich hatte es sich doch eher um den Schrei eines Vogels gehandelt.

Aber als sei dieser Schrei das Zeichen gewesen, bewegte sich nun der Dämon. Allerdings ging er nicht in Kampfstellung.

Stattdessen verneigte er sich, ein kurzes Beugen des Oberkörpers, und aus dieser Geste heraus stellte er in einer fließenden Bewegung den linken Fuß nach hinten und hob die Stange an. Nun lag die Gleve quer vor seinem Körper und wies direkt auf Haakon. Sonnenlicht brach sich auf der glänzenden Klinge.

Die knappe Verbeugung des Dämons wirkte so fehl am Platz, war so unvereinbar mit der Drohung, die von seinem furchterregenden Aufzug ausging, dass Haakon einen halben Schritt zurückwich. Ganz gewiss war er ein Mensch, nur als Dämon verkleidet. Daraus ergab sich in plumper Folge eine Reihe von Erkenntnissen. Erstens: Sein Gegner stammte aus einer zivilisierten Gegend, wo die Menschen Manieren hatten. Zweitens: Sie hielten selbst vor einem Kampf an ihren Manieren fest, was darauf schließen ließ, dass der rituelle Kampf dort eine etablierte Gepflogenheit war.

Drittens: Das war kein gutes Zeichen.

Er wartet, erkannte Haakon und fragte sich, ob sein Gegner ihn für dumm genug hielt, einen Angriff gegen diese Schwertlanze zu unternehmen. *Bin ich nicht,* dachte er. Mit einer fließenden Bewegung erwiderte er die Verbeugung angemessen und stellte dabei ein Bein nach vorne, damit das Gewicht seines Kettenpanzers ihn nicht kurzerhand vornüber zu Boden riss.

Als er sich mühsam wieder aufrichtete, bemerkte er, dass der Gegner ihn auf eine Weise ansah, die Neugier auszudrücken schien. Und warum auch nicht? Zwar war er nicht so protzig gekleidet wie der Dämon, dennoch war seine Rüstung aufwendiger als die eines gewöhnlichen Fußsoldaten. Und dabei hatte er noch etliche zusätzliche Teile weggelassen, die

die Überlebenschancen eines Ritters im chaotischen Gewühl des Schlachtfelds erhöhen sollten.

Der Dämon weiß Bescheid, erkannte Haakon. *Er hat solche Rüstungen schon gesehen.* Sein Blick ging wie von selbst zu der Klinge, die am Ende der Stange befestigt war. Sie hatte nur auf einer Seite eine Schneide, die sich aus einem breiten Rücken heraus verjüngte, der ihr zweifellos Widerstandskraft und Steife verlieh. Die Krümmung der Klinge legte nahe, dass sie am wirkungsvollsten war, wenn sie von einer Stoß- oder Zugbewegung begleitet wurde, wie ein Schlachter sie ausübte, wenn er Fleisch zerteilte. Solche Angriffe entfalteten ihre größte Wirkung an ungepanzerten Zielen, aber die zusätzliche Reichweite der Stange und des Griffs machten die Klinge auch für Männer in Rüstung gefährlich.

Die meisten Techniken, die Haakon kannte, waren nutzlos gegen eine solche Waffe. Haakons Beidhänder war symmetrisch und zweischneidig. Bruder Rutger hatte die altbewährte Kombination empfohlen – ein Kurzschwert in der rechten Hand und einen Schild am linken Arm. *Wenn es den Römern und deinen Wikingerahnen genügt hat …*

Der Dämon stieß ein markerschütterndes Kreischen aus. Obgleich die Maske seine Stimme dämpfte, kam der Schrei so plötzlich und erschreckend, dass Haakon sich wie vom Blitz getroffen fühlte. Seine Muskeln zuckten zusammen, und er wich instinktiv einen Schritt zurück, als der Dämon vorsprang. Die lange Klinge der Gleve sauste an ihm vorbei. Mit einem Ruck seiner Handgelenke drehte der Dämon den Schaft in einer engen Kreisbewegung. Die Klinge schien zur Seite zu hüpfen und fuhr direkt auf Haakons Gesicht zu, obwohl er sich mit seinem Ausweichschritt nach hinten zugleich seitwärts gedreht hatte.

Haakon riss sein Schwert hoch und hörte den Aufprall mehr, als dass er ihn spürte, ein knirschendes Klirren von

Stahl auf Stahl. Der Dämon hatte ihn mit der flachen Seite erwischt – eher ein Klaps als ein Streich –, und bevor Haakon reagieren konnte, war die Klinge schon wieder verschwunden.

Er stellt mich auf die Probe, begriff Haakon, während der Dämon vorsichtig über den Sand schritt und seine Schwertlanze in kurzen, tödlichen Kreisen wirbeln ließ. Jedes Mal passierte ihn die Klinge an einer anderen Stelle – erst hoch, dann tief, dann wieder hoch und dann auf halber Höhe. Haakon hätte keinem dieser Angriffe standgehalten. Die erste Attacke, der Klaps, war nicht sonderlich gezielt gewesen. Andernfalls hätte sie seine hektische Parade durchbrochen. Hinter diesen Schlägen allerdings, mochten sie auch nicht so schnell erfolgen wie der erste Angriff, steckte die ganze Kraft des Dämons. Sein Schwert war nicht stark genug, um der vollen Wucht eines harten Streichs zu widerstehen.

◆◆◆

Zugaikotsu no Yama wartete. Nicht darauf, dass der Ritter aus dem Westen sich bereit zeigte nach seiner flüchtigen – und etwas steifen – Verbeugung. Nicht weil er sich wegen der Rüstung des Mannes sorgte. Kopf, Schultern, Brust, Beine, Füße – der Ritter aus dem Westen steckte vom Scheitel bis zur Sohle seiner Stiefel in Metall. Zug wartete auf das Geräusch, den schrecklichen, reißenden Laut, der irgendwo tief im Fleischsack seines Leibes entspringen würde. Dieses Ausatmen von Trauer und Wut, die nie zu sterben schienen.

Der *Kiai.*

Der Schrei platzte aus seinem Mund hervor und ließ die Maske erzittern. Er signalisierte ein Erwachen in ihm, ein plötzliches Entstehen von Verlangen und Zorn. Der Schrei erweckte seine Glieder zum Leben, und im Zuge des Schreis setzte die Erinnerung seiner Muskeln ein, das Wissen, was zu tun war, wie das Kämpfen ging, das Töten.

Er stieß mit dem Schädelmacher zu, und als der Ritter dem Angriff auswich, lachte er beinahe über die Dummheit seines Gegners. Mit einem Zucken der Hände schlug er die flache Seite der langen Klinge nach dem geschützten Gesicht des Ritters.

Es wäre ihm ein Leichtes gewesen, ihn jetzt zu töten, aber es war zu früh. Er umkreiste den verängstigten Ritter, ließ den Schädelmacher eine Weile spielen und eine verwirrende Reihe von Streichen und Finten ausführen.

Sein Gegner war auf der Hut, hielt sich außerhalb der Reichweite der Klinge, und Zug stellte fest, dass sein Atem etwas schneller ging, etwas härter.

Vielleicht war er doch nicht so unbeholfen, wie er zunächst gewirkt hatte …

✦✦✦

Die Klinge des Dämons schwang an Haakon vorüber, ein weiterer zu kurz geführter Streich. *Er kennt doch seine Reichweite, warum also hält er sich zurück?* Der nächste Streich war tief angesetzt, aber immer noch zu kurz. Haakon brauchte seinen linken Fuß nur eine Spanne weit nach hinten zu nehmen, um außer Reichweite zu sein. *Er will, dass ich den Abstand verringere.* Die Finten sollten Haakon einlullen, ihn glauben machen, er bräuchte der blitzenden Klinge nicht länger auszuweichen.

Haakon schob den linken Fuß vor, während er sein Schwert hob, die Spitze in die Höhe gereckt, die Schneide in Richtung des nahenden Waffenarms. Sein Magen zog sich zusammen, ein warmer Ball aus Kraft, die in seinem Körper gerann. Er hielt seine Augen starr auf die grässliche Maske des Dämons gerichtet – die Klinge brauchte er nicht zu verfolgen. Das Sonnenlicht, das sich darauf brach, würde ihn ohnehin nur blenden. Er wusste, wo sie sich befinden würde.

Wäre sein Gegner mit einem Schwert bewaffnet gewesen, hätte er sich in einer guten Position befunden, um die Klingen zu kreuzen, aber im Kampf gegen eine Gleve war eine solche Position ein Fehler. Einen mit voller Kraft geführten Streich konnte er mit dieser Deckung nicht stoppen. Wäre er noch einen Schritt näher bei seinem Gegner gewesen, hätte er ihn nicht einmal abwehren können – der Hieb würde seine Verteidigung kurzerhand durchbrechen und ihm tief in den Kopf oder Hals fahren.

Aber so nahe war er ihm nicht. Als die Klingen aufeinandertrafen, lockerte er seinen Griff und gab dem Angriff des Dämons nach. Die Wucht, die sich auf sein Schwert übertrug, erlaubte es ihm, seine Handgelenke zu drehen und seine Klinge auf den Schädel des Dämons zustoßen zu lassen.

Haakons Schwertspitze erreichte ihr Ziel nicht ganz, und der Dämon, der die Bewegung richtig eingeschätzt hatte, unternahm nichts, um Haakons Streich aufzuhalten. Er zog seine Klinge zurück und schwang sie mit einer Drehung seines Körpers ein weiteres Mal.

Der Dämon geriet mit seiner Bewegung immer näher an Haakon heran. Als der Waffenarm auf ihn zufuhr, tat Haakon noch einen Schritt und riss sein Schwert hoch, sodass die Klinge gegen seine linke Handfläche klatschte.

Man wich nie zurück, wenn man den Kontakt unterbrochen hatte. Das hatte Taran ihnen gnadenlos eingetrichtert. *Ein Krieger flieht nicht vor einem Kampf. Er geht in seinen Gegner hinein, um es zu Ende zu bringen.* Hätte Haakon gegen einen seiner Brüder gekämpft, hätten sie ihre Klingen schon nach dem ersten Kontakt nicht zurückgezogen. Sie hätten ihm keine Gelegenheit gegeben, das Schwert zum Wurf vorzubereiten.

So aber packte er sein Schwert fest mit beiden Händen und empfing den Streich des Dämons. Die Wucht des Aufpralls fuhr ihm in die Arme, aber Haakon ließ sie passieren. Die Energie rann ihm durch Brust und Beine, bis sie durch die rechte Ferse aus seinem Körper herausfuhr.

Er spürte den Unterschied – Holz gegen Metall. Seine Klinge gegen den Schaft der Schwertlanze. Innerhalb seiner Reichweite.

Haakon brachte den Knauf seines Schwerts nach unten. Als striche er mit der Hand über eine flache Wand, konnte er die Waffe des Dämons deutlich an seiner Schwertklinge spüren. Indem er den hölzernen Schaft der gegnerischen Waffe als Achse benutzte, vollführte er eine komplizierte Abschlussbewegung – er verwendete sein Schwert als Hebel: Der Griff hakte sich um die Hände seines Gegners, wodurch sich die Waffe des anderen darin verfing, und dann ließ er die Spitze seines Schwerts mit der linken Hand nach vorne schnellen.

Der Dämon zog den Kopf zurück und wich der Schwertspitze aus, aber damit erreichte er nur eines – Haakon bekam genug Platz, um sich für einen perfekten kurzen Stoß auszurichten.

Der Dämon entging dem unerwarteten Stoß mit einem fast anmutigen Rückwärtsschritt und einer ebensolchen Drehung. Er musste seine Gleve mit einer Hand loslassen, um sich aus Haakons Griff zu befreien, und als er zurückwich, zog er die Schwertlanze nach, einem langen Schwanz gleich, der schlenkernd durch den Sand schleifte.

Eine Sekunde lang kehrte der Dämon Haakon den Rücken zu. Verzweifelt packte er sein Schwert wieder mit beiden

Händen und führte einen dreschenden Hieb jener Art, wie man sie von einem Jungen erwartete, der zum ersten Mal ein Schwert aufnahm. Aber wenn er traf, sagte er sich, spielte Stolz keine Rolle.

Denk an die oberste Regel: Nicht sterben.

Der Streich ging fehl, und als Haakon sich so weit gefangen hatte, dass er einen weiteren Angriff führen konnte, drehte sich der Dämon bereits um und riss seine Waffe hoch.

Schwert und Klinge kollidierten. Sie starrten einander an – Haakon, das Schwert seinem Widersacher halb entgegengestreckt; der Dämon, geduckt, als mache er sich zum Sprung bereit. Die Schwertlanze war nach oben gerichtet und die Klinge kratzte über die Parierstange von Haakons Schwert.

In dem Moment, da sie sich mit Blicken maßen, wurden Haakon die Rufe aus dem Publikum bewusst. Inzwischen, so wurde ihm klar, hatte der Pöbel, der die Arena säumte, genug gesehen, um die Gegner einzuschätzen, um sich für eine Seite zu entscheiden und Wetten abzuschließen. Entsprechend jubelten sie, und einige riefen: »Che-va-lier! Che-va-lier!« Wäre er nicht so abgelenkt gewesen, hätte er gerne gelacht über die Vorstellung, dass man ihn, einen Mönch, der von nordischen Fischern abstammte, für einen Kreuzritter hielt.

Die anderen schrien: »Zug! Zug! Zug!«

✦✦✦

Der Schädelmacher wollte Blut schmecken, wollte spüren, wie Knochen und Fleisch sich unter seiner glänzenden Klinge teilten. Er zerrte an Zug, und der musste diesem Verlangen nachgeben.

Aber er wusste, dass sich ein Fehler eingeschlichen hatte.

Als die Schwertlanze – die *Naginata* – herumfegte in jenem Streich gegen den Ritter, der eigentlich der letzte hätte sein sollen, fühlte Zug sich wie ein Stein, der aus großer Höhe herabfiel. Als das Schwert des Ritters auf den hölzernen Schaft der Lanze traf, ging ein Ruck durch seinen Körper. Er keuchte auf, war sich auf einmal des hinderlichen Gewichts seiner Rüstung bewusst, merkte, wie schwer es war, unter seiner Maske zu atmen. Schweiß lief ihm den Rücken hinab, und es fühlte sich an, als kratzten ihm Krallen über die Haut. Seine Eingeweide bebten und er verlor beinahe die Kontrolle über seine Blase.

Auf einmal war er sich *bewusst*, als sei er aus tiefem Schlaf gerissen worden.

Sonnenlicht spiegelte sich zitternd auf dem Helm des Ritters, und Zug blinzelte ob des grellen Glanzes und nahm den Kopf zurück, als sein Gegner näher rückte. Vage, wie das Wahrnehmen von windgepeitschtem Regen, der über das Filzdach eines *Gers* rann, spürte er, wie die Klinge des Ritters an dem Schaft in seinen Händen entlangglitt.

Die Hände des Ritters fuhren nach unten, Metallfinger schlangen sich um einen schlichten Knauf, und eine metallene Spitze tanzte vor seinem Gesicht.

Zug zischte. Sein Körper reagierte langsam – so wie sich ein Boot auf einem stillen See dreht, wenn der Mann darin keine Ruder hat. Er war zu lange nicht bei sich gewesen, in Gedanken verloren, und sein Fleisch war ein Sklave anderer Herren geworden – der Menge, des Schädelmachers, des *Arkhi*. Er war nur noch ein Geist, mehr nicht.

Noch nicht, dachte er. Die Klinge der *Naginata* schleifte über den Boden, als er vor dem Stoß des Ritters zurückwich. *Ich bin kein Geist.*

Seine Hände schlossen sich fester um den Schaft der Waffe, und er wusste, wo seine Füße waren. Der Schädelmacher sang, als er nach oben raste. Der Ritter war nun dicht hinter ihm …

◆◆◆

Haakon machte eine winzige Bewegung des nach vorne gestellten Beins des Dämons aus, als dieser seinen Schwerpunkt verlagerte. Die Bewegung verriet Zugs Absicht – er hatte sich zu weit in die Deckung zurückgezogen, und jetzt musste er sein Gewicht verlagern, bevor er den nächsten Angriff führen konnte.

Noch ehe Zug auch nur anfing, die Schwertlanze zu bewegen, war Haakon schon in Bewegung. Er sprang vor, ohne den Kontakt zwischen seiner Klinge und der Schwertlanze abreißen zu lassen. Während seine Klinge auf dem hölzernen Schaft nach unten glitt, hob er die Ellbogen und verkantete den Schaft zwischen Klinge und Parierstange. Zug konnte seine Waffe nicht befreien, und als Haakon einen weiteren Schritt nach vorne tat – *Flieh in die Gefahr hinein!* –, drückte er die Lanze gewaltsam in die Höhe. Mit einem Ruck seiner Handgelenke drehte er sein Schwert um den Schaft und packte seine Klinge abermals mit der linken Hand.

Er war nicht dicht genug an seinem Gegner, um ihn dadurch zu töten, aber der Kniff war eine Wiederholung dessen, was sich vor wenigen Momenten abgespielt hatte. Haakon hoffte, mit dieser Wiederholung Zugs Konzentration für ein, zwei Sekunden zu brechen, während er Haakons Absicht hinterfragte. Hielt Zug ihn für dumm genug, es noch einmal mit der gleichen Falle zu versuchen?

Haakon rückte näher und drehte seine Waffe um die Schwertlanze, sodass er die Arme jetzt umgekehrt hielt. Ihre

Spitze wies nicht mehr auf Zugs Gesicht, aber er selbst befand sich noch immer innerhalb der Reichweite der Klinge der Schwertlanze.

Mit einer ruckartigen Bewegung stieß er den Griff auf die dreieckige Öffnung hinter Zugs linkem Unterarm zu. Eine ähnliche Blockade wie die Falle eben, nur war sein Ziel ein anderes. Bruder Rutger gefiel diese Technik – den Arm des anderen Kriegers sich um den Griff des eigenen Schwerts verfangen lassen und dann vortreten und die Waffe herausziehen. Haakon bezweifelte, dass er Zug die Schwertlanze abnehmen konnte – diese Technik funktionierte am besten mit kürzeren Waffen –, aber auf diese Distanz war die Schwertlanze in etwa so gefährlich wie eine Weidengerte.

Doch Zug ließ sich kein zweites Mal hereinlegen – seine Hand schoss vor und packte Haakons Griff, bevor er seine Bewegung ganz zu Ende führen konnte. Diese Reaktion kam nicht unerwartet – es hätte Haakon überrascht, hätte der andere nicht auch den Nahkampf auf engem Raum mustergültig beherrscht. Als Zug an seinem Schwert zog, ließ er seine Klinge mit der einen Hand los und ergriff den Schaft der Schwertlanze. Damit war Zug in ein Tauziehen verstrickt – er versuchte, seine Waffe mit einer Hand festzuhalten und Haakon mit der anderen das massive Schwert zu entreißen.

Das spaltete seine Kräfte auf. Haakon spürte, wie seine Konzentration verlief, wie zwei Flüsse, die in verschiedene Richtungen strömten. Und genau in der Mitte dazwischen befand sich eine wirbelnde Masse aus ungezielter Energie. Ohne nachzudenken, tat Haakon etwas, das Bruder Rutger nie getan hätte, etwas, das auch er nie getan hätte, hätte er sich die Zeit genommen, die Folgen ganz abzuwägen.

Haakon ließ seine Waffe los, packte Zugs Schwertlanze und riss sie nach oben.

Zug stöhnte auf, als ihn das untere Ende seiner Waffe in

den Schritt traf. Er hatte geduckt und breitbeinig dagestanden, und während ihres Handgemenges war ihm der Schaft zwischen die Beine geraten.

Haakon war viel größer und er hatte die gesamte Kraft seiner Beine in das Manöver gelegt. Er hatte keine Ahnung, welchen Schutz Zug dort unten trug, aber wenn er auch nur in etwa seinem eigenen entsprach, dann war er kaum der Rede wert. Natürlich war das kein Todesstoß, aber kein Mann fing sich gern einen Hieb zwischen die Beine ein.

Und wieder riss er die Waffe hoch, mit aller Kraft, zweimal.

Zug war dort unten entweder gepanzert oder Haakon hatte nicht getroffen, denn der dämonengesichtige Mann zitterte kaum und erholte sich dann schnell wieder. Er warf Haakons Schwert beiseite und griff nach seinem eigenen, dem Kurzschwert, das er in einer Scheide an der Hüfte trug.

Haakon zog das linke Bein zurück und drehte sich um die rechte Hüfte. Er kehrte die Handgelenke nach außen und versuchte, Zug zu Boden zu werfen, den Schaft hoch und fest zwischen seine Beine gestemmt. Zug hatte die Schwertlanze jedoch auch noch nicht losgelassen; seine Hand schloss sich dicht unterhalb Haakons darum.

Zug stach mit dem Kurzschwert nach ihm, kurze Stöße, die wirkungslos am Metall seiner Armschienen abglitten. Aber irgendwann würde es Zug gelingen, die Spitze hinter Haakons Brustpanzer zu zwängen.

Er musste heraus aus dieser Sackgasse, aber was konnte er tun? Sein Schwert hatte er aufgegeben. Er hatte die Waffe seines Gegners, aber sie war noch um Zugs Bein und Hand verhakt. Was konnte er sonst noch einsetzen? Sein Dolch steckte hinten in seinem Gürtel, aber er wagte es nicht, die Schwertlanze loszulassen, um danach zu greifen.

Zug versuchte, den Schaft zu drehen, er wand sich wie

eine Schlange, und Haakon spürte, wie etwas an seiner Seite zupfte. Zug hatte seinen Kettenpanzer gefunden.

Ruhe bewahren, mahnte Taran ihn. *Konzentriere dich.*

Haakon starrte in Zugs reglose Maske. Aus dieser Nähe konnte er sehen, dass sie nicht aus Metall bestand. Zug atmete vernehmlich aus, als er seine Klingenspitze gegen Haakons Kettenpanzer drückte, und trotz der Maske, die das Gesicht verhüllte, roch Haakon den üblen Gestank seines Atems.

Arkhi. Ein alkoholisches Getränk, das die Mongolen gerne zu sich nahmen.

Zug war erst kürzlich noch betrunken gewesen. Vielleicht war er sogar *immer noch* betrunken, was bedeutete, dass seine Reflexe und sein Gleichgewichtssinn beeinträchtigt waren.

Mach kurzen Prozess, regte Taran an.

Haakon stieß Kopf und Helm nach vorne, wobei er das Kinn anzog, damit die größte Wucht des Stoßes von der harten Metallkante ausging, die seine Stirn schützte. Die Attacke war ein Volltreffer – Zugs Kopf prallte heftig zurück und ein schmerzerfülltes Ächzen drang unter dem Helm hervor. Aber der Hieb hatte ihm nicht die Besinnung geraubt. Er hatte ihn jedoch aus dem Gleichgewicht gebracht. Während Zug sich zu fangen versuchte, versetzte Haakon ihm einen kräftigen Stoß. Zug wankte rückwärts, und Haakon hielt die Schwertlanze weiterhin fest umklammert.

Als er sein Gleichgewicht wiederfand und festen Stand erlangte, wirbelte er die Waffe herum, bis die Klinge auf seinen Feind wies.

Die Zuschauer lachten und kreischten vor Begeisterung über diese sensationelle Wende der Ereignisse. Haakon wurde erst jetzt wieder bewusst, dass ein Publikum *vorhanden* war. Und plötzlich, mir nichts, dir nichts, war er aus dem Fluss des Kampfes herausgerissen und merkte, dass er zu atmen vergessen hatte, dass sein Herz so schnell ging, dass es sich eher wie ein Zittern als ein Schlagen in seiner Brust anfühlte, dass ihm Schweiß aus den Poren sprudelte. Er erkannte, dass er der Wand näher war, als er es sein wollte, und machte einen Schritt zur Seite, in Richtung der Mitte der Arena.

Zug legte die Hände an seinen Helm und rückte ihn vor seinem Gesicht zurecht. Der obere Rand seiner Maske war zertrümmert, eine der langen Spitzen hing herab. Sonnenlicht fiel durch eine Lücke zwischen dem Dämonenhelm und seiner glänzenden schwarzen Halskrause.

Haakon erhaschte einen Blick auf glatte braune Haut am Kinnwinkel seines Gegners, dort, wo bei einem Mann Stoppeln sprossen.

Er hat keinen Bart. Ein Junge. Nur ein Junge.

Zug nahm die Hände herunter. Er hatte das Kurzschwert nicht weggesteckt, während er seine Maske gerichtet hatte, und jetzt schleuderte er die Waffe mit einem Ruck seines Handgelenks. Das Schwert war kein besonders gutes Wurfgeschoss, aber er zielte gut und warf es mit beträchtlicher Kraft. Haakon drehte die Schwertlanze, und es gelang ihm, das Geschoss zumindest so weit abzulenken, dass es scheppernd von seinem metallenen Schulterpanzer abprallte. Aber das Manöver brachte ihn gerade lange genug aus dem Konzept, dass Zug über den Sand rennen und die andere herrenlose Waffe aufheben konnte.

Haakons Beidhänder.

Jetzt schnappte die Menge vor rasender Schadenfreude schier über. Aus dem Toben wurde ein fast teuflisches, schweineähnliches Quieken, schrill und schmerzhaft.

Haakon und Zug gingen wieder in Angriffsposition und taxierten einander. Haakon hielt die Schwertlanze locker in den Händen, während er um Zug herumschlich und ihn durch die Arena vor sich hertrieb. Zug bewegte sich im Krabbengang und im rechten Winkel zu Haakons Klinge. Hinter ihm ragte die lange Bahn aus roter Seide auf, die den Südtunnel verhüllte, direkt unterhalb des Platzes, wo der Khan in seinem Pavillon verborgen saß. Sonnenlicht ließ die Seide schimmern und gaukelte Bewegung vor, als sei es eine Feuersäule.

Der rote Schleier.

Was liegt auf der anderen Seite?

Haakon hatte die längere Waffe. Seine Rüstung war stabiler. Er hatte es mit einem bartlosen Jüngling zu tun, vielleicht auch mit einem Eunuchen – aber nicht mit einem Dämon.

Zum ersten Mal seit Beginn des Kampfs konnte er sich mit der Chancenverteilung anfreunden.

Kapitel 14

✠✠✠

Nach Art des Kiebitzes

Sobald Feronantus wach war, erstattete Cnán Bericht über die Ereignisse des Vortags und was bevorstand. Sie beendete ihre Geschichte mit dem Vorschlag: »Wenn ihr euer Lager aufgeben und im Wald untertauchen wollt – wobei ich euch übrigens behilflich sein könnte –, würde euch das niemand übel nehmen.«

Feronantus verzog das Gesicht. »Von wie vielen Mongolenreitern hast du gesprochen?«

»Etwa vier *Arban.*« Als sie sah, dass ihm dieser Begriff nichts sagte, erläuterte sie ihn: »Sie reiten in Zehnergruppen. Zehn *Arban* – zehn mal zehn – nennt man ein *Jaghun.*«

Sein Gesicht entspannte sich. »Dann sehe ich keine Schwierigkeiten.«

Cnán konnte sich ein Schnauben kaum verkneifen – aber dann dachte sie an Istvans Teufelswerk. »Ihr habt sehr wenig Zeit, um euch bereit zu machen«, warnte sie.

»*Bereit* macht man sich am besten, lange *bevor* ein Lager von berittenen Bogenschützen überrannt wird. Wir machen uns seit unserer Ankunft hier *bereit*«, erklärte Feronantus. »Nun … junge Binderin – bist du mit der Art des Kiebitzes vertraut?«

Allerdings.

»Darf ich dich dann bitten, ein Stück zurückzugehen, dich aus deiner Deckung aufscheuchen zu lassen und panisch in Richtung unseres Lagers zu fliehen? Männer auf Pferden machen gerne Jagd auf etwas, und die Mongolen bilden da keine Ausnahme.«

Cnán schniefte. »In den vergangenen Jahren bin ich ganz gut darin geworden, nicht gesehen zu werden, geschweige denn mich *aufscheuchen* zu lassen.«

»Das weiß ich«, sagte Feronantus. »Aber heute wollen wir alle einmal das Unerwartete tun.«

Als Feronantus es so ausdrückte, fiel es Cnán schwer, ihm seine Bitte abzuschlagen. Sie war die ganze Nacht lang hart geritten, hatte Flüsse im Dunkeln überquert und war Risiken eingegangen, die sie nie auch nur in Betracht gezogen hätte, wenn sie sich nicht mit diesen Brüdern und auf ihre irrsinnige Mission eingelassen hätte.

Derweil hatte Feronantus es im Lager zusammen mit den sechs anderen, die zurückgeblieben waren, ruhig angehen lassen; als da waren: Taran, der kräftige irische *Oplo*; Rædwulf, der englische Bogenschütze; Illarion, der ruthenische Adelige; Roger, der Normanne, der zu viele scharfe Dinge mit sich herumtrug; und zwei, die keine eigentlichen Mitglieder des *Ordo Militum Vindicis Intactae* waren, nämlich Finn, der Jäger, und Jasper, der Alchemist. Beide Männer stammten aus dem Nordwesten Europas und verständigten sich in Sprachen, die Cnáns Ohr Mühe bereiteten. Die meisten im Lager hatten geschlafen, als sie auf ihrem letzten Pferd im Galopp eingetroffen war, aber nun waren sie wach, bewaffnet und gerüstet, und das war so schnell gegangen, dass man annehmen konnte, sie schliefen in Stahl.

Was Cnán auch getan hätte, wäre sie töricht genug, in dieser Gegend ein Lager aufzuschlagen und ein Feuer zu machen.

Sie fühlte sich wie benebelt. Das Morgenlicht kam ihren müden Augen matt und trüb vor. Jeder Instinkt riet ihr, sich abzusetzen, das lärmende, stinkende Tier, auf dem sie geritten war, loszuwerden und ihre überragenden Fähigkeiten zu nutzen, um einfach zu verschwinden. Stattdessen wollte Feronantus, dass sie sich, für kurze Zeit, wie eine Vogelmutter benahm, die Raubtiere von ihrem Nest weglockte, indem sie sich so auffällig und verletzlich benahm, wie sie nur konnte. Hätte er diese Bitte im falschen Tonfall oder mit dem falschen Blick in den Augen vorgetragen, wäre sie inzwischen schon so weit fort, dass es allenfalls Finn noch, mit viel Glück, gelungen wäre, sie wiederzufinden.

Aber Feronantus – verdammt sollte er sein! – hatte sie höflich gefragt, und zwar auf eine Weise, die deutlich machte, dass er genau wusste, worum er sie bat: Sie sollte sich erniedrigen, vor ihren Feinden und Freunden gleichermaßen.

Sie schob sich an Feronantus vorbei und gab sich stolz dabei, ein Versuch, den ihre Erschöpfung noch lächerlicher machte, als er ohnehin schon war. »Dann macht euch *bereit*, meine Verfolger in Empfang zu nehmen«, sagte sie und saß auf, weniger elegant als zuvor. Sie wendete ihr Pony und ritt in die Richtung, aus der sie gerade erst gekommen war.

Bei ihrem kurzen Gang durch das Lager hatte sie einen Blick auf die Vorbereitungen der Schildbrüder werfen können. Einige davon, wie etwa auf Höhe des Halses eines Reiters Seile zwischen den Bäumen zu spannen und zugespitzte Pfähle in den Boden zu rammen, waren naheliegend, andere dagegen – etwa dass Jasper am helllichten Tage Fackeln entzündete – muteten eher rätselhaft an.

In den Stunden während der Dunkelheit war Cnán über offenes Land geritten. Sie hatte zugunsten der Schnelligkeit auf Verstand und Vorsicht verzichtet und sich darauf verlassen, dass die vier hinter ihr – Parzival, Raphael, Eleázar und

Istvan – die Aufmerksamkeit der mongolischen Verfolger auf sich zogen. Die Route, die sie erst kürzlich zum Lager genommen hatte, ließ sich immer noch anhand einer Schneise aus niedergetrampeltem Gras erkennen. Sie zog sich über eine Wiese, die eine Werst breit sein mochte und auf einer grasbewachsenen Anhöhe den Himmel berührte.

Begrenzt wurde die Wiese am unteren Rand des Hanges von einer eingestürzten Steinmauer. Violett blühende Disteln und Erbsenranken hatten ihre Wurzeln zwischen die Steine gegraben und die alte Mauer in eine Wildhecke verwandelt, die zu hoch war, um sie mit einem Sprung zu überwinden. Eine Lücke in der Mauer – eine alte Pforte oder ein Zauntritt – hatte das üppige Grün zu einer Art Mauseloch verengt, das Reiter nur einzeln passieren konnten. Jenseits der Mauer erstreckte sich ein aufgegebenes Roggenfeld, das jetzt verwilderte und den Kampf gegen stärkeres Unkraut verlor. Wie viele Äcker war auch dieser deutlich länger als breit, damit der Bauer sein Gespann beim Pflügen nicht ständig wenden musste. Die Hecke verlief entlang einer Seite des Feldes. Auf der anderen Seite, etwa hundert Schritt entfernt, gab es keine Einzäunung, es sei denn, man betrachtete die Reihe alter Stümpfe als solche, wo der Bauer ein paar Bäume abgesägt hatte. Dichte Rot-Erlen und Eschen wuchsen auf dieser Seite an das Feld heran und erstreckten sich über einen flachen Abhang etwa eine halbe Werst weit nach unten, wo das endlose Sumpfgebiet begann.

So viel also zu den langen Seiten des Feldes. Die schmalen, eine davon jedenfalls, wurden von noch mehr Wald bestimmt. Kiefern wuchsen ins Grasland hinein und bildeten eine Landzunge, auf der die früheren Bewohner ihre Hütten errichtet hatten, die seit einem Jahr oder länger noch verlassen waren. Entlang der anderen Schmalseite zog sich, kaum kniehoch, ein Saum aus Geröll über den Boden, vielleicht die

Überreste einer weiteren Steinmauer, die von Plünderern auf der Suche nach Baumaterial abgetragen worden war.

Die Ritter hatten ihre Unterkünfte vor ein paar Tagen zwischen den Kiefern hinter den Hütten aufgeschlagen. Die Stelle war keine richtige Lichtung, weil einige Eschen von beträchtlicher Größe darauf wuchsen, aber das Unterholz war licht – wie Cnán unschwer erkannte, die Folge eines Feuers, das sich über die Lichtung gewälzt und die jüngeren Bäume zerstört, aber nicht lange und heiß genug gebrannt hatte, um auch die großen zu vernichten. Bauern legten solche Feuer oft selbst, aber dieses war vermutlich durch einen Blitzschlag bei trockenem Wetter entstanden.

Als sie das Roggenfeld durch das Mauseloch hinter sich ließ und auf die weite Wiese dahinter hinausritt, fand ihr Auge einen verkrüppelten Baum, der einsam und kahl in jenen Horizont aufragte, über den die Mongolen bald kommen würden. Echos von vielen unliebsamen Anblicken, die sie auf ihrer langen Reise durchs mongolische Reich gesehen hatte, hallten in ihr wider.

Sie versetzte ihr Pferd in einen leichten Galopp und ritt über die Spur zurück, die sie auf dem Herweg ins Gras getrampelt hatte, bis sie den Kamm der Anhöhe fast erreichte. Bevor sie jedoch ihren Kopf zeigte, saß sie ab und führte das Pony zu dem Baum hin, bei dem es sich um eine verdorrende Esche handelte.

Sie warf die Zügel des Ponys über einen niedrigen Ast, den sie dann als Tritt nutzte, um auf einen höheren Ast hinaufzusteigen. Die Esche war nicht so groß, wie sie von Weitem ausgesehen hatte, und ihre Äste waren trocken, verbrannt und brüchig. Einen der Männer hätten sie nicht getragen, sie hielten ja Cnáns Gewicht kaum stand. Mit einiger Vorsicht gelang es ihr allerdings, auf etwa doppelte Mannshöhe hinaufzusteigen, wo sich der Stamm in zwei annähernd gleiche

Hälften gabelte, ein sicheres Plätzchen, von dem aus sie die andere Seite der Anhöhe überblicken und sehen konnte, was von dort kam.

Seltsamerweise hatte sie befürchtet, dass sie nichts sehen würde, denn das hätte bedeutet, dass Parzival und die anderen tot waren. Ein weiterer Beweis dafür, dass Parzivals Gesellschaft ihrem klaren Verstand geschadet hatte, denn der Tod der anderen wäre das bestmögliche Resultat gewesen, wenn ihre Absicht allein darin bestanden hätte, sich selbst zu retten.

Aber im Westen wurde ein Hahnenschwanz aus Staub sichtbar, in dem sich das schwache Licht der Morgensonne fing – und es war viel mehr Staub, als vier Männer ihn aufwirbeln konnten. Da war eine ansehnliche Schar unterwegs, die einen oder mehrere Flüchtlinge jagte.

Da die flachen Bodenwellen die Nahsicht behinderten, kletterte Cnán weiter hinauf, und nach einigem bangen Warten machte sie vier schimmernde Vs aus, wie Wildgansformationen, die den breiten Lauf eines Flusses überquerten, durch den sie selbst bei Tagesanbruch gewatet war.

Sie blickte auf die Wellen, die vier Pferde hinterließen, während sie durch die Untiefen pflügten.

Sie drehte den Kopf und suchte Halt am Stamm, als der Ast unter ihr knirschte, dann fand sie ihr Gleichgewicht wieder und entdeckte Rædwulf, der, den Bogen über der Schulter, hinter der Hecke hockte und zu ihr hochsah. Sie legte ihren Daumen in die Handfläche und hob die vier anderen Finger. Rædwulf nickte und verschwand aus ihrem Blickfeld. Sie dachte daran, sie auch über die Größe der Verfolgerschar zu informieren, aber dann fiel ihr ein, dass Finn dies bald herausfinden würde, wenn er am Boden horchte.

Die Spitzen der Vs stießen ans diesseitige Ufer der Furt, und Cnán stimmte leise ein kurzes Lied an, eine Weise der

Binderinnen, die dem gleichförmigen, zwingenden Rhythmus eines Tanzes folgte. Es klang am besten, wenn die Melodie auf einer Schalmei gespielt und der Takt auf einer *Daf* geschlagen wurde, aber sie konnte die Erinnerungen an Gelegenheiten in sich wachrufen, da sie das Lied auf solchen Instrumenten gehört hatte – am Lagerfeuer, in glücklicheren Zeiten, an besseren Orten. Am Ende des Refrains streckte sie den Daumen hoch und begann das Lied von vorn.

Als sie es zum zweiten Mal zu Ende gesungen hatte, streckte sie den Zeigefinger hoch.

Ihr Ringfinger wies in die Höhe, als die ersten Vs auf der anderen Seite der Furt erschienen. Deren Spitzen trafen etwa zu der Zeit auf das diesseitige Ufer, als Cnán ihren kleinen Finger hob. Und als sie beim Daumen ihrer anderen Hand anlangte, war die Verfolgerschar so dicht, dass es nicht mehr möglich war, einzelne Wellen zu erkennen. Dennoch glaubte sie nicht, dass die Schar größer war als die Gruppe, die sie gestern in der Abenddämmerung gesehen hatte.

Das hieß, es hatten sich ihr während der Jagd keine weiteren *Arban* angeschlossen. Nur um sich zu vergewissern, löste sie den Blick von der Gruppe, die sich im Fluss drängte, und hielt in der Ferne Ausschau nach weiteren Staubwolken. Sie sah keine.

Es war alles so, wie sie es Feronantus geschildert hatte. Kein Grund, zum Lager zurückzueilen, um ihren Bericht zu korrigieren.

Nun begann ein langes Warten, und das gab ihr Zeit zu überlegen, wie sie ihre Pflicht am besten erfüllen konnte. Das war ein hässliches Wort, *Pflicht,* und sie zuckte innerlich davor zurück, wie sie vor einer Schlange zurückgezuckt wäre. Aber sie hatte sich daran gewöhnt, diese Stimme zu überhören, und sie hörte auch jetzt nicht darauf.

Sie hockte immer noch im Baum und wiederholte immer

noch ihr Lied, als Parzival seine Gruppe den Hügel heraufführte; ihre Pferde schäumten und flockten und waren halb tot. Cnán sorgte dafür, dass die Männer sie sahen, was nicht schwer war, da sie den verdorrten Baum als Anhaltspunkt nahmen. Kaum hatte sie ihre Aufmerksamkeit auf sich gelenkt, winkte sie die Männer energisch in Richtung des Mauselochs, das durch die überwucherte Mauer führte. Istvan, der ein paar Längen vor den anderen ritt, verstand sofort, was sie meinte, und nahm Kurs auf die Öffnung. Raphael und Eleázar, die ihm als Nächste folgten, zögerten jedoch.

»Blockiert das Loch!«, rief Cnán zu ihnen hinunter. »Wie Betrunkene, die aus einer brennenden Schenke stürzen!«

Sie bleckten zur Antwort die Zähne, dann folgten sie Istvan. Dabei rempelten sie einander spaßeshalber an und spielten in Panik geratene Betrunkene, nur um Cnán zu belustigen. In ihrer Erleichterung darüber, noch am Leben zu sein, gebärdeten sie sich wie kleine Jungen. Und sie freute sich, dass sie ihren Witz schätzten.

Da war auch Parzival heran und blieb dicht am Baum stehen. »Weiter«, rief Cnán ihm zu, »durch die Mauer, wie die anderen.« Sie wandte den Blick ab, sang wieder und schlug mit der Faust den Takt.

»Herrin«, begann Parzival. So hatte er sie gestern schon genannt, und sie hatte Sarkasmus dahinter vermutet. Aber dies schien ihr nicht der richtige Moment für Spötteleien zu sein. Vielleicht lag es ja nur daran, wie er aufgewachsen und erzogen war. Cnán wünschte, sie könnte Parzivals Mutter kennenlernen. »Ich möchte Euch nicht empfehlen, dort oben zu verharren«, sagte er, »in Anbetracht der Tatsache, dass feindliche Bogenschützen in großer Zahl im Begriff sind, Euch zu umzingeln.«

Sie reagierte nicht darauf. Sie näherte sich dem Ende des Refrains und wollte nicht aus dem Takt geraten.

»Aber wenn Ihr schon da oben bleibt«, fuhr er fort, »solltet Ihr vielleicht wenigstens das Singen unterlassen. Euer Lied ist zwar wunderschön, aber es wird schon bald viele Pfeile auf Euch lenken.«

Sie hob den Daumen und erklärte: »Das gehört alles zu einem Plan – Feronantus' Plan, wenn Euch das eher beeindruckt –, und Ihr seid gerade dabei, ihn zu verderben. Geht und ringt um einen Platz in diesem Loch dort in der Hecke.« Ein rascher, finsterer Blick in Parzivals Richtung, dann sang Cnán weiter und hob den Zeigefinger.

»Aha, Ihr sollt den Kiebitz geben«, vermutete Parzival. Er wandte sich um und sah zu Raphael und Eleázar hinunter, die etwa auf halbem Weg zu der Öffnung waren. »Ihr werdet zu jener Lücke da laufen, aber sie wird von diesen selbstsüchtigen Dummköpfen blockiert sein. Dann werdet Ihr auf den anderen Weg ausweichen, der zu dem Feld hinüberführt – die niedrige Geröllmauer am Ende des Ackers. Der für die Mongolen ohnehin viel besser geeignet ist.«

Als Nächstes folgte ihr Mittelfinger. Es drängte sie, vom Baum zu steigen, aber es war wichtig, dass die Mongolen sie vorher entdeckten.

Parzival blickte zu ihr auf und sagte: »Eurer Vorstellung wird es an Überzeugungskraft mangeln, wenn ich eine Dame in Not im Stich lasse und ihr nicht den Vortritt gewähre. Denn es ist meine Pflicht als Ritter, dafür Sorge zu tragen, dass Ihr Euer Ziel unbeschadet erreicht – so schwierig Ihr mir das bisweilen auch macht.«

Cnán wies drohend mit dem Finger auf ihn und unterbrach ihr Lied lange genug, um ihn anzufahren: »Ihr vermasselt alles! Haut ab!« Dann erkannte sie Bewegung auf dem Hang – auf und nieder hüpfende Spitzen von Mongolenlanzen.

»Ich werde Euch folgen«, erbot sich Parzival fürsorglich. »Eure List wird auch dann noch gelingen.«

»Wie Ihr wollt«, knurrte Cnán. Sie konnte die breiten Gesichter der Mongolen unter ihren Helmen erkennen, und einer von ihnen zeigte genau auf sie und rief seinen Brüdern aufgeregt etwas zu.

Cnán stieg vom Baum. Das ging langsamer, als sie gehofft hatte, da ein Ast unter ihrem Fuß abbrach und sie zwang, ein paar Takte des Liedes lang im Geäst zu baumeln und nach neuem Halt zu tasten.

Parzival manövrierte sein Pferd geschickt unter sie, ergriff ihren Fußknöchel, dirigierte sie zu ihrem geduldig wartenden Pony hinüber und sorgte dann dafür, dass sie mit dem Po genau im Sattel landete. Noch während sie nach den Zügeln griff, versetzte er dem Pony einen Klaps auf den Hintern. Es ging durch. Parzival setzte sich dahinter und brachte sich so zwischen Cnán und die Mongolen.

Cnán bekam endlich die Zügel zu fassen und galoppierte denselben Pfad hinunter, den Istvan, Raphael und Eleázar genommen hatten. Sie versuchte, nicht auf Parzival zu achten, was immer er da hinter ihr auch tun mochte, und preschte in Richtung des Mauselochs; der Ritt war hoffentlich lange genug, um den Mongolen vor Augen zu führen, was sie vorhatte.

Raphael und Eleázar gingen völlig in ihren Rollen auf – schimpfend schubsten sie einander vor der schmalen Öffnung hin und her.

Cnán konnte die Mongolen rufen hören, als sie die Richtung änderten, um ihr zu folgen. Sie zwang ihr Pony in eine scharfe Kehre. Das Tier schwenkte auf einen Kurs ein, der in etwa zehn Schritt Entfernung parallel zu der Hecke verlief. Sie musste ungefähr eine Bogenschussweite zurücklegen, dann umkehren und über den niedrigen Geröllsaum hinwegsetzen, um auf den Acker hinüberzugelangen. Weil sie fürchtete, das Pony könnte eine solche Wendung im vollen

Galopp nicht schaffen, lenkte sie es weiter von der überwucherten Mauer weg.

Die Katastrophe kam so schnell, dass sie schon Hals über Kopf durch den Roggen purzelte, bevor ihr überhaupt bewusst wurde, dass etwas schiefgegangen war. Sie nutzte den Rest ihres Schwungs, um mit einer Rolle wieder auf die Füße zu kommen. Ein lautes Krachen klang ihr noch frisch in den Ohren. Sie schaute zurück. Das Pony lag reglos am Boden. Vielleicht war es in das Loch eines Tierbaus getreten, hatte sich ein Bein gebrochen, sie abgeworfen und war auf dem Genick gelandet.

Benommen stand Cnán zwischen Unkraut und Roggenhalmen da – nicht die allerbeste Taktik, wenn Bogenschützen zum Schuss bereit waren.

Zwei Geräusche ertönten zugleich – das Zischen eines Pfeiles neben ihrem linken Ohr und ein Donnern, das durch ihre Fußsohlen in ihr aufstieg. Sie drehte sich um und sah weitere Pfeile über den Himmel fliegen – und Parzival, der auf sie zusprengte.

Und wieder war es so – wäre es ein anderer gewesen, hätte sie gezögert; sie hätte hin und her überlegt, wenn ihr nicht klar gewesen wäre, was er sich dachte und welche Absicht er verfolgte. Aber weil es Parzival war, wusste sie es augenblicklich: Er würde sie retten oder bei dem Versuch sterben. Sie wollte nicht, dass er starb. Also streckte sie die Hand nach oben.

Parzivals stahlummantelter Arm fegte vom Himmel herab wie ein Falke mit glänzenden Schwingen und kam dann von unten heraufgeschossen. Sein Panzerhandschuh traf zwischen Ellbogen und Schulter auf Cnáns hochgereckten Arm und schloss sich darum wie eine stählerne Klammer. Ein scharfer Schmerz – der Arm schien ihr aus dem Schultergelenk gerissen zu werden –, und sie krallte die Faust in seinen Kettenpanzer, während ihre andere Hand nach oben schwang, wo ihre Fingerspitzen sich um die Kante der Stahlkappe hakten, die seinen Ellbogen bedeckte. Eine Zeit lang hielt sie sich mit aller Kraft fest, die sie noch besaß, erhaschte holpernde, wirbelnde Blicke auf Parzivals Oberschenkel, den Sattel, die pulsierende Flanke des Pferdes, den Himmel über ihr und den dahinhuschenden Boden unter ihr. Erde und Gras stoben auf und trafen sie im Gesicht.

Sie zog die Knie an, und im nächsten Moment hievte Parzival sie hoch wie einen Getreidesack und legte sie sich quer vor seinen Sattel. Hätte sie mit einem längeren Ritt gerechnet, dann hätte sie ihr Bein über den Rücken des Pferdes geschwungen und sich aufrecht hingesetzt, aber in dieser Position fühlte sie sich geborgener, obgleich ihr der Sattel in den Bauch und die Rippen stieß. Halt suchte sie nur an Stellen des Zaum- und Sattelzeugs, die sie mit Händen ertasten konnte, und sie versuchte, ihre Lage so gut wie möglich einzuschätzen.

Das Pferd wendete, das spürte sie unverkennbar – es schlug einen Bogen in die offene Einmündung auf den langen Acker.

Etwas sirrte an der linken Flanke des Pferdes vorbei und bohrte sich vor ihnen in den Boden. Noch lautere dumpfe Geräusche schreckten sie auf – Pfeile, die Parzivals Rücken trafen, der zumindest teilweise durch den Schild geschützt wurde, den er dort trug. Aber sein Tier hatte keinen solchen Schutz.

Das Pferd stieß einen entsetzlichen Schrei aus, geriet aus dem Tritt, wankte ein paar Schritte weit und versuchte wieder zu galoppieren, schwankte jedoch von Neuem und verfiel in einen ungleichmäßigen, wackligen Seitwärtsschritt, der Cnán das Gefühl eines langsamen Abstiegs vermittelte. Der Sattel stieß ihr nun nicht mehr in den Bauch. Geröll jagte unter ihr vorüber, ein niederfahrender Huf landete krachend auf einem großen Stein und dann kam der Boden rasend schnell auf sie zu.

Himmel, Geröll und Roggen wetteiferten um ihre Aufmerksamkeit, während sie und Parzival ineinander verheddert über den Boden kugelten. Sie kam letztlich obenauf zu liegen, rappelte sich wacklig hoch und sog den Atem ein, den es ihr aus den Lungen getrieben hatte; dann wandte sie sich in Richtung des Feindes und fragte sich dabei, wie oft sie heute wohl noch von einem sterbenden Pferd fallen würde.

Vier Mongolen ritten nebeneinander auf sie zu, und viele weitere diskutierten hinter ihnen, ob sie den Schwenk mitmachen sollten. Ein Schütze hatte seinen Bogen gezückt und einen Pfeil aufgelegt. Er drückte den Bogen nach vorne und ließ den Pfeil los. Ein anderer war dabei, seinem Beispiel zu folgen. Beide Pfeile trafen ihr Ziel.

Mit der scheinbaren Kraft eines Herkules stemmte Parzival sein Körpergewicht plus Kettenschutz und Rüstung aus der Hocke hoch und schwang den Schild von seiner Schulter. Drei Pfeile ragten daraus hervor. Ein weiterer flog in seine Richtung – nein, in Cnáns –, und er streckte den Schild gerade noch rechtzeitig vor, um auch diesen abzufangen. Ein anderer prallte scheppernd von seinem stählernen Helm ab.

Der Ritter taumelte zur Seite, drehte sich, duckte sich und stieß den gespickten Schild zwischen die stampfenden Beine des nächsten Mongolenpferds. Das Tier ging zu Boden, sein Schrei brach ab, als seine Schnauze durch Gras und Erdreich pflügte. Der Reiter überschlug sich und rutschte wie ein Kind auf einem Schlitten übers Gras. Parzival stoppte die Rutschpartie des Mongolen mit einem beidhändig geführten, nach unten gerichteten Stoß seines Schwerts, durch den er ihn am Boden festnagelte.

Die anderen drei Mongolen sprengten vorbei. Cnán wusste,

dass sie sich als Nächstes im Sattel umdrehen und Partherschüsse versuchen würden. Deshalb drehte sie sich ihrerseits zu ihnen um und sah sie gerade noch zu Boden gehen – eins, zwei, drei –, als Pfeile von der Seite her und von vorne ihre Lederrüstungen durchbohrten.

Istvan war der einzige Bogenschütze, den sie tatsächlich sehen konnte, die anderen Schüsse waren aus dem Verborgenen gekommen. Der Ungar galoppierte jetzt weit im Sattel vorgebeugt heran und schoss einen zweiten Pfeil durch den Halsschutz eines verwundeten Mongolen, der schwankend auf die Füße zu kommen versuchte. Der Mann fiel wieder auf die Knie und tastete mit den Händen nach seinem Hals; schreien konnte er nicht – der Pfeil hatte seine Luftröhre durchbohrt und war auf der anderen Seite wieder ausgetreten, ein fast glatter Durchschuss.

»Lauft, Herrin!«, sagte Parzival so ruhig, als fordere er sie nur zum Tanz auf – und Cnán lief. Er war direkt hinter ihr. Nackt hätte er sie vielleicht überholt – in voller Rüstung blieb selbst er hinter ihr zurück.

Sie wurden auf den Acker gehetzt, und während Cnáns leicht beschuhte Füße durch Roggen und Unkraut huschten, nahm sie aus dem Augenwinkel Männer wahr, die flach in seichten Gräben unter Haufen ausgerupften Grases lagen. Und unter ihren Füßen sah sie lange Seile auf dem Boden, zwar schnurgerade, aber schlaff.

Istvan ritt in die andere Richtung an ihr vorbei. Sie sah, wie der Ungar dem Vorreiter der nächsten Angriffswelle einen Pfeil verpasste. Dann wendete er sein Schlachtross und kehrte in ihre Richtung zurück, drehte sich dabei aber im Sattel um und brachte selbst einen Partherschuss an. Kaum war er an ihr vorüber, ruckten die Seile vom Boden hoch – drei Reihen, von jeweils zwei zusammenwirkenden Rittern hüben und drüben straff gezogen, indem sie die Seilenden um kräftige Stöcke wanden, die sie zuvor ins Erdreich gerammt hatten.

Parzival sprintete heran und hatte binnen weniger Schritte zu Cnán aufgeschlossen. Er ergriff ihren bereits schmerzenden Arm, lenkte sie auf die Hecke zu und schleuderte sie hinein. Ranken und Disteln fingen sie auf. Steine schrammten ihr über Gesicht und Schulter – leichte Wunden, ein gerechter Tausch. Weitere Pfeile gruben sich nur zwei Meter entfernt in den Boden.

Cnán schmiegte sich in die Hecke und deckte sich mit vorsichtig ausgerissenen Disteln und Ranken zu, um sich darunter zu verstecken. Aber ihre Neugier war stärker als alle Vorsicht. Sie teilte die Ranken und sah die Katastrophe, die die mongolischen Reiter erwartete. Zwei *Arban* – zwanzig Reiter – galoppierten in hohem Tempo heran … und genau in die gespannten Seile hinein.

Bis auf zwei Reiter und ihre Ponys stolperten alle über die Seile und gingen Hals über Kopf zu Boden, wo sie um sich tretend und schreiend in einer Staubwolke liegen blieben. Die beiden, die durch die Falle gelangt waren, brachten Rædwulfs Pfeile und ein weiterer Partherschuss von Istvan zu Fall. Der Ungar grinste wie ein Dämon, sein gewaltiger borstiger Schnurrbart war immer noch mit schwarzem Blut von dem Massaker auf dem Gehöft verkrustet.

Mit schweren, dröhnenden Schritten rannte ein Mann unmittelbar an ihrem Versteck in der Hecke vorbei. Er keuchte vor Erschöpfung und zog eine lange, zerfasernde Rauchwolke hinter sich her. Das war der Alchemist, Jasper – und er schien in Flammen zu stehen. Alle paar Schritte verhielt er und schleuderte einen rauchenden Gegenstand von sich, den er zuvor aus einem geschulterten Beutel nahm. Er warf die Dinger in Richtung des Zugangs zu dem aufgegebenen Feld, wo sich zwei Schwadronen der Mongolen nun schwankend aufrappelten, die Schwerter zogen oder immer noch versuchten, unter um sich tretenden Pferden hervorzukriechen.

Die brennenden Gegenstände kullerten über den Boden und spien Rauch aus – keinen weißen, durchscheinenden Rauch, wie ihn ein Feuer erzeugte, sondern gelblich braunen Qualm, zäh wie Flussschlick. Und er ließ nicht nach. Einer dieser Gegenstände fiel aus Jaspers Beutel heraus und blieb nicht weit von Cnán entfernt liegen. Es war ein Flaschenkürbis, ungefähr von der Größe einer Faust, mit einem in die Schale geschnittenen Lüftungsloch. Was sie faszinierte, war die schiere Menge an Rauch, die aus dem Ding zischte und quoll. Es war, als sähe man hundert Mann aus einem einzigen Weinfass hüpfen.

Binnen weniger Augenblicke vereinten sich die Rauchströme und -schwaden zu einer dichten Wand rund um die gestürzten Reiter, wie tief hängende Gewitterwolken. Der Tag war windstill, das Feld von Wäldern geschützt, und der beißende gelbe Qualm hatte keine Eile, sich zu verziehen.

Aus den flachen Gräben sprangen Taran und Feronantus und dann Roger und Illarion auf und zogen mit einem seltsamen, gleichermaßen heulenden und johlenden Schrei ihre Schwerter:

»Alalazu! Alalazu!«

Der Kriegsruf des *Ordo Militum Vindicis Intactae*, wie Cnán vermutete.

Eleázar rannte über den Acker heran und schwenkte das kolossale Schwert, das er gestern Abend so wirkungsvoll zum Einsatz gebracht hatte. Ihm folgte im Trab Raphael. Den Bogen in der Hand, einen Pfeil aufgelegt, hielt er nach weiteren Feinden Ausschau.

Aber die Blendkraft von Jaspers Rauchwolke war absolut, und der Rest der mongolischen Streitmacht, der den Weg um den Rauch herum und durch die Hecke hindurch fand, wagte es nicht, die Bogen einzusetzen, aus Furcht, die eigenen Kameraden zu treffen.

Die Wolke dehnte sich aus. Jetzt drangen fürchterliche Laute daraus hervor. Ein Mongole hüpfte auf einem Bein durch die wogende gelbe Wand, hustete und wedelte mit der freien Hand; aus seinen Haaren und seiner Kleidung stieg Rauch auf. Ein Beil wirbelte aus der Wolke hervor und spaltete ihm den Hinterkopf. Seine Augen färbten sich schlagartig rot und quollen aus ihren Höhlen, und er warf die Arme hoch und fiel vornüber aufs Gesicht.

Roger, die Arme blutverschmiert, kam rückwärts aus der Wolke heraus und zog das Beil aus dem Kopf des Toten. Ein weiterer Mongole stürzte sich aus dem Qualm auf ihn. Roger schleuderte die Waffe mit einer fast beiläufigen Bewegung aus der Rückhand und ließ sie auf Kniehöhe flach über den Boden wirbeln. Sie verletzte den Mongolen nicht, brachte ihn aber aus dem Tritt und ins Taumeln. Er hob ein kurzes Schwert, weniger um einen Hieb zu führen, als um sich zu schützen vor dem, was als Nächstes folgen mochte – denn schon rannte Roger auf ihn zu, erwischte den Ellbogen des Mannes und stieß ihn mit aller Kraft nach hinten, sodass er das Ohr des Mongolen streifte, ihn herumdrehte und sein Hals ein leichtes Ziel für den Dolch in Rogers anderer Hand bot. Und der Dolch traf.

Jetzt völlig von Blut verschmiert und triefend, wand Roger dem sterbenden Mongolen das Schwert aus der Hand und stapfte zurück in die Wolke, das Gesicht von Kampfeswut verzerrt und den Schlachtruf auf den Lippen: *»Alalazu!«*

Raphael wandte sich der Hecke zu und schaute direkt zu Cnán herüber – nein, auf einen Punkt unmittelbar über ihr – und schoss einen Pfeil ab. Es ertönte ein lautes Rascheln, dann stürzte ein Mongole von der Hecke. Sie erhielt einen heftigen Schlag auf die Schulter, und dann lag er in einem

Gewirr abgerissener Pflanzen auf ihr. Cnán krabbelte unter ihm hervor und wollte zurückspringen, wobei tief aus ihrem Bauch grollend ein Ächzen aufstieg, das Angst und Ekel entsprang. Ein Pfeil steckte im rechten Lungenflügel des Mongolen. Trotzdem schlug er noch um sich und packte sie am rechten Fußknöchel. Mit der anderen Hand tastete er ungelenk nach seinem Gürtel, wo er den Griff eines Dolches zu erreichen versuchte, der beim Sturz verrutscht war.

Cnán ließ sich aufs Knie fallen und sorgte dafür, dass dieses Knie hart auf der Nase des Mongolen landete. Dann schnappte sie sich den verrutschten Dolch und rammte ihn dem Mann in den Bauch. Wieder raschelten über ihr Blätter, und sie sprang gerade noch rechtzeitig von dem lautstark sterbenden Mann herunter, um nicht von einem weiteren Mongolen niedergerissen zu werden, in dessen Leib sich gleich *zwei* Pfeile tief hineingebohrt hatten.

Sie hatte das Pech gehabt, sich an einer Stelle der überwucherten Mauer zu verstecken, die sich von der anderen Seite her leicht erklimmen ließ. Wahrscheinlich war es gut, der törichten Annahme ledig zu sein, dass es in diesem Getümmel irgendwo einen sicheren Platz gab, und so rannte sie mitten aufs Feld hinaus.

Die Rauchwolke zog träge in ihre Richtung, oder vielleicht wuchs sie auch einfach nur – und mit ihr kam die Schlacht.

Sie sah, wie Illarion einen zehn Fuß langen Speer wirbeln ließ und nur innehielt, um das eine oder andere Ende einem Feind in den Leib zu stoßen. Feronantus kreuzte so leichtfüßig wie unerbittlich am Rand des Kampfgeschehens entlang; mit Kurzschwert und Schild ausgerüstet, streckte er diejenigen nieder, die zu fliehen versuchten.

Der Rauch wich zurück und gab den Blick auf Taran frei, der in einen Zweikampf gegen einen imposanten Mongolen verstrickt war. Sein Gegner trug eine gute, starke Rüstung und war offensichtlich der Anführer eines *Arban*, wenn nicht sogar der ganzen Gruppe. Die beiden tauschten Schlag um Schlag aus, aber der Mongole machte einen erschöpften und unsicheren Eindruck, während Taran ruhig, entschlossen und – Cnán fiel kein besseres Wort ein – fast neugierig wirkte. Jetzt nutzte er die Gelegenheit, die ihm das erhobene Schwert seines Gegners bot, um beiseitezutreten und dem Anführer die eigene Klinge in die ungeschützte Achselhöhle zu stoßen.

Jasper schien seine alchemistischen Vorräte allesamt aufgebraucht zu haben und ging nun wachsam umher. Das Schwert hielt er zwar in der Hand, aber er schien nicht daran interessiert, sich in die Wolke und den Kampf zu begeben. Das fand Cnán überaus vernünftig – ein waches Auge am Rand des Schlachtfelds sorgte dafür, dass sie nicht überrascht würden –, und tatsächlich wies Jasper genau in diesem Moment mit seinem Schwert zum anderen Ende des Feldes. Er rief den anderen etwas zu, scharfe Worte, die Cnán nicht ganz verstand, mit denen er sie allerdings unüberhörbar warnte.

Raphael, Rædwulf und Istvan, alle drei damit beschäftigt, vereinzelte Mongolen abzuschießen, die versuchten, über die Hecke zu klettern, hatten nicht auf das Ende des Feldes nahe der Waldzunge und der alten Bauernhütten geachtet. Eine weitere Schwadron Mongolen hatte auf diesem Weg hergefunden, und sie hieben wütend auf die in Halshöhe gespannten Seile ein, die sich von Baum zu Baum zogen. Vier Reiter hatten die Sperre bereits passiert und sich an der Stirnseite des Feldes versammelt, wo sie darauf warteten, dass sich ihnen noch etliche ihrer Kameraden anschlossen.

Als sie jedoch Jaspers Warnruf hörten und sahen, wie die Bogenschützen sich in ihre Richtung wandten und auf sie zielten, gingen sie direkt zum Angriff über, anstatt darauf zu warten, kurzerhand abgeschossen zu werden.

Istvan ließ einen Pfeil von der Sehne, dann trieb er seinen Hengst geradewegs auf sie zu, schlang sich den Bogen über die Schulter und zog sein Krummschwert. Er und der vorderste der heranstürmenden Mongolen prallten in der Mitte des Feldes aufeinander, Klinge auf Klinge. Der Mongole ritt davon, aufrecht zwar, aber mit bestürztem, erblassendem Gesicht, weil ihm die Hälfte seines Schwertarms fehlte.

Zwei weitere gingen mit Pfeilen in Hals und Brust zu Boden, nur dem vierten gelang es irgendwie, sich zwischen Istvan, den Bogenschützen, Jasper und Cnán hindurchzuschlängeln. Er galoppierte genau auf Taran zu, der ihm den Rücken zuwandte. Wie im Sog dieses Mongolen folgten ein halbes Dutzend weitere, die denselben Weg wie die ersten vier gefunden hatten.

Die Kämpfer in der Rauchwolke hatten den Tumult gehört und waren auf die Gefahr aufmerksam geworden. Illarion und Feronantus rannten herbei und überließen den nunmehr hinteren Teil des Schlachtgeschehens den Händen von Parzival und Roger.

Cnán war einige Augenblicke lang ganz gebannt von dem Anblick, wie Feronantus es da zu Fuß mit einem angreifenden Mongolenritter zu Pferd aufnahm. Er warf sein Schwert in die Luft, als spiele er damit, ließ zu, dass es sich träge überschlug, und fing die Klinge geschickt zwischen Fingerspitzen und Handballen auf. Dann trat er beiseite, sodass der Hieb des Mongolen an seinem Kinn vorbeipfiff, allerdings so dicht, dass er ihm ein paar Barthaare absäbelte. Nun schwang Feronantus sein Schwert wie eine Hacke nach oben, sodass das spitze Ende der Parierstange von unten her in die Achselhöhle des Reiters hieb, sich dort verfing und ihn rückwärts von seinem Pferd riss.

Feronantus hielt seinen Gegner mit einem Fuß am Hals auf dem Boden fest, drehte sein Schwert wieder herum und rammte es dem Mann unter den Helm. Das war der letzte Mongole, der starb.

Aber es war nicht der letzte Mongole.

Einer war an der Stirnseite des Ackers nahe den alten Hütten zurückgeblieben. Er hockte im Sattel, vornübergebeugt, einen Fuß aus dem Steigbügel gezogen und hinter den Sattelknauf gestellt, den Ellbogen auf dieses Knie und das Kinn auf die Faust gestützt – eindeutig gelassen, selbstsicher. Er beobachtete. Ein stämmiger Mann, selbst nach mongolischen Maßstäben, in einer Rüstung, die gut, aber nicht auffällig war. Er ritt ein ausgezeichnetes Pferd, trug aber keinen Helm, und seine grauen Haare hingen offen um die Tonsur, die sich alle Mongolenkrieger schoren.

Als Cnáns Blick auf ihn fiel, war Rædwulf schon im Begriff, einen Pfeil auf ihn abzuschießen, aber der grauhaarige Mongole lehnte sich nach hinten, hob flink seinen Schild und fing den Pfeil dicht vor seinem Gesicht ab. Dann spähte er mit blitzenden Augen über den Schild hinweg, und als er sah, dass kein weiterer Pfeil folgte, reckte er sein Krummschwert in die Höhe und schüttelte es, was ebenso gut Ausdruck seiner Wut wie auch ein Gruß sein konnte. Mit gutturalen Rufen sowie Knien und Fersen wies er sein Pferd an kehrtzumachen, und dann galoppierte er in den Wald davon.

Istvan fuhr herum, wie um ihm nachzujagen, aber Feronantus, der neben ihm stand, streckte die Hand aus und ergriff die Zügel des Pferdes. »Halt«, sagte er. »Den holst du nie ein. Dein Pferd ist halb tot. Und außerdem hat dein Zorn fürs Erste mehr als genug angerichtet.«

Istvan war stolz auf dieses vermeintliche Kompliment, bis ihm der düstere Ausdruck auf Feronantus' Gesicht auffiel. Er folgte dem Blick des älteren Mannes zu einer Stelle etwa zehn Schritt entfernt, wo Taran am Boden lag, mit dem Gesicht nach unten, reglos.

Kapitel 15

✠✠✠

Eine nächtliche Verfolgungsjagd

Gansukh döste. Die rhythmische Bewegung seines Pferdes und das ferne Rauschen des Orchon wiegten ihn in einen fast schlafwandlerischen Zustand. Das Kreuz und die linke Schulter schmerzten ihn immer noch – ersteres hatte er sich geprellt, als er von der Mauer auf ein *Ger* gesprungen war, das seinen Fall abfedern sollte, jedoch war das Filzzelt unter seinem Gewicht zusammengebrochen. Es hatte ihn zwar vor schweren Verletzungen bewahrt, aber er war dabei auf etwas Klobiges innerhalb des Zeltes gestürzt.

Der Sprung war das letzte Glied in einer Kette von Torheiten gewesen, die er in den zurückliegenden Stunden begangen hatte, und während er dem Attentäter nun nachspürte, hatte er reichlich Zeit, diese Liste ein ums andere Mal durchzugehen.

Der Attentäter war aus Karakorum geflohen, und wie Gansukh angenommen hatte, entschied sich der Flüchtende für das Westtor, auch wenn er einen weniger begangenen Weg genommen hatte – über die Mauer statt durch das Markttor. Ein Stapel aus Holz und Steinen – bereitstehendes Baumaterial – hatte dem Attentäter und Gansukh als Abkürzung zur Außenmauer gedient. Der Attentäter war – sehr viel geschickter – von dem Stapel hinauf zu den Zinnen gesprungen, darüber hinweggeklettert und auf der anderen Seite wieder hinuntergesprungen. Als es Gansukh – er war erst einmal wie ein Steinbrocken, der von einem Katapult geschleudert wurde, gegen die Zinnen geprallt – endlich gelungen war, auf die Mauer zu klettern, hatte er gesehen, dass der Attentäter ein *Ger* genutzt hatte, um seinen Fall abzubremsen.

Es standen viele Zelte zur Auswahl. Wenn der Khagan in der Stadt residierte, schwoll die Bevölkerung von Karakorum stets in einem Maße an, dass die Mauern sie nicht mehr beherbergen konnten. Viele Clans schlugen ihre Zelte zu kleinen Dörfern entlang der Außenmauer auf. Was Gansukh zögern ließ, war die *Höhe.*

Er hatte aus der Vogelperspektive nach unten gestarrt, während aufgestörte Stammesangehörige nach der Landung des Attentäters auf einem *Ger* – das dadurch auch noch eingestürzt war – aus ihren Zelten herauskamen. Seine Muskeln hatten sich geweigert, ihn über den Rand der Mauer hinauszutragen, sein Verstand hatte ihm gesagt, dass es Wahnsinn wäre, dem anderen zu folgen, dass die Jagd hier enden musste.

Aber er hatte seinen Körper zum Sprung gezwungen, und das Vorbeifauchen der Luft hatte ihn berauscht, so sehr, dass er die Schmerzen im Rücken stundenlang gar nicht wahrgenommen hatte. Nicht, bis die Erregung, in die ihn die Jagd versetzt hatte, der endlosen Plackerei einer nächtlichen Verfolgungsjagd gewichen war. Und dann hatte ihm vor Erschöpfung der körperliche Zusammenbruch gedroht.

Das Terrain rings um Karakorum war flach und größtenteils mit Gestrüpp und Gras bewachsen. Im Westen floss der Orchon, ein breiter Wasserlauf, der das Tal in zwei Hälften teilte. Üblicherweise blieb der Khagan auf dem Weg von seiner Sommer- zur Winterresidenz für ein paar Wochen in Karakorum, und in dieser Zeit nahm die Einwohnerzahl der

Stadt um ein Hundertfaches zu. Aberdutzende kleiner Clans unternahmen Pilgerreisen zur Stadt, um dem Khagan Tribut zu zollen; lange Karawanen, schwer beladen mit exotischen Waren aller Art, ergossen sich ins Handelsviertel; Priester, die mehr religiöse Sekten repräsentierten, als ein Mensch halbwegs zählen konnte, errichteten Schreine – prachtvoll die einen, schmucklos die anderen – als stoffliche Manifestationen ihrer spirituellen Neigungen; Prinzen, Höflinge und heimatvertriebene Adelige versuchten, sich beim Khagan anzubiedern. Alle trafen sie auf Huftieren – Pferden, Eseln, Ochsen – in der Stadt ein, und der Boden rings um Karakorum wurde ein ums andere Mal zertrampelt und aufgewühlt.

Aber es hatte vor ein paar Tagen geregnet, und das hatte den Staub vertrieben und den Boden aufgeweicht, und es war Gansukh gelungen, ein paar Hufspuren zu entdecken – scharf umrissene Abdrücke im Boden, die von der Stadt wegführten. Der Fluss bildete eine natürliche Grenze; der Attentäter würde nicht versuchen, ihn bei Nacht zu überqueren. Es sei denn, er wusste genau, wo er seicht genug war, um hindurchzuwaten, aber Gansukh bezweifelte, dass der Mann über dieses Wissen verfügte. Die Spuren wiesen auf die wahre Absicht des Attentäters hin – er ließ den Fluss links und die Stadt hinter sich liegen. Direkt voraus standen die Sieben Götter tief am Nachthimmel. *Eine einfache Route.* Gansukh konnte dem Mann die ganze Nacht lang folgen.

Er richtete sein gestohlenes Pferd auf den hellsten der Sieben Götter aus und ließ es sich seinen eigenen Weg suchen. Obwohl der Boden sehr flach war, gab es keinen Grund, das Tier zu schinden. Dabei könnte es in ein Loch treten und sich verletzen, und auch ein erschöpftes Pferd wäre ihm nicht von Nutzen. Wenn er den Attentäter einholte, mochte das frischere Pferd im Endspurt der Jagd den entscheidenden Unterschied bedeuten.

Für den Diebstahl des Pferdes würde er sich nach seiner Rückkehr verantworten müssen. Es war keine Zeit gewesen, um darüber zu verhandeln, ob er es sich ausleihen durfte – und ein wahrer Steppenkrieger hätte sein Pferd ohnedies nicht an einen buchstäblich dahergelaufenen Fremden ausgeliehen. In manchen Clans wurde Pferdediebstahl mit dem Tod bestraft. Er konnte nur hoffen, dass ihm die Gefangennahme des Attentäters mildernde Umstände eintrug und der Khagan ihm deswegen die Strafe erließ.

Gansukh richtete sich ein wenig auf, als sich die Gangart seines Pferdes veränderte. Er strengte die Augen an, um in der fast absoluten Dunkelheit vor sich etwas zu erkennen. Die Nacht war klar und der Mond stand noch am Himmel, aber auf der Ebene ringsum war nichts Besonderes auszumachen. Der Orchon rief nach ihm, und Gansukh gab sich Mühe, das Rauschen des Flusses auszublenden – und dann traf ihn der Geruch, und er wusste, was sein Pferd erschreckt hatte.

Er presste die Schenkel fester zusammen und zwang das Pferd weiter voran, bis er sicher war, dass der große Umriss auf dem Boden nur ein Pferd war und kein Pferd mit Reiter. Erst dann ließ er sein Pferd vor dem toten Tier zurückscheuen. Das Blut am Boden war noch feucht und frisch. Er drückte den Kopf seines Pferdes nach links, während er herauszufinden versuchte, in welche Richtung der Attentäter geflohen war, nachdem er sein gestürztes Pferd getötet hatte.

Der Attentäter war zu schnell geritten, das Pferd war in ein Loch getreten und hatte sich das Bein gebrochen. Er hatte es rasch getötet, damit das Wehgeschrei des Tieres seinen Aufenthaltsort nicht preisgab, aber Gansukh war ihm dicht genug auf den Fersen gewesen, dass der Blutgeruch gereicht hatte, ihn zu verraten.

Wölfe heulten in der Ferne, als Gansukh den Kopf seines Pferdes herumzog. Auf dem Boden waren keine deutlichen

Hinweise auf die Richtung zu erkennen, in die der Attentäter gegangen war, und so ritt Gansukh weiter nach Norden. Hinter sich konnte er den fernen Widerschein von Karakorum ausmachen. Die Sieben Götter, das tote Pferd und die Stadt – das war eine Linie, der leicht zu folgen war, und es gab keinen Grund für die Annahme, dass der Attentäter seinen Kurs geändert hatte.

Er beugte sich im Reiten nach vorne und lauschte aufmerksam in die Welt ringsum. Über ihm starrten Tausende von Sternen auf ihn herab, eine Heerschar stummer Beobachter, die zuschauten, wie winzige Gestalten über eine weite Ebene krochen. Ihm sträubten sich kurz die Nackenhaare, als ihm die Unermesslichkeit der Erde und des Himmels bewusst wurde. *Ganz gleich, wie groß ein Reich auch ist,* dachte er, *es gibt dahinter immer eine noch größere Welt.* Für gewöhnlich tröstete ihn ein solcher Gedanke. Er war gerne allein auf den Ebenen, umgab sich gerne mit der riesenhaften Majestät der Natur. Heute Nacht jedoch bereitete ihm diese Riesenhaftigkeit Unbehagen. Es gab Dinge dort draußen in der Dunkelheit, Dinge, die er weder sehen noch hören oder spüren konnte, und sie waren Geister einer Welt, die er nie ganz begreifen würde. Ögedei Khan – und die Khans nach ihm – würden sich über die Welt ausbreiten, aber die Welt würde sich auch in ihnen ausbreiten und sie verändern.

Er warf einen Blick über die Schulter zurück zu der blassen Kuppel aus Licht, die sich über Karakorum wölbte – das winzige Flackern eines Feuers in einer ungeheuren Leere. Gansukh hatte Geschichten über andere Reiche gehört, die sich aufmachten aus den Steppen, ausritten, um die Welt zu erobern, und er musste sich einfach fragen, was aus ihnen geworden war. Was war geschehen, als ihr Licht erloschen und die Dunkelheit wiedergekehrt war? Er hatte die verwitterten Fundamente ihrer eingestürzten Festungen gesehen. Würde

Karakorum ihr Schicksal in tausend Jahren teilen? *Wenn der Khagan tot ist,* dachte Gansukh, *was wird dann aus diesem Licht?* Hatte die Ebene schon angefangen, an Karakorum zu fressen, derweil er hier durch die Nacht ritt? Riefen die Wölfe es schon einander zu? *Frisches Fleisch, Brüder. Frisches Fleisch für uns alle.*

Gansukh schauderte leise und versuchte, die Dunkelheit zu verscheuchen, die sich in sein Gehirn gestohlen hatte. *Was ist besser?*, fragte sein Gehirn indes unverdrossen. *Das helle Feuer zu sein, das die Dunkelheit zu vertreiben suchte und damit alle möglichen Plünderer und Jäger anlockte – oder zu sterben wie dieses Pferd da hinten, verloren und vergessen, von Wind und Wetter sauber genagt, bis der Erdboden über die Knochen wuchs …*

Rechts von ihm stob etwas auf, explosionsartig, und Füße hämmerten plötzlich über den Boden. *Zwei Beine,* stellte Gansukh sofort fest. Er riss sein Pferd in die entsprechende Richtung, trat ihm in die Flanken und trieb es zum Galopp an. Er lehnte sich weit nach vorne – sein Kopf befand sich fast auf einer Höhe mit dem des Pferdes – und strengte alle Sinne an, um den Davonlaufenden zu orten.

Er hatte den Attentäter gefunden.

Draußen in der Düsternis erblickte er eine rennende Gestalt. Der Attentäter war zugleich größer und kleiner, als er erwartet hatte – größer, weil er ihm nun so nahe war, und kleiner, weil Gansukh ihn sich größer vorgestellt hatte. Wieder trat er seinem Pferd in die Rippen und das Tier streckte sich. Der Attentäter, immer noch schwarz gekleidet, wand sich wie ein Schatten, der sich vor einer nahenden Fackel davonstahl, und Gansukhs Pferd rempelte ihn im Passieren wuchtig an, sodass er zu Boden stürzte.

Gansukh versuchte, sein Pferd mit einem Ruck zum Stehen zu bringen, und als es sich bockend gegen seinen Druck sträubte, schwang er das linke Bein über den Rücken des

Tieres, sprang aus dem Sattel und landete leichtfüßig auf dem harten Boden. Der Attentäter rappelte sich gerade auf und wollte sein Schwert ziehen, aber Gansukh prallte gegen ihn. Seine Hand lag auf der des Attentäters und sie rangen im Fallen um die Herrschaft über das halb gezogene Schwert. Ein Knie glitt an Gansukhs Schenkel ab, und als sein linker Arm unter der sich windenden Gestalt eingeklemmt wurde, stieß er den Kopf nach vorne und rammte dem Attentäter die Stirn ins Gesicht.

Der Attentäter erschlaffte und Gansukh zog seinen Arm hervor und befreite sich von dem anderen Mann. Etwas Scharfes schnitt ihm in den rechten Daumen, seine Hand ruckte höher und seine Finger fanden den Griff der Waffe des Meuchelmörders. Er rutschte auf dem Hintern zurück und zog das Schwert dabei mit sich, wobei die Klinge vernehmlich über die Metallkante der Scheide schleifte. Aber er bekam sie heraus, und jetzt gehörte die Waffe ihm.

Als der Attentäter die Hände von seinem blutigen Gesicht nahm, sah er die Spitze seines eigenen Schwerts vor sich.

»Keine Bewegung.« Gansukh versuchte zu verhehlen, dass er abgerissen atmete. Die Klinge zitterte in seinem festen Griff.

Der Attentäter erstarrte, die Hände flehend ausgestreckt. Seine Brust hob und senkte sich ebenso heftig wie bei Gansukh unter tiefen, schweren Atemzügen, und mit plötzlichem Schrecken erkannte Gansukh, warum der Attentäter kleiner war, als er erwartet hatte, und warum er dem anderen auf Anhieb körperlich überlegen gewesen war. Er ließ die Schwertspitze nach dem Schal zucken, der das Gesicht des Attentäters zum größten Teil verhüllte. »Runter damit!«, knurrte er.

Mit ganz langsamen Bewegungen gehorchte der Attentäter, und *ihr* langes Haar, das der Schal verborgen hatte, löste sich und fiel herab.

Sie erinnerte ihn an Lian, und das nicht nur, weil sie das gleiche längliche Gesicht und langes schwarzes Haar hatte. In ihren Augen war ein Funke, eine glühende Weigerung, sich zähmen zu lassen, und Gansukh spürte, wie sich sowohl sein Magen als auch seine Lenden verhärteten – ein flüchtiges Aufwallen von Panik und Freude zugleich –, obschon er wusste, dass die Ähnlichkeit zwischen Lian und der Attentäterin lediglich rassischer und nicht familiärer Art war.

»Wer hat dich geschickt?«, wollte er wissen.

Die Frau grinste und bleckte weiße, blutbefleckte Zähne. Sie sagte etwas in einem Dialekt, den er nicht kannte, und als er nicht reagierte, spuckte sie nach ihm.

Er drehte die Klinge, schlug ihr damit auf die Wange und erinnerte sie so an die Lage, in der sie sich befand. »Sprichst du Mongolisch?«, knurrte er. »Wenn nicht, dann nützt du mir nichts. Dann bring ich dich einfach um, so wie du dein Pferd umgebracht hast, und überlasse dich den Wölfen.« Er setzte ihr die Schwertspitze an die Kehle. »Wer hat dich geschickt, um den Khagan zu töten?«

Sie starrte ihn für einen langen Moment an – eine Herausforderung, seine Drohung doch wahr zu machen, und als er weder zuckte noch den Blick abwandte, schluckte sie schwer und redete. Ihre Sprache war holprig, ihr Akzent abgehackt, und ihre Worte waren überdeutlich artikuliert, als habe sie vorher keines davon öfter als ein- oder zweimal ausgesprochen. »Du machst Fehler. Ich bin kein Mörder. Dein Khagan lebt.«

»Ich glaube dir nicht.«

Sie schürzte trotzig die Lippen, versuchte aber nicht, ihn vom Gegenteil zu überzeugen. Als ob es überhaupt darauf ankäme, was er glaubte. Die Wahrheit blieb sich so oder so gleich.

Gansukh verlagerte sein Gewicht und senkte die Spitze

seines Schwerts, sodass sie nun auf ihrem Brustbein zu liegen kam. Er übte gerade genug Druck aus, um ihr klarzumachen, dass er kein Narr war. Er glaubte ihr nicht – nicht völlig –, aber es gab eine Reihe von Details, die nach einer Überlegung seinerseits verlangten. Wenn sie eine Attentäterin war, welches Mittels hatte sie sich dann bedient? Nicht dieses Schwerts jedenfalls. Es war schlicht und zweckmäßig – das Schwert eines Reiters –, und um es wirkungsvoll einzusetzen, musste man größer und kräftiger sein, als sie es anscheinend war. Gift? Wenn ja, hatte sie die vergiftete Waffe dann weggeworfen? Ihre schlichte schwarze Kleidung wies keine sichtbaren Taschen oder Beutel auf.

»Dreh dich auf den Bauch«, befahl Gansukh. Als sie sich nicht rührte, wurde er deutlicher. »Ich will dich durchsuchen. Du musst ein Messer haben …«

Sie schüttelte den Kopf, fügte sich jedoch, als ihre Geste keinen Eindruck auf Gansukh machte. Die Hände immer noch erhoben, bewegte sie sich auf den Hüften und wälzte sich auf Gansukh zu, womit sie ihn zwang, die Klinge zurückzuziehen, wollte er sie nicht verletzen. Er verfluchte sich im Stillen dafür, sich nicht klarer ausgedrückt zu haben, rutschte einen halben Schritt zurück, um den Abstand zu wahren, und stellte sich auf die Zehen, sodass er nicht mehr auf den Knien ruhte. Er ahnte, dass sie etwas im Schilde führte.

Und als sie die Hände wieder auf dem Boden hatte, versuchte sie in der Tat zu flüchten. Halb rennend, halb kriechend entfernte sie sich von ihm, und es gelang ihr fast, hochzukommen, bevor er sich mit seinem ganzen Körper auf sie warf und sie zu Boden riss. Sie keuchte unter seinem Gewicht und wand sich, bis er ihr mit dem Schwertgriff zwei Schläge in den Rücken versetzte. Danach lag sie still da, den Kopf zur Seite gedreht, die Wange in den Staub gedrückt, und stierte ihn finster an.

Grob fuhr er mit den Händen über ihren Körper und tastete sie durch den Stoff ihrer Kleidung hindurch ab. Sie war schlank und knochig, fühlte sich eher wie ein Vogel und nicht wie eine Frau an, aber er entdeckte nichts, das hart genug für ein Messer gewesen wäre. Und nichts weich genug für einen Beutel. Er packte sie an ihrer Jacke und wollte sie herumdrehen, um sie auch von vorne zu durchsuchen, hielt allerdings inne, als seine Hand etwas Hartes entdeckte. Er versuchte, in ihre Jacke zu gelangen, ohne sie herumrollen zu müssen, und sie reagierte darauf, indem sie wie wild unter ihm bockte. Er rammte ihr seinen Ellbogen ins Rückgrat und drückte ihr die Schwertklinge an die Schläfe.

»Lieg still«, zischte er, als sie sich beruhigt hatte.

Er zerrte weiter an ihrer Jacke, sodass er seine Hand hineinschieben konnte, aber der Winkel passte nicht. Während er mühsam versuchte, die Jacke zu öffnen, hörte er das dumpfe Poltern von Hufschlägen.

Er schaute über die Schulter zurück und erblickte vier Lichter, die über die Ebene hüpften. Fackeln in den Händen eines Suchtrupps. Seine Gefangene begann sich wieder zu winden, und er legte sich abermals schwer auf sie und zischte sie an. Gansukh spürte, wie sie sich entspannte, und dann lagen sie gemeinsam so flach wie möglich auf dem deckungslosen Boden und hofften, dass die Reiter sie nicht bemerkten – er, weil er nicht bereit war, seine Beute herzugeben, und sie, weil sie aus der Gefangenschaft eines Mannes vielleicht entkommen konnte, mehrere Männer ihre Erfolgsaussichten jedoch gemindert hätten.

Es waren fünf, mit Fackeln ausgerüstet, und sie ritten schnell, passierten Gansukh und seine Gefangene auf der rechten Seite und schienen sich nur auf das zu konzentrieren, was sich direkt in ihrem Weg befand. Gansukh wollte sich schon dazu beglückwünschen, unentdeckt geblieben zu sein, als einer der Reiter plötzlich sein Pferd zügelte und den anderen etwas zurief. Gansukh wurde bang ums Herz, als er die Stimme des Mannes hörte.

Munokhoi.

Kapitel 16

✠✠✠

Der Mann aus Rom

Seit er Heermeister der Fratres *Militiae Christi Livoniae*, des Schwertbrüderordens, geworden war, hatte Dietrich von Grüningen an einer ganzen Reihe von Turnieren teilgenommen. Die Langeweile, die bei solchen Veranstaltungen aufkam, war ihm nicht fremd. Dieses Gladiatorenspektakel jedoch, dessen Schirmherr einer der Khane der mongolischen Invasionsarmee war, ließ sich mit keinem anderen vergleichen. Die Ähnlichkeit bestand darin, dass sich eine Menschenmenge versammelte, um Waffenduelle zwischen einzelnen Kämpfern mitzuerleben; aber im Gegensatz zu anderen Turnieren, die in der Regel innerhalb von ein, zwei Tagen vorüber waren, hing die Dauer dieses Wettkampfs davon ab, wie lange der Gastgeber Lust hatte, dabei zuzuschauen.

Die Einladung, der Dietrich und die Meister anderer Kriegerorden gefolgt waren, sprach von einem Turnier, das über das Schicksal Europas entscheiden solle. Teilnehmer würden im Einzelkampf gegeneinander antreten, aber es war nicht klar hervorgegangen, worin die Siegesprämie bestand. Der Khan – Onghwe, ein Sohn Ögedeis, des Khans der Khane – hatte angedeutet, er werde Europa verschonen, sollte er verlieren. Aber er war nur einer von mehreren Generälen – und nicht einmal der mächtigste –, die den Westen bedrohten.

Was also war der wahre Zweck dieser Spiele?

Sport, hatte der Heilige Vater gesagt, als Dietrich diese Frage vor zwei Monaten während seiner Audienz beim Papst in Rom gestellt hatte. *Es ist ein Zeitvertreib, den sie sich zum Zwecke ihrer Unterhaltung leisten können. Das zeigt, wie wenig Respekt sie vor uns haben. Nach den verheerenden Niederlagen, die sie guten christlichen Soldaten bei Legnica und Mohi bereitet haben, fürchten sie unsere Kriegsstärke nicht mehr.*

Wozu dann überhaupt an dieser Farce teilnehmen?, hatte Dietrich gefragt.

Der Großkhan möchte sein Reich ausdehnen, hatte Papst Gregor IX. schließlich erklärt. *Wie alle Eroberer vor ihm ist auch er einer jener kurzsichtigen Männer, die glauben, Land und Tribut machten ein Reich aus. Das sind Angelegenheiten, die uns nichts angehen.*

Und was geht uns an?, hatte er gefragt.

Seine Antwort hatte er nicht vom Papst selbst bekommen, dem die Sinne geschwunden waren. Seine Augen blieben dabei offen und seine Brust hob und senkte sich nach wie vor, auch wenn die Bewegung unter den üppigen Gewändern und Decken, die ihn einhüllten, schwer zu erkennen war. Der Raum wies nach Westen, und die Fenster waren so breit und hoch, dass die Sonne den größten Teil des Tages über hereinschien. Dietrich hatte nur ein paar Minuten lang dagestanden, und schon fühlte sich sein Rücken warm an. Der Papst war schon viel länger da und er fröstelte immer noch am ganzen Leibe.

Dietrich hatte die ungute Vorahnung, die ihn beim Anblick des gebrechlich gewordenen Bischofs von Rom erfüllte, nicht mehr abschütteln können. Die Bürde der Kirche war gewaltig, und sie zermalmte peu à peu jeden Mann, der das Amt übernahm. Aber Gregor IX. war seit Dietrichs letzter Audienz vor einem Jahr derart verfallen, dass er aussah, als sei das Leben aus ihm herausgequetscht worden wie der Saft aus einer Traube.

Die Beständigkeit der Kirche, hatte Kardinal Fieschi gesagt, als er Dietrich in die Haupthalle des Lateranpalasts zurückgeleitet hatte. *Das ist die Antwort auf Eure Frage – die Beständigkeit der Kirche geht uns an, denn sie ist die Seele der Menschen. Wir sind der Fels, an dem sie sich festklammern, wenn alles andere um sie her fortgeschwemmt wird.*

Was soll ich tun?, hatte Dietrich gefragt. Er suchte die Antwort auf die Frage, weshalb er nach Rom gerufen worden war, eine Antwort, die der gebrechliche Papst ihm während der kurzen Audienz nicht gegeben hatte.

Sorgt für unser Überleben. Am besten wäre es, wenn das mongolische Gesindel nicht noch weiter auf die Christenwelt übergriffe. Sollte das unmöglich zu vermeiden sein – und es ist uns bewusst, dass eine solche Abkehr seitens dieser Horde höchst unwahrscheinlich ist –, so stellt sich die Frage, wie man die Schlagkraft einer Armee vermindert, ehe sie vor den eigenen Toren steht.

Indem man ihr den Weg dorthin teuer und aufwendig gestaltet, hatte Dietrich erwidert. *Jede Meile ihres Vormarschs führt sie eine Meile weiter von zu Hause fort und eine Meile weiter hinein in ein Territorium, das nicht ihrer Herrschaft unterliegt. Boden, den sie sich erst verdienen müssen.*

Eine unaufhaltsame Armee umzuleiten und ihre Kämpferzahl zu verringern, bis der Preis der Eroberung zu hoch war, schien eine unlösbare Aufgabe zu sein, eine, über die er bis zu seiner Ankunft in Legnica täglich – nein, stündlich – nachgrübelte. Der Zirkus selbst schien nichts weiter zu sein als eine vorübergehende Laune, der sommerliche Zeitvertreib eines Müßiggängers. Im Herbst würden die mongolischen Horden ihre Vorräte wieder aufgestockt haben und im Süden nach wärmeren Ländern Ausschau halten, die sie erobern konnten. Wie sollte er ihr Interesse von Rom ablenken?

Und dann ergab sich ganz von selbst eine Lösung. Nördlich der Schlachtfelder und der unlängst errichteten Arena – sowie der fragilen neuen Stadt, die sich darum ausbreitete – gab es ein altes Kloster. Nachdem seine vorherigen Bewohner es aufgegeben hatten, beherbergte es nun neue Büßer, deren Neigungen jedoch eher kriegerischer als spiritueller Natur waren. Ihre Standarte, die sie über dem alten Bauwerk aufgezogen hatten, zeigte eine rote Rose, die sich über einen gelben, dreizehnstrahligen Stern rankte.

Der *Ordo Militum Vindicis Intactae.*

Gladiatorenkämpfe waren jene Art proletarischer Unterhaltung, die einst die tragende Säule des Kolosseums in Rom war – der mongolische Khan wusste offenkundig, wie er es anstellen musste, damit die Enttäuschung seiner Soldaten angesichts mangelnder Gelegenheiten zum Plündern und Brandschatzen nicht überhandnahm. Kämpfe auf Leben und Tod wurden einmal pro Woche abgehalten. An den anderen Tagen fanden Wettkämpfe statt, bei denen niemand ums Leben kam, ein eher schlampiges Turnier, bei dem die Teilnehmer sich das Recht verdienten, vor dem lasterhaften Khan zu kämpfen. Solange die Schildbrüder bereitwillige Kandidaten für die Arena zur Verfügung stellen konnten, bestand also die Aussicht, mutmaßte Dietrich, dass dieser Zirkus noch sehr lange dauern würde.

So lange, dass die Motivation, vor dem Winter aufzubrechen, dahin sein mochte.

Das war keine allzu lange Frist, aber es war ein Anfang. Jede Jahreszeit, die verstrich, ohne dass die Mongolen sich weiter über die Christenwelt ausbreiteten, war Zeit, die seine Herren in Rom nutzen konnten, um einen Friedensvertrag auszuhandeln. Ein solcher Vertrag würde nicht von Dauer sein. Die Mongolen waren Heiden, ähnlich wie die Araber im Morgenland, und Rom wusste, dass ihnen nicht zu trauen war. Aber ein Friedensabkommen mochte genügen, damit sie ihr Augenmerk anderswohin richteten …

Die Menge war auf den Beinen und kreischte und johlte angesichts des Spektakels in der Arena. Der mongolische Kämpfer, ein Mann, der in einem auffälligen Kostüm steckte, zu dem auch eine grelle Maske mit weißen Schnurrhaaren gehörte, hatte seine Waffe verloren; dem Ritter von den Schildbrüdern war es gelungen, sie an sich zu nehmen, aber er hatte offensichtlich keine Ahnung, wie sie richtig einzusetzen war. Der mongolische Kämpfer – ein Mann namens Zug, wenn er den Chor der Zuschauer nicht missverstand – hatte seinen Saufänger zumindest gegen eine längere Waffe eingetauscht. Dass er sein Kurzschwert nach dem Ritter warf, war bestenfalls als sinnlos zu bezeichnen – eine Klinge wie diese konnte keinesfalls die Rüstung des Ritters durchschlagen –, aber dadurch bekam er Gelegenheit, sich das Schwert des Ritters zu schnappen. Ob er es wirkungsvoll zu führen wusste, war eine andere Frage; Dietrich bezweifelte, dass der Mann Erfahrung in der Handhabung eines Beidhänders hatte.

Einige seiner Ritter benutzten ein solches Schwert, für seinen eigenen Geschmack war es allerdings viel zu groß und unhandlich. Das war eine Waffe für einen Mann, der gerne Rüstung trug und sich am liebsten mitten im Kampfgetümmel aufhielt. Dietrichs Erfahrung nach bedeutete eine solche Nähe zum Feind, dass ein taktischer Fehler vorausgegangen war, und solche Fehler waren ausnahmslos kostspielig.

Er hatte Berichte über den mongolischen General Subutai gehört; sie stammten von Überlebenden der Schlacht am Sajó. Er setzte berittene Bogenschützen ein, unglaublich schnelle und bewegliche Kämpfer, die sich außerhalb der Reichweite von Schwert und Lanze hielten. Bis man damit nahe genug an sie herankam, konnten sie köcherweise Pfeile auf ihre Feinde abschießen.

Kostspielige Fehler.

Burchard, einer seiner beiden Leibwächter, stieß Dietrich an und lenkte seine Aufmerksamkeit auf eine Bewegung in der Menge. Dietrich löste sich aus seiner Gedankenversunkenheit und hielt Ausschau nach dem, was das Augenmerk seines Ordensbruders erregt hatte.

»Ein Zwischenrufer«, wurde Burchard deutlicher. »Er hat etwas geworfen.« Der hochgewachsene Germane war jahrelang Späher gewesen, bevor er einer von Dietrichs Leibwächtern wurde, und seine Sehkraft war im Schwertbrüderorden wohlbekannt.

Dietrich blickte aus zusammengekniffenen Augen auf den winzigen Gegenstand, der durch den Sand rollte, und gab es dann auf, feststellen zu wollen, worum es sich dabei handelte. Die Reaktion auf den Rängen war ohnedies interessanter.

Eine Art Schauer ging durch die Menge wie ein Windstoß durch ein Roggenfeld, eine Wellenbewegung von Leibern, als die Köpfe sich zu dem gewaltigen Pavillon hindrehten, der den Khan und sein Gefolge beherbergte. Im Schatten des Zeltdachs wurde ein Zeichen gegeben, und die Bewegung im Menschengewühl kehrte sich um und teilte das Publikum. Die Menge wich vor einem einzelnen Mann zurück, als wäre er in Flammen aufgegangen. Seiner Kleidung nach zu urteilen, war er ein Sarazene. Sein Entsetzen ließ ihn jämmerlich wirken, und er floh zum Rand des Kreises, der immer größer wurde, in der erbärmlichen Hoffnung, übersehen zu werden, aber ein halbes Dutzend Hände schlug nach ihm und stieß ihn zurück. Er rutschte über den Boden, und als er die Mitte der freien Fläche passierte, kam er ruckartig zum Stehen, weil plötzlich drei Pfeile aus seinem Körper sprossen.

Es entging Dietrich nicht, dass die befiederten Pfeilenden in ganz unterschiedliche Richtungen wiesen. Wie im Reflex ließ er den Blick durch die Arena schweifen und versuchte, die Schützen auszumachen. Zwei entdeckte er sogleich, sie waren auf fest installierten Plattformen am Rand der Arena postiert. Burchard deutete auf den dritten, einen Mongolen, der direkt unterhalb des Pavillons des Khans stand. Ein vierter stand auf der gegenüberliegenden Seite, allerdings hatte er nicht geschossen.

Der Sarazene wand sich und schrie, und die Menge wahrte Abstand, bis sich zwei stämmige Mongolen durch den Ring aus Leibern drängten. Einer hieb mit einem Streitkolben auf den sterbenden Mann ein, bis er aufhörte zu schreien, dann schleiften sie den Leichnam grob davon.

»Ein kostspieliger Fehler«, murmelte Dietrich. Burchard zog eine Augenbraue hoch, aber Dietrich tat die unausgesprochene Frage des Schwertbruders mit einem Wink ab.

Die Stimmung schlug um. Das Publikum wurde unruhig. Der Khan zeigte erste Anzeichen von Langeweile. Das verhieß im Hinblick auf eine Fortsetzung des Turniers nichts Gutes. Dietrich starrte düster zu den beiden Männern im Sand hinunter, als könne er mit dem Blick einen Wandel in ihrem Gebaren herbeizwingen. *Dieses Spielchen aus Waffenwechsel und Balgerei wie zwischen betrunkenen Bauern wird das Interesse des Khans nicht wachhalten.*

Die Schildbrüder mussten doch mehr zu bieten haben als das, was da momentan zur Schau gestellt wurde. Es war einige Jahre her, seit er sie zuletzt kämpfen gesehen hatte, aber es fiel ihm schwer zu glauben, dass ihnen ihr kämpferisches Können dermaßen abhandengekommen war. Obgleich sich der Orden aus fast allen seiner bestehenden Ämter zurückgezogen hatte, unterhielt er doch immer noch ein paar eigene Festungen, und ihm, Dietrich, waren keinerlei Gerüchte über eine Dezimierung ihrer Reihen im Kampf zu Ohren gekommen. Nicht einmal bei Mohi.

Es war von entscheidender Bedeutung, diesen Wettkampf

am Laufen zu halten, und er durfte nicht die Sicherheit seines eigenen Ordens aufs Spiel setzen, indem er seine Männer in das Turnier schickte. Sobald es sein Ende fand, würde die mongolische Armee ihr Augenmerk wieder auf Europa richten, und es würde seinem Orden und seinen Herren in Rom wenig nützen, wenn die Schwertbrüder sich bis dahin einen Ruf als wackere Kämpfer verdient hätten. Sein Ziel war es, dass die Mongolen sich durch jemand anderen bedroht fühlten, aber wenn vom *Ordo Militum Vindicis Intactae* nur noch alte Männer und Kinder übrig blieben, würde es sehr schwer werden, das Interesse des liederlichen Khans auf die Schildbrüder zu konzentrieren.

✦✦✦

Als er Zugs Schwertlanze gepackt hielt, hatte Haakons erster Impuls darin bestanden, die, wie Taran sie nannte, Pose des ängstlichen kleinen Jungen einzunehmen, eine gestreckte Haltung, bei der man die Spitze seiner Waffe gerade nach vorne hielt. Soweit sein Denken überhaupt noch funktionierte, war dies wahrscheinlich ein Versuch, sich das Schreckgespenst so weit wie möglich vom Leibe zu halten – das hätte jeder ängstliche kleine Junge gewiss verstanden. Aber er kam langsam wieder zur Vernunft in der Pause, die entstand, als im Publikum Ausgelassenheit aufkam, nachdem Zug Haakons Beidhänder aufgehoben hatte und der Waffentausch somit komplett vollzogen war.

Haakon fühlte sich instinktiv unbehaglich, wann immer er mehr als ein paar Augenblicke lang mit vorgestreckter Klinge dastand. Würde dieser erfahrene Kämpfer vorwärtsstürmen und sich gleichsam selbst mit der Spitze durchbohren?

Das war sehr unwahrscheinlich. Außerdem musste er doch wissen, dass diese Klinge für lange, schwungvolle Attacken geschaffen war, und aus dieser Position heraus war Haakon dazu völlig außerstande.

Deshalb ließ er die Spitze der Gleve sinken, bis sie sich nur noch eine Handbreit über dem Boden befand. Wenn er sie nach links oder rechts bewegte, konnte er nun einen Hieb abblocken oder einen Stoß des Langschwerts abwehren, und zwar unabhängig davon, auf welcher Höhe er erfolgte. Aus dieser Haltung heraus konnte er die Schwertlanze nach jeder Seite schwingen, wie es eben nötig war, um den Ansturm des Gegners abzulenken. Und er konnte trotzdem durch eine rasche Bewegung der Hand die Schneide hochschnellen lassen und Zug eine Schnittwunde beibringen, wo immer er ihn träfe. Momentan war das rechte Bein das offenkundige Ziel, das Zug vor das linke gesetzt hatte und das nicht besonders gut gepanzert war.

In dem Augenblick, da sie einander anstarrten, flog ein Gegenstand in die Arena. Er war mit einem hellen Laut von Zugs Helm abgeprallt, und obschon das Ding keine Verletzung hinterlassen hatte, waren sie dennoch beide einen Moment lang überrascht.

Haakon war endlos eingetrichtert worden, wie wichtig es war, die Initiative zu ergreifen. Feronantus zufolge segnete das Schicksal denjenigen, der den Mut besaß, als Erster zu handeln. Tarans Stimme schlug wie ein Blitz in diese Mystik ein: *Verdammt, zwing ihn, auf dich zu reagieren!*

Er trat vor und täuschte einen tief geführten Stich an – angesichts der Ausgangsposition der Klinge ein naheliegender Zug –, dann zog er die Gleve zurück und drehte sie in der Hand, schwang die Schneide ganz nach hinten und führte sie über seinen Kopf hinweg, ehe er sie schließlich nach unten sausen ließ.

Zug hatte den Beidhänder vor sich gehalten, eine Pose, die der Haakons nicht unähnlich war. Als Schutz half sie jedoch nur gegen schnelle Schläge nach der Hand oder dem Unterarm. Ein weiterer Beleg dafür, dass der Mann betrunken war und nicht klar dachte. Haakons einzige Chance lag darin, Zugs verzögerte Reaktionen zu seinem Vorteil zu nutzen.

Zug fiel nicht auf Haakons Finte herein, sondern hob rasch sein Schwert und fing die Gleve mit der Parierstange ab. Die Stange, lediglich eine Stahlstrebe, stoppte Haakons Hieb, doch gab Zugs Arm unter der Wucht der Attacke nach und die Klinge der Gleve glitt seitlich an seinem Helm ab.

Haakon hatte gelernt, davon auszugehen, dass sein erster Angriff fast ausnahmslos nicht von Erfolg gekrönt war, und so nutzte er den Schwung des Abpralls seiner Waffe aus und ließ sie wieder zurück und herum und von links unten nach oben schwingen. Keine Finte diesmal. Ein harter Hieb, auf Zugs rechtes Bein gerichtet.

Zug vollführte eine sehr viel kleinere Bewegung, und so konnte er die Spitze seines Schwerts nach unten zucken lassen. Dadurch geriet sie in die Bahn des Hiebs. Auch jetzt durfte er nicht darauf hoffen, der Wucht der Gleve widerstehen zu können, nur diente ihm diesmal der Boden als Puffer. Als ihre Klingen aufeinanderprallten, wurde die Spitze des Beidhänders in den Sand getrieben und abrupt gestoppt. Genau wie die Gleve.

Allerdings wies die Spitze der Gleve jetzt direkt auf Zugs Oberschenkel. Haakon stieß sie nach vorne. Zug fühlte diesen Stoß kommen, beugte das Knie, sodass ihm die Klinge zwischen den Beinen hindurchfahren konnte. Haakon blieb nichts anderes übrig, als den Griff der Waffe scharf nach rechts zu stoßen und über die Klinge des Langschwerts zu hebeln. Dadurch zog er Zug das Bein unter dem Leib weg und schickte ihn zu Boden.

Was der Reaktion des Publikums nach zu urteilen das Sensationellste war, das sich in dieser Arena je zugetragen hatte.

✦✦✦

Zwei betrunkene Slawen hüpften vor ihm auf und ab, und in ihrer Aufregung achteten sie nicht sonderlich auf den Trinkschlauch mit gegorener Stutenmilch, den sie sich teilten. Als zum dritten Mal *Arkhi* über ihre Schultern schwappte und Dietrichs Gambeson bespritzte, schnappte er sich den Schlauch, der zwischen den beiden hin und her ging. Einer der beiden drehte sich um und sah nach, wo der Alkohol abgeblieben war, und da schlug Dietrich ihm mit dem Handrücken ins Gesicht.

Der zweite Slawe stieß mit verdutzter Miene einen unterdrückten Schmerzenslaut aus, als Burchard ihm eine seiner klobigen Fäuste in die Nieren rammte, sodass er nach vorn gegen die Leute in der Reihe unter ihm prallte. Die Menge teilte sich und verschlang den torkelnden, stöhnenden Trunkenbold, wie ein See einen Stein verschluckte.

Der andere Mann hielt sich die gebrochene, blutende Nase, starrte belämmert auf die Wand aus Leibern unter ihm und versuchte zu begreifen, was da gerade geschehen war. Dietrich hob abermals die Hand, doch seine Bewegung wurde von Sigeberth, seinem anderen Leibwächter, abgefangen.

»Herr«, gab der große Franke zu bedenken, »wir sind nur zu dritt.«

Dietrich murrte, beherzigte die Worte seines Leibwächters jedoch und schleuderte den Trinkschlauch hinter dem Mann her, den Burchard gewaltsam entfernt hatte. Der Mann mit dem blutigen Gesicht setzte sich ebenfalls ab, wenn auch eher, um sich den Schlauch zurückzuholen, als sich um seinen Kumpan zu kümmern.

Wir sind nur zu dritt. Im Lager hatte er noch einundzwanzig Mann. Voll ausgerüstete Schwertbrüder. In der Gegend um die Ruinen von Legnica waren über tausend Mongolen verstreut, und Gott allein mochte wissen, wie viele Menschen die ausgedehnte Zeltstadt beherbergte, die um die Arena herum aus dem Boden gewachsen war. Die meisten von ihnen würden beim ersten Anzeichen einer Schlacht zwar die Flucht ergreifen, aber wie viele von denen, die blieben, würden sich in irgendeiner brauchbaren Weise auf seine Seite stellen?

Und das war noch gar nichts im Vergleich zur mongolischen Hauptarmee, die sich nach dem Sieg in der Schlacht von Mohi immer weiter nach Ungarn hinein ausbreitete.

Wie soll ich die aufhalten?

Die Kardinäle taten sich leicht, wenn sie ihm sagten, er solle ganz auf Gott vertrauen. Die waren in Rom in Sicherheit. Hier jedoch, inmitten einer johlenden Horde blutrünstiger Wilder, tat sich zwischen Glauben und Tatsache eine weite Kluft auf. Auch wenn er im Gebet Gott oft um Rat und Hilfe ersuchte, verließ Dietrich sich doch lieber auf den Stahl und das Können seiner Männer.

Aber sie waren zu wenige für diese gegenwärtige Aufgabe. Er brauchte eine Armee.

Es war ja schön und gut, dass die momentanen Wettkämpfer die Zuschauer mit ihren Faxen begeisterten, aber er wusste, dass das nicht von Dauer sein würde. Selbst dem erfahrensten Hofnarren gingen irgendwann die Mittel aus, um sein immer satter werdendes Publikum zu unterhalten.

Dietrich kochte innerlich. Seine Hände ballten sich zu Fäusten und öffneten sich wieder, während er zusah, wie der Ritter der Schildbrüder den mongolischen Kämpen mit der Schwertlanze im roten Sand festzunageln trachtete.

Kapitel 17

✠✠✠

Das Geheimnis des Attentäters

Als Munokhoi und die anderen Reiter näher kamen, stand Gansukh auf, mahnte seine Gefangene jedoch mit der Spitze seines Schwerts, sich still zu verhalten.

Munokhoi erreichte sie als Erster. Er wirkte wie ein hungriger Wolf, der den Augenblick genoss, bevor er seine Zähne in den Hals eines tödlich verwundeten Rehs grub. »Auf frischer Tat ertappt«, sagte er, ohne indes deutlich zu machen, auf welche Tat er sich damit bezog.

»Sie ist meine Gefangene«, erklärte Gansukh.

Die anderen Reiter bildeten einen Halbkreis um Munokhoi. Staub, der von den Hufen ihrer Pferde aufgewühlt wurde, umwölkte Gansukh und die Frau. Der weiße Fellbesatz ihrer *Deel* verriet, dass sie nicht zur Nachtwache gehörten, sondern zur *Torguud*, der Tagwache. Angehörige von Munokhois *Jaghun*.

Munokhoi stützte sich auf seinen Sattel. Das Fackellicht ließ Schatten über sein Gesicht huschen. »*Sie?*«, fragte er. Seine Zunge berührte die Lippen, als schmeckte er von dem Wort, und Gansukh bedauerte schon, so voreilig gesprochen zu haben. Munokhoi glitt aus dem Sattel und kam auf sie zu. »*Sie* ist eine Gefangene der Reichsgarde, du Hündchen.«

Gansukh reagierte gereizt über die abfällige Bezeichnung,

und dies umso mehr, da er wusste, dass Munokhoi sie nur benutzte, um genau diese Reaktion seinerseits hervorzurufen. Er war nicht sehr viel jünger als Munokhoi, aber das Wort »Hündchen« unterstellte einen immensen Unterschied zwischen ihnen. Gansukh schluckte die wütenden Worte, die in seiner Kehle aufstiegen, hinunter, weil ihm klar war, dass er damit nichts anderes erreichen würde, als Munokhoi den Vorwand zu liefern, auf den er offenkundig aus war.

Munokhoi zog eine lange Klinge aus dem Gürtel und blickte auf die Gefangene hinab. Er spielte beiläufig mit der Spitze des ihm vertrauten Messers. »Tritt zurück, Hündchen«, verlangte er von Gansukh, das Augenmerk ganz auf die Frau konzentriert.

Die Frau blickte zu Gansukh auf und blinzelte heftig – ob aus Angst oder wegen des Staubs, der sich auf sie niedergesenkt hatte, konnte er nicht sagen. Ihr Mund stand offen, sie atmete rasch. Er wusste, was sie tun würde, sobald er die Schwertspitze von ihrem Rücken nahm.

»Na gut«, sagte er und hob das Schwert an.

Die Frau sprang auf wie ein Reh, das aus einem Gebüsch hervorbricht, rannte davon und versuchte, in der Dunkelheit jenseits des Fackelscheins unterzutauchen. Einer der berittenen Männer ließ seine Fackel fallen, als er hastig nach seinem Bogen griff. Funken stoben über den Boden und erschreckten die Pferde. Sie bewegten sich, drängelten sich aneinander, und die Männer schrien denjenigen an, der seine Fackel fallen gelassen hatte.

Munokhoi warf sein Messer. Es sah fast gelangweilt aus, und aus dem Dunklen hörte Gansukh einen schmerzerfüllten Aufschrei und dann den Laut, mit dem ein Körper zu Boden fiel. »Hai!«, rief Munokhoi seinen Männern zu. »Bringt eure Pferde zur Räson.«

Die Reiter bekamen ihre Tiere in den Griff und lenkten sie

fort von der lodernden Fackel auf dem Boden, deren Flamme schon auf ein paar Grasbüschel übergegriffen hatte. Als die Pferde sich beruhigt hatten, vernahm Gansukh ein gutturales Stöhnen aus der Finsternis außerhalb des Kreises aus Fackelschein.

Munokhoi warf ihm einen Blick zu. Auf seinem Gesicht lag wieder jenes animalische Grinsen.

»Jetzt hat sie dein Messer«, sagte Gansukh und genoss die Veränderung, die seine Worte auf Munokhois Gesicht hervorriefen.

Munokhoi schritt auf die Fackel zu. Er stampfte die Brandnester im Gras aus und hob sie auf. »Obacht, Hündchen«, knurrte er. »Sonst probiere ich es an dir aus, wenn ich es wiederhabe.« Er lief rasch in die Richtung, in die er sein Messer geworfen hatte, und kurz darauf fuhr seine Fackel nach unten, als fegte er einen Steinboden sauber. Die Frau schrie, ein langes Heulen, das in ein Schluchzen überging.

Wer ist sie? Gansukh war nicht dazu gekommen, über ihre Behauptung nachzudenken, sie sei kein Attentäter. Wenn sie die Wahrheit sagte, was hatte sie dann im Palast getrieben? War sie ein Dieb? Was hatte sie gestohlen?

Sie brauchten Antworten, und die Entdeckung der Frau sowie die darauffolgende Jagd nach ihr waren ein einziges Durcheinander gewesen; dazu zählte er auch, dass die Wachen ihn, Gansukh, für einen Komplizen der Frau gehalten hatten.

Er bedachte Munokhois Männer mit einem Blick, und auf einmal wurde ihm die Kehle eng. Obgleich es *Torguud* waren, die sich dem Schutz des Khans verschrieben hatten, waren sie doch auch Munokhois handverlesene Krieger. *Wir sind fernab vom Hof,* dachte er, *wo uns der Khagan nicht sehen kann. Es wäre ein Leichtes, hier einen* Unfall *geschehen zu lassen. Niemand würde etwas anderes behaupten.*

»Sie ist kein Attentäter«, rief Gansukh. »Wie sollen wir den Khagan schützen, wenn wir nicht herausfinden, was sie im Palast wollte?«

Zwei der Reiter erstarrten im Sattel; ihre Körpersprache änderte sich, als Gansukh sie an die Hauptaufgabe der *Torguud* erinnerte. Damit hatte er sich ein wenig Spielraum verschafft. Solange er dafür sorgte, dass sie sich auf die Frau konzentrierten, wäre die Rivalität zwischen ihm und Munokhoi nur eine unliebsame Ablenkung vom eigentlichen Problem. Die Männer würden nicht hinnehmen, dass Munokhoi seinen kleinlichen Rachegelüsten nachging.

Gansukh atmete aus, wandte sich von den Reitern ab und schritt auf Munokhois nun tanzende Fackel zu.

Er hatte Mühe, die Frau zu bezähmen. Behindert durch Fackel und Messer konnte er sie nicht still halten. An ihrer Schulter war Blut, ein feuchter, dunkler Fleck, der im Fackelschein glänzte, und als er noch näher kam, stieg Gansukh der Geruch von verbranntem Haar in die Nase. Sie erblickte Gansukh und ihre Bewegungen wurden noch heftiger. Jetzt schlug und kratzte sie Munokhoi. Sie traf seinen linken Arm – in dieser Hand hielt er die Fackel – und die Flamme tanzte gefährlich dicht an ihrem Gesicht. Da riss sie den Kopf zurück und befreite sich aus seinem Griff.

Sie rannte los – nicht in die Dunkelheit hinein, sondern geradewegs auf Gansukh zu. Überrascht ließ er das Schwert sinken, damit sie sich nicht in die Klinge stürzen konnte, falls sie das vorhatte, aber sie wurde nicht langsamer. Sie prallte wuchtig mit ihm zusammen, und er wankte und versuchte zu verhindern, dass sie nach seinem Gesicht schlug oder sein Schwert zu fassen bekam. Sie tat weder das eine noch das andere, und einen Augenblick lang spürte er ihre Hände fest an seiner Brust, bis Munokhoi bei ihnen war.

Er packte ihr Haar, riss ihren Kopf zurück und hielt ihr

das Messer an den Hals. Gansukh zuckte zusammen, als die Klinge nach oben fuhr, aber er wurde die Frau einfach nicht los. Ihre Hände zerrten am Stoff seines *Deel*, als könne sie den Mantel aufreißen und sich in dem voluminösen Kleidungsstück verstecken. Erst nachdem Munokhoi etwas mehr Druck auf seine Klinge ausübte und eine winzige Perle aus Blut auf ihrem nackten Hals erschien, hörte sie auf.

Munokhoi funkelte Gansukh an, während er seine Hand fester ins Haar der Frau wand. »Sie wird reden«, lachte er. »Ich verstehe mich sehr gut darauf, jemanden *nicht* zu töten.«

Sie zitterte unbeherrscht, und der flackernde Ausdruck in ihren Augen erinnerte Gansukh an ein Tier, das seinen Tod nahen sah.

»Sie ist meine Gefangene«, sagte Gansukh unnachgiebig.

Munokhoi schnaubte. »Ich befehlige ein *Jaghun* der *Torguud* des Khagans«, erwiderte er. »Du bist bloß ein Schoßhündchen seines Bruders. Dein Wort hat in Karakorum kaum Gewicht.«

Aber doch ein wenig, dachte Gansukh, *und deshalb drohst du mir nur hier draußen, fernab der Ohren von Männern, die du nicht befehligst.* Gansukh starrte Munokhoi noch ein, zwei Sekunden lang an, dann wandte er den Blick ab. Er trat zurück und gab seinen Anspruch auf die Frau auf. *Vorerst.*

Munokhoi knurrte zuversichtlich angesichts seiner Überlegenheit in dieser Lage und führte die Gefangene – die nun *seine* Gefangene war – an Gansukh vorbei. »Fesselt sie«, rief er seinen Männern zu. »Wir schaffen sie zurück in die Stadt.« Er warf Gansukh noch einen verächtlichen Blick zu.

Gansukh schaute zu, wie die Männer die Hände der Frau zusammenbanden und sie dann quer über Munokhois Sattel warfen. Ein paar Minuten später ritten sie los und schmolzen schnell auf die Größe von Glühwürmchen zusammen, bevor sie vollends verschwanden.

Gansukh holte sich die Fackel, die Munokhoi weggeworfen hatte, und als er das Feuer austrat, das sie verursacht hatte, bemerkte er, dass die Frau ihm etwas in den *Deel* gesteckt hatte.

✦✦✦

So schnell er konnte, kehrte Gansukh nach Karakorum zurück, aber es dauerte trotz des schwachen Fackelscheins eine Weile, bis er sein Pferd gefunden hatte. Deshalb erreichte er den Palast erst nach Sonnenaufgang – staubbedeckt, mit schmerzenden Gliedern, müde und gereizt. Nicht einmal die Morgenbrise, die ihm übers Gesicht leckte, als er vor dem Palast vom Pferd stieg, konnte seine Stimmung heben.

Das große Portal war geschlossen. Die in die Flügel eingeschnitzten Drachen schienen ihre Häupter in die Welt hinauszustrecken. Vier Wachen standen davor; sie trugen die verzierte Bronzerüstung und das schneeweiße Lammfell der Tagwache. Sie verhielten sich stoisch formell, als Gansukh auf sie zutrat, und ließen sich weder von seinem energischen Schritt noch seiner üblen Laune rühren.

»Ich habe wichtige Informationen für den Khagan«, sagte Gansukh, »über den Eindringling von gestern Nacht.«

»Der Eindringling wurde bereits verhört«, erwiderte einer von ihnen.

Gansukh dachte an das winzige Kästchen, das ihm die Frau zugesteckt hatte. Er spürte es unter seiner Kleidung, wo er es dicht am Leib trug, rechteckig, schwarz lackiert, gerade groß genug, dass es in seine Hand passte, und ohne erkennbare Fugen. Als er es schüttelte, hatte er darin etwas klappern gehört.

»Ich war es, der sie gefangen genommen hat«, sagte er. »Der Khagan wartet gewiss schon auf meinen Bericht.«

»Munokhoi, der Befehlshaber der *Torguud*, hat sie gefangen genommen«, entgegnete der Wächter.

Gansukh trat noch einen Schritt weiter auf den Mann zu und hinter ihm senkten zwei der anderen ihre Spieße und verschränkten sie zu einer Barriere. »Nennst du mich einen Lügner?«, fragte er und brachte sein Gesicht dicht an das seines Gegenübers heran. »Ich bin der Gesandte von Tschagatai Khan, und ich wurde geschickt, um mich beim Khagan persönlich zu melden. Wenn ihr nicht beiseitetretet und mich in den Palast lasst, werde ich …«

Der Wächter wollte herausfinden, ob er bluffte. »Was wirst du dann tun?«

»Dann werde ich dir mein Messer ins Gedärm stoßen.« Gansukh fletschte die Zähne. »Deine Kameraden würden mich wahrscheinlich töten, aber dann müssten sie dem Khagan erklären, wen sie getötet haben und warum. Glaubst du, sie sind bereit, das für dich zu tun? Vielleicht wird der Khagan sie sogar lange genug am Leben lassen, damit sie Tschagatai Khan selbst erzählen können, was sie getan haben.«

Hinter dem Wächter wurden die Spieße klappernd zurückgezogen. Der Wächter hörte das und blinzelte heftig.

Gansukh drängte sich an dem nervösen Mann vorbei und zog einen der schweren Torflügel auf. Er trat durch den schmalen Spalt und überspielte den Schweiß, den er plötzlich auf den Handflächen und der Stirn spürte, mit dem stolzen Gang des Kriegers. Es machte ihm aber auch Mut, bestätigt zu finden, was ihm draußen auf der Ebene bewusst geworden war: Sein Wort *hatte* Gewicht. Innerhalb der Palasthierarchie stand Munokhoi gewiss über ihm, aber Gansukh unterstand den direkten Befehlen des Bruders des Khagans – Befehle, die nicht einmal der Khagan selbst völlig missachten konnte.

Er stürmte in den Thronsaal, Schritt und Haltung von dieser Erkenntnis gestärkt, und blieb dann doch abrupt stehen.

Der lange Raum war fast leer. Es waren keine Wachen zugegen, keine Schar von servilen Höflingen und Provinzverwaltern. Eine Anzahl Diener scheuerte den Fliesenboden mit feuchten Lappen und Bimsstein. Außer ihnen war nur Meister Chucai anwesend, der in Gedanken versunken unweit des gewaltigen Throns des Khagans stand.

»Was …?«, setzte Gansukh an, und dann wurde ihm bewusst, was die Diener da wegzuputzen versuchten. Seine Kehle schnürte sich krampfartig zu, und er hatte das Gefühl, in sich zusammenzusinken. Der Geruch war unverkennbar, weil er ihn noch frisch in der Nase hatte, nachdem er ihn erst vor Kurzem draußen auf der Ebene gerochen hatte; nicht einmal das mit Duftstoffen versetzte Wasser und das Räucherwerk, das man hier unlängst abgebrannt hatte, konnten ihn übertünchen. »Was ist passiert?«, fragte er, obwohl die Antwort auf der Hand lag.

»Ein Verhör«, sagte Meister Chucai. Er trat auf Gansukh zu. Sein Gesicht war sowohl von körperlicher als auch von geistiger Erschöpfung gezeichnet. Auch er hatte nicht geschlafen. »Der Befehlshaber des *Jaghun*, Munokhoi, versteht sich auf gewisse alte Methoden, die das Reich gerne vergessen würde.« Er zuckte mit den Schultern. »Aber manchmal ist es am besten …«

»Sie war meine Gefangene, Meister Chucai«, unterbrach Gansukh den Berater des Khagan. »Ich hätte sie schon zum Reden gebracht, und zwar« – er wies mit ausgestrecktem Finger auf die Diener, die den Boden scheuerten – »auf weniger grausame Art.«

»Manchmal ist Grausamkeit ein notwendiges Übel, um ein Reich zu führen«, erklärte Chucai. Darauf, dass der jüngere Mann ihn rüde unterbrochen hatte, reagierte er nicht.

Er sprach ruhig und gemessen. »So bedauerlich es auch sein mag, aber die Anwendung heftiger Gewalt ist nun einmal ein sicheres Mittel, um Drohungen wider den Khagan und die Stabilität seiner Herrschaft zu enthüllen.«

»War sie denn eine Bedrohung?«, wollte Gansukh wissen.

Chucais Blick heftete sich auf Gansukh. Seine Augen wurden schmal. »Ein Feind ist ein Feind«, sagte er mit noch ruhigerer Stimme als zuvor.

»Danach habe ich Euch nicht gefragt«, erwiderte Gansukh. »In den Steppen draußen hat mein Clan seine Feinde stets mit Respekt behandelt, auch diejenigen, die mit Schwert und Bogen auf uns losgingen. Sie war unbewaffnet. Das ... das war ein Abschlachten.«

»Sie hatte keine Waffe«, bestätigte Chucai. »Aber du bist naiv, wenn du glaubst, dass sie keine führen könnte.«

»Hat sie das hier getan?«, fragte Gansukh. »Hat sie Euch gesagt, dass sie den Khagan ermorden wollte?«

Chucai sah ihn merkwürdig an. »Hat sie dir das gesagt?«

»Mir hat sie gar nichts gesagt«, versicherte Gansukh rasch.

»Du bist ein schlechter Lügner, Gansukh«, sagte Chucai, und sein Blick wurde bohrender. »Hat Lian dir so wenig beigebracht?«

»Hier geht es nicht um ...«, begann Gansukh. Röte stieg ihm in die Wangen.

»Welche Anweisungen hat Tschagatai Khan dir erteilt?«, fragte Chucai. »Wollte er, dass du hinter Dieben herjagst? Fremdländische Spione verhörst? Oder solltest du einfach nur die Trinkgewohnheiten des Khagans im Auge behalten?«

Gansukh hielt den Mund, verbiss sich die Flut von Worten, die ihm auf die Zunge drängten. Er wusste, dass Chucai nicht daran interessiert war, sie zu hören.

»Was diese Frau wollte, was sie zu erreichen trachtete, geht dich nichts an«, erklärte Chucai und entließ Gansukh mit einem Wink seiner Hand. »Ich habe dir Lian zur Verfügung gestellt, damit du lernst, wie man sich bei Hofe beträgt – und das habe ich nur getan, um dir die Erfüllung deiner Mission zu erleichtern. Einem Eindringling nachzujagen, wie du es gestern Nacht getan hast, das ist das hitzköpfige Benehmen eines unzivilisierten Nomaden aus den Steppen.«

»Unzivilisiert?« Gansukh schnaubte. »Ich hätte sie nicht gefoltert.« Und damit wandte er sich von Meister Chucai ab und ließ den Thronsaal des Khagans und seinen blutbesudelten Boden zurück.

Es gefiel ihm nicht, dass er davonlief, aber etwas hatte er von Lian gelernt – er wusste, wann er seinen Vorteil eingebüßt hatte. Meister Chucai hatte ihr Gespräch so umgelenkt, dass es sich mehr auf Gansukh konzentrierte als auf das, was die Frau gewollt hatte. Und er hatte nicht gewagt, sich dem zu widersetzen. Chucai hätte gemerkt, dass er mehr wusste, als er vorgab.

Aber … wusste er wirklich mehr?

Er schob eine Hand unter seinen *Deel* und berührte das lackierte Kästchen.

Kapitel 18

✠✠✠

Hinter dem Schleier

Erst später, nachdem er diese riesige stählerne Kakerlake getötet hatte, wollte Zug sich Gedanken machen über die Demütigung, zu Boden geschickt worden zu sein – und das auch noch durch seine eigene Waffe! Aber er hatte nicht Hunderte von Kämpfen in dieser und anderen Arenen überstanden, ohne sich gewisse Fähigkeiten angeeignet zu haben. Eine davon bestand darin, Kraft aus der Energie der Zuschauer zu beziehen, wenn er sie brauchte, sie aber völlig auszublenden, wenn sie nur schnatterten wie aufgeregte Gänse.

Der *Chevalier* – wie die Menge diesen großen Franken zu nennen schien – besaß Erfahrung im Umgang mit Stangenwaffen, und mochte er mit der *Naginata* auch nicht über die Maßen geschickt sein, so war er doch immerhin ziemlich gut. Zug wusste, dass er Glück gehabt hatte – zweimal! –, und ein solches Los war mehr, als ein toter Mann sich erhoffen durfte. Solche Gelegenheiten würden sich ihm nun nicht mehr bieten.

Wie er da am Boden lag, konnte er weder seine Beine noch seinen Körper nutzen, um Kraft in seine Paraden zu stecken. Er musste nahe an seinen Gegner heran, wie es der Franke getan hatte. Nur lag er im Gegensatz zu dem Franken flach auf dem Rücken.

Zug krümmte sich wie eine Garnele, beugte die Brust nach vorne und zog die Knie an. Als er dann den Rücken durchbog, um weiter voranzukommen, ließ er die Schwertklinge auf das nächstliegende Ziel zuzucken – den rechten Knöchel des Franken.

Anders als der Rest seines Körpers war der Knöchel des Franken nicht gepanzert. Der Streich würde ihm den Fuß entweder glatt abtrennen oder zumindest den Knochen brechen und ihn verkrüppeln.

Aber der Franke hob gewandt den Fuß, gerade hoch genug, dass die Klinge darunter hindurchwischte. Allerdings war er nun aus dem Gleichgewicht geraten und musste den Fuß erst wieder zu Boden setzen, bevor er einen eigenen Angriff starten konnte. Die Initiative hatte er eingebüßt.

Zug hielt das gewaltige Schwert in Bewegung. Er ließ es einmal ganz um sich herum kreisen, während er wiederum wie eine Garnele über den Boden kroch, und wollte zu einem weiteren Rundschlag ansetzen, der gleiche Streich, aber mit noch mehr Kraft.

Da bohrte sich die Spitze der Schwertlanze vor ihm in den Boden und brachte die Bewegung des Zweihänders schlagartig zum Stillstand. Es war eine fast exakte Spiegelung des Manövers, mit dem Zug gerade eben die zweite *Naginata*-Attacke des Franken aufgehalten hatte.

Auf den rechten Ellbogen gestützt, packte Zug mit der Linken den Holzschaft der *Naginata*; seine Hand befand sich nur etwa einen Fuß von der des Franken entfernt. Damit war die Waffe ausgeschaltet und Zug hatte etwas zum Anlehnen.

Das linke Knie des Franken präsentierte sich ungeschützt, etwa auf Höhe von Zugs Kopf, perfekt positioniert, um danach zu treten. Zug zog die Knie fast bis ans Kinn hoch und stieß die Füße dann nach dem Knie seines Gegners. Der Franke sah eine Gelegenheit, um seinerseits Zug gegen den Kopf zu treten, und hatte schon zu einer Drehung auf dem linken Bein angesetzt, aber Zug war schneller und stieß das Knie des anderen genau im richtigen Augenblick zur Seite, nämlich als der Gegner sein ganzes Gewicht – und das seiner massiven Rüstung – fest auf dieses Bein verlagert hatte.

Der Franke stürzte und landete beinahe auf Zug. Sein rechter Ellbogen befand sich jetzt auf Zugs linkem Arm und legte ihn lahm, und Zugs Gesicht steckte fast in der stinkenden Achselhöhle des Mannes. Sein rechter Arm allerdings war durch seinen Körper abgeschirmt und frei beweglich.

Zug entledigte sich des Schwerts des Franken, dann griff er mit einer vielfach geübten Bewegung hinter sich und zog das *Tanto*, das dort in einer Scheide steckte. Er holte das Kampfmesser mit einer kleinen, schnellen Bewegung, die der Franke nicht einmal wahrnahm, nach vorne und rammte es mit aller Kraft nach oben in die Achsel seines Gegners. Dabei musste er den Impuls, sich abzuwenden, unterdrücken, weil er damit rechnete, dass sich eine wahre Blutfontäne aus der Hauptschlagader ergießen würde, die das Leben in den Arm des Franken pumpte.

Aber es geschah nichts.

◆◆◆

Haakon hatte im Kampfunterricht schon viele schmerzhafte Schläge einstecken müssen. Taran hatte Wert darauf gelegt, ihnen beizubringen, bestimmte Stellen des Gegners zu treffen, wie etwa einen Punkt hinter dem Kiefer, wo es besonders wehtat. Allerdings hatte Haakon noch nie etwas Schlimmeres zu spüren bekommen als das, was Zug jetzt mit seiner Achselhöhle tat.

Er hielt den Schaft der Gleve nicht mehr fest – durch den Treffer in seiner Achselhöhle war seine Hand erschlafft. Er hob den Arm, eher um zu sehen, ob er ihm noch gehorchte, als aus kampftechnischer Überlegung heraus, und blickte entsetzt auf eine silbrige Stahlklinge, die aus Zugs rechter Faust ragte und genau dorthin wies, wo es schmerzte.

Haakons Kettenschutz hatte den perfekt gezielten Stoß abgefangen.

Dann – viel später, als es eigentlich hätte der Fall sein dürfen – setzten Haakons antrainierte Kampfreflexe wieder ein. Er packte Zugs Handgelenk mit der Linken, schützte sich mit der Rechten vor der Klinge und drückte die Waffenhand in verschiedene Richtungen. Der Griff löste sich aus Zugs Fingern, erst aus dem kleinen Finger, dann folgten die anderen und schließlich war der Dolch in seiner Hand. Der Druck von Haakon auf Zugs Unterarm verdrehte diesem den rechten Arm und presste ihn an seine Brust.

Haakon stellte fest, dass er den Dolch ohne eigentliche Absicht und Mühe in eine Position gebracht hatte, in der die Spitze nur noch wenige Zoll von der Kehle seines Gegners entfernt war. Eine kleine Bewegung mit der Hand und es wäre vorbei.

Aber er konnte sich nicht dazu überwinden, diesen Mann zu töten. Aus der Distanz die gewaltige Gleve zu schwingen, das war eine Sache. Aber jetzt war er ihm so nahe, dass er durch die schmalen Schlitze in der Dämonenmaske die geplatzten Äderchen in Zugs weißen Augäpfeln sehen konnte.

Nach allen Maßstäben der Fairness hatte Zug das Duell gewonnen. Haakon hatte zwar über ihm gestanden und eine um Längen überlegene Waffe geschwungen. Doch dieser Mann hatte ihn zu Boden geschickt und einen perfekt gezielten Stoß angebracht, aufgrund dessen er eigentlich hilflos verblutend am Boden liegen müsste.

Manchmal, wenn er sich intensiv auf einen Kampf konzentrierte, hörte er auf einmal nichts mehr. Später, wenn es vorbei war, kehrte sein Hörvermögen zurück. Jetzt wähnte er sich in einem solchen Zustand, aber er konnte Zug atmen hören und vernahm auch das leise Klimpern seiner Kettenpanzerung, als er sich etwas bewegte, ohne seine Position zu verändern.

Nein, er war nicht taub geworden. Es war vielmehr so, dass es in der Arena vollkommen still geworden war.

Er stieß sich von Zug ab und hievte sich in die Höhe. Mit der Ferse trat er die *Naginata* außer Reichweite und entfernte sich dann rückwärtsgehend von seinem daliegenden Gegner.

Zugs Maske saß schief und sie schien nicht länger die Fratze eines grausamen Dämons zu zeigen. Die weißen Schnurrhaare hingen schlaff und schmutzig herab, der Mund war verzerrt und erinnerte jetzt eher an das Grinsen eines Betrunkenen als an ein heulendes Maul.

Übergangslos fingen die Zuschauer an zu jubeln. Eine Flut von Lärm, die Haakon mit spürbarer Wucht traf. Auch Zug zuckte zusammen, und seine Maske neigte sich nach oben, als er über Haakons Schulter hinweg auf etwas blickte.

Haakon drehte sich um, und sein Blick schweifte über die Menge, die vor Begeisterung tobte. Er nahm sie in seiner Bewegung zwar nur schemenhaft wahr, aber die ganze Arena schien auf den Beinen zu sein und zu schreien und zu johlen. Dann schließlich verharrte sein Blick auf dem Pavillon des Khans.

Onghwe Khan, die große Gestalt, die in Gewänder aus Rot und Gold gehüllt war, stand am Rande des Pavillons, die Hände erhoben. Er führte sie zusammen, Sonnenlicht funkelte auf den vielen Ringen an seinen Fingern, und grüßte so Haakon.

Haakon besaß genug Geistesgegenwart, um die Geste zu erwidern. Er berührte mit dem Griff von Zugs Dolch die Stirnseite seines Helms, und für eine Sekunde hörte er Tarans Stimme in seinem Kopf. *Tu es!*, rief sein *Oplo*. Und: *Dieser Wurf gelingt dir.* Seine Hand schloss sich fester um den Dolchgriff.

Onghwe Khan löste die Hände voneinander, drehte die Handflächen nach außen, als teile er einen Vorhang – und Haakon wurde schlagartig bewusst, dass der Vorhang genau das tat. Unter dem Khan bewegte sich der rote Schleier. Er wurde von unsichtbaren Händen aufgeschoben, und Haakon erhaschte einen ersten Blick auf das, was dahinter lag.

Das Publikum, das ohnehin schon so viel Lärm machte, dass er meilenweit zu hören sein musste, wurde noch lauter. Haakon schnürte sich die Brust zusammen. Er bekam keine Luft mehr und jeder Gedanke an ein Attentat auf den Khan floh aus seinem Hirn. Der Lauf der Welt schien sich zu verlangsamen. Das Kreischen der Menge wurde zu einem gedämpften Brüllen, das auf seine Ohren traf wie der träge Takt von Militärtrommeln, und über das Dröhnen der Zuschauer erhob sich eine einzelne plappernde Stimme.

Zug war aufgestanden. Sein Gesicht hatte sich verändert; Haakon nahm wie durch einen Nebel wahr, dass er seine Maske abgenommen hatte. Sein Gesicht war, obschon größtenteils glatt, nicht das eines Jungen. Wie rasend, die Augen hervorgequollen und die Wangen rot, spuckte sein Mund Worte aus, die Haakon nicht verstand; aber dieses Gesicht war das eines erwachsenen Mannes. Haakon starrte ihn einen wie eingefroren wirkenden Moment lang an und nahm all die Wut und Verzweiflung wahr, die in Zugs Gesicht zu lesen standen; ein Gesicht, das er so schnell nicht mehr vergessen würde.

Er verbeugte sich vor Zug, dann wandte er seinem bezwungenen Gegner den Rücken zu und schritt der Öffnung unter dem Pavillon des Khans entgegen. Er hatte gewonnen. Der rote Schleier hatte sich aufgetan.

◆◆◆

Dietrich sah dem Ritter der Schildbrüder nach, bis er aus seinem Blickfeld verschwunden war. Von seinem Platz auf der Westseite der Arena aus waren der Schleier und ein Teil des Tunnels dahinter sichtbar, aber kaum hatte der Ritter den Vorhang passiert, fiel er auch schon wieder und verwehrte jedermann den Blick auf das, was auf der anderen Seite geschah.

Das Publikum feierte immer noch und das Stadion erzitterte unter dem Stampfen von Füßen. Die Jubelchöre legten sich ein wenig, so weit immerhin, dass Dietrich sich einem seiner Begleiter verständlich machen konnte, ohne schreien zu müssen. Er hatte sich gerade an Burchard gewandt, um ihm etwas zu sagen, als sich ein durchdringender Schrei über das allgemeine Geschnatter erhob.

Drunten in der Arena heulte der bezwungene Wettkämpfer. Er hatte seine Maske abgenommen und sein Zorn richtete sich auf den Pavillon des Khans. Anstatt zu verklingen, endete sein Geschrei allerdings abrupt, als er auf dem Absatz kehrtmachte und auf die Schwertlanze zusprang, die im Sand lag.

Das Osttor öffnete sich und spie vier mongolische Soldaten aus. Jeder hielt eine Stange mit Sandsäcken an den Enden fest, mit denen sie auf andere einprügeln konnten. Die Schar, deren Aufgabe es war, Gegner zu trennen und den Überlebenden hinauszugeleiten, war in der Arena hinlänglich bekannt, und auch Dietrich hatte ihre schweren Stangen mehr als nur einmal in Aktion gesehen, auch wenn sie einem Kämpfer für gewöhnlich nur mit einem Schwert bewaffnet entgegentraten.

Zugs Waffe war gleich lang, und sie war scharf.

Der erste Mongole fand heraus, wie scharf die Klinge der Schwertlanze war, als sie ihm den Kopf glatt von den Schultern trennte.

Der zweite Mongole versuchte, seine Stangenwaffe zu heben, um Zugs wirbelnde Klinge zu blocken. Es gelang ihm jedoch nur, die Klinge nach oben abzulenken, sodass sie ihm durch den Schädel anstatt durch den Hals schnitt.

Die übrigen beiden wichen stolpernd zurück und versuchten, außerhalb von Zugs Reichweite zu bleiben.

Dietrich blickte an den Wänden um die Arena hoch und hielt nach den mongolischen Bogenschützen Ausschau. Sie verfolgten den wild gewordenen Kämpfer mit ihren Pfeilspitzen, und einer schoss. Zug hob die Arme, beschrieb mit seiner Waffe einen Kreis zwischen sich und dem Bogenschützen, und der Pfeil prallte vom Eschenholz des Lanzenschafts ab.

Burchard brummte anerkennend. »Seht«, sagte er und zeigte zum Pavillon. Die beiden dort platzierten Bogenschützen hatten Pfeile aufgelegt, spannten ihre Bogen jedoch nicht. »Der Khan will seinen Helden noch nicht aufgeben.«

Nun vernahmen auch die beiden Bogenschützen, die weiter entfernt positioniert waren, endlich den Befehl, abzuwarten. Die Masse verwandelte sich in ein wogendes Meer aus unterschiedlichen Ansichten – die einen riefen im Chor Zugs Namen, andere verlangten lautstark nach Gnade und wieder andere wollten Blut sehen, egal, wessen Blut es war; und ein kleiner Teil der Menge wurde wütend. Unterhalb der Schwertbrüder und nahe der Wand entstand eine Prügelei, und aus dieser brodelnden Masse heraus wurde ein Mann über das Geländer geworfen.

Der Mann – seiner blassen Haut nach zu schließen ein Nordländer – brach schlaff im Sand zusammen. Auf seinem Gesicht war Blut. Seine Glieder zuckten; er war noch am Leben, aber besinnungslos geschlagen von dem Hieb, der ihn in die Arena geschleudert hatte. Was als Nächstes geschah, war nicht seine Schuld, aber er war derjenige, der die Schleusen öffnete.

Zwei Mongolen sprangen in den Sand hinab, und während einer sich über den Nordländer beugte, um ihm den Rest zu geben, hastete der andere quer durch die Arena auf das weggeworfene Schwert des Ritters zu.

Nachdem er die beiden verbliebenen Wachen bis zum Osttor zurückgetrieben hatte, das gleich nach Zugs Angriff auf die vier kurzerhand geschlossen worden war und nun nicht mehr geöffnet wurde, wie sehr sie die Männer auf der anderen Seite des Tores auch darum bettelten, stürmte Zug zurück in die Mitte der Arena, und seine Schwertlanze traf den Mongolen im Laufen in den Rücken und trennte ihm beinahe die Beine vom Rumpf.

Weitere Männer sprangen von verschiedenen Stellen aus in die Arena, und Dietrich sah, dass es nicht ausnahmslos Mongolen waren. Die Bogenschützen begannen zu schießen. Die Zuschauer – die sich nicht länger mit »Zug!-Zug!«-Rufen Luft machten – reagierten mit Angst und Wut. Sie schleuderten jetzt ihre eigenen Wurfgeschosse – Steine vor allem – hinab. Einige galten den Männern unten in der Arena, die meisten waren jedoch auf die Bogenschützen und die Menschen im Pavillon gerichtet. Daraufhin wandten sich die Bogenschützen der wogenden Menge um sie her zu und schossen in den Mob.

Sigeberth zog Dietrich am Arm, ein deutliches Zeichen dafür, dass es jetzt Zeit war, zu gehen. Etwas widerwillig ließ Dietrich sich aus dem Chaos des randalierenden Publikums führen. »Faszinierend«, murmelte er, während Sigeberth sich durch die Menge schob und einen Weg zur Treppe hinter den Rängen bahnte. Eine Idee drängte sich auf, eine Antwort auf Dietrichs nächtliche Gebete, in denen er Gott um Erleuchtung bat.

Trotz ihres prahlerischen Gehabes und ihrer militärischen Überlegenheit waren die Mongolen auch nur Männer. Männer, die fernab ihrer Heimat fremdes Land besetzten. Diese Männer – die Kämpfer, die für den Khan die blutige Arbeit erledigten – stumpften allmählich ab. Die Armee wurde müde, und eine müde Armee war leichter einzuschüchtern.

Ja, dachte er, *und eingeschüchterte Männer schlagen nach den Dingen, die sie fürchten.* Dietrich sah vor seinem geistigen Auge die Standarte des *Ordo Militum Vindicis Intactae* über der Klosterruine im Wind flattern – und lächelte.

Kapitel 19

✠✠✠

Das Vermächtnis meines Vaters

Lian fand Gansukh im Garten, wo er nur mit einer leichten Hose bekleidet seine Schwertkunst an einem glücklosen Baum erprobte. Derlei Übungen waren im Garten des Khagans eigentlich nicht erlaubt, aber Lian hatte die Wut des jungen Mannes sofort gespürt, als sie gehört hatte, wie Metall auf Rinde hieb. Die Gärtner waren gleichermaßen feinfühlig und hielten sich von dieser Ecke des Gartens fern. Abgeschlagene Blätter und Äste waren über den Boden verstreut und jeder blitzende Hieb der Klinge ließ wieder etwas davonfliegen. Gansukh hielt inne, als er Lian kommen sah, setzte die Spitze des Schwerts ins kurze Gras und stützte sich keuchend und verschwitzt auf seine Waffe.

»Ich habe von einigen der Diener … *Geschichten* gehört«, sagte sie.

Er grunzte wortlos und wandte sich wieder dem Baum zu. Sie sollte sein brüskes Verhalten als Aufforderung verstehen, ihn in Ruhe zu lassen.

»Ich hörte, es sei eine Frau gewesen«, fuhr sie fort.

Er stand still da, das Schwert in der Hand. »Hat man dir erzählt, was ihr widerfahren ist?«, fragte er.

Sie schüttelte den Kopf und trat ein paar Schritte näher, bis sie fast seinen nackten Rücken hätte berühren können.

»Nein«, antwortete sie, was nicht ganz stimmte. Die Diener hatten sich nur widerstrebend deutlicher über die Geschehnisse im Thronsaal geäußert, und das verriet eigentlich ziemlich deutlich, *was* vorgefallen war.

In jähem Zorn rammte er sein Schwert ins Herz des Baumes. Seine Wut erschreckte Lian und sie zuckte zurück wie ein verängstigtes Tier. »Was tue ich hier eigentlich?«, fragte er und fuhr zu ihr herum. Wut und Verwirrung verzerrten seine Gesichtszüge.

Lian wählte ihre Worte mit Bedacht. »Du wurdest vom Bruder des Khagans geschickt, um dem Reich zu helfen.«

»Und wie?«, wollte Gansukh wissen. »Indem ich ein Schoßhund am Hofe des Khagans werde? Oder soll ich mehr sein wie … wie *er?*«

»Munokhoi?« Lian schüttelte den Kopf. »Nein. Du bist ganz anders als er.«

Gansukh riss sein Schwert aus dem Baum, strich ein wenig reumütig mit den Fingern an der Klinge entlang und suchte nach Scharten. »Was bin ich dann?«, sann er leise. »Chucai rügt mich, weil ich ein Jäger bin. Soll ich denn alles ablegen, was ich getan und gelernt habe, um beim Khagan eher Gefallen zu finden? Wie hilft das dem Reich?«

Lian trat zu ihm und legte ihm eine Hand auf die nackte Schulter. Er erschauderte beinahe unter der Berührung, als habe er mit einem Angriff ihrerseits gerechnet. Seine Muskeln waren angespannt, seine bloße Haut fühlte sich unter ihrer Hand heiß an.

Er schloss die Überprüfung seines Schwerts ab. »Wenn der Khagan allsehend und weise ist, warum sieht er dann in Munokhoi nicht den Schafe reißenden Hund, der er ist?«, fragte er. »Und Meister Chucai. Er hat dem Vater des Khagans so viel beigebracht, aber der Khagan kann nicht einmal …« Gansukh unterbrach sich abrupt, und als er Lian ansah, konnte er ihrem Blick nicht standhalten. Sie spürte, dass er etwas zurückhielt.

»Was?«, versuchte sie, es ihm zu entlocken.

Er schüttelte den Kopf, und sie drang nicht weiter in ihn. Das Vertrauen zwischen ihnen war noch zu zart. Sie durfte nicht riskieren, es zu verlieren. Nicht jetzt …

»Das ist alles falsch.« Er machte eine ausholende Bewegung, die den ganzen Palast einschloss. »Ich wurde hierhergeschickt, um dem Khagan zu helfen, seine Stärke wiederzufinden, aber niemand scheint der Ansicht zu sein, dass er sie verloren hat. Anstatt ein starker Krieger zu sein, lerne ich, mich zu verneigen und zu seinem Vergnügen auf dem Bauch herumzukriechen. Stößt man auf eine Bedrohung für ihn, wird sie einfach totgeschwiegen, als habe es sie nie gegeben. Dieser ganze Ort ist eine Illusion, und ich bin der Einzige, der das erkennt. Was kann ich tun?«

Sie ließ ihre Hand über seinen Arm nach unten gleiten, stellte sich neben ihn und umfasste fest seine Hand. Als er sie ansah und ihre Hand drückte, kostete es sie Mühe, eine ausdruckslose Miene zu wahren und zu verhindern, dass ihre Wangen sich röteten. *Er ist so verloren,* dachte sie. *So ehrlich, aber er weiß nicht, in welche Richtung er gehen soll.*

»Du hast ja so recht«, hörte sie sich sagen, und im Stillen erkannte sie überrascht, dass sie jedes Wort so meinte.

◆◆◆

Die Sonne war über den Himmel gezogen und schickte sich an, hinter den Bergen zu verschwinden, ehe Gansukh es endlich gelungen war, sich durch Überredung den Weg in die Privatgemächer des Khagans zu verschaffen. Er hatte den

Tag damit zugebracht, sämtliche persönlichen Berater des Khagans aufzuspüren – bis auf Meister Chucai, dem er sorgsam aus dem Weg ging –, und er hatte sich sogar an mehrere *Noyon* der *Torguud* gewandt, bevor sich endlich eine der Frauen des Khagans, Mukha, bereit erklärt hatte, Fürsprache für ihn einzulegen. Sie hatte ihm anvertraut, dass er ziemlich »düsterer Stimmung« sei, was Gansukh als Umschreibung für »schwer betrunken« auffasste. Als er sich dem Portal zum Wohnraum des Khagans näherte, fiel ihm auf, dass die Lampen in diesem Korridor nach Orangen rochen und nicht so muffig nach Rindertalg wie im übrigen Palast.

Hier wirkt die Hand einer Frau, dachte er und fühlte sich wiederum an Lians Hand auf der nackten Haut seiner Schulter und seines Armes erinnert.

Die schwarz gewandeten Wachen vor der Tür des Khagans nickten mit dünnem Lächeln zum Zeichen, dass man ihnen sein Kommen angekündigt hatte, während sie ihn zugleich mit einem Blick bedachten, der besagte: *Lieber du als wir.* Sie schlossen die Tür rasch hinter Gansukh, damit er es sich nicht doch anders überlegte.

Der Raum war lang und dämmerig; nur ein paar Lampen erhellten ihn. Das meiste Licht fiel vom Balkon herein, wo Ögedei Khan stand, eine breitschultrige Silhouette vor dem dunkler werdenden Himmel. Der Nachtwind – ein letzter Hauch der untergehenden Sonne – wehte durch den Raum und ließ die Seidenvorhänge rascheln und die Kerzenflammen tanzen.

Flammend rote Wolkenbänder zogen sich über den indigoblauen Himmel, und als Gansukh weiter vortrat, konnte er am Horizont die scharfe Linie der Berge sehen, deren Gipfel von orangefarbenem Feuer umkränzt wurden. Schon bald würde auch dieses Licht erlöschen und die Welt wieder in Dunkelheit versinken.

Gansukh versuchte, nicht daran zu denken, welche Ereignisse gestern um diese Zeit ihren Lauf genommen hatten. Er ließ sich auf ein Knie nieder und räusperte sich. »O Khan der Khane, Herr der Welt, lange habe ich … ich habe …« Diese blumige Sprache fiel ihm nicht leicht, aber er hielt es für das Beste, dem Khagan angemessen Respekt zu zollen, bevor er sich an den Berg von Fragen heranwagte, die ihm auf der Seele lagen. *Ziemlich düstere Stimmung,* dachte er und zögerte.

Ögedei wandte sich vom Balkon ab. Er hielt einen Becher in der Hand, und sein Gang war unsicher, als er in den Raum kam. »Ah, junges Pony«, grollte er. »Du hast nach mir gesucht.«

Gansukh nickte. »Ich habe … einige Fragen.«

»Dann steh auf und komm her.« Der Khagan nippte an seinem Becher. »Ich brauche keine Statue.« Er winkte mit einer Hand zum offenen Balkon hin. »Eine Statue habe ich da unten nämlich schon. Hast du sie gesehen?«

Gansukh hatte sie gesehen. Sie war auch kaum zu übersehen. Zumal sie Wein und einen honiggesüßten Trank ausspie, und der Blaue Wolf mochte wissen, was noch. Er erhob sich, und eine Hand wanderte zu seiner Schärpe, unter die er das schwarz lackierte Kästchen geschoben hatte. »Die Frau, die gestern Nacht versucht hat, in den Palast einzudringen«, begann er, »wisst Ihr, worauf sie es abgesehen hatte?« *Habt Ihr zugeschaut, als sie gefoltert wurde?*, war die Frage, die zu stellen er sich nicht überwinden konnte.

Das Gesicht des Khagans blieb ausdruckslos und verriet Gansukh mit keinem Anzeichen, dass er verstand, wonach der junge Mann unterschwellig fragte. »Geheimnisse«, antwortete er mit schwerer Zunge. »Chucai sagt, sie war eine Spionin, die auf Informationen aus war. Aber sie machte sich aus dem Staub, bevor sie irgendetwas Nützliches in Erfahrung bringen konnte.«

Gansukh schluckte heftig und zwang seinen Magen, Ruhe zu geben. »Hat sie es Euch gesagt oder wisst Ihr es von Meister Chucai?«, fragte er, immer noch unfähig, frei von der Leber weg zu sprechen.

Ögedei trank von seinem Becher, während er näher auf Gansukh zuschlenderte und dem jungen Mann eindringlich ins Gesicht blickte. »Von Meister Chucai«, erwiderte er.

Gansukh spürte seine Knie zittern – und ein jähes Entsetzen kollidierte mit einem unvermittelten Freudengefühl in seinem Bauch. »Ihr wart nicht dort«, flüsterte er.

Ögedei beugte sich zu Gansukh vor und legte sich einen Finger auf die schlaffen Lippen. Sein Atem stank nach saurem Wein. »Pscht!«, gab er ebenso flüsternd zurück. »Ich bin nur selten dort, wo ich sein soll, aber das ist ein Geheimnis.« Er lachte plötzlich. Speichel sprühte Gansukh ins Gesicht. »Ich kenne viele Geheimnisse, junges Pony.« Seine Hand klatschte auf Gansukhs Schulter. »Hast du das wissen wollen? Macht sich Tschagatai Sorgen, ich könnte ein solcher Trunkenbold werden, dass ich den Mund nicht mehr halten kann? Dass einer meiner Feinde jemanden schickt, der mir die Geheimnisse im Schlaf raubt?«

»Nein«, erwiderte Gansukh, verwirrt angesichts des plötzlichen Wandels von Ögedeis Stimmung. »Es geht um Meister Chucai …«

»Chucai.« Ögedei spie den Namen aus wie etwas, das ihm in der Kehle stecken geblieben war. »Er ist wie ein alter Ziegenhirte, der die Hügel voller Wölfe wähnt.« Er richtete sich zu voller Größe auf und streckte die Brust vor. Sein Becher schwappte über, die Flüssigkeit spritzte auf seinen ohnehin schon fleckigen Ärmel. »Aber ich bin keine Ziege.«

»Nein«, sagte Gansukh. »Natürlich nicht.«

Ögedei fiel offenbar etwas ein, und er winkte Gansukh, ihm zu folgen. Er wankte auf den Balkon hinaus und wies auf das große Kriegsbanner, das am Rand des Balkons befestigt war. Es war ein gewaltiger Speer, viel zu lang, um ihn mühelos von einem Pferd aus zu führen. Unter der Eisenklinge hingen dicke Büschel schwarzen Rosshaars, die Schwänze einer ganzen Herde. Sie drehten und wanden sich in der Umarmung der Nachtluft.

»Das Banner des großen Geistes von Dschingis Khan«, sagte Ögedei. »Kennst du die Geschichte dahinter, junges Pony? Der Geist meines Vaters lebt fort in diesem Banner, auf dass sein Reich sich ausdehne, bis es sämtliche Länder umfasst.«

Gansukh nickte. »Ich habe die Geschichte gehört.«

»Es ist nur eine Geschichte«, lallte Ögedei. Er lehnte sich an Gansukh, der schwankend versuchte, das plötzliche Gewicht des Khagans zu tragen. »Es ist Aberglaube«, zischte Ögedei. »Es gibt da ein Geheimnis …« Auf einmal blickte er wie gebannt in seinen Becher. Als er trank, lief ihm etwas von der Flüssigkeit übers Kinn. »Es ist älter als mein Vater«, fuhr Ögedei fort, ohne sich den Wein vom Gesicht zu wischen. »Es stammt gar nicht von ihm. Er hat es bekommen, lange bevor er Khagan wurde. Er hat mir nie verraten, wo …« Ögedei starrte das Banner eine Weile an, bevor er weitersprach.

»Aber er hat mir verraten, wie man hören kann, was es zu sagen hat. Er hat mir gezeigt, wie man aus der Bewegung des Rosshaars liest. Es ist mehr als nur ein Banner … Wenn ich es ansehe, erzählt es mir von Schlachten, die ich nie gesehen habe, von Schlachten, die sich gar nicht zugetragen haben, und sogar von Schlachten, zu denen es nie kommen wird. Ich kann mit meinen Händen in das Haar von tausend Pferden fassen und den Rhythmus ihrer Bewegung spüren. Wie man angreift, wie man täuscht, wie man sich zurückzieht – ich kann spüren, wie sich jede Schlacht gewinnen lässt.«

Gansukh blickte auf das Banner und versuchte zu sehen, was der Khagan sah, aber alles, was er erkennen konnte, war schwarzes Rosshaar, das mit der einbrechenden Nacht verschmolz. »Mein Khan, bei allem Respekt, aber Ihr seid betrunken.«

Ögedeis Augen richteten sich mit einem Ruck auf Gansukhs Gesicht und dann auf den Becher in seiner Hand. Er trank gierig davon, als wären in seinem Bodensatz Antworten zu finden. Sein Blick war noch glasiger, als er den Becher wieder absetzte, und er starrte zum Horizont, ohne indes etwas zu sehen, nicht einmal, dass die Sonne verschwunden war und die Nacht sich herabgesenkt hatte. »Du verstehst das nicht, junges Pony«, sagte er. »Ich bin Khagan, und ich tue, was mir gefällt. Und davon ist das Reich abhängig. Das Reich meines Vaters. Es muss fortbestehen. Zum Gedenken an alle, die sich dafür geopfert haben. Zum Gedenken an Tolui.« In Ögedeis Augenwinkeln bildeten sich Tränen.

»Du verstehst das nicht«, schrie der Khagan nun plötzlich und stieß Gansukh von sich. Er warf auch seinen Becher nach ihm, doch Gansukh duckte sich, sodass er irgendwo im Raum hinter ihm landete. »Keiner von euch versteht das. Chucai nicht. Tschagatai nicht. Keiner meiner Generäle. Keiner von euch begreift, was wirklich wichtig ist. Ihr wollt mir alle sagen, was ich zu tun habe, aber ihr wisst es selbst nicht. Ihr wisst nicht, was zu tun ist!«

Gansukh wich mit vorgestreckten Händen zurück. »Mein Khan, ich ...«, setzte er an, wurde jedoch von einem ungeheuren Geheul unterbrochen, das aus Ögedei hervorbrach. Erschrocken sah er mit an, wie der Khagan eine Zierkappe vom Balkongeländer abriss und in die Nacht hinausschleuderte. Dann fuhr er zu ihm herum, und Gansukh zog sich rasch zurück, aber das Interesse des Khagans galt einzig den Möbeln und Vasen im Raum.

Gansukh setzte seinen Weg zur Tür fort, fassungslos über die Verwandlung, die über Ögedei Khan gekommen war. Er war nicht mehr der Führer des Mongolenreichs – er war zu einem Kleinkind in Riesengestalt geworden, das einen fürchterlichen Wutanfall bekommen hatte. Er warf Vasen durch den Raum. Er riss Möbel um, und wenn sich ein Stück nicht ohne Weiteres anheben ließ, dann schlug und trat er darauf ein. Und dabei schüttelte es ihn unaufhörlich unter gewaltigen Schluchzern.

Die Tür ging auf, und Gansukh, erfüllt von Scham und Abscheu gleichermaßen, schlüpfte hinaus. Die Wachen schlossen sie und blieben davor stehen, die Augen stur geradeaus gerichtet, und ihre Haltung drückte unmissverständlich aus, dass sie nichts von dem, was durch das Portal an ihre Ohren drang, je bestätigen würden. Was hinter ihnen geschah, war ein Geheimnis, das sie nie offenbaren würden.

Gansukhs Hand glitt unter seinen *Deel* und berührte das winzige lackierte Geheimnis, das er dort verbarg. Ögedeis Stimme verfolgte ihn, als er die Privatgemächer des Khagans verließ, wie ein Echo, das in seinem Kopf immer lauter wurde, während die echten Geräusche immer leiser wurden: *Keiner von euch begreift, was wirklich wichtig ist.*

Kapitel 20

✠✠✠

Tod eines Freundes

Ein Bote tötet nicht – eine Binderin nimmt kein Leben. Aber es klebte Blut an ihren Händen und dem Messer.

»Brauchst du Hilfe?«

Cnán hörte Raphaels Stimme von ferne, und einen Moment lang glaubte sie, seine Frage gelte ihr, doch als sie den Kopf hob, um zu antworten, sah sie, dass er mit Parzival sprach.

»Ich habe ihn aufgezogen, seit er ein Fohlen war«, sagte Parzival. Sein Gesicht war eine Maske. Seine Lippen bewegten sich beim Sprechen kaum. »Ich tue es alleine. Hilf den anderen, kümmert euch um Taran.« Der ernste Ritter wandte sich um und folgte einer Spur aus Blut und niedergetrampelten Gras in den Wald hinein.

Die Stille des Feldes und des Waldes schloss sich um Cnán. Von ihrem Messer tropfte noch immer Blut ins von Hufen zertrampelte Gras und Erdreich. Sie starrte zum Waldrand hinüber, zu den Bäumen, die dort in ihrer seltsam friedlichen Schönheit standen, ohne sie jedoch wirklich wahrzunehmen. Jaspers Rauch verlieh dem Anblick etwas Unheimliches und Geisterhaftes. Der Dolch in ihren Händen fühlte sich leicht wie Luft an, und das kam ihr falsch vor. Sie wollte ihn loswerden, aber zugleich konnte sie sich nicht überwinden, ihn einfach wegzuwerfen.

Sie hatten Taran in einen Umhang gewickelt und ihn zum Lager zurückgeschafft, wo man ein Grab ausheben würde. Der Holländer streifte über das Feld und löschte die Flammen, und über ihm wogte und wirbelte der verbliebene Rauch. Cnán stieg über den Leichnam eines Mongolen hinweg, der mit dem Gesicht nach unten auf der Erde lag, genauso wie Taran dagelegen hatte. Sie unterdrückte ein Schaudern, ging weiter und hatte das Gefühl, sich gleich heftig übergeben zu müssen.

Wie tief musste sie gesunken sein, um sich zu erlauben, hierherzukommen und dieses Werkzeug zu benutzen? Ein Werkzeug zum Töten, denn dafür war es gedacht. Sie wischte die Klinge mit einem Büschel trockenen Laubes sauber. Ihr Entsetzen legte sich langsam, als kehre das Gefühl in eingeschlafene Gliedmaßen zurück und damit das erste Kribbeln, das die Rückkehr ihres Bewusstseins anzeigte.

Das wollte sie jetzt nicht spüren.

Sie tat einen weiteren Schritt in der Absicht, von den anderen wegzukommen und für sich sein zu können. Ihre Füße bewegten sich wie von selbst. Im Gehen hörte sie, wie hinter ihr gestritten wurde: Rogers erhobene Stimme, Feronantus' Erwiderung. Die Worte klangen hohl und fern, waren Eindringlinge in einen schrecklichen Traum. War das die Strafe für das, was sie getan hatte?

Ein sonderbar traurig anmutender Laut erreichte sie, sickerte in ihre Gedanken und zog sie weiter in die Richtung, in die sie bereits ging. Hohes Gras strich um ihre Beine. Sie blieb am Rand der weiten Fläche stehen, über die eben erst die Mongolen herangestürmt waren, und ihre Konzentration setzte mit einem fast Übelkeit erregenden Ruck wieder ein, als ihr klar wurde, dass sie keineswegs ziellos umhergewandert, sondern vielmehr den Spuren eines anderen über das Feld und wieder zurück zum Wald gefolgt war.

Cnán stand ganz still da und beobachtete Parzival, der neben seinem Pferd kniete. Das Tier war einem Instinkt gefolgt, der es hieß, Zuflucht zu suchen, und so hatte es sich in den Schutz der Bäume geschleppt und war dann zusammengebrochen.

Die Sonnenstrahlen, die durch die Kronen der hohen Bäume fielen, trafen die Gestalt des Ritters. Sein Kettenschutz glitt sanft und fast bedächtig über seine Muskeln, ein vollkommener Gegensatz zu den brachialen Bewegungsabläufen von vorhin. Abermals vernahm Cnán das raue, matte Geräusch, das sie aus ihrer Missstimmung geweckt hatte – es war das tiefe Wimmern von Parzivals tödlich verwundetem Schlachtross.

Sein eigener Atem schien mit dem trägen Schnaufen des großen Pferdes zu verschmelzen, wo es inmitten des Farnkrauts lag.

Cnáns Magen verkrampfte sich, und in ihrer Kehle bildete sich ein Kloß, als er einen Kettenhandschuh auszog und mit der schwieligen Hand den kräftigen Hals des Tieres streichelte. Der Schaft eines Pfeils ragte aus seiner Flanke. Es gab ein lauteres Stöhnen von sich, und seine Brust hob sich. Parzival wich ein paar Schritte zurück, als es um sich trat und sich dann unter Qualen wand.

Schon oft war sie in ihrem jungen Leben Zeuge geworden, wie Pferde und Menschen ihr Leben verloren. Sie hatte den entsetzlichen Anblick in sich aufgenommen und zurückgelassen – wie man es von ihr verlangte. Das hier war jedoch etwas anderes. Hier und jetzt ließ der Anblick sie innehalten und stehen bleiben. Sie war auf einmal nicht in der Lage oder nicht willens, sich vom Fleck zu rühren, während sie halb verborgen im Farnkraut kauerte, das am Waldrand wuchs.

Während Parzival versuchte, das Tier, das ihn so viele Meilen weit getragen hatte, zu beruhigen, hatte sie den Eindruck, mit anzusehen, wie ein wichtiger Teil dieses großen, edlen Mannes litt und starb.

Was war das für eine Welt, dachte sie, *die einen solchen Mann hervorbrachte? Einen Menschen, der die Gewalt wie einen folgsamen Hund herbeirufen und sie dann kurzerhand wegstecken konnte, indem er schlicht sein Schwert in die Scheide zurückschob?*

Und wie unmittelbar sie diese Gewalt erlebt hatte, wie völlig überraschend und erbittert. Empfand Parzival jedes Mal so, wenn er sein Schwert zog? Verspürte er den gleichen Schrecken wie sie? Wenn nicht, dann erstaunte es sie, wie leicht ein Mensch in ein Leben hineingezogen werden konnte, in dem der Hund der Gewalt zum wütenden Wolf wurde, der an seinen Ketten zerrte und stets bereit war, zum Vorschein zu kommen, ob es sein Herr nun wollte oder nicht!

Aber jetzt kniete er da, auf einem Bein wie im Gebet, und sie entnahm dieser Haltung, dass es nicht nur das Ross war, das seine stumme Trauer weckte.

Ihr schnürte sich die Kehle zu. Ihre Augen wurden feucht. Sie war erschüttert. Diese Nachwirkungen, diesen Schrecken und dieses Entsetzen, mussten Parzival und die anderen jedes Mal ertragen, wenn sie zum Kampf gerufen wurden.

Als Parzival zu seinem Pferd sprach, durchdrang seine Stimme abrupt ihr graues Elend. »Ich habe so viel von dir verlangt, *Tonnerre.* Du hast Meilen überwunden und Mühsale erduldet, von denen viele für mich bestimmt waren. Stets warst du mir treu, warst du geduldig und liebenswert. Kein Mensch könnte ernsthaft auch nur einen kleinen Teil dessen verlangen, was du gegeben hast.«

Der Schwanz des Pferdes zuckte wie zur Antwort. Cnán sah, wie das Tier den Kopf hob, und nahm einen Ausdruck trauriger Klugheit in seinen dunklen Augen wahr. Sie las Schmerz darin, aber auch einen Rest fragender Unschuld, was ihr Feronantus' Worte ins Herz zurückrief, die er über das Los ihrer treuen Reittiere gesprochen hatte – sie würden gefüttert und trügen Lasten, sie müssten Qualen aushalten und sterben, und das alles um der Menschen willen, die sie aufzogen, abrichteten und ritten.

»Du bist weit gereist und hast uns wunderbare Dienste geleistet«, sagte Parzival. Seine Stimme war jetzt fast zu leise, um sie noch zu verstehen. Er kniete sich neben den mächtigen Kopf des Tieres, beugte sich vor, fasste sanft nach einem Ohr und neigte es seinen Lippen zu. »Ich kann dir weder den Schmerz nehmen noch dich bitten, wieder zu laufen. Und darum werde ich dich nicht hier leiden lassen, *Tonnerre*.«

Vor Cnáns Augen zog der Ritter seinen Dolch. Er tat es mit der Schweigsamkeit eines Mannes, der sich lieber die eigene Hand abgeschnitten hätte, als das zu tun, was er zu tun im Begriff war.

Ihr verschwamm alles vor den Augen, und sie spürte, wie heiße Tränen über ihre Wangen rollten.

Sie hatte ihr Messer aus Verzweiflung geführt, Parzival führte das seine aus Gnade.

»Dein Tod bedeutet für uns mehr als den bloßen Verlust eines Pferdes«, sagte Parzival mit brechender Stimme. Zwei Gefährten hatte er verloren, einen durch die Hand des Feindes, den anderen musste er nun selbst erlösen. Und auch dieses letzte Ritual hatte sie im Laufe der Jahre und auf ihren vielen Wegen oft gesehen. Tiere, die so schwer verletzt waren, dass es eine Gnade war, ihnen einen schnellen Tod zu bescheren, anstatt sie noch länger leiden und langsam sterben zu lassen.

Aber so war es noch nie gewesen. Die Wahrheit dessen zeigte sich in der Art und Weise, wie er die Klinge hielt, und im Zittern seiner sonst so ruhigen Stimme. Cnán wandte sich ab und drückte die Augen fest zu. Sie konnte nicht hinschauen.

Sie vernahm das krampfhafte Trommeln von Hufen, das kurze Rascheln eines heftigen Schauderns, und dann kehrte Stille ein.

Vor Cnáns geschlossenen Augen blitzte der Anblick des Mongolen auf, den sie getötet hatte, wie er zitternd dalag und seine Brust sich ein letztes Mal hob und senkte. Sie biss die Zähne aufeinander. Als sie sich zwang, wieder hinzusehen, stand Parzival neben dem reglosen Tier. Er drehte sich langsam zu ihr um.

In den Schatten des Waldes dahinter sah sie außerdem Raphael, der das Geschehen mit verschränkten Armen und jener prüfenden Miene verfolgte, die sie manchmal so irritierend fand. Wie konnte der Feldscher angesichts dieses Anblicks ungerührt bleiben?

Parzival indes sah nur Cnán. Er öffnete den Mund, um etwas zu sagen. Seine Wangen glänzten tränenfeucht. Aber es kam kein Wort über seine Lippen. Er wankte. Langsam drehte sich sein Körper zu ihr hin, und seine Augen rollten nach oben, bis nur noch das Weiße zu sehen war. Er brach auf die Knie nieder, das Kinn sank ihm auf die Brust. Fast sah er aus, als schliefe er, aber sein Kopf bewegte sich träge hin und her, als lausche er einer geheimen Musik. Dann lächelte er unvermittelt, als ob er einen lange nicht gesehenen Freund vor sich hätte. Er richtete die Augen ins Geäst und zum Himmel hinauf und streckte beide Arme aus, die Handflächen nach oben gerichtet, als finge er warmen Regen auf. Cnán sah, wie sich der Körper des Ritters aus seiner Trauerstarre löste, und dann zuckte er ein-, zweimal krampfartig zusammen.

Er fing an, Worte auf Latein zu murmeln, und sie spitzte die Ohren, um sie zu verstehen. »*Ego audio Domine. Animus humilis igitur sub potenti manu Dei est. Mundus sum ego, et absque delicto immaculatus. Verbum vester in me caro et ferrum erit.*«

Wie sein Gesicht erglühte – unmöglich im morgendlichen

Licht des Waldes! Er schaute sich um, schien nichts Irdisches mehr zu sehen, strahlte jedoch wie ein kleines Kind, und das Leuchten seines Gesichts schien den Wald zu erhellen.

Licht ohne Schatten.

Cnán unterdrückte einen Aufschrei und floh. Ihre Füße trugen sie aus dem Farnkraut aufs offene Feld hinaus. Staunen, Schuld und Erinnerungen waren ihr dicht auf den Fersen. Nach zwanzig Schritten hielt sie inne und blieb stehen, die Schultern starr wie Stein, und dann – sie konnte nicht anders – drehte sie sich um und schaute zurück.

Parzival hatte sich nicht vom Fleck bewegt. Raphael, der ebenfalls Zeuge des Moments geworden war, ging mit einem gedankenversunkenen Ausdruck im sonnengebräunten Gesicht seines Weges – und nicht zu Parzival hin, wie ihr sehr wohl auffiel.

Cnán rannte weiter, schlüpfte durch das Mauseloch in der Heckenwand und gelangte auf das große Feld auf der anderen Seite, wo sie ein wenig für sich sein konnte. Der alte Baumstumpf, auf den sie zuvor geklettert war, stand nicht weit entfernt. Sie rannte hin und ging um ihn herum auf die andere Seite, wo niemand sie sehen konnte. Dort sank sie schaudernd in das Wurzelgewirr am Fuß des Stumpfes. Sie drückte ihre Finger gegen die uralte Rinde und weinte, bis ihr alles wehtat, vor Schmerz und vor Trauer, und mittendrin in der Trauer erstrahlte die so unverhoffte wie unvorstellbare Schönheit von Parzivals Erleuchtung.

◆◆◆

Einige Zeit später, die Brust noch immer schwer und die Wangen verklebt von getrockneten Tränen, machte sie sich auf den Weg zurück zum Lager. Die Stimmen der Schildbrüder, die ihr jetzt weniger geisterhaft vorkamen, schienen von Baum zu Baum übers Feld gereicht zu werden, ehe Cnán sie sehen konnte. Jaspers Rauch hatte sich längst verzogen, die Luft war klar. Im Nachklang der Schlacht war die Stille der Wut gewichen. Die Schildbrüder stritten miteinander und das vormalige Schlachtfeld hallte von ihrem Lärm wider.

»Roger, hör auf!« Der Ruf übertönte alle anderen Stimmen, als das Lager wieder in Sicht kam. Raphael hatte sich zwischen den Normannen und Istvan gestellt. Ersterer hielt ein Beil und ein Schwert in Händen.

»Tritt beiseite«, verlangte Roger. »Der Kerl wird noch unser aller Tod sein. Er verdient deinen Schutz nicht, geschweige denn dein Vertrauen.«

»Wir sind *keine* Barbaren«, entgegnete Raphael streng. »Wir metzeln keinen der unseren nieder, noch dazu, wenn der Feind ganz in der Nähe ist. Senkt eure Waffen. Um Gottes und unserer aller willen, nehmt Vernunft an.«

»Vernunft?«, knurrte Roger nun. »Taran ist *tot*, und dieser Mann« – er zeigte mit seinem Schwert auf den Ungarn – »hat die Mongolen, die ihn getötet haben, praktisch auf unsere Fährte gelockt. Es wäre verrückt, ihn in seinem Irrsinn bei uns zu behalten. Die Vernunft gebietet, dass wir ihn töten, bevor wir seinetwegen sterben müssen. Es wäre eine Gnade für ihn – und für uns alle!«

»Das reicht«, sagte Feronantus. Er hatte bislang neben Taran gekniet und erhob sich jetzt. Illarion saß noch auf der anderen Seite neben dem Leichnam. Die beiden hatten leise miteinander gesprochen. Im Näherkommen sah Cnán, dass die Miene des Anführers der Brüder zwischen Trauer und grimmiger Entschlossenheit schwankte. Es lag eine stille

Härte darin, die keinen Widerspruch dulden würde. »Seine Torheit hat ein Leben gekostet – noch mehr soll sie uns nicht kosten. Brecht das Lager ab und treibt die Ersatzpferde zusammen, die wir gefunden haben. Wir brechen auf, sobald wir Taran ordentlich zur Ruhe gebettet haben.«

Roger, der die Waffe nach wie vor gehoben hielt, rührte sich nicht. Istvans Hand lag auf dem Griff seines Krummdolchs, seine Augen fixierten den Normannen mit hartem Glanz, der Bereitschaft zu weiterer Gewalt verriet, und mehr noch: dass es ihm ein Vergnügen wäre.

Blut und Staub im Bart des Ungarn waren zu einem schmutzigen Schwarz verkrustet. Er glich eher einem Dämon als einem Menschen.

Raphael blieb zwischen den beiden stehen, den Blick fest mit Rogers verschränkt. Die anderen warteten, wagten kaum zu atmen; keiner wollte den Zug machen, der ihren Bruder zum Vergeltungsschlag bewegen konnte.

Roger entspannte sich als Erster. »So sei es denn«, sagte er und ließ Schwert und Beil zugleich sinken. Er deutete eine Verbeugung an, trat zurück und richtete sein Augenmerk auf Feronantus. »Die Schuld lädst du auf dich, Ferhonanths. Mögen Gott und die Heilige Jungfrau uns allen beistehen, wenn dieser … wenn dieser …« – er warf Istvan einen weiteren Blick zu – »*tollwütige Hund* sich nicht mehr an der Leine halten lässt. Für mich ist er nichts – kein Kamerad, kein Krieger. Er ist ein von Dämonen besessener Schlächter, und ich bin fertig mit ihm. Man sollte ihn an einen Baum spießen und den Mongolen überlassen.«

Istvan nahm diese Verwünschung mit einem höflichen Nicken hin. Seine Selbstsicherheit blieb ungebrochen, sein Hochmut ein Ärgernis für alle um ihn her – bis auf Feronantus.

Angewidert drehte Roger sich auf dem Absatz herum und

schritt davon. Die anderen ließen schließlich die Schultern sinken, zuckten mit den Achseln und machten sich dann daran, das Lager abzubrechen.

Nur Istvan schien von Cnáns Ankunft Notiz zu nehmen. Sie hob jedoch eine Schulter, um seinen Blick zu meiden. Ein von Dämonen geplagter Mann, von seinen Gefährten verflucht und dennoch voller Trotz und Stolz. Offenbar hatte sie keine Ahnung von Feronantus und seinen Absichten.

Als Parzival zurückkehrte, trafen sie die letzten Vorbereitungen, um ihren Kameraden tief in fremder Erde beizusetzen. Gemeinsam, je zwei auf einer Seite, ergriffen sie Tarans Umhang, trugen ihn ein paar Schritte weit und ließen ihn hinab in ein frisch ausgehobenes Grab. Dann schlugen sie ihn in seinen Umhang ein, damit er geschützt war vor der Erde, mit der man sein Grab nun füllen würde.

Bedächtig und schweigend, den Blick niedergeschlagen, versammelten sich die Kameraden des *Oplos* um die Grube. Feronantus hielt eine leise Grabrede. Cnán verstand das alte Latein gut genug, um zu wissen, was er da sagte. Sie war ein wenig vertraut mit der Art und Weise, wie die Christen ihre Toten beerdigten und segneten. Sie wusste, dass sie die Leiber unversehrt in die Erde legten, weil sie glaubten, dass ihr Gott sie am Tag des Jüngsten Gerichts erwecken würde, und wessen Körper dann vernichtet war, der hatte keinen, um darin zurückzukehren. Für sie war das eine seltsame Gepflogenheit, auch jetzt noch, da sie selbst Zeuge davon geworden war, unterschied sie sich doch so vollkommen von den Beisetzungen, die sie im Osten gesehen hatte. In Wahrheit aber fand sie die eine Art, die Endgültigkeit des Todes zu bestreiten, genauso merkwürdig und unsinnig wie die andere.

Feronantus' Rede war kurz, aber erfüllt von inständiger Zuneigung, und jedes Wort war von tiefer Trauer geprägt. »Gott befohlen, Taran, *Oplo* vieler und Bester unter uns. Die

Welt mag sich deiner nicht erinnern, aber wir werden dich nie vergessen.«

Jetzt fuhr er fort in einer anderen Sprache, die Cnán zuvor nur selten und auch dann nur sparsam verwendet gehört hatte. Mit leiser, jedoch kräftiger Stimme psalmodierte er rhythmisch in der Sprache der Nordmänner, die der Festung auf dem Fels ihren Namen gegeben hatten. Sie wusste nicht, was da gesungen wurde, allerdings schlossen sich die anderen ihrem Anführer schon bald an. Irgendetwas im Rhythmus und in den harten, gutturalen Worten des Gesangs verriet Cnán, dass auch dies ein sehr, sehr altes Ritual sein musste, älter vielleicht als das Christentum selbst – ein Ritual, das die Kirche, der sie angeblich dienten, nie und nimmer gutgeheißen hätte.

Als der Gesang zu Ende war, hatten alle Tränen in den Augen. Einer nach dem anderen kniete nieder und jeder warf eine Handvoll Erde in das Grab.

Da wurde ihr die wahre Bedeutung des Wortes bewusst, mit dem sie ihn bezeichneten: *Oplo.* Taran war ihrer aller Freund gewesen, aber für einige von ihnen mehr als nur das: ihr Ratgeber, ihr Vertrauter, ihr ruhiger, geduldiger Lehrer. In der Art, wie sie am Grab verweilten und sich von ihrer Trauer ergreifen ließen, erkannte sie die ersten Anzeichen von Unsicherheit. Einer der besten Krieger unter ihnen war gefallen. Keine noch so große Zuversicht konnte die harte Wahrheit ausräumen, dass ihnen allen genau dasselbe Schicksal bevorstand – wenn nicht auf dieser Reise, dann auf einer anderen. Meilenweite Wege voller Mühsal und Not, und am Ende wartete nichts als ein Loch im Boden. Und immer weniger Stimmen würden die Grabgesänge anstimmen.

Cnán sah, wie Feronantus schweigend Tarans Schwert nahm, von den vielen Schlachten völlig zerschrammt, die Scheide vom Pferd des Gefallenen löste und sie am eigenen

Sattel befestigte. Dann umfasste er den Griff mit geschlossenen Augen und flüsterte ein Gebet.

Die anderen füllten die Grube auf und errichteten ein steinernes Grabmal darauf. Dann hämmerten sie einen zurechtgeschnitzten Holzpfahl, der groß genug war, um als Stab zu dienen, in die Mitte hinein. Der Pfahl sah jetzt schon alt aus, Ausdruck der zeitlosen Trauer von ihnen allen.

Cnán erinnerte sich der Worte, die Parzival *Tonnerre* zugeflüstert hatte. Erst jetzt kam ihnen langsam zu Bewusstsein, dass sie auf dieser Reise alle entbehrlich waren – nicht anders als Pferde.

◆◆◆

»Ich brauch was zu trinken«, sagte Jasper, als er sein Pferd neben das von Raphael trieb. Sie ritten seit etlichen Stunden in eher südliche als östliche Richtung, und jeder war in Gedanken versunken gewesen. Raphael hatte an die Belagerung von Córdoba gedacht und sich dabei all jener erinnert, die er zu seinen Freunden zählte – Mauren wie auch Kastilier –, und er war froh darüber, dass der Holländer ihn aus diesen Gedanken riss. Die Litanei des Verlusts, die einer Schlacht stets auf dem Fuße folgte, war die ewige Wunde, die die Überlebenden zu ertragen hatten.

»Etwas zu trinken, sagst du«, erwiderte er und sah Jasper verschmitzt an. »Ich nehme an, dass du nicht etwa um Erlaubnis bittest, etwas trinken zu dürfen, sondern vielmehr wissen willst, ob ich mich dir anschließen möchte.«

Jasper nickte mit funkelnden Augen. Sein Haar war noch fleckig von dem Qualm seiner alchimistischen Rauchgefäße, und Raphael stieg der beißende Geruch seiner chemischen

Reagenzien in die Nase. Wenn die Vielzahl von Beuteln und Behältnissen sowie die gekrümmten Tüllen und schmalen Öffnungen anderer obskurer Gefäße, die aus seinen prallen Satteltaschen lugten, nicht Beweis genug waren, dann war zumindest der durchdringende Geruch, der den lächelnden Holländer umgab, ein eindeutiger Hinweis auf seine Profession. »Natürlich, Raphael. Wir beide reisen schon so lange miteinander, dass dir meine Vorlieben bestens bekannt sind.« Er hielt Raphael etwas Rundes hin.

Es war ein Lederschlauch, und Raphael stellte fest, dass zu der üppigen Ausrüstung, mit der Jaspers Pferd beladen war, noch etliche Schläuche gleicher Art gehörten, die jeweils an einer geschickt befestigten Schlinge hingen, ihrerseits wiederum identisch mit dem Riemen an dem Behältnis in seiner Hand. Der Schlauch – Pferdeleder, wie es sich anfühlte – war oval und lief nach oben hin schmal zu, ganz ähnlich wie ihre eigenen Trinkschläuche, aber als Raphael ihn an die Lippen hob, stach ihm der Geruch der Flüssigkeit darin regelrecht in die Nase.

»Das ist ja ekelhaft«, beschwerte er sich.

»Das ist der Sinn und Zweck, vermute ich«, gluckste Jasper. Er wedelte auffordernd mit den Händen zum Zeichen, dass Raphael trinken solle.

Mit zweifelnder Miene versuchte Raphael es noch einmal. Er rechnete damit, dass der Geschmack so widerlich war wie der Geruch. Die Flüssigkeit war dicker als erwartet, jedoch nicht unangenehm, und sie schmeckte nach … »Mandeln«, stellte er fest. »Wo hast du das her?«

»Von den Mongolen. Jeder von ihnen hatte einen solchen Schlauch dabei, dazu auch …« Jasper schauderte.

»Was?«

»Unter ihren Sätteln.« Jasper verzog das Gesicht und bedeutete Raphael, dass er entweder trinken oder ihm den

Schlauch zurückgeben solle. »Fleisch, eingewickelt in ölige Lappen.«

»Roh?«

Jasper nahm einen großen Schluck aus dem Schlauch und nickte, während er sich den Mund abwischte. »Das war«, sagte er, und Raphael bemerkte, dass sich seinen Abscheu eine Spur von Bewunderung mischte, »das zarteste Fleisch, das ich je gesehen habe. Aber …« Er hielt Raphael den Schlauch wieder hin.

»So hungrig sind wir nun auch wieder nicht«, meinte Raphael. Er trank noch einmal und spürte beim Schlucken ein Kribbeln in der Kehle.

»Noch nicht«, pflichtete Jasper bei. Er beugte sich zu Raphael hinüber und senkte die Stimme. »Aber das hier«, er zeigte auf den Schlauch, »das ist ziemlich gut. Für meinen Geschmack allerdings nicht stark genug.«

»Kannst du es denn stärker machen?«, fragte Raphael.

»Wahrscheinlich schon. Aber dazu brauche ich Hilfe. Und ein paar Zutaten.«

Raphael warf einen Blick zu Istvan hinüber, der rechts des Haupttrupps ein Stück vorausritt. Weit genug entfernt, um außer Hörweite einer normal geführten Unterhaltung zu sein, aber immer noch nahe genug, um ihnen seine Anwesenheit bewusst zu machen. »Wir haben schon jemanden in unserer Mitte, der sich davonmacht und nach *Zutaten* sucht. Ich glaube nicht, dass ein zweiter toleriert würde.«

Jasper schnaubte. »Es geht ja nicht um verbotene Dinge, wie *er* sie sucht. Ich kann in jeder halbwegs größeren Siedlung finden, was ich brauche. Vorausgesetzt, wir kommen an einer solchen vorbei.«

»Ich möchte dir in dieser Angelegenheit keine allzu große Hoffnung machen, mein Freund. Wir sind fern jeder Siedlung, in der man uns freundlich gesinnt wäre.«

Jasper nahm den Schlauch wieder an sich. »Das sehe ich auch so, und im Zuge meiner Überlegungen hinsichtlich dieser Sache habe ich angefangen, mir Fragen über diese Reise zu stellen.«

»Angefangen?«, erwiderte Raphael.

Jasper verzog die Lippen. »Wenn wir, wie du sagst, fern aller freundlichen Länder sind und, wie ich annehme, gerade einmal einen Bruchteil des Weges zu unserem Ziel zurückgelegt haben, wie wollen wir dann an notwendige Vorräte und Unterstützung kommen?« Er trank einen Schluck von dem mongolischen Gebräu. »Wir sind an lange Märsche und das Schlafen unter freiem Himmel gewöhnt, aber ein ... *Verlust* wie der heute Morgen trübt die Stimmung. Es fällt mit jeder Stunde schwerer, die ... *Begeisterung* zu wahren. Da denkt man dann doch einmal an ein wärmendes Feuer und ein Bett – an ein Dach über dem Kopf, und sei es nur für eine Nacht.«

»Jeder Soldat träumt von der Nacht, in der er seine Rüstung beiseitelegen und ohne Sorge schlafen kann«, meinte Raphael. »Es ist Teil unserer Bürde, dass uns solche und auch andere Annehmlichkeiten versagt bleiben.« Er gab den Schlauch zurück. Seine Zunge wurde schwerer. »Wie du schon gesagt hast, wir alle ziehen nicht zum ersten Mal in den Krieg. Diese Hoffnungen und Enttäuschungen sind uns nicht neu.«

»Schon wahr«, bestätigte Jasper. »Aber bislang fand ich stets Trost in der Hoffnung auf unseren Bestimmungsort und im Wissen, dass wir – eines Tages – ein großes, strahlendes Ziel erreichen werden. Und ist mein Ziel ein Ort, den ich noch nicht kenne, war gewöhnlich einer unter meinen Gefährten schon einmal dort, und ich kann ihn dazu bewegen, mir von diesem Ort zu erzählen, wodurch er für mich wirklicher wird.«

»Unserem Reiseziel hat noch keiner von uns beinen Besuch abgestattet«, erklärte Raphael. »Das wussten wir, als wir Feronantus' Aufruf folgten, uns ihm anzuschließen.«

Jasper lachte. »Vergiss nicht, ich bin kein Angehöriger eures Ordens! Ich habe mich freiwillig gemeldet.«

Er nahm noch einen Schluck aus dem Schlauch und bot ihn wieder Raphael an, der ablehnend die Hand hob, dann aber doch nachgab und noch einmal trank.

»Aber«, fuhr Jasper fort, und alle Ungezwungenheit war aus seiner Stimme verschwunden, »Tarans Beisetzung hat mir gezeigt, dass ihr – du und die anderen – gute Soldaten seid. Ihr würdet Feronantus überallhin folgen, ganz gleich, wohin er euch führt, und mehr braucht ihr gar nicht zu wissen. Ich hingegen? Ich brauche weder die Auswirkungen von Neugier noch Ungehorsam zu fürchten, und deshalb frage ich mich, ob dieser Mann überhaupt weiß, wo er hinwill und wo er uns alle hinführt.«

Raphael entsann sich der Miene auf Parzivals Gesicht im Wald, dieses Ausdrucks abgeklärten *Wissens,* und ihm fiel auf, wie geschickt Jasper ihr Gespräch gelenkt hatte. Er wusste, dass der Alchemist ein kluger und wissbegieriger Mann war. Die fremden und geheimen Dinge, die er mit seinen Experimenten zu begreifen und zu meistern trachtete, waren bei Weitem obskurer und mystischer als etwa die einfache Herstellung von Rauchbomben oder der Versuch, eine Antwort auf die Frage zu finden, wie sich aus diesem mongolischen Getränk etwas Stärkeres machen ließ. Unter allen Gefährten war vermutlich der Holländer derjenige, der sich in so vielen Sprachen zu verständigen wusste wie er, Raphael, selbst, und er bezweifelte auch nicht, dass er sie darüber hinaus zu lesen und zu schreiben verstand. Wahrscheinlich sogar Arabisch. Wenn er in den physikalischen Wissenschaften der Griechen bewandert war, dann konnte man davon ausgehen, dass er sich auch in deren Rhetorik und Philosophie auskannte. Dieser Mann war kein Tölpel, auch wenn seine Mimik und seine klappernden Töpfe und Tränke diesen Schluss nahelegten.

Raphael nickte. »›Untauglich ist ein Plan, der sich nicht ändern lässt.‹«

»Ich trinke auf die Weisheit von Publilius Syrus«, sagte Jasper.

Raphael trat seinem Pferd leicht in die Weichen. »Und ich lote derweil die Stimmung unseres Anführers aus.« Er ritt nach vorn und ließ den Holländer mit dem leeren Schlauch zurück.

Feronantus war in ein Gespräch mit Cnán vertieft, der dunkelhäutigen Binderin, die sich als interessante Ergänzung ihrer Gesellschaft erwiesen hatte. Sie war nicht die erste Binderin, der Raphael begegnet war. Wie die meisten Binderinnen umgab sie sich mit einer Aura aus Unnahbarkeit und Arroganz, aber im Verlauf des vergangenen Monats hatte er Gelegenheit gehabt, sie zu beobachten. Wenn sie beim Haupttrupp war, sprach sie meistens mit Feronantus, und Raphael wusste, dass es dabei größtenteils um Cnáns Berichte über die Umgebung und ihre Reiseroute ging. Ein- oder zweimal hatte sie einen Grund gefunden, mit Parzival zu sprechen, dessen respektvolle Erwiderungen von so abweisender Art waren, dass sie diese Unterhaltungen nie lange fortsetzte.

Er wusste, dass sie ihn im Wald gesehen hatte, als er Parzival beobachtete. Er wusste nicht, ob sie verstanden hatte, wovon sie da Zeuge geworden war, aber sie hatte jedenfalls genug gesehen.

Er ritt zu den beiden hin und lenkte Feronantus' Augenmerk auf sich. »Hast du einen Moment Zeit für mich?«, fragte er und trieb sein Pferd noch ein Stück weiter voran. Er hielt das Tempo, bis Feronantus zu ihm aufschloss.

»Raphael«, sagte der alte Veteran von Týrshammar, »was hast du auf dem Herzen?«

»Es geht eher um etwas, das Jasper auf dem Herzen hat«, erklärte Raphael. »Ich hatte keine passende Antwort für ihn.«

Feronantus drehte sich im Sattel um und schaute zurück auf die Reiterkolonne. »Was möchte der Holländer wissen?«

»Unsere Route nach Karakorum.«

»Ich kenne sie nicht. Deshalb haben wir ja die Binderin und Illarion dabei. Das wusste er doch, bevor wir aufbrachen, und daran hat sich nichts geändert. Unsere Route wird sich uns offenbaren, je nachdem …«

»Wann?«, unterbrach ihn Raphael.

Feronantus' Miene verdüsterte sich. »Je nachdem, was unsere Kundschafter in Erfahrung bringen und welche Informationen sie aus örtlichen Quellen sammeln«, sagte er. »Das weißt du doch, Raphael.«

»Natürlich. Und ich zweifle auch nicht daran. Aber du hast es ja gerade selbst gesagt – unsere Route wird sich uns *offenbaren*. Meine Frage bleibt: Wann?«

Feronantus schürzte die Lippen und dachte eine Weile über Raphaels Frage nach. Seine Hand fiel auf den Griff von Tarans Schwert, nicht bedrohlich, sondern unbewusst, so wie ein Mann seine Hand gegen eine Wand oder einen Felsen legen mochte, um sich auf unebenem Boden abzustützen. »Ich möchte dich bitten, offen zu sprechen, Raphael«, sagte er schließlich. »Damit es keine Missverständnisse gibt.«

»Hattest du eine Vision?«, fragte Raphael unverblümt. »Hat sich unser Weg dir *offenbart?*«

Feronantus' Hand schloss sich fester um Tarans Schwert.

Als klar war, dass Feronantus nicht antworten würde, fuhr Raphael fort: »Ich habe Parzival im Wald gesehen, als er sein Pferd erlöste. Ich war dabei, als ihm die Jungfrau erschien.«

Feronantus schüttelte den Kopf. »Das kann nicht sein.«

Raphael funkelte ihn an. »Ich habe es gesehen. Und Cnán ebenfalls, auch wenn ich bezweifle, dass sie weiß, was sie da gesehen hat. Das war ein Zeichen, Feronantus. Wir wären töricht, es zu leugnen.«

Feronantus gab weder nach, noch löste sich sein fester Griff um das Schwert des toten *Oplos*. »Es ist sehr anmaßend von dir, Raphael, mit mir über Prophezeiungen und Visionen zu sprechen, als wäre ich ein begriffsstutziger Schafhirte, der Phantome um Rat und Führung ersucht …«

»Ich war in Damiette«, fiel ihm Raphael abermals ins Wort, »als einer der Brüder eine Erscheinung hatte. Dem Legaten, Pelagius von Albano, war die Vision unseres Bruders nicht genehm, und so ließ er selbst eine erfinden. Sie gingen sogar so weit, mich zu bitten, sie ihnen ins Arabische zu übersetzen, damit sie authentischer wirkte. Als ich mich weigerte, wollten sie uns aus der Stadt jagen, und wäre der heilige Franziskus nicht gewesen, hätten sie uns auch vertrieben. Wir blieben zurück, während die Armee den Nil hinaufmarschierte.« Sein Tonfall wurde bitter, die Erinnerung erstickte ihm die Stimme. »Wir blieben zurück, während unsere Freunde und Christenbrüder vom Stolz und Hochmut des Bischofs in den Tod geführt wurden.«

Feronantus löste seine Hand vom Schwert, die Wildheit seines Blickes legte sich und sein Gesicht verwandelte sich in das Antlitz eines müden alten Mannes. »Es tut mir leid, Raphael«, sagte er. »Im Laufe der Jahre haben zu viele aus ähnlichen Gründen ihr Leben verloren. Viel zu viele ...«

Überrascht von seinem eigenen Gefühlsausbruch, fand Raphael keine Worte mehr und nickte lediglich mit eng gewordener Kehle. *Viel zu viele* … Seine Arme taten auf einmal weh, als hätte sein Körper sich endlich entschieden, die Anstrengung des Kampfes heute Morgen zu akzeptieren, und er wollte eigentlich nur noch die Zügel seines Pferdes freigeben und das Tier seinen eigenen Weg finden lassen. Insgeheim hoffte er, es möge sich aus eigenem Antrieb nach Westen wenden …

»Reite noch ein Stück mit mir«, bat Feronantus. »Mir wäre

deine Gesellschaft sehr lieb, während ich über das nachdenke, was du gesagt hast.«

Raphael ließ die Zügel seines Pferdes schnalzen, und das Tier schüttelte den Kopf, als wolle es abstreiten, an eine Umkehr gedacht zu haben. »Natürlich«, sagte er zu Feronantus und richtete sich leicht im Sattel auf, als er sah, wie viel Trost seine Gegenwart dem alten Veteranen spendete.

Kapitel 21

Ein netter Spaziergang

Als Kim ihn kennenlernte, zog der Mann, der heute als Zugaikotsu no Yama kämpfte, im Hafen von Byeokrando umher, wo er Muscheln von Schiffsrümpfen kratzte und Frachten löschte und von den paar Münzen lebte, die ihm die Kapitäne dafür zahlten. Die Meinungen, ob er verrückt oder einfach nur schwachsinnig war, gingen auseinander. Ein Japaner war er indes auf jeden Fall. Zu jener Zeit gab er, wann immer ihn jemand nach seinem Namen fragte, stets eine andere Antwort, und Kim – der in Gesprächen mit Händlern und Fischern ein paar Brocken Japanisch aufgeschnappt hatte – war dahintergekommen, dass er sich jeweils einfach nur umschaute und dann kurzerhand die Bezeichnung für das Erste nannte, was ihm ins Auge fiel. So kam es, dass er im Laufe weniger Tage unter verschiedensten Namen wie »Entenmuschel«, »Streunende Katze«, »Wellenkamm« oder »Fischeimer« bekannt sein konnte.

Kim – den es nach dem letzten Gefecht der Ritter der Jugendblüte nach Byeokrando verschlagen hatte – hatte eine Anstellung als eine Art Schutzmann gefunden und sorgte im Hafenviertel für Ordnung. Schon in dem Alter war er von großer Statur gewesen, hatte ein breites Gesicht, ebensolche Schultern und einen vollen Bart gehabt und zudem einen sehr ernsten Eindruck gemacht. Diese Eigenschaften, mit denen die meisten der rauen Gesellen, die sich an den Docks herumtrieben, durchaus einzuschüchtern waren, hatten den japanischen Vagabunden mit den vielen Namen jedoch nur provoziert. Sie waren oft aneinandergeraten. Etliche dieser Kämpfe hatte Kim gewonnen. Das betrachtete er als den normalen und zu erwartenden Ausgang, schließlich war er seines Wissens die letzte noch lebende Inkarnation einer Kriegertradition, die über tausend Jahre weit zurückreichte. Den Mann, der später als »Zug« bekannt werden sollte, schien dieses Resultat ihrer Auseinandersetzungen hingegen zu erstaunen. Wenn Kim einmal verlor, was er selbst über die Maßen ungewöhnlich fand, bestätigte dieser Ausgang Zug offenbar, dass alles so war, wie es sein sollte.

Es wäre übertrieben zu behaupten, dass Kim und der Japaner Freunde geworden waren, aber es hatte sich zwischen ihnen ein Verhältnis entwickelt, das auf vorsichtigem gegenseitigem Respekt beruhte. Und es hatte genügt, dass Kim eines Tages darauf bestanden hatte, der andere solle ihm seinen wahren Namen verraten. »Shisha«, hatte der Japaner geantwortet, was, wie Kim vermutete und später bestätigt fand, der japanische Begriff für »Toter Mann« war.

Ärgerlich hatte Kim zum Fenster der Kaschemme hinausgeschaut, in der sie sich unterhielten, und dort draußen zwei Hunde gesehen, die sich paarten, und so hatte er dem Mann den Namen »Zwei fickende Hunde« verpasst, den er später auf »Zwei Hunde« verkürzte.

Zu jener Zeit hatten die Mongolen ihre Herrschaft über die gesamte koreanische Halbinsel ausgedehnt. Der koreanische Königshof hatte sich im Hafen von Byeokrando eingeschifft und war ins Exil zur Insel Ganghwa gesegelt, die nicht weit von der Küste entfernt lag. Von dort aus wollte man den militärischen Widerstand organisieren. Die Mongolen waren ihnen dicht auf den Fersen, und so war ein Verzögerungsgefecht nötig, um zu verhindern, dass sie die Docks überrannten, bevor der König und sein Hofstaat entkommen konnten. Auf diese Weise hatten Kim und Zwei Hunde eine Anstellung jener Art gefunden, für die sie am besten geeignet waren – nämlich in einem hoffnungslosen, heldenhaften Kampf gegen eine haushoch überlegene Anzahl von Gegnern zu sterben.

Sie hatten Rücken an Rücken gekämpft und eine große Zahl von Mongolen getötet, womit sie die Aufmerksamkeit des jungen Onghwe Khans auf sich gezogen hatten, der daraufhin seinen Männern befahl, die Waffen zu senken. Mithilfe eines Dolmetschers hatte er die beiden erschöpften Kämpfer rufen lassen und sie nach ihren Namen gefragt. »Kim Alcheon, der letzte Ritter der Jugendblüte«, hatte Kim wahrheitsgemäß geantwortet. Zwei Hunde, der sehr eifrig Gebrauch von seiner *Naginata* gemacht hatte, hatte sich kurz umgeschaut und dann gesagt: »Zugaikotsu no Yama«, was »Berg von Schädeln« bedeutete. Und der Name war ihm geblieben.

Anstatt sie auf der Stelle hinrichten zu lassen, hatte Onghwe sie seinem Zirkus von Schwertkämpfern einverleibt, und seitdem war es ihre Aufgabe, dort zu kämpfen.

All das half zu erklären, weshalb Kim nur die Augen verdrehte, als er erfuhr, dass Zug, eingesperrt in einem eisernen Käfig, theatralische Todeszuckungen durchlitt. Geschah dem Idioten ganz recht! Warum musste er nach seiner Niederlage durch die Hand des fränkischen Ritters auch verrückt spielen und all diese Mongolen köpfen?

Als die »Todeszuckungen« schließlich drei Tage währten, machte Kim sich zu dem Käfig auf und bestand darauf, dass die entsetzten Wächter die Tür des Käfigs aufschlossen und ihm erlaubten einzutreten.

Die Situation war in der Tat entwürdigend. In Anbetracht

dessen, wie der Zirkus betrieben wurde, verfügte er natürlich über eine Anzahl von Käfigen, die sich eigneten, um Menschen darin festzuhalten. Und dies war auch nicht das erste Mal, dass Zwei Hunde in einem davon eingesperrt war. Normalerweise war er noch genügend bei Verstand, um den zur Verfügung gestellten Eimer zu benutzen. Aber der Dämon, der ihn diesmal ritt, hatte ihn die Kontrolle über seine Gedärme verlieren lassen, und so war alles mit Durchfall besudelt. Zwei Hunde lag mittendrin, zitterte am ganzen Leib und rieb und kratzte sich wie wild die Haut. Was durchaus verständlich war, wenn man von Kopf bis Fuß mit seiner eigenen Scheiße bedeckt war. Allerdings nahm Kim an, dass er sich aus ganz anderen Gründen dermaßen rasend kratzte. Er hatte Geschichten über Trunkenbolde gehört, die, wenn sie nichts mehr zu trinken bekamen, glaubten, dass Insekten oder kleine Nagetiere überall auf ihnen herumkrabbelten.

Auf seine Frage hin bestätigten ihm die Wachen nicht ohne Schadenfreude, dass man Zug auf ausdrücklichen Befehl von Onghwe Khan jedweden Alkohol vorenthielt. Hätten sie völlige Handlungsfreiheit gehabt, so hätten sie Zug offensichtlich sehr viel härter zugesetzt, als ihm nur seinen Schnaps wegzunehmen. Und so fanden sie an seinem derzeitigen Zustand ihre Freude und hatten es nicht eilig, die Qualen des Japaners zu lindern.

Kim erklärte ihnen geduldig, dass Onghwe ihn einfach umgebracht hätte, wenn er einen seiner Lieblingsgladiatoren hätte tot sehen wollen. Da dies aber nicht seinem Befehl entsprach, folgte daraus, dass der Alkoholentzug nur eine *Strafe* war. Zug jedoch eine ärztliche Behandlung zu versagen, mochte durchaus einem Todesurteil gleichkommen. Einer der etwas klügeren Wächter verstand, was Kim meinte, und sorgte dafür, dass ein chinesischer Arzt gerufen wurde, der den leidenden Patienten mit einem Mohnextrakt behandelte.

Nachdem das Mittel Zug so weit beruhigt hatte, dass ein Betreten des Käfigs nicht mehr augenblicklich und unumgänglich tödlich erschien, wurden Sklaven hineingeschickt, um die Zelle ein wenig zu säubern und Zug die Scheiße abzuwaschen. Dank dieser Zuwendungen besserte sich seine Verfassung. Im Laufe der folgenden Tage wurde er dem Mohnextrakt entwöhnt, und schließlich war er zumindest wieder halbwegs bei klarem Verstand, sodass ein Gespräch mit ihm keine völlige Zeitverschwendung mehr war.

»Man hat uns auf den Stand von Sklaven heruntergestutzt, und unser Dasein ist nicht mehr lebenswert«, antwortete er auf Kims allgemein gehaltene Frage nach seinem Gesundheitszustand. Er redete in der Sprache Koreas, derer er und Kim sich bedienten, wenn sie von den Mongolen nicht verstanden werden wollten.

»Das merkst du erst jetzt?«, fragte Kim. »In diesem Fall wäre dein Schwachsinn noch schlimmer, als ich ohnehin schon angenommen hatte. Entweder das, oder du fängst an, die Geschichten zu glauben, die der Khan über dich erzählt.«

Zwei Hunde winkte mit zittriger Hand ab. »Das weiß ich schon seit Jahren«, sagte er, »genau wie du, o Ritter der Jugendblüte.«

Kim hatte gelernt, starke Schmerzen auszuhalten – und im Laufe der Jahre hatte er die Fähigkeit nie verloren –, aber die Beiläufigkeit von Zugs Worten traf ihn tief, und er musste an sich halten, um nicht sichtbar auf das, was der andere gerade gesagt hatte, zu reagieren. »Die Welt ist voll von Sklaven«, meinte er leichthin, »und den meisten davon geht es schlechter als uns.«

»Manche würden behaupten, sie seien weniger entwürdigt, weil sie in Ketten gelegt und ausgepeitscht werden und sich deshalb über ihren wahren Zustand gar nicht hinwegtäuschen können«, erwiderte Zwei Hunde. »Die Geschehnisse der vergangenen Tage, während derer ich mich in meiner eigenen Scheiße wälzte und auf den Knien um einen Schluck Wein bettelte, haben mir deutlich vor Augen geführt, wie die Dinge wirklich stehen. Und unter diesen Bedingungen möchte ich nicht weiterleben.«

»Das ist nicht das erste Mal, dass du dich derart betroffen über den Zustand deines Daseins äußerst«, erinnerte Kim ihn. »Wie oft hast du das schon getan? Dreimal? Oder viermal? Ich weiß es nicht mehr. Aber wie willst du daran etwas ändern?«

»Den Khan töten und diesem Volk entfliehen.«

»Fliehen? Wohin denn? Du bist unendlich viele Meilen von deiner Heimat entfernt.«

»Ich will nicht in meine Heimat zurück.« Er setzte sich mühsam auf und beugte sich zu Kim hinüber. »Aber ich will nicht *hier* sterben. Du etwa?«

Kim musterte Zug sorgsam. *Warum eigentlich nicht?*, fragte er sich. *Er hat ja recht. Mein Käfig mag zwar sauberer sein als der seine, aber ein Käfig ist es trotzdem.* »Nein«, antwortete er. »Das will ich nicht. Aber wie willst du diese … diese *Mission* angehen? Wir sind nur zu zweit, und du bist halb tot und in einem Käfig eingesperrt.«

»Wir müssen ein Bündnis mit den Mönchen der Rotpflaumenblüte eingehen.«

Kim hob die Schultern. »Wer sind diese Mönche? Ein Kriegerorden aus deinem Heimatland?« Auf einmal fragte er sich, ob sich Zugs Irrsinn womöglich unterschwelliger äußerte, als er zunächst angenommen hatte. Etwa darin, dass er sich einen Orden von Meuchelmördern einbildete?

»Nein, sie sind hier. Ich habe sie gesehen. Der Franke, gegen den ich in der Arena gekämpft habe. Der Mann, der …«

»Der dich besiegt hat?«

»Er hat mich nicht besiegt«, beharrte Zwei Hunde. »Ich

hatte mein *Tanto* in seiner verdammten Achsel. Seine Rüstung war besser als meine, das ist alles.«

Kim hielt es nicht für angemessen, einem Kranken gegenüber auf einer Sache wie dieser zu beharren, und deshalb ging er ohne ein weiteres Wort darüber hinweg.

Der Käfigboden bestand aus festgestampfter Erde. Zwei Hunde erhob sich mit einiger Mühe von seinem Strohlager und kratzte dann mit der Spitze eines Stocks, den er ergattert hatte, ein Muster in den Boden – eine Blume mit fünf Blütenblättern über dem stilisierten Untergang einer Sonne mit vielen spitz zulaufenden Strahlen. »Die Mönchskrieger, die dieses *Mon* benutzen, unterscheiden sich von den anderen Franken. Ich glaube, die sind wie wir.«

»Wie wir einmal waren«, berichtigte Kim ihn.

Zwei Hunde winkte ab, als wäre dieser Unterschied belanglos. »Irgendwann werden sie so sein wie wir, oder man wird sie auslöschen, wenn niemand die Mongolen aufhält. Wir müssen ihnen eine entsprechende Nachricht zukommen lassen.«

»Und wie stellst du dir das vor angesichts des Umstands, dass wir keine gemeinsame Sprache sprechen?«

Zwei Hunde hob einen zitternden Zeigefinger, um den folgenden wichtigen Punkt zu unterstreichen: »In dem Dorf aus Abschaum und Pöbel, das um diesen Zirkus herum entstanden ist, gibt es einen fränkischen Priester, der Jahre unter den Mongolen zugebracht hat und ihre Sprache fast so gut wie seine eigene spricht.«

»Ja«, unterbrach Kim ihn, »den kenne ich.«

Zug nickte. »Mach ihn ausfindig und bitte ihn, eine Nachricht in einer der Sprachen der Christen zu verfassen und sie den Mönchen der Rotpflaumenblüte zukommen zu lassen.«

»Womöglich ist ihm nicht zu trauen.«

»Natürlich nicht. Aber gibt es etwa jemanden, dem du mehr vertrauen könntest?«

Kim verließ den Käfig beträchtlich verärgert. Niemand konnte ihm die Zornesröte derart ins Gesicht treiben wie Zwei Hunde. Er ließ sich nicht gerne auf Botengänge schicken, aber weder konnte er das Rätsel lösen, vor das Zwei Hunde ihn gestellt hatte, noch ließ sich die schlichte Wahrheit all dessen, was er gesagt hatte, in Abrede stellen.

◆◆◆

Man hatte ihn angewiesen, die unmittelbare Umgebung des Mongolenlagers und der Arena nicht zu verlassen. Doch Kim wusste, dass diese Regel nie mit Nachdruck durchgesetzt werden würde, solange er sich der Gunst des Khans gewiss sein konnte. Und er hatte sich ohnehin nie weit entfernt. Ihm stand ein eigenes *Ger* zur Verfügung, das von angemessener Größe, sauber und behaglich eingerichtet war. Dass es sich im Zentrum des mongolischen Lagers befand, bedeutete, dass es des Nachts gut bewacht war und er ruhig schlafen konnte. Es mangelte ihm nicht an Essen, Trinken, Frauen und Massagen, auch wenn er all dem nicht ganz so ausgiebig frönte wie Zug. Aber die bloße Tatsache, dass er Zugriff auf all dies hatte, gab ihm wenig Grund, die elendige Siedlung jenseits der bewachten Grenzen des Lagers zu betreten, die in der Zeit, da der Zirkus nun schon betrieben wurde, rings um die Arena aus dem Boden gesprossen war wie Giftpilze aus einem Baumstumpf.

Jetzt tarnte er sich mit einem Kapuzenumhang, den er sich um die Schultern hängte, und ging da hinaus.

Seine Verkleidung würde die Mongolen, die den Lagerausgang bewachten, freilich nicht täuschen. Sie wussten ganz genau, wer er war. Er legte sie aus zwei anderen Gründen an:

zum einen, um angemessenen Respekt zu zeigen für den Befehl des Khans, demzufolge er nicht dort hinausgehen sollte, und zum anderen, um nicht gleich von den aufstrebenden jungen Kämpfern erkannt zu werden, die scharenweise aus allen Ecken der bekannten Welt herbeigeströmt waren, als Onghwe Khan den Ruf nach Wettbewerbern ergehen ließ. Dieses Elendsquartier war zu einem großen Teil eben das Denkmal, das solche Männer sich setzten, wenn sie sich an einem Ort niederzulassen versuchten. Im Vergleich zu jeder anderen Stadt gab es hier ein Übermaß an abenteuerlustigen, arroganten jungen Männern, Prostituierten, Klingen- und Waffenschmieden sowie Schenken. Dafür mangelte es an einer Kanalisation, kultureller Vornehmheit, Gesetzeshütern und anständigen Frauen. Diejenigen, die zuerst eintrafen und ihr Revier am heftigsten verteidigten, gelangten schließlich in den Besitz der Festbauten, bei denen es sich hier um die alten Stein- und Flechtwerkgebäude eines winzigen Dorfes handelte, die vor ein paar Monaten abgefackelt und ausgeplündert worden waren und jetzt mit provisorischen Dächern und Türen versehen wurden. Die Langsamen und Schwachen kamen am Ende in Hütten und Schuppen aus Trümmern unter, die man aus den nahe gelegenen Ruinen von Legnica herbeischaffte, oder auch in bloßen Zelten, die völlig planlos errichtet wurden.

Richtige Straßen gab es nicht, nur sich verzweigende Trampelpfade, die mit der Scheiße von Mensch und Tier gepflastert waren. Jedes Mal, wenn Kim das Dorf aufsuchte, erschien es ihm größer und dreckiger als zuvor. Und jedes Mal wurde er daran erinnert, warum er eigentlich gar keine Lust hatte, die Behaglichkeit des Lagers und seines *Gers* zu verlassen. Den Dreck konnte er ja noch aushalten – was es wirklich unerträglich machte, das waren die jungen Kämpfer, die ihn herausfordern wollten. Sie kamen hierher, weil sie glaubten, etwas vom Kämpfen zu verstehen, und bildeten sich ein, dass sie Gelegenheit finden würden, das unter Beweis zu stellen. Was sie stattdessen fanden, war eine Arena, die zu betreten sie nicht einmal hoffen durften, es sei denn als Zuschauer, wenn der Khan alle vierzehn Tage seine großen Wettkämpfe abhielt. Zwischendurch mochte es zwar Vorbereitungskämpfe geben, die die Zirkusbetreiber nutzten, um Kämpfer auszuwählen, die man für wert erachtete, im nächsten großen Wettstreit anzutreten. Aber die waren nur für geladene Teilnehmer. Und eingeladen wurde man nur, wenn man jemanden kannte, jemanden bestach, in einer Schlacht aufgefallen war oder sich bei den informellen Kämpfen in den provisorischen Verschlägen hervortat, die widerwärtigste Gesellen in der Elendssiedlung errichtet hatten und die ihrerseits wiederum wussten, wie das System funktionierte und wie sie davon profitieren konnten. Vor allem diese Stätten zogen die heimatlosen, verdorbenen jungen Männer an, die glaubten, ihnen wäre eine Zukunft im Zirkus der Schwerter beschieden.

Als Kim das letzte Mal hier herausgekommen war, hatte es noch einen schmalen unbebauten Streifen zwischen dem Rand des Elendsquartiers und dem alten Tempel der Christen gegeben, der den ursprünglichen Vorstoß der Mongolen erstaunlich gut überstanden hatte. Aber jetzt umspülte das Gewirr aus Zelten und Baracken die Fundamente des Gebäudes, und nur rund um den Eingang war noch genug Platz, dass die Leute ein und aus gehen konnten.

Als Kim den Tempel betrat, stand an der Stirnseite des größten Raums ein Priester, der ihm den Rücken zuwandte, einen Kelch über den Kopf erhoben hielt und eine Art mystische Beschwörung intonierte. Ringsherum standen in einem Halbkreis drei weitere Priester, die wie solidarisch ihre leeren Hände nach oben reckten. Darum knieten etwa ein Dutzend Christen auf dem Boden. Kim hatte natürlich keine

Ahnung von dem Ritual, das hier abgehalten wurde, aber es passte ihm gut, denn der Mann, den er suchte, Vater Pius, war einer von den drei weniger bedeutenden Priestern, die dort vorne standen. Er war versucht, hinzugehen, Pius am Ärmel zu zupfen und ihn beiseitezuziehen, aber irgendetwas an der Art und Weise, wie die Menschen im Tempel sich verhielten, brachte ihn zu der Vermutung, dass so etwas als unhöflich gelten würde, und darum blieb er ruhig stehen und wartete, bis der Oberpriester mit seinem Sprechgesang aufhörte und Essen und Trinken an die versammelten armen Teufel ausgab, die da gekniet und gewartet hatten. Die Menge an Essen, das er verteilte, schien Kim sehr klein und kaum des Aufwands wert. Darüber hinaus legte es der Priester den Tempelbesuchern direkt auf die Zunge, wohl um sicherzustellen, dass sie sich nicht zu viel davon nahmen. Wäre man etwas großzügiger, dachte Kim, müsste man mit dem Zeug nicht so bedachtsam haushalten.

Aber das war ohne Belang. Als die Essensausgabe vorüber war, näherte sich Kim demjenigen mit Namen Pius und ließ ihn wissen, dass er mit ihm zu sprechen wünschte. Die Priester bedachten ihn allesamt mit bösen Blicken, und Kim begriff erst jetzt, dass die Zeremonie noch gar nicht vorbei war. Trotzdem war Pius – nachdem er Kims Gesicht im Licht einer Kerze gesehen und ihn erkannt hatte – bereit, sich aus dem Ritual zurückzuziehen. Er führte ihn durch eine Seitentür in einen kleinen Raum im rückwärtigen Teil des Tempels, der von dem Tageslicht erhellt wurde, das in Streifen zwischen den verkohlten Dachbalken hereinfiel.

»Ich bedarf Eurer Hilfe beim Verfassen eines Briefes an die Mönche der Rotpflaumenblüte«, begann Kim auf Mongolisch, »und bei der Überbringung an den Meister ihres Ordens. Als Gegenleistung biete ich an, Euch Geld zu geben oder mich auf andere Weise nützlich zu machen.«

Vater Pius schien zu verblüfft, um irgendetwas zu erwidern. Während er darauf wartete, dass der Priester sich wieder fasste, beschrieb Kim ihm das Siegel – oder *Mon* –, das Zwei Hunde in den Boden seines Käfigs gekratzt hatte.

Schließlich nickte der Priester. »Das ist keine Pflaumenblüte«, sagte er, »sondern eine rote Rose.«

»Auch gut. Dann sind es also die Mönche der Roten Rose«, meinte Kim achselzuckend, um seinem Gegenüber zu zeigen, dass es ihm eigentlich gleichgültig war, was das für eine Blume war oder wie sich dieser Orden nannte.

Doch Pius wollte das Thema nicht auf sich beruhen lassen. »Die Rose ist im Wappenwesen der Franken ein Symbol für die Jungfrau.«

»Schön. Dann sind es also keusche Mönche. Die gibt es bei uns auch. Oder es gibt zumindest welche, die behaupten, keusch zu sein.«

»Alle Mönche sind keusch«, erklärte Pius. »Aber das ist es nicht, was die Rose symbolisiert. Sie steht vielmehr für die Jungfrau Maria, die Muttergottes.«

Augenblicklich kam Kim eine ganze Anzahl von Fragen in den Sinn, aber er hielt sich zurück und stellte sie nicht, da sich das Gespräch ohnehin schon viel länger um dieses Thema drehte, als ihm lieb war.

Pius ließ sich jedoch nicht aufhalten. »Es handelt sich um den *Ordo Militum Vindicis Intactae*«, fuhr er fort, wobei er kurz in eine andere Sprache wechselte, die für Kim keinerlei Sinn ergab, »das ist der Ritterorden der jungfräulichen Verteidiger.«

»Die verteidigen Jungfrauen?«

»Nein. Nun, ja. Natürlich verteidigen sie Jungfrauen. Aber das ist es nicht, wofür der Name steht. Der jungfräuliche Verteidiger ist eine Art Manifestation der Jungfrau Maria, die einst mit Schild und Lanze in den Händen über einem

Schlachtfeld erschien und die Gründer dieses Ordens zu außergewöhnlichen Waffentaten inspirierte.«

»Könnt Ihr ihnen nun eine Nachricht zukommen lassen oder nicht?«

»Ja, gewiss.« Vater Pius kramte in einer Truhe, die in einer Ecke des kleinen Raumes stand. Die ursprünglichen Möbel waren alle verbrannt oder geraubt worden – diese Truhe hatte man nach der Schlacht hier hereingestellt. Wie Kim nun sah, enthielt sie die Dinge, die die Franken zum Schreiben benutzten: getrocknete Tierhaut, Federn und kleine Tongefäße, die, den Flecken rings um ihre Hälse nach zu urteilen, mit Tinte gefüllt waren. Jetzt ging etwas Zeit durch das Herumhantieren mit diesen Utensilien verloren – Pius spitzte die Federkiele an und mischte geheimnisvolle Flüssigkeiten in die Töpfchen, damit die Tinte die richtige Konsistenz erhielt. Kim erkannte sehr wohl, dass Vater Pius diese kleine Schau veranstaltete, um ihn, Kim, daran zu erinnern, welche Mühe und welchen Aufwand er da auf sich nahm – Mühe und Aufwand, für die er später entschädigt zu werden erwartete. Aber schließlich stand doch alles auf dem flachen Deckel der Truhe parat: Kerze, Tinte, Feder und Pergament, und auch Vater Pius war bereit.

Kim räusperte sich. »*Kim Alcheon, letzter Ritter der Jugendblüte, an …*« Er hielt inne. »Wie heißt der Meister des Ordens?«

»Sie sind sehr verschwiegen, was ihre Geheimnisse angeht«, erwiderte Vater Pius, »aber man munkelt, dass einer ihrer Meister – ein Mann namens Feronantus – in ihrem Lager gesehen wurde. Und wenn er wirklich dort ist, dann ist er fraglos der Mann, der das Sagen hat.«

»Gut, dann also … *an Feronantus*«, fuhr Kim fort. »*Seid gegrüßt. Ich und mein Waffenbruder, Berg von Schädeln, haben Kenntnis erhalten von Eurer Tapferkeit und …*«

»Soll ich das wörtlich übersetzen?«, fragte Pius dazwischen.

»Was?«

»Berg von Schädeln? Das scheint mir ein wenig … würdelos.«

»Dann schreibt eben *Zugaikotsu no Yama* oder was Euch sonst für ein Name gefällt«, entgegnete Kim, »solange Ferонantus nur versteht, dass der Mann, um den es hier geht, derjenige ist, der unlängst im Zirkus gegen ihren Teilnehmer antrat.«

»Sehr wohl, das werde ich deutlich machen«, sagte Vater Pius und verbrachte einige Zeit damit, eine Reihe seltsam aussehender Schriftzeichen auf das Pergament zu kritzeln. Kim hatte Mühe, eines vom anderen zu unterscheiden. Für ihn sahen sie alle ziemlich gleich aus.

Pius schaute erwartungsvoll zu ihm auf.

»*Wir würden gerne voller Respekt und Ehrerbietung mit Euch reden, von Krieger zu Krieger. Wenn Ihr unserem Wunsch nachkommen möchtet, lasst es uns vom Überbringer dieses Schreibens ausrichten oder besucht uns im Lager des Khans, wo wir wohnen. Hochachtungsvoll* … und so weiter und so fort.«

»Das ist alles? Wollt Ihr nicht mehr ins Detail gehen?« fragte Pius, der ein wenig geknickt wirkte. Offenkundig hatte er gehofft, aus dem Briefwechsel etwas zu erfahren, das für ihn von persönlichem Interesse oder Wert wäre, und war nun enttäuscht über den Mangel an Einzelheiten in Kims Worten. Kim bedachte ihn mit einem scharfen Blick. Pius zuckte zusammen; er begriff, dass er zu viel von seinen eigenen Wünschen und Motiven preisgegeben hatte. Ohne weitere Kommentare schrieb er alles nieder, bestäubte das Pergament mit Sand, um die Tinte zu trocknen, blies ihn dann weg und rollte den Brief zusammen. Er tropfte Kerzenwachs auf den Rand, um ihn zu verschließen, und Kim prägte sein eigenes Siegel ins Wachs.

»Wann überbringt Ihr die Nachricht?«, fragte er.

»Ich wollte sowieso ein paar Besorgungen machen«, antwortete Vater Pius. »Ich werde es also gleich erledigen.« Er verstummte kurz. »Das Kapitelhaus des Ordens liegt ein gutes Stück entfernt, es wird also etwas dauern, bis ich zurückkehre …«

Kim überging das Zögern des Priesters. »Sobald Ihr wieder hier seid, werde ich zurückkommen und mit Euch über Eure Entschädigung reden«, sagte er und kam jedem Protest des Priesters mit einem strengen Blick zuvor. Dann ging er.

Pius war nicht der Einzige gewesen, der ihn erkannt hatte, und es hatte bereits die Runde gemacht, dass er in der Kirche war. Als er aus dem Hinterzimmer trat, wurde er von mehreren jungen Kriegern erwartet. Zum Glück handelte es sich bei allen um Jugendliche, die nur seinen Rat suchten, nicht um Männer, die mit ihm kämpfen wollten. Weil er aber kein Interesse daran hatte, diesen ungewaschenen und renitenten Neulingen irgendwelche Ratschläge zu erteilen, wollte er sie schon barsch auffordern, sich zu trollen. Aber da fielen ihm die Worte von Zwei fickende Hunde ein: *Gibt es jemanden, dem du mehr vertrauen könntest?*

Ein paar der Jungen waren Halbmongolen, und andere hatten sich anscheinend in der Zeit, da die Mongolen hier anwesend waren, ein paar Worte ihrer Sprache angeeignet. Nachdem er kurz mit ihnen gesprochen hatte – wobei er zunächst Interesse an ihnen zeigte und sie dann wie Fliegen verscheuchte –, entschied er sich für einen der älteren Jungen, der halbwegs fließend Mongolisch sprach. Sein Name war Hans, der Kim im Gedächtnis blieb, weil er im Gegensatz zu vielen anderen fränkischen Namen leicht zu merken und auszusprechen war.

»Unauffälligkeit und List sind Eigenschaften, die einem Krieger von großem Nutzen sein können«, sagte er zu Hans, als er ihn beiseitenahm. »Sieh zu, ob du Vater Pius folgen kannst, ohne entdeckt zu werden, und berichte mir, was er tut. Wenn ich mit dem Ergebnis zufrieden bin, will ich dir etwas beibringen.«

Hans' blaue Augen huschten nach links, dann nach rechts, und er zählte, wie viele andere Burschen sich in Hörweite befanden.

»Du kannst den anderen übersetzen, was ich gesagt habe, du kannst es aber auch sein lassen«, sagte Kim, der erriet, was im Kopf des Jungen vorging. »Die Wahl liegt bei dir.«

»Was werdet Ihr mir beibringen?«

Kim musterte ihn von oben bis unten. »Da du kein Schwert besitzt, werde ich dir beibringen, wie du einen bewaffneten Mann mit bloßen Händen besiegen kannst.«

Hans wirbelte herum und rannte davon, als hätte Kim ihm angedroht, ihn umzubringen. Er wurde von etlichen der anderen Burschen verfolgt, die wissen wollten, was Kim gerade zu ihm gesagt hatte.

Kim lächelte, verließ die baufällige Kirche und genoss einen netten – und unbehelligten – Spaziergang zur Werkstatt eines gewissen Holzarbeiters, eines Schnitzers, der ihm einen Stock aus einem bestimmten hiesigen Hartholz anfertigen sollte. Es war schwierig, in diesem Teil der Welt Hölzer aufzutreiben, die so dunkel und schwer waren wie jene, die in zivilisierteren Gegenden für solche Waffen verwendet wurden, und dementsprechend langsam ging die Sache voran.

Der Handwerker sprach kein Mongolisch und Kim nicht die hierzulande gebräuchliche Sprache, und so ging auch ihre Unterhaltung nur langsam vonstatten. Sie hatten jedoch kaum ein paar Minuten lang miteinander gesprochen, als sie von Hans unterbrochen wurden, der mit der Nachricht in die Werkstatt stürmte, dass Vater Pius sogleich aufgebrochen sei, um mit dem Meister der Irgendwas-Ritter zu reden.

Genau das hatte Kim zu hören gehofft, und deshalb sagte

er Hans, er solle warten, bis er, Kim, sein Geschäft mit dem Drechsler erledigt habe.

Sie wechselten noch ein paar hart erarbeitete Sätze, doch Kim musste ab einem gewissen Punkt zugeben, dass er kein Wort des Handwerkers auch nur verstanden hatte. Ihm ging etwas im Kopf herum. Er hob eine Hand, um dem Holzschnitzer zu bedeuten, er möge still sein, dann dachte er eine Weile über das nach, was Hans gesagt hatte.

»Hast du gesagt, dass Pius sich jetzt mit diesem Mann trifft?«

»Ja, ich habe gesehen, wie die beiden im Lager der Ritter miteinander sprachen.«

»Das ist ja seltsam«, fand Kim. »Mich wollte man nämlich glauben machen, dass die Ritter in einiger Entfernung von hier lagerten.«

»O nein«, sagte Hans, »ihr Lager ist keinen Bogenschuss von hier entfernt.«

»Wie heißt dieser Meister, mit dem Pius spricht?«

»Dietrich.«

»Nicht Feronantus?«

Hans schaute verdutzt drein. »Feronantus ist der Meister der *Schildbrüder*. Vater Pius befindet sich im Lager des *Schwertbrüderordens*.«

»Bring mich zu ihm«, verlangte Kim. Er schnappte sich einen Stock aus dem Angebot des Holzschnitzers – nicht den, welchen er in Auftrag gegeben hatte, sondern einen kräftigen Eichenprügel, der im Notfall seinen Zweck erfüllen würde – und eilte hinter Hans her. Es war keine Zeit, dem Schnitzer zu erklären, dass er sich den Stock nur auslieh und nicht etwa stahl.

Doch als Hans ihn schließlich durch das Labyrinth zum fraglichen Ort geführt hatte, da hatte Vater Pius sein Gespräch mit Dietrich bereits beendet und war in nordöstlicher

Richtung unterwegs, wo das Lager der Schildbrüder zu finden war. Diese Information erhielt Hans von einem kleineren Jungen, der offenbar sein Gehilfe war. Kim nahm mit Interesse und Anerkennung zur Kenntnis, dass Hans, obschon jung an Jahren, bereits wusste, wie man Aufgaben an Gefolgsleute übertrug. Während Hans in der hiesigen Sprache mit dem Jüngeren redete, ließ Kim den Blick über das Steingebäude schweifen, das die Schwertbrüder besetzt und zu ihrem örtlichen Hauptquartier gemacht hatten. Es war etwas kleiner als die Kirche, aber wie diese in halbwegs gutem Zustand. Dabei machte er auch ihr Siegel auf einem Banner aus. Die Symbole waren rot – zumindest so weit stimmte es –, nur war keines davon eine Rose. Dies war nicht die Standarte des *Ordo …* Wie hatte Hans den Orden noch genannt? Es war ein einfacherer Name gewesen als der unmöglich auszusprechende, den Pius benutzt hatte. Die *Schildbrüder.*

Hatte Pius ihn an Dietrich verraten? Oder hatte er in diesem Gebäude nur haltgemacht in einer Angelegenheit, die nichts mit ihrer Sache zu tun hatte, ehe er weiterging zu seinem Treffen mit Feronantus? *Womöglich ist ihm nicht zu trauen.* Kim konnte sich das Gespräch mit Zug bereits vorstellen.

Es gab nur eine Möglichkeit, um sich zu vergewissern: Er musste das Siegel des Briefes prüfen.

Kapitel 22

✠✠✠

Zur Rettung des Reichs

Gansukh ließ die linke Hand auf dem Sattelknauf liegen und streckte die rechte nach vorne. Er blickte auf seine Hand vor dem grünen Hintergrund der weiten Grassavanne des Flusstals. Die Breite einer Männerhand nannte man *Aid*, und sie wurde als Maß aller Dinge benutzt, auf die ein Mensch seine Hände legen konnte. Hier draußen konnte er damit die Höhe des Grases messen, die Weite seiner Schritte oder die Länge des Schattens seines Pferdes. Aber all das war bedeutungslos im Vergleich zur Endlosigkeit der Steppe.

Wellen durchliefen das spätsommerliche Weidegras wie Wasser und offenbarten die wechselnden Wege des Windes. Das Raunen der Halme war ein Lied, das zu hören der Blaue Wolf ihn gelehrt hatte. Er konnte die Böen voraussagen und sich wappnen gegen plötzliche Windstöße, die ihn und sein Pferd ins Wanken bringen wollten.

Er schloss die Augen und breitete beide Arme aus, um den Wind zu umschließen. Dann stemmte er sich gegen eine kräftige Böe, indem er die Oberschenkel fest zusammenpresste, damit er im Sattel blieb. Sein Pferd senkte den Kopf und legte mit tiefem Seufzen die Ohren an. Der Wind trug die Gerüche der Menschen heran – Rauch, gebratenes Fleisch, der Moschusgeruch von Schafen, Kamelen und Vieh –, alles Duftmarken des weiten Reichs des Khagans. Damit einher ging der unterschwellige Gestank der Scheiße sowohl von Tier und Mensch und von Schlachtabfällen, den keine Stadt je verbergen konnte – und die meisten versuchten es nicht einmal in dem Maße wie Karakorum.

Hier gibt es keine Geheimnisse.

Wiederum blähte er die Nasenflügel und legte den Kopf in den Nacken, um noch mehr von der kühlen Luft einzusaugen und weitere, wildere und verheißungsvollere Gerüche darin zu entdecken. Schwach nahm er den Duft von Regen wahr, einen ganz leisen Hauch des bevorstehenden Wechsels der Jahreszeiten, jener Zeit des Jahres, zu der die Clans sich nach Süden und Osten wandten.

Ögedei würde Karakorum bald verlassen und sich auf den Weg zu seiner Winterwohnstatt machen, und obgleich Tschagatai Khan für Gansukhs Aufgabe, die Trinkerei des Khagans zu drosseln, keine zeitliche Begrenzung festgelegt hatte, konnte er sich doch nicht des Gefühls erwehren, dass die Zeit zur Neige ging. Aber die Zeit wofür? Gansukh hatte diesem Gedanken seit seinem Besuch in den Gemächern des Khagans zu entkommen versucht, doch jetzt, hier draußen, wo niemand den Ausdruck auf seinem Gesicht sehen oder ein Wort, das ihm von den Lippen schlüpfen mochte, hören würde, konnte er sich ihm stellen.

Was sollte er denn retten? Der Khagan war ein Säufer, und der ganze Hof war in einer Spirale der Speichelleckerei gefangen, die bloß noch um sich selbst kreiste. War das der Höhepunkt des mongolischen Reichs? Wie ein Pfeil, der auf die Sonne abgeschossen wurde, flog er letztlich doch nur so hoch, wie er konnte, und fiel dann unweigerlich wieder zur Erde zurück.

Gansukhs Pferd hob den Kopf, wieherte leise und regte sich, wie um ihm eine Antwort auf seine Frage zu geben. Er blickte wieder auf die Savanne hinaus. Die Sonne hing wie ein Stück Kohle über seiner linken Schulter; er schaute gen Westen und Norden, in dieselbe Richtung, in die er vor einigen Nächten geritten war, als er die Diebin verfolgt hatte. Einen Moment lang gab er sich dem Tagtraum hin, all diesem Niedergang und Elend zu entgehen – indem er schlicht sein Pferd in Trab setzte. Er könnte nach Westen reiten, auf den Orkhun zu, den Fluss überqueren und dann seinen Weg fortsetzen über die endlose Ebene hinweg bis an den Rand des Reichs.

Alles zurücklassen, bevor es auch ihn zerstörte.

Lian.

Was würde aus ihr werden? Warum kümmerte ihn das? Er runzelte die Stirn. Sie hatte nichts mit seiner Aufgabe zu tun, abgesehen von ihrer Zusage, ihm dabei zu helfen. Sie war eine Sklavin – und eine ziemlich anspruchsvolle noch dazu. Meistens, dessen war er sich gewiss, lachte sie ihn aus, und obschon er daran gedacht hatte, sie für ihre Unverschämtheiten – sowohl die stillen als auch die offen geäußerten – zu bestrafen, war ihm doch auch klar gewesen, dass er sie damit nur bestätigt hätte. Eine solche körperliche Überlegenheit brächte ihm keinen Gewinn; im Gegenteil, er sah ein, dass er durch ein derartiges brutales Verhalten etwas Wertvolles verlieren würde.

Das Bild der entsetzten Miene der Diebin blitzte in seinem Kopf auf, wie sie ihn angesehen hatte in jenem letzten Moment, bevor Munokhoi sie fortgeschleppt hatte. Der Ausdruck in ihren Augen. Verzweiflung und ein Funke Wut, die ihm galten. Irgendwie hatte er ihr gegenüber versagt, und dieses Gefühl konnte er einfach nicht abschütteln. Er konnte den Eindruck nicht abschütteln, auf Ögedeis Gesicht etwas Ähnliches gesehen zu haben, als er in seinem Gemach getobt hatte. *Versagen.*

Wenn er davonritte – wenn er *fliehen würde* –, wäre er vor seinem Versagen davongelaufen, nicht vor dem des Reichs.

Der Wind drehte erneut und trug jetzt das rhythmische Hufgetrappel eines näher kommenden Reiters heran, dazu das Flüstern und Rascheln des Grases, das er niederritt. Gansukh schaute zurück in die Richtung von Karakorum. Er kniff die Augen zusammen und versuchte zu erkennen, wer der Reiter war. *Nicht Munokhoi. Zu klein. Zu schlank.* Er kam sich wie ein Narr vor, als ihm der Atem in der Brust stockte. *Eine Frau?*

Er verzog die Lippen bei dem sauren Geschmack, der sich in seiner Kehle sammelte – die Reaktion seines Magens auf die freudige Erregung, die er angesichts der Möglichkeit verspürte, dass es sich bei der herankommenden Reiterin um Lian handeln könnte. *Was macht sie hier?*, dachte er. *Wie hat sie es geschafft, ohne Begleitung aus der Stadt zu kommen?* Pferd und Reiter hatten keine Eile, ein Zeichen, dass es sie nicht drängte, was die Möglichkeit, dass es sich um Lian handeln mochte, zugleich wahrscheinlicher wie auch abwegiger machte.

Die Gestalt im Sattel verschwand langsam hinter einem sanften Hügel, und als sie wieder auftauchte, gab es an der Identität der Reiterin keinen Zweifel mehr. Lian senkte den Kopf, um ihr Lächeln zu verbergen, aber erst nachdem Gansukh ein Aufblitzen weißer Zähne wahrgenommen hatte.

Er wandte sich mit zuckenden Schultern ab, um der Ehrlichkeit und Würde der endlosen Steppe ins Gesicht zu blicken und um seinerseits das breite Grinsen, das sich auf seine Lippen legte, vor Lian zu verbergen. Als sie ihr Pferd neben ihn lenkte, hatte er seine Gesichtszüge wieder im Griff und versteckte seine Freude hinter der strengen Miene, die er in aller Anwesenheit zu wahren versuchte.

Der Wind hatte sich wieder gelegt und das Gras richtete sich zu voller Höhe auf. Die Reiter saßen eine Minute lang stumm da und sahen zu, wie sich Stille über die grüne Ebene legte, bis Lian schließlich das Schweigen brach.

»Deine Welt«, sagte sie.

»Ja.« Er nickte. »Einfacher. Sicherer.«

»Für dich«, sagte sie. »Ich hätte gedacht, dass ich mich hier ebenfalls sicher fühlen würde, aber diese Leere ängstigt mich. Ich weiß nicht, was da draußen ist.«

»Das stimmt, aber die Regeln sind nicht so kompliziert. Man weiß eher, was man tun muss.«

Lian lächelte. »Die Regeln bei Hof sind auch einfach, Gansukh. Du hast die Bereitschaft und Fähigkeit gezeigt, sie zu erlernen. Sie sind dir eben nur ... fremd. Immer noch. Das ist eine Frage des Wohlfühlens. Du blickst über das Grasland und siehst ... Was? Freiheit?«

»Der Falke erhebt sich in die Lüfte«, erwiderte er und schürzte die Lippen. »Der Hase weiß sich zu verstecken.«

»Für dich ist es Freiheit«, sagte Lian. »Für mich nicht. Und warum ist das so? Weil ich eine Frau bin? Weil ich Chinesin bin?«

»Sind diese Wahrheiten innerhalb der Mauern Karakorums denn von geringerer Bedeutung?«

»Nein«, antwortete sie, »aber dort herrscht weniger Wind.« Sie spannte sich an, als sich das Gras wieder neigte. »Vor einem Moment noch wäre ich zuversichtlich gewesen, mit einem Pfeil mein Ziel zu treffen, aber jetzt ... der Wind ist tückisch. Wie können die Menschen aus dem Grasland je ihr Ziel treffen?«

Wie um Lian zu necken, rauschte der Wind heran und wirbelte ihr das Haar ins Gesicht. Sie strich die schwarzen Strähnen mit der linken Hand beiseite – und zog eine feucht gewordene zwischen ihren Lippen hervor, wie ihm auffiel –, während ihre rechte Hand die Zügel umklammerte. »Du kennst dieses Geheimnis, nicht wahr?«, sagte sie.

Gansukh nickte. Mehr als alles andere, was ihm an Lian gefiel – ihre Schönheit, ihre Klugheit und ihr Wissen um die höfischen Gepflogenheiten –, war es ihre verwirrende Art, über zwei Dinge zugleich zu sprechen, die ihn nach wie vor verblüffte. Er fragte sich, ob Meister Chucai sie so kannte, oder ob er in ihr einfach nur eine nützliche Lehrerin für einen schlecht gekleideten Steppenbarbaren sah.

Gansukh wollte eine gescheite Antwort geben, aber ihm fiel nichts ein, das auch nur annähernd kühn oder einsichtsvoll geklungen hätte, und so flüchtete er sich in eine zurückhaltende Erwiderung und eine schlichte Frage. »Auf das Geheimnis, wie man im Wind schießt, kommen wir noch zurück«, sagte er. »Erzähl mir doch jetzt erst einmal, warum du es riskierst, die Mauern der Stadt alleine zu verlassen.«

»Ich bin nicht alleine.« Abermals strich sie sich die Haare aus den Augen und harrte seiner Reaktion.

Gansukh drehte sich im Sattel um und blickte zurück nach Karakorum, gerade im rechten Moment, um einen zweiten Reiter hinter dem Hügel verschwinden zu sehen. Gansukh erkannte den spitz zulaufenden Hut. *Meister Chucai.*

»Er hat mich gebeten, mit ihm zu reiten.« Lian faltete die Hände über dem Sattelknauf und gab es auf, ihre Haare in Ordnung halten zu wollen.

Er studierte ihr frei wallendes Haar und dann das Wogen des Grases. *Das Geheimnis besteht darin, den Strom des Windes zwischen deinem Pfeil und dem Ziel zu studieren, das Ringen zwischen den Böen zu bemessen und schließlich … die Haare deines Ziels zu beobachten. Du musst mit deinem Pfeil um die Breite eines Katzenschnurrhaars entgegen der Richtung dieser Haare zielen.*

Enttäuscht musste Gansukh einräumen, dass es bei Weitem glaubhafter war, dass Chucai ein solches Treffen arrangiert hatte, als anzunehmen, Lian hätte sich der Gefahr ausgesetzt, Karakorum alleine zu verlassen. Obgleich es ihn freute, dass sie ihn ausfindig gemacht hatte, hätte ihm doch klar sein müssen, dass sie es auf Geheiß ihres Meisters hin getan hatte.

Gansukh hatte den Berater des Khagans seit dem Tag, da sie zuletzt miteinander gesprochen hatten und an dem sich alles geändert hatte, nicht mehr aufgesucht, und er hatte auch keinerlei Verlangen danach verspürt. Er hätte Ögedeis Verhalten in jener Nacht melden und Chucai auf ihr noch nicht beendetes Gespräch im Thronsaal ansprechen sollen, ganz zu schweigen von der Sache mit dem lackierten Kästchen – das er nicht hatte öffnen können –, aber er konnte sich nicht dazu überwinden. Es war viel einfacher – so einfach, wie es für einen Hasen war, sich zu verstecken –, Meister Chucai aus dem Weg zu gehen, bis er sich entschließen konnte, was zu tun war.

Was jedoch auch bedeutet hatte, sich von Lian fernzuhalten, und das war ihm schwerergefallen.

Trotzdem ... Scheinbar zufällig drängte er sein Pferd dichter an ihres heran. Er nutzte den Vorteil ihrer Nähe zueinander sowie die Ungestörtheit, welche die weite Ebene bot – im Lager des Khagans war es unmöglich, wirklich einmal ungestört zu sein –, streckte den Arm aus und legte seine Hand über ihre Hände, die noch immer den Sattelknauf umfassten.

Lian senkte den Kopf, ihre Hände entzog sie ihm jedoch nicht. Ihr vom Wind gepeitschtes Haar machte es ihm unmöglich, in ihrer Miene zu lesen – auch so konnte der Hase sich verstecken –, und als Chucais Hut dann gerade wieder in Sicht kam, hob Lian den kleinen Finger ihrer linken Hand und schlang ihn um Gansukhs Daumen. Bevor er reagieren konnte, nahm sie ihre Hände fort und zog an den Zügeln. Ihr Pferd schnaubte vernehmlich und tänzelte ein paar Schritte zur Seite, sodass Lian außer Reichweite war. Nur ein paar *Aid* weit weg.

»Junger Gansukh!«, rief Chucai, als sein Pferd den Hügelkamm erreichte. »Lian sagte mir, sie habe dich ausreiten sehen. Es freut mich sehr, dass wir dich gefunden haben.« Wind und Erschöpfung hatten sein Gesicht gerötet, doch seine Stimme war forsch und munter, als wögen die Ereignisse der vergangenen Tage nicht das Mindeste. Als hätte er nicht die Folter und Hinrichtung einer hilflosen Frau geleitet.

»Meister Chucai«, erwiderte Gansukh. »Das ist allerdings eine Überraschung, dass wir uns so fern des Ortes begegnen, an dem wir unsere Tage verbringen.« Er versuchte sich an der gleichen Art von Munterkeit und Ungezwungenheit, aber der Ausdruckslosigkeit in Chucais Augen nach zu urteilen, vermochte sein Tonfall nicht zu überzeugen.

Chucai lenkte sein Pferd vor Gansukh und Lian und versperrte ihnen die Aussicht. So stellte er sicher, dass er sie beide im Auge behalten konnte. »Wäre es mir gelungen, dich zu finden, hätten wir die Sache in der Stadt besprechen können.«

»Ich habe …«, setzte Gansukh an.

»Schon gut«, schnitt Chucai ihm das Wort ab. »Mich sorgt nur, was du *nicht* getan hast.«

Gansukh wurde rot. War das alles, worum es Chucai ging? »Sprecht Ihr davon, wie man bei Hofe stets lächelt und sich immerzu brüstet? Zu welchem Zweck? Ögedei ist doch blind und taub gegenüber allem und jedem in seinem Umkreis.«

Chucais Miene war ausdruckslos, sein Blick immer noch leer, aber er nickte. »Du bist sehr offen, Gansukh. Das ist, wie Lian mir mehr als nur einmal gesagt hat, eine deiner besten Eigenschaften – und eine der gefährlichsten. Ich hatte gehofft, sie könnte dir beibringen, deine Zunge zu winden wie die einer Schlange, anstatt sie wie einen Pfeil hervorschießen zu lassen. Mit einer tückischen Zunge fiele es dir leicht, das Ohr des Khagans zu erreichen. Aber diese Gabe ist dir noch nicht eigen, und noch reichst du weder über seine Ohrläppchen hinaus, noch … *dringst du in ihn ein* … mit sanften Worten, nicht wahr?«

Gansukh warf einen kurzen Blick zu Lian hinüber, die neben ihrem Pferd zu Boden schaute, zwar nicht peinlich berührt von dieser Metapher, aber auch nicht willens, sie einer Erwiderung zu würdigen.

»Liegt die Schuld daran bei deiner Lehrerin?«, fragte Chucai, dem Gansukhs Blick nicht entgangen war. »Ist sie nicht in der Lage, dir höfische Manieren beizubringen?«

»Sie unterrichtet mich durchaus gut«, knurrte Gansukh.

»Ist er kein gelehriger Schüler?«, fragte Chucai nun Lian.

»Gelehrig ist er«, entgegnete Lian.

Chucai musterte Gansukh. »Was lenkt dich dann vom Unterricht ab?«

Sie antworteten beide nicht, und diesmal wagte Gansukh auch nicht, sie anzusehen. Sein Herz schlug schnell, und er wischte sich die Hände an der Hose ab. *Denkt sie dasselbe?*

»Ich verstehe«, meinte Chucai, lehnte sich zurück und zupfte an den wenigen langen Haaren auf seiner Wange. »Vielleicht müsst ihr eure Bemühungen neu ausrichten. Beide.«

Gansukh brachte seinen Atem unter Kontrolle. So sehr ihn Meister Chucais Worte – und die darin verborgenen Andeutungen – auch trafen, er konnte nicht so ohne Weiteres vergessen, was er im Thronsaal gesehen hatte.

»Meister Chucai …«, begann Lian, aber Gansukh unterbrach sie.

»Auf welche Ziele?«, wollte er wissen. »Eure? Die des Reichs? Ögedeis? Tschagatai Khan schickte mich, um dem Khagan zu helfen, und ich dachte, meine Mission bestünde einfach nur darin, ihm das Trinken abzugewöhnen. Aber jetzt bin ich doch verwirrt. Jetzt frage ich mich, ob es nicht mehr bedarf, als dem Khagan nur den Alkohol wegzunehmen, um ihm zu helfen …« Er verstummte, weil er plötzlich merkte, dass er nicht mehr sagen wollte, weil er fürchtete, schon zu viel gesagt zu haben. *Mit meiner Zunge, die wie ein Pfeil hervorschießt …*

In Meister Chucais Wange zuckte ein winziger Muskel, der seinen Mundwinkel anhob, sodass es aussah, als wolle er lächeln. Aber vielleicht versuchte er auch, einen Aufschrei der Entrüstung zu unterdrücken. Gansukh war sich nicht sicher, welche dieser beiden Möglichkeiten zutraf, aber er wusste, dass es wie bei der Konfrontation mit einem verwundeten Raubtier am besten war, keine Angst zu zeigen. Nicht nachzugeben, bis sein Widersacher den nächsten Zug machte.

Meister Chucai schien im Sattel schon fast ein wenig zusammenzusinken. »Offene Worte«, seufzte er und erlaubte seinem Blick, über das Grasland zu schweifen. »Bei Hofe nennen die Kultivierteren diese Art zu schauen den ›Landblick‹, und sie flüstern davon, als fürchteten sie sein Kommen. Jenen furchtbaren Tag, an dem die Reiter diesem sehnsüchtigen Blick zurück in die Grassavanne folgen, zur Jagd auf die endlos umherziehenden Herden zurückkehren. Zurück ins … Vergessen.« Ein dünnes Lächeln kräuselte seine Lippen. »Allerdings wäre es um den Hof weitaus besser bestellt, gäbe es dort mehr Männer wie dich, junger Gansukh, und weniger von den heuchlerischen Kreaturen, die sich jetzt um Ögedei scharen.«

Darauf war Gansukh nicht gefasst gewesen. Auch Lian überraschte Chucais Freimut.

»Ich muss offen mit dir reden, Gansukh – deshalb bin ich dir hier heraus gefolgt.« Meister Chucai klang müde. »Womöglich hätten wir auch dann noch nichts erreicht, wenn es dir gelingen sollte, den Khagan dazu zu bringen, weniger zu trinken.«

»Ich verstehe nicht …« Gansukhs Blick traf Chucais, und er sah in den kleinen, dunklen Augen des älteren Mannes widerstreitende Gefühle: Hoffnung und Resignation, Euphorie und Erschöpfung. *Er hat »wir« gesagt.* Chucai verstand seine Verwirrung sehr wohl. Gansukh war Zeuge geworden, wie Ögedei seiner Enttäuschung und seinem Missmut Luft gemacht hatte, wie der Khagan verzweifelt nach jemandem geschrien hatte, der seine Sicht auf die alte Welt teilte, der seinen *Landblick* verstand, und obgleich er Chucai dieses Erlebnis nicht anvertraut hatte, war es doch offensichtlich, dass es für ihn nichts Neues gewesen wäre.

Gansukh war erschrocken. *Wenn wir nichts erreichen, was ist dann gerettet worden?* Schlug Chucai etwa genau die Überlegung vor, die ihm vor dem Eintreffen der beiden durch den Kopf gegangen war? Der Gedanke kam ihm wie Verrat vor, nicht nur am Khagan, sondern am ganzen mongolischen Reich, und er wünschte augenblicklich, er könne ihn ungeschehen machen. Er wollte sein Gedächtnis löschen und zu jener Naivität zurückkehren, von der er so voll gewesen war am ersten Tag, da er in Karakorum eingeritten war.

War Ögedei Khan würdig, das Reich zu führen?

»Der Khagan ist groß«, murmelte er und versuchte, etwas Begeisterung aufzubringen für die Bedeutung dieser Worte, aber er fühlte sich wie aus dem Gleichgewicht geraten, als seien Geist und Verstand unter der Offenbarung zerbrochen, die sich in Chucais Miene widergespiegelt hatte.

Chucai sah ihn immer noch an. »Das Reich muss groß sein, Gansukh. Nicht nur der Khagan. Du hast gesehen, was sich hinter der Maske verbirgt, nicht wahr? Nicht nur der Khagan, sondern alles – und jeder – um ihn herum. Es ist unsere Pflicht, ihm zu helfen. Es ist unsere Pflicht, dem Reich zu helfen. *Deine* Pflicht.«

»Warum ist es *meine* Pflicht?«, fragte Gansukh.

Chucai lachte. »Warum nicht?«

»Aber diese Aufgabe ist … zu groß …«

»Natürlich ist sie das«, schnaubte Chucai. »Kein einzelner Mensch kann den Lauf eines Reichs ändern, und doch erschuf ein einzelner Mensch eben dieses Reich.« Er machte eine ausholende Armbewegung, mit der er über die weite Steppe wies. »Bevor Temüdschin die Clans zusammenführte, war all das nur Grasland. Bevor Ögedei das Reich erbte, bestand Karakorum nur aus ein paar Zelten am Fluss. Und sieh es dir jetzt an. Jeder Wandel geschieht, weil *ein einzelner Mensch* etwas ändern will. Ögedei hat das vergessen. Die meisten der Männer, die sich um ihn scharen und ihm wie Hunde auf Schritt und Tritt folgen, wollen nicht, dass die Welt sich verändert – auch wenn sie etwas anderes behaupten.«

Chucai hielt kurz inne, dann fuhr er fort: »Du bist nichts Besonderes, Gansukh. Als du nach Karakorum gekommen bist, warst du nur ein linkischer Krieger aus der Steppe, trotz all des Ruhms, der sich dank deiner Erlebnisse am Rand des Reichs auf deinen Schultern türmte. Am Hof warst du *nichts* – und vielleicht giltst du immer noch *nichts*. Aber …« Chucai verstummte mit einem Schulterzucken.

»Aber was? Soll Eure Ansprache mich inspirieren?«, fragte Gansukh.

»Der Jahrestag von Toluis Tod rückt näher.« Chucai zeigte nach Karakorum und überging Gansukhs Frage. »Man plant ein großes Fest, das den Khagan ablenken soll von der Niedergeschlagenheit, die ihn zu dieser Zeit stets überkommt. Täglich treffen Karawanen mit Geschenken aus allen Winkeln des Reichs ein. Es werden Wettkämpfe stattfinden – im Ringen, Reiten, Schießen und Kämpfen. Es werden Musikanten, Akrobaten, Tänzer und Dichter zugegen sein – es wird jede nur denkbare Form der Unterhaltung geboten. Das Fest wird jährlich größer, aber Ögedei nimmt immer weniger daran teil, weil er seinen Kummer im Alkohol ertränkt.«

Tolui. Der jüngere Bruder von Ögedei und Tschagatai.

Tschagatai hatte kurz über den Tod seines kleinen Bruders gesprochen, und Gansukh versuchte, sich die Einzelheiten ins Gedächtnis zurückzurufen: Ögedei war während eines Feldzugs in Nordchina krank geworden – eine Krankheit, die von bösen Geistern ausgelöst wurde. Die Toten hatten Blut verlangt, einen Preis für das, was ihnen genommen worden war.

Gansukh schauderte. »Ihr habt meine Frage nicht beantwortet«, sagte er dann und verscheuchte die Gedanken an Geister.

»Ich dachte, das bräuchte ich nicht«, erwiderte Chucai mit einem düsteren Lächeln. »Was wir dir über die Gebräuche und Gewohnheiten am Hof beigebracht haben, sollte dir die Augen öffnen – und das hat es, nicht wahr? Ich möchte dir im Gegenzug eine Frage stellen: Was verdient, gerettet zu werden?«

Gansukh rieb sich die Arme, er fröstelte selbst im Angesicht der Sonne. *Ein Opfer,* dachte er, *um das Reich zu retten.*

»Du brauchst keine Inspiration, Gansukh«, sagte Chucai. »Du brauchst lediglich die *Erlaubnis* – aber nicht die meine oder die des Khagans.«

Kapitel 23

✠✠✠

Planänderung

Mehrere Tage lang reisten sie in östlicher Richtung durch eine scheinbar endlose Landschaft aus sporadischen Sumpfgebieten und wuchernden Wäldern. Trotz Jaspers Entdeckung des mongolischen *Arkhi* – ein Getränk, das Cnán gut genug kannte, um es zu meiden – wollte die Schwermut, die sich über sie gesenkt hatte, weil Taran nicht mehr bei ihnen war, einfach nicht weichen. Die Nächte waren trotz des Feuers, das sie machten, erdrückend dunkel, und das Gewahrsein höherer, größerer Dinge – das Rauschen des Windes, der Schleier kalter, glänzender, blinkender Sterne – bescherte keine Behaglichkeit, nicht einmal ihr, obschon sie die Wildnis liebte.

Wurde die Stille des Abends gestört, dann war es in der Regel Istvan, der ausgiebig über mongolische Mythen schwadronierte, von denen er einmal gehört oder vielleicht auch im Zaubernebel seiner Pilze geträumt hatte – so gut wie zusammenhanglose Geschichten über unendliche Meere aus Pferdeleibern und ein großes, furchtbares Banner, aus dem die Khane ihre Macht bezogen.

Die Brüder schenkten ihm kaum Beachtung. Die meisten wandten sich ab, kehrten dem Ungarn den Rücken zu und versuchten, ihn einfach zu ignorieren. Keiner hatte Lust, mit ihm zu sprechen, solange der Stich von Tarans Tod noch so frisch war.

Noch nie hatte Cnán einen Menschen gesehen, der so allein und sich seiner Einsamkeit so wenig bewusst war.

Auch nach ihrem Aufbruch hatte sich Rogers Zorn auf Istvan nicht gelegt, und er spiegelte sich, wie Cnán sah, in den Augen der anderen wider, auch wenn keiner von ihnen sich ganz so blutrünstig gab. Später hörte sie, wie Feronantus und Roger miteinander über die Angelegenheit stritten. Angesichts des Chaos, das Istvan in seinem Wahn und Blutrausch angerichtet hatte, neigte Cnán eher der Meinung des Normannen zu.

»Wir brauchen ihn«, hatte Feronantus mit sanfter Bestimmtheit gesagt. »Er ist verrückt, er ist gefährlich, ja. Aber er ist auch ein guter Reiter und neben Rædwulf der beste Bogenschütze, den wir haben. Darüber hinaus ist er ein Veteran aus der Schlacht von Mohi. Nur wenige wissen besser, wie die Mongolen kämpfen.«

»Bist du sicher«, entgegnete Roger unwirsch, »dass du dich nicht nur seinem Lehrer gegenüber verpflichtet fühlst? Als Junge war er vielleicht vielversprechend, ja. Aber als Mann ist er dem Irrsinn verfallen, und er ist *keiner* von uns.«

Im Anschluss verfielen sie immer öfter in die fränkische Sprache, die Cnán weniger gut verstand, aber was sie gehört hatte, vergaß sie nicht. Obwohl Istvan nie ein Mitglied des Ordens gewesen war, hatte ihn doch ein Mitglied ausgebildet, oder zumindest jemand, der ihnen bekannt war, ein Mann, der Feronantus wichtig war. Die Argumente des Anführers der Brüder erschienen vernünftig, auch wenn er vielleicht zu nachsichtig war, doch Rogers Worte bereiteten ihr Unbehagen, und jetzt fragte sie sich, ob es Weisheit war, die Istvan am Leben hielt, oder Sentimentalität.

Die Frage, wo ihr Weg sie als Nächstes hinführte, stellte

sich tagelang nicht, bis Feronantus das Wort ergriff und es an Illarion richtete.

»Du musst uns durch Kiew führen«, sagte er.

»Bist du von Sinnen?«, fuhr Roger auf. Der Normanne saß da und schärfte eines seiner Beile mit einem Wetzstein. Als er nun sprach, brach das rhythmische Schaben ab. »Ich will nicht derjenige sein, der deine Tapferkeit in Zweifel zieht, aber wir haben es nicht nur unseren Fähigkeiten, sondern auch dem Glück zu verdanken, dass vor ein paar Tagen nur einer von uns zu Tode kam.« Damit warf er Istvan einen finsteren Blick zu.

»Wir haben eine Pflicht«, erklärte Parzival ruhig. Allerdings mangelte es seinen Worten an Überzeugungskraft. Der Verlust Tarans und seines Pferdes hatten den Franken erschüttert und auf eine Weise verunsichert, die Cnán bei ihm nie erwartet hätte. Es war verstörend, das mit anzusehen, und wieder ertönte in ihrer Erinnerung seine Stimme, als er sich allein im Wald gewähnt hatte und unwissentlich von ihr und Raphael beobachtet worden war.

Als er zu ihr hinüberschaute, konnte sie ihm nicht in die Augen sehen.

»Wir wurden gesehen«, sagte Feronantus, ohne Parzivals Einwand zu ignorieren, aber auch ohne darauf einzugehen, wie Cnán bemerkte. »Und zwar nicht von einem dummen Grünschnabel, den die Mongolen als Späher ausschickten, obgleich auch ein solcher genügt hätte, um Alarm zu schlagen. Es haben hinreichend gestandene Krieger meinen Weg gekreuzt, dass ich mühelos einen klugen Mann erkenne, wenn ich einen sehe. Die Horde wird von uns erfahren, und sie werden uns im Auge behalten. Wir brauchen einen Vorwand, weshalb wir so zielstrebig nach Osten reisen, und zwar einen, der unseren Feind nicht in Unruhe versetzt.«

Er richtete seinen erschöpften Blick auf Parzival, und einen

Moment lang schien es, als könne er nicht fortfahren. »Parzival hat mit mir über etwas gesprochen, das in dieser Stadt von uns verlangt wird, und auch wenn ich die Aufgabe nicht in vollem Umfang erläutern kann« – er sah zu Raphael hin, der leise nickte, und dann zu Cnán, wie um ihr zu bedeuten, bloß den Mund zu halten –, »könnte ein Abstecher nach Kiew noch einem anderen Zweck dienlich sein – dort erfahren wir vielleicht etwas von dem, was in der Welt vorgegangen ist, während wir uns durch die Wildnis schlugen.«

»Was für eine Aufgabe?«, wollte Roger von Parzival wissen.

Der Ritter schüttelte den Kopf. »Ich weiß es nicht«, erwiderte er leise, »aber ich erhielt einen Hinweis auf das, wonach ich suche.«

»In Kiew?«, hakte Roger nach.

Parzival lächelte ihm zu, und Cnán stockte der Atem. *Wie ging es an, dass der Normanne das Licht, das von seinem Gesicht ausstrahlte, nicht sah?*

»Ich halte es trotzdem für einen Fehler«, brummte Roger, immer noch zu sehr gefangen in seiner Enttäuschung und Wut. »Wenn man uns gesehen hat, dann wäre es besser, so viele Meilen wie möglich zwischen die und uns zu bringen. Hier wimmelt es von Mongolen und ihren Lakaien, wie Fliegen auf einem Leichnam.«

»Und daran wird sich von hier bis ins Herz des Reichs des Khans nichts ändern«, warf Eleázar in seinem stark akzentbehafteten Latein ein. Er hatte seit dem Beginn ihrer Reise nur wenig gesagt, und Cnán hatte sich an seine leise Art zu sprechen noch nicht gewöhnt. Sie stand in völligem Widerspruch zum Rest seines Wesens. »Ich teile die Meinung von Feronantus und Parzival – elf Mann, die Kiew aufsuchen, werden ihnen weniger sonderbar vorkommen als elf Mann, die ohne Grund nach Osten reiten. Ob sie auf den Anlass unserer Reise kommen oder nicht, ist ohne Belang. Wenn sie uns dichtauf folgen – und das werden sie wahrscheinlich –, wird uns das unabhängig von unseren Motiven langsamer machen. Wir müssen jedes unnötige Misstrauen vermeiden.«

»Ich kann euch hinbringen, auch wenn ich nicht weiß, was wir dort finden werden«, sagte Illarion in seinem leisen, traurigen Tonfall. »Ich habe nur Gerüchte gehört über das Los von Prinz Alexanders Stadt. Wenn man ihnen Glauben schenken kann, dann ist die Stadt kaum mehr als eine Ruine voller Geister.« Plötzlich hellte sich das Gesicht des Slawen auf und er lächelte sogar und nickte dann Feronantus zu. »Ich kann mir keinen besseren Ort vorstellen, um Verfolger abzuschütteln.«

Am nächsten Morgen änderten sie ihren Kurs. Die Pferde, die sie durch die Schlacht dazugewonnen hatten, erleichterten das Reisen ein wenig, aber die Hitze und die Schwüle glichen den Stand ihres Elends wieder aus. Während sie der Stadt mit jedem Tag näher kamen, passierten sie viele Zu- und Nebenflüsse des Dnjepr, der sich hier durch sein südliches Bett auf das *Euxeinos Pontos* zuwälzte, wie die Menschen in Rus das Gewässer nannten. Das Schwarze Meer.

Die Hitze lastete tagsüber schwer auf ihnen und ließ nur bei Nacht manchmal nach. Cnán war mehr als nur einmal dankbar dafür, dass sie nicht die zusätzliche Last einer Rüstung zu tragen hatte wie die Brüder und die beim Reiten sowohl an ihrer Energie als auch an ihrer Geduld gezehrt hätte. Ihr Anblick erinnerte Cnán an Männer, die in Öfen reisten und langsam tot gekocht wurden, ohne sich dessen bewusst zu sein, wie der legendäre Frosch im Hexenkessel.

Bisweilen zeigte sich der Himmel gnädig und hüllte sich in Regenwolken, aus denen sich ein wenig Erleichterung auf sie ergoss. Danach dampften die Rüstungen regelrecht, genau wie die Pferde, und die Reiter zogen einen dünnen Dunstschleier hinter sich her. Das Wasser brachte zwar eine willkommene Abkühlung, nur mussten sie sich dann mit der verfluchten Neigung des Stahls zum Rosten und mit durchgeweichten Schlafsäcken herumärgern. Allen Bemühungen zum Trotz wurden die Rüstungen allmählich stumpf und matt, und selbst Feronantus' Beinschienen und Kettenpanzer wiesen rostige Flecken auf.

Mit der Zeit stieg die Zahl der Bauernhöfe, Weiler und schließlich Dörfer, auf die sie stießen. Viele waren jedoch niedergebrannt und lagen verlassen da. Das Fehlen der Menschen selbst in den größeren Dörfern verlieh der Landschaft etwas Gespenstisches; es war, als reite man durch Orte, aus denen alle, denen sie einmal etwas bedeutet hatten, geflohen waren und auf die erst jetzt wieder die Blicke jener fielen, die töricht genug waren, dieses vergessene Land zu durchqueren.

Endlich bekamen sie dann Menschen zu Gesicht, Versprengte, die über jene Ziegenpfade und Wildwechsel zogen, die Finn gefunden hatte. Kleine Familien, die im Zuge von Schlachten ihren Besitz verloren hatten und oft nicht mehr besaßen als die Lumpen, die sie am Leibe trugen, und andere, die noch ein, zwei Tiere hatten und ihre restliche Habe in Bündeln mit sich trugen, die Augen aufgrund dessen, was sie gesehen hatten, tief in den Höhlen versunken. Die meisten flohen beim Anblick der Gesellschaft in Rüstung und ließen selbst ihre Tiere mit einer Bereitwilligkeit zurück, die verzweifelter Gewohnheit entsprang.

Hier und da mehrten sich die Anzeichen von Zivilisation ebenso wie Hinweise auf Gräueltaten. Hunderte von Opfern der mongolischen Praxis, Gefangene unter Bohlen zu zerquetschen, lagen in flachen Gräben, die man ausgehoben hatte. Die Bohlen hatte man längst als Bau- oder Feuerholz geborgen, die Leichen liegen gelassen, nackt, von Würmern zerfressen und in der Sonne verdörrt, die Augen eingesunken, die Kiefer wie in makabrem Grinsen und endlosen Schreien erstarrt. Einmal passierten sie eine staunenswerte Pyramide aus Schädeln, die man sorgsam auf einem *Kurgan* – einem Grabhügel der Altvordern – aufgeschichtet hatte; Beleg für die Macht der Eroberer.

Die Khane waren die Herren von Rus, und die Schildbrüder ritten schnurstracks in die größte Stadt des Landes. Und doch glaubte Illarion anscheinend trotz der unheilvollen Düsternis, die wie eine Wolke über ihm hing, dass sie dort eine Chance hatten. Cnán musste unweigerlich daran denken, wie er, kurz nachdem sie ihn gefunden hatten, einer Gruppe von Mongolen genug Angst eingejagt hatte, um sie in die Flucht zu schlagen, indem er sich als Geist ausgegeben hatte, der aus dem Totenreich zurückgekehrt war.

Eine grimmige Entschlossenheit ging von dem Ruthenen aus, seine Kiefer mahlten, als sie sich der Stadt näherten; ein Gebaren, das Cnán schon an vielen Kriegern beobachtet hatte, die an einen Ort heimkehren, der nicht mehr ihr Zuhause war und den sie doch nicht meiden konnten. Vielleicht begriff Illarion mehr als die anderen – Istvan einmal ausgenommen –, welchen Preis die Mongolen den Bezwungenen abnötigten.

Die kahle Stelle an der Seite seines Kopfes war ein stummes Mal erlebter Sterblichkeit, das sich nicht sehr von dem klaffenden Grinsen der zermalmten Leichen in ihren Gräben unterschied. Cnán schöpfte so viel Zuversicht wie möglich aus dem Wissen, dass wenigstens der Mann, der sie führte, den Weg gut kannte.

Und was war das für ein Weg? Feronantus hatte sich geweigert, ihnen mehr über das zu erzählen, was er von Parzival erfahren hatte, und während die Brüder – nach der anfänglichen Diskussion – die Entscheidung ihres Anführers stoisch hinnahmen, war sie dieser Tradition nicht verpflichtet. Sie hatte mit keinem von ihnen über das gesprochen, was sie im Wald gesehen hatte, und ebenso wenig hatte sie gesehen oder gehört, wie Parzival von der *Vision* sprach.

In den Landen des Großkhans hatten die Mongolen Schamanen, die sie um Hilfe und Rat ersuchten, und Cnán hatte mehr als nur einmal gesehen, wie diese Mystiker ihre fremdartigen, animistischen Zeremonien abhielten, die ihnen Einsichten in andere Reiche und die Absichten von Gottheiten gewährten, oder wenigstens behaupteten sie das. Sie selbst hätte gesagt, dass sie zu viel menschliche Grausamkeit und Barbarei – und zu viel menschliches Vergnügen daran – gesehen hatte, um an die angebliche göttliche Führung oder Inspiration solchen Tuns zu glauben; zugleich aber glaubte sie sehr wohl an die Existenz eines größeren Geistes. Das war der Kern des Wesens einer Binderin, und deshalb konnte sie nicht gänzlich abtun, was sie gesehen hatte.

Die Schildbrüder hatten keine Probleme damit, sich den Mantel christlicher Frömmigkeit umzulegen, denn sie war dem wahren Glauben in ihren Herzen nicht unähnlich, aber Cnán erkannte allmählich, wie tief die Wurzeln dieses Glaubens reichten. Sie dachte an die orangefarbenen Lilien, die im Frühling die Hügel bedeckten. Die Wurzeln gediehen unterirdisch, und jedes Jahr sprossen aus ihnen für kurze Zeit neue Stängel und Blüten.

War Parzivals Vision ein Stängel, der im Begriff war zu erblühen? Erwuchs er aus seinem Sinn für Ehre, die ihm mehr bedeutete als das Leben selbst? Als er die ersten Male von dieser Ehre sprach, hatte sie abfällig geschnaubt und die Augen verdreht, aber inzwischen hatte sie ihn unter der Macht dieser Ehre handeln sehen – etliche Male und unter Todesgefahr.

Die Erinnerung daran, wie er sie aus der Bahn des Mongolen gezogen und sie quer über seinen Sattel geschleudert hatte, wie er sie verteidigt hatte, auch noch, nachdem sein Pferd gefallen war, lastete schwer auf ihr. Sie warf ihm einen verstohlenen Blick zu, während er ein paar Ellen von ihr entfernt auf einem Pferd, das sie ihren Feinden abgenommen hatten, dahinritt. Allen Reitkünsten Parzivals zum Trotz würde das Tier nie so folgsam, schnell oder kraftvoll sein wie sein verlorener *Tonnerre*.

War es Ehre oder Trauer, die ihn antrieb? Sollte sie Mitleid oder Mitgefühl mit ihm haben? Sie wandte den Blick ab, und es gelang ihr nicht, das Durcheinander in ihrem Kopf und ihrem Herzen aufzulösen. Das erbarmungslose und verwüstete Terrain ringsumher war in vielerlei Hinsicht leichter zu verstehen.

Auf ihrem Weg nach Westen durch das Reich des Großkhans war Cnán stets darauf bedacht gewesen, Städte zu meiden, außer wenn es absolut unumgänglich gewesen war. Sie hatte mehr als nur einmal gesehen, was die mongolische Horde hinterließ, wenn sie über die Ebenen fegte. Wie Illarion war auch sie darauf gefasst, dass vom Kronjuwel von Rus nichts übrig war außer Trümmern und Verheerung. Dennoch erschrak sie angesichts des Bildes, das sich ihnen bot, als sie den Kamm einer Anhöhe erreichten, der in Blickweite der südlichen Mauern der Stadt lag.

Der einzige Hinweis darauf, dass sich aus dieser Ebene einst eine Stadt erhoben hatte, bestand in den gezackten Umrissen, die die Überreste ihrer Verteidigungsanlagen in den Boden geprägt hatten. Durch den Schutt und die Zerstörung führten zwar noch Pfade – Straßen zwischen Häusern, die nicht vollständig unter Haufen aus Trümmern und verkohlten Balken begraben lagen –, aber in dem Durcheinander gab es kaum Anzeichen dafür, dass hier einmal viele, viele Menschen gelebt hatten. Ein paar Gebäude standen noch, Bauten aus Stein und Ziegel, die sich dem Feuer und der Plünderung durch die Mongolen nicht ergeben hatten, aber alles, was von ihrer früheren Pracht geblieben war, war das traurige Ringen darum, sich aufrecht zu halten, wie alte Soldaten, die auf dem Sterbebett versuchten, ihre Rüstung zu tragen und ihr Schwert ein letztes Mal zu heben.

Illarion zügelte sein Pferd. »Dort ist das Südtor«, sagte er leise, als die Gruppe neben ihm anhielt. »Wir nannten es das ›Goldene Tor‹, weil es im Morgenlicht so hell erstrahlte. Aber jetzt …« Die Bitternis in seiner Stimme war ebenso unüberhörbar wie der Schmerz.

Cnán folgte seinem und der Brüder Blick und erhielt einen Eindruck der ruinierten Erhabenheit von Kiews sagenhaftem Goldenen Tor. Es war groß und bestand aus rötlichem Stein, der das Licht der Sommersonne wie dunkles Feuer einfing. Die Zerstörungswut der Mongolen hatte den Turm über dem Torhaus stark beschädigt und ein großer Teil des behauenen Steins war durch die Belagerung in Mitleidenschaft gezogen worden, aber selbst aus dieser Entfernung und trotz all dieser Narben empfand Cnán Bewunderung für die Schönheit, die die Erbauer hier erschaffen hatten.

Sie verweilten einige Zeit. Feronantus behielt Illarion genau im Blick, ohne ihn indes in seiner Gedankenversunkenheit zu stören. Cnán nutzte die Gelegenheit, um die Stadt eingehender in Augenschein zu nehmen, während die anderen Gespräche anfingen.

»Meine Frau hatte hier Familie«, sagte Illarion. »Ich dachte … wenn sie irgendwie überlebt hätten, wären sie womöglich eine Hilfe gewesen, aber …« Er sprach den Satz nicht zu Ende.

»Auf dem Hügel dort«, sagte Parzival und streichelte und tätschelte wie aus alter Gewohnheit den Hals seines Pferdes, »da steht doch eine Kirche, oder?«

Illarion löste sich aus seiner Träumerei. »Ja, *Sobor Svyatoi*

Sofii«, sagte er und übersetzte den Namen dann: »Die Kathedrale der heiligen Sophia.«

Roger schnaubte verächtlich, ging aber nicht weiter darauf ein und sah stattdessen zu Feronantus hin, um abzuwarten, was er sagen würde.

Der alte Anführer der Schildbrüder saß auf seinem Pferd und musterte die Mauern, Türme und Tore wie mit dem Blick eines Mannes, der den sichersten Weg durch ein Gebiet zu finden versuchte, das er eigentlich gar nicht betreten wollte.

Vorsicht und Sorge schmälten seine Augen. Erst nach einer ganzen Weile fragte er: »Illarion, was liegt hinter der Kirche?«

Der Ruthene warf erst ihm und dann Parzival einen Blick zu, bevor er antwortete: »Ein Kloster. *Pechersk Lavra.*«

»Das ist dein Land«, sagte Feronantus und ging sowohl über Rogers als auch über Cnáns Blick hinweg. »Und obgleich die Stadt in Trümmern liegt, steht doch diese Kirche noch, und ihren Steinen muss eine Kraft innewohnen.« Er lächelte grimmig. »Jene Art von Kraft, die Pilger anzieht, Büßer, die infolge der Heimsuchung durch die Armeen des Großkhans Trost suchen. Das ist ein Ort von jener Art, wie ihn ein Mann wie du aufsuchen würde, ein Mensch, der eine solche Marter überlebt hat, wie du sie durchgemacht hast.«

Illarion nickte. »Ja, diese Rolle kann ich spielen.«

»Nimm Raphael, Parzival und Roger mit. Sie sind deine Eskorte«, sagte Feronantus. Der Plan stand fest. »Wir kommen bald nach – sowie wir uns von der Intelligenz unseres Verfolgers überzeugt haben.«

Kapitel 24

Kampf auf der Brücke

Hans' Gehilfe berichtete ihnen, dass der Priester die Schildbrüder nicht alleine aufsuchen wollte, sondern in Begleitung von zwei Rittern des Schwertbrüderordens. Ihr Ziel lag auf der anderen Seite des Flusses und jenseits der Schlachtfelder, auf denen die Mongolen die Armeen der Christen bezwungen hatten – eine Route, auf der ein allein reisender Priester auch nach etlichen Monaten nicht sicher war. Da sie den Weg zu Pferd zurücklegten, mussten sie sich zunächst nach Westen wenden, um zu der Brücke zu gelangen, die dort über den Fluss gebaut worden war, bevor sie den Bogen nach Norden schlagen konnten.

Wenn sie den Priester abfangen wollten, dann taten sie es am besten, bevor er die Brücke erreichte. Hans erklärte Kim mit einem Lächeln, dass er eine Abkürzung kannte.

Er führte ihn auf einen heillos verwirrenden Fußmarsch durch das schäbigste aller schäbigen Viertel, die das Gros der provisorischen Siedlung ausmachten. Vorbei an improvisierten Schenken – lediglich Flickendächer aus Segeltuch, die man willkürlich zwischen Mauertrümmern aufgespannt hatte; vorüber an Pfuhlen aus Dreck und Abfall, die sich dahinter erstreckten; zwischen zerlumpten, dicht stehenden Zelten hindurch; über Flächen, die noch immer aus nichts anderem bestanden als Schlamm und Asche und auf denen sich Müll und Schrott türmten, der Unrat jener, die im Unrat nach Brauchbarem wühlten.

Es wunderte Kim nicht, dass es solche Pfade durch die Stadt gab – überall fanden die Einheimischen schnell heraus, wie man am auf kürzestem Weg von einem Ort zum anderen kam. Er kannte selbst viele solcher Wege in Byeokrando und hatte eine ganze Anzahl rauer Gesellen mehrfach überrascht, indem er plötzlich vor ihnen auftauchte, obwohl sie glaubten, ihn hinter sich gelassen zu haben. Er folgte Hans dichtauf, versuchte dort hinzutreten, wo der Junge hintrat, und hielt sich dort fest, wo dieser sich festhielt, während sie über Abfall- und Geröllhaufen kletterten.

Es dauerte nicht lange, bis Kim durch das Gewirr aus Zelten und Baracken hindurch erste Blicke auf Pius und die beiden Ritter erhaschte. Die Reittiere der Begleiter waren nicht ganz so krummbeinig wie das Maultier, das Pius ritt. Unter ihren Waffenröcken – auf denen in Rot Kreuz und Schwert prangten, die sie auch auf der Standarte gesehen hatten – trugen die Ritter Kettenhemden, die ihnen bis über die Hüften reichten. Ihre Handschuhe waren mit Leder verstärkt, ihre Helme kurze Kegel aus Metall mit Kreuzstücken, die an der Vorderseite befestigt waren und bis über ihre Nasen hinabreichten. Am Gürtel trugen sie je ein Schwert, und jeder hatte einen Speer, dessen Schaft länger war als Kims Stock und besetzt mit einer mehrere Zoll langen Spitze.

Kim stieß Hans an, als der junge Mann langsamer wurde, und zeigte nach vorne, wo das Elendsquartier sich ausdünnte. Die Brücke, die alle Kennzeichen mongolischer Baukunst aufwies, war ein Engpass, der unter der Kontrolle des Khans stand. Es hätte Kim nicht gewundert, wäre allen Reisenden, die sie benutzten, eine Gebühr abverlangt worden. Onghwe Khan wusste, dass die meisten Reisenden sich lieber von ein paar Münzen trennen würden, als auf eigene Faust versuchen zu müssen, den schmalen Fluss zu durchqueren. Solche Methoden der Steuereintreibung waren zu einem wesentlichen Teil des Reichs des Großkhans geworden. Und wo immer Geld kassiert wurde, gab es Sicherheit in Form von wenigstens einem *Arban* mongolischer Soldaten, die ihrer Pflicht sehr viel gründlicher nachkamen als ihre faulen Kameraden, die das Lager bewachten.

Wenn er Pius einholen wollte, musste Kim ihn erwischen, bevor er die Brücke erreichte.

Hans nickte. Er verstand die Dringlichkeit und änderte die Route entsprechend. Nach einem Sprung über einen mit Scheiße und Pisse gefüllten Graben liefen sie am Rand eines Wäldchens aus dürren Kiefern entlang, das nahe der Straße wuchs. Die Straße machte einen leichten Knick in Richtung der Bäume, und dort gab es eine kleine Stelle, die von der Brücke aus nicht einzusehen war.

Das mochte sich als nützlich erweisen, sollte die Unterhaltung nicht ganz friedlich verlaufen.

Hans blieb zurück und versteckte sich zwischen den Bäumen, während Kim den näher kommenden Reitern in den Weg trat und seinen Stock aufpflanzte. »Pius«, rief er. »Auf ein Wort, wenn ich bitten darf.«

Die drei Reiter erschraken, und Kim bemerkte, dass der Ritter rechts von ihm Mühe hatte, sein Pferd unter Kontrolle zu halten. Die Tiere waren scheu und nicht für die Schlacht geboren.

»Ki … Kim«, stammelte Vater Pius. »Ich habe meine Besorgungen noch nicht erledigt.« Sein Blick huschte zwischen den beiden Rittern, die ihn flankierten, hin und her.

»Ja, Pius, das weiß ich«, erwiderte Kim. »Als wir uns trafen, bat ich Euch, meine Nachricht den Männern zu überbringen, die die rote Rose tragen.« Er trat ein paar Schritte auf das

Dreiergespann zu und wies dann mit seinem Stock auf den Ritter zu seiner Linken. »Dieses *Mon* ist zwar rot, aber es ist keine Rose. Es ähnelt eher jenem Kreuz, das Ihr um Euren Hals tragt.«

»Diese Männer … äh …« Pater Pius fingerte nervös an den Zügeln seines Maultiers herum. »Das sind meine Begleiter. Nicht jede Straße ist sicher für einen Mann Gottes.«

»Verstehe«, sagte Kim. Er war noch näher gekommen. Hielt er sich zu weit von den Rittern entfernt, konnten sie ihn angreifen, und mochte auch genug Platz sein, um ihren Speerstößen auszuweichen, so wäre ein Mann zu Fuß doch ein Narr gewesen, hätte er sich auf eine Auseinandersetzung mit einem Reiter eingelassen. Deshalb blieb er ihnen lieber nahe, wodurch sich der Vorteil, auf einem Pferd zu sitzen, verringerte. Zumal wenn es sich um ein Pferd handelte, das nicht für den Kampf ausgebildet war. »Und als Ihr zu diesen Männern gegangen seid, habt Ihr sie da nur um ihre Hilfe gebeten oder auch über eine andere Angelegenheit gesprochen?«

Vater Pius wurde blass, und das genügte Kim als Antwort, aber er ließ sich äußerlich nichts anmerken, sondern lockerte nur den Griff um seinen Stock ein wenig. *Der auf der linken Seite*, dachte er.

Pius ließ seine Zügel schnalzen. »Aus dem Weg«, schnauzte er und versuchte, sein Maultier anzutreiben, aber das Tier wollte sich vom Fleck rühren.

Der Ritter, der Kim am nächsten war, lehnte sich nach vorne und stieß mit seinem Speer nach ihm, um die Aufforderung des Priesters kampflustig zu unterstreichen. Kim machte einen Schritt vorwärts, ließ dabei seinen Stock hochschnellen und schlug die Spitze des Speers nach außen. Der Arm des Ritters befand sich über Kims Kopf, eine unnatürliche und schutzlose Position für einen Speerkampf, und Kim rammte seinen Stock tief in die freiliegende Achselhöhle des Mannes.

Der Ritter zuckte zurück und sein Speer schwankte in einem plötzlich kraftlosen Griff. Er versuchte, die Spitze wieder auf Kim zu richten. Der schlug mit seinem Stock nach links, traf den Arm des Ritters hart und drehte die Spitze dann nach rechts – die linke Hand nach vorne geschoben, die rechte nach hinten –, sodass sie von der Seite her wuchtig gegen den Kopf des Ritters krachte.

Der ganze Schlagabtausch erfolgte so schnell, dass es sich um eine einzige fließende Reaktion auf den Speerstoß des Ritters zu handeln schien. Pius' Maultier, das sich noch immer weigerte, den Befehlen seines Reiters zu gehorchen, fuhr erschrocken zusammen, als der Ritter dumpf klirrend zu Boden fiel. Der andere Ritter fluchte und trat seinem Pferd in die Rippen, um sich in eine bessere Position zu bringen. Er stieß mit dem Speer zu, aber Kim war bereits in Bewegung und brachte das reiterlose Pferd zwischen sich und den zweiten Ritter.

Der Ritter sprengte ins gelbbraune Gras der Wiese neben der Straße und brachte so viel Distanz zwischen sich und Kim, dass er sein Tier gefahrlos wenden konnte und so weit von ihm entfernt war, dass er es im Zurückreiten hinreichend beschleunigen und zu einer wirkungsvollen Waffe machen konnte. Keine schlechte Taktik.

Kim hob den Speer des gestürzten Ritters auf und nahm sich einen Moment Zeit, um Pius' Maultier einen Stich zu versetzen. Nicht so heftig, dass er das Tier verletzt hätte, aber heftig genug, um ihm eine Reaktion abzunötigen. Das Maultier richtete sich auf die Hinterbeine auf und warf Pius ab, und Kim widmete sich wieder dem verbliebenen Ritter.

Das Pferd des Ritters war immer noch ängstlich, und als er nicht gleich angriff, warf Kim einen Blick zu dem Ritter, den er aus dem Sattel gestoßen hatte, hinüber. Als er sah, dass der Mann bei Bewusstsein war, trat er zu ihm und hieb ihm das stumpfe Ende des Speers gegen den Kopf. *Liegen bleiben.*

Der Ritter stieg von seinem Pferd. Das Tier war zu wenig beherrschbar und Kim war umgeben von Leibern und anderen Lebewesen. Es hätte dem Ritter nichts gebracht, ihn in diesem Durcheinander anzugreifen. Auf dem Boden waren sie einander zumindest ebenbürtig. Vorsichtig kam der Ritter auf Kim zu. Den Speer hielt er dabei quer vor seinem Körper – das stumpfe Ende nahe am Kopf, die Spitze zu Boden gerichtet. Keine sonderlich aggressive Haltung, und deshalb verharrte Kim, die Spitze seines Speers auf den näher kommenden Gegner gerichtet, und wartete auf einen Zug des anderen.

Im Näherkommen hob der Ritter seine Spitze leicht an, dann stürmte er los und schlug Kims Speerspitze beiseite, um sich Bahn für einen Stoß zu schaffen. Kim, der schneller war, trat in die Attacke des Mannes hinein – und vorbei an der Spitze, die ihn getroffen hätte, wenn er stehen geblieben wäre. Er riss das Schaftende seines Speers herum und wollte es dem Mann blitzschnell an den Kopf schlagen. Der Ritter blieb abrupt stehen, nahm den Kopf zurück und fing den Hieb mit seinem Helm ab. Er bekam jedoch große Augen, als ihm klar wurde, wo sich sein Gesicht jetzt befand, und er versuchte, sich noch weiter zurückzulehnen, aber da schlug Kim auch schon zu.

Knorpel knirschte und Blut spritzte dem Mann aus der gebrochenen Nase. Kim trat mit dem linken Bein zurück, brachte so wieder etwas Distanz zwischen sich und seinen Gegner, hob seinen Speer, drehte ihn und ließ ihn auf den Speer des anderen niedersausen, sodass dessen Spitze sich in den Boden grub, wobei der Mann noch versuchte, seine Waffe festzuhalten. Sein Gesicht war eine Maske aus Blut und Schleim, und er fletschte die Zähne, als könne er Kim allein mit seinem monströsen Gesichtsausdruck verscheuchen.

Kim – konzentriert, gespannt, ruhig – schaute ihm in die Augen und schnellte dann mit seinen Hüften vor, jagte alle Energie seinen Körper hinauf und hinein in seine Arme und in den Bogen der Speerbewegung. Die Wucht des Treffers – im oberen Brustbereich des Ritters, über dem roten Kreuz auf seinem Waffenrock – riss den Mann von den Füßen.

Er landete auf dem Boden und blieb liegen – ein Häuflein Elend. Kim warf beide Speere zum Wäldchen hinüber, weit genug weg, dass niemand auf die Idee kommen würde, sie befänden sich noch in Griffweite. Dann wandte er sich wieder dem gestürzten Priester zu.

Pius war bewusstlos, wohl eher wegen seiner schwachen Nerven und des Schrecks als infolge des Aufpralls, aber er atmete noch. Kim vergeudete keine Zeit mit dem Versuch, ihn zu Bewusstsein zu bringen. Er hatte die Nase voll von dem verleumderischen Verhalten des Priesters. Er kramte im Reisebeutel des Mannes und fand, wonach er suchte. Sogar mehr als das.

Plötzlich war Hans neben ihm und zerrte an seinem Ärmel. »Die Wachen«, sagte der junge Mann und zeigte mit dem Finger zurück. Eine Handvoll Mongolen ritten auf ihren kurzbeinigen Ponys von der Brücke her in ihre Richtung. »Wir müssen weg.«

Kim nahm die zwei kleinen Schriftrollen in Augenschein. Beide waren nicht versiegelt, eine schien es jedoch einmal gewesen zu sein, denn es klebten noch Wachsstücke am Rand. Beide schienen mit denselben Buchstaben anzufangen. *Kim Alcheon, der letzte Ritter der Jugendblüte, an Feronantus* mussten die Worte wohl lauten. Die unversiegelte Nachricht schien in größerer Eile geschrieben worden zu sein, aber was darin stand, konnte Kim nicht einmal vermuten.

»Dazu ist jetzt keine Zeit«, sagte Hans, der um seine Aufmerksamkeit rang.

Kim packte den jungen Mann am Hemd und hielt ihm die beiden Schriftrollen hin. »Die Schildbrüder«, sagte er und hielt dabei den Blick des Jungen fest. *Gibt es jemanden, dem du mehr vertrauen könntest?* »Sind sie ehrenwert?«

Hans wand sich in seinem Griff. Offensichtlich hielt er die nahenden Mongolen im Augenblick für deutlich wichtiger als ein Gespräch über Ehre.

Kim ließ ihn nicht los. »Werden sie dich beschützen?«

Hans hielt inne und sah Kim an. »Ja«, sagte er. »Ja, sie werden mich beschützen.«

»Dann geh«, erwiderte Kim und warf rasch einen Blick hin zu den nahenden Reitern. »Bring ihnen diese Botschaften. Eine davon ist wahr. Die andere nicht. Beide mögen für sie von Wert sein. Sie werden es schon verstehen.« *Sie müssen – meine Zeit ist abgelaufen.* Er stieß Hans zu den Bäumen hinüber. »Lauf, Hans! So schnell du kannst.«

Ein letzter Blick über die Schulter war alles, was Hans zur Ermunterung brauchte – er schnappte sich die Schriftrollen aus Kims Händen und hetzte davon, rannte wie ein Hase der Sicherheit entgegen, die das Labyrinth des Elendsquartiers bot.

Kim sah ihm nach, dann atmete er tief aus und ließ alle Anspannung aus seinem Körper fließen. Er bückte sich, um seinen Stock aufzuheben, und als er sich wieder aufrichtete, schob er seine Kapuze zurück. Die Sonne fühlte sich gut auf seinem Gesicht an, und er wartete, bis der Führer des Mongolentrupps ihn anrief, bevor er sich umdrehte.

◆◆◆

Als sie das Signal hörten – das charakteristische *Wika-wika-wika* der Uferschnepfe – unterbrachen Andreas und seine Schüler ihren Übungskampf. Nach dem letzten unangemeldeten Besucher zollten sie dem Nahen von Fremden im Wald, der das Kapitelhaus ihrer Bruderschaft umgab, größere Aufmerksamkeit. Die Waffen in Händen, gingen sie um die Klosterruine herum nach vorne, wo sie Aufstellung nahmen – nicht aggressiv, aber eindeutig *unfreundlich*.

Zwischen den Bäumen trat eine Gestalt mit Kapuze hervor, die eine kleinere Gestalt am Arm gepackt hielt und mit sich führte. Der Name des Wächters war Eilif, ein blondes Phantom der Wälder, und in seinem Gewahrsam befand sich ein dürrer Bursche, der aber auch geschmeidig und rege wirkte – dieser Junge war keiner von den üblichen Bengeln, die zwischen den Ruinen aufzuschießen schienen wie Unkraut, das auf einem ungepflügten Feld wächst. »Er sagt, er hat eine Nachricht für Feronantus«, verkündete Eilif, als sich die Schildbrüder um ihn scharten.

»Ach ja?«, sagte Andreas und musterte den Jungen. Es entging ihm keineswegs, dass der Junge offenbar ein bisschen Latein verstand. Er versuchte, einen gelangweilten und sorglosen Eindruck zu erwecken, aber er behielt sie alle genau im Auge. Und er lauschte aufmerksam ihren Worten. »War er allein?«

Eilif bejahte Andreas' Frage. »Bin ihm gefolgt, seit er den Fluss überquert hat.«

Andreas nickte. Eilif betrachtete das als Zeichen, dass er nicht länger gebraucht wurde, und verschwand wieder zwischen den Bäumen, ging wieder einmal in seiner geisterhaften Rolle als wachsames Auge des Kapitelhauses auf.

»Junge«, sagte Andreas nun und lenkte das Augenmerk des Burschen auf sich, »was bringst du uns da für eine Nachricht?«

»Sie ist für den Anführer der Roten Rose bestimmt«, erklärte der Junge zögernd. Er zeigte auf die Standarte, die über der Klosterruine wehte.

»Ich bin der Anführer«, erwiderte Andreas. »Du kannst sie mir übergeben.«

Der Junge verzog das Gesicht und schüttelte den Kopf. »Feronantus«, hielt er an seiner Forderung fest.

Andreas ging in die Hocke und schaute dem Jungen fest ins Gesicht. Diese Hartnäckigkeit faszinierte ihn. Der Junge wusste nicht, dass Feronantus nicht hier war, aber er wusste genug über den Meister der Schildbrüder, um sagen zu können, dass Andreas nicht der Mann war, den er suchte. »Wer hat dich geschickt?«, fragte er. Mit wem mochte der Junge gesprochen haben? *Haakon?* Im Mongolenlager erteilte man ihren Fragen nach dem Schicksal ihres verschwundenen Mitbruders eine Abfuhr nach der anderen. Es war inzwischen über zwei Wochen her, seit der junge Kämpfer den roten Schleier durchschritten hatte, und niemandem hatte in Erfahrung bringen können, was daraufhin geschehen war. Die Stimmung unter den Schildbrüdern wurde zunehmend blutrünstiger, und Rutger hatte alle Hände voll zu tun, sie im Zaum zu halten.

»Ritter der Jugendblüte«, sagte der Junge, und als dieser Begriff Andreas keine Reaktion entlockte, vollführte er eine übertriebene Pantomime und ließ seine Hände umherwirbeln.

Als ob er einen Stock schwingt, erkannte Andreas. Der Junge hatte keine Übung darin, die Technik war grob und ungeschliffen, aber er hatte offenkundig jemanden beobachtet, dessen Fähigkeiten großen Eindruck auf ihn gemacht hatten. »Der Ritter der Jugendblüte hat dich geschickt?«, fragte er.

Der Junge gab sein Gestikulieren auf und nickte. »Feronantus.« Also noch mal von vorn.

»Du kannst mir die Nachricht geben oder nicht«, sagte Andreas mit leisem Kopfschütteln. »Aber näher kommst du an unser Lager nicht heran.«

Diese Worte schienen den Jungen zu treffen, und sein hartes Gebaren drohte zu zerbrechen. Er blickte zurück zum Wald und dann auf die Standarte. Als seine Augen sich wieder auf Andreas' Gesicht richteten, war sein Gesichtsausdruck weicher geworden und ein Teil der Wildheit aus seinem Blick verschwunden. »Beschützen …« Er wies auf die Standarte und formte dann mit den Fingern einen Kreis, den er über sein Herz hielt. »Schutz?«

Die Männer besprachen sich murmelnd. »Bei der Jungfrau«, fluchte einer von ihnen. Andreas blickte den Mann neben sich ausdruckslos an. »Geh und hol Rutger!«, forderte er ihn auf. Er benutzte die Sprache der Nordmänner, die der Junge nicht kannte. »Und etwas zu essen«, fügte er hinzu, als ihm auffiel, wie deutlich sich die Rippen des Jungen unter dem zerrissenen Hemd abzeichneten.

◆◆◆

»Er hat gesagt, Kim – der Ritter der Jugendblüte – habe ihn geschickt?« Rutger brütete weiter über den beiden Nachrichten. Sie waren von derselben Hand geschrieben worden, und beide waren an denselben Adressaten gerichtet und mit derselben Signatur versehen. Der Unterschied bestand in dem, was darin stand.

Andreas nickte. »Er sagte, es sollte eigentlich nur eine Nachricht geben. Kim trug ihm auf, beide zu überbringen. Eine sei echt, die andere falsch, und wir wüssten schon, welche die richtige sei.«

Rutger schaute auf und blickte dorthin, wo der Junge – Hans, wie Andreas schließlich herausgefunden hatte – immer noch hungrig von den Flügeln und Schlegeln eines Raufußhuhns aß, die man ihm hingestellt hatte. »Meinst du, er weiß, was in den Nachrichten steht?«

»Das glaube ich nicht. Er sagte etwas von einem Kampf. In der Nähe der Brücke. Zwischen Kim und zwei Leibwächtern.« Andreas zeigte auf seine Brust. »Er sagte, es seien Angehörige des Schwertbrüderordens gewesen, aber als ich ihn fragte, woher er das wisse, sagte er, sie hätten auf ihren Waffenröcken ein rotes Kreuz und Schwert getragen.«

»Scheiße«, sagte Rutger. »Ich dachte, sie hätten das Kreuz und das Schwert aufgegeben, nachdem sie sich mit dem Deutschritterorden zusammengetan haben. Warum tragen sie diese Farben?« Er blickte auf die Nachricht in seiner linken Hand – das Schreiben, das sie inzwischen als das falsche eingestuft hatten. »Glaubst du, sie haben die Nachricht geschrieben?«

»Ja«, antwortete Andreas. »Warum sollten sie einen Boten begleiten, wenn sie nicht sicherstellen wollten, dass wir *diese* Nachricht erhalten?« *Euer Bruder ist tot,* stand darin. *Ich sah, wie die Mongolen ihn nach seinem Sieg töteten.*

»Du glaubst, sie wissen etwas über Haakon?«

»Vielleicht.« Andreas hob die Schultern. »Vielleicht auch nicht. Wahrscheinlich wollen sie nur Unruhe stiften. Das werden wir erst erfahren, wenn wir hingehen und es herausfinden.«

Rutger schüttelte den Kopf. »Das können wir nicht riskieren. Womöglich ist das genau die Reaktion, die sie zu provozieren hoffen. Der Junge kam hierher und suchte nach Feronantus, und er wusste genug, um zu merken, dass du ihn angelogen hast. Wir müssen hierbleiben – wir müssen das Geheimnis um Feronantus' Jagdgesellschaft wahren.«

Andreas gab einen unverbindlichen Laut von sich. Und als Rutger seine letzte Bemerkung wiederholte, straffte Andreas sich, wie aus einer Trance erwacht. »Ja«, sagte er ein wenig barsch, »ich weiß. Aber diese Schwertbrüder sind eine ganz andere Sache, zumal wenn sie das rote Kreuz und das Schwert tragen. Sie verstecken sich nicht in den Reihen des Deutschritterordens. Wer führt sie an? Ist es jemand, der Feronantus wirklich vom Sehen kennt? Was ist, wenn sie sich entschließen, uns einen Besuch abzustatten?« Er wies mit einer Handbewegung auf das Kapitelhaus hinter ihnen. »Und was ist mit ihnen? Wie lange können wir sie noch hierbehalten und so tun, als wären noch ein paar Tage Übung alles, was sie brauchen, um bereit zu sein?«

Rutger zerknüllte die falsche Nachricht. »Ich weiß es nicht.«

»Dem Khan wird bald langweilig werden, wenn das nicht bereits der Fall ist«, fuhr Andreas fort, »und dann wird er seiner Armee Befehl zum Aufbruch erteilen. Wir können uns hier nicht ewig verstecken und darauf hoffen, dass ein Wunder geschieht.«

Rutger fuhr zu ihm herum. »Was soll ich deiner Meinung nach denn tun?«, schnauzte er in leisem, schroffem Ton. »Soll ich sie alle der Horde vorwerfen, die ihnen allein an Zahl zehnfach überlegen ist? Es wird früher oder später ohnehin dazu kommen, warum also noch länger warten – ist es das?«

»Nein«, sagte Andreas ruhig. »Es ist immer besser, einem Kampf aus dem Weg zu gehen, als sich Hals über Kopf in einen zu stürzen. Aber das heißt ja nicht, dass wir tatenlos herumsitzen müssen.« Er sah zu Hans hin. »Kim will sich mit uns treffen.« Er lächelte. »Der Beschreibung des Jungen nach könnte es sich um einen der Kämpfer des Khans handeln. Wir müssen eine Herausforderung aussprechen. Es finden immer noch Ausscheidungskämpfe statt, auch wenn die Hauptarena geschlossen ist. Wir müssen die Aufmerksamkeit des Khans auf diese Kämpfe lenken – oder besser noch, wir müssen eine Art Schaukampf liefern. Ich bin sicher, es bedarf nicht viel, um den Khan dazu zu bewegen, einen weiteren seiner Kämpfer gegen uns antreten zu lassen.«

Andreas ließ seine Schultern kreisen. »Außerdem will ich diesen Ritter der Jugendblüte kennenlernen. Der klingt nach einer Herausforderung. Allmählich bin ich es nämlich leid, immer nur deine Schützlinge zu verprügeln.«

✦✦✦

Als die Wachen ihn zu Zug in den Käfig warfen, stemmte sich der Japaner von seinem Lager hoch und kam herbei, um die Blessuren in Kims Gesicht zu begutachten. »Du hast dem falschen Mann vertraut«, grunzte er und ging in die Hocke.

Kim wälzte sich auf den Rücken, blieb still liegen und starrte zur rostigen Decke ihrer Zelle hinauf. »Ja und nein«, erwiderte er rätselhaft. Er tastete mit der Zunge in seinem Mund herum und prüfte seine Zähne. Die Mongolen hatten ihn nicht allzu sehr durch die Mangel gedreht – schließlich hatten sie mitbekommen, dass er zwei Ritter aus einem der christlichen Kriegerorden bezwungen hatte, und durchaus Gefallen daran gefunden –, aber irgendwie hatten sie ihn bestrafen müssen, nachdem sie ihn so nah am Fluss aufgegriffen hatten.

»Hat es sich gelohnt?«, fragte Zug.

Kim zuckte mit den Schultern. »Jetzt sitze ich hier mit dir fest«, sagte er. »Das hätte ich mir gründlicher überlegen sollen.«

Zug grunzte und versetzte ihm einen leichten Tritt, dann

schlurfte er zu seinem Lager zurück. Er kam wieder zu Kräften, wenn auch zu langsam für seinen – und Kims – Geschmack.

Kim ignorierte Zug, schloss die Augen und ließ seinen Atem ruhiger werden. Er hatte leichte Schmerzen im Unterbauch und würde im Laufe der nächsten Tage wahrscheinlich einmal Blut pissen, aber das ginge auch wieder vorbei. Er konnte sich für eine Weile in Geduld üben – er hatte lange genug gewartet.

»Zwei«, murmelte er, als er sich allmählich entspannte.

»Was?«, knurrte Zug.

»Ich habe zwei bewaffnete Franken in Rüstung bezwungen.« Kim lächelte. »Sie kamen nicht einmal dazu, mich anzurühren. Wenn du dich wieder stark genug fühlst, zeig ich dir vielleicht, wie das geht.« Er schlief ein, während Zug einen scheinbar endlosen Schwall kunstvoller japanischer Verwünschungen über ihn ergoss.

Es geht ihm unleugbar besser …

Kapitel 25

✠✠✠

Die Feinheiten des Ringkampfs

Meister Chucai ließ sie allein und galoppierte zurück nach Karakorum. Mit seinem wehenden schwarzen Gewand sah er aus wie ein riesenhafter Rabe, der sich an das Pferd klammerte, die Krallen in das Fleisch des Tieres gebohrt. Lian und Gansukh ritten schweigend dahin und ließen ihre Pferde das Tempo bestimmen. Beide hatten sie es nicht eilig, in den wimmelnden Bienenstock zurückzukehren, dem der herrschaftliche Hof glich.

»Warte. Schau«, sagte Lian, als sie in Sichtweite der Mauern kamen. Sie berührte ihn am Arm, riss ihn aus seinen verwirrenden Gedanken und zeigte auf eine große Ansammlung bunter Zelte, die sich um das nächste Tor gruppierten. »Die Händler, die wegen des Festes gekommen sind. Lass uns für eine Weile an etwas anderes denken.« Ihre Lippen öffneten sich und Gansukh erhaschte einen weiteren Blick auf ihre blitzenden Zähne. Sie gab ihrem Pferd die Zügel. »Wenn du Ögedei unter die Augen treten willst, solltest du dich vielleicht angemessen kleiden.«

»Ich habe …«

Aber da war sie ihm schon voraus, und er saß zähneknirschend auf seinem Pferd. Er würde sie wohl nie verstehen. Ihre Denkart war ihm zu fremd, sie war zu eigenartig, wie sie von einem Thema zum anderen sprang. Er konnte Dinge nicht so leicht fahren lassen wie sie, und andere Angelegenheiten, die ihm unsinnig und zwecklos erschienen, waren wiederum für sie von größter Wichtigkeit.

Der Wind, von ihrem Lachen erfüllt, wehte an ihm vorüber.

Er fluchte, dann wendete er sein Pferd und setzte es in Trab. *Warum nicht?*, überlegte er. *Wenn ich als Versager vom Hof gejagt werde, dann schadet es ja nichts, wenn ich wenigstens ein, zwei saubere Hemden dabeihabe.* Er lachte, als er Lian nachritt, weil ihm keine bessere Reaktion auf diese Einsicht und die Tatsache einfiel, dass er das höfische Denken offenbar besser verstand, als er zugeben wollte.

Die Karawanen hatten die Stadt gar nicht erst betreten. Kamele und Packtiere hatten vor dem Osttor angehalten und die Händler hatten ihre Stände mitten auf der Straße aufgebaut. Ihre Art, sich zu kleiden, war Gansukh nicht vertraut, und er begaffte die auffällige Kleidung der Männer unverhohlen – bunt gefärbte Seidenhosen mit Oberteilen, die nicht dazu passten, Hemden, die sich an den Armen und Hüften bauschten, wehende, bodenlange Mäntel mit hohem Kragen. Und die Frauen! Einige schienen kaum etwas zu tragen, und was sie trugen, war eng und entweder dunkel oder bunt, durchscheinend und wehend. Viele der Frauen waren barfuß und trugen schwere, reich verzierte Schmuckreife an den Handgelenken, am Hals und um die Fußknöchel. Kränze aus zusammengeschmiedeten Münzen lagen auf ihren Brüsten. Die Männer neigten eher als die Frauen dazu, sich weiß zu kleiden. An den Gürteln um ihre Hüften hingen silberne Glöckchen, und das hohe, dem Rhythmus ihrer Schritte folgende Rasseln von Schmuck, Münzen und Glöckchen ergänzte den rauen Lärm des Basars um ein melodisches Klimpern.

Gansukh überließ es seinem Pferd, einen Weg durch die Menge zu finden, während er sich fragte, ob Lian jemals solche Zierden tragen würde.

Irgendwo vor ihm, im Schatten der Mauer, spielten Musiker auf. Die fremdartige, leichte Melodie bildete eine exotische Kulisse für das unglaubliche Durcheinander aus Geschrei, Streiterei und Feilscherei. Die Gerüche waren noch fremdartiger, und Gansukh knurrte der Magen, als ihm der fettige Duft von gekochtem Hammel und gebratenem Huhn und dazu der Blutgeruch Dutzender frisch geschlachteter Schafe in die Nase stiegen – der berauschende, beinahe überwältigende Atem eines Basars. Müßig überlegte er, ob sein Magen etwas von dem Essen, das in diesen provisorischen Buden verkauft wurde, vertragen würde. Er hatte sich ja gerade erst an die schwere Kost bei Hofe gewöhnt.

»Das sind Perser.« Lian tauchte plötzlich zu Gansukhs Linken auf. Sie hatte das Haar am Hinterkopf zu einem Knoten hochgesteckt, den ein lackierter Kamm hielt.

»Perser«, brummte er. Aber Persien war groß. »Woher aus Persien?«

»Aus dem choresmischen Reich«, erklärte Lian.

»Ach ja – das Dschingis bezwungen hat.«

Lian verzog die Lippen, aber in ihren Augen stand ein Lachen. »Dschingis Khan hat *viele* Reiche bezwungen«, sagte sie.

»Ja«, gab er zurück, ihrer ständigen Rolle als Lehrerin plötzlich müde. »Und manchmal fällt es schwer, sie alle im Gedächtnis zu behalten.« Kaum hatte er die Worte ausgesprochen, da wollte er sie wieder zurücknehmen.

Die Belustigung verschwand aus ihren Augen, und sie spie ihm etwas in ihrer Muttersprache entgegen, eine Sprache, die er, wie sie sehr wohl wusste, nicht verstand. Bevor er sie daran hindern konnte, hatte sie ihrem Pferd schon die Knie in die Flanken gedrückt und es in die Menge hineingelenkt. Er wollte ihr folgen, aber das widerhallende Klirren von Metall, das auf Metall traf, erschreckte sein eigenes Tier. Und bis er sich durch das Gedränge gezwängt und sein Pferd wieder im Griff hatte, war Lian verschwunden.

Niedergeschlagen blickte er in die Richtung, in die sie geritten war, und hoffte, einen Blick auf sie zu erhaschen. *Ihr Volk gehörte zu einem dieser Reiche.* Er seufzte und hielt Ausschau nach dem Ursprung des Lärms, der sein Pferd erschreckt hatte. Er bedurfte einer Ablenkung. Er brauchte Zeit, damit seine Gedanken den Knoten lösen konnten, zu dem sie sich zusammengezogen hatten.

Er stieg vom Pferd, führte das Tier durch die Menge und hielt halbherzig nach Lian Ausschau. Die meiste Zeit streifte er einfach nur umher und versuchte, sich im Gedränge des Basars zu verlieren und seine Gedanken loszulassen. Schon bald war er umgeben von grinsenden dunklen Gesichtern mit langen Hakennasen und schwarzen Wüstenaugen, die ihm Edelsteine, Fleisch und Flakons anboten, letztere entweder gefüllt mit Wein, Bier oder *Arkhi.*

Sein Magen war endlich zu dem Schluss gekommen, dass er etwas Fleisch vertragen könnte, und als Gansukh innehielt, um sich zu orientieren, eingehüllt in eine dichte Wolke aus köstlichen Fleisch- und Gewürzdüften, bei denen ihm jetzt das Wasser im Munde zusammenlief, fiel ihm ein Händler ins Auge, der ihn zu sich winkte. Bei diesem handelte es sich um einen etwas sesshafteren Anbieter, der sich stets in der Nähe seiner Kochstelle aufhielt. Zwar war er ebenfalls dunkelhäutig, aber er hatte eine breite Nase und einen buschigen Bart, und er redete unentwegt auf Gansukh ein und unterstrich seine Worte dabei mit flinken Gesten. Dass Gansukh keine Ahnung hatte, was der Mann da sagte, tat nichts zur Sache. Neben ihm stand auf einem gedrungenen Gestell ein steinernes Becken, gefüllt mit glühenden Kohlen. Darüber hingen an einem provisorischen Drahtgerüst ein gutes Dutzend Holzspieße, die mit Fleisch bestückt waren, und während der Mann schwatzte – oder besser gesagt feilschte, wie Gansukh feststellte –, drehte und wendete er die Spieße, ohne hinzuschauen.

Der Mann warf angewidert die Hände in die Höhe und scheuchte ihn fort, als Gansukh nur einen Spieß kaufen wollte. Sein Magen grollte enttäuscht, und so entschied er sich für zwei. Vielleicht würde ihm ja gewissermaßen zur Sühne schlecht davon werden. *Hähnchen,* dachte er, als er eines der Fleischstücke mit den Fingern vom Spieß pflückte, es sich in den Mund steckte und kaute. *Ein bisschen ledrig,* fand er. Aber die Gewürze lenkten seine Gedanken rasch vom Alter und der Zähigkeit des Vogels ab.

Das Kribbeln begann auf seiner Zungenspitze, und noch bevor er das erste Stück hinuntergeschluckt hatte, stand sein Rachen in Flammen. Als er die Finger ans Gesicht hob, um sich die tränenden Augen zu wischen, fiel ihm ein, dass er damit ja das Fleisch vom Spieß gezogen hatte – zu spät. Da hatte er sich das Gewürz schon auf Lider und Wangen gerieben, und jetzt konnte er kaum noch etwas sehen.

Der Händler lachte ihn aus, ein Gewieher aus vollem Hals, das gar kein Ende nehmen wollte. Gansukh fletschte die Zähne, wischte sich mit dem Ärmel über die Augen und schob sich tapfer noch ein Stück Fleisch in den Mund. Seine Kehle zog sich unter dem plötzlichen Schock weiterer Stangenpfefferzufuhr zusammen, aber er spannte seine Kiefermuskeln und kaute und schluckte mit der wahnsinnigen Entschlossenheit eines Irren. Er würde den Bissen nicht ausspucken.

Als er sein Pferd von dem Fleischverkäufer fortführte, eine Hand um die Zügel geklammert, die andere um den Spieß, bog er in eine schmale Gasse ein und stieß auf einen kleinen

Platz voller Buden, an denen allerlei Haushaltswaren feilgeboten wurden – Teppiche, Kochgeräte, Geschirr. Die Materialien reichten von Schilfrohr, das zu kunstvollen Körben geflochten war, bis hin zu glänzend poliertem Messing, aus dem alle möglichen Schalen und Schüsseln gefertigt waren.

Gansukh, dem immer noch der Mund brannte, schlang sich die Zügel um den Unterarm, dann beugte er sich vor und nahm sich einen geradezu albern großen Becher, der mit exotischen Steinen besetzt war. »Wasser«, keuchte er, und der schlanke Kaufmann bedachte den Spieß, den Gansukh in der linken Hand hielt, mit einem Lächeln, während er unter seinem Tisch einen Lederschlauch hervorholte.

Als Gansukh das Feuer in seinem Mund gelöscht hatte, wollte er den Becher zurückgeben, aber der Händler winkte ab. In stark gebrochenem Mongolisch erklärte ihm der Kaufmann, dass der Becher jetzt *ihm, Gansukh,* gehöre. Er hatte schließlich daraus getrunken, oder nicht? Wer wollte denn schon einen *gebrauchten* Becher kaufen? Als Gansukh diese Worte zu ignorieren versuchte und den Becher abermals auf das Tuch zurückstellen wollte, wurde der Händler wütend und sein Gestikulieren heftiger. Ob Gansukh etwa glaube, dass die Mongolen, nur weil sie den bekannten Teil der Welt erobert hatten, sich einfach nehmen dürften, was sie wollten und wann immer sie wollten – und das, ohne zu *bezahlen?* Warum Gansukh ihn denn nicht kurzerhand umbringe, auf der Stelle, und ihm damit die Schmach erspare, seines Lebenswerks beraubt zu werden? Und dann wiederholte er das Ganze, nur noch lauter.

Gansukh seufzte und kramte ein paar Münzen aus seinem Beutel. Unter diesen schamlosen Hökerern war er überfordert. Schlagartig wurde ihm die weite Kluft zwischen dem Leben bei Hofe oder in den Städten und dem Leben in der Steppe bewusst, und ihm wurde auch klar, dass er sich in ersteres nie richtig einfügen würde. *Andererseits ist dieser Verkäufer auch nicht schlimmer als unsere Pferdehändler …*

Niedergeschlagen und überzeugt, dass er es besser hätte wissen müssen – und nun auch noch beladen mit einem gewaltigen Metallbecher sowie anderthalb Spießen Würzfleisch, von dem er nichts mehr herunterbrachte –, zog er an den Zügeln seines Pferdes und machte sich auf den Weg zum Tor, das nach Karakorum hineinführte.

Als er an dem Pavillon zwischen den Mauern vorüberkam, wo die Musiker aufspielten, verlangsamte er seinen Schritt, um ihnen zuzusehen. Ein halbes Dutzend Männer musizierte auf Instrumenten, die ihm in ähnlicher Form vertraut waren, nur waren diese hier runder und größer und wiesen mehr Saiten beziehungsweise Pfeifen auf. Ihre Weisen waren flott und rhythmisch und voller abwechslungsreicher Melodien, die ihn an den Gesang des Windes auf den Ebenen erinnerten. Er blieb wie angewurzelt stehen und bemerkte die junge Frau in der hellblauen Seidenhose erst gar nicht, bis sie mit verschränkten Armen kühn vor sein Pferd trat. Das Pferd schnaubte und blieb abrupt stehen, dann schüttelte es irritiert seine Mähne aus.

Nachdem das Mädchen nun Gansukhs Aufmerksamkeit erregt hatte, huschte es mit ein paar flinken Schritten vor ihn, legte die Hände über dem Kopf aneinander und bewegte dann die Hüften zur Musik. Der Gürtel um ihre Taille war mit kleinen Silberglocken besetzt, und Gansukh stellte mit Freude fest, dass es sich um die gleiche Art von Glocken handelte, die er zuvor schon gehört hatte. Die Musiker beschleunigten ihr Tempo im Takt der Hüftschwünge des Mädchens, und sie reagierte ihrerseits darauf, wand ihren Leib und tanzte in einem Wirbel aus bunter Seide um Gansukh herum.

Jemand schob ihm von hinten einen Hocker gegen die Knie, und während die Menge ringsum im Takt der Musik zu klatschen anfing, ließ er sich schwer darauf fallen. Das Pferd schnaubte und wieherte leise, die Augen geweitet, und Gansukh berührte mit der Hand die Flanke des Tieres, damit es nicht austrat und jemanden verletzte.

Die Frau zauberte einen roten Seidenschal hervor und legte ihn Gansukh über die linke Schulter. Langsam ließ sie ihn um seinen Hals hin und her gleiten. Sie brachte ihr Gesicht dicht an das seine und fuhr ihm mit einem langen Fingernagel unter dem Kinn entlang. Ihre Augen waren grünlich-braun und mit einer Farbe umrandet, die zu ihrer blauen Kleidung passte. Sie zwinkerte ihm übertrieben zu, und als Gansukh lachte, hob sie den roten Schal über ihren Kopf und zog ihn mit den Händen straff. Wiederum im Rhythmus der Musik und der Zuschauer ließ sie ihre Hüften auf und ab und hin und her tanzen, wobei die Silberglöckchen um ihre Hüften bimmelten. Gansukh konnte den Blick nicht von der schlanken Taille der Frau abwenden. Sie lächelte wissend und winkte ihm mit einem Finger, forderte ihn auf, sich zu erheben und ihr zu folgen. Mit einem Blick über die Schulter, um sich zu überzeugen, dass er sie immer noch beobachtete, bewegte sie sich auf ein kleines weinrotes Zelt zu, das hinter den Musikern aufgebaut war.

Gansukh grinste und stand auf – doch dann trat ihm jemand in den Weg.

»Die persische Kultur ist faszinierend, nicht wahr?« Lian hatte die Hände in die Hüften gestemmt. Gansukhs Grinsen erlosch.

»Ich …«

»Du.«

»Sie …«

»Was?«

Gansukh schaute über Lians Kopf hinweg. Die Frau in Blau stand im Eingang des dunkelroten Zelts, bedachte Gansukh mit einem schmollenden Blick, schob die Unterlippe vor und hielt die Plane vor dem Zelteingang weit auf.

»Sie … hat Glöckchen.«

Lian bedachte ihn mit einem vernichtenden Blick. *Sie hat Glöckchen?*

Wie unter einem Peitschenhieb zerriss der Blickkontakt zwischen Gansukh und der Tänzerin. »Glöckchen … die an dir besser aussähen.« Sein Grinsen kehrte zurück.

»Ach, bei den Himmeln!« Lian verdrehte die Augen. »Ich lass dich nur kurz alleine …«

»Ich hatte Hunger«, sagte Gansukh in einem Versuch, das Thema zu wechseln. Als ihm die Fleischspieße einfielen, bot er ihr einen an.

»Das sehe ich.« Immer noch derselbe kalte Tonfall.

»Ich dachte, du …«

»Stimmt auch«, versetzte sie.

Gansukh sah, dass sie einen großen Stoffballen in Händen hielt, und als er sie verständnislos ansah, atmete sie vernehmlich aus, schleuderte ihm den Stoff vor die Füße und stürmte in die Menge davon.

Verwirrter denn je blickte er auf den Becher und die Fleischspieße in seinen Händen, dann legte er die Spieße endlich in den Becher, damit er sich bücken und den Stoff aufheben konnte. Es handelte sich um ein Seidengewand, so blau wie der Sommerhimmel. Die Vorderseite zierte ein aufwendiges Muster aus ineinander verwobenen Zweigen, die mit rotem und goldfarbenem Faden in die Seide gestickt waren. Auf den Ästen nisteten kleine Vögel, und tief im dichten Gestrüpp verborgen entdeckte er schmale Wolfsgesichter.

Es war das schönste Kleidungsstück, das er je gesehen hatte.

◆◆◆

Nach einer Nacht unruhigen Schlafs war Gansukh der Lösung keines der Rätsel, die ihn immer noch plagten, auch nur einen Deut nähergekommen. Noch immer verstand er nicht, weshalb der Khagan so verdrossen und zornig war, und noch immer hatte er keine Ahnung, wie er an den Mann herankommen sollte, der in der Umnebelung des Alkohols gefangen war. Lian war wütend auf ihn, und obschon er wusste, dass es ihm eigentlich egal sein sollte, was eine chinesische Sklavin von ihm hielt, brodelten in seinem Hirn in einem fort Verwirrung und Niedergeschlagenheit, und das nur wegen ihr.

Ganz zu schweigen von dem lackierten Kästchen. Es musste eine Möglichkeit geben, es zu öffnen; gewiss, er hätte es mit dem Schwertknauf kurzerhand zertrümmern können, aber damit hätte er womöglich auch zerstört, was sich darin befand. Es blieb ein quälendes Mysterium – ein Symbol für sein Unvermögen, die Kompliziertheit eines scheinbar einfachen Problems zu ergründen.

Er hatte das Kästchen in seiner Kammer zurückgelassen, versteckt in der Innentasche des Gewands, das Lian ihm gekauft hatte. Dann hatte er sein Zimmer verlassen und versucht, beides aus seinen Gedanken zu verbannen. Das Gewand hing hinter einem Papierschirm. Verbarg all seine Geheimnisse.

Er streifte umher und bekam Meister Chucais Abschiedsworte vom Vortag einfach nicht aus dem Ohr: *Du brauchst lediglich die Erlaubnis – aber nicht die meine oder die des Khagans.*

Wessen dann? Und überhaupt, was für eine Erlaubnis?

Draußen in der Steppe brauchte er niemandes Erlaubnis. Da war er verantwortlich für sein Leben. Auch wenn er mit anderen Männern des Clans unterwegs war, wusste jeder, wie er für sich und die seinen zu sorgen hatte. Sie bedurften keiner Erinnerung und Befehle. In einem *Arban* war jeder allen

Angehörigen der Einheit gegenüber verantwortlich, und der Anführer des *Arban* war dem Anführer des *Jaghun* gegenüber verantwortlich. Die Anführer der *Jaghun* waren den *Noyon* ihrer *Minghan* gegenüber verantwortlich, und so ging es weiter, bis hinauf zum Khagan. Es war eine simple Befehlskette – eine, die sich in vielen Feldzügen bewährt hatte.

Aber wenn er dieser Befehlskette nicht folgen sollte, wem gegenüber war er dann verantwortlich?

Es war kein unlösbares Rätsel. Gansukh konnte sich nicht vorstellen, dass Meister Chucai seine Zeit mit solchen Spielchen vergeuden würde. Er wollte, dass Gansukh zu einer Einsicht gelangte. Schließlich erinnerte Lian ihn unablässig daran, dass man eine Lektion, die man selbst lernte, sehr viel besser verinnerlichte als eine, die einem gelehrt wurde – und er war sicher, dass Chucai ihr diese Lebensweisheit im Zuge ihrer Ausbildung ebenso eingetrichtert hatte. Derlei kluge Sentenzen wurden stets vom Meister an den Schüler weitergegeben, von einer Generation an die nächste.

Wer hat wohl Meister Chucai unterrichtet?, fragte er sich. Chucai war schon ein Berater Dschingis Khans gewesen. Er war dabei gewesen, als der Vater Ögedei Khans das Reich gegründet hatte. *Wer hat ihn unterrichtet?*, überlegte Gansukh, und dann stellte sich ihm wie von selbst eine weitere Frage: *Wen hatte Dschingis um Erlaubnis gebeten?*

Niemanden. Aber das war nicht die ganze Antwort. Er hatte die Clans an sich gebunden. Hatte er sie um Erlaubnis gebeten? Nein, sie waren zu ihm gekommen. *Warum?*

Während er über diese Frage nachgrübelte, bemerkte er, dass er in die Nähe der Unterkunft der Tageswache geraten war, unbewusst angelockt von dem angestrengten Keuchen und dem Klatschen von Haut auf Haut und Leibern, die auf harten Erdboden prallten. Die morgendlichen Übungen im Ringen. Gansukh hatte sie schon mehrmals verfolgt. Zu Beginn seines Unterrichts hatte Lian ihm vorgeschlagen, sich mit einigen Angehörigen der Garde des Khans anzufreunden, um seinen Stand bei Hofe aufzuwerten. Er war ihrer Idee bislang nicht gefolgt – nachdem er sich schon mehrfach Munokhois Zorn zugezogen hatte, mochte es eher dumm als klug sein, die Nähe der *Torguud* zu suchen, aber nun, da ihm die Frage nach dem Ursprung von Dschingis Khans Führerschaft im Kopf herumging, überdachte er seine Haltung neu.

Munokhoi mochte aufgrund seines Rangs eine gewisse Autorität innerhalb der Tagwache innehaben, aber in Anbetracht der Reaktion, die ihm nach dem Zwischenfall im Garten seitens der *Khevtuul*, der Nachtwache, zuteilgeworden war, nahm Gansukh an, dass Munokhoi keineswegs wohlgelitten war. Munokhois *Jaghun* war nur ein kleiner Teil der gesamten *Torguud*, und es war durchaus wahrscheinlich, dass der Rest der Tagwache dem grausamen Kommandanten ebenso wenig Respekt entgegenbrachte.

Respekt unter Kriegern war schwer verdient und leicht verloren. Es gab nur eine Handvoll Möglichkeiten für einen Mann, den Respekt seiner Kameraden zu gewinnen und zu bewahren.

Ringen war eine davon.

Der amtierende Meister innerhalb der Garde war Namkhai, ein großer, kräftiger Ringer, der – wie Gansukh gesehen hatte – stets gluckste und grinste wie ein Dämon, wenn sein Gegner Anzeichen von Nervosität zeigte. Einige gaben auf, sobald sein Lächeln erschien, weil sie wussten, dass sie schon zu viel Schwäche gezeigt hatten. Andere hielten länger durch, bis Namkhai sie mit den Armen umschlang wie ein Bär und ihnen ins Ohr kicherte. Gansukh wusste nicht, wie er auf Namkhais Gebaren reagieren würde, aber er wollte es herausfinden. Er wollte herausfinden, was nötig war, um den Ausdruck im Gesicht dieses Ringers zu ändern.

Er wollte herausfinden, was nötig war, um sich den Respekt dieses Mannes zu verdienen.

Das Ringen war Gansukh nicht fremd. Tschagatai Khans Leibgarde hielt regelmäßig Wettkämpfe im Ringen ab, und er hatte eine Reihe davon gewonnen. Allerdings gab es einen Unterschied zwischen den Regeln von Tschagatais Garde und denen der *Torguud*. Beim Ringen in Karakorum durfte ein Kämpfer nicht die Beine seines Gegners packen, sondern nur die Arme oder den Oberkörper des anderen, um ihn aus dem Gleichgewicht zu bringen. Ein Kampf galt dann als verloren, wenn der Oberkörper, der Ellbogen oder das Knie eines Ringers den Boden berührte.

Bis zur Hüfte nackt, behielt Gansukh Namkhai aufmerksam im Blick, als der Meister einen Moment lang vor der versammelten Menge posierte, bevor er den markierten Bereich des Kampfplatzes betrat. Namkhai kam auf Gansukh zu, und der winzige Ansatz eines Grinsens ließ seinen Mundwinkel zittern. Er war sowohl größer als auch schwerer, aber sein Gang war steif; seine Hüften und Schenkel bewegten sich wie eine kompakte, gewaltige Säule aus Knochen und Muskeln. Gansukh war schneller und gelenkiger, und als Namkhai seinen Körper anspannte und die Hände nach vorne warf, brauchte Gansukh nur zur Seite zucken, um dem mächtigen Griff des Meisters zu entgehen. Er ging zum Gegenangriff über und versuchte, den anderen in den Schwitzkasten zu nehmen.

Der Meister widersetzte sich, und als er zurückwich, ließ Gansukh ihn los und versetzte ihm mit beiden Händen einen heftigen Stoß vor die Brust. Namkhai stolperte rückwärts und ruderte wild mit den Armen, um das Gleichgewicht zu wahren. Es wäre ein Leichtes gewesen, Namkhai an den Schenkeln zu packen und zu Boden zu werfen, aber Gansukh hielt sich zurück. Dies war Ögedeis Hof, und er musste nach den Regeln der *Torguud* gewinnen.

Namkhai verging das Grinsen. Es sah gefährlich aus, wie er die Hände ballte und wieder öffnete, kaum dass er das Gleichgewicht wiedergefunden hatte. Der Meister beäugte Gansukh aufmerksam, musterte ihn eingehender. Mit einem winzigen Nicken zollte er Gansukhs erstem Angriff Respekt. Selbst wenn er den Kampf verlor, wussten sie doch beide, dass er – wären die Regeln anders gewesen – gewonnen hätte.

Namkhai drang wieder auf ihn ein, und Gansukh machte einen leichten Buckel und schob die Schultern nach vorne, um den Eindruck zu erwecken, dass er nicht angreifen werde. Eine Unterwerfungsgeste. *Ich bin in der Defensive.* Sollte Namkhai den ersten Zug machen. Angesichts des Gewichtsunterschieds zwischen ihnen war es unwahrscheinlich, dass Gansukh den Meister mit Muskelkraft bezwingen konnte. Aber er konnte Namkhais Angriff gegen ihn verwenden. Wenn er, der größer war, kam und zupacken wollte, konnte Gansukh sich drehen und sich mit Namkhai so fallen lassen, dass dessen Schultern den Boden zuerst berührten. Er verschob ein wenig die Hüfte und ließ den linken Fuß ein paar Zoll nach hinten gleiten.

Namkhai sprang vor.

Ein Schrei stieg aus der Menge, ein Wall aus Lärm, der sich über Gansukh erhob und zusammenfiel, als Namkhai über den festgetretenen Erdboden heranstürmte. Er hatte den Ringer auf andere Gegner losgehen sehen, er war Zeuge der Wucht hinter seinen Angriffen geworden. Sie hatte die Verteidigung von Kontrahenten, die ernsthaft geglaubt hatten, einem solchen Anprall widerstehen zu können, kurzerhand niedergewalzt. Aber Gansukh versuchte gar nicht, Namkhai aufzuhalten.

Stattdessen empfing er dessen Ansturm seinerseits mit einer bärenhaften Umarmung, und er keuchte auf, als ihn die volle Wucht des Ansturms seines Gegners vor die Brust traf.

Er würde fallen. Mit aller Gewalt drehte er seinen Oberkörper und stieß sich mit dem rechten Fuß vom Boden ab. Plötzlich waren sie beide in der Luft, fast waagerecht. Namkhais Grinsen verschwand, als er mit großen Augen zum Himmel hinaufstarrte, erstaunt über den unvermittelten Perspektivwechsel.

Der Meister reagierte eher instinktiv als bewusst gesteuert. Mitten im Fall krümmte er seinen Körper um Gansukh und brachte seinen Füße unter ihn. Er landete tief in der Hocke, mit Gansukhs gesamtem Gewicht auf seiner Brust. Er brüllte auf, als sich sein Rücken schmerzhaft durchbog. Verzweifelt knurrend presste Gansukh seine Arme zusammen und versuchte, genug Hebelkraft zu entwickeln, um Namkhai noch weiter nach hinten zu drücken. Es verblüffte ihn, dass Namkhai wieder Halt gefunden hatte – dieser Mann war übermenschlich! Sie stemmten sich gegeneinander, doch keiner vermochte den anderen zu bewegen. Gansukh hörte bloß das Knirschen seiner Zähne und das Zischen der Luft, die Namkhai über die verzerrten Lippen entwich.

Die Menge war verstummt.

Ihre Blicke trafen sich, und Gansukh sah, dass auch Namkhai sich der Stille bewusst war.

Gansukh schaute sich um, und während sein Blick über den Kreis der Zuschauer schweifte, entdeckte er eine Lücke darin. Auch Namkhai sah sie. Ohne zu zögern, ließen sie einander los und traten zurück.

Der Spalt im Kreis der *Torguud*-Zuschauer wurde breiter und füllte sich rasch mit einer Entourage aus Dienern und Höflingen, die sich wiederum teilten und zwei schützende Wände bildeten. Jetzt erschien der Khagan persönlich, zusammen mit seinen vertrautesten Dienern und Kämmerern. Zu seiner Rechten wieselte ein auffallend klein gewachsener Mann herum, der ein Tablett mit winzigen Silberbechern hielt.

Ögedei Khan hatte einen solchen Becher in der Hand und wischte sich mit dem Ärmel den Mund ab. »Meinetwegen braucht ihr nicht aufhören«, sagte er laut. »Gansukh, du hattest unseren Meister schon fast besiegt.«

Gansukh und Namkhai hatten sich vor dem plötzlich aufgetaucht Khagan verneigt und standen jetzt etwas linkisch mitten auf dem Kampfplatz. Gansukh brachte kaum noch die Kraft auf, seine Arme zu heben, und seine Zähne schmerzten, so fest hatte er sie zusammengebissen. Namkhais Gesicht glänzte schweißnass, sein Haar klebte ihm am Kopf. Seine Brust hob und senkte sich, und er schien es nicht eilig zu haben, den Kampf wieder aufzunehmen. Gansukh wischte sich den Schweiß von der Stirn, der ihm bereits in den Augen brannte, dann legte er die Hände aneinander und verbeugte sich ein weiteres Mal vor dem Khagan. Er verharrte vornüber geneigt und versuchte mit einer unauffälligen Kopfbewegung Namkhais Augenmerk zu finden.

Namkhai klatschte die Hände zusammen und verneigte sich ebenfalls.

»Nein?« Der Wein hatte Ögedei Khan milde gestimmt, und so sah er ihnen ihre Weigerung bereitwillig nach. »Dann heben wir uns die Revanche für später auf. Ihr da« – er wies auf zwei Männer auf der anderen Seite des Platzes –, »ihr zwei. Kämpft für mich.«

Gansukh und Namkhai zogen sich vom Kampfplatz zurück, während die beiden ausgewählten Männer die Knie beugten und wie Falken mit den Armen schlugen – die traditionelle Art, einen Zweikampf zu beginnen. Sie erreichten die Mitte, verbeugten sich voreinander und gingen mit gesenkten Armen in die Ausgangsstellung. Dann warteten sie auf das Signal des Khagans.

»Los!«, brüllte Ögedei Khan.

An der Seitenlinie, umringt von Männern, die ihm auf

Rücken und Schultern schlugen und zu seinem gelungenen Kampf gratulierten, rang Gansukh nach Atem. Während die anderen Männer den Kampf zwischen den beiden neuen Kontrahenten verfolgten, behielt er den Khagan im Auge.

Der kleine Diener hielt das Tablett in Bewegung, tanzte umher und folgte mühelos jeder Bewegung des Khagans, damit Ögedei stets volle Becher in Reichweite hatte. Er leerte jeden auf einen Zug und knallte die leeren Becher umgekehrt auf das Tablett. Der Diener zuckte jedes Mal zusammen, hielt das Tablett aber unverändert hoch erhoben und in Bewegung. Gansukh fragte sich, was geschehen würde, wenn die Becher alle geleert waren und umgestürzt auf dem Tablett standen. Würde der Khagan dann aufhören zu trinken? Seinem unbewussten Schwanken und seiner Streitlust nach zu schließen wahrscheinlich nicht. Mehr noch, dieses Tablett war vermutlich nicht das erste, das er heute leerte.

Als der Khagan den Kopf abermals mit einem Ruck in den Nacken warf, ließ Gansukh den Blick über die Menge schweifen, weil er wissen wollte, ob noch jemand auf die Trinkerei des Khagans achtete. Erleichtert stellte er fest, dass die Aufmerksamkeit aller dem Ringkampf galt.

Aller außer Namkhais.

Der Ringer spürte Gansukhs Blick und schaute über die Schulter zu ihm hin. Sein Blick begegnete Gansukhs für eine Sekunde, dann drehte er sich um und drängte sich rüde durch die Menge. Aber es war zu spät. Gansukh hatte seinen Ausdruck gesehen.

Der große Mann hatte sein Grinsen verloren und sein Gesicht war eine Maske aus Abscheu und Bestürzung.

Der Khagan bat seine Untertanen nicht um Erlaubnis, er brauchte sie auch nicht – aber er brauchte etwas anderes: Respekt. Schwer verdient und leicht verloren.

Ein Aufschrei brandete wie aus einem Munde über den

Köpfen hinweg, als der eine Ringer den anderen bezwang und ihn auf Händen und Knien zu Boden schickte. Der Sieger half ihm auf, und der Khagan tat dröhnend laut seine Anerkennung kund.

»Lasst uns heute Abend schlemmen und trinken!«, rief er. »Ein Festmahl für unsere Kämpfer.« Wankend ließ er den Blick über das Meer aus Gesichtern wandern, und Gansukh duckte sich hinter eine Gruppe von Wachen, die momentan nicht im Dienst waren. Sein Gesicht brannte, er schämte sich, weil er sich versteckte, und mehr noch schämte er sich, weil er nicht an der Seite des Khagans gesehen werden wollte.

Allmählich begriff er Meister Chucais Rätsel. Es genügte nicht, Ögedeis Trunksucht einen Riegel vorzuschieben. Das ganze Reich lief Gefahr, von Respektverlust vergiftet zu werden.

Der Khagan knallte einen weiteren der kleinen Becher auf das Tablett. *Wie viele davon trinkt er wohl an einem Tag?*, fragte sich Gansukh, und dann hatte er eine Idee.

Einen einzigen Becher, dachte er. *Einen anstatt Dutzender.*

Es war eine absurde Idee, aber sie konnte funktionieren.

Kapitel 26

✠✠✠

Über Trümmer und durch Ruinen

Die Mauern, die Kiew umgaben, waren ein einziges Trümmerfeld, auch wenn das Goldene Tor sich viel von seiner Majestät bewahrt hatte, und sei es nur durch seine schiere Wucht und Masse. Als Raphael mit Parzival, Roger und Illarion hindurchritt, spürte er, wenn auch nur für ein paar Augenblicke, was die Stadt vor der Ankunft der Mongolen einmal gewesen war. Dann lag das Tor hinter ihm und er sah bloß noch Ruinen.

Im Osten wand sich der Dnjepr von Nord nach Süd an der Stadtgrenze entlang. Darüber erhoben sich zwei Hügel, und auf dem höheren der beiden stand ein Bauwerk mit weißen Mauern, das offensichtlich religiöser Art war und dessen hohe Bogenfenster selbst unter dem grauen, bedeckten Himmel noch leuchteten. Raphael erinnerte es vom Stil her sehr an die Kirche von Byzanz, auch wenn es unübersehbar ruthenische Merkmale aufwies.

Vor ihnen erstreckte sich eine Straße – jetzt nur noch eine Rinne, die sich zwischen den Trümmern eingestürzter Gebäude hindurchwand. Einst hatten sich die Häuser im Schatten der alten Mauer dicht aneinandergedrängt, doch heute ragten nur noch ein paar wenige aus den geplünderten Ruinen auf. Die Überreste einst stolzer Bauwerke aus weiß und golden getöntem Stein standen Seite an Seite mit Gebäuden, die aus irgendeinem Grund unangetastet geblieben waren, wie von göttlicher Fürsprache geschützt. Das Bauwerk auf dem Hügel – Raphael nahm an, dass es sich um die Priorei irgendeines religiösen Ordens handelte – war nicht das einzige Gotteshaus, das es in Kiew noch gab. Man munkelte, dass die Mongolen, die allem Übernatürlichen gegenüber abergläubisch waren, Kirchen nicht zerstörten, wenn es sich irgendwie vermeiden ließ.

Die Menschen, die es an diesem Ort noch gab – er wollte ihn nicht mehr als Stadt bezeichnen –, waren ebenfalls eine sonderbare Mischung aus Verlorenen und Kühnen, aus Erschütterten und solchen, die blind und taub gegenüber allem Geschehenen waren. *Selbst nach dem Durchzug der mongolischen Horde muss das Leben so gut wie möglich weitergehen,* sinnierte Raphael. Der Geruch von gekochtem Kohl stieg ihm in die Nase, dazu der süße, erdige Duft von Roter Bete. Aus einem Steinofen, der wie fehl am Platze an einer schuttübersäten Ecke stand und von einem stämmigen, schwitzenden Bäcker geschürt und beschickt wurde, wehte der köstliche Dunst von Zwiebelbrot. Auch der Gestank von Abfall und Jauche war allgegenwärtig, aber der war jedem Städter vertraut und sogar ein Zeichen des Wiederauflebens. Tote Städte rochen nur nach altem Verfall und Staub. Hier hingegen war das Leben präsent, selbst für einen Blinden, im Geruch ungewaschener, schuftender Leiber, vermengt mit dem von Fisch, der, wie Raphael annahm, erst kürzlich aus dem Dnjepr gezogen worden war.

Er folgte Illarions Führung und lenkte sein Pferd vom Hauptpfad herunter, um dem schwankenden, rumpelnden Karren eines ausgemergelten Händlers auszuweichen. *Es sagt viel aus über die zähe Natur des Menschen,* dachte Raphael, *wenn einer, der Waren zu verkaufen hat, bereit ist, sich an einen solchen*

Ort zu wagen. Der Gewinn, so schien es, war in der Tat gering. Zweifellos landete viel von dem Geld, das hier den Besitzer wechselte, letztlich in den Kassen der Mongolen.

Auf einer anderen Straße zwischen den Ruinen erblickte er Feronantus und den Rest ihrer Gruppe, die durch ein anderes Tor – nein, auf den zweiten Blick erwies sich das vermeintliche Tor als Durchbruch in der Mauer – in die Stadt kamen und sich zum Fluss hin entfernten.

Das zerfurchte Gesicht des Herrn von Týrshammar hatte seit Tarans Tod einen gequälteren Ausdruck angenommen, und Raphael konnte es ihm nicht verdenken. Der Verlust ihres Mitbruders war ein Messerstich, der auch nach Tagen, nachdem die Klinge herausgezogen war, noch blutete. Taran hatte etliche der Männer ausgebildet, die zu ihren Besten zählten. Sein Tod war eine bittere Arznei, die sie allmorgendlich nach dem Aufwachen hinunterwürgen mussten – das galt für sie alle, aber insbesondere für Feronantus.

Und nun hatte eine weitere, vielleicht noch überraschendere Enttäuschung ihren Anführer heimgesucht.

»Komm«, sagte Illarion und setzte den Weg fort, nachdem der Karren sie passiert hatte. »Grundloses Herumtrödeln erregt nur Aufmerksamkeit.«

Illarion hatte sich auf beeindruckende Weise erholt, aber das fehlende Ohr beeinträchtigte freilich sein Hörvermögen auf dieser Seite, und die Quetschungen, die sein Körper unter den Bohlen erlitten hatte, beeinträchtigten noch immer seine Beweglichkeit. Dennoch war er ein besserer und wachsamerer Führer, als Raphael erwartet hatte. Zweifellos sah der Ruthene, wenn er sich umschaute, andere Zeiten, eine andere Stadt – Kiew in seinem alten, sagenhaften Glanz.

Parzival ritt rechts neben Raphael und Roger bildete die Nachhut. Der Franke und der Normanne waren ein seltsames, aber auch gutes Paar Freunde, fand Raphael. Jedes gute Herz brauchte ein pragmatisches Gegenwicht und jeder Zyniker einen Idealisten, der ihn aufmunterte. Wer Parzival zum ersten Mal begegnete, mochte ihn leicht für naiv halten, aber Raphael hatte schon vor langer Zeit gelernt, dass kein Mensch von leichtem oder schlichtem Wesen war, und er hatte genug von den Gesprächen des Ritters mit Taran mitbekommen, um zu wissen, dass mehr in ihm steckte, als es auf den ersten Blick schien. Hinter jedem Eid stand ein Grund, eine treibende Kraft und ein ebensolcher Glaube hinter jeder Tat.

Die Möglichkeit, dass Parzival göttliche Gnade erfahren hatte – oder es jedenfalls glaubte –, machte die Lage ungewöhnlich kompliziert, trotzdem beunruhigte es Raphael kaum, was ihm selbst merkwürdig vorkam. Die blanken Fakten ihrer Lage waren für sich allein genommen entmutigend. Befremdliche Visionen mochten ihren Weg zwar verworrener machen, boten Raphael aber auch eine willkommene Ablenkung von den ständigen Gedanken an Essen, Wärme und Rast. Tatsächlich fand er Offenbarungen höchst faszinierend. Wie ging es an, dass etwas derart Mächtiges wie Gott einen Menschen so leicht und doch so fest anrühren konnte? Das war in der Tat verwunderlich. Natürlich mochte Gott zu allem nur Denkbaren fähig sein … aber warum Parzival? Und auch Feronantus?

Während Raphael über diese Rätsel nachsann, suchten sich die vier ihren Weg ins Innere der Stadt und folgte Pfaden, die sich wie Wildwechsel durch zerstörte Viertel wanden. Schlimme Erinnerungen an die Belagerung von Damietta und andere Katastrophen im Heiligen Land zerrten nun an Raphael und verdrängten seine hochtrabenderen Spekulationen über Götter und Menschen.

Sein Pferd schüttelte sich, als der Aufstieg beschwerlicher wurde. *Es verlangt nach meiner ganzen Aufmerksamkeit,* dachte

Raphael und kehrte widerstrebend ins Hier und Jetzt zurück. Die Priorei auf der Hügelkuppe, umgeben von steilen Hängen, Trümmern eingestürzter Straßenbegrenzungsmauern sowie abgebrannten Obst- und Weingärten, schien sich im fahlen Licht des bewölkten Tages fast über ihnen vorzubeugen, als hielten die Bauten selbst Wache.

Obschon sie sich nun im Herzen der Stadt befanden, war der Hang, der sich zwischen ihnen und den Fundamenten der Priorei erhob, von offenem, ländlichem Charakter. So kam es jedenfalls Raphael vor, der die dicht bebauten Städte des Vorderen Orients gewöhnt war. Mit weiten Landschaften gesegnet, hatten die Ruthenen einen recht ausgedehnten Baustil entwickelt; sie fassten breite Flächen mit gewundenen Zäunen ein und betrieben Gemüseanbau und Viehzucht nahe den Orten, wo beides verzehrt wurde. Weiter oben am Hang wurden die Zäune abgelöst von steinernen Mauern, die höher und breiter wurden, je enger sie ihre Kreise um die Hügelkuppe zogen. Die obersten gemahnten unübersehbar an Festungsmauern und schienen während der Belagerung entsprechend Schaden genommen zu haben.

Zunächst jedoch mussten sie etliche Serpentinen überwinden und viele Zaundurchgänge und Tore passieren, ehe sie sich wegen regelrechter Befestigungen den Kopf zerbrechen mussten. Der erste Teil des Aufstiegs kam zumindest dem Städter Raphael mehr vor wie ein Ritt durch ein ländliches Anwesen als durch eine Stadt.

Als sie durch die verheerten und verbrannten Reste eines kleinen Weingartens ritten, stießen sie auf einen einsamen alten Mann in schmutzigen Lumpen, bei dem es sich offenbar um den einzigen hier oben verbliebenen Bewohner handelte. Er saß im Schatten einer kleinen, halb offenen, altersschwachen Gebetsstätte, umklammerte ein Büschel winziger, runzliger Trauben und starrte leeren Blickes in die Welt hinaus.

Illarion blieb stehen und sprach den alten Mann auf Ruthenisch an. Er musterte sie alle schweigend, als müsse er sich erst ein Urteil bilden, ob sie tatsächlich da, greifbar und wirklich waren, dann nickte er vor sich hin und antwortete. Obgleich Raphael die Sprache nicht verstand, hörte er doch einen gebildeten Ton heraus und bemerkte eine entsprechende Haltung. Der Mann musste dereinst stolz und immerhin so nützlich gewesen sein, dass er im Sprechen und Schreiben geschult worden war – ein Freisasse oder Lehnsmann vielleicht, der sich um die Weinstöcke kümmerte und bei der Versorgung der Priorei half.

Das Gespräch endete abrupt, als der Fremde beschloss, dass es nun genug sei. Er strich seine zerrissene Hose glatt und ging den Hügel hinab, wobei er sich nur noch einmal umdrehte und fast furchtsam zu ihnen hochsah.

»Ich habe ihm gesagt, dass wir die Leute aufsuchen wollen, die dort oben wohnen«, sagte Illarion. »Er empfahl uns, das Weite zu suchen. Sie würden uns die Tore nicht öffnen, sondern uns vielmehr umbringen wie die anderen, oder wenigstens würden sie es versuchen, und wenn sie selbst dabei sterben müssten.« Illarion war die Verwirrung über diese kryptischen Worte so deutlich vom Gesicht abzulesen, dass die anderen – selbst Parzival – unweigerlich in erschrockenes Gelächter ausbrachen.

»Uns töten wie die anderen? Welche anderen?«, fragte Roger. »Wofür hält uns der alte Knacker? Für Mongolen?«

»Für Banditen vielleicht«, meinte Parzival, »denn wir machen durchaus keinen feinen Eindruck.«

»Banditen reiten doch nicht vors Tor und klopfen an!«, entgegnete Roger.

»Dann lasst uns gehen und genau das tun«, sagte Parzival. »Wir wollen ihnen zeigen, dass wir keine Banditen sind, sondern Männer, die nichts zu verbergen haben.«

»Wir scheinen auch kaum eine andere Wahl zu haben«, erklärte Raphael, »da man uns auf jeden Fall schon entdeckt hat.« Er nickte zu einer Ecke der Priorei hinauf, wo von einer zwiebelförmigen Kuppel aus ein Ausguck auf sie herabspähte.

◆◆◆

Bevor sie Kiew erreichten, hatte Cnán insgeheim daran gezweifelt, dass sie innerhalb der zerstörten Mauern der Stadt etwas von Wert oder Nutzen finden würden. Sie hatte das zerstörte Land gesehen, das die mongolische Armee hinterlassen hatte, und sie wusste, wie sich die Verheerung in die Herzen der Überlebenden hineinfraß und sie von innen heraus aufzehrte, bis sie bloß noch leere Hüllen waren. Sie hatte sich gewappnet gegen das, was der Anblick Kiews in ihr auslösen mochte – Erinnerungen, und keineswegs nur angenehme, an ihre Mutter –, aber als sie und Feronantus und der Rest der Gesellschaft sich ihren Weg durch die Ruinen suchten, stellte sie überrascht fest, dass Kiew keineswegs so verloren wirkte, wie sie erwartet hatte.

Nicht nur, dass es Überlebende gab, nein, sie schienen sich inmitten der Asche und Ruinen auch schon ein neues Leben aufzubauen. Die Mittel waren freilich knapp – mit zerbrochenem Holz und zertrümmertem Stein ließ sich nicht allzu viel anfangen. Die übrig gebliebenen Menschen waren bereits aus dem Zentrum des alten Kiews an die Ufer des Flusses gezogen, an den Dnjepr.

Er floss bis zum *Euxeinos Pontos*, dem Schwarzen Meer, eine gewaltige Schlange, die sich von Nord nach Süd durch Rus wand. In Kiew schlang sich der Fluss um die beiden Hügel, auf denen die heiligen Gebäude standen, zu denen Parzival und die anderen aufgebrochen waren. Büßer auf Pilgerreise zu einem heiligen Ort.

Feronantus führte sie, Eleázar, Rædwulf, Istvan und zwei Pferde langsam durch die schuttübersäten Straßen von Kiew. Finn war abgesessen, nachdem sie die Trümmer des Goldenen Tores passiert hatten, und im Labyrinth der zerstörten Gebäude verschwunden. Gelegentlich erhaschte sie einen Blick auf ihn, wie er einen Weg durch die Ruinen für sie auskundschaftete.

Auch Jasper war vom Pferd gestiegen, allerdings war er nicht annähernd so unsichtbar. Und auch nicht leise. Sie hörten, wie er verbrannte Mauerreste umstürzte, Steinbrocken umherwarf und ab und zu auch mit Metall klapperte, wenn er irgendwo auf einen Haushalt stieß, der – was selten vorkam – nicht geplündert worden war.

Es überraschte Cnán, dass er überhaupt etwas von Wert fand, was entweder von halbherzigen Bemühungen der Überlebenden oder von der hartnäckigen Neugier des Holländers zeugte.

Ein lautes Krachen erschreckte ihr Pferd, und dem Lärm folgte ein glucksender Ausruf Jaspers. Er kam hinter einer Mauer hervorgetanzt und hielt ein zerbeultes, verborgenes Gefäß in die Höhe. Als sie ihr Pferd wieder beruhigt hatte, betrachtete Cnán den Gegenstand, den der Holländer bei sich trug, und versuchte zu erraten, was das einmal gewesen war.

»Es ist perfekt«, beantwortete Jasper die Frage, die ihr deutlich ins Gesicht geschrieben stehen musste. Er befestigte das ovale Gefäß an einer seiner Satteltaschen und trabte zurück, um seine Suche fortzusetzen.

Istvan trieb sein Pferd an Cnán vorbei und hielt auf Feronantus zu. »Er macht zu viel Lärm«, murrte der Ungar.

Feronantus nickte in die Richtung, aus der sie kamen. »Wir versuchen ja nicht, uns zu verstecken«, sagte er.

Auf der Anhöhe, auf der sie erst vor wenigen Stunden innegehalten hatten, standen jetzt ein einzelnes Pferd und sein Reiter. Sie waren zu weit entfernt, um Einzelheiten des Tieres oder des Mannes erkennen zu können, aber Cnán kam der Mann zu groß für sein Pferd vor – oder das Pferd zu klein für ihn. *Ein Mongole,* dachte sie, und dann wurde ihr klar, wer das sein musste. *Der eine, der entkommen war.*

Istvan war zu demselben Schluss gelangt. In seiner Muttersprache fluchend griff er nach seinem Bogen.

»Ho, Istvan.« Rædwulf hielt ihn lächelnd zurück. »Glaubst du, der bleibt stehen, bis du so weit auf ihn zugeritten bist, dass du ihm einen Pfeil in die Brust jagen kannst?«

»Ich kann ihm folgen«, knurrte Istvan. »Irgendwann bleibt er schon stehen – um zu essen oder zu schlafen oder zu pissen, egal. Ich schieß ihm einen Pfeil ins Auge, während …«

Cnán lachte trotz der Angst, die ihr mit eisigen Fingern an den Nacken fasste. »Mongolen pissen im Sattel«, sagte sie. »Und da essen und schlafen sie auch.«

»Das erklärt, wie er uns so dicht auf den Fersen bleiben konnte«, meinte Feronantus.

»Wer?«, fragte Jasper, der mit zwei verkorkten Krügen daherkam. Er reckte den Hals, um zu sehen, wo sie alle hinschauten. »Ach du Scheiße«, sagte er, als er den mongolischen Verfolger erblickte. Mit überraschender Schnelligkeit sprang er auf sein Pferd, ohne dabei einen der Krüge loszulassen. »Worauf warten wir noch?«, fragte er.

»Auf dich«, antwortete Feronantus in einem Anflug trockenen Humors. Er trat seinem Pferd leicht in die Rippen, und das Pferd trabte ohne Eile zum Fluss hin. »Er hat uns gesehen«, erklärte er über seine Schulter hinweg. »Vermutlich kennt er diese Gegend besser als wir. Es bringt also nichts, wenn wir uns beunruhigt zeigen. Wir können nur hoffen, dass er glaubt, dies hier sei unser Ziel. Nach Einbruch der Dunkelheit, wenn die anderen wieder da sind, können wir uns über den Fluss stehlen und uns einen Vorsprung sichern. Wollen wir hoffen, dass das reicht.«

◆◆◆

Der Weg zur Hügelkuppe hinauf wurde beschwerlicher. Er wurde nicht nur steiler, hier und da war er auch von Geröll blockiert, das von beschädigten Stellen der Mauer heruntergerutscht war und sich zu Haufen aufgetürmt hatte. An anderen Stellen wiederum waren die Lücken in der Mauer so groß, dass sie sich als Durchgänge nutzen ließen, auch wenn sie dazu absitzen und ihre Pferde vorsichtig über lockeren Boden führen mussten.

Auf den immer selteneren ebenen Abschnitten, die ein leichtes Vorankommen ermöglichten, schaute Raphael nach oben und sah, dass der Ausguck die Nachricht über ihr Kommen weitergegeben hatte – auf dem Wehrgang der Außenmauer drängten sich immer mehr glänzende Helme und Speerspitzen.

»Gut möglich, dass es in diesem Gotteshaus mehr Ritter als Mönche gibt«, merkte Illarion an.

»Manche Mönche *sind* Ritter«, gab Raphael mit einem Blick auf Parzival zu bedenken.

»Ihr habt recht und irrt euch zugleich«, erwiderte Parzival verblümt, »denn was ihr dort oben seht, das sind keine Mönche.«

Dieses Rätselspiel wurde von einem Ruf Rogers unterbrochen, der momentan vorausritt. Die anderen sahen, dass er stehen geblieben war und aus sicherer Entfernung eine Gestalt beäugte, die ausgestreckt mitten auf dem Weg lag.

Auf ihren Reisen hatten sie schon viele Schlachtfelder überquert. Der Anblick einer Leiche in voller Rüstung am Boden war dennoch ungewöhnlich. Die meisten Armeen begruben ihre Toten oder verbrannten sie, wenn auch mitunter nur, um den Gestank zu mildern oder Krankheiten zu verhindern und Aasfressern wie Krähen und Hunden den Spaß zu verderben. Selbst in den seltenen Fällen, in denen eine Armee weitermarschierte, bevor sie diese Pflicht erfüllte, mochten sich überlebende Einheimische ihrer annehmen, sobald die Luft rein war. Und wer dennoch so würdelos war, dass er einen menschlichen Leichnam einfach liegen ließ, der würde dem Toten doch zumindest alles abnehmen, was noch zu gebrauchen oder zu verkaufen war.

Seltsam also, einen Ritter in voller Rüstung tot unter freiem Himmel auf dem Boden vorzufinden. Dass er schon seit einer Weile tot war, bewies die Menge der Fliegen, die ihn umschwirrten. Sein Kettenhemd sowie die Form seines Helms und seines Schilds identifizierten ihn als christlichen Ritter – ein Mongole war das nicht. Er lag bäuchlings da, den Schild flach unter sich. Sein Kopf war jedoch auf unnatürliche Weise zur Seite gedreht und sein Hals nach hinten gebogen. Als sie ihm näher kamen – nicht allzu weit wegen des Gestanks und der vielen Fliegen –, erkannten sie den Grund hierfür: Ein Pfeil hatte sich durch den Schlitz in seinem Helm direkt unterhalb des rechten Auges in den Wangenknochen gebohrt, und das Schaftende hatte ihm, als er zu Boden gefallen war, den Kopf herumgedreht.

Ihr erster Impuls war natürlich, zur Mauer aufzuschauen und die Entfernung abzuschätzen. Sie befanden sich gewiss innerhalb der Reichweite eines Bogenschusses, aber doch so weit entfernt, dass der Schütze, der diesen Pfeil abgeschossen hatte, entweder Glück gehabt hatte oder außergewöhnlich gut gewesen war. Entlang der Mauerkrone waren jetzt etliche Bogen zu sehen, und ein leises Knarren verriet, dass einige davon gespannt wurden. Raphael wollte instinktiv Deckung suchen, aber Parzival reagierte genau entgegengesetzt. Er wandte sich den Verteidigern zu und hob die Hände.

»Haltet ein!«, rief er. »Wir sind Ritter des Christentums und nicht Eure Feinde!«

Raphael zuckte angesichts der Naivität des Franken zusammen. Konnte es denn wirklich sein, dass ein Mann seiner Herkunft nichts wusste vom vierten Kreuzzug und den Gräueltaten, die christliche Ritter aus dem Westen an ihren Mitbrüdern in Zadar und Konstantinopel verübt hatten?

»Bevor Ihr unsere Geduld mit noch mehr dummen Bemerkungen strapaziert«, rief eine Stimme zurück – wie Raphael erkannte, die Stimme einer Frau, die Latein sprach –, »nehmt bitte den Christenritter in Augenschein, der zu Euren Füßen liegt. Fragt Euch, warum er ein solches Ende nahm, wenn er nicht unser Feind war, und überlegt Euch dann, wie weise es wäre, sich *unseren* Festungsmauern weiter zu nähern.«

Illarion und Raphael wechselten einen Blick. Beiden war nicht entgangen, wie sie das Wort »unseren« betont hatte.

»Parzival hatte recht«, meinte Roger, »das sind keine Mönche.« Er starrte zu der Frau hinauf, die zu ihnen herabgerufen hatte. Ihre Weiblichkeit war unverkennbar, da sie ihren Helm abgenommen und ihn sich unter den Arm geklemmt hatte. Allerdings legte etwas an der Haltung und den Bewegungen der Krieger in Helm und Kettenpanzer um sie herum die Vermutung nahe, dass sich in der Priorei kein einziger Mann aufhielt.

Raphael nickte etwas abwesend, weil er sich an eine alte Geschichte erinnerte – eine jahrhundertealte Überlieferung aus einer Zeit, als der *Ordo Militum Vindicis Intactae* noch nicht christlich gewesen war. Der erste Stützpunkt des Ordens war Petraathen gewesen, hoch droben in den Bergen zwischen der Donau und dem Baltischen Meer. Der zweite befand sich auf der Insel Týrshammar, und groß war die Zahl der nordischen Krieger – Wikinger, wie manche sie nannten –, die dort den Umgang mit dem Schwert erlernt hatten. Diese Völker des Nordens hüteten alte Geschichten und Mythen von Schildmaiden – *Skjalddis* –, die perfekt zu der Überlieferung von der jungfräulichen Kriegerin passte, die man sich seit jeher auf Petraathen erzählte. Die Zahl der Frauen, die auf Týrshammar zu Schildmaiden ausgebildet wurden, war im Vergleich zu der jener Männer, die Schildbrüder wurden, recht gering, aber es waren doch etliche an Bord der Wikingerschiffe gewesen, die in der späteren Zeit der Nordländer durch Rus gekreuzt und den Dnjepr hinunter bis zum Schwarzen Meer gefahren waren. Ein paar von ihnen hatten hier in Kiew Wurzeln geschlagen und einen dritten Stützpunkt errichtet. Gerüchten zufolge hatten sie ihre Traditionen gewahrt, darunter die besondere Gepflogenheit, Frauen im Kämpfen zu unterrichten, auch über die religiöse Kluft hinweg, die sich später zwischen den Kirchen des Ostens und des Westens aufgetan hatte. Kein Wunder, dass Parzival unbedingt hatte hierherkommen wollen.

Der Franke hatte auf den Hohn der Schildmaid mit einer respektvollen Verbeugung reagiert und ihrer Anweisung folgend sein Augenmerk auf den Toten vor ihnen auf dem Weg gerichtet. Das Geheimnis, weshalb er hier lag und weder begraben noch ausgeraubt worden war, war nun gelüftet – die Schildmaiden hatten ihn als Warnung liegen gelassen. Parzival trat einen Schritt auf ihn zu, dann einen zweiten und dritten, jeder Schritt langsamer und kürzer als der zuvor. Dieses Detail entging den Schildmaiden keineswegs und sie quittierten es mit spöttischem Gelächter.

»Warum hassen sie uns so sehr?«, wunderte sich Raphael. »Und warum spricht sie Lateinisch mit uns?«

»Ich habe keine Ahnung«, gestand Illarion. »Allerdings nehme ich an, dass uns dieser Leichnam da einiges zu erzählen hätte, wenn er sprechen könnte.«

Bevor er sich dem Toten noch weiter näherte, bekreuzigte Parzival sich und sprach ein Gebet.

Roger fluchte gereizt, drängte sich an Parzival vorbei und schritt direkt auf den toten Ritter zu, wobei er tief Luft holte und den Atem dann anhielt. Er setzte einen Fuß auf den Helm und drehte ihn herum. Dadurch schwang der Schaft des Pfeils wie ein Uhrzeiger nach oben. »Ein Gesicht wie jedes andere«, verkündete er, »wie jedes andere eben, über das sich Fliegen und Ameisen hergemacht haben.«

»Nimm den Fuß weg«, sagte Raphael und zwang sich, einen Schritt vorzutreten, »damit wir das Wappen auf seinem Helm erkennen können.«

Roger verstand, aber das Gewicht des Pfeils wollte den Kopf wieder in seine ursprüngliche Lage zurückdrehen. Er holte ein Beil hervor und legte den Kopf gegen die Befiederung des Pfeils, um ihn festzuhalten, dann zog er den Fuß weg und gab den Blick frei auf das Wappen, das die Stirnseite des Helms schmückte.

Fast im selben Augenblick entfuhr ihm ein erschrockener Fluch.

Seine drei Gefährten traten wie einer heran und beugten sich vor, um besser sehen zu können. Das Wappen, ein rotes Malteserkreuz über einem roten Schwert auf poliertem Stahl, war schlicht und entsprechend leicht zu erkennen. Sie beugten sich noch weiter vor, jedoch nicht weil sie es auf den ersten Blick nicht richtig erkannt hatten, sondern weil sie vielmehr glaubten, ihren Augen nicht trauen zu können.

Kapitel 27

✠✠✠

Ein Geschenk für den Khagan

Lian sah, wie Gansukh im Gedränge der Leiber rund um den Kampfplatz verschwand. Sie war mit der Entourage des Khagans hergekommen und hielt sich in den hinteren Reihen der Diener und Konkubinen auf, die dem Großkhan folgten. Sie war ziemlich sicher, dass Gansukh sie nicht gesehen hatte.

Ein paar der anderen Konkubinen zwitscherten hinter ihren Fächern über den Zweikampf zwischen Gansukh und Namkhai, einige warfen scheue Blicke in ihre Richtung, als fragten sie sich, wie es wohl sei, mit solchen Kriegern ins Bett zu gehen. Lian beachtete sie nicht. Das Leben dieser Frauen bestand einzig aus Tratsch, war ein stetes Geflüster über die sexuellen Fähigkeiten der Männer am Hof – wer ein herausragender Liebhaber war, wer grob zu Werke ging und zur Gewalt neigte, wer lächerlich ungeschickt oder impotent war. Das ständige Geplapper erinnerte Lian an das wütende Tschilpen der Blauhäher im Garten, wenn sie gestört wurden. Weiter waren sie nichts – schnatternde Vögel.

Sie verbrachte so viel Zeit ihres Lebens mit Warten. Warten auf die Entscheidung des Khagans, wann es Zeit war, Karakorum zu verlassen. Warten auf ihre nächste Begegnung mit Gansukh. Warten darauf, Chucais endlose Fragen über den jungen Krieger und die anderen Männer, mit denen sie Zeit am Hof verbrachte, zu beantworten. Warten darauf, dass niemand mehr auf sie achtete und sie fliehen konnte.

Es fiel ihr nicht schwer, sich sittsam zu benehmen und Chucai angemessenen Respekt zu erweisen. Er war schließlich ihr Aufseher, und es gab in ihrer Beziehung nichts, das es erschwert hätte, diese Abgrenzung zu jeder Zeit deutlich zu machen. Er wusste ihre Herkunft und ihre Erziehung zu schätzen, und obschon er sie wie Eigentum behandelte, war sie in seinen Augen von einigem Wert.

Gansukh war ein ganz anderer Fall. Sie hatte sich bei ihrer ursprünglichen Einschätzung seines Charakters geirrt. Obgleich er sich gelegentlich immer noch unerträglich rücksichtslos und ungehobelt benahm, merkte sie doch, dass er sich zu ändern versuchte. Nicht nur weil er meinte, seine Pflicht verlange von ihm, ein anderer Mensch zu sein, sondern auch weil er wusste, dass dies sie einander näherbrachte.

Was würde mit ihm geschehen, wenn sie floh? Würde man ihm die Schuld daran geben? Munokhoi würde die Gelegenheit nutzen, ihn vor dem Khagan in Verruf zu bringen. Würde ihre Flucht seine Chance, den Khagan zu retten, zunichtemachen?

Lian verscheuchte derlei Gedanken aus ihrem Kopf. Gansukh war Mongole. Sein Volk hatte das ihre hingeschlachtet und unterworfen. Was scherte sie das Reich? Sie war nicht freiwillig hier – sie war als Gefangene hier. Und wenn dieses Reich – die Welt von Ögedei Khan – zerbrach, was würde dann aus ihr werden?

Sie kannte die Antwort auf diese Frage. Sie wusste, was mit Gefangenen geschah, wenn neue Eroberer ihre Beute einforderten.

Nicht weit von ihr entfernt lachte der Khagan dröhnend auf und torkelte dann in seiner Entourage herum und lud alle zu einem Festmahl am Abend ein. Sein grinsendes Gesicht war vom Trinken gerötet, seine Kleidung getränkt mit dem Schweiß, den das langsam wirkende Gift des Alkohols ihm aus den Poren trieb. Den Konkubinen war sein Aussehen egal – Schweiß und Gestank waren ihr ewiges Los. Sie quietschten vor Begeisterung.

Während des Fests, dachte Lian, *werden sie alle so damit beschäftigt sein, dem Khagan zuzusehen, wie er sich in Wein ertränkt, dass niemand auf mich achten wird.*

Wenn sie schon von Flucht zu träumen wagte, wäre das nicht beste Gelegenheit?

◆◆◆

Gansukh strich sein neues blaues Gewand glatt, als er den großen Speisesaal betrat. Es passte ihm ausgezeichnet, nur konnte er nicht aufhören, an dem feinen Stoff herumzuspielen. Er konnte nicht aufhören, daran zu denken, dass *sie* es ihm geschenkt hatte.

Vier große Tische vereinnahmten den größten Teil des Raums. Am nördlichen Ende stand ein Podium, auf das man einen runden Tisch gestellt hatte. Gansukh ließ den Blick über die Menge der wartenden Adeligen und Krieger schweifen, die von Dienern und Konkubinen umringt waren, und schaute jeweils kurz in die Gesichter, um sich einen groben Eindruck zu verschaffen, wer wo saß. Den Tisch zu seiner Rechten besetzte die *Torguud*, die am weißen Pelzbesatz ihrer Kleidung zu erkennen waren. Mehrere erkannten Gansukh an der Tür und hoben zum Gruß ihre Becher. Er nickte ihnen zu. *Verdienter Respekt.* Obgleich sein Ringkampf mit Namkhai unentschieden ausgegangen war, hatte er sich besser geschlagen als viele von ihnen. Er zupfte an seinem steifen, breiten Gürtel herum und ließ beinahe das Päckchen fallen, das er unter dem linken Arm hielt. Ihm war jetzt schon zu warm, und bald würde er ins Schwitzen geraten.

Auf einmal kam ihm seine Idee noch absurder vor. Sie grenzte schon ans Lächerliche.

In der Nähe des runden Tisches sah er Meister Chucai, und obgleich sich eine regelrechte Menschenmasse zwischen ihnen befand, hatte der hochgewachsene Berater kaum Mühe, sich Bahn zu Gansukh zu verschaffen.

»Gansukh, ich habe von deiner Heldentat gehört.«

Gansukh zuckte die Schultern. »Der Kampf endete unentschieden«, wandte er ein.

Jemand rief aus dem hinteren Teil des Raumes nach Gansukh, und Chucais Augen zuckten in diese Richtung, ehe sie sich wieder auf Gansukhs Gesicht richteten. »Trotzdem finde ich so etwas ermutigend. Darf ich annehmen, dass unser Gespräch heute Morgen … aufschlussreich war?«

»In gewisser Weise«, gab Gansukh zu. Er glaubte, Lian zu erkennen, sie saß neben … *Wer ist das?* Er versuchte, an Chucai vorbeizusehen, ohne unhöflich zu wirken. *Namkhai.*

»Du hast ein Geschenk mitgebracht.« Meister Chucai wies auf das Päckchen unter Gansukhs Arm. »Soll ich es dem Khagan präsentieren?«

Durch das Gedränge konnte Gansukh die beiden nicht deutlich ausmachen. Er zögerte, hin und her gerissen zwischen dem Verlangen, genauer hinzusehen, und einer Antwort für Meister Chucai. Er seufzte und gab kurz auf. Chucai sah ihn erwartungsvoll an. »Ja, ein Geschenk«, sagte er. »Es wäre mir eine Ehre, es dem Khagan persönlich zu überreichen.«

»Natürlich«, erwiderte Chucai umgehend, als sei das von vornherein klar gewesen. War das ein Lächeln, das die Lippen des königlichen Ratgebers umspielte?

»Vielleicht könntet Ihr mir verraten, wo ich am Tisch des Khagans am besten Platz nehme«, meinte Gansukh. Er tätschelte das Päckchen vielsagend.

Chucai wies mit einer Hand zu dem Tisch auf dem Podium. »Gewiss«, sagte er. Er beugte sich vor und senkte die Stimme. »Die Sitzordnung ist simpel. Wer über die Trunkenheit des Khagans hinwegsehen kann, setzt sich in seine Nähe, wer nicht, sich aber trotzdem anbiedern will, sitzt neben diesen Leuten, und wer sich dafür schämt, es aber nicht allzu offen zu zeigen wagt, hält sich so fern wie möglich.« Er lächelte grimmig. »Es ist allerdings ein runder Tisch und der Khagan geht gern herum und mischt sich unter die Leute – ich fürchte, das macht es sehr schwierig, sich von ihm fernzuhalten.«

»Dann werde ich mir über meinen Platz nicht allzu viele Gedanken machen«, erwiderte Gansukh und neigte den Kopf. »Ich werde auf dem ersten leeren Stuhl Platz nehmen, den ich finde.« *Und den Rest dem Willen des Blauen Wolfs überlassen,* fügte er im Stillen hinzu.

»Eine äußerst vernünftige und weise Entscheidung«, befand Chucai nickend.

Gansukh verließ ihn und bahnte sich einen Weg zu dem vorderen Tisch, wo er sein Päckchen auf den Tisch vor einem leeren Stuhl rechts des noblen Platzes ablegte, der für den Khagan bestimmt war. Er setzte sich und schob seinen unbequemen Gürtel zurecht, ehe er erkannte, wer ihm direkt gegenübersaß.

Munokhoi.

Er hatte nur einen Moment lang Zeit, den finsteren Blick des *Jaghun*-Führers zu erwidern, bevor der sinkende Lärmpegel in dem langen Saal die Ankunft Ögedei Khans ankündigte. Der Khagan brauchte einige Zeit, um sich durch die dichte Menschenmenge zu drängen – währenddessen Munokhoi weiter zu ihm herüberstarrte –, und als Ögedei endlich da war, nahm Gansukh erleichtert zur Kenntnis, dass seine Hände leer waren. Im Augenblick zumindest trank er nicht.

Vom Podium aus hatte Gansukh einen besseren Blick auf den Tisch, an dem Namkhai saß, und er versuchte nun auszumachen, wer neben ihm saß. Es *war* Lian, und er sah, wie sie sich vorbeugte und Namkhai interessiert zuhörte. Sie lachte über seine scheinbare Pfiffigkeit. Gansukhs Miene verfinsterte sich. Hatte sie sich den Ringkampf angesehen? Er wagte es nicht, ihren Blick auf sich zu lenken – nicht vor Munokhois Augen.

»Gansukh.« Ögedei fasste ihn am Arm, nicht nur in einer freundlichen Geste, wie Gansukh feststellte, sondern auch, um sich abzustützen. Sein Atem stank nach Wein. »Das war eine beeindruckende Leistung heute Morgen.«

»Ihr beschämt mich, Khagan«, sagte Gansukh und löste seinen Blick von Lian. *Was kümmert sie mich überhaupt? Sie hat nichts zu tun mit dem, weshalb ich hier bin.*

»Ein Trinkspruch«, rief Ögedei und winkte seinem kleinen Diener, der das Tablett mit den winzigen Bechern trug. »Ein Trinkspruch auf unsere Ringkämpfer!«

»Bitte, wenn Ihr kurz erlaubt, Khagan.« Gansukh hob eine Hand, um dem herankommenden Diener Einhalt zu gebieten. Er schluckte, als die Gespräche ringsum plötzlich erstarben, und einen Moment lang drohte ihn der Mut zu verlassen. *Respekt,* mahnte er sich und presste die Knie zusammen. *Fordere ihn. Verdiene ihn dir.*

Er nahm das Päckchen vom Tisch. »Heute Morgen«, sagte er, »sah ich den Khagan aus diesen winzigen Bechern trinken, und ich fragte mich, warum Ihr Euch diese Mühe macht. Sie enthalten so wenig Wein. Sie sind Eurer Großmut nicht würdig, Eurer Größe unter dem alles bedeckenden Himmel.«

Ögedeis Blick wirkte noch unkonzentrierter als in jener

Nacht, da Gansukh ihn in seinen Privatgemächern aufgesucht hatte. Seine Pupillen waren schwarze Löcher, die alles zu verschlingen schienen – das Licht, die Geräusche, die bloße Luft im Raum. Sein Mund zuckte, als wäre er im Begriff, vorzuspringen und Gansukh in den Hals zu beißen.

»Ich wurde von Eurem Bruder zu Euch geschickt«, fuhr Gansukh fort. »Tschagatai will, dass Ihr mit dem Trinken aufhört …«

Meckerndes Lachen von der anderen Seite des Tisches her unterbrach ihn. »Das ist das kleine Kindermädchen«, höhnte Munokhoi. »Kommt hierher, um uns zu sagen, dass Wein schlecht für unsere Gesundheit ist!«

Derselbe Verdacht stand Ögedei ins Gesicht geschrieben, und Gansukh wusste, dass er drauf und dran war, die Aufmerksamkeit des Khagans zu verlieren, so wie es ihm am Tag seiner Ankunft in Karakorum ergangen war. Er wandte sich von ihm ab und ein Kribbeln lief ihm über den Rücken, dann riss er das Einwickelpapier von seinem Geschenk. Mit einer heftigen Drehung, bei der die Kämmerer aufkeuchten und die Wachen rasch einen Schritt vortraten, fuhr er schließlich wieder herum. Er hob den Gegenstand hoch … und enthüllte sein Geschenk für den Khagan.

»Tschagatai trug mir auf, darauf zu bestehen, dass Ihr nur einen Becher Wein am Tag trinkt, und wie viele sehe ich Euch trinken? Zwanzig? Dreißig?« Er hob die leere Hand und hielt Daumen und Zeigefinger dicht zusammen. »*Winzige* Becher. Becher für Kinder und Affen! Nur *so* groß. Wer serviert dem Khagan solche Becher, ohne vor Scham zu vergehen?«

Er hob den Becher – den breiten, riesigen Becher, den er wider Willen auf dem Markt erstanden hatte –, hielt ihn Ögedei hin und stellte ihn dann wuchtig und lautstark auf dem Tisch ab. »Meine Pflicht gilt meinem Herrn, Tschagatai Khan, und dem Reich. Er sagt, ein Becher am Tag. Ich sage, der Khagan sollte tun, was ihm beliebt. Ihr selbst habt mir das gesagt, als ich zum ersten Mal zu Euch kam – der Khagan bittet niemanden um Erlaubnis. Der Khagan ist nur sich selbst verpflichtet. Trinkt, wenn Ihr das möchtet – es steht weder mir noch Eurem Bruder oder irgendjemandem hier zu, Euch davon abzuhalten. Aber wenn Ihr trinkt, dann muss der große Khagan aus einem großen Becher trinken – aus einem Gefäß, das Eurer Unermesslichkeit, Eurer Größe und Eurer alles bezwingenden Macht würdig ist.«

Ögedeis Mund bewegte sich, als kaute er auf einem knorpeligen Stück Fleisch. Er schaute sich am Tisch um, blickte triefäugig in die Gesichter, die sich von ihm abwandten, und dann spuckte er aus. Und rülpste.

Die vollkommene Stille wurde plötzlich von stählernem Schleifgeräusch durchbrochen, als mehrere Klingen gezogen wurden – die Wachen erwarteten Gewalt und waren bereit, den tödlichen Befehl des Khagans auszuführen.

Aber Ögedei hob langsam den Arm und wackelte mit seiner Hand, und da sahen sie von ihrem strafenden Vorstoß ab. Der Khagan drehte sich träge und wankend um und ließ den Blick langsam über die versammelte Schar gleiten, von einem Gesicht zum anderen … alle waren gleichermaßen gebannt, wollten aber auch verzweifelt ausweichen, sich zurückziehen, fliehen, um dem Zorn zu entgehen, dessen Ausbruch sie alle befürchteten.

Der Diener mit dem Tablett voller winziger Becher zuckte zusammen und wich vor dem Khagan zurück. Wie ein Tier, das die Schwäche seines Opfers witterte, schlug Ögedei mit einem wortlosen Schrei zu. Das Tablett flog dem kleinen Mann aus den Händen und bespritzte die Menge mit Rotwein, als wären es Blutstropfen.

Dann fuhr der Khagan ebenso überraschend wie plötzlich zu Gansukh herum und krallte die Hände in dessen neues

Gewand. Er zerrte Gansukh zu sich, bis dessen Gesicht nur noch ein *Aid* von dem des Khagans entfernt war.

Ögedeis Gesicht wurde so dunkel wie der Wein, und Wut färbte seine ohnehin schon geröteten Wangen geradezu gefährlich rot. Er beugte sich plötzlich vor, wie ein Hund, und seine Zähne schnappten nach Gansukhs Wange. »Ich … mache … was … ich … will!«, quetschte er knirschend hervor, wobei er Gansukh mit Speichel besprühte. Dann zuckte er zurück wie eine Schlange, die Lippen schrecklich verzerrt, die Zähne gefletscht.

Gansukh schwieg, presste die Kiefer fest aufeinander. Er hatte alles gesagt, was er sagen wollte. Der Khagan würde entweder auf ihn hören oder nicht. Am Rande seines Blickfelds nahm er die großen Augen in einigen der Gesichter ringsumher wahr. Von Angst und Erregung erfüllt, zweifelte keiner von ihnen daran, dass der Khagan, sobald er in seinem überwältigenden Zorn die Sprache wiederfand, Befehl geben würde, dass Gansukh die Knochen gebrochen wurden – erst die Knie und dann die Rippen –, bevor man ihn unter die Bohlen legte und die Pferde über seinen geschundenen Leib reiten ließ … Ein langsamer, erstickender, Knochen brechender Tod zur Strafe für diese unerklärliche Respektlosigkeit und Kränkung.

Gansukh wandte den Blick nicht vom Khagan ab, forderte Ögedei wortlos heraus, den Befehl zu erteilen. *Kein angemessener Tod für einen Krieger,* dachte er. *Aber deshalb bin ich nicht weniger Krieger.*

Ögedeis linker Augenwinkel fing an zu zucken. Er stieß Gansukh kraftvoll von sich weg gegen den Tisch. »Gib mir den Becher«, knurrte er. »Ich werde entscheiden, ob er meiner würdig ist.«

Gansukh fiel auf die Knie und senkte den Blick auf die Füße des Khagans. »Ja, mein Khan«, murmelte er. Sein Blick verschwamm, er schwankte nach Luft ringend. Er hörte Hufe über Holz poltern und erkannte erst dann, dass es nur das Echo seines hämmernden Herzens war.

Jemand drückte ihm den Becher in die Hände, jemand, der offenbar zu viel Angst hatte, ihn dem Khagan selbst zu geben. Mit zitternden Beinen stand Gansukh auf und überreichte das Gefäß.

Ögedei entriss es ihm. »Wein!«, rief er. »Warum ist kein Wein in diesem Becher?« Ein Dutzend Männer sprangen vor und erboten sich, den Kelch des Khagans aus ihren eigenen halb vollen Bechern zu füllen.

Mit einem Grunzen drehte Ögedei sich herum und schlug Gansukh den Becher quer übers Gesicht.

Gansukhs Augen füllten sich mit Tränen, und der Raum verschwand wie hinter Schleiern, als es ihn herumriss und er auf Hände und Knie fiel. Er schmeckte Blut im Mund und hatte das Gefühl, in seiner Wange stecke ein glühendes Stück Kohle.

Etwas Schweres fiel auf ihn, und er versteifte sich und versuchte zu verhindern, dass er vollends zu Boden ging. *Bohlen.* Seine Hände krampften sich voller Panik zusammen. Aber es war nur ein Mann, der sich da auf ihn lehnte und dessen heißer, stinkender Atem ihm über die blutige Wange strich. Er versuchte sich auf einen glänzenden Gegenstand zu konzentrieren, der durch sein Blickfeld schwebte, blinzelte die Tränen fort und erkannte, dass es der Becher war, sein Geschenk für Ögedei.

Es hatte sich besser gehalten als seine Wange.

»Der Becher ist gut«, zischte ihm der Khagan ins Ohr. »Geh mir aus den Augen, junges Pony, bevor ich es mir anders überlege.«

Kapitel 28

✠✠✠

Verhängnisvolle Begegnung in Kiew

Als sie um den Fuß des Hügels herumritten, spürten sie den Wind im Gesicht, und obwohl seine Berührung zugleich leicht und erfrischend war, so war sein Hauch doch erfüllt von einem ungesunden Gestank. Zunächst hielt ihn Cnán für den Fäulnisgeruch, wie er in stinkendem Sumpfland nicht ungewöhnlich war, aber die Strömung des Flusses war eigentlich zu stark, als dass sich faulender Unrat ansammeln konnte. Ein Blick hin zu den anderen zeigte ihr, dass auch sie den Geruch wahrnahmen, allerdings war er ihnen offenbar vertrauter.

»Verwesung«, erklärte Jasper. Er kramte in einem seiner vielen Beutel herum, bis er eine kleine Phiole fand. Vorsichtig zog er den Stöpsel heraus und gab einen kleinen Tropfen einer dicken Flüssigkeit auf zwei Finger, die er sich dann in beide Nasenlöcher drückte. Mit geschlossenem Mund atmete er so tief ein, dass sich seine Nasenflügel zusammenzogen. »Ah«, seufzte er. Als er die Finger sinken ließ, schien ihn der Geruch, der in der Luft lag, nicht mehr zu belästigen. Grinsend hielt er Cnán die Phiole hin.

Sie starrte ihn an, als wäre er vom Pockenfieber befallen. Als er jedoch die Phiole zwischen den Fingern wackeln ließ, nahm sie ihm das Fläschchen aus der Hand. Ein bisschen misstrauisch schüttete sie ein winziges Tröpfchen auf ihre Finger und schnupperte vorsichtig daran. Der Minzgeruch war so überwältigend, dass sie überrascht zurückfuhr. »Was ist das?«, fragte sie.

»Eine Tinktur aus Minzöl«, erwiderte er lächelnd. »Meine eigene Rezeptur.« Er wedelte mit der Hand vor seinem Gesicht herum, wie um noch mehr von dem widerwärtigen Gestank auf seine Nase zuzufächeln.

Sie gab noch ein Tröpfchen auf einen weiteren Finger und schmierte sich das Öl dann in einer etwas unbeholfenen Nachahmung seiner Methode in die Nase. Ihr tränten die Augen, als sie einatmete und die Minzdämpfe sich wie winzige Eiszapfen tief in ihren Kopf bohrten. Sie musste jedoch zugeben, dass es auf ganz eigene Weise ein angenehmes Gefühl und dem Gestank verwesenden Fleisches auf jeden Fall deutlich vorzuziehen war.

Rædwulf lachte glucksend über ihren Ausdruck, als er ihr mit langem Arm die Phiole aus den Fingern pflückte. Anders als Jasper tropfte er sich das Öl auf die dünne Haut zwischen Daumen und Zeigefinger und drückte sich die Hand ins Gesicht, um seine Nasenlöcher ganz einzuschmieren.

Er reichte das Fläschchen an Feronantus weiter, der sich ebenfalls davon nahm, bevor er es Istvan hinhielt. Der Ungar starrte finster vor sich hin und beschäftigte sich ganz damit, seinen Schnurrbart zu glätten, als sei die Vorstellung von Minze in seinem Bart zu geschmacklos, um sie auch nur in Erwägung zu ziehen. Finn schnupperte nur an der Phiole und gab sie dann an Jasper zurück. Als wisse er nicht recht, was das ganze Theater sollte und weshalb jemand seinen Geruchssinn betäuben wollte.

Ein bisschen schwindlig von dem Minzöl konzentrierte Cnán sich auf die kleine Barackenstadt, die sich zwischen Fluss und Hügel schmiegte. Entlang des Ufers erstreckten sich mehrere hölzerne Docks, an denen Boote auf alle mögliche Weise festgemacht waren. Provisorische Hütten und Unterstände reihten sich ohne erkennbare Ordnung aneinander, anscheinend überall dort errichtet, wo man zwei Holzbalken zu einer Art Wand zusammenfügen konnte. Das winzige Dorf am Fluss machte einen willkürlichen und sorglosen Eindruck, als würden die Bewohner alles, was sie brauchten, bauen und fertigen, ohne sich um Beständigkeit oder Schutz vor Plünderern zu kümmern. Eine Einstellung, die in der Folge dessen, was die Einwohner durchgemacht hatten, durchaus zu erwarten war. Was konnten die Mongolen denn noch tun, was sie nicht schon getan hatten? Sie niederzumachen mochte sogar ein Segen sein.

Unabsichtlich wurde Cnán angesichts der eigenen Erinnerungen ganz verzagt, und ihr Kopf füllte sich mit den Gerüchen und Geräuschen des brennenden Dorfes, wo sie vor so langer Zeit alles verloren hatte. Etwas benommen schwankte sie im Sattel und wäre vom Pferd gefallen, hätte ihr nicht jemand seine Hand auf den Arm gelegt. Sie wandte den Kopf, öffnete die Augen und zuckte zusammen, als sie in Jaspers besorgtes Gesicht blickte.

Er verstand ihre Reaktion falsch und ließ sie los. »Du musst durch den Mund atmen«, sagte er sanft. »Am Anfang kann der Geruch zu stark sein. Atme langsam – und nicht durch die Nase –, bis das Schwindelgefühl vergeht.« Er machte es ihr vor.

»Mir fehlt nichts«, sagte sie schärfer als beabsichtigt, und so fügte sie hinzu: »Es tut mir leid, Jasper. Du versuchst nur, mir zu helfen, und ich bin so grob zu dir.«

»Das macht doch nichts.« Er grinste. »Wir leben in groben Zeiten, und die einzig wahre Unhöflichkeit ist jene, die sich nicht als solche zu erkennen gibt.«

»Apropos …«, mischte sich Rædwulf ein und lenkte ihre

Aufmerksamkeit auf drei abgerissene Einheimische, die auf sie zukamen. Hätte man behaupten wollen, die drei Männer seien bekleidet, dann hätte man die fadenscheinigen Lumpen und Pelzfetzen, die ihre hageren Leiber teilweise bedeckten, als *Kleidung* bezeichnen müssen, und das konnte man nicht guten Gewissens tun. Sie schlurften langsam und vornübergebeugt heran, die schmutzigen Hände bettelnd erhoben. Der Vorderste, den die anderen beiden zu ihrem Sprecher gemacht hatten, redete auf Ruthenisch auf sie ein.

»Cnán«, rief Feronantus, »verstehst du diese Worte?«

Sie ließ ihr Pferd etwas näher an die drei herantreten, legte den Kopf schief und versuchte, dem Wortschwall des Mannes zu folgen. Er wiederholte sich ein ums andere Mal, was es ihr erleichterte, einzelne Wörter, die sie kannte, herauszuhören. »Er sagt immer wieder dasselbe«, berichtete sie. »Irgendetwas über *Geschenke*, glaube ich. Nein, *Tribute*.« Sie unterbrach den Mann mit ein paar Worten aus dem Tatarischen.

Einer der anderen Männer kreischte auf, fiel auf die Knie und kroch im Staub zu Kreuze. Der Sprecher stand mit offenem Mund da, aber es kamen ihm keine Worte mehr über die bebenden Lippen.

»Also das«, meinte Jasper, als er sich zu Feronantus und Cnán gesellte, »nenne ich eine machtvolle Beschwörung. Vielleicht könntest du die auch uns anderen beibringen ...«

»Ich habe ihn nur gefragt, ob er versteht, was ich sage«, erklärte Cnán.

»In der Sprache der Mongolen«, vermutete Feronantus. Als Cnán nickte, ließ er den Blick aus schmalen Augen über die Barackenstadt wandern und hielt nach einer Bewegung zwischen den Hütten und Trümmern Ausschau. »Sie haben Angst vor uns«, sagte er. »Obwohl wir offensichtlich keine Mongolen sind ...«

Rechts von ihnen schnaubte Istvan vernehmlich, und die

Aufmerksamkeit der drei Männer richtete sich ruckartig auf den Ungarn. Sein finsteres Gesicht flößte ihnen nur noch mehr Furcht ein, und derjenige, der im Staub lag, wollte sich noch flacher auf den Boden drücken.

»Finn«, rief Feronantus, ohne die Barackenstadt aus den Augen zu lassen. »Wir sind nicht allein, nicht wahr?«

»Aye«, antwortete der Jäger.

Cnán schaute sich nach Finn um. Er war ein Stück abseits in die Hocke gegangen und untersuchte eine Fährte im Staub der Straße, auf der sie sich befanden.

»Pferde«, sagte er und zeigte zu Boden. »Beschlagen, wie unsere. Die Spur ist noch keinen Tag alt.«

◆◆◆

»Das rote Kreuz und das Schwert. Ich dachte, den Schwertbrüderorden gäbe es nicht mehr …« Das war Rogers Reaktion, als er das Wappen des toten Ritters erkannte.

»Die Hölle vermochte sie nicht zu halten«, meinte Raphael.

»Oder sie fand ihre Gesellschaft zu ermüdend«, schnaubte Roger.

»Aus welchem Grund sie auch nach Rus gekommen sein mögen«, sagte Illarion, »ich bin zufrieden, dass wenigstens einen von ihnen das verdiente Schicksal ereilt hat.«

»Was uns zu der Frage führt, ob es noch andere gibt«, spann Raphael den Faden weiter. »Der hier ist nämlich relativ frisch, und die Schildmaiden – wenn meine Vermutung, wer die Frauen da oben sind, zutrifft – scheinen noch weitere zu erwarten.«

Diese Frage war wichtig und veranlasste alle vier Männer,

zum ersten Mal seit seiner Entdeckung den Blick vom Wappen zu lösen. Instinktiv bildeten sie einen lockeren Kreis. Die Gesichter nach außen gewandt, suchten sie die Ruinen ringsum und den schuttübersäten Hang nach Anzeichen für eine Verfolgung ab. Hände legten sich um Schwertgriffe und Axtstiele. Aber sie sahen nichts Verdächtiges.

»Bruder Raphael hat recht«, befand Parzival, »wenn er sagt, dass wir – und zwar rasch – in Erfahrung bringen müssen, ob noch andere Schwertbrüder in der Nähe sind. Aber wir haben nur vier Paar Augen. Und diese Augen spähen zwischen verbrannten Weinstöcken und Schutthaufen in eine Landschaft hinaus, die uns neu und unvertraut ist. Hinter uns schweifen viel mehr Augen aus besserer Warte über eine Stadt, die sie kennen, und deshalb finden wir unsere Antwort am schnellsten, wenn wir vor das Tor hintreten, sagen, was wir wollen, und die Schildmaiden bitten, uns mitzuteilen, was sie wissen.«

»Viel Glück dabei«, brummte Roger.

»Ich werde alleine gehen«, sagte Parzival. Das war kein Vorschlag, sondern eine unumstößliche Erklärung. Abermals schien dieses Leuchten sein Gesicht zu umspielen. Raphael wünschte, es würde aufhören, weil er es höchst beunruhigend fand. Vielleicht rührte es daher, dass das Blut aus der ohnedies schon blassen Haut des Ritters wich.

Parzival nahm Schwert und Scheide ab und reichte beides Roger, dann drehte er sich um und ging schnurstracks auf das Tor zu, das ihnen den Weg durch die innere und höchste Mauer der Priorei versperrte.

Die Schildmaiden hinter den Zinnen über ihnen waren unterschiedlicher Meinung. Zwar sprachen sie fast alle die hiesige Sprache, und so konnte Raphael nicht verstehen, was sie sagten, aber die Hälfte spottete nur, während die anderen vor Wut geradezu außer sich zu sein schienen. Als Parzival die letzten hundert Schritte zum Tor zurücklegte, erwachten die Schutthaufen ringsum plötzlich zum Leben, wie ein Ameisennest, in das eine Pflugschar fährt – gewöhnliche Menschen, Jammergestalten zumeist, unbewaffnet und eher in Wickel aus grauen Decken und Lumpen gehüllt als wirklich gekleidet, schwirrten aus behelfsmäßigen Unterschlupfen hervor, die sie entlang des Weges zur Priorei errichtet hatten, und ließen die Kochstellen, die sie geschürt hatten, im Stich. Parzival schaute hin und her und verfolgte dieses Geschehen staunend, und Raphael entnahm seiner Körperhaltung, dass ihn die offenkundige Angst, die diese Flüchtlinge vor ihm hatten, ein wenig kränkte.

»Fürchten die sich vor Parzival?«, fragte Roger. »Oder davor, was gleich mit ihm passieren wird?«

»Weder das eine noch das andere würde genügen, um solche Menschen von ihm fernzuhalten«, sagte Illarion.

Parzival stand nun vor dem Tor und blickte direkt empor zu der Lateinisch sprechenden Frau, die zuvor das Wort an ihn gerichtet hatte. Sie schaute zwischen den Zinnen auf der Befestigung über dem Tor auf ihn herunter. Vielleicht hatte er das Gefühl, es gezieme sich nicht für einen edlen Herrn, behelmt zu sein, wenn er eine Dame ansprach, die den eigenen Helm unter dem Arm trug; wohl deshalb hob er die Hände, nahm seinen Helm vom Kopf, bückte sich und stellte ihn vor seinen Füßen auf den Boden. Dann stand er auf und hob das Kinn, warf sich mit einer Kopfbewegung das Haar aus dem Gesicht und sah zu seiner Gesprächspartnerin hinauf.

Sämtliche Damen verstummten für einen Augenblick.

»Dieser Hurensohn!«, brummte Roger.

Die Stimmen der Schildmaiden klangen wieder auf, allerdings nicht so laut wie zuvor und in einem anderen Ton: Ein paar waren jetzt noch wütender, andere flirteten spöttisch mit ihm und ein paar flirteten vielleicht ganz im Ernst mit ihm.

Ihre Anführerin gestattete sich ein hämisches Grinsen und ein leises Kopfschütteln. »Ich bin mir nicht sicher, welchen Eurer Annäherungsversuche ich beleidigender finde«, sagte sie. »Als Ihr das erste Mal zu uns kamt, wart Ihr voll unerträglichen Hochmuts. ›Gut gemacht, Mädchen. Danke, dass ihr hier für uns alles so schön in Ordnung gehalten habt. Jetzt öffnet das Tor, damit wir eine richtige Festung daraus machen können. Schert euch raus aus euren Unterkünften und Schlafkammern, schüttelt uns die Kissen auf, kocht uns etwas zu essen und poliert unsere Rüstungen, damit wir uns den wichtigen Aufgaben widmen können.‹ Als wir Eure Boten fortschickten und den unvermeidlichen heimlichen Angriff, der darauf folgte, zurückschlugen, gingen wir davon aus, Euch zum letzten Mal gesehen zu haben. Aber jetzt seid Ihr wieder da. Und was ist Eure neueste List? Ein hübsches Gesicht, um die dummen Mädchen zu betören, die den Schlüssel zum Tor in ihrem Besitz haben? Sagt mir, sind die Männer, die hinter Euch herumlungern, auch so schön anzuschauen?«

»Dieses Urteil müsst Ihr und die anderen Schildmaiden fällen, Herrin«, erwiderte Parzival.

»Ihr könnt mich Schwester Vera nennen«, sagte die Frau. »Ich bin keine ›Herrin‹, und wenn ich eine wäre, dann jedenfalls nicht Eure.«

»Sehr wohl, Schwester Vera. Ich bin Bruder Parzival.«

»Kein Bruder von uns! Wir haben Euch nur so nah herangelassen, um Euch noch einmal zu sagen, dass Ihr und die anderen Schwertbrüder in unserer Stadt nicht willkommen seid«, sagte Vera. »Wenn Eure Freunde sich so nahe heranwagen, dass wir ein Urteil über ihre Schönheit fällen können, bekommen sie einen Pfeil ins Gesicht, genau wie der andere, den Ihr gesehen habt.«

»Dann ist es gut, dass Ihr Eure Hand beherrscht und Euren Pfeilregen im Zaum gehalten habt, bis ich nahe genug heran war, um mit Euch zu sprechen und Euch von einem schwerwiegenden, wenn auch verständlichen Irrtum zu befreien«, sagte Parzival. Damit zog er sich seinen Waffenrock über den Kopf, legte dann das Kettenhemd ab – was kein leichtes Unterfangen war, denn es wog so viel wie einige der Frauen, die von dort oben aus mit Pfeilen auf ihn zielten. Das rief unter den Schildmaiden noch mehr unzüchtige Bemerkungen hervor, die er nicht zu hören vorgab. Nachdem er das Kettenhemd zu Boden fallen gelassen hatte, knöpfte er seinen Gambeson auf und zog das dick gepolsterte Kleidungsstück aus, unter dem ein Leinenhemd zum Vorschein kam, das zerknittert und schweißfleckig, aber – angesichts dessen, was sie durchgemacht hatten – erstaunlich sauber war.

»Wenn Euer Gesicht uns schon nicht überzeugt hat«, sagte die Dame über ihm, »dann seid versichert, wird es Euch auch nicht gelingen, wenn Ihr uns Euren …«

Aber da verstummte sie. Und binnen weniger Augenblicke erstarben auch die anderen Buhrufe. Denn Parzival hatte sich mit der linken Hand den rechten Ärmel bis zum Ellbogen hochgeschoben. In derselben Bewegung reckte er den rechten Arm in die Höhe und drehte ihn nach vorne, die Handfläche himmelwärts, und präsentierte den Schildmaiden so die muskulöse Innenseite seines Unterarms.

Raphael stand hinter ihm und konnte daher nicht sehen, was Parzival ihnen zeigte, aber das war auch nicht nötig, denn auf seiner Haut zeichnete sich das gleiche Wappen ab.

Nachdem er die Aufmerksamkeit der Schildmaiden erweckt und sie zum Schweigen gebracht hatte, ließ Parzival seine linke Hand nun sinken. Die Augen der Frauen auf der Mauerkrone verfolgten die Bewegung sorgsam. Die linke Hand war zu einer losen Faust geballt. Er hielt sie ihnen hin, dann streckte er die Finger, während er seine Hand drehte, um ihnen die Handfläche zu zeigen.

Daran war nichts Auffälliges. Aber für sie war genau das auffällig. Einige Augenblicke lang stand er nun schon so da, sodass sie alle den gezeichneten Unterarm und die ungezeichnete Handfläche inspizieren konnten. Ein Wandel ging durch die Frauen dort oben auf der Mauer, so wie eine Windbö über ein Meer aus Gras streicht. Vera erteilte keinen Befehl. Dennoch war ein Knarren zu vernehmen, als sich Bogensehnen entspannten. Pfeile glitten zurück in die Köcher, Schwerter in ihre Scheiden.

»Bruder Parzival«, sagte Vera mit auf einmal rauer Stimme, »wir haben Euch unrecht getan. Ihr und die anderen *Skjaldbræður* seid willkommen – mehr als willkommen – in unserer Zitadelle.«

◆◆◆

Vergessen war die Absicht, Proviant zu beschaffen – die Gesellschaft reihte sich zu loser Formation auf: Istvan und Finn, der wieder auf seinem Pferd saß, ritten voraus, Eleázar bildete die Nachhut, Feronantus und Cnán sowie Jasper und Rædwulf ritten jeweils nebeneinander. Früher einmal wäre Cnán sich nackt und schutzlos vorgekommen, wenn sie so auf freiem Feld geritten wäre, zumal ohne Helm oder Kettenschutz – auch wenn sie beides nie getragen hatte –, aber umgeben von den kampfbereiten und wachsamen Rittern des *Ordo Militum Vindicis Intactae* fühlte sie sich … geborgen.

Das Gefühl ähnelte jenem, das sie vor etlichen Wochen empfunden hatte, als sie das Kapitelhaus der Schildbrüder anlässlich der Kinyen betreten hatte. Damals hatte sie ein solches Gefühl allerdings – obschon es neu für sie gewesen war – nicht überrascht, schließlich hatte sie sich inmitten einer

Vielzahl von Rittern und hinter Mauern aus Stein befunden; jetzt hingegen, in der Gesellschaft von viel weniger Rittern, fand sie es auf sonderbare Weise peinlich und ermutigend zugleich, wieder einen Hauch dieses Gefühls zu verspüren. Sie versuchte, nicht zu lange über den Ursprung ihrer Empfindungen nachzugrübeln.

Sie ritten die schmale Straße hinauf, die am Fluss entlangführte, und ließen den gewundenen Wasserlauf rechter Hand liegen. Links stieg die sanfte Böschung des kleinen Hügels an, und vor ihnen löste sich die Straße vom Flussufer und führte, dicht an den Fuß des Hangs geschmiegt, abwärts.

Der Gestank von totem Fleisch wurde stärker. Oder, überlegte Cnán, die Wirkung von Jaspers Minzöl ließ nach.

Jetzt konnten sie die Rückseite des Hügels sehen. Auf der Kuppe des kleineren Hügels stand, verborgen hinter einer groben Wand aus behauenen Holzbalken, eine Reihe baufälliger, niedriger Gebäude. Ein schmaler Pfad – kaum breit genug für ein Pferd, geschweige denn für einen Karren – wand sich steil den Hang hinab, bis er nicht weit vor ihnen in die breitere Straße mündete.

Ihr Augenmerk fiel auf zwei Männer, die einen schmalen Karren den Hügel hinaufzogen, und einen Trupp Bewaffneter, die ihnen folgten.

Der Trupp war – von der Bundhaube bis hinunter zu den Beinlingen – in Kettenpanzer gewandet und ihre langen Waffenröcke waren weiß. Jeder trug einen Schild, dazu eine Vielzahl von Schwertern, Äxten und Streitkolben. Das Wappen, das auf einige der Schilde gemalt war, bestand aus einem roten Kreuz, das über einem umgekehrten Schwert aufragte. *Ritter,* erkannte Cnán, die hinsichtlich ihrer Rüstung und Haltung ihren momentanen Begleitern glichen. Damit hörten die Ähnlichkeiten aber auch schon auf, denn die Gesichter dieser anderen Ritter waren hart und erbarmungslos, grimmige Mienen, die ihr verrieten, dass diese Männer von anderer Art als ihre Gefährten waren. Cnán zählte sie. Es waren gut dreimal so viel wie sie.

Im Vergleich dazu wirkten die beiden Männer, die den Karren zogen, fast nicht wie Menschen. Beide trugen schmutzige, abgerissene Kleidung, die steif an ihren hageren Leibern hing, und Haar und Bart der Köpfe, die daraus hervorragten, waren derart verfilzt und mit Dreck und anderen Dingen verklebt, dass ihre Gesichter kaum als solche zu erkennen waren. Der klapprige Karren bestand im Grunde nur aus einem Brett, das man an zwei Holzplatten genagelt hatte, an denen wiederum wacklige Räder befestigt waren. Beladen war der Karren, zumindest auf den ersten Blick, mit einem Stapel schmutziger Felle, doch dann bemerkte Cnán, wie sich kurz etwas Bleiches bewegte, und erkannte, dass es sich bei dem vermeintlichen Bündel in Wahrheit um eine weitere Gestalt wie jene zwei handelte, die den Karren zogen.

Jemand entdeckte die Schildbrüder, und aus der Schar von Rittern ertönte ein Ruf.

Der Trupp blieb stehen und drehte sich Cnán und den Schildbrüdern zu. Die beiden Lumpengestalten zogen ihren Karren nun schneller. Ein Kreischen wehte von der Palisade auf der Hügelkuppe herab, eher ein Ausdruck von Panik als der Schrei eines Raubvogels, der sich auf seine Beute stürzte.

Einer der Ritter war fast einen Kopf größer als seine Begleiter, die sich wie Wasser vor ihm teilten, als er den Hang herunterkam. Nachdem er die Nachhut seines Trupps erreicht hatte, zog er sein Schwert und kam ohne Eile weiter auf Cnán und ihre Gefährten zu. Hinter ihm formierten sich seine Mannen neu, wie ein Wurm, der sich wieder zusammenringelte, und folgten ihm nach.

»Wartet ab«, sagte Feronantus leise zu den anderen Schildbrüdern. »Er soll seine Absicht erklären.«

Cnán hörte ein Knarren, und als sie über die Schulter zurückschaute, sah sie, wie Rædwulf die Sehne seines Bogens spannte. Es machte ihm anscheinend keine Sorge, dass er womöglich eine Weile in dieser Haltung verharren musste. Hinter ihm schlang Eleázar seine Zügel um den Hornknauf seines Sattels. Er brauchte beide Hände, um sein monströses Schwert zu führen, und dann konnte er sein Pferd nur mit den Beinen lenken. Falls es so weit käme …

Sie schauderte, ihr war auf einmal kalt, und sie fragte sich, ob auch die anderen angesichts der nahenden Gewalt von diesem Gefühl befallen wurden. Sie hätte sich am liebsten übergeben.

Der große Ritter blieb ein paar Pferdelängen vor ihnen stehen. Sandfarbene Haarbüschel kräuselten sich unter dem Rand seiner Bundhaube hervor, sein Bart wies rote Strähnen auf. Er lachte, und Cnáns Blick fiel auf kräftige, weiße Zähne. »Feronantus«, rief der Ritter, »du bist weit fort von deinem Felsen, alter Mann.«

Die Vertrautheit, mit welcher der Mann sprach, erstaunte sie alle – bis auf Feronantus, den der Hohn des anderen nicht rührte. Im Gegenteil, dachte Cnán, er erinnerte eher noch mehr an einen Stein als sonst.

»Und du trägst die Farben eines Ordens, der in Unehre fiel, Kristaps«, erwiderte Feronantus.

Kristaps spuckte aus. »Schaulen. Wir wurden verraten.«

»Der einzige Verrat, der euch ereilte, bestand darin, dass euer Meister euch in jene Falle führte.«

»Heermeister Volquin war ein großer Führer, Feronantus, und ein besserer Mann als du …«

»Seine Führung nützt niemandem, nachdem er nun tot ist«, sagte Feronantus bedauernd. »Was soll ich von eurem zusammengewürfelten Haufen halten? Ist das alles, was noch übrig ist, diese traurige Bande von Abtrünnigen, oder braut sich da ein Unheil zusammen, das dich zwingt, ein paar dumme Narren als *echte* Ritter zu verkleiden?«

Einige der Ritter hinter Kristaps zogen ihre Schwerter und scharrten praktisch mit den Füßen, begierig auf den Befehl zum Angriff auf die Schildbrüder. Istvans Pferd schnaubte und wurde unruhig, worin sich des Ungarn eigene Unrast widerspiegelte. Cnán hörte wieder das leise Knarren von Rædwulfs Bogensehne.

»Dieselbe Frage wollte ich dir stellen, Feronantus«, entgegnete Kristaps, ungerührt von der Spannung zwischen den beiden Parteien. »Habt ihr euch verirrt?« Er hob eine Hand. »Petraathen liegt dort, oder nicht?« Er deutete etwas ziellos in eine Richtung, als kümmerte es ihn eigentlich nicht, ob es die richtige war. »Aber vielleicht gibt es Petraathen ja schon nicht mehr, wenn ihr zurückkehrt.« Er bleckte die Zähne. »Es ist viel Zeit vergangen, seit du dich auf den Felsen verkrochen hast, alter Mann. Die Welt ist an deinen Schildbrüdern vorübergezogen.«

Feronantus reagierte mit einem humorlosen Lächeln. »Ist das alles, was dir noch geblieben ist? Fern der Heimat umherzuziehen wie tollwütige Hunde, die nach Abfall stöbern, der auf dem Schlachtfeld zurückgeblieben ist?«

Einer von Kristaps Männern trat einen Schritt vor, aber der große Ritter hielt ihn mit einer Hand an der Schulter zurück. »Wir sind Gottes Diener auf einer heiligen Mission«, antwortete er.

»›Heilige Mission‹?«, versetzte Jasper, der seine Zunge nicht länger im Zaum halten konnte. »So nennt ihr das also, wenn ihr die unschuldigen Menschen in dieser geplagten Stadt in Angst und Schrecken versetzt?«

In dem Moment begriff Cnán, was Feronantus und die anderen bereits erkannt hatten: Die Bewohner der Barackenstadt hatten sie für Männer wie diese gehalten und versucht, sie mit Tributen zu beschwichtigen, ehe sie der Stadt Gewalt androhen konnten.

»Vor Gott gibt es keine Unschuldigen, nur Sündige und Rechtschaffene«, erwiderte Kristaps mit eisiger Ruhe, als erklärte er etwas so Offenkundiges wie den Auf- und Untergang der Sonne.

Feronantus kam einer Erwiderung, die Jasper schon auf der Zunge liegen mochte, mit erhobener Hand zuvor. »Beruhige dich«, sagte er. Er sah Kristaps und die anderen Ritter fest an, und Cnán bemerkte, wie sein Blick auf dem Wappen an ihren Waffenröcken verweilte. *Es hat eine Bedeutung für ihn,* erkannte sie, es war für ihn mehr als nur ein Erkennungszeichen wie die rote Rose der Schildbrüder. Hier gab es noch etwas anderes, das ihm Sorge bereitete.

»Feigheit passt zu dir. Wie immer.« Kristaps' Blick schweifte über Feronantus' Begleiter, und sein Grinsen wurde breiter, als er Cnán ansah. Sie unterdrückte ein Frösteln – es war einige Zeit her, seit ein Mann sie so angesehen hatte.

Seltsam, dass Istvan gerade in diesem Augenblick seinen Säbel zog und sein Pferd vorwärtstrieb. Sie konnte nicht glauben, dass er auf Kristaps Blick reagierte – eine solche Reaktion hätte sie eher von Parzival erwartet –, aber die plötzliche Bewegung des Ungarn erschreckte und verwirrte sie.

Istvan hielt die Zügel seines Pferdes fest in der Hand und erlaubte dem Tier nicht, die freie Fläche zwischen den beiden Parteien zu überqueren, aber seine Haltung war von aggressiver Deutlichkeit. Im Gegensatz zu der tänzelnden Bewegung seines Pferdes wirkte der Ungar wie aus Stein gemeißelt – den Blick auf den Feind geheftet, die Knöchel der Hand um den Schwertgriff weiß.

Kristaps gab sich ungezwungen, seine Haltung war die eines Mannes, der in dem anderen Reiter eher eine amüsante Zerstreuung als eine ernst zu nehmende Bedrohung sah.

»Istvan«, sagte Feronantus, »das ist nicht der richtige Zeitpunkt.«

Istvan fletschte die Zähne und ein tierisches Knurren drang aus seiner Kehle.

»Du hast deinen Herrn gehört, Hund«, zischte Kristaps. »Er ruft dich bei Fuß.«

Istvans Augen quollen aus ihren Höhlen hervor, und Cnán fürchtete schon, der große Ritter sei zu weit gegangen. Der Ungar war nur allzu leicht in Rage zu bringen und allzu sehr angetan von dem Trost, den ihm sein Zorn spendete. Ihr Kopf füllte sich mit Bildern der ungezügelten Schadenfreude, die ihn gepackt hatte, als sie auf dem Bauernhof gegen die Mongolen gekämpft hatten.

Sie hielt den Atem an, befürchtete das Schlimmste.

Sie waren in der Unterzahl, die anderen waren ihnen um mehr als das Dreifache überlegen. Ein Waffengang wäre jetzt gewiss ihr Untergang …

Kapitel 29

✠✠✠

Eines Bruders Opfer

Gansukh saß auf der Kante seines Schlaflagers und strich mit den Fingern über das lackierte Kästchen. Nachdem er sich eine Woche lang mit dem rechteckigen Rätselding befasst hatte, war es ihm gelungen, winzige Fugen zu entdecken, aber die Lösung des Problems, wie das Kästchen zu öffnen war, blieb ihm weiterhin versagt.

Die rechte Hälfte seines Gesichts tat ihm weh. Seine Wange war unter Ögedeis Becher aufgeplatzt, aber Gansukh wusste, dass die Wunde schlimmer aussah und sich anfühlte, als sie in Wirklichkeit war. In ein paar Tagen wäre sie bloß noch ein Kratzer und der blaue Fleck verblasst. Bis dahin war es ein Mal, das er mit Stolz trug, und den stetig pochenden Schmerz ertrug er ohne Klage.

Was nicht hieß, dass er ihn gerne aushielt.

Das Kästchen war klein und passte leicht in seine Hand. Als die Diebin in jener Nacht draußen auf der Steppe auf ihn zugelaufen war, hatte sie es in seinem *Deel* versteckt, ein Zug der Verzweiflung. Er verstand nicht, warum sie ihm das Kästchen anvertraut hatte, andererseits konnte er es ihr nicht verdenken, hatte sie sich doch zwischen ihm und Munokhoi entscheiden müssen. Aber was sollte er damit tun? Er schüttelte es und lauschte dem Klappern des Gegenstands darin.

War es das Kästchen selbst, das wichtig war, oder dessen Inhalt?

Wenn er auf der Jagd war, dann kam der Moment des reinsten Gefühls in dem Augenblick, bevor er den Pfeil losließ. Obgleich die Darmsehne in seine Finger schnitt und sein Arm unter der Anstrengung, sie zu spannen, zitterte, erfüllte seinen ganzen Körper ein Gefühl von Leichtigkeit, als verliefe ein einzelner feiner Seidenfaden zwischen der Pfeilspitze und dem Ziel. Er meinte zu schweben, in der Luft zu vibrieren, und wenn das Ziel zusammenfuhr, spürte er, dass diese Bewegung auch ihn durchzuckte wie ein Blitzstrahl. Und dann ließ er los – Atem und Finger wirkten zusammen, als wären sie aus einem Stück –, und er wusste, noch bevor der Pfeil seinen Bogen verließ, wo er treffen würde.

Der Pfeil flog nur dann zielgenau, wenn er sich *selbst* kannte, wenn er wusste, was zu tun und wenn er bereit war, aufgrund dieses Wissens zu handeln. Ögedei den Becher zu geben und ihn herauszufordern, ihn anzunehmen – sowohl als Geschenk wie auch als Anerkennung seiner Trunksucht –, das war ein solcher Moment gewesen. Hätte er vorab zu viel darüber nachgedacht, hätte er es nie getan, und nun, da es getan war, gab es keinen Grund, es nicht als sein Los zu akzeptieren. Als das Schicksal, das der Blaue Wolf ihm zugedacht hatte.

Ich kann die Geheimnisse dieses Kästchens lüften.

Er hielt es behutsam in den Händen, die Augen halb geschlossen. Er atmete langsam und seine Finger strichen ganz sacht über die glatte Oberfläche. Vor seinem geistigen Auge sah er die lange Fuge, die am Kästchen entlang verlief, und als er sie bedächtig mit einem Finger nachfuhr, stellte er sich vor, wie er seinen Bogen spannte und auf sein Ziel ausrichtete. Als er das Ende des Kästchens ertastete, hielt er inne; sein Finger ruhte leicht auf der lackierten Oberfläche, sein Daumen strich sanft über die Unterseite. Er lauschte auf jenen

Moment, jenes kurze Zittern, mit dem sein Ziel argwöhnte, dass der Tod nahte, und als er spürte, wie sich in ihm *etwas* regte, ließ er los.

Dann öffnete er die Augen, und seine Hände waren leer. Das Kästchen oder besser gesagt die drei komplizierten Einzelteile, aus denen es bestand, lagen auf dem Boden. Er schob die Teile beiseite, damit er den geheimen Inhalt des Rätselkästchens sehen konnte. Er brauchte einen Augenblick, um es zu verstehen, obschon es so erstaunlich einfach war.

Es handelte sich um einen grünen Zweig – einen Trieb, den man von einem Baum abgeschnitten hatte. Obwohl er all die Zeit in dem Kästchen gesteckt hatte, ohne Erdreich und Licht, war er noch geschmeidig, die Rinde fest und jung – und es befand sich ein einzelnes weiches, winziges gelbgrünes Blatt daran.

Gansukh hob den Zweig an seine Nase. Er roch wie … der Schlamm am Ufer eines Flusses im Frühling, wenn der Boden nach jungen Schösslingen duftete. Und als er die Fingerspitze auf das Blatt legte, konnte er es fast pulsieren spüren wie ein kleines Herz.

◆◆◆

Schlaf fand er nicht.

Mit dem Öffnen des Kästchens hatte er dessen Geheimnis nicht gelüftet, und nachdem er eine Stunde im Bett gelegen, den Zweig angestarrt und vorsichtig zwischen den Fingern gedreht hatte, wickelte er ihn schließlich in ein Stück Seide und steckte ihn sich unter die Kleidung, verbarg ihn wieder, ganz so, wie es die Diebin getan hatte.

Aber seine Gedanken fanden keine Ruhe. Sie summten

wie wütende Bienen, die aus ihrem Stock gescheucht wurden. Je mehr er versuchte, es sich im Bett gemütlich zu machen, desto bewusster wurde ihm, wie klein und eng seine Kammer war. Die Wände waren ihm zu nahe, er hatte das Gefühl, er bräuchte nur die Arme zur Seite zu strecken, um sie zu berühren. Er war wie der Zweig, der in einem winzigen Kästchen klapperte.

Wie kann irgendetwas in so einem Kästchen überleben?, dachte er und zog sich eine wollbesetzte Jacke über die Kleidung. Vielleicht hatte der Zweig nur grün ausgesehen, in dem Moment, da er das Kästchen geöffnet hatte. Vielleicht hatte die frische Luft ihn neu belebt ...

Er verließ den Gästetrakt und sog die Luft tief ein, als er das beengende Gebäude hinter sich gelassen hatte. *Ich bin kein Mensch, der an einen solchen Ort gehört,* dachte er und blickte zum Nachthimmel empor. Entlang der Wege knisterten und flackerten noch Fackeln, die verblassenden Überreste der Festlichkeit, die vorhin noch im Palast stattgefunden hatte. Ihr Licht erschwerte es ihm, die Sterne zu sehen.

Ein seltsamer Schrei durchdrang die Luft, sodass sich Gansukh die Haare auf den Armen sträubten. Er hörte noch weitere Stimmen, rufende Männer, und er wankte, konnte nicht verstehen, wie es ihn in die Vergangenheit geschleudert hatte, zurück in jene Nacht, als die Diebin aus Ögedeis Palast geflohen war, jene Nacht, die alles verändert hatte.

Aber es war nicht jene Nacht. Der Lärm ertönte von Neuem, das trompetende Blöken eines wütenden Tieres, und als Gansukh die Ecke des Palasts erreicht hatte, machte er den Ursprung des Tumults aus.

Auf dem Platz kämpfte ein majestätisches Tier. Grau und riesenhaft, fast doppelt mannshoch, mit Ohren wie Zeltbahnen, gewaltigen Hauern wie ein Wildschwein und einer langen Schnauze, die sich wie eine Schlange ein- und wieder ausrollte; ein ungeheures Geschöpf, das sich auf seine baumstammartigen Hinterläufe erhoben hatte und an den Seilen zerrte, die um Pflöcke gebunden waren und von Männern gehalten wurden, die ihrerseits versuchten, das Tier zu bezwingen. *Als ob Seile allein eine solche Kreatur halten könnten,* dachte Gansukh. Ein Beweis für den Humor des Himmels. Die Männer – braunhäutig und mit hohen, gewickelten Kopfbedeckungen – stießen mit langen, hakenbesetzten Speeren nach dem Tier und schrien einander wild an.

Das Tier brüllte, trompetete und stampfte mit seinen riesigen Füßen, jeder so dick wie ein Zeltmast, auf den Boden. Während Gansukh das Geschehen verfolgte – gleichermaßen erstaunt wie belustigt, dass Menschen überhaupt versuchten, ein solches Wesen zu zähmen –, richtete es sich abermals auf. Die Seile ächzten wie Männer unter Schmerzen und rissen dann aus ihrer Verankerung. Der Boden erbebte, als das Tier die Vorderläufe wieder aufsetzte, dann schleuderte es den Rüssel zur Seite und erwischte einen der winzig wirkenden Männer. Der Mann flog wie die Puppe eines Kindes quer über den Platz, während die anderen – tapfer, aber hoffnungslos – versuchten, das Tier in den Griff zu bekommen.

Seiner Fesseln ledig, verfiel der Riese in einen Triumphschrei wie aus einem Dutzend Hörnern und stürmte in schwerfälligem, aber unaufhaltsamem Galopp über den Platz.

Gansukh drückte sich flach gegen die Gebäudemauer, als das Tier an ihm vorbeidonnerte. Er kam sich vor wie ein Insekt, das sich verzweifelt an einem Stein festklammerte, der unter einem heftigen Erdbeben erzitterte. Er erkannte die Kraft dieses Geschöpfs am trägen Wogen seines riesigen Bauchs und den dicken Muskeln und Sehnen seiner stampfenden Glieder … und dem Gebrüll, das tief aus Lungen kam, die sauren, nach Gras riechenden Atem aus diesem gigantischen Leib pumpten.

Nichts weiter als ein riesiger Bulle mit langer Schnauze und Ohren, die wie Teppiche flattern, und grauer, narbiger, faltiger Haut, die ihm als Rüstung dient …

Jetzt setzte sein Denkvermögen wieder ein. Das war kein Rhinozeros, dessen Haut man zerschnitt, um eine königliche Rüstung daraus zu fertigen, sondern so etwas Ähnliches … Sein gewaltiges Nasenhorn war weich und länger und bildete eine obszöne Gliedmaße … und doch waren da diese haselnussbraunen Augen gewesen, die ihn angestarrt hatten, als das Tier an ihm vorübergekommen war, tief in ihren Höhlen liegend und von Panik erfüllt, aber trotzdem klug, wie das taxierende Auge eines riesenhaften Kriegers …

Und dann war es vorbei und Gansukh löste sich von der Wand und holte tief Luft. Jetzt rannten und hüpften die Aufpasser des Tieres vorüber und zeigten lachend auf ihn, in sicherem Abstand jedoch, während der Kampfbulle mit pendelnder Nase dröhnend auf das Palasttor zustampfte. Die Torwachen, die wie verrückt lachten, sich diesem lebenden Rammbock jedoch nicht in den Weg stellen wollten, zogen das Tor eilends weit auf, um das Ungetüm passieren zu lassen. Das massige Tier trabte hindurch und floh ungehindert in Richtung Steppe, wobei ihm Hohn- und Freudenrufe in die Nacht hinaus folgten. *Sie tun besser daran, ihm freien Lauf zu lassen, bis seine Wut verraucht ist, anstatt es jetzt aufhalten zu wollen.* Gansukh lächelte bei der Vorstellung, dass so ein fremdes Tier über die Ebene streifte. Er zweifelte nicht daran, dass man es letztlich wieder einfangen oder gar jagen und zur Strecke bringen würde, aber für den Augenblick war es frei und durfte unter dem weiten Himmel umherziehen.

Wie es jedem lebenden Wesen erlaubt sein sollte.

◆◆◆

Ögedei konnte nie über sein geheimes Entsetzen sprechen. Der Knoten der Angst zog sich mit jedem Jahr fester in seinem Bauch zusammen, wenn dieser Gedenktag nahte. Es war nicht die Erinnerung an Tolui, den jüngsten der vier Söhne des Dschingis Khan, die ihm solche Schmerzen bereitete. Jedermann wusste, wie lieb dem Khagan das Gedenken an seinen Bruder war. Es waren auch nicht die endlosen Prozessionen und die unvermeidlichen zeremoniellen Nachtmahle, die im Lauf der Festwoche zu Ehren seines toten Bruders stattfanden. Nein, weswegen sich ihm die Eingeweide verkrampften und schmerzten, das war der Umstand, dass er das Wort an den Hof richten musste – er musste sich vor alle hinstellen und über die *Wichtigkeit* von Toluis Opfer sprechen.

Ögedei schritt wie ein eingesperrter Tiger durch sein Gemach. Der große Becher stand halb gefüllt auf einem Tisch in seiner Nähe. Er konnte den Anblick nicht ertragen. Der Geruch des Weins verfolgte ihn. Mehr als nur einmal hatte er seine Hände um den Stiel des Kelchs gelegt, als wäre er ein Hals, den er würgen konnte. Aber wenn er ihn schon nicht entzweibrechen konnte, dann wollte er ihn wenigstens von sich schleudern, um ihn nicht mehr sehen zu müssen. Aber jedes Mal führte er doch nur den Rand an seine zitternden Lippen und goss sich mehr von seinem Inhalt in den gierig keuchenden Mund.

Oh, wie er sich wünschte, dass der Becher noch größer wäre, wie eine Wanne, auf dass er in einem Bad aus Wein ertrinken könnte und von seiner Bürde befreit wäre, befreit von der Last des Reiches. Jeder Schluck war bitter, aber dann trank er doch nur noch mehr, um den Geschmack des vorherigen Zuges zu vertreiben.

Ögedei fluchte und knallte den Kelch auf den Tisch, weil er es abermals nicht fertigbrachte, ihn aus dem Fenster zu werfen. Der junge Krieger, Gansukh, hatte sich gegen ihn behauptet, vor all seinen Gästen. Er hätte ihn aus dem Saal schleifen und auspeitschen lassen sollen.

Der Khagan grinste seinem Spiegelbild auf der Oberfläche des Weins höhnisch zu. Er hätte seinen Dolch ziehen und den unverschämten kleinen Hund selbst töten sollen. Aber der wilde Ausdruck im Gesicht dieses Welpen hatte ihn an Tolui erinnert … genau wie der große Kelch.

Tschagatai, sein *älterer* Bruder, hatte diesen Gesandten klug gewählt.

Es klopfte leise, und bevor er den, der da draußen stand und dumm genug war, ihn zu stören, anschreien konnte, öffnete seine Frau Toregene die Tür und trat ein.

»Du solltest sehen, wie viele es schon sind«, sagte sie und glitt über den Boden auf ihn zu. Sie war aufwendig zurechtgemacht, trug Bahnen aus gelber und orangefarbener Seide und ihr Haar war frisch geflochten. »Sie warten alle auf ihren ruhmreichen und erhabenen Herrscher.« Sie berührte ihn leicht am Arm, und er roch die Jasmin- und Zitronengrasöle in ihrem Haar.

Ögedei atmete laut aus, Brust und Schultern sackten zusammen. Er hätte sich am liebsten auf eines der Sofas gelegt und ein Nickerchen gemacht. »Sie sollten morgen wiederkommen«, seufzte er. »Oder gar nicht.« Seine Hand kroch auf den Becher zu. Obgleich er sich weigerte, ihn anzuschauen, wusste er doch genau, wie weit er entfernt war. *Nur noch ein Schluck,* dachte er. *Vielleicht betäubt mich der genug …*

Toregene lehnte sich an ihn und schlang ihren Arm unter seinen. Ihre Stimme wehte an sein Ohr. »Sie wollen doch nicht viel. Zeig ihnen dein Gesicht. Sag ihnen, sie sollen anfangen zu feiern.«

»Was feiern sie denn?«, fuhr Ögedei auf. »Meister Chucai sagte, dieses Fest werde mit nichts vergleichbar sein, was man unter dem Himmel je gesehen hat – aber warum? Um meinen toten Bruder zu ehren? Um …« Er stolperte zur Seite, streifte ihren Arm ab, streckte die Hand nach dem Becher aus und ergriff ihn. Er blickte sie über den Rand hinweg an, als er ihn sich mit einem Ruck an die Lippen hob. Wein schwappte über und lief ihm in den Bart. »Um sein Opfer zu ehren? Das kümmert meinen Bruder nicht. Er ist tot. Er ist nicht mehr da. *Seine Knochen sind fort.* Ein wertloses Opfer für fremde Götter.«

Toregene küsste ihn auf die Wange und wischte ihm mit dem Daumen Weintropfen aus dem Gesicht. Ihr sanftes Lächeln schmerzte ihn mehr als jede Erinnerung. »Er starb für den Ruhm des Reiches«, sagte sie, weder scheltend noch vorwurfsvoll – sie erinnerte ihn lediglich. »Er starb für den Traum eures Vaters. Er wusste, dass sein Opfer für den Fortbestand des Reichs nötig war.«

»Wie viele Söhne und Brüder wurden für den Traum meines Vaters geopfert?«, schrie Ögedei. »Wie viele noch?«

»Tolui war ein guter Mann, der beste und edelmütigste Bruder, den man sich nur erhoffen kann, aber er wusste, was getan werden musste, um das Reich am Leben zu erhalten.« Toregene umfasste mit ihren warmen, trockenen Händen sanft seine Wangen und Schläfen und schaute ihm in die Augen. »Du bist der Beste unter den Söhnen deines Vaters. Sein einzig würdiger Nachfolger. Bereite Toluis Opfer keine Schande, indem du leugnest, was du bist.«

Ögedeis Augen füllten sich mit Tränen. »Mein Bruder«, schluchzte er. »Wer sonst würde ein solches Opfer bringen?«

Toregene entwand Ögedeis schlaffen Fingern den Kelch und stellte ihn wieder auf den Tisch. Dann zog sie Ögedei wortlos zum Balkon. Unter der weiten blauen Zeltbahn des Himmels stand eine Schar von Kriegern still und wartend da. Die Sonne schien auf sie herab, brach sich blinkend auf eisernen Helmen und goldenem Schmuck, sodass die Menge schimmerte wie Wasser.

»Sie alle«, sagte sie leise. »Jeder Einzelne von ihnen und von den Tausenden, die in der Ausübung ihres Dienstes bereits gestorben sind – sie alle würden ihr Leben für dich opfern, o Großkhan.« Sie wischte ihm mit dem Ärmel übers Gesicht und tupfte mit zärtlichen Berührungen die Tränen fort. »Weise sie nicht ab.«

Um Ögedeis Mund legte sich ein fester Zug. Er streckte den Rücken. Behutsam nahm er Toregenes Hände in die seinen und küsste sie. Dann wischte er mit seinem dicken Finger einen kleinen Weinfleck von ihrer Haut und sah unter breiten Brauen hervor zu ihr auf. Der Blick seiner kleinen schwarzen Augen war scharf. Diese Wirkung hatte sie stets auf ihn, wie ein Elixier, besser als jeder Wein, besser noch sogar als der Anblick eines schönen Pferdes.

Als er auf den Balkon hinaustrat, begrüßte ihn der Wind wie ein alter Freund – die Rosshaarstränge des Banners vom großen Geist, das an der Brüstung befestigt war, tanzten und flatterten in der Brise. Fast hörte er im Wind das Wiehern gespannter, tänzelnder Pferde, die es kaum erwarten konnten, über das Grasland geritten zu werden.

Die dort unten versammelte Armee sprach mit einer Stimme, und sie klang wie eine Lawine, die über eine steile Bergflanke abging. Er ließ sich vom Chor ihrer Stimmen umspielen, neu beleben von der Kraft ihrer Verehrung, und dann hob er lächelnd wie ein frischgebackener Vater die Arme, auf dass sie verstummten und ihr Augenmerk ganz auf ihn richteten.

Unter dem plötzlichen, erwartungsvollen Schweigen von tausend Männern schien die Luft selbst zu erstarren.

»Heute«, begann er und setzte dann noch einmal an, mit lauterer Stimme: »Heute feiern wir das Opfer meines lieben Bruders Tolui.«

Der Knoten in seinem Bauch zog sich einmal fest zu und

ließ ihn dann los, und all die Erinnerungen, die er zugleich schätzte und verachtete, kehrten wieder. Die Zeit war gekommen. Dies alles bedeutete nichts – und es bedeutete alles.

»Vor neun Jahren …«

◆◆◆

Vor neun Jahren … in einer Nacht, in der dichte Wolken den Mond verhüllten und die Luft schwer niederdrückte und Regen sich ankündigte, lag Ögedei auf dem Sterbebett.

Das Haar klebte ihm am glühend heißen Kopf und ein dünnes Gewand am zitternden Leib. Wann immer er genug Kraft hatte, versuchte er, die Felle, die von seinem Schweiß durchtränkt waren und stanken, von sich zu werfen, aber die Heiler breiteten sie jedes Mal wieder über ihn und ignorierten sein kehliges Ächzen. Die meiste Zeit über starrte er einfach nur zu dem hölzernen Gitter empor, das die Decke des *Gers* stützte, und sah zu, wie der Rauch sich emporkräuselte und durch den Abzug entwich. Schamanen, die wie geräucherte Mumien in Flickengewänder gehüllt waren, erschienen und verschwanden wie Geister im Licht des Mondes, das sich zwischen den Wolken hindurchstahl. Sie schlugen mit Tierhäuten bespannte Trommeln, intonierten endlose Gebete und ahmten die Laute von Vögeln und Füchsen nach. Er war sicher, irgendwann würde er hinschauen und sie würden sich alle in ängstlich hechelnde und winselnde Wolfsjunge verwandelt haben.

Das Fieber hatte ihn während der Mondfinsternis befallen, war in ihn gefahren wie ein bösartiger Dämon, den seine Feinde heraufbeschworen hatten. Es wuchs in ihm heran, fraß zunächst die Kraft aus seinen Beinen und Armen und jetzt tat es sich an seinen Eingeweiden und Lungen gütlich. Schon bald würde es ihm im Hals hochkriechen und den Weg in sein Hirn finden, und dann würde er nicht mehr Ögedei Khan sein, sondern nur noch ein Sack aus fahler Haut, der mit heißer Asche gefüllt war.

Reiter waren losgezogen und hatten jeden Schamanen und Heiler im Land gerufen, und sie kamen einer nach dem anderen und bemühten sich, den Hitzedämon auszutreiben, der ihn vergiftet hatte. Sie sangen, sie tanzten, sie verbrannten Räucherwerk. Manche suchten nach Antworten in den sprudelnden, unsteten, sinnlosen Worten, die ihm von den Lippen tropften, ebenso in der Anordnung der Finger- und Gelenkknochen, die sie auf Lederkarten schütteten, und in den Streifen und Mustern verkohlter Schildkrötenpanzer.

Alle scheiterten sie an seiner Heilung. Zu ihrer Verteidigung behaupteten sie, sein Leiden sei ein Fluch, eine Verwünschung, die ihm wütende Götter der südlichen Königreiche angehängt hätten, um Rache an jenem Reich zu üben, das ihre Stämme hingemetzelt und ihre Länder geplündert hatte. Einige der Schamanen versuchten, mit den fremden Göttern zu kommunizieren, suchten nach einem Hinweis darauf, was sie tun mussten, um ihren Zorn zu besänftigen. Raue, staubige Winde und plötzliche Gewitter waren die einzige Antwort. *Ein Leben, das dir kostbar ist,* sagten die Schamanen zu ihm, *zum Ausgleich für alle jene, die genommen wurden. Das ist das einzige Opfer, das sie annehmen werden.*

»Bruder …«

Ögedei sah sich mit trüben Augen im raucherfüllten Zelt um und suchte nach dem Ursprung der Stimme, die in seine Fieberträume drang. Er blinzelte gegen den Feuerschein an und machte eine große, in gelbe und weiße Pelze gekleidete Gestalt aus. Er versuchte, den Arm zu heben und die Gestalt heranzuwinken.

»Ich ritt die ganze Nacht durch …« Die Gestalt kniete sich neben seine Bettstatt, schlanke Finger umschlangen seine heiße, schmierige Hand. »Der fremde Dämon hat dich noch nicht verschlungen«, sagte die Gestalt mit einem Lächeln.

»Tolui«, murmelte Ögedei. Er wollte seinen Bruder umarmen, aber die bloße Anstrengung, seinen Namen auszusprechen, hatte ihn alle Kraft gekostet. Er versuchte die Hand zu drehen, damit er die Finger seines Bruders drücken konnte, aber nicht einmal das war ihm möglich. »Der Blaue Wolf kommt mich bald holen«, flüsterte er. Seine Kehle schmerzte und er brachte keinen Speichel zusammen. Sein Mund fühlte sich an wie die große Wüste im Süden – ausgedörrt und leblos. »Ich … bin froh, dass du hier bist«, quetschte er hervor. »Wenn ich diese Welt verlasse …«

Tolui legte einen nach Leder duftenden Finger auf Ögedeis Lippen und brachte ihn zum Schweigen. »Du wirst nicht sterben«, sagte er. Sein Gesicht wirkte ausgezehrt, und unter seinen Augen lagen dunkle Ringe, die sein jugendliches Gesicht vorzeitig alt aussehen ließen.

»Hast du ein Heilmittel gefunden?« Ögedeis Stimme brach und ging in einen trockenen Husten über, der ihm in der Brust schmerzte.

»Ich habe mit einigen der Schamanen gesprochen, und sie fürchten, es gibt keine Hoffnung. Aber ein alter Mann vom Adlerberg hat mir gesagt, es gäbe einen Weg …« Toluis Stimme verklang, ging unter im rhythmischen Geleier der Schamanen, die noch immer über ihn wachten, sangen und ihre Trommeln schlugen.

»Nein«, stieß Ögedei hervor. »Ich kann nicht zulassen …«

Tolui schüttelte den Kopf. »Vater hieß mich, auf dich aufzupassen, Ögedei. Habe ich das nicht getan? Als du vergessen hast, was dir beigebracht wurde, wo war ich da? Wenn du eingeschlafen bist, wer hat dich dann aufgeweckt? Wer kümmerte sich um Vaters Reich, während die Stämme sich um deine Ernennung zum Khagan stritten? Ich überließ dir diesen Platz frohen Herzens, als es an der Zeit war, weil ich wusste, dass du unter all unseren Brüdern der klügste und fähigste bist. Du warst Vaters Wahl, und es war und wird immer meine größte Pflicht und Ehre sein, dir beizustehen.« Seine Augen glänzten feucht. »Wenn du stirbst, sind wir verloren. Wir werden schwach und hilflos sein, während die Stämme sich zum *Kuraltai* versammeln und einen Nachfolger wählen, wie ein Waisenkind, das aus seinem *Ger* krabbelt und feststellen muss, dass seine Familie von Raubtieren gefressen wurde.«

»Die Wahl sollte auf dich fallen, Tolui. Du wärst ein guter Khagan.«

»Im Vergleich zu dir?« Tolui schüttelte den Kopf. »Die Götter fürchten dich, mein Bruder. Sieh doch nur, wie verzweifelt sie versuchen, Vaters Traum zu zerstören – deinen Traum.« Er drückte Ögedeis Hand und erstickte damit jedes Widerwort im Keim. »Ich habe mich bereits entschieden. Die Schamanen werden das Ritual vornehmen. Lass mich das für dich tun. Lass mich meinem Khan dienen, wie es mir besser nicht möglich ist.«

Stille hatte sich über das Zelt gesenkt, und Ögedei schaute sich mühsam um. Es waren mehr Schamanen zugegen, als in das *Ger* zu passen schienen. Sie trugen alle blaue Gewänder, und anstelle ihrer Trommeln und Knochensäckchen hielten sie nun Becher, Geweihe und geschnitzte Holzstöcke in Händen. Er versuchte, seine Hand aus Toluis Griff zu winden, aber sein jüngerer Bruder hielt sie eisern fest. Er konnte sich nicht aufsetzen, er konnte nicht sprechen. Seine Kraft war dahin und er fiel zurück auf die schweißfleckigen Felle. Sie legten sich wie nasser Schnee um ihn, und finstere Dämonenmuster tanzten am Rande seines Blickfelds …

Die Schamanen sangen, das Zelt wurde erhellt vom Schein aus vier Feuerschalen, in denen duftendes Kiefernholz verbrannte. *War Zeit vergangen?* Tolui war nicht mehr neben seinem Bett, und seine Hand – die sein Bruder eben noch gehalten hatte – war kalt und verkrampft. Als Ögedei blinzelte, erlosch eine der Feuerschalen; die anderen wurden in rascher Folge gelöscht, große Rauchwolken stiegen auf und hüllten die singenden Schamanen ein.

Ein fettiger Rauchschwaden strich über sein Gesicht. Er griff danach, wollte ihn berühren, aber da war nichts, nichts außer ungeheurer Leere, als läge er nackt auf der Steppe und als wären alle Sterne erloschen.

Er konnte Blut riechen, wie von einem frisch geschlachteten Tier, und er dachte an das Reh am Fluss, das er vor so vielen Jahren zusammen mit seinem Vater erlegt hatte.

Der Gesang hörte auf, und dann jauchzten und jaulten die Schamanen und lärmten wie ein Wolfsrudel.

Ögedei konnte sich nicht daran erinnern, die Augen geschlossen zu haben, und sie zu öffnen war ein Gefühl, als müsse er ein eisernes Tor aufstemmen. Stück für Stück gelang es ihm, die Lider zu heben, und er schielte und blinzelte, obwohl die Helligkeit im Zelt kaum nennenswert war.

Die Schamanen sangen wieder, murmelten und summten halblaut vor sich hin – ein Flüstern im Wind. Tolui war zurückgekehrt und stand am Fuß des Bettes. Den Kopf hielt er gesenkt, und die Laute, die aus seiner Kehle kamen, klangen wie das Knurren und Heulen von zehn Männern. Ein hölzerner Becher ging unter den Schamanen von Hand zu Hand, bis er bei seinem Bruder anlangte, der ihn nahm, neben Ögedeis Füßen in die Hocke ging und ihn an seine Lippen hob.

Er trank und trank und trank. Es schien, als würde er ewig weitertrinken, und Ögedei wollte ihn schon anschreien, er solle aufhören. Aber da ließ Tolui den Becher fallen und stürzte selbst schwer gegen das Bett. Er hob den Kopf, und seine glänzenden Augen blickten Ögedei durchdringend an. Sein Mund bewegte sich zunächst stumm, bevor Worte herauskamen, und als sie kamen, wollte Ögedei aufschreien und sie zurücktreiben in die Kehle seines Bruders, als könne er dadurch ungeschehen machen, was getan worden war. »Beschere unserem Reich Größe, Bruder«, flüsterte er.

Ögedei setzte sich auf. Sein Geist kehrte in prickelnden Wellen zurück, die seine Glieder durchliefen. »Tolui«, schrie er, die Stimme ein heiseres Keuchen.

Tolui stöhnte, dann kippte er vornüber und griff mit den Händen verkrampft ins Nichts. Als er Ögedei wieder ansah, waren seine Stirnadern dunkelrot und prall unter der schweißnassen Haut angeschwollen. »Bruder«, flüsterte er, die Stimme ein raues Zischen, »sie *trinken* mich.« Jetzt spannte sich seine ganze Gesichtshaut wie ein Trommelfell, und Ögedei sah, wie sich darunter etwas bewegte – wie Würmer, die sich durch seinen Kopf wühlten.

»Ich bin betrunken«, seufzte Tolui. Er versuchte, seinem älteren Bruder ein letztes Lächeln zu schenken, aber seine Muskeln ließen ihn im Stich und er brach zusammen.

Ögedei warf die Felle ab. Er stellte fest, dass er stehen konnte, und eilte an die Seite seines Bruders.

Ein Schamane stand dicht dabei, halb im Schatten verborgen. »Es ist vollbracht«, verkündete er mit hohler, ferner Stimme.

Toluis Augen waren geschlossen, als sei er in tiefen Schlaf gefallen. Ögedei nahm ihn fest in die Arme, aber es war kein Leben mehr im Leib seines Bruders.

◆◆◆

»Heute vor neun Jahren opferte sich mein edler Bruder, damit ich weiterleben konnte. Aber er brachte sein Opfer nicht nur für mich! Tolui … Tolui Khan opferte sich, damit dem mongolischen Reich weder sein Führer noch seine Bestimmung versagt wurde.«

Umgeben von mehr als einem *Minghan* ekstatischer und überschwänglicher Krieger fiel es leicht, sich von ihrer Begeisterung anstecken zu lassen, und als die Menge nach den Worten des Khagans brüllend ihre Zustimmung kundtat, ertappte sich Gansukh dabei, dass er halbherzig mitjubelte.

Der Hof war so weit von Ögedeis Balkon entfernt, dass es nicht leicht war festzustellen, ob der Khagan getrunken hatte. Gewiss, über diese Distanz ließ sich keines der verräterischen Details im Gesicht eines Mannes erkennen, die auf Trunkenheit hinwiesen, aber der Tonfall des Khagans und die Art und Weise, wie er sich schwer auf die Balkonbrüstung lehnte, während die Menge jubelte, ließen Gansukh vermuten, dass der Khagan in der Tat betrunken war.

»Wir dürfen den Mut meines lieben Bruders nie vergessen«, fuhr Ögedei fort und richtete sich wieder auf. »Seine Stärke ist unsere Stärke, sein Geist ist immer noch bei uns. Sein Name und die Namen all unserer gefallenen Brüder sind es, die uns zu dem machen, was wir sind. Jene, die sich gegen das Reich stellen – die sich gegen mich stellen –, beschmutzen das Andenken unserer toten Brüder.«

Ögedei setzte eine dramatische Pause, und als der Lärm der Menge den Hof erfüllte, hob er die Arme und trieb sie zu noch größerer Lautstärke. Der Boden erzitterte unter dem rhythmischen Stampfen der Männer. Als der Khagan diesmal die Hände sinken ließ, kehrte nur langsam Stille ein.

»Es ist meinem Bruder zu verdanken«, rief Ögedei mit schallender Stimme, »und euren Brüdern und allen gefallenen mongolischen Brüdern, dass unser Reich fortlebt.

Mein Vater vereinte die Stämme und gab uns einen Kurs vor, der auf alle Zeit eine Spur in die Geschichte pflügen wird. Es ist unsere Pflicht – unsere heilige Pflicht gegenüber unseren Brüdern, die nach uns kommen werden –, diesem Kurs weiter zu folgen.«

Der Jubel der Menge wurde lauter, gutturaler, geriet zum Kriegsgesang. Der Lärm wogte hin und her, schlug gegen die Mauern des Palasts, und über der brodelnden Flut aus johlenden Kriegern wankte Ögedei. Und Gansukhs Herz wankte mit ihm. Aber die Menge bemerkte nicht, wie Ögedei sich festhalten musste, und nur Gansukh sah, wie jemand hinter Ögedei trat, den der Khagan mit einer scharfen Handbewegung fortscheuchte, weil er keine Hilfe wollte.

Der Jubel der Menge dauerte an, aber Gansukh hatte genug gesehen. Als Ögedei die lärmenden Krieger beschwichtigte, um ein letztes Mal pathetisch das Wort an sie zu richten, drängte Gansukh sich schon durch die Menge.

Die Größe des Khagans war nicht geschwunden. Der Wein benebelte ihn, aber er hatte Ögedeis Leidenschaft nicht gänzlich ausgelöscht. Der Khagan war noch zu retten, aber dazu bedurfte es jemand wie Gansukh – eines Außenstehenden, eines Kriegers, für den die alten Sitten noch frisch und lebendig waren –, der ihm den Weg wies.

Sitten und Gebräuche des Hofes zu erlernen war ein Mittel zum Zweck, ganz so, wie man lernen musste, Fährten und Spuren zu lesen, um jagen zu können. Ein Jäger musste seine Beute gut kennen, bevor er ihr nachstellen und nahe genug an sie herankommen konnte.

Kapitel 30

✠✠✠

Pilgerreise

Kein Ort konnte weniger an Jerusalem erinnern als jener, in den sie nun einritten. Doch während sie das Tor der Priorei auf der Hügelkuppe in Kiew durchschritten, musste Raphael an jenen Tag vor zwölf Jahren denken, als er ein paar Längen hinter Friedrich II., dem Heiligen Römischen König und Vater des sechsten Kreuzzugs, in Jerusalem eingeritten war. Denn auch Jerusalem hatte seine Tore kampflos aufgetan. Die Kriegerorden der Christenheit – die Deutschritter, die Templer, die Malteser und der *Ordo Militum Vindicis Intactae* – hatten jeweils Abordnungen gesandt. Sie polierten ihre Rüstungen, striegelten ihre Pferde und entrollten ihre prächtigsten Banner, weil sie einander in den Augen all der Einheimischen – Muslime, Juden und Christen –, die Friedrichs Weg vom Stephanstor zur Grabeskirche säumten, überstrahlen wollten.

Die Schildbrüder, deren Stil den Spartanern nachempfunden war, wirkten im Rahmen solcher Prachtentfaltung stets eher ärmlich und hatten mithin wahrscheinlich keinen großen Eindruck auf die Menge gemacht. Das nahm Raphael gerne hin; es war ihm sogar ganz recht, ebenso wie den Dutzend Brüdern, die mit ihm unter dem Banner des Ordens, das eine rote Rose zeigte, in die Stadt geritten waren. Weniger

Aufmerksamkeit des gewöhnlichen Volkes von Zion bedeutete mehr Freiraum, um die Stadt und die anderen Orden christlicher Ritter zu beobachten, die diesen Ort nun nach vier Jahrzehnten Abwesenheit wieder einnahmen.

Die Malteserritter zum Beispiel, die in ihren schwarzen Waffenröcken mit dem aufgenähten Silberkreuz rechts neben Friedrich II. nach Jerusalem geritten waren. Nachdem sie in der Grabeskirche ihren Respekt gezollt hatten, hatten sie wieder das Hospital des heiligen Johannes für sich beansprucht, das ursprünglich eine Unterkunft für Pilger gewesen war, die aus dem Westen anreisten, um das Grab des Herrn aufzusuchen. Die kriegerischen Besitzer des Anwesens hatten unterdessen feststellen müssen, dass die Pilgerhilfe eine aufwendige Angelegenheit war, die sich nicht darauf beschränkte, den Reisenden eine Mahlzeit und ein Dach über dem Kopf zu bieten. Denn was nützten ihnen diese Annehmlichkeiten, wenn sie auf den Straßen nicht sicher reisen konnten?

Es war Raphael unmöglich, nicht an jenen Tag zu denken, als er die Nonnenklosterfestung der Schildmaiden betrat und die Kranken und Lahmen sah, die im Hof auf Stroh lagerten. Sie wurden von den barmherzigen Schwestern versorgt, die weiße Hauben trugen. Diese Nonnen hatten dieselbe Lektion gelernt wie die Kreuzfahrer im Hospital des heiligen Johannes – der Schutz der Schwachen verlangte eine vernünftige Mischung aus Fürsorge, Einsicht und Mitgefühl auf der einen Seite und roher Waffengewalt auf der anderen.

Diese zu gewähren, dafür waren die Schildmaiden sattsam gewappnet. Sie waren die Nachfahren nordischer Frauen, die sich von den Geschichten der Walküren und der *Skjalddis* hatten inspirieren lassen. Wie alle anderen Waräger, die auf den großen Flüssen von Rus nach Süden gezogen waren, hatten auch sie sich allmählich der hiesigen Bevölkerung angepasst und deren slawische Sprache und das griechische Alphabet übernommen. Doch Raphael erkannte alte Querverbindungen zu seinem Orden in vielen Details ihrer Waffen und Rüstung, ihren Bewegungen und ihrer Disziplin.

Da sie so viel gemeinsam hatten und Vera und Illarion beide zwischen Latein und Ruthenisch hin und her übersetzen konnten, ging die Unterhaltung flüssig vonstatten, nachdem sie offiziell willkommen geheißen worden waren, sie sich einander vorgestellt und die Gastgeber sie kurz durch die Festung geführt hatten. Schließlich ließen sie sich im Bergfried rund um einen mächtigen alten Tisch nieder und aßen grobes Schwarzbrot, das sie in Honig tunkten.

»Der Tod ist mit großer Macht über dieses Land gekommen, wie Ihr ja deutlich gesehen habt«, erklärte Vera, die das Staunen in ihren Gesichtern, als das Essen aufgetragen wurde, richtig deutete. »Aber die Bienen leben, Blumen wachsen und die Bauern bestellen ihre Felder, und so können wir uns von dem ernähren, was sie uns bringen. Im Gegenzug kümmern wir uns um ihre Kranken und bieten ihnen unseren kärglichen Schutz.«

»Durch welches Wunder«, fragte Illarion, »seid Ihr der Vernichtung durch die Hand der Mongolen entgangen?«

»Die Wahl Eurer Worte ist fast allzu schlau«, versetzte Vera und bedachte ihn mit einem scharfen Blick, und Raphael war froh darum, dass er nicht ihn getroffen hatte.

Vera war eine starkknochige Frau, die in einem glücklicheren Land vielleicht ein dralles, fülliges Milchmädchen geworden wäre, das sich mit schweren Eimern an einem Joch über den breiten Schultern auf einem Hof verdingte. Aufgrund der Entbehrungen war sie jedoch hager geworden, und es zeigten sich Wangenknochen, die den Steppen mehr verdankten als den Fjorden. Eine ähnliche Geschichte erzählte die Farbe ihrer Augen und ihres Haars, das ihr fast bis auf die Schultern reichte, wenn sie es nach hinten strich – genau die Länge, die unter die Kappe einer Rüstung passte, ohne sich in den stählernen Gliedern eines Nackenschutzes zu verheddern.

»Ich wollte nicht schlau sein«, sagte Illarion, »nur …«

»Die armen Menschen von Kiew, die drunten in den Ruinen hausen, neigen dazu, es als Wunder zu betrachten, und wir sehen keinen Nutzen darin, es ihnen auszureden«, fiel ihm Vera ins Wort. »Wie Ihr ganz richtig erkannt habt, hätten wir den Mongolen nicht standhalten können, auch dann nicht, wenn wir alle bis zum Tod gekämpft hätten. Stattdessen leisteten wir genug Gegenwehr, um ihren Vorstoß zu bremsen und zum Ärgernis zu werden. Kiew hatten sie bereits eingenommen, und da es nun einmal ihre Natur ist, über das Meer aus Gras zu galoppieren, ist es nicht ihre Art, Monate an einem Ort auszuharren, nur um auch noch das letzte Widerstandsnest auszumerzen. Außerdem sieht diese Stätte aus wie eine Kirche – und Kirchen zerstören sie nicht gern. Sie wird zudem von Frauen verteidigt – also sahen sie einerseits kaum Ehre und Ruhm in einer langen Belagerung und andererseits die Gefahr, verhöhnt und gedemütigt zu werden, falls es ihnen nicht gelingen sollte, uns rasch zu bezwingen.«

»Und deshalb sind sie über Euch hinweggegangen«, sagte Illarion nickend.

Das Brot und der Honig gaben Raphaels Körper seine Kraft zurück, und ihr folgten dichtauf jene Gefühle, die Kälte, Schmutz, Mühsal und die Gesellschaft von Männern lange unterdrückt hatten. Er fing an, Vera auf jene zeitlose Art zu sehen, wie Männer Frauen schon immer gesehen hatten, und er entdeckte, dass die Pocken Spuren aus flachen Kratern auf ihren Wangen hinterlassen hatten, die sich bis zu ihrem Hals hinabzogen, ohne sie wirklich zu entstellen. Und ihre Augen hatte die Krankheit auch verschont. Anscheinend spürte sie seinen Blick, denn sie drehte bedächtig den Kopf und schaute ihm direkt in die Augen. Natürlich war das kein mädchenhaft scheuer Blick. So etwas hätte er von einer Schildmaid auch nicht erwartet. Aber sie bedeutete ihm auch nicht, dass er tot umfallen solle. Sie ließ ihn lediglich wissen, dass sie, wenn er sie anstarrte, zurückstarren würde. Er tat das einzig Höfliche, und das bestand darin, den Blick abzuwenden und den Punkt mit einem Lächeln an sie abzutreten.

»Deshalb wurden wir also nicht ausgerottet«, kam Vera zum Ende ihrer Ausführungen und deutete auf Brot und Honig. »Und deshalb leben wir noch. Aber einen Austausch von Nachrichten mit dem Rest der Christenheit gibt es praktisch nicht. Uns erreichen nur Gerüchte über große Schlachten, die die Mongolen gewinnen. Was gibt es Neues von Eurem Orden? Steht Petraathen noch? Oder seid Ihr herumziehende Versprengte, wie diese anderen?«

Diese anderen. Damit meinte sie die Ritter vom Schwertbrüderorden.

Raphaels Gedanken kehrten wieder nach Jerusalem zurück. Eine Formation von Deutschrittern hatte die Stadt unmittelbar hinter dem viel kleineren Kontingent der Schildbrüder betreten. Ein jüngerer Orden, der sich in den vergangenen Jahrzehnten jedoch besser geschlagen hatte, da sein Stützpunkt in Akkon lag, einer Stadt, die immer noch unter christlicher Herrschaft stand, und nicht in Jerusalem, das vor zweiundvierzig Jahren an Saladin gefallen war. Sie hatten sich in der Parade regelrecht zur Schau gestellt und viel mehr Eindruck auf die Einheimischen gemacht als die Schildbrüder. Ihre Präsenz im Heiligen Land war bald darauf geschwunden, weil sie nach Norden gezogen waren, um Kreuzzüge entlang der östlichen Grenze Europas zu unternehmen, wo christianisierte Reiche an Länder in Heidenhand grenzten.

Vor ein paar Jahren hatten die Deutschritter sich die Überreste eines anderen Kreuzfahrerordens einverleibt, des

Schwertbrüderordens. Die Schwertbrüder waren von einer Heidenarmee zerschlagen, ihr Großmeister und die meisten ihrer Ritter getötet worden. Die überlebenden Brüder hatten die Autorität des Großmeisters der Deutschritter anerkannt und ihr traditionelles Wappen – rotes Kreuz und rotes Schwert – zugunsten des schwarzen Kreuzes der Deutschritter abgelegt.

»Diese Versprengten …«, begann Parzival und lehnte sich vor, um sich noch eine dicke Scheibe Brot zu nehmen. »Soweit uns bekannt war, existierte der Schwertbrüderorden nicht mehr. Hätten wir es gewusst …«

»Wärt Ihr zu unserer Rettung herbeigeeilt?«

»Natürlich nicht.« Parzival schüttelte den Kopf und mied geschickt die Falle, die da vor ihm lag. »Wir hätten Euch benachrichtigt.«

»Hätten sie sich geschickter angestellt, hätten wir sie womöglich durchs Tor gelassen und uns am Ende gewünscht, dass uns eine solche Warnung Eurerseits erreicht hätte«, entgegnete Vera. »So aber eilte ihnen ihr Ruf von Hochmut und Prahlerei um etliche Tage voraus, und wir wussten, womit wir zu rechnen hatten. Als Kristaps, ihr Anführer, sich vor unserem Tor zeigte, entsprachen seine Worte ganz unseren Erwartungen. Er erbot sich, uns von der Bürde der Verteidigung dieses Ortes zu entlasten, und wollte uns mit Aufgaben betrauen, die eher dem schwächeren Geschlecht entsprächen.«

»Das kam bestimmt gut an«, schnaubte Raphael. Illarion, Roger und selbst Parzival hielten mit ihrer Belustigung kaum hinterm Berg.

»Dem Tonfall nach zu schließen, in dem er sein Angebot unterbreitete«, sagte Vera, und nun konnte auch sie kaum noch ein Zucken der Mundwinkel unterdrücken, »hielt er seine Vorschläge offenkundig für erstaunlich großzügig. Er stand da und wartete unsererseits auf Bewunderung und

Dank – auf beides freilich vergebens. Bei seiner Rückkehr sprach er schon weniger höflich, was uns seine wahre Natur vor Augen führte – als wäre sie nicht ohnedies schon offensichtlich gewesen.«

»Ist er der Bursche mit dem Pfeil im Auge?«, fragte Raphael hoffnungsfroh.

Vera schüttelte den Kopf. »Das wäre erfreulich«, sagte sie. »Dieser Bursche war ein Ritter von geringerem Rang, der sich als lästig erwies.« Sie biss von ihrem Brot ab und kaute, während sie ihre Worte wirken ließ.

Sie drehte sich auf ihrem Stuhl und wandte sich Parzival zu, in dem sie den Anführer der Gruppe erkannt hatte. »Ihr habt Höflichkeit bewiesen«, sagte sie, »indem Ihr brüderliches Interesse an unserer Lage bekundet habt. Ich habe es Euch nicht freundlich vergolten. Was führt Euch hierher, und noch dazu in solchem Zustand? Verzeiht meine Offenheit, aber es ist nicht zu übersehen, dass Ihr eine lange, beschwerliche Reise hinter Euch habt.«

Jeder von ihnen hätte diese Frage beantworten können. Raphael verkniff es sich, weil er die Wahrheit nicht herausposaunen wollte. Feronantus mochte die Schildmaiden später ins Vertrauen ziehen, aber einem anderen aus ihren Reihen stand es nicht zu. Raphael glaubte, Vera inzwischen gut genug zu kennen, um einigermaßen sicher zu sein, dass sie nicht beleidigt gewesen wäre oder es ihnen verübelt, sondern hingenommen hätte, wenn sie ihr gesagt hätten, der Grund ihrer Reise gehe sie nichts an.

Er suchte nach einem höflichen Weg, ihr genau das zu sagen, aber da ergriff Parzival das Wort. »Wir sind auf einer Suchwanderung.«

Parzivals Gefährten an der Tafel waren sprachlos. Sie fragten sich, ob er die Wahrheit sagte oder sich spontan eine Lüge ausgedacht hatte. Angenommen, Parzival wäre überhaupt imstande gewesen, eine Lüge zu sprechen, hätte er wahrscheinlich dennoch kläglich versagt. Auf seinem Gesicht war jedenfalls nichts als Ehrlichkeit zu erkennen. Vera verwendete einige Augenblicke darauf, in dieses Gesicht zu schauen. Raphael, der sie beobachtete, glaubte zu sehen, wie ihr Blick ein wenig weicher wurde, wie sie ihre defensive Haltung ein wenig aufgab.

»Könnt Ihr etwas genauer sagen, wonach Ihr sucht?«, fragte sie schließlich.

»Nein«, antwortete Parzival umgehend, »denn ich weiß es nicht.«

»Wer sandte Euch auf diese Suche? Es wäre nur höflich gewesen, Euch konkretere Anweisung mitzugeben, bevor man Euch auf eine so weite Reise schickt.«

»Ich zögere zu behaupten, dass es Gott war, denn das wäre eine frevelhafte Anmaßung«, sagte Parzival, »aber ich glaube durchaus, dass vor ein paar Wochen ein Engel oder Heiliger über mich kam, der sein Licht in meine Seele leuchten ließ und mich mit einem Zweck erfüllte. Die Art dieses Zweckes hat sich indes noch nicht offenbart. Aber ich glaube, dass er mich hierhergeführt hat. Aus welchem Grund vermag ich mir jedoch nicht vorzustellen.«

Roger starrte Parzival mit einer Mischung aus Spott und Zuneigung an, wie sie nur langer Freundschaft entstammen konnte.

Illarions Blick streifte Raphaels kurz, dann wandte er sich an Vera und stellte auf Ruthenisch eine Frage.

Vera antwortete in derselben Sprache. Dann sagte sie auf Lateinisch: »Der Hügel unter uns ist mit Höhlen und Katakomben durchzogen, in denen fromme Menschen leben, seit die ersten Christen hierherkamen und ihr Evangelium predigten. Überall liegen Knochen und Artefakte von Heiligen. Und natürlich munkelt man auch, dass vergrabene Schätze zu finden seien. Ob die Schwertbrüder hier sind, um nach Relikten oder nach Schätzen zu suchen, lässt sich allerdings nicht sagen – ich vermute jedoch Letzteres. Aber wenn Euch ein heiliger Geist auf eine Suche an diesen Ort geschickt hat, Bruder Parzival, dann gehe ich davon aus, dass deren Ziel unter uns zu finden ist.«

Sie nickte zum Fuß des Tisches hin. »Wenn Ihr mit Eurem Mahl fertig seid, zeige ich Euch gern den Weg.«

◆◆◆

Istvans Pferd bäumte sich auf und ließ die Vorderhufe durch die Luft wirbeln.

Weitere der Schwertbrüder zogen ihre Waffen, und das Geräusch von Stahl auf Stahl klang wie Glockengeläut. Cnán wollte sich die Ohren zuhalten, als könne sie damit verhindern, was als Nächstes zu geschehen drohte.

Feronantus machte keine Anstalten, nach seinem Schwert zu greifen. »Eure Beute entkommt euch«, sagte er in die hohle Leere, die dem Zücken der Schwerter folgte. Seine Worte stifteten auf beiden Seiten Verwirrung, bis Kristaps blinzelte und den Kopf drehte, um den Hang hinaufzuschauen.

Die Lumpengestalten hatten mit ihrem Karren das Tor des Klosters erreicht. Vor ihrer aller Augen öffnete sich das Tor knarrend gerade so weit, dass die beiden abgerissenen Männer ihre Last hindurchziehen konnten, dann schloss es sich rasselnd wieder.

»Wie wenig du doch wirklich weißt, Feronantus!«, lachte Kristaps.

»Ich weiß, dass du dir nicht sicher bist, ob ihr uns im Kampf besiegen könnt, obwohl ihr mehr als dreimal so viele seid wie wir«, erwiderte Feronantus ruhig. »Ich weiß, dass mein Ritter genau in diesem Augenblick zwei deiner Männer mit einem einzigen Pfeil durchbohren könnte, weil sie nicht klug genug sind, um zu wissen, dass man sich nicht hintereinander aufstellt. Ich weiß, dass einige der Männer zu deiner Linken Angst davor haben, was geschehen wird, wenn der Ritter hinter mir sein gewaltiges Schwert zieht. Und ich weiß, dass mindestens einer von euch in Ohnmacht fallen wird, wenn ich euch sage, dass nicht nur dieser Mann«, er wies mit dem Kopf auf Istvan, »Menschenfleisch frisst, sondern sein Pferd diese Vorliebe teilt …«

Kristaps zuckte zusammen – ein wenig nur –, als zwei seiner Männer zu Boden fielen. Der Schwertbruder versuchte, seine Fassungslosigkeit hinter einem breiten höhnischen Grinsen zu verbergen, aber für Cnán wirkte sein Ausdruck eher schmerzlich als grimmig. »Du und deine … heruntergekommenen Barbaren … seid es nicht wert, dass ich mein Schwert mit euch besudele«, knurrte er.

»Und du bist nicht das meine wert«, entgegnete Feronantus. »Troll dich, Kristaps.«

»Nächstes Mal …«

»Nächstes Mal bist du tot, bevor du deine Drohung ganz ausgesprochen hast«, fuhr Feronantus ihn an und brachte ihn mit seiner wahrhaft donnernden Stimme zum Schweigen.

Der Schwertbruder klappte den Mund zu, und seine Lippen verzogen sich über seinen Zähnen zu einer Grimasse. Mit einem Ruck des Kopfes gab er seinen Männern das Zeichen zum Rückzug. Sie rannten ziellos umher, denn sie wussten nicht recht, ob sie kehrtmachen und fliehen oder einfach nur langsam vor den berittenen Schildbrüdern zurückweichen sollten. Die beiden Männer, die zu Boden gegangen waren, ließ man zunächst liegen, bis Kristaps mit wütenden Gesten zu verstehen gab, dass man sie aufheben und mitnehmen solle. Als die Schwertbrüder schließlich alle in Bewegung waren – die beiden Ohnmächtigen schleifte man an den Armen mit –, schien ihnen wieder einzufallen, wie sie sich zu verhalten hatten, und sie bildeten endlich eine halbwegs ordentliche Reihe, in der sie den Hang hinaufstiegen.

Kristaps verweilte noch und starrte Feronantus finster an, aber als Jasper seine Belustigung nicht länger im Zaum halten konnte und in schallendes Gelächter ausbrach, schleuderte ihnen der Schwertbruder einen letzten Fluch entgegen und stürmte dann davon.

Rædwulf senkte seinen Bogen und stimmte in das ausgelassene Lachen Jaspers und Eleázars ein. Istvan stand in den Steigbügeln und verhöhnte die sich zurückziehenden Ritter lauthals als Herde verängstigter Schafe.

Feronantus beteiligte sich nicht an dem Spott. Er beobachtete die Ritter mit ruhiger Aufmerksamkeit, als gäbe es Hinweise auf ein Geheimnis, die sich aus ihrem Abzug herauslesen ließen.

»Wer sind die?«, fragte Cnán. Nun, da die drohende Gefahr vorüber war, blieb nur eine gewisse Anspannung zurück. Wie konnten sie erwarten, die Macht der Mongolenhorde zu brechen, wenn die alten Feinde der Schildbrüder überall, wo sie hinkamen, aus dem Boden sprossen?

»Das ist der Schwertbrüderorden«, antwortete Feronantus leise. »Auch wenn sie dieses Wappen seit über fünf Jahren nicht mehr getragen haben. Die meisten Mitglieder des Ordens kamen in einer Schlacht ums Leben – in der Nähe eines Ortes namens Schaulen. Eine Schlacht, die vermeidbar gewesen wäre. Die kläglich wenigen, die überlebten, wurden von den Deutschrittern aufgenommen, wo sie fortan eine andere Tracht trugen.«

»Warst du dabei?«, fragte Cnán, von ihrer eigenen Neugier überrascht.

Feronantus gab ihr keine Antwort.

»Ich kenne ihn«, sagte Eleázar, der zu ihnen getreten war. »Vor Jahren wurde ich einmal Zeuge der Folgen seines Gemetzels.« Er beugte sich zur Seite und spuckte geräuschvoll aus. »Was tun die hier? Die Schwertbrüder haben doch schon einmal versucht, die nördlichen Lande zu erobern, und sind gescheitert. Und damals hatten sie viel mehr Männer als jetzt.«

»Ich weiß es nicht«, erwiderte Feronantus. »Dieser Haufen trägt das rote Wappen jedenfalls noch nicht lange, mögen sie sich auch so kleiden wie die Brüder des Schwerts ...«

Man hatte die beiden ohnmächtigen Schwertbrüder wieder zur Besinnung gebracht, und irgendwie war es der bewaffneten Gruppe gelungen, sich zu einer Einheit zu formieren, die sich nun den schmalen Pfad hinaufschlängelte. Als die Männer das Tor erreichten, kamen sie stolpernd zum Stehen, als wüssten sie nicht recht, was als Nächstes kam. Cnán vernahm Kristaps' Stimme, und mochte sie auch zu weit entfernt sein, um die einzelnen Worte zu verstehen, hörte es sich doch so an, als täte er lediglich seine Anwesenheit kund, ohne indes diejenigen, die innerhalb dieser Mauern lebten, zu provozieren.

Auf seinen Ruf hin erzitterte das Tor und öffnete sich dann. Die Schwertbrüder setzten sich wieder in Bewegung und verschwanden, nach wie vor in Formation, durch das Tor, das sich hinter ihnen sogleich wieder schloss.

»Ich ... ich dachte, sie jagen diese Männer«, sagte Cnán. Sie versuchte zu verstehen, was sie da gesehen hatte.

»Anscheinend nicht«, meinte Jasper und kratzte sich am Kinn.

»Cnán ...« Feronantus wandte sich ihr zu. »Du bist die Leichtfüßigste unter uns und auch die Leichteste. Du und Finn.« Er wies mit einem Nicken zu den Gebäuden auf der Hügelkuppe hinauf. »Werft einen Blick hinter diesen Wall und seht nach, was die Schwertbrüder da drinnen tun. Ich war es, der meinte, sie würden diese Bettler jagen, und damit verriet ich, dass wir die wahre Mission der Schwertbrüder nicht kennen. So sehr Kristaps auch mit uns kämpfen wollte, er hatte sich mit einer dringenderen Angelegenheit zu befassen. Mit einer heiligen Mission, wie er behauptete, und ich fürchte, das war nicht nur so dahingesagt.« Er wedelte mit der Hand. »Schnell. Wir müssen herausfinden, worum es geht.«

Kapitel 31

✠✠✠

Gefährliche Schönheit

Die ganze Palastanlage war von Musik durchflutet, Dutzende von Melodien, die zu einem gewaltigen, in den Ohren klingenden und in der Brust hämmernden Lärm verschmolzen. Zimbeln und Glocken schlugen in einem fort, überlagert vom wilden Pfeifen und Belfern von Hörnern und Flöten und dem Kreischen mit Sehnen bespannter Fiedeln. Sänger stimmten so viele verschiedene Lieder an, dass man jeweils nur Bruchstücke eines Verses aufschnappen konnte – heroische Epen, Lobgesänge auf den Himmel, die Berge und den Khagan, kurze, derbe Weisen, die Betrunkene krakeelten, und tiefer, dumpfer Untertongesang. Und unter all dem lag der stete Takt riesiger Trommeln, wie ein Herzschlag, als wären der ganze Palast zu einem gigantischen Leib und die Feiernden zum Blut in seinen Adern geworden.

Becherweise hielt man Lian den Wein vors Gesicht, als sie versuchte, sich zwischen den Feiernden hindurchzuschlängeln, die den Osthof schier überfluteten. Die Feuer in den vielen Gruben brannten so wild, dass sie ihnen weiträumig auswich, weil sie Angst davor hatte, wie die Flammen tanzten und gestikulierten, lockenden Fingern gleich, die die Betrunkenen und Benebelten in ihre feurige Umarmung ziehen wollten. Die Luft duftete nach Gewürzen, sowohl vertrauten als auch fremden, aber alle rochen so köstlich, dass sie nicht mehr widerstehen konnte, als ihr eine Frau einen mit warmen Fladenbroten gefüllten Weidenkorb hinhielt. Lian ließ ein paar Münzen in die Hände der Frau fallen, die ihr dafür einen der noch warmen runden Laibe reichte. Sie biss mit Wollust in das weiche Brot und genoss die herrliche Hitze gebackener Zwiebeln auf ihrer Zunge.

Sie schlang das Brot hinunter und stillte damit den Hunger, den sie gar nicht wahrgenommen hatte, und nachdem sie das Brot aufgegessen hatte, richtete sie ihr Augenmerk wieder auf ihr eigentliches Ziel. Das Fest war ein gewaltiges Spektakel, das Besucher aus dem ganzen Reich und darüber hinaus anlockte. Es war eine endlose Feier, die sich über viele Tage hinzog, und irgendwann im Laufe dieses chaotischen Gelages mochte ihr die Flucht gelingen.

Sich aus dem Palast zu stehlen war einfach gewesen, wie immer. Dazu brauchte sie nur hinter einer Gruppe von Konkubinen oder Dienerinnen herzugehen oder einen der vielen unbewachten Seitenausgänge zu benutzen, ein Trick, den sie verschiedentlich angewandt hatte, wenn sie ein bisschen allein sein wollte – eine fadenscheinige Illusion von Freiheit. Aus der Stadt zu gelangen, das war jedoch viel schwerer.

Sie hatte schon einmal zu fliehen versucht, am Anfang ihrer Gefangenschaft. Ganz naiv hatte sie geglaubt, es müsse doch ziemlich leicht sein, sich einen Platz in einer Karawane zu verschaffen und sich dann abzusetzen, sobald die Wagen die Stadt verlassen hatten. Aber am zweiten Tag ihrer Reise hatte ein *Arban* der *Torguud* des Khagans die Karawane umzingelt und ihre Rückkehr gefordert. Zurück in den goldenen Käfig von Karakorum.

Danach war Meister Chucai sehr viel wachsamer gewesen. Sie war schließlich ein wertvolles Beutestück; er hatte ein beträchtliches Maß an Zeit und Kosten darauf verwendet, ein nützliches Werkzeug aus ihr zu machen. Er konnte sie nicht selbst beaufsichtigen – seine Verpflichtungen dem Khagan gegenüber beschäftigten ihn natürlich anderweitig –, aber er konnte sich über ihr Tun auf dem Laufenden halten lassen. Jeden Morgen und Abend musste sie bei ihm vorstellig werden und im Detail berichten, was sie seit ihrem letzten Treffen gelernt und getan hatte. Sie wusste darüber hinaus, dass einige Angehörige der Dienerschaft für ihn im Palast spionierten (sie fand auch heraus, wer in dieser Hinsicht am ehesten verdächtig war), und die Konkubinen waren allesamt geschwätzig.

Sie sollte sich – wie jeder innerhalb der Mauern von Karakorum – stets bewusst sein, dass Chucai *alles* wusste, was am Hof vorging. Wie konnte sie da auf Flucht hoffen, wenn er über jeden Schritt, den sie im Palast tat, Bescheid wusste? Selbst wenn es ihr gelang, sich aus der Stadt zu stehlen, wie viel Vorsprung konnte sie herausholen, bevor er ihr die besten Fährtenleser des Khagans nachschickte?

Die offene Steppe war nicht offen genug, um sich dort zu verstecken. Sie musste vollkommen untertauchen. Darauf, dass eine Karawane oder ein Händler sie verschwinden ließ, konnte sie sich nicht verlassen. Sie musste aus eigener Kraft verschwinden, auf eine Weise und zu einem Zeitpunkt, da so viel Durcheinander herrschte, dass sie weit genug fortkam.

Das Fest war ihre Chance. Konnte sie das Chaos und den Tumult nutzen, um ihre Spur zu verwischen, war es Meister Chucai und seinen Fährtenlesern vielleicht nicht möglich, ihren Fluchtweg ausfindig zu machen, wenn sie merkten, dass sie nicht mehr da war.

Am liebsten wäre sie einfach zum Haupttor des Palasts hinausspaziert. Ohne irgendetwas mitzunehmen. Einfach nur *abhauen*. Aber sie wusste, dass es nicht so leicht sein würde. Sie brauchte einen Plan. Sie musste sich einen Überblick über die Gewohnheiten der Wache verschaffen, über die Tide der Menge.

Lian schlang ihren dünnen Umhang fester um sich und drängte sich über den dicht bevölkerten Hof zum Tor. Mehr als nur einmal wünschte sie sich, größer zu sein. Sie konnte die goldenen Drachen, die das im chinesischen Stil gestaltete Tor schmückten, kaum erkennen. Aber wäre sie größer gewesen, hätte sie auch mehr Aufmerksamkeit erregt …

Eine stete Flut von Menschen strömte herein. Sie drängelten und stießen sich gegenseitig an in ihrer Eile, sich ins Festgetümmel des Palasts zu stürzen. Lian wurde gegen den Strom der Menge gedrückt, wurde hin und her geworfen wie ein Blatt auf einem Fluss, den Schmelzwasser aus den Bergen hatte anschwellen lassen. Ellbogen und Schultern rempelten sie an, und sie versuchte sich zu schützen, so gut es ging. Ein paar Männer nutzten das Gedränge aus, um sie zu betatschen, und einer von ihnen, groß, blass und haarig unter schwarzen Pelzen – ein Ruthene, dem rauen Klang seiner Worte nach zu schließen – wackelte mit den buschigen Augenbrauen, als er *versehentlich* seinen Körper an sie presste. Sie drehte den Kopf, um der stinkenden Wolke seines Atems zu entgehen, und riss heftig das Knie hoch, als sie sich an ihm vorbeischob. Der Ruthene klappte zusammen, der Atem wich ihm pfeifend aus dem Mund, und dann verschluckte ihn die Menge, als hätte es ihn nie gegeben.

In der Menge bildete sich ein Strudel, und sie öffnete sich so weit, dass Lian das Tor deutlich sehen konnte. Ihr Mut sank. Jeweils drei Wachen standen stocksteif und konzentriert zu beiden Seiten, und die sechs Männer ließen den Blick wie Falken über die Gesichter der Kommenden und Gehenden schweifen. Wenn sie die Kapuze ihres Umhangs aufsetzte, würde sie nur Aufmerksamkeit auf sich lenken, und man würde sich an sie erinnern.

Chucai hatte seine Augen überall. *Er würde es erfahren.*

Einer der Wächter schaute in ihre Richtung und sie wandte sich rasch ab. Ihre Hände zupften am Kragen ihres Umhangs – sie musste förmlich gegen den Impuls ankämpfen, die Kapuze überzustreifen. Ihr Puls dröhnte ihr in den Ohren.

Es war ohnedies nur eine leise Hoffnung gewesen, dass das Haupttor nicht gut bewacht sein würde, und es hatte sie eigentlich nicht überrascht, die aufmerksamen Wachen dort zu sehen. Sie musste die Stimme in sich, die von einer leichten Flucht träumte, zum Schweigen bringen. *Es wird schwierig werden,* sagte sie sich. *Ich muss standhaft sein. Sonst kann ich Chucai gleich alles gestehen. Sonst kann ich genauso gut aufgeben.*

Es musste andere Wege geben – die Palastmauern zum Beispiel. So hoch waren sie nicht. Gansukh und die Diebin hatten sie in jener Nacht vor ein paar Wochen erklommen. Vielleicht konnte sie das auch. Sie ließ sich von der nächsten Woge der Menge zurück zum Palast tragen und schlüpfte bei erster Gelegenheit in eine Gasse hinter einem weiß getünchten Steinhaus.

Das Festgeschehen blieb hinter ihr zurück, der Lärm der Menge wurde schwächer und dumpf, bis er nur noch ein stets Grollen war, der tanzende Schein der Feuergruben wurde zu fahl flackernden Lichtzungen, die über die Kanten der Dachziegel leckten. Sie lehnte sich an die Hauswand und wartete, bis ihre Augen sich an die schattenerfüllte Gasse gewöhnt hatten. Sie war dreimal so breit wie sie selbst, die Steine waren staubig vom Sand, der sich darauf gesammelt hatte, und die Hausmauer bestand ganz aus Stein und war fugenlos bis auf schmale Fensterschlitze. Nichts hätte ihr geholfen, die Mauer an dieser Stelle zu erklettern, aber als sie die Gasse erkundete, stieß sie auf eine kleine Handkarre, die an der hinteren Wand des übernächsten Hauses lehnte. Wenn sie sich darauf stellte, bekam sie vielleicht die Oberkante der Palastmauer zu fassen.

Sie trat um die Ecke des ersten Hauses, und da erschreckte sie das ausgelassene, trunkene Lachen eines Mannes. Sie huschte zurück in die Gasse und drückte sich gegen die Mauer. Als ihr Herz nicht mehr hämmerte, schob sie sich zur Ecke vor und spähte herum.

In dem schmalen Raum zwischen den beiden Häusern hockten drei Soldaten, die mit Knochenwürfeln im Staub spielten und aus tönernen Flaschen tranken. Ihre Gesichter waren wettergegerbt und narbig.

Einer von ihnen sah in Lians Richtung, und sie versuchte, sich zurückzuziehen, ohne gesehen zu werden, aber noch bevor er seine Kameraden ansprach, wusste sie, dass es ihr nicht gelungen war. »Nur nicht so schüchtern«, rief einer der Männer in vom Wein beflügelter geselliger Stimmung. »Komm her.« Seinen Worten folgte das schallende Gelächter der anderen.

Der Instinkt riet Lian davonzulaufen, aber die kalte, pessimistische Vernunft sagte ihr, dass sie die Männer damit nur zu einer Verfolgung provozieren würde. In diesem Augenblick begriff sie, was Männern an der Jagd so gefiel – es war das eigentliche Jagen. Sie *wollten,* dass ihre Beute floh, dass sie Mut zeigte – dass sie ihre Fähigkeiten herausforderte. *Ihre trunkenen Fähigkeiten …*

Sie verzog die Lippen und sog die Luft ein.

Anstatt davonzulaufen, glättete sie ihre Kleidung, strich sich das Haar aus dem Gesicht und trat dann tapfer aus ihrem Versteck hervor. Schüchtern lächelnd ging sie auf die Männer zu, achtete jedoch darauf, festen Blickkontakt mit jedem einzelnen herzustellen – nicht ganz einfach, weil die Blicke dieser Männer glasig und unstet waren.

»Seht an, ein hübsches chinesisches Püppchen«, feixte der,

der sie erblickt hatte. Er grinste, und gelbliche Zähne schimmerten stumpf im flackernden Licht.

»Was machst du denn da hinten, Mädchen?«, fragte ein anderer. »Können wir dir irgendwie behilflich sein?«

»Ich habe nur eine Abkürzung genommen, um die Menge zu umgehen«, sagte sie.

»Eine Abkürzung? Wohin denn?« Der erste Soldat kam wankend näher, und sie befürchtete, er könne sie an der Kleidung packen.

»Das braucht euch nicht zu kümmern.« Sie reckte das Kinn im Versuch, stolz und edel zu wirken.

»Vielleicht weißt du ja gar nicht, wo du hinwillst«, meinte der dritte Soldat, ein Mann, der aussah und roch, als ob er nie im Leben ein Bad nahm. »Vielleicht solltest du ein bisschen bei uns bleiben. Dein Glück mit den Knochen versuchen. Und mit meinen Knochen …« Er wackelte anzüglich mit den Fingern und lachte hässlich und schnaubend.

»Komm schon, Püppchen, bleib ein Weilchen. Wir werden dich gut behandeln. Trink was mit uns.« Der zweite Soldat hielt eine der rötlich braunen Flaschen hoch. Lian musste fast würgen, als sie sich vorstellte, was für eine fermentierte Tierbrühe sich darin befinden mochte.

»Ich bin keine billige Hure«, sagte sie deutlich, für den Fall, dass sie zu betrunken waren, um es selbst zu erkennen. »Ich gehöre zu einem sehr erlauchten Mann aus dem engsten Kreis des Khagans.«

Sie sprach jedes Wort sehr sorgfältig aus. Es gab einen Weg aus dieser Situation, wenn sie nur den ersten Schritt richtig setzte. Trichterte sie Gansukh nicht ständig etwas Ähnliches ein? *Es gibt immer eine Lösung für jedes Problem.* Allerdings wollte sie Chucais Namen nicht ins Spiel bringen – genauso gut hätte sie ihn selbst herbeirufen können.

»Glaubt ihr, der Khagan wäre erfreut, wenn er wüsste, dass

ihr Männer nicht auf eurem Posten seid? Dass ihr stattdessen in dieser Gasse sitzt und spielt?« Seit sie angefangen hatte, Gansukh zu unterrichten, betrachtete sie Gespräche wie Kämpfe. Das verlieh ihren rhetorischen Siegen ein gewisses erregendes Gefühl. Sie ließ den Zipfel ihres Gewands schnalzen, als wollte sie andeuten, dass sie sich von der Gegenwart der Männer beschmutzt fühlte – was der Wahrheit durchaus nahekam.

»Wer sagt denn, dass wir überhaupt im Dienst sind?« Der zweite Soldat stand auf und alle Belustigung verschwand aus seinem Gesicht. Über sein Kinn verlief eine Narbe, und ohne sein offenes Grinsen war er noch hässlicher. Sein Gesicht mit den umherirrenden, halb geschlossenen Augen sah aus wie die aufgequollene Visage eines schlecht behandelten Leichnams.

»Ich bezweifle, dass ihr überhaupt wisst, was Pflicht bedeutet«, erwiderte sie scharf. Eine gewagte Antwort, mit leichtfertiger Zunge dahingesagt; damit mochte sie die Kerle provozieren, aber Angst zu zeigen hätte dieselbe Folge gehabt. *Zur Hälfte besteht ein Kampf darin, deinen Gegner so weit zu bringen, dass er dich für stärker hält, als du wirklich bist,* hatte Gansukh ihr beigebracht.

Narbengesichts Miene straffte sich, wodurch sein Mund noch weiter aufklaffte. »Eine scharfe Zunge hast du da«, sagte er, und seine Hand fiel auf den Griff des Messers, das in seiner Schärpe steckte.

»Schärfer als dein Messer«, versetzte sie und trat einen Schritt zurück.

»Wollen wir das einmal ausprobieren?«, entgegnete der Mann und zog sein Messer halb aus der Scheide.

»Und dann?«, fuhr sie ihn an. »Willst du mir die Augen ausstechen, damit ich der Garde des Khagans später nicht zeigen kann, wer du bist? Oder schneidest du mir einfach nur die

Kehle durch und lässt mich hier liegen, auf dass mich streunende Hunde finden?«

Der Mann hielt inne, denn ihre Worte drangen durch den Alkoholnebel in sein Hirn vor. Seine Zunge stieß an seine Lippen, wie ein blasser Wurm, der aus einem Riss im Boden lugte. Er sah seine Kameraden an, die ihn nicht mehr mit ihrem Gelächter unterstützten.

»Ich kann sehr laut schreien«, sagte Lian. Sie holte übertrieben tief Luft.

»Hau ab, du Miststück!«, spie Narbengesicht hervor. Er rammte sein Messer zurück in die Scheide. Die anderen funkelten sie düster an, übellaunig, aber nicht mehr bösartig.

»Nun gut. Dann verlasse ich euch jetzt.« Sie verneigte sich leicht, wodurch sie ihre Rolle als hoch geachtete Gefährtin eines wichtigen Amtsträgers wahrte. »Wenn ich heute Nacht noch einmal dieses Weges komme, hoffe ich, euch nicht mehr hier zu sehen.« Sie marschierte davon und täuschte mit festen, rhythmischen Schritten eine Entschlossenheit vor, die sie nicht empfand.

»Es wäre besser, wenn du nicht mehr hier durchkommst«, rief Narbengesicht ihr hinterher. »Nächstes Mal kommst du nicht mehr so billig davon.« Die Männer lachten, weil Narbengesicht irgendeine Geste machte, aber sie drehte sich nicht um. Sie konnte sich recht gut vorstellen, was er tat.

Sollen sie doch lachen, dachte sie, während sie davonschritt. *Sollen sie ruhig glauben, sie hätten gewonnen. Und sie sollen sich vor allem nicht an mich erinnern.*

Das Durcheinander des Festes mochte ihr die Flucht ermöglichen, aber es barg auch Risiken. Eine Frau ohne Begleitung stellte für betrunkene Männer eine zu große Verlockung dar. Es war gar nicht so wichtig, ob sie in dem Tumult des Festes von jemandem gesehen wurde, der Chucai davon erzählen würde. Ihr konnte noch viel Schlimmeres zustoßen.

Wie konnte sie sich ungesehen aus der Stadt schleichen? Jede Begegnung war ein potenzielles Verhängnis. Sie musste einen Weg finden, wie sie verschwinden konnte, ohne von *irgendjemandem* gesehen zu werden.

Oder sie musste jemanden bei sich haben, der sie beschützen konnte. Jemanden, der, genau wie sie, weglaufen wollte.

Gansukh.

Konnte sie ihn dazu überreden, mit ihr zu fliehen?

Kapitel 32

✠✠✠

Das Geheimnis der Höhlen

Die groben Balken des Klosterwalls waren alt und verzogen und es klafften zahllose Risse und Löcher im Holz. Mit Pech beschmiert, waren sie ein kläglicher Schutz, wenn sie denn als solcher gedacht waren. Cnán und Finn näherten sich der hölzernen Barriere und wagten es, durch die Lücken zu spähen.

Woraufhin sie den Ursprung des Gestanks entdeckten.

Während sie den holprigen Pfad emporgestiegen waren, war der Gestank immer schlimmer geworden, als würden sie verschiedene Schichten durchqueren. Die leichte Brise hatte sich gelegt, und nun klebte der Geruch in der trägen Nachmittagsstille förmlich an ihnen. Cnán glaubte zu spüren, wie er durch die Nähte ihrer Kleidung und unter ihre Haare drang. Zuvor hatte sie ihren Magen mit Hilfe von Jaspers Tinktur unter Kontrolle gehalten, aber jetzt … Sie wappnete sich gegen den drohenden Verlust ihrer Selbstbeherrschung, lehnte sich abermals gegen die fleckige, unebene Wand und drückte das Auge gegen ein Guckloch.

Tierkadaver – so viele, dass sie gar nicht zählen wollte – übersäten den Boden wie von der Hand eines riesigen, achtlosen Kindes hingeworfen. Die meisten hatte man gehäutet und dann liegen gelassen, auf dass sie in der Sommerhitze verwesten. Ein paar schienen sich zu winden und zu zucken. Sie wollte nicht einmal daran denken, dass in einigen dieser blutigen, hautlosen Leiber noch Leben stecken könnte … Nein, das waren Maden und Ameisen, die in den Brustkörben am Werk waren.

»Abdecker«, murmelte Finn und schüttelte den struppigen Kopf. »Faul und verschwenderisch.« Er schob sich zur Seite hin weiter und bedeutete ihr, ihm zu folgen.

Nur durch den Mund atmend kroch sie ihm hinterher.

Jenseits der Palisade waren die einstöckigen Bauten um einen rechteckigen Platz herum angeordnet. Es waren einfache, wenig kunstvolle Gebäude. *Jeweils eines zum Schlafen, zum Essen und zum Beten,* dachte Cnán. *Und noch eines für die grausige Arbeit, die hier verrichtet wird …* Auf dem offenen Hof stand noch ein Gebäude, ein schmales, steinernes Brunnenhaus mit abgenutzter Holztür.

Von den Schwertbrüdern und den Lumpengestalten war nichts zu sehen.

»Wo …?«, zischte sie Finn zu, der zur Antwort nur mit den Schultern zuckte. Sie bewegte sich noch ein paar Fuß weit an der Wand entlang und suchte eine andere Lücke, um hindurchzuschauen. Sie kniff ein Auge zu und rückte hin und her, weil sie mehr als nur den Hof einsehen wollte. Aber das machte keinen Unterschied. Das Kloster war verlassen.

»Wo sind sie hin?«, wunderte sie sich. Es war natürlich möglich, dass sie sich in einem der Gebäude aufhielten, aber dafür konnte sie sich keinen Grund vorstellen. Das Tor war bereitwillig geöffnet worden, was hieß, dass man sie aus freien Stücken eingelassen hatte. Die Abdecker in ihrem Lumpen hatten sie wohl nicht gejagt, wie Feronantus irrtümlich angenommen hatte. *Aber was ist in diesen Gebäuden so Wichtiges, dass sie deswegen vor uns davongelaufen sind?,* fragte sie sich.

Finn tippte ihr auf die Schulter und zeigte zum oberen

Rand der Palisade hinauf. Er machte Kletterbewegungen und hielt ihr die Hände hin, damit sie eine Steighilfe hatte. »O nein«, sie schüttelte den Kopf, »ich rühre diese Wand nicht an.«

»Möchtest du lieber das Eingangstor benutzen?«, fragte er.

»Ich möchte gar nicht …«

Ein Klirren von Metall auf Stein unterbrach sie. Beide richteten ihr Augenmerk wieder auf das Kloster.

Zwei Schwertbrüder waren unversehens aufgetaucht und standen neben dem Brunnenhaus. Einer hatte seinen Schild an die Mauer gelehnt. Das Geräusch, mit dem die Metallkante über den Stein kratzte, hatte sie aufgeschreckt. Die Schwertbrüder waren mürrisch und wütend – nicht aufeinander, wie Cnán erkannte, sondern wegen eines Befehls, den man ihnen erteilt hatte.

»Das sind die beiden, die ohnmächtig geworden sind«, flüsterte Finn. »Sie müssen Wache schieben.«

»Was müssen sie denn bewachen?«

Wie zur Antwort auf ihre Frage öffnete sich knarrend die Tür des Brunnenhauses und entließ einen der zerlumpten Mönche. Die Schwertbrüder wahrten Abstand, doch der Mönch schwatzte ihnen lebhaft auf Ruthenisch die Ohren voll und hörte erst auf, als einer der Ritter die Hand auf seinen Schwertgriff legte. Krächzend wie eine kranke Krähe – und wie eine solche sah er auch beinahe aus – schlurfte der Mann in seinen Lumpen davon und verschwand im nächsten Gebäude.

Cnán betrachtete das Brunnenhaus. Es war winzig, aber es mochten neben dem Brunnen vielleicht alle drei Männer darin Platz haben, nur konnte sie sich einfach nicht vorstellen, dass die Schwertbrüder die Anwesenheit des stinkenden Mönchs länger als einen Herzschlag ertragen hätten.

Nachdem der Mönch fort war, hatten die Schwertbrüder niemanden mehr, an dem sie ihre schlechte Laune auslassen konnten, und ihre Wachsamkeit wich Lethargie und Langeweile. Der Ritter ohne Schild schlenderte schließlich hin und her und sah sich um. *Er sucht nach einem Platz, wo er sich hinsetzen kann,* dachte Cnán und konnte es ihm nicht verdenken.

»Höhlen«, sagte Finn.

»Was?«

»Höhlen«, wiederholte er. »Unter diesem Hügel.« Er fasste sie an der Schulter und zog sie von der Palisade weg. »Das müssen wir Feronantus sagen.«

◆◆◆

»Ich war überrascht, dass Illarion kein Interesse hatte, hier herunterzukommen«, murmelte Roger an Raphael gewandt. »Jetzt wünsche ich mir, ich hätte selber etwas gründlicher darüber nachgedacht, warum er keine Lust hatte.«

Er war nur eine Stimme aus der Dunkelheit. Während des ersten Teils der Expedition – ein Abstieg hinunter in die Keller, Unterkeller und Grüfte der Priorei – hatte Vera ihnen mit einer Fackel den Weg erleuchtet. Wegen der Plünderungen durch die Mongolen waren gute Öle knapp, und deshalb bestand diese Fackel aus einem Lappen an einem Stock, der mit ausgelassenem Tierfett vollgesogen war. Das wiederum stand nur deshalb für Beleuchtungszwecke zur Verfügung, weil es ranzig geworden war. Die Fackel hatte schon gestunken, bevor sie angezündet worden war und eine Wolke aus dichtem, fettigem Rauch um sich verbreitet hatte. Das unruhige gelbliche Licht der Fackel hätten sie gar nicht gebraucht, um ihr zu folgen – der Gestank allein hätte genügt.

Nach einer Reihe von Abstiegen in immer tiefere, feuchtere und dunklere Teile des Unterbaus hatten sie schließlich eine Stelle erreicht, wo die Decke so niedrig und die Belüftung so schlecht war, dass Vera gezwungen gewesen war, die Fackel zu löschen – allerdings nicht bevor sie damit zwei primitive Kerzen angezündet hatte, die aus dem mit Talk getränkten Mark irgendeiner Pflanze bestanden.

Im Schein dieser Kerzen waren sie durch eine niedrige Öffnung gekrochen und dahinter in einen Raum gelangt, bei dem es sich offenkundig um eine natürliche Höhle handelte. Meißelspuren an den Wänden waren Anzeichen dafür, dass man sie erweitert hatte, und mit Mörtel verlegte Bruchsteine schufen einen ebenen Boden, zumindest auf den ersten paar Dutzend Schritten.

Rogers Bemerkung bezog sich wahrscheinlich auf den hier herrschenden Geruch. Die Höhlen waren nicht gut belüftet. Gewisse Duftnoten wiesen deutlich darauf hin, dass diese Höhlen irgendwo mit sämtlichen Kloaken Kiews verbunden sein mussten. Das allein war keineswegs ungewöhnlich. In der Nähe einer jeden menschlichen Ansiedlung roch man, was in den Abflüssen verschwand. Allerdings mischte sich noch der muffige Gestank von Ratten darunter. Und darüber hinaus nahm Raphaels Nase den unverkennbaren Geruch toten Fleisches wahr. Nicht der Übelkeit erregende, unerträgliche Gestank von etwas, das erst kürzlich verendet war, sondern vielmehr das Ergebnis eines langsamen Verwesungsprozesses, der schon sehr lange währte.

»Ich finde es bemerkenswert«, sagte Raphael, »dass Städte hinsichtlich ihrer Gebäude, ihrer Bewohner und ihrer Gepflogenheiten so unterschiedlich sein können – aber die Katakomben sind überall gleich.«

Vera und Parzival waren ihnen einige Schritte voraus. Die Schildmaid kannte den Weg und bewegte sich flink durch die

Gänge, die holpriger und gewundener wurden, je tiefer sie ins Herz des Hügels hineinreichten. Parzival trug die Kerze und warf einen langen Schatten hinter sich, den Raphael mit dem matten Licht seiner eigenen Kerze zu erhellen trachtete. Aber die Flamme direkt vor seinem Gesicht blendete ihn. Der Boden wurde immer unebener; in diesen Teil der Katakomben waren die Maurer nicht vorgedrungen, um Steinplatten zu verlegen. Roger schob sich vor ihn, damit ihm die Kerzenflamme nicht in die Augen schien, und Raphael hielt die Kerze so hoch, dass sie über Rogers Schulter hinweg leuchtete und er den Weg finden und ihn vor etwaigen Gefahren warnen konnte.

Raphaels Aufmerksamkeit schweifte ab. Er bemerkte mehrere Nischen, die in die Wände gehauen waren. Ein paar davon wurden von Toten vereinnahmt, die in Leichentücher gehüllt waren. Andere waren leer bis auf zusammengeknüllte Decken und zerlumpte, schmutzige Felle.

Roger fiel dasselbe auf. Er drehte sich ungläubig um. »Hier unten *schlafen* Menschen?«

Raphael bemühte sich, nicht aufzulachen. Vera könnte ihn hören und sich gekränkt fühlen. »Vielleicht während der schlimmsten Tage der mongolischen Belagerung«, meinte er. »Aber ich kann mir nicht vorstellen, dass die guten Schwestern es sich zur Gewohnheit gemacht haben.«

Der Gang gabelte sich von Zeit zu Zeit, und Vera führte sie jedes Mal auf den Weg, den sie für den richtigen hielt, während sie Parzival gegenüber anmerkte, was sie womöglich gefunden hätten, wären sie den anderen Weg gegangen. In den meisten Fällen handelte es sich dabei um heilige Wunderdinge und Relikte verschiedener Art, aber es schien auch, als führten einige der Tunnels in die Richtung anderer Kirchen und Klöster in der Stadt.

»Sämtliche Gotteshäuser dieser Stadt«, flüsterte er Roger

zu, »scheinen durch dieses Netz aus unterirdischen Gängen miteinander verbunden zu sein.«

»Ein Glück für sie, dass die Mongolen das nie herausgefunden haben«, meinte Roger.

Raphael schauderte. »Ich bezweifle, dass sie an einen solchen Ort vorgedrungen wären. Kein Sieg wäre das wert.«

»Was uns zu der Frage führt ...«, setzte Roger an, doch dann unterbrach er sich.

»Was zum Teufel wir hier tun? Wir sind natürlich auf einer Suche.«

Raphael hatte das Gefühl, das sie sich einem entscheidenden Punkt näherten, denn der Gang war inzwischen sehr schwer begehbar geworden und kaum noch mehr als eine Aneinanderreihung von Lufteinschlüssen unterschiedlicher Form und Größe, in deren glatten Steinboden man lediglich ein paar Tritthilfen gemeißelt hatte. An einigen Abzweigungen musste Vera stehen bleiben und beunruhigend lange überlegen, wo es nun weiterging. Doch dann fiel ihr eine Ansammlung von Rußspuren auf, die Pilger vor ihnen hier mit ihren Kerzen und Fackeln hinterlassen hatten, und schließlich führte sie sie um einen Felsblock herum und durch eine Spalte, die fast unsichtbar war, bis sie tatsächlich davor standen. Sie betraten eine Kammer mit flachem Boden, die groß genug war, dass sie zu viert bequem darin stehen und sich umschauen konnten.

Der Inhalt des Raums war für Raphael nicht so interessant wie die Gesichter seiner Begleiter: Vera, deren Pflichtgefühl und Gastfreundschaft ihre Ungeduld nicht ganz verbergen konnten; Roger, der anscheinend nicht fassen konnte, dass er sich an einem solchen Ort befand, wo er doch eigentlich nach Osten reiten sollte, um den Großkhan zu töten; und beide maßen mit sonderbarem Blick Parzival, der wiederum wachsam, neugierig und begeistert wirkte.

Offenkundig war diese Kammer ein bedeutsamer Ort. Ringsum waren Fackelhalterungen in den Fels eingelassen, die momentan leer waren. Schwarze Flecken auf dem Stein darüber bewiesen, dass sie einst benutzt worden waren, um irgendwelche heilige Riten zu beleuchten. Der schwächere Schein ihrer Kerzen erhellte Wandreliefs, die an manchen Stellen sichtbar und an anderen von Schatten verhüllt wurden – bemalte Figuren, die, so vermutete Raphael, mit der Geschichte dieses Ortes zu tun hatten. Auf einem Thron saß in starrer, würdevoller Haltung eine große, Furcht einflößende Gestalt, der drei berittene Figuren trotzten. Ihre schimmernden Schwerter schienen sich hinter dem dunstigen Widerschein der Kerzen zu bewegen.

»Koschei der Unsterbliche«, sagte Vera, die Raphaels Blick folgte. »Ein böser Geist, ein tyrannischer Zar, der vor langer Zeit bezwungen wurde. Ihr steht in der Gruft des Mannes, der seine Brüder anführte, um ihn zu töten.« Sie wandte sich einer in Stein gemeißelten Inschrift zu. Die Worte waren eher griechisch als ruthenisch.

»Die Grabstätte des heiligen Ilja«, murmelte Raphael, nachdem er den Namen im Stein entziffert hatte.

»Er hält seit ungezählten Jahren Wache an diesem Ort, nachdem die Feinde unseres Landes bezwungen wurden«, sagte Vera. Ehrfürchtig berührte sie den Stein. Dann wandte sie sich Raphael zu und sah ihm in die Augen. »Es gibt keinen sichereren Ort für Geheimnisse als diesen.«

Parzival ging vor der Schrifttafel in die Knie und bekreuzigte sich. »Ich danke Euch für das Vertrauen, uns dies zu zeigen, Schwester Vera. Einem Mann wie diesem an seiner Grabstätte zu huldigen ist eine Ehre, die nur wenigen zuteilwird.«

»Man nannte ihn *Chobotok*«, sagte Vera. »Das bedeutet ›Stiefel‹. Denn er erwehrte sich zahlreicher Feinde lediglich mit seinem Schuh als Waffe.«

Raphaels Blick zuckte hin zu Roger, der im Begriff war, in Gelächter auszubrechen. Er streckte die Hand aus, legte sie Roger auf die Schulter und rüttelte ihn leicht. Roger fuhr zusammen, drehte sich um und sah ihn an. Raphael schüttelte kaum merklich den Kopf, dann blickte er zu Parzival, der immer noch da kniete und ein lateinisches Gebet murmelte.

»Spricht der heilige Ilja zu dir, Bruder?«, fragte Raphael leise. »Es muss schließlich einen Grund geben, weshalb Gott uns an diesen Ort geführt hat.«

Nach einer langen, quälenden Stille ergriff Parzival endlich das Wort. »Auf diese Frage schweigt der heilige Ilja«, gab er zu.

◆◆◆

Nachdem sie den Hang praktisch im vollen Lauf heruntergestürzt waren, musste Cnán erst einmal wieder zu Atem kommen und ihren hämmernden Herzschlag beruhigen, und so überließ sie es Finn, Feronantus und den anderen zu berichten, was sie gesehen hatten. Es schien ihm nicht zu gefallen, dass er so viel sprechen sollte, aber nach ein paar Sätzen wurde er überraschend beredsam.

Bei ihrem Aufbruch aus Legnica war das ungeschliffene Latein des Jägers für Cnán kaum verständlich gewesen, aber nachdem sie sich nun seit fast zwei Monaten in seiner Gesellschaft befand, stellte sie fest, dass sie ihn inzwischen verstand.

»Was könnten sie in diesen Höhlen zu finden hoffen?«, fragte Feronantus, als Finn seinen Bericht beendet hatte.

Der Jäger hob die Schultern. »Innerhalb dieser Mauern ist nichts von Wert zu finden. Was die Schwertbrüder suchen, muss anderswo liegen, aber der Weg dorthin führt durch diese Höhlen. Andernfalls hätten sie ihre Pferde mitgenommen.«

»Plünderer.« Eleázar spie das Wort aus.

»Aber was wollen sie plündern?«, fragte Jasper und strich sich durch den Bart. Er blickte zu der Kirche auf dem anderen Hügel hinüber, deren Zwiebelkuppeln über die bröckelnden Mauern lugten. »Die Kathedrale?«

»Parzival …« Der Name kam Cnán über die Lippen, bevor sie es verhindern konnte, und sie schalt sich im Stillen für diesen Versprecher. Das musste an ihrem Herzen liegen, ärgerte sie sich, das von der Anstrengung immer noch so heftig schlug, dass es sie verraten hatte.

»Jasper«, befahl Feronantus, »du bleibst bei Finn und Cnán. Behaltet das Kloster im Auge. Wenn die Schwertbrüder zurückkommen, folgt ihr ihnen.« Er nahm seine Zügel in die Hand und ließ sie schnalzen. Sein Pferd merkte auf. »Wir anderen reiten zur Kathedrale, um unsere Brüder zu warnen.«

Istvan gluckste und trat seinem Pferd in die Rippen. Der Ungar war unübersehbar begierig auf eine weitere Gelegenheit, den Weg der Schwertbrüder zu kreuzen. Sein Pferd preschte los, und er führte die Gruppe an, die über die Straße davongaloppierte und um den Hügel herum verschwand.

Jasper wedelte den Staub beiseite, den ihre Gefährten aufgewirbelt hatten, dann schwang er ein Bein über den Sattel und ließ sich zu Boden gleiten. »Nun …«, begann er, kramte in seinen Satteltaschen und entnahm ihnen ein paar Dinge. »Dann wollen wir mal anfangen.« Er schnappte sich einen der beiden Krüge, die er gefunden hatte, und stopfte ihn zusammen mit den anderen Sachen, die er herausgesucht hatte, in einen großen Beutel, den er sich um die Hüfte hängte.

»Anfangen …?«, fragte Cnán.

Jasper blickte mit zusammengekniffenen Augen zum Kloster hinauf. »Hmhm.«

»Feronantus sagte aber, wir sollen abwarten, ob sie zurückkommen. Er sagte nichts davon, dass wir da hinaufsollen.«

Jasper zuckte mit den Schultern. »Er sagte aber auch nichts davon, dass wir nicht da hinaufsollen.« Er spielte mit der kleinen Phiole, die das Minzöl enthielt. »Hat es wirklich so schlimm gestunken?«

Cnán nahm ihm die Phiole aus der Hand. »Schlimmer, als du dir vorstellen kannst«, sagte sie. Sie schmierte sich die Salbe großzügig auf mehrere Finger und rieb sich die Nase ein, bevor sie dem Alchemisten das Fläschchen zurückgab. »Wir werden sie nur im Auge behalten«, sagte sie. »Von außerhalb der Umzäunung.«

»Natürlich«, erwiderte Jasper ungezwungen, als hätte sie lediglich eine Bemerkung über das Wetter oder die Farbe seines Waffenrocks gemacht. Er rieb sich die Salbe auf den Schnurrbart und zwirbelte die langen Spitzen müßig zwischen den öligen Fingern. »Nur zwei?«, fragte er.

Finn nickte. Ein breites Grinsen erschien auf seinem Gesicht.

Jasper richtete sein Augenmerk auf den baufälligen Wall rings um das Kloster. »Ob ich ein Seil mitnehmen soll …?«, überlegte er.

»Du denkst zu viel nach«, schnaubte Finn. »Das Tor ist klapprig. Wir gehen hin, treten es ein, kämpfen gegen die Schwertbrüder.«

»Ich hätte dich für bedachtsamer gehalten, Finn.« Jasper lachte glucksend.

Finn blickte den Alchemisten unter einer erhobenen Braue hervor an und hob seine Saufeder. »Bedachtsamkeit ist angeraten, wenn man sich an flinke Beute anpirscht. Ansonsten hat sie keinen Nutzen.«

Ein träges Lächeln breitete sich über Jaspers Gesicht aus, als er sich an Cnán wandte. »Wie viele von diesen zerlumpten … Mönchen … hast du gesehen?«

»Nur einen, aber es müssen mehr sein«, antwortete Cnán widerstrebend. »Es sei denn, sie haben die Schwertbrüder begleitet.«

Was Jasper da vorschlug, schien verrückt zu sein, dennoch erkannte sie Vorteile in seinem Plan. Sie hatten sich bislang keine Gedanken über die Absichten der Schwertbrüder gemacht, und es war den Plünderern gelungen, unmittelbar vor ihren Augen zu verschwinden. Wenn sie den Schwertbrüdern folgen sollten, dann mochte es keine andere Möglichkeit geben, schnell genug zu ihnen aufzuschließen, um ihre Absichten zu vereiteln. »Die Abdecker«, sagte sie, »sie häuten Tiere da oben. Ich gehe also davon aus, dass sie ein paar Werkzeuge haben …«

»Führe uns!«, sagte Jasper und wechselte einen Blick mit Finn, in dem sich Erregung und Furcht die Waage hielten.

Cnán spürte dieselben Gefühle aus ihrer Magengrube aufsteigen. War der Geist ihrer Gefährten so ansteckend, dass sie dem gleichen Irrsinn anheimfiel?

✦✦✦

»Wenn der heilige Ilja dich nicht führen will, Bruder, dann befindet sich das, wonach … *wir* … suchen, möglicherweise nicht in diesen Höhlen, und vielleicht sollten wir Schwester Vera gestatten, droben wieder ihren normalen Pflichten nachzukommen«, meinte Raphael. »Es sei denn, du kannst mit einem vagen Hinweis auf das Ziel deiner Suche aufwarten.«

»Mit einem Hinweis vielleicht. Gesehen habe ich nur wenig, und erleuchtet wurde ich hinsichtlich seiner Bedeutung noch weniger«, sagte Parzival und stand auf. »Es geht um ein Relikt, das an einem geheimen Ort streng bewacht wird. Ein Kelch – von vielen gesucht, beschützt von Würdigen –, und ich hatte gehofft, dass er vielleicht hier zu finden sei.«

Daraufhin herrschte Schweigen. Raphael entsann sich eines Gesprächs zwischen Parzival und Taran, das er mit angehört hatte und in dem Parzival den verstorbenen *Oplo* ausgiebig über die Kesselmythen seiner irischen Heimat befragt hatte. Sie hatten sich bis tief in die Nacht unterhalten, während Raphael sich hin und her gewälzt und gewünscht hatte, sie würden endlich still sein. Bis jetzt hatte Raphael sich über den Inhalt jenes Gesprächs keine Gedanken gemacht.

Parzival suchte den Gral, und er hatte gehofft, ihn in Kiew zu finden.

»Wir haben im Laufe der Jahre viele Dinge beschützt«, erwiderte Vera. »Aber der Heilige Gral ist nicht darunter.«

Parzival nickte respektvoll, auch wenn er den enttäuschten Ausdruck, der kurz über sein Gesicht huschte, nicht verbergen konnte. »Aber ihr beschützt etwas.«

Vera sagte nichts.

»Wir werden Euch auf jeden Fall helfen, unabhängig davon, ob Ihr Eure Geheimnisse preisgebt«, erklärte Parzival ruhig. »Das sollt Ihr wissen.«

Ein Ausdruck von Betroffenheit – oder war es Verärgerung? – ging über Veras Gesicht. Vor einigen Augenblicken erst hatte sie davon gesprochen, dass dies ein guter Ort sei, um von Geheimnissen zu sprechen. Offenkundig – jedenfalls war es für Raphael offenkundig – hatte sie Parzival gedrängt, *sein* Geheimnis preiszugeben. Doch er hatte es anders aufgefasst und war zu der Annahme gelangt, dass Vera etwas zu offenbaren habe.

Sie dachte stumm über seine Worte nach, und das einzige Geräusch im Binsenlicht, das ihr Gesicht erhellte, war das leise Zischen des schmelzenden Talgs. Dann ging ihr Blick von einem zum anderen, und schließlich gab sie nach. »Ich werde Euch verraten, was wir hier haben, das einem heiligen Geheimnis zumindest nahekommt. Der Legende nach birgt das Grab des heiligen Ilja das Ei von Koschei dem Unsterblichen.«

Parzival zeigte sein Interesse ganz unverhohlen. »Erzählt uns mehr über dieses heilige Ei!«

Roger, der sich nicht beherrschen konnte, kehrte ihnen den Rücken zu, schritt zur nächsten Wand hinüber und drückte die Stirn gegen den kühlen Stein.

»Es ist nicht heilig«, sagte Vera. »Eher im Gegenteil – es enthält die Seele des bösen Geistes Koschei, und wer es in seinem Besitz hat, der hat die Macht über Koschei.«

»Ist es vielleicht in einem heiligen Relikt enthalten – etwas, das wie ein Pokal oder Kelch geformt ist?«

Jetzt musterte Vera Parzival allerdings mit sehr seltsamem Blick, und sie schien nicht willens, offen zu sprechen.

Roger wandte sich wieder zur Mitte der Kammer hin und trat langsam auf Parzival zu. »Mein Bruder!«, rief er aus. »Warum verstehst du nicht, was sie sagt? Es ist nicht hier. Wir sind den ganzen Weg gekommen, um uns ein Märchen anzuhören über ein Schreckgespenst, das seine Seele in einem verdammten Ei aufbewahrt! Welcher Zweck dich auch dazu verleitet hat, uns nach Kiew zu führen, er bestand in etwas anderem – etwas, das gerade im Moment übersehen und vernachlässigt wird, während wir in dieser Kloake über Koschei den Unsterblichen schwatzen.«

Ein anderer wäre vielleicht beleidigt gewesen. Doch Parzivals Miene zeigte keine Wut, als sein Blick sich mit dem Rogers verschränkte. Es folgte ein langes Schweigen.

Und es zog sich noch länger hin, als erst Vera, dann Roger, dann Parzival und schließlich Raphael zum Ausgang der Kammer hinübersahen, aufmerksam geworden durch Geräusche, die unmöglich von Ratten stammen konnten. Erst waren es nur menschliche Stimmen, die von fern durch die gewundenen Gänge und Höhlen hallten. Doch dann hörten sie genauer hin und vernahmen auch das metallene Klappern und Klirren von Stahl – Stahl, als Rüstung am Körper getragen, und Stahl, in der Hand gehalten.

»Wir sind nicht allein hier unten«, sagte Raphael.

Kapitel 33

✠✠✠

Und es ward Licht …

Das Klostertor war so klapprig, wie Finn vermutet hatte – er brauchte nur drei kräftige Stiefeltritte und das Holz splitterte. Dann benutzte er seinen Speer als Keil und riss das verrottete Holz heraus, bis ein Loch entstanden war, das groß genug war, um hindurchsteigen zu können. Geduckt schaute er sich um, dann sprang er als Erster behände durch die Öffnung. Cnán folgte ihm, bereitwilliger und eifriger, als sie erwartet hatte, und Jasper hielt sich dicht hinter ihr.

Als sie die Schlächterei nun aus der Nähe sah, fühlte Cnán sich regelrecht abgestoßen von der Zahl der Kadaver auf dem Boden. Alles war mit Blut beschmiert, das zu schwarzem Teer verkrustet und getrocknet war. An einigen Stellen glänzte es allerdings auch noch feucht. Schwarze Wolken aus Fliegen hingen über den Kadavern, und einige davon wanden sich scheinbar in einer falschen Haut aus Maden. Das Summen der Fliegen lag wie ein Dröhnen in der Luft.

Wäre sie allein gewesen, hätte sie sich nicht rechtzeitig fassen können, um sich auf den Angriff der beiden Wachen des Schwertbrüderordens einzustellen. Finn und Jasper lähmte der Anblick jedoch weniger, und als die beiden Schwertbrüder kamen, waren die Schildbrüder bereit.

Der erste Schwertbruder erreichte sie nicht einmal. Finns

Speer traf ihn wuchtig in den Hals und riss ihn von den Füßen. Er brach zusammen, wand sich und griff nach dem hölzernen Schaft, der aus seinem Nacken ragte. Sein leuchtend rotes Blut spritzte zu Boden.

Der zweite registrierte das plötzliche Verschwinden seines Kameraden, zögerte, und Jasper vollführte mit der linken Hand eine Wurfbewegung. Der Schwertbruder schrie auf und zog den Kopf ein, als ihm etwas in die Augen flog. Jaspers schnellen Schwertstoß sah er gar nicht.

Finn ging, um seinen Speer zu bergen, drehte ihn noch leicht und gab dem Mann dadurch den Rest. »Kommt«, sagte er. »Gehen wir mal auf die Suche nach den Mönchen, die hier hausen.« Er führte sie zum Brunnenhaus.

Es schien fast zu einfach zu sein, und Cnán beäugte die Klostergebäude argwöhnisch, während sie auf den winzigen Verschlag zurannten. Ihre Gedanken drehten sich unvermeidlich um die Bewohner. Gab es noch mehr? Wo verbargen sie sich? Und waren sie Verbündete der Schwertbrüder, oder waren sie wie der Rest der Einheimischen – lediglich voller Furcht und darauf bedacht, es jedem recht zu machen?

Finn riss die Tür des Brunnenhauses auf und schlüpfte hinein. Jasper wartete leise keuchend. »Seltsam ruhig«, meinte er, als Cnán das Brunnenhaus erreichte. Die Vorfreude, die er zuvor gezeigt hatte, war verschwunden, sein Gesicht eine Maske aus schattengefüllten Furchen.

Trotz der angespannten Stille, die über dem Hof lag, war Cnán froh über die Besorgnis des Holländers.

»Es ist sehr dunkel«, erklärte Finn, als er in der schmalen Tür des Brunnenhauses erschien. »Und es gibt keinen Brunnen.«

»Na, in dem Fall hat die Jungfrau uns und unsere Nachforschungen mit ihrem Segen bedacht«, lächelte Jasper.

Jemand schrie, und obgleich sie diese Stimme, diesen

Schrei, schon einmal gehört hatten, zuckten sie zusammen. Sie waren der Kehle, aus der er drang, jetzt viel näher, und das Geheul war eine solche Verschmelzung von Mensch und Tier, dass sie nicht sagen konnten, was für einem Hals es entsprang. *Es muss ein Mensch gewesen sein.* Cnán ertappte sich förmlich bei dieser Hoffnung, als ihr Blick auf die schwarz gekleidete, gespenstische Erscheinung fiel, die aus einem der Gebäude aufgetaucht war.

Der Schrei war ein Signal, denn aus den anderen Gebäuden ergoss sich jetzt eine Schar von Männern in Lumpen. Sie waren mehr als nur schmutzig; ihre abgetragenen Kleider waren von Scheiße und Blut verkrustet. Haare und Bärte waren verfilzt und gingen ineinander über, die Münder waren dunkle Löcher, Arme und Beine mit offenen Wunden überzogen, die aussahen, als hätte man die Haut mit einer groben Peitsche abgezogen, und sie ragten wie abgebrochene Stöcke aus der Kleidung. Bewaffnet waren sie mit allen möglichen Werkzeugen: Messer, Knüppel, Sensen, Keulen, Ahlen, alles, womit man einen Feind schneiden, schlagen oder in Stücke reißen konnte.

»Schänder!«, rief der Mann, der geschrien hatte, in stark gebrochenem Latein, und seine Stimme klang wie das Heulen einer Schar verängstigter Kinder. »Sie dürfen sich Gottes heiligen Kriegern nicht in den Weg stellen!« Er hob einen langen Stock. An dessen Ende war der gehörnte Schädel eines Widders befestigt, den man in eine schwarze, schleimige Substanz getaucht hatte, die wie Eiter zu Boden tropfte.

»Na ja«, meinte Jasper trocken, »ich würde sagen, damit hat sich die Frage erledigt.«

Aus dem Gebäude tauchte ein weiterer Mönch auf, der eine brennende Fackel in den knochigen Händen hielt. Er hielt sie an das Ende des Stabes der gespenstischen Gestalt, und mit einem *Wuff!* ging der Widderschädel in Flammen auf.

»Oh«, machte Jasper, »wie beeindruckend.«

»Da rein«, rief Cnán. »Los!« Sie packte den Alchemisten am Gewand und zerrte ihn auf das Brunnenhaus zu.

Finn wartete drinnen auf sie. Sie stolperte, als ihre Füße gegen etwas Hartes stießen. Ihre Augen gewöhnten sich nur zum Verrücktwerden langsam an das Halbdunkel. Finn hatte gesagt, es gebe keinen Brunnen. Sie sah einen Ring aus Steinen, die aus dem Boden ragten. Grob aus dem Fels gehauene Stufen führten ins Nichts hinab.

Finn zog die Tür zu. Dunkelheit verbarg alles, und Jasper prallte gegen sie. »Vorsicht«, murrte sie, als sie abermals über den Rand der Treppe stolperte. »Da ist ein Loch.«

»Natürlich ist da ein Loch«, erwiderte er, während er im Dunkeln herumhantierte. »Wie hätten die Schwertbrüder denn sonst verschwinden können?«

Finn grunzte, als etwas gegen die Brunnenhaustür knallte.

Vor sich hin brummelnd stolperte Jasper über die Steinkante und brachte es irgendwie fertig, nicht die Treppe hinunterzufallen. Cnán hörte seine Schritte, als er in die vollkommene Finsternis hinabstieg. »Ich schau mal, ob ich Licht machen kann«, rief er herauf. Seine Stimme schien in der Leere zu schweben. »Haltet sie auf, so gut ihr könnt.«

»Und wie sollen wir das anstellen?«, grummelte Cnán. Sie bedauerte längst, dass sie sich auf den Plan der beiden eingelassen hatte.

Finn stieß gegen sie, seine Hand fand ihren Arm. »Runter«, sagte er mit seinem Mund dicht an ihrem Ohr. »Es können immer nur ein paar wenige auf einmal kommen. Wenn wir genug von ihnen umbringen, hauen sie vielleicht ab.« Er lachte kehlig. »Oder auch nicht. Wir werden sehen, hm?«

Ein Körper warf sich gegen die Tür, und Cnán, der plötzlich bewusst wurde, dass Finn nicht mehr neben der Tür stand, stieß einen winzigen Schrei der Verzweiflung aus. Aber die Tür blieb zu, und Finn hatte sie nicht losgelassen. »Runter«, sagte er abermals und zog an ihrem Arm. »Da war ein Balken zum Verriegeln. Für eine Weile hält der schon.«

Halbwegs besänftigt machte sich Cnán daran, die Treppe hinabzusteigen. Mit der rechten Hand strich sie dabei über die Felswand. Die Treppe führte in unglaublich engen Kehren geradewegs nach unten. Als sie daran dachte, ihre Schritte zu zählen, war sie schon so weit gegangen, dass sie sich nicht erinnern konnte, wie viele Stufen hinter ihr lagen. Schließlich verlor ihre rechte Hand den Kontakt zur Wand und stieß ins Leere, und das Herz klopfte ihr im Hals, als sie noch zwei Schritte tat und sich dann auf festem Boden wiederfand.

Vor ihr tanzte ein blasses grünes Licht, und sie blieb am Fuß der Treppe stehen, voller Angst, aber zugleich ohne eine Ahnung, wohin sie rennen sollte. Das Leuchten kam näher.

Es war Jasper, der ein Glasschälchen in der Hand hielt. Die Oberfläche bewegte sich und schimmerte im Gehen, und das Licht war so hell, dass sie sehen konnte, welcher Art die Katakomben waren, in denen sie standen.

Der Raum reichte weiter, als Jaspers Zauberlicht ihn ausleuchten konnte. In eine Wand in der Nähe waren Nischen eingelassen, die vom Boden bis zur Decke reichten und sich in beide Richtungen endlos weit erstreckten. Cnán schluckte angesichts der Knochen längst verstorbener Menschen, einige davon unter Stoff, der so dünn war, dass er im Widerschein von Jaspers Licht durchsichtig wirkte. Leere Augenhöhlen starrten sie an, skelettierte Münder standen klaffend offen, wie eingefroren in einem Ausdruck, der irgendwo zwischen Staunen und Entsetzen lag.

»Wo ist Finn?«, fragte Jasper und blickte über Cnáns Schulter hinweg.

»Er sagte etwas davon, dass er sie zwingen wolle, ihn einzeln anzugreifen.«

»Doch nicht auf der Treppe«, seufzte Jasper. »Finn«, zischte er in einem Versuch, die Aufmerksamkeit des Jägers zu erregen, »hier unten. Wo es flach ist.«

Cnán betrachtete die Flüssigkeit in der winzigen Schale und versuchte herauszufinden, wie sie ihr Licht erzeugte. Es war ein Rätsel – einer von Jaspers alchemistischen Kniffen – und höchstwahrscheinlich jenseits ihres Begriffsvermögens. Aber in das Licht zu sehen war angenehmer als in die starren Augen der Toten.

Sie hörten Finn kommen. Seine Füße huschten leicht und schnell über die Steinstufen. Jasper brummte etwas und bedeutete Cnán, ihm zu folgen. Das Zauberlicht behutsam in der Hand, führte er sie beide tiefer in die Katakomben hinein.

Als sie einen Bogendurchgang erreichten, stellte Cnán fest, dass sie nun mehr von dem Raum sehen konnte und dass ihre Schatten sich weit voraus erstreckten, als wollten sie vor ihnen den Gang hinunterrennen. Sie warf einen Blick über die Schulter und sah, warum das so war: Der gelbe Widerschein von Fackellicht ergoss sich die Treppe herunter.

»Da kommen sie«, sagte Finn und versetzte ihr einen sanften Stoß. »In den Tunnel.«

Jasper war einverstanden und sie verließen die Grabkammer. Die Tunneldecke war noch niedriger. Mit geneigtem Kopf fiel Cnán auf, wie glatt der Boden war. Abgetreten von unzähligen Füßen, die im Laufe zahlloser Jahre darüber hinweggegangen waren. *Wie viele Generationen haben ihre Toten hier herabgebracht?*, fragte sie sich.

Als sie die erste Biegung erreichten, ließ Finn sich zurückfallen, um sich den Verfolgern in den Weg zu stellen.

Der erste starb ohne einen Laut. Finns Speer bohrte sich

durch seine zerlumpte Kleidung und in seine Brust hinein. Der Jäger ließ den Mönch von seiner Waffe heruntergleiten und trat nach rechts, um sein nächstes Opfer in Empfang zu nehmen.

Der Mönch hatte eine Keule bei sich getragen, die jetzt im Tunnel lag, nicht weit von Finns Füßen entfernt. Cnán starrte die Waffe an. Ihre Angst rang mit ihrem verzweifelten Wunsch, den Eid der Binderinnen nicht zu brechen. Aber sie hatte schon einmal getötet, dachte sie. An ihren Händen klebte bereits Blut. In ihrem Kopf blitzte der Anblick der oben abgeschlachteten Tiere und ihres Blutes auf, das alles unauslöschlich befleckte.

An irgendeinem Punkt kam es auf die Menge des Blutes nicht mehr an.

Der zweite Mann bog um die Ecke und bekam Finns Speer in den Bauch. Er brach zusammen, zuckte und stöhnte, bis Finn ihn mit einem raschen Ruck der Speerspitze erledigte.

Cnán sprang vor und schnappte sich die Keule. Sie nahm auf der anderen Seite des Tunnels Aufstellung, bereit, die Waffe dem Ersten über den Schädel zu ziehen, der dumm genug war, ihn um die Ecke zu stecken.

Hinter ihnen fluchte Jasper. Cnán riskierte einen Blick, sah jedoch bloß Schatten. Jaspers winziges Licht war erloschen.

Finn knurrte, und sie wirbelte herum und starrte in das Gesicht eines der dreckigen Mönche. Seine Augen quollen hervor, sein Mund klappte auf und zu. Sein Atem war – *wie konnte das sein?* – noch schlimmer als der Verwesungsgestank auf dem Hof. Seine Hände tasteten kraftlos nach dem Eschenschaft von Finns Speer, der aus seiner Brust ragte. Er ächzte und mühte sich, und gebrochenes Latein sprudelte ihm aus dem Mund. Cnán fing ein paar der Worte auf – *Vergeltung* und *Bekehrung* waren darunter –, und dann rasselte ihm der Atem in der Kehle.

Er war tot, aber sie schlug ihm trotzdem auf den Kopf. Nur zur Sicherheit.

Der heulende Mönch kam als Nächster. Der flammende, schädelbesetzte Stab jagte ihm brüllend voraus, und Finn zerrte Cnán zurück und blockte den ungelenken Hieb des Flammenstabs mit der Stahlspitze seines Speers ab. Schweiß trat ihm auf Stirn und Arme, ummantelte ihn wie zum Schutz vor der Hitze des brennenden Widderschädels. Der Mönch schwang den Stab hin und her und zwang Finn, zurückzuweichen. Dann fing er an, im Takt seiner Schwünge zu skandieren. Eine obszöne Liturgie.

Cnán stolperte den Gang entlang, floh vor dem flammenden Tier am Ende des Stocks. Der Tunnel füllte sich mit brodelndem orangefarbenen Licht, und die Hitze – die Wellen, die davon ausgingen und über sie hinwegrollten – waren zu viel, waren zu sehr wie …

Und da war sie wieder in dem brennenden Haus, acht Jahre alt. Die Feuerbestie hatte ihre Mutter in den brennenden Klauen und schnappte knurrend nach Cnán, während sie an der schweren Hand ihrer Mutter zerrte und zog. Ihre Haut sog die Hitze auf und schlug Blasen, die Tränen verdampften zischend auf ihrem Gesicht und verbrannten ihr die Augen. *Wach auf,* schrie sie, *wach auf.*

Das Ungeheuer brüllte lauter, war näher. Mächtige Hörner ragten aus seinem brennenden Fleisch und seine Augen waren ein Mahlstrom aus schwarzen und roten Flammen. Sein Maul klaffte weit auf, Feuer schoss aus seiner leeren Kehle, und sie erinnerte sich, wie sie geschrien hatte, als könne die Gewalt ihres Schreis die Bestie vertreiben. Aber das Ungeheuer johlte nur vor Entzücken, als es ihre Mutter verschlang, als seine feurigen Zungen ihr die Haut von Gesicht und Armen leckten und nur noch schwarze Asche übrig ließen.

Ein Schatten warf sich zwischen sie und die Feuerbestie,

ein Phantom, das ihre Erinnerungen zerschmetterte. Sie kehrte in die Gegenwart zurück und fand sich auf dem Hintern sitzend in dem unterirdischen Tunnel wieder. Finn, die Hand in ihre Kleidung gewühlt, zerrte sie fort von dem Lumpenpriester und seinem lodernden Stab.

Sie liefen an Jasper vorbei, der – kaum dass sie hinter ihm waren – den Fettkrug schleuderte, den er in den Ruinen gefunden hatte. Der wahnsinnige Mönch kreischte auf und stieß mit seinem flammenden Schädelstock nach ihnen, achtete jedoch nicht auf den Krug. Er schlug vor ihm auf den Steinboden und zerbrach.

Blaue Flammen schossen im Gang hoch und eine Druckwelle sengend heißer Luft raste durch den Tunnel. Jasper warf sich auf Cnán und Finn, oder vielleicht wurde er auch von der Wucht der Welle auf sie geschleudert – sie wusste nach der Explosion aus Licht und Lärm nicht mehr, wie ihr geschah. Hitzefinger krochen ihr über die Haut, strichen ihr über die Wangen und Augenbrauen. Sie wagte es nicht, den Mund zu öffnen, aus Angst, diese heißen Ranken könnten ihr die Kehle hinab bis in die Lungen schlüpfen.

Und dann erlosch die winzige Sonne und ließ nur Rauch und Schatten und winzige Adern aus blauen und gelben Flammen zurück. Der Gestank verbrannten Fleisches erfüllte den Tunnel, und irgendwo ganz in der Nähe wimmerte und winselte eine jämmerliche Kreatur.

Hustend wälzte sich Jasper von Cnán herunter und lehnte sich an die Tunnelwand. Sein Gesicht war mit Asche und Schweiß verschmiert. »Was für eine Verschwendung von gutem *aqua ardens*«, seufzte er.

Finn knurrte irgendetwas in seiner Muttersprache. Jasper nickte nur abwesend, während er sich hochschob. »Aber ich habe uns nicht umgebracht«, erwiderte er und wies auf die verbrannten, rauchenden Häufchen im Gang. »Die Jungfrau beschützt die wahrhaft *Schlauen.*« Er trat einige der kleinen Feuerzungen aus, die noch auf dem Boden tanzten.

Der Stab des Priesters lag da, der Widderschädel brannte noch, aber die Flammen zuckten und zitterten, als würden sie langsam verlöschen. Mit seinem Schal schlug Jasper die Feuerschlangen aus, die sich um den Holzstab wanden. Dann wickelte er seine Hände zum Schutz mit dem Schal ein, hob den Stab auf und leuchtete damit den Gang hinter Cnán und Finn aus.

»*Et facta est lux.*« Er grinste. »Wir sollten uns lieber beeilen, bevor die anderen wieder Mut fassen.«

HIER ENDET

DIE MONGOLIADE

BAND 1

Danksagungen

Erik Bear
Ich danke meiner Familie, meinen Freunden und allen, die bei diesem Buch an meiner Seite gekämpft haben, sowohl im übertragenen als auch im wörtlichen Sinn. Mein Dank geht an alle anderen Autoren, insbesondere an Mark, der härter gearbeitet hat, als es irgendein Mensch tun sollte. Ich danke meinem Vater und meinem Großvater, die mich auf den Weg des Schreibens geführt haben.

Greg Bear
Es war großartig, mit all diesen tollen Autoren zusammenzuarbeiten, am Morgen unter Neals Anleitung den Stahl klirren zu lassen und dann Kaffee zu trinken und Muffins aus rosafarbenen Schachteln zu frühstücken, während wir in irrem Tempo die Handlung planten … Mark zuzusehen, wie er an unserer Tafel die Kapitel skizzierte und ordnete, während Joe und Cooper ihre Klingen maßen … mit Neal an unserem Autorentisch Ideen hin und her zu werfen … über den Kontinent hinweg mit Nicole zu reden (und ihr ganz fies virtuelle Muffins anzubieten) … gemeinsam mit meinem Sohn Erik an Kampftaktiken und Kapiteln zu arbeiten … während wir alle uns zu Fuß und zu Pferd in unsagbare Blutbäder und über weite, sich wiegende Grassavannen wagten, geradewegs hinein in die fabelhaften Reiche von Harold Lamb, Talbot

Mundy und Robert E. Howard … Ich danke allen für diese wunderbare Erfahrung!

Joseph Brassey

Ich danke Neal Stephenson, der mir meine Chance gab – ich hoffe, du bist stolz auf mich; Mark Teppo, der mit einem Stock auf meine Prosa einprügelte, bis sie schön war; Greg, Erik, Cooper, Nicole und allen anderen bei Subutai; Tinker, der mir beibrachte, mit der Gewalt nicht hinterm Berg zu halten und meine Füße auf den Weg zu setzen; Ken und Robert in Fort Lewis, die mir den Kopf für neue Möglichkeiten geöffnet haben; meiner entzückenden Frau und meinen geduldigen Eltern, die mich immer unterstützt haben; meiner kleinen Schwester und allen Freunden, die glaubten, das könnte klappen. Träume werden wahr. Das ist für euch.

Nicole Galland

Nicole dankt der genial talentierten E.D. für ihren kurzen, aber großartigen Beitrag zu diesem Projekt und die Gelegenheit, dort weiterzumachen, wo sie aufgehört hat, und außerdem der unvergleichlichen Agentin Liz Darhansoff, die alles erst möglich gemacht hat.

Cooper Moo

Ich bedanke mich herzlich bei meiner Familie für ihre Unterstützung – bei meiner Frau Mary, unseren Kindern Keegan, Connor und Haven und meinen Eltern, Jan und Greg Moo. Dank schulde ich allen Mitgliedern des Autorenteams, insbesondere Neal für seine Leitung und Mark für seine editorische Beratung. Ich erhebe eine Schale *Airag* auf euch alle!

Neal Stephenson
Ich danke Mark Teppo, der Zentripetalkraft.

Mark Teppo
Dieses Projekt begann, als jemand die ewige Frage stellte, die jeder Geschichtenerzähler für sein Leben gerne hört: »Und was ist dann passiert?« Ich glaube, keiner von uns konnte sich vorstellen, wo die Antwort uns hinführen würde, aber ich bin außerordentlich dankbar, dieses Kreativteam – Erik, Greg, Cooper, Nicole, Joseph und Neal – auf dieser Reise dabeigehabt zu haben. Ich bedanke mich außerdem bei Karen Laur, Jason Norgaar und Neal Von Flue für die Figurenporträts, die sie zur Verfügung stellten, sowie bei der gesamten Mongoliad.com-Community, die sich mit uns in diese strahlende Zukunft wagte. Jeremy Bornstein und Lenny Raymond kümmerten sich um uns auf die stets verkannte Weise der Infrastrukturspezialisten – vielen Dank, meine Herren. Fleetwood Robbins lieh uns sein scharfes Lektorenauge und eröffnete uns eine großartige Perspektive auf die letztendliche Anordnung dieser Worte. Ein anerkennendes Nicken geht auch an Emm, deren stete und unermüdliche Unterstützung zählt. In großem Maße.

Wie in der Widmung erwähnt, boten uns Tinker Pierce, Gus Trim und Guy Windsor viele nützliche Einblicke und Einweisungen in die westlichen Kampfkünste. Darüber hinaus halfen uns Ellis Amdur und Aaron Fields mit fantastischen Anmerkungen rund um die japanischen Kampfkünste des 13. Jahrhunderts. Diese fünf Herren sind wahre Gelehrte auf ihren Gebieten, und an jedweder künstlerischen Freiheit sind allein wir schuld.

Die Autoren

Neal Stephenson ist in erster Linie Romanautor. Seine spekulativen Werke wurden mit mehreren Preisen ausgezeichnet. Zu seinen bekanntesten Büchern zählen *Snow Crash*, *Diamond Age – Die Grenzwelt*, *Cryptonomicon*, *Der Barock-Zyklus* und *Anathem*.

Greg Bear ist Autor von über dreißig Büchern aus den Genres Thriller, Science-Fiction und Fantasy, darunter *Blutmusik*, *Äon*, *Die Schmiede Gottes*, *Das Darwin-Virus*, *Die Stadt am Ende der Zeit* und *Das Schiff*. Seine Romane wurden mit etlichen internationalen Preisen ausgezeichnet, in über 22 Sprachen übersetzt und weltweit millionenfach verkauft.

Nicole Galland studierte an der Harvard University vergleichende Religionswissenschaft und Theaterwissenschaft und ist der Ansicht, dass beides so ziemlich ein und dasselbe ist. Sie hat unter verschiedenen Pseudonymen historische Romane und Drehbücher geschrieben, sehr zum Entsetzen ihrer Mutter, die es lieber sähe, wenn der Öffentlichkeit ihr wirklicher Name ein Begriff wäre. Mit ihrem Ehemann und dem besten Hund der Welt lebt sie im US-Bundesstaat Massachusetts auf dem Land.

Mark Teppo ist Autor der Urban-Fantasy-Serie *Codex of Souls* sowie der Hypertext-Traumerzählung *The Potemkin Mosaic*.

Joseph Brassey lebt mit seiner Frau und zwei Katzen im Nordwesten der USA. Er unterrichtet Angehörige der amerikanischen Streitkräfte in mittelalterlichen Kampftechniken. *Die Mongoliade* ist sein erster veröffentlichter Roman.

Erik Bear lebt und schreibt in Seattle, Washington, USA. Er war als Autor an einem erfolgreichen Videospiel beteiligt und schreibt momentan für mehrere Comicserien.

Cooper Moo verbrachte 1986 fünf Minuten in der Mongolei, bevor er wieder in seinen Zug einsteigen musste – nie hätte er damit gerechnet, sich eines Tages in mongolische Krieger hineinversetzen zu müssen. Im Jahr 2007 trat er auf einem Dach in Hongkong gegen einen chinesischen Langschwert-Ausbilder an – nie hätte er gedacht, dass ihm diese Erfahrung einmal beim Schreiben von Kampfszenen zugutekommen würde. Cooper gehört nicht nur zum Autorenteam der *Mongoliade*, er hat daneben Artikel für verschiedene Zeitschriften geschrieben. Seine autobiografische Reportage »Growing Up Black and White«, die in *The Seattle Weekly* erschien, erhielt eine Auszeichnung des amerikanischen Verbands der Berufsjournalisten. Er lebt mit seiner Frau, seinen drei Kindern und zahlreichen Klingenwaffen in Issaquah, Washington, USA.

Druck:
Customized Business Services GmbH
im Auftrag der KNV-Gruppe
Ferdinand-Jühlke-Str. 7
99095 Erfurt